语文阅读经典丛书·第九

资治通鉴故事

〔宋〕司马光　著

文　质　改编

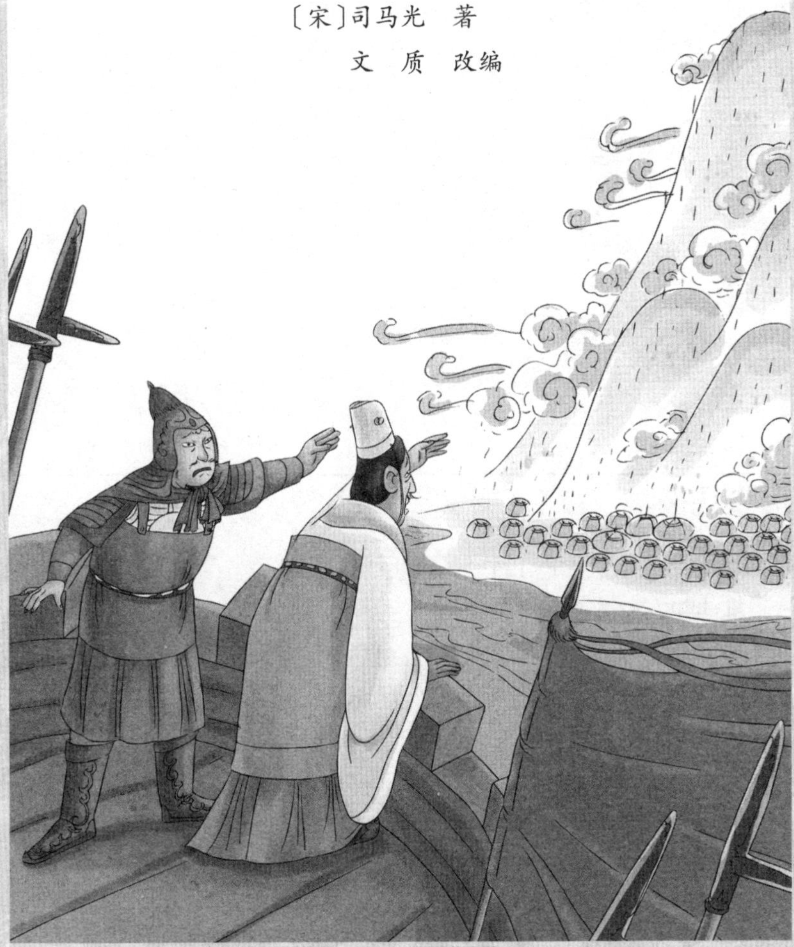

图书在版编目（CIP）数据

语文阅读经典丛书.第九辑 / 文质改编.
—武汉：长江出版社，2021.4
ISBN 978-7-5492-7643-1

Ⅰ.①语… Ⅱ.①文… Ⅲ.①世界文学－作品综合集
Ⅳ.①I11

中国版本图书馆 CIP 数据核字（2021）第 068986 号

语文阅读经典丛书.第九辑　　文质 改编

责任编辑：江水
出版发行：长江出版社
地　　址：武汉市解放大道 1863 号　　**邮　　编**：430010
网　　址：http://www.cjpress.com.cn
电　　话：(027)82926557(总编室)
(027)82926806(市场营销部)
经　　销：各地新华书店
印　　刷：湖北嘉仑文化发展有限公司
规　　格：880mm × 1230mm　1/32　20 印张　400 千字
版　　次：2021 年 4 月第 1 版　2021 年 4 月第 1 次印刷
ISBN 978-7-5492-7643-1
定　　价：124.00 元(共五册)

MULU

韩赵魏三家分晋

春秋末年，诸侯争霸，不仅周王室的地位一落千丈，诸侯国内部也发生了很大的变化，大权逐渐落入主政的大夫手里。

盛极一时的晋国，国君的权力也已旁落，实权被智氏、范氏、中行氏、韩氏、赵氏和魏氏六卿把握。为了自身的利益，六卿联合起来与周王室斗争，同时他们相互间的兼并之争也异常激烈。

六卿之中，以智氏家族实力最强。智氏首领智宣子打算把儿子智瑶立为继承人。族人智果表示反对，他说："智瑶不如你的另一个儿子智宵。智瑶不讲仁义、刚愎自用、傲慢无礼，这都是致命的缺点。如果让智瑶做智氏家族的继承人，智氏一定会灭亡。"

然而，智宣子没有听取智果的意见。为了躲避智氏家族未来的祸乱，精明的智果通过太史作证，把自己家从智氏家族里分了出来，另立了辅氏家族。

智瑶继位后，称智襄子。智襄子即位之初的确有一番作为，晋出公十七年（公元前 458 年），智襄子联合韩氏和魏氏家族，灭掉了范氏和中行氏；第三年，智襄子又联合韩、赵、魏三氏驱逐晋出公，拥立晋哀公。除此之外，他还兴兵讨伐齐国和郑国，立下了赫赫战功。智襄子居功自傲，更加骄横跋扈，野心日益膨胀，不可一世。

有一次，智襄子和大夫韩康子、魏桓子在蓝台举行宴会，他竟在宴席上戏弄韩康子，还侮辱他的家臣段规。智襄子的家臣智国进谏，说他这样在宴席上公然得罪强宗巨卿的家相，恐怕会招来祸患。可智襄子对此置若罔闻，依然我行我素。

智襄子最不喜欢赵氏家族的主君赵襄子。赵襄子名无恤，是赵简子的小儿子。赵襄子的母亲原是侍婢，又是狄人，按规矩，赵襄子是没有继承宗主资格的，但是赵襄子比他的哥哥伯鲁有才干，所以深得赵简子宠爱，被破例立为赵氏家族的继承人。

智襄子对这件事很不满意，曾多次当众侮辱赵无恤，还多番劝说赵简子重立继承人，但赵简子并没有答应他。

这以前，赵简子派家臣尹铎去治理晋阳。临行前尹铎问赵简子："您是让我去搜刮民脂民膏呢，还是要将那里作为您的安身之地呢？"赵简子说："当然是作为安身之地。"尹铎到了晋阳后，减免赋税，鼓励农耕，当地百姓生活日益富足。赵简子得知尹铎的政绩后，就对赵无恤说："一旦晋国发生祸乱，你不要嫌尹铎地位低下，也不要怕晋阳路途遥远，一定要去那儿投靠他。"

后来，智襄子想削弱赵、韩、魏三家族的实力，于是借口恢复晋国的霸主地位，让各家族交出万户居民的领地，归还给晋哀公。他先向韩康子开口。

韩康子本想拒绝，但段规劝谏道："不可！智瑶这个人，贪婪而又蛮横，要是拒绝了他，他肯定会向我们开战。到时韩氏家族损失更大，不如给了他。他尝到甜头后，一定会去向魏家和赵家索要土地，魏、赵两家不一定会听从于他，那样他们就会打起来，我们就能从中渔利了。"韩康子觉得段规言之有理，于是照办了。

果然，智襄子得逞后又马上去向魏桓子索要土地。魏桓子极不情愿，但他的家相任章劝他不要带头反抗智襄子，还是老老实实地交出土地为妙，魏桓子也照做了。

智襄子再次得手，得意忘形，又如法炮制，向赵襄子索要土地。赵襄子断然拒绝。智襄子勃然大怒，号令韩、魏两家，一同攻打赵氏家族。

处于劣势的赵襄子决定退守，以避敌锋芒。他想到了父亲当年的嘱咐，决定退到晋阳。

晋哀公三年（公元前 454 年），智襄子统率三家联军包围了晋阳。鏖战三个月后，智襄子仍无法攻破晋阳城。于是，他决定修筑堤坝引汾河水淹没城墙。晋阳城被围困了一年多，城内一片汪洋。但是城里的百姓却丝毫没有动摇，依然协助赵襄子坚守晋阳城。

智襄子带着魏桓子、韩康子巡察水势，看到晋阳城内的情形，竟得意忘形地说："我现在才知道，原来水也可以让一个国家灭亡。"魏桓子听了，偷偷用胳膊肘捅了一下韩康子，韩康子也轻轻踩了一下魏桓子的脚，两人同时会意：这么说来，智襄子也可以用汾河水淹没魏家的安邑城、用绛河水淹没韩家的平阳城了。

智襄子的谋臣绨疵发现了韩康子和魏桓子的异样，提醒智襄子道："主公可要当心韩、魏两家有谋反之心啊！主公约韩、魏两家一起攻打赵家，承诺事成后三家平分赵家的土地。现在晋阳城墙眼看就要被水淹没，赵家危在旦夕，灭亡指日可待。可韩康子和魏桓子对即将到来的胜利却一点也没有显露出高兴的样子，反而愁眉苦脸的，这一定是要反叛了！"

第二天，智襄子把绨疵的话转述给韩康子和魏桓子。他们赶紧解释说："绨疵这人专讲别人的坏话，其实他才真的是想帮姓赵的说话，好让您怀疑我们的忠诚，来动摇您攻打赵襄子的决心。您想，我们怎么会不愿意马上分到赵家的土地，反而要去做些会带来危险而且不可能成功的事呢？"

两人告辞离去以后，绨疵走进来说道："主公为什么把臣子的话告诉他们两个？"智襄子吃惊地问道："你怎么知道我把你的话告诉他们了？”絺疵回答道：“我看到他们出去时，对我上下打量，而且步履匆忙，就知道他们的心思了。”

智襄子最终还是没有听从絺疵的劝告。絺疵为了避祸，就向智襄子请求出使齐国。

被围困的赵襄子得知此事后，就派家臣张孟谈偷偷出了晋阳城，去见韩康子和魏桓子。张孟谈说：“唇亡齿寒的道理二位主公应该明白，现在智襄子带着韩、魏两家的军队攻打赵家，赵家如果灭亡了，那韩、魏两家跟着也会灭亡的。”

韩康子和魏桓子说：“我们也知道，所以已有背叛之意。但是我们担心事情还没成功，计划就已泄露，那我们就大祸临头了。”

张孟谈马上保证此事仅他们三人知道，绝不会泄露。于是韩康子、魏桓子与张孟谈约好了行动的时间，然后把张孟谈秘密送了出去。

到了约定的时间，赵襄子派人在夜里偷偷出城杀死守护堤坝的智氏家族的士兵，掘开堤坝放水反冲智襄子的军队。智襄子的军士忙于逃难，乱作一团。韩、魏两家军士反戈一击，趁机从侧翼发起进攻，赵襄子也率领士兵冲击智襄子的前军，一起打败了智襄子的军队。

最后，他们冲入中军幕府，擒杀了智襄子，并把智氏家族全部诛杀，只有另立辅氏的智果一族得以保全。

从此，韩、赵、魏三家共同把持晋国国政。周威烈王二十三年（公元前 403 年），周王下令赐予三家诸侯称号。韩、赵、魏三国分立，晋国灭亡。

商鞅变法

公孙鞅是卫国宗族旁支的后裔，精通法家的学问。他在卫国得不到施展才华的机会，便到魏国投靠到相国公叔痤门下。

公叔痤很赏识公孙鞅，有心提拔他，但他还没来得及向魏惠王推荐公孙鞅便病倒了。公叔痤是魏国的顶梁柱，魏惠王得知他病重的消息，亲自来探视。魏惠王见公叔痤生命垂危，着急地说："要是你不幸去世，谁能接你的班呢？"公叔痤对他说："臣手下有个中庶子名叫公孙鞅，年纪虽轻，却是个不可多得的奇才。主公任用他为相国，是可以放心的！"

"公孙鞅不过是个无名之辈，怎么担得起相国的重任？"魏惠王心里暗想。公叔痤看出了他的心思，又挣扎着说道："国君如果不打算起用公孙鞅，那一定要杀了他，千万别让他离开魏国，否则一定会对魏国不利的。"魏惠王见他说得这么吃力，不忍心再拒绝他，便答应了。

魏惠王走后，公叔痤让人将公孙鞅找来，对他说："我刚才向国君推荐你为相国，国君没有答应；我只能又说，如果不准备起用你，就请他杀了你。我必须先为国君谋划，然后再照顾自己的属下。你赶快逃走吧，不然会惹来杀身之祸的！"

公孙鞅却不惊慌，说道：“国君既然不愿意听从您的话重用我，又怎么会听从您的话杀了我呢？”公孙鞅没有逃走，但他也知道自己在魏国没有机会了。后来，公孙鞅得知秦孝公下令招贤，便离开魏国，投奔秦国去了。

公孙鞅到了秦国，通过内臣景监的关系见到了秦孝公。公孙鞅的一番富国强兵之策让秦孝公茅塞顿开，对他大有相见恨晚之感。秦孝公召集众臣商议变法，尽管很多人对公孙鞅的变法主张持反对态度，但秦孝公主意已定，大臣们反对也无济于事。于是，秦孝公封公孙鞅为左庶长，赐金一万，主持变法。

公孙鞅很快拟定了变法令，将条款上呈给秦孝公。新法包括：将百姓编成五家一伍、十家一什，互相监督，犯罪连坐；举报犯罪的人与立下军功的人获得同样的赏赐，包庇藏匿罪犯者与叛变投敌者受到同样的惩处；建立军功者按不同等级获得爵位，私自斗殴者按不同程度加以惩治；辛勤耕作、纺纱织布者可以免除赋役，好吃懒做、不务正业者全家收为奴隶；没有获得军功的王亲国戚不能载入宗族的名册，根据爵位官职享用田地房宅、奴仆侍女和服饰器物，功劳大的人获得荣誉地位，没有功劳者即使再有钱也没有显赫的身份。

秦孝公一边看一边连声叫好，当即批准，但公孙鞅却没有立即颁发施行。公孙鞅担心百姓对法令不信任，为了让他们相信自己推行新政的决心，便让人将一根三丈长的木头放在都城的南门，派官兵看守，并贴出告示：“谁能将此木徒步扛到北门，赏十金。”围观的百姓很多，大家议论纷纷，却没有一人相信有这等好事，所以没人上前动这根木头。公孙鞅又让人贴出告示，将赏金加至五十。扛一根木头就能得五十金？真让人匪夷所思。

有一个人将信将疑地站了出来，扛起那根木头一直走到了北门。公孙鞅亲自等候在北门，当场将五十金交到那人手上。此事引起了轰动，百姓们奔走相告，都说左庶长令出必行。这时公孙鞅才将新法正式颁布。

新法触犯了很多人的利益，刚开始实行的一年，反对声四起，从各地来都城告状的有数千人之多。但秦孝公信任公孙鞅，毫不动摇。公孙鞅法令严苛，损害了不少王公贵族的利益，甚至把太子也得罪了。

经过十年坚持不懈的努力，秦国国力大增，国富民强，出现了路不拾遗的景象，再没人因吃不饱饭而落草为寇了。百姓们为国奋勇作战，而不再私下斗殴。一些当初强烈反对新法的人开始围着公孙鞅拍马奉承。公孙鞅对他们不屑一顾，说他们都是乱法的刁民，将他们发配到了边远的地方。

秦国日益强盛，公孙鞅对秦孝公说："秦国与魏国形同水火，将来不是秦国灭掉魏国，就是魏国灭掉秦国。以前魏国自

恃强大，侵占了秦国不少地方。现在魏国占据黄河、崤山之险，兵力强盛时可以直接打过来，完全没有什么阻碍，力量不足时据险自保，我们也拿它没有办法。这些年我们秦国在您的治理下迅速壮大，而魏国刚刚被齐国打败，许多盟国已经弃它而去，所以现在正是我们解决这心腹大患的良机！”

秦孝公听从了公孙鞅的建议，命他率军出征魏国。

魏惠王一听秦军打过来了，急忙委任公子卬为大将，率军迎敌。两军相遇，对峙扎营。公孙鞅在魏国时与公子卬有些交情，于是修书一封，约他到秦营叙旧并订立盟约。公子卬对昔日友情的分量估计过高，欣然前往，却中了公孙鞅的计，被秦兵活捉。魏军失去主将，很快就溃不成军。

魏军大败的消息传来，魏惠王惊恐万分，只得以割让河西一带的土地为代价向秦国求和。从此魏国的西面失去了屏障，而秦国向东的通道已经扫清障碍。直到此时，魏惠王才后悔当时没有听取公叔痤的建议。秦孝公奖励公孙鞅，将商於一带的十五个县封给了他。人们因此又称公孙鞅为商鞅。

商鞅做了十年秦相，制定的法律极为严酷，得罪的人不计其数。秦孝公去世后，太子继位，即秦惠王。他一掌权就把矛头对准了商鞅。首先，素与商鞅不合的公子虔指使门客告发商鞅谋反，秦惠王随即派人逮捕商鞅。商鞅仓皇逃往魏国，但魏国人怨恨他曾欺骗公子卬而使魏军大败，拒绝接纳他。商鞅只好回到秦国，直奔他的封地商於邑，与其党徒调动邑中军队往北攻打郑国。这时秦惠王派出的军队赶到了，与商鞅交战，并将其斩杀。秦惠王下令将商鞅车裂示众，还灭了其家族。

孙膑围魏救赵

周显王十五年（公元前 354 年），一心想摆脱魏国控制，扩张自己势力的赵国倾邯郸之兵，大举进攻魏国的附庸国卫国。这一举动激怒了魏惠王，于是他借口保护自己的附庸国，对赵国发动了战争。

魏惠王任命庞涓为大将军，率军攻打赵国，很快就包围了赵国的国都邯郸（今河北邯郸西南）。

战争打到第二年，赵国实在抵挡不住魏国的进攻了，就向齐国求救。齐威王答应了赵国的请求，打算任命他十分器重的孙膑为大将军，率军前往赵国解围。

孙膑是齐国人，曾与庞涓一起在鬼谷子门下学习兵法。后来，魏惠王为了完成霸业，不惜重金招揽天下有才能的人。庞涓得到消息后，认为自己建功立业的时机已到，于是马上下山投奔了魏惠王。庞涓凭他杰出的军事才能很快就得到了魏惠王的赏识，在魏国做了大官。

后来，魏惠王希望庞涓能把孙膑也介绍到魏国来，帮助自己完成霸业。庞涓嘴上虽然答应了，但心中却十分不满。原来，庞涓一直忌妒孙膑的才能超过了自己，十分害怕被他抢占了地位。

当孙膑被请到魏国时，庞涓一方面假装举荐孙膑，另一方面却在魏惠王面前诬陷孙膑，说他是齐国的奸细。果然，魏惠王听信了庞涓的谗言，把孙膑投入监狱，并对他实施了墨刑（在犯人的脸上刺字）和膑刑（挖掉犯人的两个膝盖骨），使他成了残废。

不久后，齐国有使臣来魏国。孙膑想办法见到齐国使臣，并说服他帮助自己逃离魏国。

孙膑逃到齐国以后，受到了齐国大将田忌的赏识，被田忌收为宾客。后来，田忌把孙膑引荐给齐威王。齐威王十分欣赏孙膑的军事才能，不仅留下了孙膑，还拜他为师。

可是，孙膑得知齐威王准备任命他为大将军率军出征后，却拒绝了齐威王。他对齐威王说："两军交战，主将的威仪是很重要的。如果由我这样一个受过'膑刑'的残疾人来担任大将军，一定会被敌人耻笑，从而影响齐军的士气。因此希望大王收回成命。"

齐威王见孙膑态度十分坚决，只好放弃了让他当大将军的念头，改派田忌为大将军，孙膑做田忌的随行军师，为他出谋划策。

田忌和孙膑一起商讨作战计划。田忌认为，他们可以带领精锐部队直接赶到赵国的国都邯郸，然后在那里和魏军的主力决一死战，那样就可以解除魏军对邯郸的威胁了。

孙膑不同意他的观点，说道："如果想要阻止两个人打架，并不需要直接去阻拦他们的拳头，我们应该做的是让他们有所顾忌。现在魏国攻打赵国，肯定把所有的精锐部队都调过去了，而国都只留了些老弱病残的士兵。我们不如带领大军直扑魏国的国都大梁（今河南开封），攻打他们守备最空虚的地方。庞涓看到自己的国都受到攻击，肯定顾不上围攻赵国了。这样一来，我们一方面替赵国解除了邯郸被围的困扰，另一方面还可以看准机会，在半路上阻截魏军，给他们来个迎头痛击。这不是一举两得吗？”

田忌采纳了孙膑的建议，带领着大队人马直接杀向大梁。当齐军来到桂陵（今河南长垣西北）时，孙膑来见田忌，让他下令把军队停在这里。

田忌不明白孙膑为什么要在这里安营扎寨。孙膑解释说：“我们攻打大梁的消息很快就会传到庞涓那里，他一定会日夜兼程地赶回去救援。魏军从邯郸返回大梁时，一定会经过桂

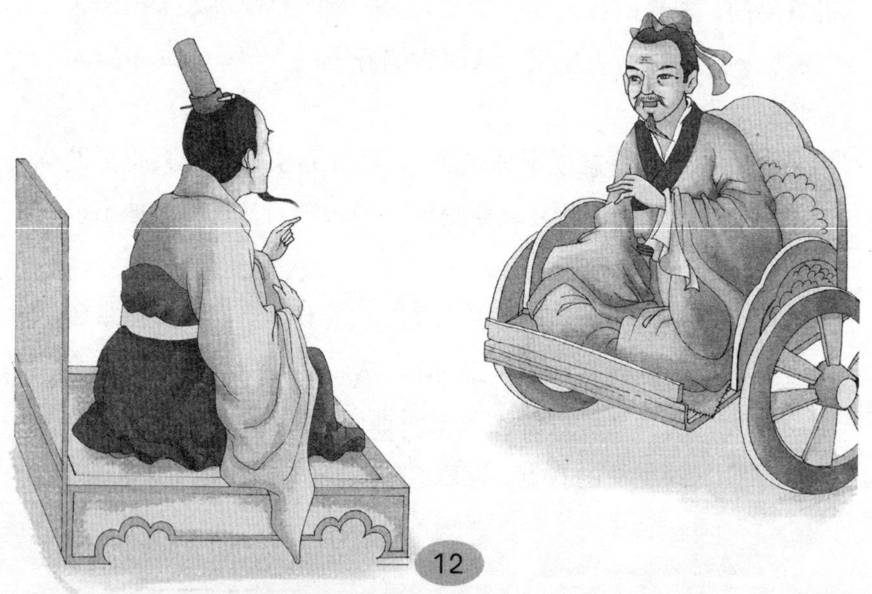

陵，所以我们在这里设下伏兵，等魏军钻进来时，我们正好把他们一举歼灭。”

田忌采纳了孙膑的计谋，于是留下大批人马在桂陵设下了埋伏，专等庞涓回师。

周显王十六年（公元前353年）十月，赵国因为抵挡不住魏国强大的攻势而宣布投降。正当魏军准备庆贺的时候，突然听到大梁被围困的消息，于是庞涓马上带着精锐部队，急急忙忙赶回大梁。

魏军在攻打赵国时，人马已经有了一定的损失，再加上着急回家救火，一路上长途跋涉，士兵们都非常疲惫，所以当他们经过桂陵被齐军伏击时，根本没有还手之力。这场大战使魏军元气大伤，死伤达两万人之多。

不过，魏国并没有因为这次失利而一蹶不振。几年后，魏军重整旗鼓，又对韩国发动了进攻。

孙膑故技重施，又一次率齐军攻打魏国。最后，齐国和魏国的主力部队在马陵（今河北大名）激战，魏军大败，庞涓战死。

蔺相如完璧归赵

周赧王三十二年（公元前 283 年），赵惠文王得到了楚国的和氏璧，那是一块天下闻名的宝玉。秦昭王得知这个消息后，非常想得到它，就派使者去见赵惠文王，说秦国愿意拿十五座城池来交换和氏璧。

赵惠文王知道秦昭王是个贪得无厌且反复无常的人，根本不可能拿十五座城池来交换和氏璧。他之所以那么说，无非是给自己抢夺和氏璧找个借口罢了。但是赵惠文王也考虑到，如果不答应秦昭王的要求，那么他一定会生气，说不定还会引发一场战争，秦国的力量那么强大，赵国一定会吃亏。

赵惠文王举棋不定，于是召来大臣们一起商量。大家讨论了半天，也没有人想出一个两全其美的办法。这时，有一个大臣向赵惠文王推荐了他的门客蔺相如，说他是个很有才能的人。于是，赵惠文王马上把蔺相如召进宫中，请教他该怎么办。

蔺相如想了想，对赵惠文王说："大王，这件事真的很为难，给或不给对我们赵国来说都没有好处！"

赵惠文王回答说："是啊！我也是考虑到这一点，要不就不会问你该怎么办了！”

蔺相如接着说：“秦王提出拿十五座城池和我们交换和氏璧，条件的确非常优厚。如果大王不答应他的请求，那么我们就会理亏，因为别人会觉得我们贪得无厌，还想让秦国拿出更多的城池来；如果我们答应他的要求，而秦国没有给我们十五座城池的话，那么就是秦国理亏，因为别人会知道他是不守信用的。两相权衡，我认为宁可让秦国站在理亏的位置上，也不能让天下人耻笑我们。”

赵惠文王听后，觉得很有道理，但是又爱惜和氏璧，舍不得白白送给秦国，所以没有说话。

这时，蔺相如又说：“如果大王信得过我，那么就请让我做使者，拿着这块和氏璧前往秦国。您放心，如果秦国给我们那十五座城池，我就用和氏璧交换；如果秦国不给我们那十五座城池，我会想尽一切办法，把和氏璧完完整整地带回来。”

赵惠文王这才放心，同意蔺相如带着和氏璧前往秦国。

当蔺相如来到秦国，把和氏璧交给秦昭王后，担心的事果然发生了。秦昭王根本没有想过要用十五座城池交换和氏璧，他虽然喜欢这块玉，但是它的价值还没有高到要用十五座城池来交换的地步。因此，秦昭王接过和氏璧后，反复地端详，摆出一副爱不释手的样子。不光这样，秦昭王自己看完了玉，还把它传给嫔妃们看，嫔妃们看完了玉，又传给大臣们看。和氏璧被传来传去，秦昭王就是不提那十五座城池的事。

蔺相如知道秦昭王想赖账，于是假装诚恳地说道：“大王，我必须诚实地告诉您，和氏璧虽为宝玉，但也有一处极隐蔽的

瑕疵。请容我指给您看！”

秦昭王一听说和氏璧上有瑕疵，也没顾得上是真是假，就把玉交给了蔺相如。蔺相如接过和氏璧，马上后退了几步，靠到一根大柱子上，义正辞严地对秦昭王说：“我原以为秦国是一个大国，却没想到大王您如此不讲信用。赵王一听说大王您想要这块宝玉，就马上派我给您送来了。赵王对您的诚意苍天可鉴，可大王您得到宝玉后却闭口不提割城交换的事。我别无办法，如果完不成赵王的嘱托，只好把自己的脑袋与和氏璧一起撞碎在这根石柱上。”说完，蔺相如便做出一副要砸璧的样子。

秦昭王一看就着急了，生怕蔺相如真的把和氏璧砸碎，连忙说：“先生何必如此心急呢？我们秦国向来说话算数，请先生

冷静一下。”说完，他连忙命人拿来秦国的地图，假惺惺地划出十五座城池来。

蔺相如已经看清了秦昭王的真面目，知道他不过是在欺骗自己。于是，他对秦昭王说：“大王，在我出发前，我们的赵王可是斋戒了五天，并举行了一个盛大的仪式后才把和氏璧交给我的。我认为，作为礼貌，您也应该斋戒五天，然后再举行一个隆重的交接仪式，那样我才能把和氏璧交给您！”

秦昭王没办法，只好按照蔺相如说的办，答应他五天之后再接收和氏璧。蔺相如回到住处后，马上让随从装扮成商人，带着和氏璧，偷偷地逃回了赵国。

五天以后，秦昭王按照蔺相如的要求，在大殿上举行了隆重的交接仪式。秦昭王对蔺相如说：“你看，我已经按照你的意思做了，现在可以把和氏璧交给我了吧！”

蔺相如笑了笑说：“和氏璧早就已经被我送回赵国了，因为秦国的历代大王没有一个是讲信义的，也包括您在内。现在请您处置我吧！”

秦昭王听后非常生气，怒吼道：“你老是说我们秦国没有信用，可是你们赵国呢？你所要求的我都办到了，可是你却把和氏璧送回了赵国，这难道就是讲信用吗？”

蔺相如镇静地说：“秦国要比赵国强大得多，如果大王给了我们十五座城池，赵国是不敢不给大王和氏璧的。”

秦昭王虽然没有得到和氏璧，但是他非常欣赏蔺相如的胆识，所以不但没有杀了他，反而好好地款待了他一番。蔺相如回到赵国后，赵惠文王对他另眼相待，封他为上大夫。

长平之战

周赧王五十三年（公元前 262 年），秦国出兵攻打韩国。很快，秦军就包围了韩国的上党郡。上党郡的太守冯亭知道自己不是秦军的对手，又不愿意向秦国投降，于是召集全郡百姓，对他们说："如今大敌当前，凭我们的实力，根本无力与秦国抗衡。而通往国都的道路已经被秦军阻断，我们也不用指望大王能派兵来救我们了。为今之计，只有依附另一个强国，才能保住全郡百姓的性命！"

百姓们听冯亭这么一说，纷纷表示赞同。于是，冯亭亲自前往临近的赵国，表示愿意归顺赵国，成为赵国的子民。赵孝成王见不费一兵一卒便可收获一个郡，喜不自胜，因此未及多想便同意了。

周赧王五十五年（公元前 260 年）四月，秦军攻破了上党郡，上党郡的百姓全都逃到了赵国。为了保护"子民"，赵孝成王任命廉颇为大将军，在长平（今山西高平）布下重兵，抵御秦军。秦昭王听说这件事后火冒三丈，马上下令秦军调转矛头，杀向赵国。

廉颇是一个经验丰富的老将。他知道秦军的实力非常强，赵军已屡次被秦军打败，如果现在和他们硬拼，恐怕抵挡不住。因此，廉颇就在长平排开阵势，依托有利地形坚守不出，不管秦军怎么挑战，廉颇就是不派一兵一卒应战。

转眼间四个月过去了，秦军依旧未能攻下长平。这时，远在国都的秦国相国范雎看到秦军久攻不下，十分着急，于是想出了一条狠毒的反间计。他派人带着大批黄金珠宝前往赵国贿赂一些大臣，然后在那里散布谣言说："赵孝成王真是老糊涂了，怎么会用廉颇做主将呢？他大概不知道，秦军最害怕的其实是赵括将军啊！至于廉颇嘛，他是个很容易对付的人，如今他早就已经投靠秦国了。"

在此之前，赵孝成王就已经对廉颇坚守不出的战术颇不满意，认为他是损兵折

将后被秦军吓破了胆，所以不敢应战。

当谣言传到赵孝成王耳朵里后，他更坚信自己的想法。公元前260年八月，赵孝成王罢免了廉颇，任命赵括为大将军。

赵国大臣蔺相如听说这件事后，马上赶来劝说赵孝成王，他说道："赵括的父亲赵奢是一个很有军事才能的人，但赵括只知道死读他父亲留下的兵书，并不懂得灵活应变。大王只凭名声就任用赵括，这就好像用胶把调弦的琴柱粘死再去弹琴那样不知变通。"可是赵孝成王根本听不进蔺相如的话，还是任命赵括做了大将军。

秦昭王见赵孝成王果然派赵括领兵，不由得心中暗喜。他偷偷地叫来善于用兵的秦国大将白起，让他做秦军的统帅。同时，秦昭王让人在军中传令，白起做秦军统帅的消息一定要保密，如果谁敢泄露半句，格杀勿论。

就这样，赵国在还不清楚对方主将是谁的情况下，就准备与秦军决一死战。

赵括一到长平，马上改变了老将军廉颇坚守不出的策略，他调集赵国所有的军队，杀向秦军。

白起早就听说赵括是个只会纸上谈兵的废物，所以他命令秦军不要和赵军苦战，假装战败逃跑。赵括以为秦军士兵逃跑是害怕自己，于是带领赵军乘胜追击，一直追到秦军的大本营。

直到这个时候，赵括才发现自己上当了，秦军的大本营防守牢固，一时间根本攻不下来。更可怕的是，赵军的后路已被秦军截断。

就在赵括六神无主之际，早已埋伏在两侧的秦军同时冲杀出来，把赵军一分为二围困起来。赵军陷入秦军的重重包围之中，无水无粮，将士们士气低到谷底，赵括只好让士兵们就地安营，等待援兵。

到了九月，赵军已经断粮四十多天了。在这期间，赵括曾向齐国求救，可是怕惹火上身的齐王没有答应。赵军已经快熬不住了，甚至发生了吃人的事件。

赵括此时早已没有了昔日的威风，眼看着手下士兵不断饿死，他决定孤注一掷，做最后一次拼搏。他把赵军分为四个部分，命令将士们一起攻打秦军的大本营，希望能够突围出去。可是，已经饿了四十多天的赵军怎么打得过士气旺盛、精力充沛的秦军呢！赵军接连进攻了四五次，也没能杀出去。最后，赵括在混战中被秦军射死。

赵括一死，赵军更没有了斗志，四十多万人全部向秦军投降。白起起初接受了赵军的投降，但是转念一想："秦国攻打韩国的上党郡的时候，郡中的百姓不愿意归顺秦国，反倒全都投奔了赵国。看来，赵国的凝聚力还是很强的。现在，投降的赵国士兵多达四十万人，万一他们日后勾结起来叛乱，后果将不堪设想。为避免祸患，最好的办法就是把他们全都杀了。"

就这样，白起设下一个圈套，把四十多万投降的赵国士兵全部活埋，只把二百多个未成年的孩子送回了赵国。

荆轲刺秦王

公元前 246 年，年仅十三岁的嬴政登上秦国的王位。后来，嬴政独揽大权后采取远交近攻、分化离间的策略，发动了灭亡六国的统一之战。

嬴政首先选择的目标是赵国，因为赵国的实力在六国中最强，是秦国统一天下的最大障碍。刚开始，秦军进攻赵国并不顺利，几乎屡战屡败，于是嬴政及时调整战略，在用主力进攻赵国的同时，又对韩国采取了扶植亲秦势力以逐步将其肢解的策略。

公元前 231 年，韩国南阳郡的代理郡守腾向秦国献出他所管辖的属地。嬴政任命腾为内史，后又派他率军进攻韩国。内史腾对韩国了如指掌，所以攻势很顺利，于公元前 230 年俘获韩王安，韩国灭亡。

公元前 229 年，秦国大将王翦率领秦军进攻赵国，第二年攻入赵国都城邯郸，灭了赵国。

秦军进攻赵国的时候，赵国的邻国燕国十分惊恐。他们知道，秦国的下一个目标就是燕国。燕太子丹为此事忧心忡忡。

除了国恨，太子丹对秦王还有一份私仇。原来，嬴政出生于赵国，而太子丹也曾在赵国做过人质。他们俩在赵国的时候亲如兄弟，等到嬴政做了秦王，太子丹又到秦国做人质，秦王却对他很不友好，太子丹心生怨恨，找机会逃回了燕国，并时刻想着报复秦王。

太子丹通过勇士田光认识了荆轲，并很快被荆轲的胆略所折服，于是有意派荆轲前去秦国刺杀秦王。

太子丹说服荆轲后，立即拜荆轲为上卿，让他过上优裕的生活。但荆轲并没有马上动身去秦国刺杀秦王。一直到公元前227年，秦国的大军攻破邯郸，俘虏了赵王，兵临燕国南境之时，他才在太子丹的催促下做起准备来。

荆轲对太子丹说：“我就这样去了秦国，恐怕很难接近秦王。要想接近他，必须先取得他的信任，要想取得他的信任就必须有两样东西。”

太子丹听后，赶忙追问道：“是哪两样东西？只要我能给的，一定给您！”荆轲回答说：“这第一件东西，就是燕国督亢（今河北涿州一带）的地图，那是燕国最肥沃的土地。”

太子丹笑了笑，回答说：“壮士，您为了天下连性命都可以不要，我怎么会吝啬那点土地呢？我答应您的要求。那么第二件东西是什么呢？”荆轲顿了顿，说道：“听说前段时间，秦国的大将樊於期畏罪逃到了燕国，投奔了太子您。现在秦王对樊於期恨之入骨，如果能带着他的人头去见秦王，秦王一定会相信我。”

太子丹一听，摇头说：“不可不可！樊将军遇难才来投奔我，我怎么能杀害他呢？壮士还是想想别的办法吧！”

看着太子丹离去的身影，荆轲心想：“为了天下的百姓，必须有人做出牺牲。”于是，荆轲来到了樊於期的府上，对他说：“将军，秦王对您如何，您心里最清楚了，您的父母宗族都被秦王杀害，如今他又悬赏重金来要您的人头。这个仇无论如何都是要报的啊！”

荆轲的话刺痛了樊於期的心，他痛哭流涕，说道：“难道我不想报仇吗？可是凭我一个人的力量怎么能杀得了他呢？”荆轲说：“我已经答应太子，近日便动身前往秦国刺杀秦王。现在计划已经布置得很周详了，唯独缺的就是将军的人头。只要我把将军的人头献给秦王，一定会得到秦王的信任，到时候我就可以替将军和天下百姓报仇了。”

樊於期听后仰天长啸，说道：“这正是我日夜在想却做不到的事啊！”说完他就拔剑自刎了。

这样，荆轲所需要的两样东西就齐全了。荆轲得到了督亢的地图和樊於期的人头，马上到太子丹府上辞行。太子丹交给荆轲一把锋利无比且淬过剧毒的匕首，又挑选了一位名叫秦舞阳的勇士与荆轲同行。

一切准备就绪，两位勇士悲壮地上路了。

到了秦国国都咸阳之后，荆轲用重金贿赂秦王的宠臣蒙嘉，通过他见到了秦王。秦王听说荆轲带着燕国督亢的地图和樊於期的人头前来，非常高兴，以隆重的仪式接见了荆轲。

荆轲把地图送到秦王面前，一边展开地图一边为秦王讲解。当地图完全展开时，那把淬有毒药的匕首露了出来。说时

迟，那时快，荆轲迅速冲上前一把抓住秦王的袖子，拿起匕首就向他刺去。

秦王吓坏了，奋力挣脱，最后扯断袖子躲开了。荆轲冲了过去，追得秦王绕着柱子躲避。这时，秦国的大臣们都非常着急，赶紧冲上前去赤手空拳和荆轲搏斗（秦国的法律规定，臣子不能带兵器上朝），并大声提醒秦王道："大王，快拔出您的剑啊！"

群臣的话提醒了秦王，他迅速拔出宝剑，朝荆轲重重地砍了下去，一下砍断了荆轲的左腿。荆轲动弹不得，只好奋力将匕首掷向秦王。可惜没有击中秦王，匕首扎在了柱子上。荆轲的刺杀行动失败了，他被秦王的侍卫抓了起来，后来被处以分尸极刑。

沙丘之变

秦王嬴政灭亡六国，建立了统一的秦王朝，自称秦始皇。为了宣扬威德，求神问仙，祭祀天地，秦始皇开始大规模巡游各地。

秦始皇三十七年（公元前210年），秦始皇第六次出巡。他先到云梦，向着九嶷山遥祭舜帝，又登上会稽山，祭祀禹帝，遥望南海，刻立巨石，歌功颂德。

在返回的途中，秦始皇突然病倒了，而且病情迅速恶化。秦始皇自知命数已尽，于是让兼掌符玺事务的中书令赵高代拟了一份诏书，令长子扶苏主持丧事，并强调灵柩必须运回咸阳再下葬。

秦始皇在位期间一直没有立太子，他将后事交由长子扶苏处理，用意很明显，就是要传位于扶苏。

诏书写好后并没有按秦始皇的要求立即发出，而是被赵高压了下来。赵高自幼便被阉割，原本是卑贱之人，偏偏秦始皇听说他很能干，又精通法律，便提拔他为中车令掌管皇帝车舆，还让他教自己的小儿子胡亥判案。赵高善于察言观色、逢迎谄媚，很快就博得了秦始皇和胡亥的赏识和信任。有一次，赵高犯下重罪，秦始皇让大臣蒙毅负责审讯。蒙毅认为按律应将赵高处死，但秦始皇考虑再三，竟将他赦免了，还官复原职。由此可见，秦始皇对他有多偏爱。

当时，蒙氏兄弟最受秦始皇的信任。哥哥蒙恬为大将军，手握重兵辅助公子扶苏在边境守卫，弟弟蒙毅担任内史，在朝中参与决策。赵高对蒙氏兄弟恨之入骨，他知道如果让扶苏继位，蒙氏兄弟将更为得势，自己的处境便十分危险，唯有立对自己言听计从的胡亥为帝，才有可能保住日后的地位。于是，一个恶毒的计划在赵高的脑海中逐步形成。

公元前210年七月二十日，秦始皇驾崩于沙丘平台（今河北广宗大平台村）。皇上死于京城之外而太子又未确立，丞相李斯害怕天下动荡，也担心诸多皇子为争夺皇位而起纷争，于是封锁了消息，将秦始皇的棺材置于辒椋车内。队伍所经之处，各地进献食物、百官奏事一切如故。因此除了李斯、胡亥、赵高和五六名近侍宦官外，其余的人均蒙在鼓里。

这一切正合赵高的心意。一天傍晚，车队停下来住宿。赵高觉得时机已到，便带着扣压的遗诏来见胡亥，劝他取而代之。他对胡亥说："如今大权全掌握在你我和丞相手中，希望公子早做打算。"

胡亥早就有非分之想，只是不敢说出口，听了赵高这番话，自然求之不得。赵高已然摸透了他的心思，继续说道："这事没有丞相的支持还办不成，臣愿替公子去找丞相谋划。"

李斯是秦朝开国元老之一，他跟随秦始皇多年，协助其统一天下，治理国家，在朝中享有很高的威望。但他是布衣出身，而今虽然位居三公，享尽荣华富贵，但依然时时为自己的未来担忧，唯恐有一天眼前的一切会化为泡影。于是，赵高抓住李斯这个弱点，有恃无恐地说道："皇上驾崩，外人还不知道。如今给大公子扶苏的诏书和符玺都在胡亥那里，定谁为太子，只需你我二人一句话，丞相看着办吧！"

李斯大惊失色，听出了赵高想篡诏改立的野心，当下断然拒绝，义正辞严地说："如此大逆不道的话，你怎么说得出口！你我身为人臣，不该谈论此事！"

赵高嘿嘿一笑，话锋一转，问道："丞相，依你所见，就才能、功绩、谋略、取信天下以及公子扶苏的信任程度而言，你哪里比蒙恬将军强？"

这句话正触到李斯的痛处，他沉默半晌，黯然说道："我确实比不上他。"

于是赵高装出十分关切的样子说道："丞相是个聪明人，自然明白其中的利害关系。扶苏一旦继位，丞相之职必定属于蒙恬，到时候，你还能得善终吗？公子胡亥仁慈敦厚，是皇位的最佳人选，希望丞相考虑清楚后再做决定。"

李斯心乱如麻，一方面觉得不应该为一己私利而大逆不道，违背先皇的遗愿；另一方面又担心赵高一语成谶，自己苦心经营这么多年的仕途就此终结。权衡再三后，李斯最后还是向赵高低头了。

赵高与李斯合谋，假托秦始皇之命，立胡亥为太子。另外还炮制了一份诏书送往上郡，斥责扶苏不能开辟疆土，创立功业，却使将士伤亡惨重，而且数次上书，诽谤父皇，实属不忠不孝；蒙恬不能纠正扶苏的过错，还参与了扶苏的罪恶图谋，罪不可赦。二人均赐自裁，兵权移交给副将王离。

扶苏接到诏书，如晴天霹雳，肝胆俱裂。他失声大哭着，转身回到帐中就要拔剑自杀。

蒙恬对这份意外的诏书深表怀疑，于是劝阻道："陛下在外出巡，尚未立定太子，诸公子必定都虎视眈眈，暗含窥伺之心。陛下让我统率三十万大军镇守边陲，令您担任监军，这可是天下的重任啊，足见陛下对你我的信任。今天突然派使者送来赐死旨令，怎知不是有诈？至少我们应该奏请证实一下，如果确有其事，再死也不迟。"

胡亥、赵高派来的使者不断催促，扶苏心灰意冷，悲伤地说道："君要臣死，父要子亡，还有什么好请求的呢？"说完便拔剑自刎了。蒙恬不肯不明不白地死去，使者便将他囚禁在阳周（今陕西靖边杨桥畔镇），兵权移交给副将王离，又安排李斯的舍人为护军，然后回去复命。

胡亥听说扶苏已死，心中大石落地，便准备释放蒙恬。此时，恰好蒙毅替秦始皇祭祀名山大川归来。赵高担心蒙氏兄弟联手很快又能重掌大权，便改变了决定。赵高对胡亥说："先帝当初想立贤能者为太子，本来挑中的就是您，可蒙毅屡次阻止，才没能实行。这种不忠、惑主的人，不如杀之，永绝后患。"胡亥信以为真，于是下令把蒙毅拘留在代郡。

车队浩浩荡荡回到咸阳后，这才发布治丧公告，随后举行了空前隆重的葬礼，将秦始皇安葬在骊山。

胡亥称帝，就是秦二世。赵高被封为郎中令，李斯虽然依旧做丞相，实权却在赵高手中。

在赵高的唆使下，胡亥准备尽快杀了蒙氏兄弟。胡亥的侄子子婴劝他不要错杀忠良，但他置若罔闻，先将蒙毅杀了，不久又派使者去阳周逼蒙恬自杀了。

胡亥登基后，原本想纵情享乐，赵高对他说："沙丘夺权之谋，诸位公子和大臣都有所怀疑，而各位公子都是陛下的兄长，各位大臣都是先帝安置的。陛下虽然已经即位，但他们心里并不服，搞不好就会弄出些什么事情来！我一直战战兢兢，生怕死无葬身之地，陛下又怎么能够享乐呢？"

胡亥害怕了，便向赵高求计。赵高说："陛下应该实行严厉的法律、残酷的刑罚，将那些大臣和皇族杀光，提拔选用自己的亲信，这样陛下才能高枕无忧！"

秦二世对赵高言听计从，下令修订法律，采取更严厉的手段，凡大臣、皇族犯罪，均由赵高审讯。结果十二位皇子在咸阳城被斩首示众，十位公主在杜邮被裂肢处死，受牵连而被捕处死的不计其数。此后，赵高又将矛头对准了沙丘之变的合谋者李斯，罗织罪名将他也杀了。

从此，赵高名正言顺地当上了丞相，一手遮天，甚至连秦二世也不放在眼里。赵高指鹿为马，将异己分子全部清除，巩固了自己的势力，为篡位扫清了道路。

后来，赵高干脆逼死了胡亥，另立子婴为王，并与起义军诸侯刘邦、项羽讨价还价，约定一起灭秦朝宗室，分王关中，结果未能得逞，被子婴所杀。

陈胜吴广起义

秦二世元年（公元前209年）七月，秦朝官府征召淮河流域一带的九百名贫民到渔阳（今北京密云）戍边。佃农出生的陈胜和贫农出生的吴广被指定为屯长。当他们走到蓟县大泽乡（今安徽宿县西南）的时候，正赶上天降大雨，道路泥泞不通，他们眼看就无法按规定的期限赶到渔阳防地了。而按秦朝的法令规定，延误戍期将一律问斩。

而押送他们的两个军尉非常凶暴，明知无路可走，还是挥舞着皮鞭强迫驱赶众人前行。陈胜、吴广被激怒了，便趁着天下百姓们长期遭受压榨、对秦王朝积怨很深之际，杀掉了那两个军尉。他们召集戍卒号令说："我们已经延误了戍期，按照秦朝法令当被斩首。即使不被斩首，但在外戍边的人又有多少能活着回去的。反正都是一死，那么壮士不死则已，要死就要为图谋大事而死！王侯将相难道都是天生的吗？"众人听后全都积极响应。

陈胜、吴广于是便假称是已被赵高、胡亥逼死的公子扶苏和已故楚国大将项燕的部下，培土筑坛，登上土坛盟誓，发动起义，号称大楚，陈胜自立为将军，吴广为都尉。中国历史上第一次大规模的农民起义爆发了。

陈胜、吴广率领起义军攻破了大泽乡，也吸引了很多贫苦百姓加入，势力大增，不久又攻占了蕲县。陈胜随即命令符离（今安徽宿州北）人葛婴率领一部分起义军进军蕲县以东的地区，相继攻克了铚、酂、苦、柘、谯等地。陈胜、吴广不断招兵买马，到达陈县（今河南淮阳）时，起义军已经有战车六七百辆，骑兵千余人，步兵数万人。陈胜率领起义军占据了陈县，以陈县为根据地，继续扩张势力。

这时，有大梁（今河南开封西北）人张耳、陈馀前来投奔。这两人原是魏国的名士，秦国灭魏国时，他们不愿意为秦王效力，于是改名换姓隐匿在陈县做看门小吏为生，忍辱负重。陈胜率起义军进驻陈县后，张耳、陈馀便前来求见，陈胜平素就听说过他俩的贤能，见到他们后非常高兴，收留在军中。

恰巧陈县中有声望的地方乡官父老联名拥护陈胜称楚王，陈胜拿不定主意，于是就征求张耳、陈馀的意见。二人回答道："秦王朝暴虐无道，灭亡六国，欺凌

百姓。如今将军您冒万死的危险起兵反抗暴秦，不就是要为天下百姓除害吗？现在您才刚刚占据陈县就要称王，这是在向天下昭示您的私心啊。希望您不要急于称王，而应乘现在起义军士气高涨，马上领兵向西进军，同时派人联络、扶持原来六国王公后裔，培植自己的势力，也为秦王朝树立更多的反对势力，联合起来对付秦朝。秦朝的敌人多了，那么兵力就会分散，大楚联合的诸侯多了，兵力就自然会强大。这样一来，便可一举铲除残暴的秦朝，攻占咸阳，发号施令于各诸侯国。等各诸侯国得到复兴，您再施行德政使他们归服，那么帝王大业就可以完成了！如今您在一个陈县就称王，恐怕会使天下人的斗志松懈。”

可惜陈胜被一时的胜利冲昏了头脑，并没有采纳张耳、陈馀的这番良言，马上在陈县自立为楚王，号称张楚。

这时候，秦朝各郡县的百姓都苦于秦朝法令的残酷苛刻，争相诛杀当地官吏，响应陈胜起义军。秦朝派出使臣从东方返回朝廷，把当地反叛的情况上奏给秦二世。秦二世听后勃然大怒，当即将他问罪。这样，后来回来的使臣被秦二世问及情况时，便都回答道：“一群盗贼不过是鼠窃狗偷之辈，郡守、郡尉正在对他们进行追捕，现在都已经抓获了，不值得为此担忧。”秦二世于是颇为高兴。

巨鹿之战

陈胜、吴广起义不到三个月，赵、齐、燕、魏等地方都有人打着恢复六国的旗号，自立为王。张楚政权建立后，陈胜令大将武臣、张耳和陈馀攻打原来赵国的辖地，令邓宗攻打九江郡。后来，吴广在荥阳被部下杀害，陈胜的车夫庄贾背叛起义军，杀害了陈胜，但各地的反秦起义军风起云涌，不断壮大。

项梁、项羽叔侄是楚国名将项燕之后，他们乘机起兵于会稽（今浙江绍兴）。公元前 208 年六月，项梁获悉陈胜遇害的消息，于是召集各路起义军将领至薛县（今山东滕县）商议反秦大计。谋士范增献策说："秦朝灭亡六国，楚国最没有罪过。且自从楚怀王到秦国后一去不返，楚国人至今还怀念他。因此楚南公说：楚国即便是只剩下三户人家，灭亡秦国的也必定是楚国。如今陈胜首先起事反秦，不拥立楚王的后裔而自立为王，他的势力不能长久。现在您在江东起兵，楚地蜂拥而起的将领都争相归附您，正是因为您家世世代代是楚国的将领，故而能够重新拥立楚王后代的缘故啊！"项梁采纳范增的建议，在民间寻找到楚怀王的孙子熊心，拥立他为楚怀王，以顺从百姓的愿望。

公元前208年，秦朝派出大批军队攻打各地的起义军。九月，秦朝大将章邯率秦军在山东击败楚军，项梁兵败而亡。

武臣、张耳和陈馀攻占了邯郸后，武臣自立为赵王，不久被部将所杀，于是张耳又立原来赵国王室后裔赵歇为赵王。章邯打败了项梁的楚军，认为楚地起义军不值得担忧，随即渡过黄河，北上攻打赵国，大破赵军，随后又率军抵达邯郸，将城中的老百姓全都迁徙到了河内，将邯郸夷为平地。张耳与赵歇逃到巨鹿（今河北平乡西南），秦将王离率军团团围住巨鹿城。陈馀北上常山招募兵士，得到了数万人马，屯驻在巨鹿北面，章邯则率秦军驻扎在巨鹿南面。巨鹿城被围困几个月，城中已无粮草，赵国多次向楚国、齐国和燕国请求救援。

齐国的使者高陵君正出使楚国，求见楚怀王说道："宋义推论项梁必败，项军果然兵败。军队尚未开战就能预料到胜败，可以称得上颇懂得兵法了！"于是楚怀王当即召宋义前来商议，封他为上将军，项羽为次将，范增为末将，率军前去救援赵国。各路人马的将领也都归宋义统领，他被称为"卿子冠军"。

齐国和燕国的援军抵达巨鹿，张耳的儿子张敖也带领一万多人马赶来营救父亲。可是，他们到达离巨鹿不远的地方时，被秦军的强大阵势吓坏了，各军将领们你看看我，我看看你，谁都不敢出兵进攻秦军，都把军营驻扎在巨鹿附近，相互观望。

十一月，宋义率领楚军抵达安阳，在那里滞留了四十六天还不进兵。项羽说道：“秦军围困赵军形势紧急，理应火速引兵渡过黄河，楚军在外攻击，赵军在内接应，打败秦军是必然的。”宋义却说道：“不对，我们要拍打叮咬牛身的大虻虫，而不是消灭牛虻中的小虮虱。如今秦军攻打赵国，打胜了秦军就成为疲惫之师，我们就可以乘秦军疲惫之时发起攻势；打不胜，您和我就赶紧率军擂鼓西进，这样一定能够攻克秦军，所以不如先让秦、赵两军相互争斗。身披铠甲、手持锐器到战场上厮杀，我比不过您；但运筹帷幄、谋略策划，您却比

不过我。”因此他在军中下达命令：“凡是猛如虎、狠如羊、贪如狼、倔强不听从命令的人，一律斩首！”当时天气寒冷，持续大雨，士兵们饥寒交迫。

第二天早晨，项羽去朝见宋义时，在营帐中斩杀了宋义，随后发布号令：“宋义与齐国合谋反楚，楚王密令我杀了他！”众将都慑于项羽的勇武，没有人敢表示异议，异口同声说道：“最先拥立楚王的是将军的家人，现在又是您铲除了乱臣贼子。”于是一同推举项羽为代理上将军，楚怀王便让项羽担任了上将军。

项羽顿时声名威震楚国，于是他派当阳君黥布和蒲将军率军两万渡过黄河援救巨鹿，并派军截断了章邯所修的甬道，阻断了王离军队的粮道，使得他们粮草短缺。随后，项羽便率领全军渡过黄河，他心想：楚军和秦军相比人马相差很多，何况其他各军将领都贪生怕死，只能让将士们抱定必死的决心，以一当十，才能击溃秦军。于是项羽下令凿沉所有船只，砸毁所有锅、甑，烧掉营寨，只带够了三天的口粮，以此表明将士们誓死抗战、只进不退之意。

楚军一到巨鹿便包围了王离，与秦军交战，经过九个回合，终于大败秦军。章邯不得不领兵退却。各诸侯国的援兵这时才敢进击秦军，诸侯军的将领看见楚军将士人人以一当十，喊杀声撼天动地，无不惊恐万分。等到楚军攻克秦军后，项羽便召见各诸侯军将领。诸侯将领们进入辕门时，无不匍匐前进，没有人敢抬起头来仰视项羽。项羽由此成了各诸侯军的上将军，各路诸侯统统服从他的指挥。

鸿门宴

当初，楚怀王答应项羽和刘邦，谁先占领关中，谁就可以在关中称王。

刘邦先一步率军进入关中，自然想要称王。可是项羽也不是省油的灯，约定归约定，归根到底还是实力决定一切。当项羽从刘邦军中的叛徒左司马曹无伤那里得知刘邦想称王的消息后，气得火冒三丈，准备马上发兵攻打刘邦。

项羽出征前，谋士范增对他说："想当初刘邦还在崤山以东的时候，又贪财又好色。可自从他进入关中之后，金银财宝没动，歌姬美女没要，野心大得很啊！将军如果不趁现在消灭他，恐怕以后会生出祸端啊！"

项羽听后觉得有道理，更加坚定了攻打刘邦的决心。不过，刘邦军中出了叛徒，项羽的手下也不纯洁，而且项羽军中的叛徒不是别人，正是他的亲叔叔项伯。原来，刘邦的智囊谋士张良是项伯的救命恩人，项伯一直想找机会报恩。一旦项羽攻打刘邦，张良也难逃一死，为了救张良，项伯连夜赶到刘邦的大营，把这个消息告诉了张良，劝他和自己一起逃走。

但张良并没有和项伯一起逃走，而是把他引荐给了刘邦。刘邦听说此事后，魂儿都吓没了，赶忙讨好项伯，又是敬酒，又是和他结成亲家。项伯被刘邦恭维得不知道如何是好，自然答应帮助刘邦渡过难关。

项伯回到军营后，对项羽说："谁说刘邦想要在关中称王了？简直是造谣。刘邦把军队驻扎在灞上，是在等你入关。你想想，如果他不先把关中打下来，你能这么容易地进来？如果你要杀有功的人，不就是不仁不义了？"

项羽听后，也觉得有道理，就答应了项伯的请求。

第二天一大早，按照前一天晚上的约定，刘邦带着张良、樊哙和一百多名士兵来到鸿门（今陕西临潼东）拜见项羽。刘邦一见项羽，马上装出一副可怜巴巴的样子，说道："项将军真是误会我了！我们一起反抗暴秦，您在黄河以北作战，我在黄河以南作战，说实话我从没想到自己会先攻入关中。我希望您不要生气，不要误听了小人的谗言啊！"

项羽听后点了点头，对刘邦说："这件事也不能怪我，都怪曹无伤搬弄是非！不然，我又怎会误会你呢？"刘邦连忙点头称是，心中却在大骂曹无伤。

酒席间，范增几次给项羽使眼色，要项羽杀了刘邦，项羽都置之不理。范增心急如焚，三次拿起自己身上佩带的玉玦给项羽看，希望项羽明白自己的意思，赶紧下决心把刘邦杀了。可是项羽就像没看见一样，根本不理范增。

没办法，范增走出营帐，找来了将军项庄，对他说："项王心慈手软，不忍心杀掉刘邦。所以杀刘邦这件事只有靠你我了。

现在，你跟我一起进帐。进去以后，你先给刘邦敬酒，再提出舞剑助兴。之后，找机会一剑杀了刘邦。”项庄点了点头，走进帐内。

项庄按照范增的吩咐，在酒宴上舞起了剑。项伯见项庄的剑锋频频指向刘邦，马上明白了项庄的意图，于是赶忙站起来，拔出剑与项庄对舞，趁机用身体护住刘邦。

张良一看形势危急，便离开坐席，到营门外找到樊哙。张良把宴席上危急的情况向樊哙详细说了一番。樊哙本来就是一介武夫，行事莽撞冲动，气势相当凶猛。听了张良的一番述说，他哪里还坐得住，立马一手提剑，一手持盾，冲进了项羽的军帐。

项羽正兴致勃勃地观看项伯与项庄舞剑，突然看见一个莽夫闯了进来，脸色顿时一变，放下酒杯，拔剑问道：“何人胆敢私闯本将军营帐？”

张良见状，马上走上前替樊哙回答道：“将军息怒，他是沛公帐下一位武夫，名叫樊哙。只因刚才小人出去和他说帐内正在进行精彩的舞剑表演，他便忍不住想进来看看。还请将军见谅！”

项羽听罢，哈哈大笑起来。他吩咐侍卫给樊哙添上一张桌子，赏他一杯酒、一只生猪腿，让他坐下来一同欣赏。

樊哙将盾牌倒扣在地上，把猪腿放在上面，拔出剑来切下肉大口地吃起来。

席间，樊哙对项羽说道：“楚怀王曾与诸位将军约定，谁先打败秦军进入咸阳，谁就是关中王。如今，我家主公打败了秦军，却没有独占关中，而是退军灞上等待大王到来。如此劳苦功高，您不仅没有赏赐，反而听信小人谗言，要杀有功之人，我认为大王不应该这样做。”

项羽听后，十分钦佩樊哙的勇气。过了一会儿，刘邦借口上厕所，出了营帐。张良和樊哙也跟了出来，张良让樊哙保护刘邦离开了项羽的军营，逃回灞上。

估计刘邦走远后，张良才进去对项羽说：“沛公酒量小，刚才觉得有些醉意，怕在将军面前失礼，就先回去了。沛公叫我奉上白璧一双献给将军，玉斗一对送给亚父（对范增的尊称）。”

项羽接过白璧，小心地放在坐席上。范增却恼怒万分，把玉斗摔得粉碎，叹道：“唉！项羽这小子，真不是做大事的人。将来夺取天下的，一定是刘邦，我们等着做俘虏就是了。”

楚河汉界

公元前 205 年夏，项羽在彭城（今江苏徐州）打败刘邦的汉军。刘邦退到荥阳，楚军乘胜追击，两军在荥阳一带对峙了两年之久。

公元前204年，楚军包围了荥阳，刘邦感到形势危急，便向项羽求和。项羽听从谋士范增的建议，拒绝了汉军的求和，并乘胜追击。

刘邦相比项羽来说势单兵弱，但他非常善于用人。刘邦接受了谋士陈平的建议，对楚军实施反间计，设法离间项羽和范增的关系。

项羽有勇无谋，很快就中了计，对范增起了疑心，不久就将他驱逐出军营。范增蒙受不白之冤，含恨离开，最后在途中病死。从此，项羽失去了可靠的智囊，在和刘邦的斗争中逐渐处于劣势。

当时楚军锐气正旺，对荥阳加紧了围攻，形势对汉军非常不利。刘邦被困荥阳，眼看就要成为俘虏了，他的手下纪信舍身而出，假扮他出城诈降，才使他脱身。项羽发现上当后，怒火中烧，下令烧死了纪信，并一举攻破了荥阳和成皋（今河南荥阳汜水镇）。

刘邦一路北逃，渡过黄河，到达修武。在那里，刘邦得到韩信的援助，势力又壮大起来。他接受以往的教训，决定修筑深沟高垒的工事和项羽打持久战，以消耗楚军兵力，同时派兵偷袭楚军，烧了楚军的粮草。

公元前 203 年秋天，项羽率兵东进开封、商丘一带作战，留下大将曹咎驻守成皋。临行前，项羽千叮万嘱，让曹咎死守不出，避免与刘邦交锋。项羽走后，刘邦用计引诱曹咎出战，结果很快就占领了成皋。

项羽听说成皋被刘邦攻破，赶忙回来救援。随后，楚军与汉军在广武（今河南荥阳东北）对峙。几个月后，楚军的粮草越来越少，项羽怕支撑不住，不得以使出了不光彩的一招。他抓来刘邦的父亲刘太公，威胁刘邦退兵。

项羽对刘邦说："你这个无耻小人，赶快投降，不然我就要烹杀刘太公。"刘邦冷笑了一声，说道："想当初我和你一起为楚怀王效命时，曾经结拜为兄弟，那么我的父亲也就是你的父亲。如果今天你非要烹杀咱们的父亲，别忘了分给兄弟我一碗肉汤。"

项羽听后非常气愤，下令马上烹杀刘太公。项伯拦住士兵，对项羽说道："项王且慢，刘邦是一个为了天下而不惜舍弃家人的人，就算您杀了他父亲，对您也没有任何好处啊！"

项羽听后，对刘邦说："我暂且不杀你父亲。如今天下人中，只有你和我才是真正的对手，我要与你一决雌雄。"刘邦听后笑道："好，我可与你智斗，但不可武斗。"

项羽派出三位壮士出营挑战，却被刘邦手下的神箭手楼烦三箭毙命。项羽大怒，穿上盔甲亲自出营挑战。楼烦被项羽的气势吓倒，退回营中。

刘邦只好亲自上阵。项羽见刘邦出来了，就拿话讥讽刘邦，想让他与自己决斗。刘邦知道单打独斗，自己哪里是项羽的对手，于是计上心来，走到阵前，大声说道："项王，你说我刘邦是小人，我看你才是真正的小人。你不守当初的诺言，仅仅把我封在蜀汉之地为王，这是你的第一桩罪。巨鹿之战前，你假托怀王的命令，杀了主将宋义，这是你的第二桩罪。你虽然解救了赵国，但是却不向怀王禀报，反而趁机挟持各路诸侯入关，这是你的第三桩罪。你火烧秦朝皇宫，挖掘秦始皇的坟墓，然后把里面的金银财宝全部装进自己

的腰包，这是你的第四桩罪。你杀了已经投降的子婴，这是你的第五桩罪。你残暴不仁，坑杀秦朝降兵二十万，这是你的第六桩罪。你把富饶的地方分封给自己的心腹将领，赶走原来的诸侯，这是你的第七桩罪。你背叛故主，把怀王赶出彭城，自己在那里建立国都，而且还夺了韩王、梁王的地盘，这是你的第八桩罪。你偷偷派人把怀王杀死在江南，这是你的第九桩罪。你对人不公平，做事不守信用，天下人是不会接受你的，你是个大逆不道的乱臣贼子，这是你的第十桩罪。你有这十桩罪，天下人都可以讨伐你。今天我刘邦带领着仁义之军，和诸侯们一起诛杀你这个小人、败类、乱臣贼子。只要杀了你，就可以天下太平。"

项羽早就忍不住了，偷偷抽出一支箭来，射向刘邦。刘邦没来得及躲闪，被射中了胸口。刘邦心想："如果项羽知道我被射中了胸口，肯定会趁机率兵打过来的。"于是，刘邦故意捂着脚大声说："这该死的项羽，射中我的脚趾了。"

就这样，刘邦强忍着疼痛回到了军营。这时，张良走过来说："汉王，还请您到军营中再走一圈吧，就是再疼，您也要忍耐啊！不然我们将士的士气就会低落，楚军就会趁机攻打我们啊！"

刘邦明白张良的意思，忍着剧痛又回阵前巡视了一圈。这一举动果真骗过了项羽，从而躲过了一场大战。但刘邦伤势严重，不得不退回成皋休养。

公元前 203 年十月，向东攻打齐国的韩信已拿下临淄，并一路向东，追赶逃跑的齐王。项羽闻讯后，马上派大将龙且率二十万精兵前去支援齐王。十一月，韩信以水淹的战术大败龙且大军，并斩杀了龙且，齐地也完全被韩信占领了。

刘邦箭伤痊愈后，重返汉军阵中，驻扎在广武。次年二月，韩信来信称要代为管理齐地，实则是想称王。刘邦虽然气愤，但无奈当前的形势还要依赖韩信，于是顺水推舟，封韩信做了齐王。

汉军与楚军长期对峙，决定胜负的关键便在韩信了，韩信归附谁，谁就能获胜。项羽派遣盱台（今江苏盱眙）人武涉前去游说韩信归附楚军。韩信的手下蒯彻觉得韩信现在势力正强，汉、楚为了扭转局面，所以争相拉拢韩信，但一旦一方得胜，都会视韩信为心腹大患，最终置韩信于死地。所以，他劝韩信与其归附汉或者楚，不如趁机一统天下。但韩信没有听取他的意见，坚持认为汉王念在自己的功劳上，不会抢夺齐地。蒯彻无奈，便装疯离开了韩信。

公元前202年八月，北方的貉族人和燕人派勇猛的骑兵前来协助汉军。汉王刘邦下令：凡军士在战争中不幸死亡的，官吏要为他们用衣被棺木殓尸，并转送回死者家中。此令一施行，四面八方的人都心甘情愿地来归附汉王。

项羽后无援军，粮草告罄，而韩信的大军还在不断发起猛攻，不禁忧虑万分。刘邦这时派侯公前来劝说项羽，请求接刘太公回去。

项羽借机与刘邦定下条约：二人平分天下，以战国时魏惠王所开的名为“鸿沟”的运河为界，鸿沟以西划归汉王，鸿沟以东划归楚王。

官渡大战

东汉末年，军阀董卓把持了朝政，他不但残暴不仁，还经常扰乱朝纲，进而激起了民愤，引来各路诸侯群起讨伐。董卓死后，曹操把汉献帝迎接到许昌，表面供奉天子，实则大权独揽。曹操挟天子以令诸侯，汉献帝极度不满，便在衣带上写下血诏，交给车骑将军董承，让他诛杀曹操。

当时曹操一手遮天，势力遍及朝野，董承虽然联络了几个对曹操不满的人，但却一直找不到机会。后来事情败露，曹操将董承及其同党通通杀了。但也有漏网之鱼，那就是刘备。曹操知道刘备不是等闲之辈，邀他煮酒论英雄，声称天下英雄只有他们二人。但刘备善于掩饰，利用曹操的疏忽，以截击袁术为名逃出了京城，联络手握重兵的袁绍，起兵反曹。

曹操虽然控制了朝廷，但实力远不如袁绍。袁绍大举南下的消息传到许昌，曹操的手下不免惊慌。可曹操毫不在意，甚至要先集中兵力对付刘备。

建安五年（公元200年）正月，曹操率精兵东征刘备，一举占领沛县，收复徐州，转攻下邳，迫降了关羽。刘备全军溃败，仅带少数兵马逃往河北投奔袁绍去了。

曹操挥师东征的消息传来，冀州别驾田丰对袁绍说：“曹操与刘备交锋，不会立即分出胜负，对将军来说是千载难逢的好机会。将军可以乘虚攻打曹操的后方，一定能大获全胜。”袁绍拿不定主意，以儿子生病为由拒绝了田丰的建议。

刘备逃到了袁绍的邺城，袁绍才感到曹操的威胁，于是下决心进攻许昌。这时田丰却不赞同了，他说：“现在许昌已经不是空虚的了，怎么还能去袭击呢！曹操兵马虽然少，但他善于用兵，诡计多端，可不能轻敌。我看还是按兵不动，与他相持。将军据守山川险固，拥有四个州的地盘，只要对外结交天下英雄，对内抓紧农耕，加强备战。然后挑选精锐的士卒，组成奇兵频繁出击，骚扰曹操，使其民众不能安心生产，不用三年我们就能坐享其成。如果现在出兵，将来一定后悔莫及！”

袁绍坚持要发兵，田丰奋力阻挠，结果惹恼了袁绍。袁绍以扰乱军心之罪，将他关进了监狱。接着，袁绍向各州郡发出文书，声讨曹操。袁绍集中了十万精兵，派沮授为监军，从邺城出发进兵黎阳。大军出发前，袁绍事先派大将颜良渡过黄河，进攻驻守白马的东郡太守刘延。沮授劝阻道：“颜良虽然骁勇，但性格暴躁，不能独当一面。”但袁绍并未采纳。

这时候，曹操已率领兵马回到官渡，听说白马被围，就准备亲自去救援。谋士荀攸劝他道：“目前敌众我寡，不能跟他们硬拼。不如分一部分人马往西在延津一带大张旗鼓地摆出渡河的架势，把袁军主力吸引到西边。然后再派一支轻骑兵突袭白马，打他个措手不及。”曹操采纳了荀攸的意见，来了个声东击西。

袁绍听说曹操要在延津渡河，果然派大军来堵截。曹操见袁绍的主力被吸引出来了，便亲自带领一支轻骑兵袭击白马。距白马只有十几里时，颜良才得到消息，仓促应战。曹操帐下的先锋关羽一马当先，杀入颜良阵中，砍下了他的人头。

颜良被杀，白马之围随之解除。袁绍得到消息，暴跳如雷，下令大军渡过黄河追赶曹军。沮授劝道："胜负乃兵家常事，切不可意气用事！为今之计，应该将大军留在延津，用部分兵马攻击官渡，如果获胜，再迎大军渡河南下。如果大军贸然南下，万一失利，就会陷入险境。"

袁绍气急败坏，不听沮授劝告，下令全军渡河追击曹军，以大将文丑率领五千骑兵为先锋。沮授在渡河时连声叹息道："主上狂妄自大，将领一味贪功，黄河要给我们作证了！"沮授心灰意冷，向袁绍辞职，袁绍很不高兴，剥夺了他的兵权，将其部队都交给了郭图。袁军抵达延津以南时，曹操的骑兵仅六百人，在白马山南面安营。曹操派人登高瞭望，起先报告袁军的先锋有六七百骑兵，一会儿又说骑兵不断增加，步兵更是多得无法统计。曹操怕乱了军心，下令探子不得再报，同时又命令骑兵解下马鞍，放马匹到山坡下自由走动，还故意将辎重丢弃在路旁。将领们都很着急，说："袁军人多势众，应该回到营垒固守。"荀攸领会到曹操的用意，解释道："这是抛出的香饵，等敌人上钩。"曹操微笑地点了点头。

文丑与刘备率领的骑兵已经靠近，曹军将领纷纷要求出击，曹操却不答应。不一会儿，袁军骑兵大多到了，文丑的手下只顾着哄抢曹军丢弃的辎重，阵形大乱。曹操抓住时机，一声令下，六百名骑兵如猛虎下山，杀入袁军阵中。袁军来不及抵抗，被杀得七零八落，文丑在混战之中被曹军斩杀。

袁绍一连损失了颜良、文丑两员大将，袁军士气骤落。袁绍仗着自己兵马仍比曹操多，急于找曹操报仇。沮授劝道："我军人数虽多，却没有曹军那么勇猛；曹军虽然勇猛，但粮草没有我们多。所以曹操希望速战速决，而我军更适宜打持久战，等他们粮草耗尽，我们再进攻不迟。"

袁绍听不进沮授的劝告，令大军继续向前推进，逼近官渡扎营，东西长达数十里。曹操也将部队排开扎营，与袁军对垒。

曹操数次出战都没能获胜，便坚守营垒，不再出战。袁绍在营中堆起土山，筑起高台，让士兵们在高台上居高临下向曹营射箭。曹军将士在军营中行走都必须用盾牌护身。

为了让曹军不被动挨打，曹操的一位谋士献计并设计制作了一种霹雳车，车上安装着机钮，扳动机钮能将几十斤重的石头远远地抛掷出去。曹军借助霹雳车，砸坍了袁军的多个高台，许多士兵被打得头破血流。袁绍一计不成又生一计，叫士兵在深夜里偷偷挖地道，打算从地道里钻到曹营去偷袭。但是他们的行动被曹军发现，曹操吩咐士兵在营内挖了一条又长又深的壕沟，切断地道的出口，袁绍的偷袭计划落空了。

就这样，双方在官渡相持了一个多月。日子一久，曹军粮草越来越少，士兵疲劳不堪。曹操有点支持不住了，写信告诉留守许昌的谋士荀彧准备退兵，从而调动袁军。荀彧却回信说："袁绍集中了所有的人马来官渡，是要与您决一死战。您以这么少的兵马与他对垒，如果不能制敌，便会被其所制。现在局面虽然比较艰苦，但比起楚、汉在荥阳对峙时强多了。当初项羽、刘邦谁先退谁就先处于劣势。如今您的兵力只有袁绍的十分之一，但扼住袁军的咽喉已长达半年，只要再坚持一下，形势就会变化，那便是出奇制胜的良机！”曹操听取荀彧的意见，继续坚守。

袁绍的粮草源源不断地运来。荀彧对曹操说：“袁军负责押运粮草的韩猛勇猛而轻敌，可以派徐晃去袭击他，阻截袁军的粮草。”曹操派徐晃、史涣半路截击韩猛，果然将其击溃，焚毁了大量粮草。

到了冬天，袁军又运来大批粮草，囤积在离官渡四十里的乌巢，由大将淳于琼率领一万人马看守。这时沮授提醒袁绍，派大将蒋奇率领一支人马在乌巢外围巡逻，以防曹军偷袭。但袁绍却置之不理。

袁绍的另一名谋士许攸认为曹操兵少，都集中在官渡，后方许昌一定空虚，劝袁绍派出人马绕过官渡，偷袭许昌。如果拿下了许昌，就能将汉献帝掌握在手中，以天子之名讨伐曹操；即使拿不下许昌，至少也能让他首尾不顾，疲于奔命。袁绍还是听不进去，冷冷地说道：“我要先打败曹操！”

许攸还想说什么，正巧有人从邺城给袁绍送来一封信，说许攸家人犯法，已经被关了起来。袁绍看了信，把许攸狠狠地责骂了一通。许攸又气又恨，连夜逃出袁营，投奔曹操去了。

曹营这边，曹操刚脱下靴子准备睡觉，听说许攸前来投奔，兴奋得来不及穿上靴子便跑出来迎接。

许攸向曹操说明来意后，开门见山地问道：“袁绍来势凶猛，你打算怎么对付他？你现在还有多少粮草？”曹操尚未完全信任许攸，骗他道：“还可以支持一年。”

许攸冷冷一笑，说：“没有那么多吧！”曹操改口说：“确实没有，只能支持半年了。”许攸生气了，说：“看来你对我仍有所保留。”曹操知道瞒不住了，只好如实相告。

许攸听后，说：“你孤军独守，没有接应，粮草不继，形势确实危急，但也不是没有机会。现在袁绍有一万多车粮草、军械屯放在乌巢，看守并不严密。你只需派一支轻骑偷袭，把他的粮草全都烧了，不出三天，袁军就会不战自败。”

曹操听了大喜，立刻把荀攸、曹洪找来，吩咐他们守好官渡大营，自己带领五千骑兵，打着袁军旗号，连夜向乌巢进发。

曹操带领轻骑兵各带一束柴草，路遇袁军的岗哨查问，就说是袁绍派去增援乌巢的。袁军的岗哨没有怀疑，放他们过去了。曹军神不知鬼不觉地抵达乌巢，将囤粮之处团团围住。待布置妥当，曹操一声令下，士兵从四面放火，顷刻间，乌巢便成了一片火海。天快亮时，乌巢守将淳于琼发现曹军人数不多，便组织人马出击，结果被曹军打退，淳于琼也被杀了。

在官渡的袁军将士听说乌巢起火，粮草俱毁，顿时军心溃散，阵势大乱。袁绍手下的两员大将张郃、高览因与袁绍不合，带兵投降了曹操。袁军兵败如山倒，袁绍和他的儿子袁谭连盔甲也来不及穿戴，带着八百多骑兵慌忙向北逃走。袁军残部向曹操投降，结果全被杀了，死伤达七万之多。经过这场决战，袁绍的主力基本被消灭。过了两年，袁绍病死。曹操又花了七年工夫，扫平了袁绍的残余势力，统一了北方。

赤壁之战

曹操统一北方以后，计划先消灭荆州的刘表，再顺着长江东进，击败东吴的孙权，从而完成统一大业。建安十三年（公元208年）七月，曹操亲自统率十万大军南征荆州。

同年八月，荆州牧刘表病死，他的小儿子刘琮继位。正值曹操大军压境，刘琮投降了曹操。曹操得到了荆州水军数以千计的战船，实力大增，而依附刘表驻守樊城的刘备则闻讯南撤。九月，曹军占据新野，随后率领精锐的骑兵一路追击南逃的刘备，在当阳长坂坡击溃刘备大军。

刘备逃到夏口（今湖北武汉武昌），曹操继续南下占据了江陵，企图先在夏口歼灭刘备，然后再乘胜顺江东下兼并东吴。

面对严峻的局势，刘备决定联合东吴一起抗击曹军。十月，刘备退至夏口后，派谋士诸葛亮赶赴柴桑（今江西九江西南）拜见东吴的孙权，谋划共同抗击曹操的大计。

诸葛亮来到柴桑后，诚恳地与孙权交谈，并仔细分析了局势。他说："曹操虽然兵多将广，但军队非常疲惫，且不习水战。而我家主公有两万水军，实力尚存。您又有大军十万之众，如果您和我家主公联合起来抗曹，完全有获胜的把握！”

孙权正在犹豫之时，东吴大将周瑜从鄱阳赶回来。周瑜听说此事后，非常赞同诸葛亮的提议。

有了周瑜的肯定，孙权坚定了抗击曹操的决心。随即，他拜周瑜为左都督，鲁肃为赞军校尉，让他们率领水陆大军三万人马向西进军，迎击曹军。

周瑜率军来到夏口，与刘备会合。曹军与孙刘联军在赤壁相遇，刚一交战，曹军就吃了败仗，退守到长江北岸的乌林（今湖北洪湖乌林镇）。

正如诸葛亮和周瑜分析的那样，曹军虽然在人数上占据优势，但由于他们的士兵多是北方人，长途跋涉来到南方，对这里的气候和水土都不习惯，不少士兵得了疾病。而且曹兵又不习水性，经受不住长江上风浪的颠簸，在战船上经常晕船。于是，曹操下令用铁索连接战船，再将木板铺在战船之间的铁索上。这样，战船稳如平地，士兵们的晕船症状大为缓解。

周瑜得知这一消息后，认为有机可乘，便立刻派东吴将领黄盖前去曹营诈降。

十一月的一天晚上，黄盖按照与曹操在信中所约定的时间，带着十艘战船，向北岸曹军的营地驶去。这些船上并非满载士兵，而是装满了浇上膏油的干草、芦苇。每只战船的后面还拴了三只用于撤离的小船。

船只抵达江心时，黄盖命令士兵扯起风帆，加快速度。黄盖手下的士兵大声喊着：“黄盖前来归顺，请快来接应！”曹营的将士听到这个消息，都跑到船头上看热闹。等到离曹营水

寨仅数十米时，黄盖让士兵们点燃大船上的干草、芦苇，然后带领众人跳到小船上快速撤离。

十只火船乘着东南风，向曹营水寨冲了过去。曹军毫无防备，战船又被铁链锁在一起,无法迅速分开撤离。士兵们惊慌失措，吓得四处逃散，乱成一片。很快，曹军水寨就变成了一片火海。

周瑜、刘备各带军队，从水、陆两路向曹军发起进攻。曹营中淹死、烧死以及被杀的将士数不胜数。

曹军大败，曹操狼狈地从华容道（今湖北监利境内）向江陵逃窜。途中，道路泥泞难行，曹军又饿死、病死了大半。

曹操到了江陵，不敢久驻，带着剩下的一部分人马退回到北方。

赤壁一战，周瑜、刘备以少胜多，以弱胜强，打得曹军元气大伤。从此，曹操再也没有夺取南方的实力。孙权巩固了江东，又占领了荆州一部分土地。刘备也占据了荆州南部，并以此为根基，向西占据益州。从此，魏、蜀、吴三足鼎立的局面基本形成。

司马昭之心

曹操死后，其次子曹丕继任丞相和魏王。建安二十五年（公元220年），曹丕废了汉献帝，自己称帝，建立魏朝，史称曹魏。曹丕称帝后，老臣司马懿得到重用。经过几次转折，到公元249年，司马懿终于独掌兵权。司马懿死后，其子司马师担任抚军大将军，独揽朝政。

公元254年，曹魏第三任皇帝曹芳不满司马师专权，就将大臣李丰、张缉、夏侯玄召入密室商议，并在龙凤汗衫上写了血诏，要他们与自己同心除恶。可他们还没出宫，事情就被司马师发现了。司马师借机杀了几位大臣，废了曹芳，立年幼无知的高贵乡公曹髦为帝。司马师死后，其弟司马昭做了大将军，更加专横无忌。

公元258年，魏帝曹髦不满司马氏专权，写了一首《潜龙诗》，倾泻心中的不满。在诗中，他以一条困在井中的黄龙自喻，倾诉自己不能到海中自由生活，却受到泥鳅、鳝鱼之类欺侮的悲哀。这首诗很快传到司马昭的耳中，令他大为不快。

司马昭带着宝剑入宫，责问曹髦道："陛下到底有什么不满足的？竟然写一首《潜龙诗》侮辱微臣！”曹髦垂下头来，不敢言语。

公元260年四月，司马昭带剑上殿，曹髦起身迎接。群臣说道：“大将军功高盖世，陛下应封他为晋公，兼任丞相。”曹髦不语。司马昭咄咄逼人地说道：“我们父子三人屡建奇功，有功于国，我当个晋公有什么不应该？”曹髦只得说：“一切听从大将军安排。”

曹髦回到宫中，将尚书王经、侍中王沈和散骑常侍王业召入宫中，对他们说道：“司马昭之心，路人皆知。我不能等着被他废黜，希望三位大臣能全力助我讨伐他。”王经马上劝道：“陛下的军队太少，根本消灭不了司马昭。还请从长计议，万不可轻举妄动。”

曹髦取出早已写好的讨贼诏书，扔在地上，说道：“是可忍，孰不可忍！我已

经下定讨贼决心，就不会贪生怕死！”说完，他就去禀告郭太后，做讨贼部署去了。

事情紧急，王沈、王业知道曹髦根本不是司马昭的对手，于是去向司马昭告密。王经阻拦不住，只好作罢。

曹髦召集了三百名宫内侍卫，作为讨贼先锋，准备出宫讨伐司马昭。王经想劝阻曹髦，但未能成功。

司马昭得到报信，派亲信贾充带领数千禁军，将曹髦挡住。曹髦提着宝剑，喝道：“我是魏朝天子，现在要履行职责，为国除害。你们岂敢阻拦！”

贾充根本不理会曹髦，对禁军将领成济说道：“司马公平时养你们做什么，不就是为今日之事吗？”

成济马上心领神会，上前杀死了曹髦。王经从后面赶到，见皇上已死，便大骂贾充。贾充将王经逮捕，又马上派人向司马昭报告。

司马昭很快便率一帮亲信进宫。他用头撞辇，惺惺作态地哭了一场，然后问众大臣：“现在皇上已死，接下来该怎么办呢？”

老臣陈泰说：“只有杀了贾充，才能令天下人心服。”司马昭舍不得杀贾充，为了掩人耳目，便灭了成济三族。后来又找理由将王经满门抄斩。

这一切处理妥当后，贾充等人便力劝司马昭称帝。司马昭觉得时机尚不成熟，想等到万无一失时，让自己的儿子登上皇帝宝座。

于是，司马昭暂立魏文帝之侄、年仅十五岁的曹奂为帝，曹奂就是魏元帝。

八王之乱

魏元帝咸熙二年（公元 265 年），司马炎继承了父亲司马昭的晋王之位。几个月后，司马炎逼迫魏元帝曹奂将帝位禅让给自己，改国号大晋，建都洛阳，司马炎就是晋武帝。公元 279 年，司马炎亲自指挥了消灭吴国的战争，结束了近百年的战乱和分裂，统一了中国，百姓也得以休养生息。

晋武帝吸取曹魏灭亡的教训，于是大封藩王，希望以此来对抗权臣中妄想篡权的野心家，从而巩固、延续晋王室的统治。他一共分封了二十七个同宗子弟为藩王。这些藩王都有自己的领地、百姓和军队，实际上就是一个个独立的小王国，制造了更多觊觎帝位的野心家。“八王”就是这么一批野心家。

八王分别是汝南王司马亮、楚王司马玮、赵王司马伦、长沙王司马乂、齐王司马冏、成都王司马颖、河间王司马颙、东海王司马越。晋武帝临终前曾经嘱咐汝南王司马亮和太傅杨骏共同辅佐他痴呆的儿子司马衷管理朝政，并且留下了一道诏书。可是杨皇后和她的父亲杨骏为了独揽大权，合谋将诏书改成让杨骏一人辅佐朝政。大家都知道杨骏篡权，但是谁都不敢吭声。司马亮不仅不敢站出来替自己说话，还担心杨骏修改诏书后会谋害自己，便急忙逃回自己的封地去了。

当时的皇后贾南风是权臣贾充的女儿，势力很大，并且野心勃勃，很有心计。她当然不能坐视大权旁落，于是在公元291年与司马玮、孟观、李肇等人发动政变，诛杀了杨骏、杨太后及杨氏党羽好几千人。

贾皇后掌权后，为了征服朝廷百官，任命威信较高的汝南王司马亮为太宰，让他负责处理尚书事务，总理朝政，并将在政变中功不可没的楚王司马玮升任为卫将军。司马亮当上太宰后，为了进一步稳固自己的地位，收买人心，开始滥封官爵，他前后共封了一千多个侯爵。司马亮虽然负责尚书事务，总理朝政，但唯独没有兵权，这成了他进一步扩充势力的软肋，于是他有了剥夺司马玮兵权的想法。

其实，司马玮一直很不满司马亮功不及自己却位居太宰，对司马亮心怀芥蒂。歹毒的贾皇后便利用他们兄弟之间的矛盾，设计先后杀害了司马亮和司马玮。

铲除了司马玮后，贾皇后终于独揽大权，并将亲信安插在各要害部门。但贾皇后还有对头，那就是太子司马遹。司马遹的生母是谢才人。贾皇后与太子一向不合，贾皇后的亲党贾谧等人担心日后太子掌权了会像贾皇后杀杨骏、逼死杨太后一样对付自己，于是极力鼓动贾皇后废黜太子。

公元299年，贾皇后设计让司马衷废黜了太子司马遹，并将他囚禁起来。太子被废黜后，朝中群情激愤，一些同情太子的人聚集在一起，策划废黜贾皇后，恢复太子的地位。他们找到了赵王司马伦的亲信孙秀，动员他说动司马伦带领群臣起事。

孙秀是个厉害角色，非常奸诈狡猾。他表面上同意了那些人的请求，暗地里却教了司马伦一条可以一举铲除太子和贾皇后的毒计。司马伦听从孙秀之计，故意放风出去，说朝中大臣要废黜贾皇后，迎太子回朝。贾皇后听到传言，马上派人到囚禁太子的地方毒死了太子。这正中了孙秀之计，太子死后，司马伦立刻假借晋惠帝司马衷的名义，闯入宫中逮捕并废黜了贾皇后，杀光了她的亲信。

公元 301 年，司马伦逼迫司马衷禅位于自己，接管了天下。但司马伦愚蠢无能，实权其实掌握在孙秀手中。司马伦做了皇帝后，为了笼络人心，大肆封官，连奴仆士卒都能加官晋爵，所谓的“貂不足，狗尾续”就出现在这个时期。

司马伦即位不久，其他诸王就举旗谋反了。齐王司马冏率先起兵，并得到成都王司马颖、河间王司马颙的响应。三王联军与司马伦的人

马在洛阳附近激战了两个多月，双方死亡近十万人，最终三王联军打败司马伦。司马伦和他的四个儿子以及党羽都被处死。晋惠帝重新即位后，将司马冏封为大司马，辅佐朝政，任命司马颖为大将军，都督中外军事，司马颙为侍中太尉。

司马冏掌权后，生活腐化堕落，沉迷酒色，大兴土木，追求享乐。于是司马乂和司马颙发兵包围了司马冏的府第，双方展开大战，尸横遍野，最后司马冏被诛杀，其党羽被夷灭三族。这一战乱后，司马乂升为太尉，掌握了兵权。

本来司马颙是想借司马乂的手杀掉司马冏，然后借这个机会声讨司马乂，没想到司马乂顺利得手。于是司马颙和司马颖联合起兵讨伐司马乂，司马乂率兵迎战。这场战争持续了好几个月，死伤几万人。双方相持不下时，司马越叛变，出卖了司马乂，将司马乂捉住并交给司马颙的部将张方。张方因怨恨司马乂，将他活活烧死。

经过接连不断的几场厮杀，八王只剩下了三王，即司马越、司马颖和司马颙。这三王谁也不服谁，相互展开了最后的角逐。司马越攻打司马颖，结果大败，逃回封地。一年后，司马颖死在顿丘太守冯嵩手下，司马颙得以独揽大权。接着，司马越又攻打司马颙，结果司马颙被杀，大权又落在司马越手里。后来，司马越将晋惠帝毒死，立司马炽为帝。不久，司马越也病死。

八王之乱从晋惠帝元康元年（公元 291 年）一直持续到晋惠帝光熙元年（公元 306 年），长达十六年之久，百姓死伤无数，洛阳、长安被洗劫一空，成为废墟。西晋从此一蹶不振，各少数民族政权纷纷兴起。

淝水之战

西晋时期的八王之乱使得中原地区受到重创，生灵涂炭，而边陲的少数民族迅速发展。后来晋王室南迁，黄河流域便成为北方各少数民族的逐鹿之地，直至东晋灭亡，中原也未被东晋收复。这一时期，历史上称为“五胡十六国”。

五胡十六国时期，匈奴、鲜卑、羯、氐、羌五胡除了建立前凉、后凉、南凉、西凉、北凉、前赵、后赵、前秦、后秦、西秦、前燕、后燕、南燕、北燕、夏、成汉十六国之外，还有代国、冉魏、西燕、吐谷浑等，实际上共有二十国。

经过长期的征战，前秦王苻坚相继灭了前燕、前凉和代国，基本上统一了中国北方。接着他攻克了东晋的襄阳，俘虏了守将朱序，国富兵强。苻坚认为吞并东晋，统一天下的条件已经成熟，于是不理会大臣的苦苦相劝，决定举兵攻打东晋。晋太元八年（公元 383 年）七月，苻坚发布诏令，大举南侵。

苻坚下令，百姓每十个成年男子中抽调一名士兵，贵族子弟年龄二十岁以下，有才智勇气的，都征拜为羽林郎。其中，贵族子弟自己带着马匹来应征的就达三万多人。苻坚任命秦州主簿赵盛之为少年都统。

当时，朝中大臣大多不支持苻坚出征，只有京兆尹慕容垂、兖州刺史姚苌以及一些贵族子弟力主出兵。

阳平公苻融对苻坚说："鲜卑和羌的族人与我们是仇敌，一直盼望着风云突变，好让他们的志向得逞。他们所献的计策，怎么可以听从呢？贵族子弟家里富有，不熟悉军事，只是苟且用阿谀谄媚的话来迎合陛下。如今陛下听信他们的话，轻易发兵征战，我担心最后既不能收获战果，还将留下后患，到时候后悔都来不及了！"苻坚不以为然。

公元383年八月初二，苻坚派遣苻融统率张蚝、慕容垂等人的步兵、骑兵共二十五万人作为先锋，任命姚苌为龙骧将军，统管益州、梁州的各项军务，自蜀地顺江而下。

苻坚对姚苌说："我从龙骧将军之位创建大业，所以之后从来不曾将其轻易授予别人，希望你不要负我所托！"姚苌说："君无戏言，这话可是不祥之兆啊。"苻坚听后沉默不语。后来姚苌果真建立了后秦。

八月初八，苻坚发兵长安，前秦大军共六十多万人，旌旗相望，战鼓相闻，前后长达一千里。强敌压境，东晋京城内外一片惊恐，但丞相谢安却很沉得住气。他推荐自己的弟弟尚书仆射谢石为征虏将军、征讨大都督，自己的侄子徐州、兖州二州刺史谢玄为前锋都督，令他们与其子辅国将军谢琰，还有西中郎将桓伊等人一起率领八万晋军抗击前秦大军。

谢玄临危受命，前去求见谢安，问他有什么计策。谢安平静地回答说："你只管服从调度就好，不必多问。"谢玄最后只好忐忑不安地回去了。

当天，谢安若无其事地带着亲戚朋友在山间别墅游玩，丝毫没有担忧。谢安拉着谢玄下棋，以往谢玄总能赢谢安，今日谢玄心中惦记着战事，竟输给了谢安。谢安也无心下棋了，便四处游山玩水，一直到傍晚才返回。

江州、扬州二州刺史桓冲见形势危急，准备派遣精锐部队三千人进京保卫京城。谢安拒绝了，说道："朝廷已有了退敌良策，士兵和武器都不缺乏，你们还是留在西藩防守吧。"

桓冲对下属叹息说："谢安有能力在朝廷辅佐皇上，但却不熟悉军事战略。如今大敌当前，他还纵情玩乐，高谈阔论，只派没有经历过战争的年轻人去抵御前秦，况且人少力弱，恐怕要大难临头了！"

到了晚上，谢安召集将领进行部署，龙骧将军胡彬受命率领五千水军援助寿阳。但苻融率前秦先锋部队抢先攻占了寿阳，并俘获了平虏将军徐元喜等人。与此同时，慕容垂也攻下了郧城。胡彬在半途听说寿阳失陷，就退守硖石，等待与谢石、谢玄的大军会合。苻融率军攻打硖石，并派卫将军梁成等领兵五万驻扎在洛涧，沿淮河布防，将谢石、谢玄的军队堵在外面。

胡彬困守硖石，根本无法突围，所带粮草很快就要用完了。于是，他秘密派遣使臣给谢石送信告急，但使臣被前秦士兵俘获了。苻融得到情报，立即向苻坚汇报，建议迅速增加兵力，以防晋军逃遁。苻坚得讯后，将大军留在项城，亲率八千骑兵直奔寿阳。

苻坚一到寿阳，立即派尚书朱序去晋军大营劝降谢石等人。朱序原本是东晋梁州刺史，梁州被前秦攻占后，朱序被俘，苻坚敬重他是一位忠勇之士，不仅没有杀他，还让他做了度支尚书。朱序虽在前秦为官，心里却是向着晋朝的。他见到谢石后，不但没有劝降，反而提供了前秦军的情况，为谢石出谋划策道："如果前秦百万军队全部抵达，你们的确难以抵挡。但若能乘着前秦各路兵马尚未会合，迅速攻击他们，打败他们的前锋部队，那一定可以挫伤他们的士气，然后就有机会乘势一举战胜他们了。"

谢石听说苻坚在寿阳，十分害怕，便准备坚守不出，以拖垮前秦军队。谢琰劝说谢石听从朱序的建议。

十一月，谢玄派广陵相刘牢之率领五千精兵进军洛涧，揭开了淝水大战的序幕。在距离洛涧十里的地方，前秦大将梁成驻守山涧布阵等待刘牢之。刘牢之分出一支人马控制了前秦军后撤的渡口，自己率军向前渡河，攻击梁成。前秦军被晋军的气势所压倒，主将梁成和弋阳太守王咏被斩。前秦军顿时土崩瓦解，争先恐后渡过淮河逃命，结果一万五千余人丧生，前秦扬州刺史王显等人被俘。洛涧大捷极大地鼓舞了晋军的士气。

谢石指挥各路晋军从水路和陆路进军。苻坚眼看洛涧、硖石相继失守，如同当头挨了一棒。他与苻融等登上寿阳城观望，只见东晋的军队阵容严整，又看见了八公山上郁郁葱葱的树木，仿佛埋伏了无数的晋兵，不由心头一凉，回头对苻融说："我们遇到劲敌了，怎么能说他们不堪一击呢？"苻坚一脸凝重，后悔不该草率出征。

前秦大军逼近淝水布阵，晋军无法渡河。晋军使出激将之法，谢玄派出使者去对苻坚说："将军统率百万大军深入晋地，原是要灭我晋朝，如今却守着一条小小的淝水，好像准备就这样耗下去了，难道不怕被天下人耻笑吗？如果将军想来个干脆的，就请稍稍后撤，腾出一块地方来让我军渡河，然后咱们堂堂正正一决胜负，岂不痛快？"

前秦的将领都说："我们人多，他们人少，不如压制他们，让他们不能上岸。"苻坚却说："只要稍微后退一点，让他们渡河，渡到一半，我们再出动铁甲骑兵攻击，没有不胜的道理！"

苻融也同意苻坚的看法，于是指挥军队后退，结果一退就不可收拾了。苻融挥动令旗指挥前秦军后撤，不料前秦兵刚刚遭遇挫折，士气低落，向后一撤就失去了控制，阵势顿时大乱。谢玄、谢琰和桓伊等人率领晋军渡过淝水猛攻前秦军。这时，朱序在前秦军阵后面高声呼喊："秦军败了！"士兵们听了更加惊慌失措，纷纷逃跑。朱序趁机与张天锡、徐元喜等人投奔了东晋。苻融眼见大势不妙，急忙骑马赶过去阻止，以图稳住阵脚，不料战马被乱兵冲倒，自己被晋军追兵杀死。

失去主将的前秦兵越发混乱，全盘崩溃。前锋的溃败引起了后面部队的惊恐，也随之向北溃逃。前秦兵互相践踏，死伤无数。那些败逃的前秦兵听到风声和鹤的鸣叫声，都以为是东晋的追兵追来，白天黑夜都不敢歇息，风餐露宿，加上挨饿受冻，伤亡十之七八。逃回到洛阳的前秦军仅剩十余万人，苻坚本人也中箭负伤。

晋军收复寿阳，谢石和谢玄派飞马往建康报捷。当时谢安正陪客人在家中下棋。他看完了谢石送来的捷报，不露声色，随手把捷报放在旁边，继续下棋。客人知道是前方送来的战报，忍不住问谢安："战况如何？"谢安慢吞吞地说："孩子们到底把敌人打败了。"谢安把棋下完，返回内宅时，按捺不住兴奋的心情，跨过门槛时，步履不稳，把所穿木屐的齿都给碰断了。

淝水之战后，前秦爆发内乱。慕容垂与丁零、翟斌相呼应，重新竖起燕国旗帜，史称后燕。继而姚苌也反叛了，建立了后秦。苻坚亲自率领步骑二万人攻打姚苌，结果兵败被杀，最后前秦覆灭。

北魏孝文帝改革

前秦瓦解后，鲜卑族拓跋部贵族建立了魏国，史称北魏。

北魏的都城原本在平城（今山西大同），地理位置偏北，气候条件比江南恶劣，难以适应经济发展的需要。另外，平城离中原地区较远，不利于北魏对富饶的中原进行控制。于是孝文帝拓跋宏决定将都城南迁到古城洛阳。但是，迁都是件大事，关系到许多鲜卑贵族的切身利益。他们大多留恋自己在平城的田地财产和奢侈的生活，害怕迁都会损害既得利益，所以，此前多次迁都的提议都被他们否决了。孝文帝为避免贵族们再次反对，决定秘而不宣地迁都。

公元493年秋天，孝文帝召集群臣，宣布率军南征。他带领三十万大军南下，浩浩荡荡地来到洛阳。将士们因为久不征战，此番长途行军，早已人困马乏。这时，秋雨连绵，足足下了一个月，道路泥泞，行军困难。孝文帝身着戎装，下令部队继续向南进发。众大臣纷纷跪倒在他马前，哀求他停止南进。

孝文帝故意做出一副无奈的样子说：“这次南征已经投入了许多精力，花费了不少钱财，不能就这样无功而返。如不南

进，那么就将都城迁到洛阳，积蓄力量，等将来有机会再灭南朝。大家倘若赞成的就站左边，不赞成的就站右边。”在迁都和继续南征之间，文武百官都选择了前者，不约而同地站到了左边。孝文帝出色的表演终于使迁都洛阳成为定局。

孝文帝迁都洛阳以后，进行了一系列大刀阔斧的改革。起初，为了移风易俗，学习汉族的先进文化，他召集文武百官问道：“你们是希望朕统治下的国家，像远古商周时期那么完善呢？还是希望连汉、晋也不如呢？”咸阳王拓跋禧是自始至终支持孝文帝改革的，所以，他马上接过孝文帝的话说：“我们当然希望陛下能超越他们。”

孝文帝接着问道：“那你们看是移风易俗好，还是因循守旧好呢？”咸阳王又回答说：“当然是移风易俗好。”

孝文帝继续问：“那你们是希望我们的江山到我这一代就结束呢？还是希望它能传给子孙后代呢？”咸阳王马上应道：“当然希望能一代一代地传下去。”

这时，孝文帝话锋一转，说道：“如果真是这样的话，那么我们就必须进行改革，你们谁都不许反对！”咸阳王抢着应和道：“天子下了命令，我们做臣子的就应该执行，谁还敢反对呢！”

于是，孝文帝下诏，鲜卑族人和其他少数民族人一律改穿汉人的服装，文武百官也改穿汉族的朝服。

公元495年，孝文帝又下诏，令三十岁以下的官员禁止说鲜卑语，一律改说汉话，所有迁到洛阳的鲜卑族人死后全部葬在河南，不得归葬平城。从此，迁到洛阳居住的鲜卑族人开始经营土地，向汉族人学习耕种技术。鲜卑人和汉人在生活风俗和生产上日益融合。

公元496年，雄心勃勃的孝文帝为了加快汉化进程，命令鲜卑的王公贵族将鲜卑人复杂的姓氏改为音近的单音汉姓，皇族拓跋氏率先改姓为元。这次姓氏改革，共有一百多个复姓被改为汉姓。此外，为了恢复魏晋时期的门阀制度，孝文帝特意在鲜卑贵族和汉族官吏中划分出姓氏的高低，以功劳的大小和官职的高低作为评定原则，把姓氏分为甲、乙、丙、丁四个级别，将各州的汉人姓氏分为四海大姓、郡姓、州姓、县姓，使中原的门第等级观念发生了巨大的变化。

孝文帝又用通婚的方式，加强鲜卑族与汉族的融合。他自己娶了汉族崔、卢、郑、王四大姓的女子入宫，又强令自己的五个兄弟娶汉族大姓女子为正妻，把公主嫁给汉族大姓，范阳卢氏一家就娶了三位公主。有了皇族的示范，鲜卑贵族也纷纷效法和普通百姓通婚。

孝文帝还提倡学习汉族文化，要求鲜卑人学习汉族的四书五经。孝文帝为了使改革顺利进行，不惜将公然违抗改革的儿子元恂治罪，发配到河阳无鼻城（今河南孟县东）。大家看到孝文帝改革的决心，再没有王公大臣敢公然反对改革了。

杨坚辅政掌权

北魏丞相高欢当初起兵讨伐尔朱氏，拥立孝武帝元脩，功高权大，手握重兵，元脩非常忌惮他。元脩多次想要除掉高欢，但都没有成功。公元534年，高欢以清君侧的名义攻破洛阳，把元脩逼到了长安。之后，高欢拥立清河王元直十一岁的长子元善见为皇帝，是为孝静帝，这个政权史称东魏。公元535年，权臣宇文泰杀了元脩，立元宝炬为帝，这个政权史称西魏，元宝炬即西魏文帝。

公元557年正月，宇文泰的侄子宇文护逼迫西魏恭帝拓跋廓把皇位禅让给宇文觉，宇文觉即位称帝，定都长安，立国号周，史称北周。

北周末年，皇室、贵族生活荒淫无度，政治十分腐败。公元 579 年，北周宣帝宇文赟即位，他是一个荒淫残暴的皇帝，大兴土木，不惜加重徭役，令百姓怨声载道。

周宣帝最忌惮的就是自己的岳父——杨皇后的父亲随国公杨坚。杨坚官至柱国大将军、大司马，权力非常大，而且深得王公大臣的尊崇。

其实，杨坚位高权重，功高盖主，自然成为皇帝的心腹大患，周武帝宇文邕就曾对他起过杀心。周宣帝也一直想除掉杨坚，他命内侍在皇宫里埋伏杀手，再三叮嘱："只要杨坚有一点无礼声色，格杀勿论！"

此后，周宣帝经常把杨坚召进皇宫，议论政事，企图制造机会杀掉杨坚。杨坚知道周宣帝想伺机谋害自己，所以心中早有准备，不管周宣帝怎样激将，杨坚都神色自若，从无犯上之言行。周宣帝终无杀机可乘，这才作罢。

内史上大夫郑译常向杨坚示好。杨坚既然被周宣帝忌惮，心里总是很不安，于是他便接近郑译，请他想办法让皇上把自己调离京城。

正好不久后，周宣帝准备派遣郑译率军进攻南陈，郑译便趁机请求任命一位元帅。

周宣帝问道："你认为派谁合适？"郑译回答说："如果要平定江东，当然非懿戚重臣不可，不然难以镇守安抚。可以让随国公杨坚同行，担任寿阳总管，督管军事。"

让杨坚出藩镇守，正好合了周宣帝的心意，所以他不假思

索就答应了。

陈太建十二年（公元580年）五月初五，周宣帝任命杨坚为扬州总管，让郑译率军前往寿阳，与杨坚会合。

就在大军准备出发之际，周宣帝病重。于是杨坚假称自己“暴得足疾”，不能出行，实则是想留在京城伺察形势。

小御正刘昉一向以狡黠谄媚受周宣帝宠爱，他和御正中大夫颜之仪最得周宣帝的信任。

周宣帝在寝宫召见刘昉和颜之仪，想托付后事，但是他病重导致喉咙嘶哑，说不出话来。

皇帝病危，大臣们商议让周宣帝七岁的儿子宇文阐即位，就是周静帝。

刘昉认为周静帝年幼，而杨坚是杨皇后的父亲，声名隆盛，于是与领内史郑译、御史大夫柳裘、内史大夫韦暮和御正下士皇甫绩商议，让杨坚辅政。

杨坚坚决推辞，不敢接受，后来在刘昉的劝说下才答应下来，接受了诏命。周宣帝去世后，却秘不发丧。刘昉、郑译假传诏命，让杨坚总管内外的军队。正直的颜之仪知道这不是周宣帝的旨意，拒绝接受。

刘昉等人草拟诏书并署上名字，逼颜之仪也签字。颜之仪严厉地说：“天元皇帝已经升天，继承的皇帝年幼，辅佐朝政的任命，应该选宗室中有才能的人。你们备受朝廷恩惠，应当考虑如何尽忠报国，怎么能把天下神器借给他人呢？我颜之仪宁愿死，也不能欺骗先帝。”

刘昉等人见说服不了颜之仪，于是就伪造他的笔迹签了名，将诏书颁布下去。各将领都接受了诏命，从此听命于杨坚的指挥调度。

之后，杨坚向颜之仪索要兵符玺印，颜之仪严厉地说："这是天子的东西，自然有人掌管，宰相要去做什么呢？"

杨坚大怒，本想立即杀了颜之仪，但碍于他的声望，未敢下手。之后，杨坚借故把他调到西部边境任郡守去了。

杨坚最初接受诏命辅佐朝政的时候，派邢国公杨惠对御正下大夫李德林说："朝廷赐令，让我总管文武大事。治理国家，责任重大，我现在想与你共事，你一定不要推辞。"李德林回答说："我愿意以死侍奉您。"杨坚大喜。

当初，刘昉、郑译商议让杨坚任大冢宰，郑译自己则担任大司马，刘昉担任小冢宰。杨坚私下询问李德林："我应该担任什么呢？"李德林说："您应当任大丞相、假黄钺、都督中外诸军事。"杨坚点头默许。

周宣帝的葬礼仪式完毕后，北周群臣惶惶不安地站在天台宫前，听李德林读着杨坚下达的朝廷第一道诏书：

第一，以杨坚为大丞相、假黄钺，都督朝中所有军事，百官都听命于杨坚。

第二，取消只许鲜卑人当兵的做法，允许汉人当兵。

第三，以正阳宫为杨坚的大丞相府，百官都要到大丞相府议事。

第四，尊阿史那太后为太皇太后，李太后为太帝太后，杨丽华后为皇太后，朱后为帝太后，陈后、元后、尉迟后出家为尼。以宇文赟的弟弟汉王宇文赞为上柱国、右大丞相。

宣布完毕，北周群臣一片哗然，乱成一团。他们面面相觑，不知道这到底是怎么回事。有人想进宫见皇上宇文阐，有人想离开回家，有人干脆在下面乱叫起哄。

杨坚、郑译、刘昉、李德林和高颎等人站在台阶上，一时无法安抚下面喧闹的人群。

这时，司武上士卢贲横着膀子，手握佩剑站了出来，对喧闹的人群喊道："现在众臣办公，一律到正阳宫大丞相府。想要荣华富贵的都跟我来。"

说罢，卢贲跳下台阶，自己先向正阳宫走去。但众人并未跟上来，他们并不想听命于杨坚。卢贲转身折回来，叫来了士兵。几百名士兵排成队，几乎是押着百官向正阳宫走去，杨坚走在最前头。

一进正阳宫，杨坚马上召集郑译、杨素、韦孝宽、刘昉和宇文述等人商讨军事行动。

杨坚掌权后，革除周宣帝所施行的暴政，法令较为疏阔。又令汉人各恢复本姓，废弃宇文泰所赐的鲜卑姓，这些举措都是符合汉族士人愿望的，因而轻易就笼络了人心。

杨坚残酷地打击北周宗室，将北周皇室中能够对自己构成威胁的人全部除掉。北周大臣尉迟迥、司马消难、王谦等人起兵叛乱，但很快就被消灭。

当时，杨坚已是众望所归的人物，遂于隋文帝开皇元年（公元 581 年）二月称帝，改国号为隋，杨坚就是隋文帝。

隋文帝灭陈

公元581年，北周的周静帝因隋王杨坚众望所归，不得不下诏宣布禅让皇位。杨坚登基称帝，定国号为大隋，改元开皇，宣布大赦天下，杨坚就是隋文帝。

隋文帝是雄才大略之君，建立隋朝后，就有志于一统天下。但他开始时不露声色，反而是南方陈宣帝统治下的陈朝不时在边境制造些事端。

开皇二年（公元582年），为了回击陈朝的挑衅，隋文帝以上柱国长孙览、元景山为东南道行军元帅，统率各路兵马，由左仆射高颎负责协调诸军，南下进攻陈朝。这时，陈宣帝去世，高颎认为，根据礼节，不应讨伐有丧事的敌国。隋文帝也觉得现在进攻陈朝时机并不成熟，于是下诏回京，还给继位的陈后主去信吊唁。不料陈后主狂妄自大，回信的口气很不恭敬。

隋文帝颇有不快，便向左仆射高颎征询灭陈的策略。高颎说："江南是富庶之地，物产丰富。我们要待其庄稼收获之际，集合一些人马，声称要南下征伐。那样，陈朝必然要屯兵防守，这样就耽误了农时。等他们军队集结完毕，我们就偃旗息鼓。这样假传几次消息后，他们便会认为我们并不会真的进攻他们，从而放松了警惕。当我们真的挥师南下时，他们也不会察觉。这样我们就能在他们犹豫之际渡过长江。我军只要渡过长江就会士气大振，所向披靡。另外，我们还必须毁坏陈朝的粮食储备。江南的房屋、粮仓多半是竹子、稻草盖成的，只要放一把火就能化成灰烬。烧上几次后，他们的财富就耗尽了。”

隋文帝采纳了高颎的策略，不断派兵骚扰江南，让陈朝疲于应付。上柱国杨素和贺若弼、崔仲方等将领也争相提出平陈之策。崔仲方建议在长江下游多藏精兵，在长江上游建造战舰。若陈军赴援上游，下游隋军便择机渡江；若陈军坚守都城建康，上游舰队便顺流而下。

这时还发生了一件事，早前被隋朝所灭的后梁宗室后裔萧岩又纠集了十万余人投降了陈朝。隋文帝非常愤怒，对高颎说：“我是普天下百姓的父母，怎么能因一条衣带宽的长江阻隔便不去拯救他们呢？”他命令杨素加快建造战船，准备讨伐

陈朝。

这边正在紧锣密鼓地加紧备战，江南的陈后主却仍沉迷于醉生梦死之中，过着花天酒地的生活。陈朝太史令章华出身寒素，虽有才华但却不得志。他冒死上书劝谏陈后主整顿朝政，却招致杀身之祸。

隋文帝发兵进攻陈朝之前，下诏书历数陈后主的二十条罪状，派使者送到陈朝，并把诏书抄写了三十万份，在江南各地散发。随后，隋文帝在太庙祭告祖先，任命晋王杨广、秦王杨俊、清河公杨素为行军元帅，率领五十万大军，兵分八路，统一由杨广指挥，同时渡江。

告急文书雪片般地飞到建康，却被中书舍人施文庆、沈客卿压下，陈后主毫不知情。

当初，陈朝护军将军樊毅对尚书仆射袁宪说："京口、采石是战略要地，各需精兵五千人，并派出金翅战船两百艘，沿江巡查，以防不测。"朝中大臣大多赞同这个建议，偏偏施文庆、沈客卿担心这样一来会削弱自己的势力，硬是不同意。他们说："隋朝的侵扰已经是家常便饭了，边镇将帅足以抵挡。如果从京城调动军队，恐怕会引起惊扰。"

等到大批隋军间谍渗透到江南后，袁宪等人再次请求增兵京口、采石。施文庆却对陈后主说："元旦大朝会临近，太子必须率领大队将士去南郊祭祀，如果把大军都派出去了，南郊大祀怎么办？"

陈后主说："可以先把军队派出去，如果没什么情况，返回时正好参加南郊大祀。"施文庆反对说："这样做会被人耻笑的！”于是，这件事就被搁置下来了。

其实陈后主自己也认为隋军不会真的打过来，他说：“建康自古是帝王之都，自立国以来，北齐曾经三次攻打我朝，北周也曾两次入侵，结果都惨遭败绩，如今杨坚又能把我怎么样？”都官尚书孔范连忙献媚道：“长江是一条天堑，隋军难道能长翅膀飞过来不成？这不过是守边的将领谎报敌情，想要骗取奖赏罢了。我常常觉得自己升迁太慢，如果隋军真敢跨过长江，我一定能率军打败他们，建功立业，荣升太尉！”

陈后主听了心里美滋滋的，继续奏乐观舞，纵酒宴饮。

当初，隋文帝让左仆射高颎推举扫平江南的将帅，高颎向他推荐了贺若弼和韩擒虎。隋文帝便任命贺若弼为吴州总管，镇守广陵，韩擒虎为庐州总管，镇守庐江。贺若弼和韩擒虎二人厉兵秣马，已经准备了很久。

隋开皇九年（公元589年）正月初一，大雾弥漫，江面上雾气茫茫，什么也看不见。陈后主朝会文武百官，吸入雾气，感到不适，一直睡到下午才醒来。

这时，贺若弼率领的隋军已经悄悄渡过了长江。贺若弼自镇守广陵以来，就陆续卖掉军中的老马，派商贾向陈朝购买船只，并将这些船只藏匿起来，只在江面上停几十艘破船。陈军见江对岸就这么几艘破船，完全没有防范。同时，贺若弼每次调防，都大张旗鼓，起初陈军以为隋军主力集结，十分紧张，连忙严阵以待，白忙活了几次后，便不再戒备了。贺若弼还经常让士兵沿江狩猎，每次都弄出许多响声，使得陈军更加麻痹。所以在他真的渡江时，陈军根本没有察觉。

与此同时，韩擒虎率领五百将士从横江浦夜渡采石。陈朝守军都喝得大醉，轻易就丢失了阵地。

贺若弼率隋军攻克京口，生擒陈朝南徐州刺史黄恪。贺若弼的军队纪律严明，秋毫不犯，将俘获的近六千余名陈军将士全都释放，并交给他们隋文帝的敕书，让他们沿途散发。于是，隋军所到之处，陈军望风而退。

韩擒虎率军进攻姑孰，仅半天时间就攻占了姑孰城。当地百姓对韩擒虎十分仰慕，纷纷来兵营拜访。此后，贺若弼和韩擒虎两军齐头并进，向建康挺进。

隋军兵临城下，陈后主这才慌了手脚，急忙在城中布防。当时建康城里还有十几万陈军，地势又十分险要，如果组织得当，是很难攻破的。但陈后主生性怯懦软弱，又不懂军事，见隋朝大军兵临城下，急得日夜哭泣，将台城内的所有军情处置都交给了施文庆。

施文庆是个佞臣，毫无能耐，他明白那些领兵的将帅都痛恨自己，害怕他们一旦建立了功勋对自己不利，就对陈后主说："那些将帅平时就不听话，现在更靠不住了，得防着他们。"因此，将帅们的提议大多被打了回去。

贺若弼进攻京口时，都督萧摩诃曾请求率军迎战，陈后主不许。贺若弼大军抵达钟山，萧摩诃又说："贺若弼孤军深入，立足未稳，现在予以迎头痛击，保证旗开得胜。"陈后主还是听不进去。

从吴兴率军赶来建康救援的陈朝将领任忠说："从兵法上说，来犯之军利在速战，防守之军利在坚持。我们兵足粮丰，应该固守台城，沿秦淮河建立栅栏，隋军来进攻，都不要轻易应战。陛下可以给我一万精兵、金翅战船三百艘，突袭六合镇，这样江北的隋军一定以为他们渡过江的将士全都阵亡了，士气必然大挫。淮南的百姓原本与我关系不错，见到我率军抵达，一定会响应。我再放出风声，要攻打徐州，切断隋军的退路，各路隋军肯定惊恐万分，不战而溃。”但陈后主仍然不以为然。

到了第二天，陈后主改变了主意，要与隋军决战。孔范附和道：“臣以为应该出兵决战，如果战死了，还会青史留名！”任忠跪地苦苦相劝，陈后主还是不理。陈后主下令，让鲁广达、任忠、樊毅、孔范、萧摩诃排成自南向北的阵势，战线长达二十里。

贺若弼登上钟山观察陈军阵势后，也排开了八千人的阵势。贺若弼先攻击鲁广达的阵地，遭遇顽强抵抗。于是转而攻击孔范的阵地，迅速将其击溃，陈军竞相溃逃，大将萧摩诃被生擒。任忠骑马逃回台城，告诉陈后主兵败的经过，并说：“陛下请好自为之，臣无能为力了！”

陈后主拿出了一大堆金子，让他去招募士兵再战。任忠说：“建康肯定守不住了，陛下不如马上准备船只，由微臣护送突出重围，去上游会合我们的大军。”

陈后主信以为真，让任忠快去准备，并下令宫女收拾好行装。其实任忠已经对陈后主彻底失望，出门后就投降了韩擒虎。韩擒虎率军攻到朱雀门，还有少数陈军抵抗，任忠大声喊道：“连老夫都投降了，你们还打什么！”守城士兵听了，当即一哄而散。

台城中文武大臣全都逃走了，只剩下尚书仆射袁宪还留在陈后主身边。陈后主悲哀地说：“我对你从来不比对别人好，但如今只有你不抛弃我，真是让我惭愧！可见陈朝灭亡并不只是朕失德无道，也是江东士大夫全都丧失了气节所致。”当时陈后主已经六神无主，还想找地方躲藏，袁宪对他说：“事已至此，陛下还能躲到哪里去呢？隋军进入皇宫，想必不敢冒犯陛下，还请陛下把衣服冠冕穿戴整齐，端坐在正殿，就像当初梁武帝见侯景那样，保持尊严。”

陈后主哪里还顾得上尊严，从龙椅上跳下来，逃往后宫，说道：“刀枪之下，我可不想开这样的玩笑！”他带了十几个宫女，不顾袁宪等人的劝阻，跳进一口枯井里躲藏。

隋军冲进来后，在井口喊了半天，陈后主都不敢应声。隋军扬言要往井里扔石头，陈后主才连忙呼救。隋军士兵放下绳索，往上拉时觉得特别沉，等拉上来一看，只见陈后主、张贵妃、孔贵妃三人都挂在绳上。

就此，陈朝灭亡，隋文帝统一了天下。

杨广弑父夺皇位

隋文帝一生只娶了一个妻子，就是独孤皇后。独孤皇后生了五个儿子，长子杨勇被立为太子，次子杨广被封为晋王，其余三个也都被分封为王。隋文帝曾经骄傲地对群臣说："前代帝王，都有很多宠妃，嫡庶纷争，遂有废立，甚至亡国。我旁无姬侍，五子同母，完全没有嫡庶纷争的忧虑！"

其实，隋文帝未免太过于自信和乐观了。他完全没有料到，正是自己的亲生儿子向他举起了屠刀，并演出了一幕骨肉相残的丑剧。

隋文帝轻易地夺得天下后，怕人心不服，因此长期存有警戒之心。为了巩固他的统治，他总结了历史上贤明君王治国的经验，采取了许多治国的好方法，其中最重要的一条就是节俭。从辅政时期开始，隋文帝便提倡生活节俭，久而久之便成为当时的风尚。

太子杨勇待人宽厚，博学多才，可生活奢侈，很不得隋文帝和独孤皇后的欢心。隋文帝曾教训杨勇说："历观前代帝王，没有喜好奢华而能长久的。你作为太子，更应该崇尚节俭。"

然而，杨勇却辜负了隋文帝的希望，所以他的太子地位越来越不稳固。

杨广和他哥哥杨勇相比要世故圆滑得多，也更有野心，他一心想取代太子的地位。

杨广非常善于伪装，他做出种种姿态，竭力讨隋文帝和独孤皇后的欢心。隋文帝反对奢侈，杨广就假装十分节俭，室内摆设用具和衣着都很不讲究，车马侍从也非常俭朴。独孤皇后限制隋文帝亲近妃子和宫女，杨广就装出一副不好女色的样子。

有一次，隋文帝和独孤皇后要到他府里去，他事先得到消息，把自己府中的美女都藏了起来，只留一些又老又丑的宫女出来侍候。他还故意把琴弦弄断，琴上面的灰尘也不让人擦掉。隋文帝来后，看见琴弦断了，上面又有很多灰尘，好像许久不曾用过，以为杨广不好声色，便非常高兴。

还有一次，杨广外出打猎，遇到大雨，侍从给他送上雨衣，但他坚持和士兵们一起淋雨。隋文帝听说后，十分赞赏，认为杨广仁爱，可以委以重任。

杨广知道独孤皇后不喜欢杨勇，便极力讨好皇后身边的人，并且还广泛地结交大臣，招纳贤才，笼络人心，以此来博得父皇和母后的信任。有一次，杨广要离开长安去扬州，辞别皇后的时候，他故意装出难舍难分的样子，哭哭啼啼地说太子要加害于他，他担心此去再也见不到母后了。独孤皇后非常气愤，越发憎恶杨勇了。

杨广到了扬州后，便开始秘密策划谋取太子之位。他的部下宇文述提议从越国公杨素处着手，因为隋文帝最信任他，要是有了他的支持，改立太子肯定能成功。

杨广听取了宇文述的建议，派他到长安找他的故交——杨素的弟弟杨约——帮忙。宇文述故意在赌博时把许多珍宝古董输给杨约，并抓住时机对他分析道："虽然您和越国公富贵已极，但很难说能永葆富贵。越国公执掌大权多年，不知得罪了多少人，况且又多次与太子有冲突。一旦皇上去世，太子登基后能饶过他吗？"

杨约连忙问道："您有什么高见？"宇文述贴在杨约耳边说："皇后有意要废除太子，改立晋王，这是否能成就全仗您一句话了。事成之后，晋王一定对您感激不尽。您的富贵还愁不长久吗？"杨约听后连连点头。

杨约回来把宇文述的话原原本本地转述给了杨素，杨素思量之后，答应立即将这一计划付诸行动。

过了几天，杨素便对独孤皇后说："晋王对皇上皇后很有孝心，而且勤俭节约，很像皇上。"接着，他又说了一通太子的坏话。

杨素的话正合独孤皇后的心思，独孤皇后便让他想办法废太子改立晋王。

隋文帝派杨素去看望太子时，杨素故意拖延着不进去，想激怒太子。果然不出所料，太子杨勇大怒。杨素回去后对隋文帝说："太子怨恨陛下，我去的时候他正在发脾气，恐怕会发生意外，陛下得多加防范。"隋文帝信以为真，立即派人监视杨勇。

杨广又收买了太子的亲信姬威。姬威上奏隋文帝揭发太子经常找人占卜，推算皇上何时宾天，自己何时即位。隋文帝看了奏章之后，心痛地说："想不到杨勇的心肠这样狠毒！"于是下令把杨勇抓了起来。

公元600年，隋文帝将杨勇贬为庶人，改立杨广为太子。

四年以后，隋文帝得了重病。杨广便写信给杨素，询问应该怎样处理隋文帝的后事。没想到这件事竟被隋文帝发现了。隋文帝勃然大怒，立即召来杨广责问。

这时，隋文帝的妃子陈夫人慌慌张张地跑了进来，哭着向隋文帝诉说了太子杨广对自己的无礼行为。原来杨广见陈妃长得漂亮，便趁她换衣服的时候去调戏她。这真是火上浇油，隋文帝立即下诏要废了杨广，重新立杨勇为太子，并责令柳述、元岩两位大臣负责拟写诏书。

谁知改立太子之事走漏了风声，杨广和杨素立即带兵包围了仁寿宫，他们假传隋文帝圣旨逮捕了柳述和元岩。接着，他们又用自己的人马代替了仁寿宫隋文帝的卫士，把守住宫殿的各个出入口，并命令照顾隋文帝的人一律离开，由右庶子张衡负责一切事务。

大家刚刚走开，就听见殿内传出一声喊叫。过了一会儿，张衡冲了出来，故意怒骂道："皇上早已驾崩，你们为什么不及时禀报？"

宫内外的人大惊失色，可是谁也不敢说什么。

随后，杨广派人给杨勇送信，说先皇遗诏，要杨勇自尽。还没等杨勇回答，派去的人就把杨勇拉出去杀了。公元604年七月，杨广即位，他就是隋炀帝。

李渊起兵反隋

李渊的母亲是独孤皇后的姐姐，他与隋炀帝杨广是姨表兄弟关系，属于皇亲国戚。李渊七岁时父亲就去世了，他承袭了父亲的唐国公爵位。

李渊任河东讨捕使的时候，请求让善于占卦相面、观察星象的大理司直夏侯端做他的副手。夏侯端对李渊说："现在玉床星摇动，帝座星不安，岁星在参宿的位置，一定有真命天子在这里兴起。而这位真命天子正是您。皇上爱猜忌，特别猜忌李姓家族，如今郕国公李金才已经被赐死并灭了宗族，您如果不想变通，一定会成为李金才第二。"李渊将这番话记在心中，种下了反隋的种子。

公元 615 年，隋炀帝任命李渊为晋阳留守。尽管李渊忠心耿耿、尽职尽责，一心想博得隋炀帝的赏识，可隋炀帝就是不信任他，并且任命自己的心腹王威、高君雄为晋阳副留守，监视李渊的行动。李渊敢怒不敢言，只是整天喝闷酒打发时光。

鹰扬府司马许世绪劝李渊说："图谶上有您的姓氏，歌谣里有您的名字，您掌握五郡的军队，身处的地方可以四面用兵。这样的形势下，举兵起事，就可以成就帝业；安坐不动，则很快就会灭亡。希望您考虑！”

行军司铠武士彟、前太子左勋卫唐宪和他的弟弟唐俭，都劝说李渊举兵起事，自立皇位。唐俭劝说道：“您在北面招抚戎狄，南面收罗豪杰，以此取得天下，这可是商汤、周武的壮举啊。”

李渊回答说：“商汤、周武不是我敢比的。但为私要保全自己，为公要拯救动乱。你姑且自己多加注意，我会考虑的。”当时，李渊的儿子李建成和李元吉还在河东，所以李渊迟迟没有起兵动向。

李渊的儿子中，次子李世民最有远见卓识和雄才大略。当时全国的反隋斗争风起云涌，李世民认为隋朝的统治不会长久，若想保住家族的地位和利益，只有趁现在天下大乱，夺取政权。于是，他决定帮助父亲改变现状。

李世民四处招募人才，以助自己完成大业。晋阳令刘文静才华突出，却不幸受牵连入狱。李世民到监狱里去探望他，试探性地说：“像您这样正直的人也被关进大牢，这世道真是忠奸不分啊！”刘文静激愤地说："如今还有什么忠奸可言！除非出现汉高祖、光武帝那样的英雄人物，不然，天下何谈安定！"

李世民接着说道："英雄只苦于不被凡人所赏识，今天我来这里，就是想和您商讨天下大事，听听您的高见。"刘文静听了非常高兴，笑着说："公子倒是个英雄，现在天下大乱，群雄并起，皇上只知在江南游玩，无暇北顾。晋阳城里豪杰众多，唐国公手下有八九万大军，只要振臂一呼，杀出关去，用不了半年，天下便可安定！"

李世民故意面露忧色地说："只怕家父不同意，不知您有何建议？"刘文静附在李世民的耳边说了几句话，李世民听后连连点头。

第二天，李世民就派自己的亲信带着大量钱财去找晋阳宫监裴寂赌博，借此与其相识。不久，两人的关系就十分密切了。

有一次，李世民佯作发愁地对裴寂说："皇上一直以来把我们李家看作眼中钉、肉中刺，恐怕我们李家朝不保夕啊！如今，天下的局势大乱，我很想乘机成就一番事业，只怕我父亲不同意，您看该怎么办呢？"

裴寂听了李世民一席话，想了想说："公子不必着急，我自有办法。"

原来，就在不久前，李渊曾收下裴寂送去的晋阳宫的两名宫女，裴寂便在这件事上做起了文章。

在一次酒宴上，裴寂告诉李渊，说他接受两名宫女的事已不胫而走。李渊听后，吓得酒醒了一半。按当时的律法，私留宫女是灭门之罪，这可如何是好？李渊低头沉思了片刻，无奈地

说："事到如今，也只好起兵了。"

李渊先让刘文静伪造敕书，征召太原、西河、雁门、马邑等地二十岁以上、五十岁以下的男丁入伍，年底在涿郡集合，进攻高丽。在此前，隋炀帝已三征高丽，均以失败告终。这次又这么大规模地征兵攻打高丽，使得民心惶惶，想造反的人越来越多。

等到反叛隋朝的割据军阀刘武周占据汾阳宫时，李世民对李渊说："大人受诏留守，盗贼却占据了离宫，如果不早点定下大计，灾祸就要降临了。"

于是李渊召集将领幕僚，对他们说："刘武周占据了汾阳宫，我们不能抵挡，罪当灭族，怎么办？"副留守王威、高君雄等人都很害怕，再三叩拜，请求计策。

李渊故意担忧地说："凡地方用兵，发动和停止都要禀报朝廷，服从调度。现在盗贼在几百里之内，江都在三千里之外，道路险阻，往返至少得十来天。如果仅仅依靠现有的兵力抵挡狡猾且气势汹汹的敌人，根本无法保全。我们进退维谷，该怎么办呢？"

王威等人都说："大敌当前，如果先奏报朝廷，得到批复后再行动，太原恐怕早已被贼人占领。当务之急，还是应先调兵遣将，平定盗贼。您既是宗室亲戚，又是贤德的大臣，完全可以先斩后奏。相信皇上知道后也不会怪罪。"

李渊假装迫不得已地说道："若要平定盗贼，就要先征募兵马。既然你们这么说，我就自作主张，先征兵，再上报了。"

于是李渊命令李世民与刘文静、长孙顺德、刘弘基等人各自招募兵马。远近的百姓奔赴聚集，十天之内就有了近万人马。李渊又秘密派人去河东通知李建成、李元吉，去长安通知柴绍，准备起事。

王威、高君雄看到兵众聚集，怀疑李渊欲图谋不轨，二人对武士彟说："长孙顺德、刘弘基二人都是逃避征役的三侍，罪该处死，怎么能率兵征战？"于是想抓捕长孙顺德与刘弘基。

武士彟说："这两个人都是唐国公的宾客，如果处死二人，一定会引起大乱。"王威等人只好作罢。

不久，李渊以暗通突厥为名，将王威、高君雄斩杀，扫除了举兵起事的障碍。公元 617 年六月，李渊在晋阳祭旗起兵，迈出了建立唐朝的第一步。

李渊自称大将军，并封长子李建成为左领军大都督，次子李世民为右领军大都督，刘文静为司马，领兵三万夺取了关中，攻占了长安。

进入长安后，李渊并没有马上称帝，而是立隋炀帝的孙子、十二岁的代王杨侑为帝，即隋恭帝，尊隋炀帝为太上皇，自己则任唐王、丞相，把全部大权操纵在自己的手中。

公元 618 年五月，隋炀帝被右屯卫将军宇文化及缢死在江都。李渊废掉隋恭帝自己称帝，改国号为唐，定都长安，李渊即唐高祖。从此，中国历史进入了又一个强盛时期。

玄武门之变

唐朝一统天下后，李渊按立嫡立长的原则，立长子李建成为太子，封次子李世民为秦王，四子李元吉为齐王。

在这三个人中，李世民功劳最大，声望也最高。李世民在唐初削平群雄、统一全国的战争中立下了赫赫战功。特别是他在公元621年一举击败了窦建德，逼降了王世充，更使他成为一位威震四海的人物。李世民不但有勇有谋，手下还笼络了一批人才，文有房玄龄、杜如晦等十八学士，武有尉迟恭、秦琼、程咬金等著名勇将。

太子李建成在晋阳起兵之后，也统领一支军队，打过一些胜仗。虽然没有李世民那样雄厚的实力，但是因为他身为太子，使得一大批皇亲国戚聚集在他的周围。李建成长期留守关中，在京城长安一带有牢固的基础，甚至宫廷的守军都在他的控制之下，齐王李元吉也一直是他的支持者。

于是以李世民为首和以李建成为首的两派之间，展开了激烈的对皇位继承权的争夺。

李建成一面暗地里收买李世民的将领，一面指使李渊的宠妃在李渊面前诋毁李世民。李世民在担任陕东道大行台的时候，由于淮安王李神通有功劳，李世民便赏赐给他数十顷良田。殊不知，这件事得罪了唐高祖宠爱的张婕妤。原来，张婕妤原本想请唐高祖把这块良田封给她的父亲，没想到被李世民捷足先登。张婕妤气恼不过，便想方设法在唐高祖面前数落李世民的不是，唐高祖起初还不以为意，但听多了，不免受到影响。后来，唐高祖还因为一件小事把李世民召来痛斥了一顿。

唐高祖的责骂并没使李世民的势力有丝毫减弱。这时，太子的拥护者又瞄准了李世民的谋士杜如晦。一天，杜如晦经过尹德妃的娘家门前，被太子的死党——尹德妃的父亲——无缘无故地拉下马来痛打了一顿。尹德妃的父亲还恶人先告状，说李世民唆使部下打他。唐高祖不分青红皂白地又责骂了李世民一顿。

公元626年，突厥侵犯边疆，李建成向唐高祖力荐李元吉率军讨伐，其实是想趁机控制兵权，诛灭李世民的势力。李世民得知后，决定先发制人。六月三日的晚上，李世民进宫面见李渊，声泪俱下地揭露了李建成等人谋害自己，以及私通妃嫔、淫乱后宫等种种不肖之举。李渊听后惊愕万分，说道："明日早朝，朕一定彻查此事，以惩元凶！"

当晚，张婕妤将秦王揭露之事密报太子和齐王，二人商议一番后，决定第二天称病不上朝。可转念一想，这么一来，不是等于默认了自己的罪行。最后，二人还是决定按时赴朝，随机应变。六月四日清晨，李世民率长孙无忌等人在玄武门内设下埋伏，准备在这里拦截并杀了李建成和李元吉。

当天守卫玄武门的领班将领常何，原本是太子李建成安插在此的心腹，后来被李世民收买了。李建成和李元吉来到临湖殿前时，突然感到情况不妙，于是立即转身往回走。这时，李世民率先冲了出来，李元吉朝他连射了三箭，都被他躲过。接着，李世民连射几箭，射死了李建成，射伤了李元吉。尉迟恭冲上前将李建成和李元吉二人首级割下，悬挂于宫门之外。李建成和李元吉的部下闻讯赶来，向玄武门发动猛攻。李世民一面指挥将士抵抗，一面派尉迟恭带兵士入宫，逼迫李渊宣布太子李建成和齐王李元吉的罪状，命令各府将士一律归秦王指挥。这样，一场兄弟相残的宫廷政变才宣告结束。

李建成死时才三十八岁，他的六个儿子，除长子早卒外，其他均被李世民处死。

六天之后，唐高祖立李世民为太子。同年八月，李渊被迫退位，自称太上皇。李世民登基，即唐太宗，开辟了唐朝历史的新纪元。

公元627年，唐太宗改年号为贞观。贞观年间，唐朝社会经济文化达到一个历史新高度，史称“贞观之治”。“贞观之治”是与西汉“文景之治”交相辉映的又一历史盛世。

安史之乱

唐朝社会在唐玄宗开元年间达到鼎盛，形成“开元盛世”局面。到唐玄宗末期，各种社会矛盾集中爆发，终于出现了安禄山和史思明挑起的安史之乱，唐朝走向衰落。

安禄山是营州柳城（今辽宁朝阳）人，父亲是胡人，母亲是突厥族女巫。因年幼时父亲就死了，安禄山一直随母亲住在突厥族里。张守硅任范阳节度使时，安禄山因偷羊遭追捕者围打，他大声呼喊道：“大夫不想灭奚、契丹两蕃吗？为什么要杀壮士？”张守硅见其言貌不凡，便将他释放了，留在军中效力。安禄山骁勇过人，又熟谙当地山川形势，故每次出击，都能以少胜多，擒获不少契丹人，后因军功被提拔为偏将，并被张守硅收为养子。

天宝二年（公元 743 年）正月，安禄山首次入朝，便讨得唐玄宗李隆基的欢心，从此飞黄腾达。安禄山看似呆头呆脑，有点愚笨，其实十分狡猾，尤其善于察言观色、奉承献媚。他不惜财产，大肆行贿，打通了各个关节。

唐玄宗曾在勤政楼设宴，文武百官都坐在楼下，却单独让安禄山坐在自己身边。唐玄宗还让杨铦、杨锜、杨贵妃三姐妹与安禄山以兄妹相称。安禄山知道杨贵妃宠冠六宫，于是极力巴结，认比他小十八岁的杨贵妃为母。每次入见时，他都先拜杨贵妃，后拜唐玄宗。唐玄宗感到奇怪，便问他为什么，他回答道："我们胡人的习惯是先母而后父。"杨贵妃听了很是开心，唐玄宗也很高兴。

安禄山平步青云，身兼范阳、平卢、河北三镇节度使，手握重兵，赏罚均由他一人说了算，权力非常大。他见唐朝的军队戒备松懈，就开始不把朝廷放在眼里。不过，他也为自己的前途担忧过。他与太子的关系恶劣，而唐玄宗已到晚年，等太子即位后，他的地位就不保了。在身边的严庄、高尚等人的影响下，安禄山有了反叛之心。

安禄山招降纳叛，网罗了一大帮人，势力迅速扩张。宰相杨国忠屡次奏告唐玄宗，说安禄山有谋反迹象，但唐玄宗不以为然。杨国忠曾与安禄山关系密切，当初安禄山入朝，杨国忠任御史中丞，见安禄山身体肥胖，行动不便，每逢上下朝登殿阶时，都要亲自搀扶。这是杨国忠有意讨好安禄山，希望他能作为自己强大的外援。偏偏安禄山对阴狠毒辣的宰相李林甫很惧怕，却看不起才能平庸的杨国忠，这让杨国忠十分恼火，故屡次上奏安禄山谋反，欲置他于死地。

杨国忠一再上奏说安禄山有谋反之意，请唐玄宗下诏，召安禄山回京，若他敢来，说明依然忠心，若他正欲谋反，一定不敢羊入虎口。然而，安禄山出人意料，一接到诏书就赶回京城了，这下唐玄宗更加相信安禄山了。此后，再有大臣上奏说安禄山谋反，唐玄宗都将他们直接送给安禄山处置。

安禄山从京城回到范阳后，采取了严密的防范措施，对朝廷来的使者一般称病不出迎。不得不会见时，也是刀枪林立，戒备森严。天宝十四年（公元755年）四月，唐玄宗命给事中裴士淹宣慰河北，裴士淹到范阳后过了二十多天，安禄山才召见他，而且完全不顾君臣礼节，裴士淹回来后却不敢言。

只有杨国忠不肯罢休，他见唐玄宗就是不相信安禄山谋反，决定采取更加露骨的做法以激怒安禄山。他让京兆尹包围安禄山在京城的住宅，搜查谋反的证据，并逮捕了其门客李超等人，送御史台缢杀。

安禄山之子安庆宗因为准备迎娶皇室女荣义郡主，便留在京城任太仆卿。安庆宗将此事告诉了安禄山，安禄山十分惊恐。这年六月，唐玄宗以安庆宗完婚为由，下手诏安禄山来京参加婚礼，安禄山称病不来。到了七月，安禄山突然上表献马三千匹，每匹马有两人护送，并由二十二名番将押送来京。河南尹达奚珣怀疑其中有阴谋，上奏朝廷建议推迟至冬天再让安禄山来献马，并由朝廷安排马夫。

到这时，唐玄宗才开始怀疑安禄山别有用心。于是他按照达奚珣的计策，派宦官冯神威持手诏去见安禄山，手诏中说："朕为爱卿新修了一座温汤池，十月在华清宫等你。"冯神威抵达范阳宣旨，安禄山态度很冷淡，称十月一定到京城。冯神威好不容易回到京城，向唐玄宗哭诉道："臣差点就见不到陛下了！"

安禄山谋逆之心由来已久，只是唐玄宗待他不薄，他原想等唐玄宗死后再动手。但杨国忠为了取信于唐玄宗，对安禄山步步紧逼，安禄山只能提早发难。起初这事只有太仆丞严庄、屯田员外郎高尚和将军阿史那承庆三人参与,其余将领并不知情。天宝十四年十一月八日，奏事官从长安返回范阳，安禄山便伪造诏书，召集诸将说道："皇上有密旨，令我率兵入朝讨伐杨国忠，你们都听从我指挥。"诸将面面相觑，却不敢有异议。于是，安禄山率领三镇兵马，又征调了同罗、奚、契丹、室韦部各族军队，总计十五万人，号称二十万，以讨伐杨国忠为名挥师南下。

安禄山乘坐铁甲战车，其步骑精锐浩浩荡荡向长安进发，烟尘千里，鼓噪震天。唐朝长治久安，百姓数代没经历过战争，突然烽烟四起，无不惊恐。

河北原本就是安禄山的地盘，叛军所到之处，郡守县令或者开门迎接，或者弃城而逃，几乎没有抵抗。安禄山事先已派将军何千年、高邈等率二十名奚族骑兵，以献射生手为名，抵达太原城下，北京副留守杨光翔出城迎接，被何千年劫持而去。安禄山斥责他依附杨国忠，将其斩首示众。

各地上报安禄山叛乱的消息，唐玄宗起初还以为是谣言，到了十一月十五日才确认安禄山反叛，匆忙召集群臣商议对策。杨国忠得意扬扬地说："反叛的只有安禄山，其他人是不会跟随他的，不用十天就会有人将安禄山的人头献来。"唐玄宗信以为真，群臣则无不忧虑。

唐玄宗派大将军毕思琛赴东都洛阳，金吾将军程千里赴河东，各自招募数万人马以抵御叛军。安西节度使封常清入朝，

夸下海口，称即刻赴洛阳募兵，几天内便能带回安禄山的人头。唐玄宗大喜，任命封常清为范阳、平卢节度使。封常清当天前往洛阳，十天募得六万人马，然后毁坏河阳桥，准备抵御叛军。

几天后，唐玄宗杀了安庆宗，调兵遣将，以荣王李琬、金吾大将军高仙芝为正、副元帅，统率各路东征人马。

安禄山率叛军所向披靡，进兵迅速，十二月初二便从灵昌渡过黄河，攻陷河南道灵昌郡（今河南滑县、长垣、延津等地）。叛军一路烧杀抢掠，很快逼近陈留。河南节度使张介然刚到陈留上任才几天，守城兵士未经沙场，一听到叛军号角鼓噪之声，吓得丢盔弃甲，顿时土崩瓦解。

安禄山进到陈留城后，见河南道张贴悬赏购其首级的榜文，又得到安庆宗被杀的消息，便将张介然及上万投降的将士都杀了。安禄山又拿下了荥阳，兵锋指向洛阳。封常清奋力抵抗，但其兵士都是新招募的，未经训

练，与叛军一交手便溃不成军。

封常清三战都失败了，只得丢弃洛阳，西奔陕郡。封常清领教了叛军的厉害，对高仙芝说："叛军锐不可当，陕郡是守不住的。如今潼关无兵守卫，如果潼关失守，京城便没有屏障了，不如退守潼关。"于是，高仙芝与封常清退守潼关。叛军大将崔乾祐尾随而至，在关前受挫，屯兵于陕城，继续窥视潼关。

这时，临汝、弘农、济阴、濮阳、云中等郡相继陷于叛军之手，朝廷从各道征集的兵马尚未赶到，京城守备空虚，朝野一片惊恐。好在安禄山进入洛阳后，忙于做登基称帝的准备，减弱了攻势，给唐朝廷以喘息机会，各道援兵渐渐云集长安。

监军宦官边令诚怨恨高仙芝不给他人情，入朝时向唐玄宗打小报告，声称："封常清借口叛军强大动摇军心，高仙芝无故放弃陕郡，还侵吞军饷。"唐玄宗非常气愤，派遣边令诚赴军中杀了高仙芝与封常清。

唐玄宗杀了两员大将后，想起用生病在家的老将哥舒翰。哥舒翰推辞不掉，以兵马副元帅的身份走马上任，统率二十万人马镇守潼关。

至德元年（公元756年）正月初一，安禄山于洛阳自称雄武皇帝，国号大燕，改年号为圣武，任命兵败被俘后投降的达奚珣为侍中，张通儒为中书令，高尚、严庄为中书侍郎，公然与大唐分庭抗礼，并抓紧向四周攻城略地。

哥舒翰守住潼关，让叛军无法西进，唐玄宗又加封他为左仆射、同平章事。安禄山被堵在潼关之外，十分恐惧，将高尚和严庄叫来，骂道："都是你们鼓动我反叛，说是一定能成功，如今大军被阻在潼关数月，北归的路已被截断，官兵从四面八方压过来，我们手里才几个州郡，如何才能取胜？”安禄山甚至想放弃洛阳，逃回范阳去。

安禄山是以讨伐杨国忠的名义起兵的，所以朝中许多人都把矛头对准杨国忠，想杀之而后快。哥舒翰手下大将王思礼也劝哥舒翰留下三万人马驻守潼关，率领十七万精兵回师诛杀杨国忠，从而让安禄山师出无名。哥舒翰虽然也憎恨杨国忠，却知道不能这么做。王思礼又请求率三十轻骑入京，将杨国忠劫持到潼关来处死。哥舒翰还是不同意，说：“这样的话，谋反的就不是安禄山，而是我了。”

偏偏这事辗转传到了杨国忠的耳朵里，他担心自己的地位不保，于是说服唐玄宗逼哥舒翰出兵。哥舒翰劝唐玄宗说：“安禄山久经沙场，精于用兵，刚刚举兵反叛之时，怎么可能不加防备？他是以示弱来引诱我们，我们切不可中了他的奸计。况且，叛兵远道而来，利在速战速决。我们据险固守，利在长期坚持。再说叛军不得人心，时间一长，必定起内乱，到时再趁势进击，定能大胜，何必现在出兵呢？”

郭子仪、李光弼这些前线的大将都赞同哥舒翰的观点，杨国忠却说哥舒翰是怯敌，故意拖延，将贻误战机。唐玄宗急于收复洛阳，听信杨国忠之言，不断派宦官催促哥舒翰出战。哥舒翰不得不遵从，大哭了一场，亲自率军出关。

至德元年六月初八，哥舒翰率军出灵宝县西，与崔乾祐的叛军相遇。崔乾祐将精兵埋伏在险要的狭长地带，用几千人马做诱兵。刚一交手，叛军便且战且走，把二十万官军引进伏击圈。这里南面是峰峦陡峭的祁连山，北面是汹涌的黄河，叛军堵在前方，居高临下，用滚木石块打击官军。官军挤在一堆，死伤惨重。次日，崔乾祐攻陷潼关，哥舒翰被部下绑了去见安禄山，屈膝投降。

潼关失守，长安无险可守，唐玄宗在杨国忠的鼓动下，带着部分官员，悄悄逃往成都。逃至今陕西兴平马嵬驿时，龙武大将军陈玄礼以军士不满为名，杀了杨国忠，又逼迫唐玄宗赐死杨贵妃。在西行途中，太子李亨被百姓截留，趁机北上宁夏灵武，被臣下拥立为帝，即唐肃宗，尊唐玄宗为太上皇。

安禄山没想到唐玄宗这么快就逃离了长安，他让崔乾祐驻兵潼关，十天之后才命部将孙孝哲进入长安，以张通儒为西京留守，崔光远为京兆尹，派安守志驻守在禁苑中。

叛军进入长安以后，以为大功告成，日夜纵酒取乐，并没有继续西进的打算，让唐玄宗得以安全入蜀，太子得以北行。

安禄山命孙孝哲对未逃离长安的皇室成员、百官家属进行了血腥的屠杀。先于崇仁坊斩杀霍国长公主和王妃、驸马，剖腹取出他们的心脏祭祀安庆宗。凡是杨国忠、高力士之党羽和安禄山平时所厌恶者皆处死，流血满街，惨不忍睹。

安禄山原患有眼疾，自起兵以来，视力渐渐减退。至德二年（公元757年），安禄山双目失明，看不见任何东西。同时又因患有疽病，性情变得格外暴躁，对左右侍从稍不如意便用鞭子抽打，甚至干脆杀了。他称帝后，常居深宫，诸将很少能面见他议事，有事都通过严庄转达。严庄虽有权势，却也时常遭安禄山鞭打。宦官李猪儿要为安禄山穿衣解带，服侍左右，挨打最多，怨气也大。安禄山十分宠爱宠妾段氏所生的儿子安庆恩，甚至想过以安庆恩取代太子安庆绪。安庆绪担心被废，也时常忐忑不安。

于是，严庄、安庆绪和李猪儿等人串通一气，于至德二年正月初五夜里杀了安禄山。之后，他们在安禄山的床下挖了一个数尺深的坑，用毡子裹着安禄山的尸体，连夜埋在坑中，并诫令宫中严加保密。

第二天早晨，严庄对部下宣告安禄山病危，诏立安庆绪为太子，军国大事皆由太子处理。安庆绪随即即位，尊安禄山为太上皇，然后发丧。

安禄山虽已死，安史之乱却没有结束。乾元元年（公元758年），安庆绪被唐朝大将郭子仪率军围困，唐军起初只有二十万人，后增至六十万。次年，得史思明之助，叛军打败唐朝六十万大军。不久，叛军再起内讧，安庆绪被史思明所杀，史思明领着叛军返回范阳，自称大燕皇帝。上元二年（公元761年）三月，叛军又起内讧，史思明被其子史朝义所杀，叛军内部离心，屡为唐军所败。次年十月，唐代宗继位，借回纥兵收复洛阳，史朝义逃往莫州（今河北任丘北）。

宝应二年（公元763年）春，史朝义手下大将田承嗣献莫州投降，将史朝义的母亲及妻子送给唐军。史朝义率五千精兵逃往范阳，其部下李怀仙献范阳投降。史朝义走投无路，于林中自缢身亡。至此，历时七年两个月的安史之乱宣告结束。

安史之乱是唐朝由盛而衰的转折点，从此唐朝一蹶不振，再也不见盛唐气象了。

黄巢起义

唐朝后期，随着封建地主经济的发展和统治者贪欲的恶性膨胀，地主阶级对农民的剥削和压迫越来越严重，阶级矛盾日益尖锐激烈。经过藩镇混战、宦官专权和朝廷官员中的朋党之争，朝政越来越混乱。

唐后期的唐宣宗算是一个比较清明的皇帝，但也没能改变这个局面。唐宣宗死后，先后接替皇位的懿宗李漼、僖宗李儇一味寻欢作乐，追求奢侈糜烂的生活，腐朽到了极点。皇室贵族、官僚权臣和地主趁机加紧对农民的剥削，税收越来越沉重，加上连年不断的天灾，农民纷纷破产，到处逃亡。有的忍受不了苦难，只有走上反抗的道路。

唐懿宗咸通元年（公元 860 年），浙东地区爆发了裘甫领导的农民起义，起义队伍从一百人发展到三万人，坚持斗争了八个月，震动了整个越州（今浙江绍兴）。过了八年，驻守在桂林的八百名士兵（大多是徐州一带的农民）驻防期满，上司却一再延期，不让他们换防，被激怒的士兵杀了军官，推举庞勋为首领，发动起义。他们从桂林向北进攻，打回老家徐州，队伍发展到二十万人。这两次农民起义虽然都被朝廷镇压下去了，但是，百姓反抗朝廷的情绪越来越高涨，新的农民起义的规模也更大了。

唐朝末年盐税特别重，加上奸商抬高盐价，百姓买不起盐，只好淡食。有些贫苦农民，为了逃避官税，就靠贩卖私盐为生。但贩卖私盐是法令禁止的，想单独行事可谓难上加难，必须拉帮结派，形成一个团伙才能做成。日子一久，这些人就结成一支支贩卖私盐的队伍。在他们中间，涌现出了一些智勇双全的首领，有的后来成为农民起义的领袖。

公元875年，濮州（今河南范县）有个叫王仙芝的盐贩首领，聚集了几千农民，在长垣（今河南长垣东北）发动起义。王仙芝自称天补平均大将军，发出文告，揭露朝廷官吏造成贫富不均的罪恶。这个号召很快得到贫苦农民的响应。不久，冤句（今山东菏泽西南）的盐贩黄巢也起兵响应。

黄巢从小用功读书，博览史书，还特别注重习武强身。在习武方面他很有悟性，加上勤学苦练，年龄不大就武艺高强，精于剑术，擅长骑马射箭。黄巢以能文擅武、性格豪爽、扶困济贫闻名整个冤句县。

到了而立之年，黄巢在父亲的劝导之下，千里跋涉，赴京城参加会试。但是，唐朝末年政治腐败，任人唯亲，考场黑暗，唯钱是举。黄巢虽然才华出众，但他出身平民，政治地位低，又没有贵族、官僚作为靠山，结果“屡试不第”。他在长安看到朝廷的腐败和黑暗，心里十分气愤，想要变革社会的志向在他心中萌芽。之后，黄巢放弃科考，回到家乡贩卖私盐，积蓄势力。

黄巢和王仙芝两支起义队伍会合之后，转战山东、河南一带，接连攻下许多州县，声势越来越大。朝廷非常恐慌，命令各地将领镇压起义军。但是各地藩镇都害怕跟起义军交锋，互相观望，朝廷也无可奈何。

武力镇压不行，朝廷就采用怀柔政策。在起义军攻下蕲州（今湖北蕲春南）的时候，唐僖宗派宦官到蕲州见王仙芝，封他“左神策军押牙兼监察御史”的官衔。王仙芝听说有官做，鬼迷了心窍，立即表示愿意接受任命。

黄巢得知这个消息，非常气愤。他带了一群将士到王仙芝那里，狠狠责备王仙芝道：“当初大家起过誓，要同心协力，平定天下，现在你想去当官，叫我们弟兄往哪里去？”王仙芝还想搪塞，黄巢抡起拳头朝王仙芝劈头盖脸地打去，打得他满脸是血。旁边起义将士也你一言我一语地责骂王仙芝。王仙芝自知理亏，只好认错，把朝廷派来的宦官赶走了。

经过这番波折后，黄巢决定跟王仙芝分两路进军。王仙芝向西，黄巢向东。不久，王仙芝率领的起义军在黄梅（今湖北黄梅西北）被唐军打败，他也战死。

王仙芝失败战死后，起义军重新会合，大家推举黄巢为王，称“冲天大将军”。

当时，官军在中原地区力量比较强，起义军进攻河南的时候，朝廷在洛阳附近集中大批兵力准备围剿。黄巢看出朝廷用兵的企图，决定向官军兵力薄弱的南方地区进军。他们顺利渡过长江，进入浙东地区。黄巢起义军势如破竹，接连攻下越州、衢州（今浙江衢县），接着又劈山开路，打通了从衢州到建州（今福建建瓯）的七百里山路。经过一年多的长征，黄巢起义军一直打到广州。

起义军在广州休整了一段时间后，因为岭南地区发生瘟疫，黄巢决定带兵北上。唐僖宗命令荆南节度使王铎、淮南节度使高骈集合大批官军沿路拦击，结果都被黄巢起义军个个击破。起义军顺利渡过长江，吓得高骈推诿说得了中风，躲进扬州城不敢应战。

黄巢率起义军渡过淮河，向官军将领发出檄文，说："我们进攻京城，只向皇帝问罪，不干众人的事。你们各守各的地界，不要触犯我们的锋芒！"各地将领接到檄文，均按兵不动。消息传到长安，唐僖宗吓得整天哭哭啼啼，不知所措。

公元880年，黄巢带领六十万大军，浩浩荡荡杀到潼关。潼关附近到处飘扬着起义军的大旗，一眼望不到边。驻守潼关的官兵还想顽抗，黄巢亲自到阵前督战，起义军将士们见了，一齐欢呼，声音在山谷间回响，震天动地。官兵将士听了心惊胆战，不敢抵抗，纷纷四散逃命。起义军轻而易举攻下潼关。朝廷闻讯惊慌失措，唐僖宗带着妃子和宦官头子田令孜逃到成都去了，来不及逃走的唐朝官员全都出城投降。

当天下午，黄巢在将士们的簇拥下进入长安城。长安百姓扶老携幼，夹道欢迎。起义军大将尚让当场向大家宣布："黄王起兵，本来是为了百姓，不会像姓李的（指唐朝皇帝）那样虐待你们，你们可以安居乐业了。"将士们看到人群里的贫苦百姓，就把自己分得的财物散发给他们。过了几天，黄巢在长安大明宫即位称帝，国号大齐。

但是，黄巢起义军长期流动作战，占领过的地方都没有留兵防守，几十万起义军进入长安后，四周还是官军势力。没过多久，唐朝廷调集各路兵马，包围长安，长安城里的粮食供应出现了大问题。黄巢派出大将朱温驻守同州（今陕西大荔），但是在起义军最困难的时候，朱温竟投降了唐朝。

唐朝又召来了沙陀（西北少数民族）贵族、雁门节度使李克用，率领四万骑兵进攻长安。起义军十五万人马迎战，却惨遭失败，只好撤出长安。黄巢带领起义军撤退到河南，又遭到朱温、李克用的围攻。公元884年，黄巢在攻打陈州（今河南淮阳）失败之后，被官军紧紧追赶，最后退到泰山狼虎谷，战死在那里。

石敬瑭自称“儿皇帝”

公元 907 年，手握重兵的朱温灭了唐朝，自己称帝，建立梁朝，史称后梁。从此，中国历史进入五代十国时期。五代指依次定都中原地区的后梁、后唐、后晋、后汉、后周五个政权，十国指与此同时在中原地区之外存在过的前蜀、后蜀、南吴、南唐、吴越、闽、南楚、南汉、南平、北汉十个割据政权。

石敬瑭是后晋的开国皇帝，是历史上有名的“儿皇帝”。李克用为晋王时，石敬瑭的父亲曾经效力于李存勖，石敬瑭因为为人沉着冷静，能文善武，也得到了李存勖的赏识。石敬瑭射箭百发百中，还能熟练运用多种武器，李存勖因此将他当作自己的心腹将领，让他掌握重兵。有一次，石敬瑭在战场上只身涉险，以一敌众，在李克用养子李嗣源命悬一刻之际，铁戟横扫，杀敌救主。此后，李嗣源更加器重石敬瑭。

石敬瑭也是一个狠毒的人。他担任后唐河东节度使时，一家客店的老板娘到衙门里告状，说她晒在地上的谷子被一个军士的马吃了，可军士辩解说，他的马根本没吃老板娘的谷子。两人争执不下，审案的官吏没法判断，推来推去，最后便闹到石敬瑭那里去了。石敬瑭听了双方的辩词，觉得双方各执一词，无法断案，就主张把马杀掉，剖腹查看。若马腹中有谷就杀掉军士治罪，若无谷则杀掉老板娘，惩罚她诬告。结果，马肚中没有谷子，石敬瑭毫不留情地判了老板娘斩首之罪。

同时，石敬瑭还是个野心极大的人。他虽然官至节度使，被封为赵国公，却仍然不满足，一心想要当皇帝。石敬瑭与李嗣源养子李从珂素来不合，后来李从珂继位做了皇帝，石敬瑭担心李从珂加害于他，于是想方设法试探李从珂的态度。公元 936 年，石敬瑭上奏要求辞去军权，请调到别的地方任节度使。这种伎俩最简单但很奏效，如果李从珂同意他辞职则说明李从珂怀疑他，如果不同意就说明李从珂仍然信任他。李从珂问大臣薛文遇该如何处理，薛文遇对答："臣闻作舍于道，三年不成……石敬瑭除亦叛，不除亦叛，不如先事图之。"自此，李从珂打定主意，下诏调任石敬瑭。事已至此，石敬瑭也撕破脸皮，决意谋反。

为了让谋反师出有名，石敬瑭首先上表指责李从珂是唐明宗李嗣源的养子，不应继承皇位，要求他让位于许王李从益（唐明宗四子）。李从珂气急败坏，削去了石敬瑭的官职和爵位,命令晋州刺史张敬达率兵包围石敬瑭的根据地晋阳。石敬瑭一面与朝廷拖延作战,一面命掌书记桑维翰起草奏章,向契丹求援。在奏章中，石敬瑭向契丹称臣，承诺若契丹帮他击退后唐大军后，将割让燕云十六州（今北京、天津、河北北部和山西北部）给契丹。

契丹主耶律德光见到奏章后大喜，马上派兵援救石敬瑭。这年九月，耶律德光亲率大军南下，后唐张敬达不堪一击，很快就被耶律德光击退。十一月，耶律德光封石敬瑭为大晋皇帝，改元天福，国号晋，史称后晋。石敬瑭遂即位于柳林（今山西太原东南）。

石敬瑭称帝后，果然很守“信用”，割让燕云十六州给契丹，并承诺每年向契丹贡奉布帛三十万匹。石敬瑭还向比他小十岁的耶律德光称“儿皇帝”，尊耶律德光为“父皇帝”。

公元946年，耶律德光率兵攻打后晋。后晋将领杜重威想效法当年的石敬瑭，借助契丹的力量夺取皇位，便在前线向契丹投降。耶律德光在降军的协助下，很快攻占汴京，后晋灭亡。

燕云十六州乃中原的天然屏障,石敬瑭不惜将它割让给契丹，致使中原完全暴露在契丹铁蹄之下。这种丑恶行径不单是引狼入室，致使后晋仅仅存在了十一年时间，还使燕云十六州成为契丹南下掠夺中原的基地，使北方社会经济遭到严重破坏，贻害长达四百年。

刘知远入梁

刘知远是五代时期后汉的建立者，生于唐昭宗乾宁二年（公元 895 年），卒于后汉乾祐元年（公元 948 年），在后晋开运四年（公元 947 年）称帝建立后汉，庙号高祖。刘知远的祖先本为沙陀部人，世代居住在太原。

刘知远从小为人沉稳庄重，不好嬉戏。到了青少年时期，正值李克用、李存勖父子割据太原，刘知远就在李克用的养子李嗣源部下当军卒。当时，石敬瑭是李嗣源的部将，在战斗中，刘知远不顾自己的安危，两次救护石敬瑭脱难。石敬瑭以其护援有功，奏请将刘知远留在自己帐下，做了一名牙门都校，不久升任马步军都指挥使。

作为后晋皇帝石敬瑭手下大将，刘知远为石敬瑭建立后晋立下过汗马功劳。在石敬瑭称帝后，他被任命为河东节度使，手握太原地区的军政大权。

当初后唐末帝李从珂猜忌石敬瑭，派兵攻打晋阳。石敬瑭闻讯，让刘知远负责守卫晋阳。石敬瑭派桑维翰到契丹国都上京（今内蒙古自治区巴林左旗）去求援，主动割让燕云十六州

给契丹并拜契丹太宗为义父。刘知远得知后，对石敬瑭说：“将军向契丹太宗称臣就行了，何必拜他为义父，可以送给他金银珠宝，不应割让土地给他。否则契丹国将来肯定成为中原地区心腹祸患，我们后悔不及。”

不久，契丹主封石敬瑭为儿皇帝，建立后晋。石敬瑭让刘知远率兵直捣洛阳，杀了李从珂。石敬瑭定都大梁（今河南开封），封刘知远为邺城（今河北临漳）留守，后为晋阳留守兼河东（今山西中南部）节度使。

公元 942 年，后晋高祖石敬瑭去世，他的养子石重贵即位。石重贵不愿向契丹称臣，与契丹失和。刘知远知道这必将招来祸患，但并没劝谏石重贵，只是秘密训练军队，筹集粮草，预备应对紧急事变。契丹进攻中原，刘知远也没有派兵增援京城大梁，只是部署军队坚守太原。等到契丹军队攻入大梁，后晋灭亡后，刘知远马上派人向契丹皇帝耶律德光祝贺，并表示太原是军事要地，自己暂时不能离开，从太原向大梁进贡的道路被堵塞，等到道路一通自己立即向耶律德光进贡。

耶律德光为拉拢刘知远，每次都把诏书上刘知远的名字前加一个“儿”字，表示自己像对待石敬瑭一样对待刘知远，还把在契丹只有最尊贵的大臣才能得到的木拐赐给刘知远。

虽然耶律德光向刘知远百般示好，但刘知远却始终不肯到大梁见耶律德光。耶律德光派人质问刘知远：“你不到大梁，究竟想干什么？”见耶律德光发怒，刘知远手下将领郭威对刘知远说：“虽然契丹人现在很恨我们，但契丹人在中原胡作非为，被百姓所痛恨，根本难以立足，所以我们不用怕他们。”还有人劝刘知远带兵进攻大梁，消灭耶律德光。

刘知远说：“契丹刚收降了后晋的十万降兵，现在实力仍很强大。我看契丹的目的就是抢夺财物，财物抢完了，自然会走。再说夏天马上就到了，契丹人不习惯炎热的天气，也没法待下去。我们等契丹撤退之时再攻打他们，定能万无一失。”

由于耶律德光放纵士兵四处抢劫，激起了百姓的激烈反抗，统治严重不稳。刘知远看到机会来了，就检阅军队，准备出兵。手下将领建议刘知远称帝，阅兵的时候士兵们高呼万岁。刘知远想做做样子，就对手下说：“契丹人还很强大，我们还没打过几场胜仗，称帝的事还是以后再说吧。”这样一来，百姓和士兵对刘知远更加拥护了。

不久，刘知远就称帝了，建立了五代中的第四个朝代——后汉。刘知远称帝后，为了赢得民心，沿用后晋的年号天福，以争取后晋文武官吏的支持。同时，他还下令：废除契丹的一切暴政，免除被迫给契丹做事的人的罪责，杀了所有在中原各地的契丹人。他下诏书慰劳各地自发武装抗辽、保卫乡土的起义军，又不抢夺民财，而是取出宫中所有财物赏赐给将士们，获得了军民的支持。然后趁契丹大军北退，契丹统治集团内部忙于争夺皇位之际，他统率大军从晋阳出发，一路势如破竹，二十一天后进入洛阳，又用八天开进汴京，定为都城。

契丹在后汉军的连番攻击下节节败退，最终被迫退出中原。耶律德光派大将萧翰留守大梁，自己率军回契丹，途中病逝。刘知远见契丹大军主力已经退走，在大梁的契丹军队人数很少，便亲率主力向大梁进发。

萧翰见刘知远大兵压境，就想带兵逃走，可又怕大梁的官员、百姓知道自己要逃走会引起混乱，就想了个办法。当时后唐明宗李嗣源的妻子王淑妃和儿子李从益住在洛阳，萧翰派人把他们带到大梁。王淑妃和李从益知道萧翰此举没安好心，就藏了起来，可最后还是被找到了。二人被带到大梁后，萧翰假借契丹皇帝的命令立李从益为皇帝，然后就带兵走了，只留给李从益一批大臣和一千五百名士兵。

这时刘知远的军队越来越近，大梁城中的人都很害怕。王淑妃对大臣们说："我们母子被萧翰逼着走上这条路，实属无奈。你们没有罪，还是早早迎接刘知远，自求多福吧，不用管我们母子。"

大家被王淑妃的话所感动，都不忍心背叛李从益。有人建议："集合分散在各地的军队，大约有五千人，加上留在大梁的军队，还可以抵挡一阵。只要能坚守一个月，契丹的援军就会到。"王淑妃说："我们是后唐灭亡后幸存下来的人，怎么敢跟别人争夺天下？现在到了这个地步，只能听天由命。

要是坚守城池的话，不仅会连累你们，城里的百姓也会惨遭涂炭。”

尽管王淑妃不同意抵抗，但多数大臣们还是坚持要守城，跟刘知远抗衡。大臣刘审交比较赞同王淑妃的看法，说道：“大家好好想想，刚打过仗，大梁的物资储备几乎消耗殆尽，城中的百姓也没剩多少。如果真要坚守一个月的话，大梁就不会有活人了。大家别说了，听王淑妃的旨令吧。”

大臣们看没办法，只好放弃了抵抗，打开城门迎接刘知远进城。

刘知远兵不血刃，占领了大梁。进入大梁后，他将已经投降的那一千五百名士兵全都杀了，并派人秘密杀害了王淑妃和李从益。

王淑妃临死前说：“我儿子是被人逼迫才当皇帝的，有什么罪，为什么不能让他活着，在每个寒食节为他父亲在墓前洒一碗冷饭呢？”听到这话的人无不痛哭流涕。

刘知远进入大梁后不久，他最疼爱的儿子病死了，他极为悲痛，也得了重病，第二年就去世了。

周世宗斥责冯道

刘知远只做了十个月皇帝就死了。他的儿子后汉隐帝刘承祐继位以后，后汉朝廷内部发生动乱。汉隐帝嫌手下将领权力太大，于是秘密派人到邺都（今河北大名东北）去暗杀大将郭威，结果暗杀失败，反而激起郭威发动兵变。公元950年，郭威推翻了后汉政权，被手下将士拥戴为皇帝。

第二年，郭威在汴京正式称帝，国号周，史称后周，他就是后周太祖。周太祖郭威出身贫苦，十分了解民间疾苦，再加上他曾饱读诗书，所以很注意重用文臣，改革朝政。在他的治理下，五代时期的混乱局面开始好转。

后周建国的时候，刘知远的弟弟刘崇不服后周统治，占据太原，形成一个割据政权，历史上称为北汉。刘崇为了跟后周对抗，投靠了辽国，拜辽主为“叔皇帝”，自称“侄皇帝”。刘崇多次在辽兵帮助下进犯后周，但都被郭威打败。

周太祖没有儿子，柴皇后有个侄儿叫柴荣，从小聪明能干，练得一身武艺。周太祖很喜欢这个侄儿，于是将他过继到自己名下。公元954年，周太祖去世，柴荣继承皇位，他就是

周世宗。

周世宗即位之初，北汉国主刘崇认为周朝局势不稳，进占中原的时机到来，就集中三万人马，又请求辽主派出一万骑兵，向潞州（今山西长治）发动进攻。

消息传到汴京，周世宗连忙召集群臣商议对策，心急如焚的周世宗提出要亲自带兵前去迎战。大臣们劝谏道："陛下刚刚即位，人心尚不稳固，不宜亲自出征，还是派个将军领兵前去吧！"

周世宗说："刘崇趁我周朝刚遇丧事，又欺侮我年纪小新即位，便想吞并中原。这次他亲自来，我必须亲自去对付他。"

大臣们看周世宗的态度十分坚决，也就不再作声了。只有一个老臣站出来反对，他就是太师冯道。

冯道从后唐明宗时起，就

一直担任宰相等重要官职。中原地区经历了四个朝代，他在每个朝代的主子面前都能随机应变，讨得欢心。辽兵占领汴京的时候，他也主动朝见辽主。新王朝的皇帝很需要有几个像他这样的老臣辅佐。所以，冯道能一直保持着宰相、太师、太傅等重要职位。

这一次，冯道看周世宗年轻，就以老资格的身份来劝阻周世宗亲征。

周世宗对冯道说："过去唐太宗平定天下，都是亲自带兵出征。我刚刚掌管天下，面临这样的危机怎么能苟且偷安呢？"冯道冷笑一声，说："陛下能够比得上唐太宗吗？"

周世宗看出冯道瞧不起他，激动地说："我们有强大的兵力，要消灭刘崇，还不是像大山压碎鸡蛋一样容易。"冯道说："陛下能像一座山吗？"

周世宗听了十分气愤，一甩袖子，起身离开了朝堂。后来，又有几位大臣站出来支持周世宗御驾亲征，于是这件事就这样决定下来。

但因为这件事，周世宗对冯道开始产生不满。不久，周世宗便把冯道派去监造周太祖的陵墓。冯道得罪了周世宗后，不久便郁郁而终。

周世宗率领大军到了高平（今山西高平），跟北汉军摆开了阵势。刘崇看到周军人少，骄傲起来，说："早知道这样，我何必借契丹兵呢。这一次，我不但要打败周军，还要让契丹人见识见识我的厉害呢。"

刘崇指挥北汉军猛攻周军，周军右军的将领顶不住，带领骑兵撤退了，步兵则纷纷投降。眼看情况十分危急，周世宗亲自上阵，在乱箭中英勇督战。他的两名将领赵匡胤和张永德各带领两千亲兵冲进敌阵，奋勇杀敌。

周军将士们看到周世宗沉着应战，士气大增，纷纷奋勇冲杀，北汉军很快便被周军杀退。

后面的辽军看到北汉军惨败，不敢再上前跟周军交锋，悄悄地撤兵了。刘崇节节败退，最后只剩下一百多骑兵，狼狈不堪地逃回晋阳。

经过高平大战，周世宗的声望大大提高。他回到汴京后便着手整顿军队，减轻百姓负担，全力准备统一中原的战争。两年后，周世宗亲自征讨南唐，攻下了长江以北十四个州。接着，他又下令北伐，带领水陆两路大军向北进发，收复了北方大片失地。可正当他即将实现统一大业的时候，却一病不起了。

公元959年，在位仅六年的周世宗去世了，他七岁的儿子柴宗训接替皇位，就是周恭帝。

赵匡胤露峥嵘

后周显德三年（公元 956 年），周世宗柴荣命令手下大将赵匡胤日夜兼程，突袭南唐的清流关。南唐守将皇甫晖等人在山下列阵，正与后周前锋部队交战，赵匡胤领兵突然从山后出击，皇甫晖等人大吃一惊，连忙逃入滁州城中，打算毁坏护城河桥坚守滁州。赵匡胤骑马指挥大军涉水而过，一直攻到滁州城下。

皇甫晖对赵匡胤喊道："我们各为自己的主子效力，希望让我摆好队列再交战。"赵匡胤笑着答应了。

皇甫晖整顿好部下军士出城迎战，赵匡胤抱住马脖子冲入敌阵，大声喊道："我只要皇甫晖的脑袋，别的都不是我的敌人！"南唐士兵听后立即让出一条路来，赵匡胤手持长剑直奔皇甫晖，一剑刺中他的脑袋，活捉了皇甫晖，顺利攻下了滁州城。

几天以后，赵匡胤的父亲担任马军副都指挥使，半夜领兵到达滁州城下，命令手下叫喊开门。赵匡胤说："虽为父子，但城门关乎君王大事，所以恕不敢听命。"

周世宗派遣翰林学士窦仪前去清点滁州城中库存的物资。

赵匡胤派心腹官吏去领取库藏绢帛，窦仪却对他说：“您在刚刚攻克滁州城的时候，就是把仓库里的物资全部都拿走都没关系。但是现在既然已经登记在册，就是官府的物资了，没有诏书命令，是不可以随便领取的。”赵匡胤因此十分器重坚持原则的窦仪。

当初，永兴节度使刘词送上奏表，举荐他的幕僚蓟州人赵普，认为他有才能，可以重用。赵匡胤便将赵普留在身边。适逢滁州平定，宰相范质推荐赵普为滁州军事判官，赵匡胤与他交谈，非常喜欢他。

当时城中捕获了一百多个强盗，按律都应该处死，赵普请求先审讯然后处决，结果发现其中很多人都是被冤枉的，因而最后活下来的占了七八成。赵匡胤愈发认为赵普是个奇才。

赵匡胤派使者将皇甫晖等战俘送到京城献给周世宗。皇甫晖伤势很重，见到周世宗，躺着说：“我并非没有对主上尽忠，只是士兵有勇敢和胆怯的区别罢了。我以前屡次与契丹作战，也从没有见到过您那样精锐的军队。”周世宗觉得皇甫晖正直忠勇，沦为战俘还如此夸赞敌方大将，于是放了他。几天后皇甫晖伤重去世。

语文阅读经典丛书·第九辑

中国寓言故事

文 质 改编

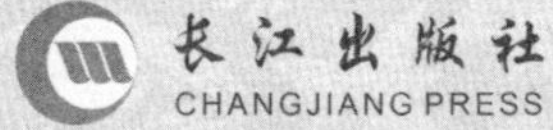
长江出版社
CHANGJIANG PRESS

图书在版编目（CIP）数据

语文阅读经典丛书.第九辑 / 文质改编.
—武汉：长江出版社，2021.4
ISBN 978-7-5492-7643-1

Ⅰ.①语… Ⅱ.①文… Ⅲ.①世界文学－作品综合集
Ⅳ.①I11

中国版本图书馆 CIP 数据核字（2021）第 068986 号

语文阅读经典丛书.第九辑　　文质 改编

责任编辑：江水
出版发行：长江出版社
地　　址：武汉市解放大道 1863 号　　**邮　　编**：430010
网　　址：http://www.cjpress.com.cn
电　　话：(027)82926557（总编室）
(027)82926806（市场营销部）
经　　销：各地新华书店
印　　刷：湖北嘉仑文化发展有限公司
规　　格：880mm × 1230mm　1/32　20 印张　400 千字
版　　次：2021 年 4 月第 1 版　2021 年 4 月第 1 次印刷
ISBN 978-7-5492-7643-1
定　　价：124.00 元（共五册）

MULU

目录

割席断交

东汉末年，管宁和华歆在年轻的时候是一对非常要好的朋友。他俩成天形影不离，同桌吃饭，同席读书，同床睡觉，相处得很融洽。

有一次，他俩一块儿去菜地里锄草。两个人努力干着活，顾不得停下来休息，不一会儿就锄好了一大片地。

突然，管宁一锄头下去，“当”的一声，碰到了一个硬东西。于是他将锄到的一大片泥土翻了过来，发现黑黝黝的泥土中有一个黄澄澄的、闪闪发光的东西。

管宁定睛一看，原来是一块黄金，他自言自语道："我当是什么东西呢，原来是锭金子。"接着，他继续锄草。

"什么？金子！"华歆听到这话，不由得心里一动，赶紧跑了过来，拾起金块，捧在手里仔细端详。

管宁见状，走到华歆的身边，责备他说："钱财应该是用自己的辛勤劳动去获得，一个有道德的人不可以贪图不劳而获的财物。"

华歆虽然口中答应着，手里却还捧着金子怎么也舍不得放下。管宁见他这个样子，只是摇头，不再说什么。

又有一次，管宁和华歆两人坐在一张席子上读书。正看得入神，他们忽然听到外面一片鼓乐之声，其间还夹杂着鸣锣开道的吆喝声和人们看热闹吵吵嚷嚷的声音。于是，他们起身走到窗前，想看看究竟发生了什么事。

原来是一位达官显贵乘坐马车从这里经过，还有一大队随从前呼后拥地跟着马车，威风凛凛，好不热闹。再看那马车装饰更是豪华：车身雕刻着精美的图案，车上蒙着的车帘是用五彩绸缎制成的，四周装饰着金线，车顶上还镶了一大块翡翠，真是富贵逼人。

管宁看过后，很不以为然，又回到原处专心致志地读书去了，对外面的喧闹完全充耳不闻。

华歆却刚好相反，他完全被这豪华的排场吸引住了，于是干脆扔下书本，跑到大街上跟着人群一起尾随在车队后面，好奇羡慕地欣赏着。

管宁目睹了华歆的所作所为，再也抑制不住心中的叹惋和失望。等到华歆回来后，管宁便拿出刀子当着华歆的面把席子从中间割成两半，痛心而决绝地说："我们两人的志向和情趣都太不一样了。从今以后，我们就像这被割开的草席一样，再也不是朋友了。"

智慧菩提

真正的朋友，应该建立在共同的思想基础和奋斗目标上，一起追求，一起进步。如果没有内在精神的默契，只有表面上的亲热，这样的朋友是无法真正沟通和理解的，也就失去了做朋友的意义了。

一蟹不如一蟹

一天，海水退潮了，天气晴朗，艾子决定去海滩上散步。他走着走着，忽然发现自己脚跟前有一个小动物在爬着。于是，艾子好奇地蹲下身，仔细观察这小东西。

只见这小动物的身子又扁又圆，两边长着许多脚，行走时是横着爬行。艾子觉得很有趣，就把小动物捡起来放入袖中。这时，他看见一位以捕鱼为生的老人，就上前问道："老先生，向您请教一下，这个小动物是什么东西啊？"

老人告诉艾子说："先生，

这是梭子蟹。”

艾子点点头，记住了这个名字，然后向老人告辞，继续向前走着。不一会儿，他又看到一个小动物，身子也是又扁又圆，同样长着许多脚，但体形比先前那个要小一些，行动似乎也迟缓一些。

于是艾子捡起这个小动物，又去找那位老人，问道：“您看看，这又是什么东西呀？”

老人告诉他：“这是只螃蟹。”

艾子记住了，原来又是一只蟹。

艾子继续向前走，不料又看到一只小动物在海滩上横着爬行，形状、体貌与先前看见的梭子蟹、螃蟹差不多，只是比前两个更小了。

艾子又捡起这个小东西去问老人：“您看，这也是蟹吧？”

老人回答说：“这是蟛蜞，也是一种蟹。”

艾子向老人道谢后便离开了。他一边走，一边想着今天的事情，觉得很有趣：这梭子蟹、螃蟹和蟛蜞都是蟹，却一个比一个小。

艾子不禁感叹道：“哎！为什么一蟹不如一蟹呢？”

智慧菩提

生活中的确有像艾子在海边捡到的蟹一样的人和事，他们往往一个不如一个，越往后越糟糕。

蔡邕救琴

蔡邕是东汉灵帝时的一位大臣，博学多才，擅长辞赋，而且精通音律，弹得一手好琴。蔡邕为人正直，敢于直言相谏，结果得罪了朝中奸臣，遭谗言所害，不得不流亡异乡，过着隐居生活。

蔡邕从小爱好音乐，通晓音律，弹奏中一点小小的差错也逃不过他的耳朵。他对琴也很有研究，对于琴的选材、制作和调音都有独到的见解。从京城逃出来的时候，蔡邕舍弃了很多财物，唯独舍不得丢下那把心爱的琴。他对待那把琴如同对待亲生孩子一样，细心呵护，不让它受到丝毫损伤。

在隐居江南的那些日子里，蔡邕常常独自一人在月光下弹琴，通过这清幽的琴声来抒发自己忠心耿耿却反遭迫害的悲愤之情，以及自己壮志难酬、前途渺茫的惆怅之感。

有一天，蔡邕坐在书房里抚琴长叹的时候，房东大娘正在隔壁烧火做饭。她刚将一块木柴塞进灶膛，就见灶膛里火星乱蹦，那块木柴被烧得“噼里啪啦”直响。

蔡邕听到这清脆的爆裂声，不由心中一惊，凝神细细听了一会儿，大叫一声“不好”，跳起来就往灶间跑去。

以他对琴的了解和制琴的高超技艺，他听出这不是一块普通的木头，而是做琴的好材料——桐木。蔡邕一边喊着“快别烧了，快别烧了”，一边冲到炉火边，把手伸进烧得通红的灶膛，硬是把那块桐木拽了出来。

他看着已经烧掉一小截的木头，惋惜地说：“这可是一块难得一见的制琴的好料啊！”蔡邕的手被烧伤了，他也不觉得疼，捧着桐木又吹又摸，像是获得了无价之宝。蔡邕将这块木头买了下来，然后精雕细刻，将这块桐木做成了一把琴。这把琴弹奏起来，音色美妙绝伦。

后来，这把琴流传了下来，成了世间罕有的珍宝。因为它的尾部仍有烧焦的痕迹，于是人们叫它“焦尾琴”。

智慧菩提

美好的东西得有识货的人，这个人不仅要有“心”，更要有“识”，能发现一般人发现不了的特色，还要有“胆”，为保护美好的事物能挺身而出。

东郭先生和狼

春秋时期，晋国大夫赵简子率领众随从到中山去打猎，行至途中，遇见一只狼。赵简子立即弯弓搭箭，只听得弦响狼嚎，飞箭射穿了狼的前腿。狼中箭受伤，落荒而逃，赵简子驾车穷追不舍。

这时候，东郭先生正牵着一头驮了一大袋书简的毛驴，向四处张望，他要去中山国求官，走到这里迷路了。正当他在岔路口犹豫不决的时候，突然窜出了一只狼。那狼哀怜地对他说："现在有人要杀我，请您让我躲进您的口袋里吧。如果我活下来，今后一定会报答您。"

东郭先生看着赵简子的人马越来越近，惶恐地说："我藏匿你，岂不是要触怒权贵？然而墨家兼爱的宗旨不容我见死不救，快躲进我的口袋里吧！"

不一会儿，赵简子的一队人马追到东郭先生跟前，询问他有没有看见一只受伤的狼。东郭先生摇了摇头说没看见，那群人很疑惑地走了。

当人喊马嘶的声音远去之后，狼迫不及待地说："多谢先生救了我。请放我出来，受我一拜吧！"可是狼一出口袋便显出了本性，对东郭先生说："刚才亏你救我，使我大难不死。现在我饿得要死，不如您好人做到底，让我吃了您吧？"

还没等东郭先生反应过来，狼就张牙舞爪地向他扑来。东郭先生慌忙躲闪，幸亏狼受伤了，否则他早就成了狼的美食。

东郭先生对狼说："我们还是按老规矩办吧！如果有三位老人说你应该吃我，我就让你吃。"狼高兴地答应了。

但走了好一会儿，也没遇到一个行人，于是狼逼着东郭先生去问杏树。老杏树说："种树人只是

种了一颗杏核，二十年来他一家人吃我的果实，卖我的果实，享受够了财利。尽管我贡献很大，到老了，还要被他卖到木匠铺换钱。你对狼恩德不重，它为什么不能吃你呢？”

狼正要扑向东郭先生，正好走来了一头老牛，东郭先生说还要问问牛。老牛说：“当初我被老农用一把刀换回家，他用我拉车犁田，养活了全家人。现在我老了，他却想杀我，从我的皮肉筋骨中获利。你对狼恩德不重，它为什么不能吃你呢？”

狼听了更高兴了。就在这时，来了一位拄着藜杖的老人。东郭先生急忙请老人主持公道。老人听了事情的经过，叹息地用藜杖敲着狼说：“你不是知道虎狼也讲父子之情吗？为什么还背叛对你有恩德的人呢？”

狼狡辩道：“他用绳子捆住我的手脚，用书简压住我的身子，这不是想把我活活闷死吗？我难道不该吃掉他吗？”

老人说：“你们各说各的理，我难以裁决。但我不相信这么大的狼能躲到一个小口袋里，俗话说‘眼见为实’，如果能让我亲眼见到，我才相信，这样你就可以理直气壮地吃掉他。”狼觉得老人说得有道理，便同意了。然而它没有想到，当它再次被装进口袋里之后，等待它的是老人的藜杖和东郭先生的利剑。

智慧菩提

东郭先生把“兼爱”施于恶狼身上，因而险遭厄运。一个人应该真心实意地爱他人，但不应怜悯狼一样的恶人。

两小儿辩日

有一次，大学问家和大教育家孔子在周游列国去往东方的的路上，看见两个小孩子在为一个问题争论不休，于是让马车停下来，走过去问他们："两位小朋友，你们在争什么呢？"

其中一个孩子说："我认为早晨太阳刚出来的时候离我们近一些，中午时离我们远一些。"

另一个孩子的看法正好相反，他说："我认为太阳刚升起来时离我们远一些，中午时才近一些。"

先说话的那个孩子反驳说："不对，太阳刚出来时大得像车轮，到了中午，就只有盘子那么大了。远的东西看起来小，

而近的东西看起来大，这还用争论吗？”

另一个孩子自然也有很充足的理由，他说：“太阳刚升起来时凉飕飕的，到了中午却像火球一样晒得人热烘烘的。离火远就感觉不到有多热，离火近就感觉到很热，你难道不明白这个道理吗？”

两个孩子谁也说服不了谁，只好请博学多识的孔子来做“裁判”，判定谁是谁非。

可这个看似简单的问题却把博学多识的孔子难住了，他也对这种自然现象也很难说清楚，更不能判断他们谁是谁非了。

两个孩子见孔子哑口无言，不由得笑了起来，说：“谁说你知识渊博，无所不知呢？你也有不懂的地方啊！”

智慧菩提

人生有限，知识无涯。从不同的角度看问题会得出不同的看法，而要克服片面性，就必须深化认识，进行辩证思维。

纪昌学射

古代有个著名的神箭手，名叫飞卫，很多年轻人都慕名而来向他请教射术。有个名叫纪昌的年轻人，立志要成为一名神箭手，于是决心拜飞卫为师，学习射箭的本领。

纪昌跋山涉水，终于找到了飞卫。他拜倒在飞卫面前，请求道："弟子久闻您的大名，想拜您为师学习射箭，请您收下弟子吧。"

飞卫看了看他，说道："你真的想学射箭吗？"说着就用箭在纪昌眼前"刷"地一挥。

纪昌吓得大叫，不停地眨着眼睛。

飞卫说："你先回去学会看东西不眨眼，然后再来学射箭吧。"说完便把箭扔到地上，拂袖而去。

纪昌回到家中冥思苦想："怎样才能练就不眨眼的功夫呢？"突然，他看见妻子织布机上的梭子飞快地穿来穿去，顿时灵光一现："哈！有办法了！"

这以后，妻子织布的时候他就蹲在织布机下，目不转睛

地盯着织布机上那两只一上一下的梭子。

就这样不间断地练习了两年，终于，纪昌能看着飞动的物体不眨眼睛了，即便有一个锥子朝着他的眼睛刺来，他的眼珠都一动不动。

纪昌欢欢喜喜地再去找飞卫，很自信地说："师父，我练好了，现在无论看什么东西都不会眨眼睛了。"

飞卫瞥了他一眼，淡淡地说："这还不够，你还要学会把一个很细小的东西看得很大很清楚才行。等你练好了再来找我吧！"

纪昌虽说有些沮丧，但一想到自己以后能成为一流的神箭手，便又满怀斗志，回家继续练眼力了。

回到家里，纪昌用一根牛尾毛拴住一只虱子，把它挂在窗户上，每天都目不转睛地盯着它看。三年之后，那小虱子在他眼里像车轮一般大了。

纪昌按捺不住内心的兴奋，又跑到飞卫那里，说："师父，弟子已经能把一只虱子看成车轮那么大了。"

飞卫微笑着朝他点了点头，说道："嗯，现在你可以学习射箭了。"

纪昌终于拜飞卫为师，跟着飞卫刻苦地学习射箭。在飞卫的指点下，纪昌苦练射箭本领，最终成为名扬天下的神箭手。

智慧菩提

飞卫两次为难纪昌，其实是在帮助他练习学习射箭之前所必需的基本功。只有练好扎实的基本功，由浅入深，循序渐进，才能达到学习或技能上的高水平。同时，我们还要学习纪昌那种持之以恒的精神。

画蛇添足

有个楚国贵族，在一次祭祀祖先后，把一壶祭酒赏给门客们喝。

门客们拿着这壶酒，有些犯愁。他们觉得，这么多人喝一壶酒，肯定不够分，还不如干脆给一个人喝个痛快。可是给谁喝呢？

于是，门客们商量后说："这壶酒大家都来喝肯定不够，一个人喝则刚好。这样吧，让咱们各自在地上画一条蛇，谁先画好，谁就喝这壶酒。"

大家都同意了这个建议。

门客们一人拿一根小棍，开始在地上画蛇。有一个人画得很快，不一会儿就画好了，于是把酒壶拿了过去。

正准备喝酒时，他看见其他人都还在画，便十分得意地又拿起小棍，自言自语地说："等我再给蛇添上几只脚后，他们也未必画完。"边说边给已画好的蛇添脚。

不料，不等他画好蛇脚，手上的酒壶便被另一个人一把抢了过去。原来，那个人的蛇也画好了。

这个给蛇画脚的人不依，急忙说："我最先画好蛇，酒应归我喝！"

那个人笑着说："你到现在还在画，而我已经画好了，酒当然是我喝！"

画蛇脚的人争辩说："我早就画完了，现在只是趁时间还早，给蛇添几只脚而已。"

那人说："你真是聪明过头了，蛇本来就没有脚，你却要给它添几只脚。本来是你先画好蛇，可现在是我先画好了！"

说完，他毫不客气地喝起酒来。

那个给蛇画脚的人却眼巴巴地看着本该属于自己的美酒，后悔不已。

智慧菩提

做任何事情都要切合实际，不要做多余的事情。有些人自以为聪明，喜欢节外生枝，卖弄自己，结果往往弄巧成拙，他们不正像这个画蛇添足的人吗？

东野稷驾马车

战国时期，鲁国人东野稷非常擅长驾驭马车，受到众人的赞许。于是，他凭着这个本领去求见鲁庄公，鲁庄公接见了他，并叫他当场表演驾车技能。

东野稷得到这个表演机会，不敢大意，他想把自己的技艺充分展示出来。只见他驾着马车，一会儿向前，一会儿向后，一会儿向左，一会儿向右，进退自如，十分熟练。而且，无论是进还是退，车轮所碾出来的辙痕都像木匠画的墨线那

样直；无论是向左还是向右转圈，车辙都像木匠用圆规画的圈那么圆。

鲁庄公大开眼界，高兴地欣赏着东野稷的表演。鲁庄公兴致高昂，向东野稷喊道："果然精彩，你再跑一百圈吧。"

东野稷见自己的能力得到鲁庄公的赏识，非常高兴，他铆足劲儿扬起鞭子把马车驾得飞快地跑。

这时，一个叫颜阖的大臣看到东野稷如此不顾一切地驾车用马，便对鲁庄公说："我看，东野稷这样驾车，他的马不久就会倒下，车也将翻的。"

鲁庄公听了很扫兴，没有理睬站在一旁的颜阖，依旧全神贯注地看着东野稷驾车。但没过一会儿，东野稷的马果然累垮了，它一失前蹄，弄了个人仰马翻。东野稷狼狈而归，见了鲁庄公很是难堪。

鲁庄公感到非常好奇，回头问颜阖："你怎么知道东野稷的马车会翻呢？"

颜阖回答道："马再好，它的力气也总有个限度。那匹马力气已经耗尽，东野稷还要让马拼命地跑，马不累垮才怪呢。"

听了颜阖的话，鲁庄公若有所思。

智慧菩提

世间万物，其能力不可能是无限的。如果我们不把握好这个限度，只是一味蛮干或瞎指挥，到时候只会弄巧成拙或碰钉子。

对牛弹琴

在战国时期，有一个叫公明仪的音乐家，他能作曲也能演奏，琴弹得非常好。从他的琴声中听得出泉水叮咚，听得出大海的怒吼，听得出秋虫唧唧低鸣，也听得出小鸟婉转歌唱。曲调欢乐的时候，会让人心情愉快，不禁眉开眼笑；曲调悲哀的时候，能使人心酸落泪，跟随着琴声难过起来。总之，凡是听过他弹琴的人，没有不被琴声打动的，都对他的琴艺赞不绝口。

公明仪不但在室内弹琴，遇上好天气，还喜欢带着琴到郊外

弹奏。有一天，公明仪来到郊外，春风徐徐地吹着，垂柳轻轻地摇着，他不禁来了兴致，于是坐在草地上，摆好琴就要开始弹奏。

这时候，公明仪看到有头牛在不远处吃草，不由得突发奇想：既然我的琴声人人喜欢，人人称赞，那牛也会觉得好听吧。不如我来弹奏一曲给它听听。

于是，公明仪带着琴来到牛的旁边，拨动琴弦，弹奏了一首他最拿手的《清角》。

这琴声果然美妙极了，路过的人听了，都不禁发出感慨。可是那头牛还是静静的，没有丝毫反应，只是低着头聚精会神地吃着草，就好像身旁的琴声不存在一样。

公明仪想了想，既然牛对《清角》没有任何反应，那就换一曲试试，于是又弹奏了另一首曲子。这一次曲调完全变了，音不成音，调不成调，听上去实在糟糕，很像是一群蚊蝇扇动翅膀发出的“嗡嗡”声，其间似乎还夹杂着一头小牛“哞哞”的叫声。

这回牛总算有了反应，只见它竖起耳朵、甩着尾巴，迈着细密的步子走来走去地倾听着琴声。

智慧菩提

牛终于听懂了公明仪的琴声，那是因为这声音接近它熟悉的东西。所以我们说话、做事都要看对象，要根据不同事物的不同特点，对症下药地研究解决问题的方法。

不曾杀陈佗

古时候，有一个人想去拜见县令，想在官衙里谋个差事。他冥思苦想，怎么才能让县令答应自己呢？他思来想去，觉得最好还是投其所好，于是就去找县令手下的人打听县令有什么爱好。

他找到县令的随从问道："不知县令大人平时都有什么爱好呢？"

县令手下的人告诉他："县令最大的爱好就是读书，我经常看到他手捧《公羊传》读得津津有味。"

这个人把县令的爱好记在心里，满怀信心地去见县令。县令见了他，问他："你平时都喜欢做些什么？"

他连忙回答说："我没什么爱好，唯一喜爱的就是读书。"

县令听后惊喜不已，心想与自己的爱好一样啊，接着问道："那你喜欢读些什么书呢？"

那人见县令果然问到这里，心里不禁暗喜，胸有成竹地回答道："别的书我都不爱读，只喜欢读《公羊传》。"

县令有些起疑，心想这个人怎么连读的书都和自己一样？于是故意试探他道：“那么我问你，是谁杀了陈佗呢？”

陈佗是《公羊传》中的人物，可这个人根本就没读过《公羊传》，他哪里能回答上来呢。他想了半天，以为县令问的是本县发生的一起命案，于是吞吞吐吐地回答说：“大人，这我实在是答不出啊。我平生确实不曾杀过人，更不知有个叫陈佗的人被杀。”

县令一听，便确信这家伙并没读过《公羊传》，才回答得如此荒唐可笑。县令又故意戏弄他说：“既然陈佗不是你杀的，那么依你之见，陈佗到底是谁杀的呢？”

这人见县令还在追问这件事，更加惶恐不安，最后只得找个由头狼狈不堪地逃走了，连鞋子也来不及穿。

别人见他这副模样，问他怎么回事。他边跑边大声说：“我刚才见到县令，他向我追问一桩杀人案，我再也不敢来了。等这桩案子搞清楚后，我再来吧。”

智慧菩提

一个人应该用诚实、谦虚的态度对待学问和他人，不懂装懂的做法既会妨碍自己掌握正确的知识，又会闹出愚昧无知的笑话来。

刻舟求剑

从前，有一个楚国人出门远行。他在乘船过江的时候，一不小心，将随身带着的剑掉到江中的急流里去了。

楚国人的反应很迅速，他立刻用一把小刀在船舷上刻了个记号，然后回头对船夫说："这就是我的剑掉下去的地方。"说完便安然地坐在船上等船靠岸。

船夫看到他在船舷上做记号，很不理解，便对他说："你这样做有什么用呢？还是赶快下水去找吧！"

楚国人说："不急，我有记号呢。"

船继续前行，船夫又催他说："再不下去找剑，这船越走越远，就找不到剑了。"

楚国人依旧自信地说："不用急，不用急，我有记号刻在这里，它能跑到哪儿去呀？等到了岸边水浅的地方再捞吧。"

等到船行驶到岸边停下后，楚国人这才顺着他刻着记号的地方下水去找剑。可是，怎么也找不到他的剑了。

船夫说："你真糊涂，掉进江里的剑是不会随着船行走的，而船却在不停地前进。等到船行至岸边，船舷上做记号的位置与水中剑的位置早已不同了，你用这种办法去找剑是不可能找到的。"

楚国人这才明白，然而后悔已经来不及了。

智慧菩提

世界上的事物总是在不断地发展变化，人们思考问题、做事情，都应当考虑到这种变化，根据变化来采取相应的行动。

鲁国缺人才

庄子是战国时期著名的思想家和文学家,他继承了老子的学说,成为道家学派的代表人物,而且他还是一位廉洁正直,相当有棱角和锋芒的人。他和孔子、孟子等人一样,游历各诸侯国,讲学传道。

有一天,庄子来到鲁国,去拜见鲁哀公,向他讲述自己的哲学思想。鲁哀公非常欣赏庄子的才学,深有感慨地对他说:“我们鲁国儒士很多,唯独缺少像先生这样研究道术的人才。”庄子却不以为然,对鲁哀公说:“别说研究道术的人才少,就是儒士也很缺乏啊。”鲁哀公反问庄子:“你看全鲁国的臣民几乎都穿戴儒者服饰,怎么能说鲁国缺少儒士呢?”庄子顿了顿,毫不留情地指出他在鲁国的所见所闻:“我听说在儒士中,头戴圆形礼帽的通晓天文,穿方形鞋的精通地理,佩戴五彩丝带系玉玦的遇事清醒果断。”

庄子见鲁哀公在认真听,便接着发表自己的见解:“其实那些造诣很深的儒士平日不一定穿儒装,穿儒装的人未必就有

真才实学。”他向鲁哀公建议道：“您如果认为我判断得不正确，可以在全国范围发布命令：凡没有真才实学的冒牌儒士而穿儒装的一律问斩！”

鲁哀公采纳了庄子的谏言，在全国张贴命令：不是儒士不得着儒装。果然不出庄子所料，不过五天，鲁国上上下下再也看不见穿儒装的“儒士”了。唯独有一男子穿戴儒装立于宫门前。鲁哀公闻讯，立即下令召见。

鲁哀公见来者仪态不俗，不仅问他国家大事，还提出问题考他，他都对答如流，思维敏捷，果然是位饱学之士。

庄子了解到鲁国在下达命令后仅有一位儒士被鲁哀公召进王宫，敢于回答问题，于是感叹道：“以鲁国之大，举国上下仅一名儒士，能说人才济济吗？”

智慧菩提

真才实学不是靠衣着来装扮的，形式不能取代实质。一种思想、学说或职业成为流行趋势后，就会有人弄虚作假，附庸风雅，借以牟取私利。

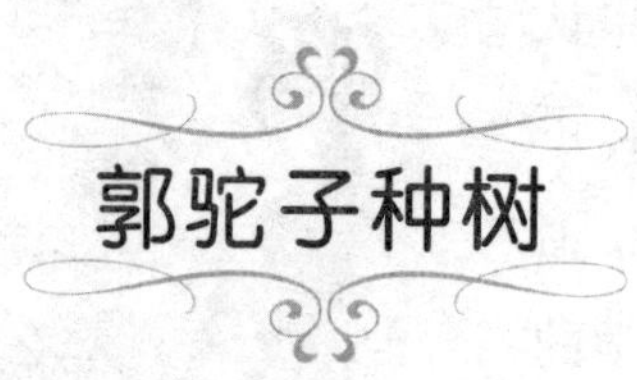

郭驼子种树

从前，有一个人很擅长种树，因为他是个驼背，人们都亲切地叫他“郭驼子”。郭驼子不但不生气，反而很高兴地接受了这个诨名。

郭驼子家里祖祖辈辈都是种树的，因此，传下来了许多丰富实用的种树的经验。再加上郭驼子勤奋好学且不辞辛苦，树种得更好了，他的植树技艺也远近闻名。

整个长安城里，不论穷富，想种树的人家很多。富人种树是为了给庭园增添观赏的花草树木，美化环境，穷人种树为的是摘果卖钱度日。这样一来，请郭驼子种树的人踏破了门槛。

郭驼子种的树，长得既好又快，结的果实香脆可口。有人曾经十分关注他种树的一举一动，想跟他学点儿种树的经验，可是看了半天，自己种的树还是不如郭驼子种的好。为了这个，有人专门拜访他，向他求教。

“为什么我们种的树不如你种的树呢？能不能把其中的奥秘告诉我们呢？”一位请教他的人问道。

郭驼子笑着说："其实种树没有什么奥秘，不过是先要了解树的习性，然后按照它的习性去栽培就行了。比如说，树的根是需要舒展开的，根据这一习性，顺着根须按曲直摆放好，要保留原来根上的旧土，轻轻地放置于坑中，均匀地培上土，再适当地压实，使根部不要太透风，以免水分蒸发得太快，这样就可以了。不会种树的人常常把树苗根须上的土抖掉，也不管根是否舒展开，有时根须缠成一团，这样不管不顾地就培上土，这样种的树肯定难以成活。有的人又太过于细致周到，今天看看树正不正，摇晃一阵，明天扒开土看看活没活，这样树怎么活得了，更别说种得好了。"

有人请郭驼子以种树的道理评论一下政治问题，希望得到一些启示。

郭驼子想了想说："我一个种树的哪里懂得什么政治呢？但是有一点我却深有体会：在我们乡下，官吏们今天出告示，明天发号令；今天让百姓们种好地、织好布，明天让百姓养好鸡、养好鸭。这看起来是关心百姓，其实却弄得百姓不得安宁，这和种树似乎是同样的道理。"

智慧菩提

郭驼子为什么种树种得好？为什么别人学都学不来？最后他解开了谜底：做事情要身体力行，不能只做表面的工作，更不能急于求成，要认认真真、扎扎实实才行。

楚王好细腰

春秋时期，楚国的楚灵王喜欢腰身纤细的人，他认为这样看起来才赏心悦目。那些身材苗条的妃子和宫女们深受楚灵王宠幸，连腰细的王公大臣也得到了楚灵王的重用。

一时间，满朝的文武大臣们为了赢得楚灵王的欢心和宠信，千方百计地节食减肥，拼命地缩减腰围。有的大臣强迫自己一天只吃一餐饭，饿得头昏眼花。有的大臣更是摸索出了一套快速减肥的绝招：每天早晨起床穿衣时，先做几次深呼吸，挺胸收腹，然后将气憋住，再用宽布带将腰部束紧。经过这样一番折腾之后，腰是变细了，但许多人却渐渐失去了支撑身体的能力。有的大臣坐在席子上要站起来，非要扶着墙不可；有的坐在马车上要站起来，还要借力于车轼。宫女和妃子们为了争宠，宁愿不吃饭，也要将自己的腰饿得细细的，好让楚灵王注意到自己。

大家为了讨好楚灵王，就这样硬撑着过了一年，他们的身体越来越衰弱了，动不动就感冒发烧。宫女们因为饥饿过度，竟有活活饿死的。

邻国的国君听说了楚国的大臣们都傻乎乎地减肥束腰，饿得头昏眼花，身体衰弱，十分高兴，因为这正是他们攻打楚国的好机会。大臣们的身体都不行了，连站都站不稳，还能指挥作战吗？

于是，邻国立即攻打楚国，先派兵攻占楚国边陲城池，这使楚国丢了不少土地。当攻打到楚国的都城时，邻国改用了持久战术，楚国的大臣们一个个病歪歪的，哪里经受得起持久战？后来，幸亏得到友好邻邦救援，楚国打退了邻国的大军，这才平息了这场风波。

当战争结束后，楚王才意识到自己多么愚蠢，便下令全民强身健体，大臣们也为楚王的英明决策叫好。过了几年，楚国又渐渐繁荣起来，成为了一代强国。

智慧菩提

楚灵王以个人的好恶去规范大臣的行为，并以此作为任用的标准，这就必然会引起下属刻意逢迎和拼命邀宠。这对于今天的人们如何安身立命，也不失为一个深刻的教训。

惠施与船家

惠施是战国时期著名的思想家和政治家，学识渊博。魏王十分欣赏他，常常听他讲学。

有一年，魏国的宰相去世了，魏王急召惠施进宫。惠施接到诏令，立即动身，日夜兼程赶往魏国都城大梁，准备接任宰相的职务，连一个随从也不曾带上。在途中，一条大河挡住了去路。惠施心急火燎，想早点儿赶到大梁，他觉得河水不深，就徒步涉水过河，却一不小心跌入到深水中。由于惠施水性不好，一个劲儿地在水里扑腾着，眼看就要沉下去了，情况十分危急。

正在这时，有个船家划船赶来，将惠施从水中救起，保住了他的性命。船家请惠施上了船，问道："既然你不会游泳，为什么不等渡船来呢？"

惠施回答："时间紧迫，我等不及。"

船家又问："什么事这么急，让你差点丢了性命？"

惠施说："我要去做魏国的宰相。"

船家听了，觉得十分好笑，心想：就你这样还能当宰相，要么是吹牛，要么是脑子有毛病。

船家取笑惠施说："看你刚才落水的样子，可怜巴巴的，只会喊救命，如果不是我赶来，恐怕连性命都保不住。像你这样连游泳都不会的人，还能做宰相吗？真是太可笑了。"

惠施听了船家这番话，有些不高兴，他很不客气地对船家说："要说划船、游泳，我当然比不上你；可是要论治理国家，你同我比起来，大概只能算个连眼睛都没睁开的小狗。游泳能与治国相提并论吗？"

惠施的一番话，说得船家目瞪口呆。船家哪里懂得，这世间万事万物各有各的规律，各有各的办法与学问，这游泳与治国之间也没有必然的联系，怎么可以根据不会游泳就判断人家不会治国呢？

智慧菩提

任何事物都各有各的规律，各有各的学问，因此不同的事物不可以拿来相提并论。再说，人各有长，术业有专攻，每个人都要发挥自己的长处，做好本职工作，不能以己之长比人之短。

望梅止渴

曹操是东汉末年著名的政治家。由于朝廷的残酷统治和腐败荒淫，东汉末年爆发了黄巾大起义，给东汉王朝沉重的打击。在镇压黄巾起义的过程中，各地诸侯纷纷崛起，中国陷入分裂之中。曹操把汉献帝迎接到自己控制中的许昌，挟天子以令诸侯，最终统一了中国北方。

有一年夏天，曹操率领大军去讨伐张绣。一路上，天气炎热，骄阳似火，天上一丝云彩也没有。军士们在荒原上行军，大地被阳光晒得滚烫，大家都热得透不过气来。到了中午时分，军士们的衣服都湿透了，饥渴难耐，行军的速度也慢了下来，一些体弱的士兵中暑后晕倒在路边。

曹操心里十分着急，担心贻误战机。可是在这茫茫荒原上，大家连水都没得喝，又怎么能加快行军速度呢？他叫来向导，悄悄地问："这附近可有水源？"向导摇摇头说："只有山谷的那一边才有水，要绕道过去还有很远的路程。"曹操心想：这样下去可不行！他看了看前边远方的树林，沉思了一会儿，对向导说："你什么也别说，我来想办法。"

曹操知道此刻要求军士们加快速度恐怕也无济于事。突然，他一夹马肚子，快速赶到队伍前面，用马鞭指着前方说："将士们，我知道前面有一大片梅林，那里有又大又可口的梅子，我们加快步伐，翻过这个山丘就到梅林了！"将士们一听，立刻想到了梅子的酸味，人人嘴里不知不觉地流出了不少口水，也就不觉得那么口渴了。

曹操看到办法奏效，立刻整顿队伍，提振士气，继续前进，最后终于带领大军走出了这片大荒原。

智慧菩提

曹操在荒原之上，灵机一动，用梅子分散又累又渴的将士们的注意力，最终带领大军走出了困境。我们要善于动脑筋，发挥想象力，就可以战胜困难。

愚公移山

古时候，太行、王屋两座大山坐落在冀州的南面、黄河的北面，两座山方圆七百里，高达万丈。

九十多岁的愚公一家就住在山的北面，家门口的两座大山挡住了出门的路，他们每次出门都要绕好

远的路，很不方便。

愚公有个大胆的想法：把这两座山移走，这样出门就不用绕远路了。于是，他把全家人召集在一起，跟他们商量说：“我想跟你们一起尽力挖平这两座大山，使大路一直通到豫州南部，到达汉水南岸，好吗？”他的想法一说出来，便得到了全家人的一致赞同。

他的妻子却提出疑问：“凭我们的力气，连魁父这座小山都削不平，又能把太行、王屋这两座大山怎么样呢？再说，挖下来那么多的土和石头往哪里放呢？”

大家纷纷说：“把土石运到渤海边去。”

于是愚公带领几个能挑重担子的儿孙，上山凿石挖土，再用畚箕运到渤海边上。邻居京城氏的寡妇有个小儿子，刚七八岁，也蹦蹦跳跳地来帮忙。冬去春来换季时，他们才回家一次，大家相互鼓励，坚持着干下去。

河湾处住着一个名叫智叟的老头，他见愚公一家人不自量力，企图移走两座大山，便笑着阻止愚公道：“你简直太愚蠢了！你这样年迈体衰，连山上的一棵草都不能毁掉，又能把泥土、石头怎么样呢？”

愚公叹了一口气，回答道：“你真是顽固啊，简直不可理喻，就连幼儿寡妇都比不上。即使我死了，还有儿子呀；儿子又生孙子，孙子又生儿子；儿子又有儿子，儿子又有孙子。子子孙孙无穷无尽，可是这两座山却不会增高长大，还怕移不走吗？”

智叟听了，无言以对，灰溜溜地走了。

山神听说了这件事，害怕愚公不停地挖下去，便向天帝报告了此事。天帝被愚公的诚心感动，便命令大力神夸娥氏的两个儿子背走了那两座山，一座放在朔方的东边，一座放在雍州的南边。从此以后，从冀州的南部直到汉水南岸，再也没有高山阻隔了。

智慧菩提

愚公的行为确实有些愚蠢，但他不怕困难、坚持不懈的精神是值得我们学习的，千百年来也鼓励着我们坚定信心，克服困难，不断取得成功。世上无难事，只要肯攀登，成功一定属于自强不息的人。

梁上君子

东汉时有个叫陈寔的人，他不仅是个饱学之士，而且品行端正、道德高洁，远乡近邻的人都非常敬重他。

陈寔对儿孙们的要求也相当严格，常常借各种场合和机会对他们言传身教，收到很好的效果。

有一年洪水泛滥，淹没了大片村庄和农田，成千上万的人无家可归，到处逃荒流浪。一时间盗贼四处横行，天下很不太平。

一天夜里，有个小偷溜进了陈寔家里，刚要动手偷东西，忽然听到咳嗽声。慌乱间，小偷找不到藏身之处，只得顺着柱子爬到大梁上趴着，大气也不敢喘。

陈寔提着灯从里屋出来拿点东西，偶然间一抬头，瞥见了梁上的一片衣襟，便知道家里进来小偷了。他一点也不惊慌，也不急着抓小偷，而是叫下人把晚辈们全都召集到外屋来。

等大家都来齐了，陈寔十分严肃地说道："孩子们啊，品德高尚是我们为人的根本，在任何情况下，我们都应该严格要

求自己，不能因为任何借口而放纵自己，走上邪路。坏人并不是一出娘胎就是坏人，而是因为不能严于律己，慢慢才养成了不良的习惯，后来想改都改不过来了，这才沦为了坏人。比如我家梁上的那位君子，就是这种情况。我们可不能因为一时的贫困而丢掉志气，自甘堕落啊！”

听了陈寔的一番教诲，小偷吃了一惊：原来自己早就被发现了，他不但没抓自己，反而耐心教育自己。

小偷羞愧难当，就翻身从梁上爬了下来，向陈寔磕头请罪说：“您说得太有道理了。我错了，以后再也不偷东西了，求您饶了我吧。”

陈寔和蔼地说：“看你的样子，也不像个坏人，也是被贫穷所逼的吧，现在改还来得及。”

说完，他又让家人取来几两银子送给小偷。小偷感激涕零，千恩万谢地走了。

从这以后，陈寔家乡这一带就几乎再没有偷盗之类的事情发生了。

智慧菩提

陈寔不失时机地给小偷和晚辈们上了一堂生动的道德课，也启发了我们，做思想工作时方法不要太简单太粗暴，而是要分析事物的本质，对犯了错误的人及时挽救，往往能够收到比较好的效果。

三人成虎

战国时期，魏国大夫庞恭陪魏国太子到赵国去做人质，定于某日起程赴赵国都城邯郸。

临行时，庞恭对魏王说："如果有一个人对您说，他看见闹市熙熙攘攘的人群中有一只老虎，您相信吗？"

魏王说："我当然不信。"

庞恭又问："如果又有一个人对您说他也在闹市看见了一只老虎呢？"

魏王说："那我也不会相信。"

庞恭紧接着又问道："如果第三个人又来说亲眼看见

了闹市中有老虎，您是否还不相信呢？”

魏王说道：“既然这么多人都说在闹市看见了老虎，那一定是有了，所以我不能不信啊。”

庞恭听了这话以后，深有感触地说：“果然不出我所料啊，问题就出在这里！众所周知，一只老虎是绝对不敢闯入闹市之中的。可是，如今君王不顾及情理，不深入调查，只因为有三个人说在闹市中看见了老虎，就相信闹市中肯定有老虎。那么，等我到了比闹市还远的邯郸，您要是听见三个或更多不喜欢我的人说我的坏话，您岂不是要断言我是坏人吗？所以，临别之前，我向您说这话没有别的意思，只是希望君王一定要明察秋毫，不要轻信他人的谣言。”

魏王听了，点点头答应了。

庞恭到赵国不久，一些平时对他心存不满的人就开始在魏王面前说他的坏话。

刚开始，魏王是不相信的，可时间一长，说的人多了，魏王果然还是听信了这些谗言。当庞恭从邯郸回到魏国时，魏王再也不愿意召见他了。

智慧菩提

谣言惑众，流言蜚语多了，的确足以毁掉一个人。随声附和的人一多，白的也会被说成黑的。“众口铄金，积毁销骨”说的就是这个道理。所以我们对待任何事情都要有自己的分析判断，不要人云亦云，被假象蒙蔽。

献鸠放生

人们常说“行善积德”。这句话是劝人多做好事，多做善事。遇到灾荒年景，殷实人家为救那些饥寒交迫的灾民免于饿死，捐米赈灾，为积德之举；太平年间，将鱼、龟放游到江河水池，将鸟放归到大自然，叫“放生”，为积善之行。后来，又有人在大年初一这天把捉来的鸟雀放生，名曰“爱生灵”。

春秋时期，晋国有一个位高权重的大臣叫赵简子，他喜欢过年时叫老百姓把捉到的斑鸠送到他府中，让他放生。

有一年的大年初一，邯郸的许多老百姓纷纷拥进赵简子的府中，他们都是来向赵简子进献斑鸠，让他放生的。赵简子非常高兴，对每个来进献斑鸠的人都给予优厚的赏赐。这样一来，每到大年初一这天，来他府中进献斑鸠的人把门槛都踏破了。

赵简子的一位门客问他：“您为什么要这样做呢？”

赵简子回答说：“大年初一放生，表示我对生灵的爱护，有仁慈之心，这是在做善事！”

门客接着说：“您对生灵有着仁慈之心，这是难能可贵的。可是，大人您想过没有？因为您放生斑鸠，又给予进献斑鸠的人优厚的赏赐，所以全国的老百姓都争先恐后地去捉斑鸠。可是在捕捉的过程中，被打

死打伤的斑鸠可不少。这样一来，您爱护生灵之心就变得毫无意义。不如您下道命令，禁止捕捉斑鸠，这样斑鸠便能安稳地生活，这不比您让人捉来又放生更显仁慈吗？”

赵简子听了门客的一席话，觉得很有道理，默默地点了点头，说：“对啊，我既然要爱护生灵，就应该表示我的诚意。”

从此，赵简子再也没有捕鸠放生，城内的斑鸠也可以安心地栖息，不再担心被捕捉了。

智慧菩提

每个人都应该保持一颗善良的心，对身边的小动物怀有爱心并善待它们。但值得注意的是，在做善事时要诚心诚意，不能只讲求形式，不讲效果，沽名钓誉，做一些假仁假义的伪善行为。

神鸟与猫头鹰

战国时期，庄子和惠施是好朋友，他们都是大学问家。得知惠施被封为梁国的宰相后，庄子为自己的朋友而骄傲，决定去拜访惠施。

然而，有一个小人得知庄子要来见惠施，便想挑拨惠施与庄子的友谊。

这人来到惠施面前说："宰相大人，您刚刚升了官，庄子就要来拜访。我听说他嫉妒大人您比他官大，很不服气，要来向您挑战了。他能说会道，学问又好，说不定会跑到大王面前，说动大王的心，改封他为宰相，而把大人您赶走。"

惠施听了这个小人的话，一时糊涂，竟然下令搜捕庄子。可在国都搜查了三天三夜，也没有找到庄子。

庄子听说惠施派人捉拿他，索性主动登门求见。

惠施见庄子竟敢自投罗网，十分吃惊。庄子也不向惠施多解释，而是坐下来给惠施讲了一个故事——

传说南方有一种神鸟，与凤凰同类，名叫鹓鸰。它从南海飞往北海，途中若不见高大的梧桐树绝不停下来栖息，不是翠竹与珍稀的果实绝不食用，不遇甘甜的泉水绝不畅饮。

有一天，神鸟看见有一只猫头鹰正在啄食一只腐烂的死老鼠。猫头鹰看见头顶上的神鸟后，以为是来抢食死老鼠的，于是猫头鹰涨红了脸，竖起羽毛，怒目而视，摆出要与神鸟决一死战的架势。猫头鹰见神鸟仍在头顶飞翔，便对着它声嘶力竭地发出吓人的号叫！

庄子讲完故事，坦然地走到惠施面前，笑着问他："今天，您获得了梁国的相位，看见我来了，是不是也要对我恫吓一番呢？"

说完，庄子放声大笑，拂袖而去。

智慧菩提

有远大志向的人追求高洁，却不被世俗小人理解。贪求利禄的小人用阴暗的心理来猜测人格高尚者的行为，正所谓以小人之心度君子之腹。

牧童斗狼

从前，有两个机智勇敢的牧童一起到山里去玩，在一个山坡上，他们突然发现了一个狼窝。他俩想，狼是个害人的东西，平常他们放牧时总会受到狼的袭击，可怜的小羊有可能被它们残忍地吃掉，于是他俩商量想把狼除掉。

他们小心地凑近狼窝一看，老狼不在，两人便一人抓了一只小狼，然后各自爬上一棵树。两棵树相距有数十步远。

过了一会儿，老狼回来了。它到洞里一看，发现小狼不见了，顿时惊慌失措，嗥嗥叫着四处寻找。

这时，一个牧童在树上使劲地拧小狼的耳朵，小狼疼得大声号叫起来。老狼听到小狼的叫声，一抬头，发现了牧童和被捉走的小狼。老狼愤怒极了，狂奔过来，号叫着用一双尖利的爪子在树干上又挠又抓，想要把小狼救下来。可是树太高，它爬不上去，只能干着急。

这时候，另一个牧童又在另一棵树上弄得另外一只小狼大叫。老狼顺着声音望过去，看见了另一只小狼，又焦急地向那棵树奔去，一边跑一边号叫着。

老狼刚跑到那棵树下爬抓了几下，这棵树上的小狼又叫了起来，于是老狼再回过头向这棵树跑来。就这样，老狼不停地号叫，不停地来回奔跑，不知道到底该顾哪一头好。

老狼来回跑了十几趟后，奔跑的速度渐渐变慢了，号叫声也越来越微弱了。又跑了一会儿，老狼终于气息奄奄了，僵直地倒在地上，一动也不动。

这时，两个牧童才从树上跳下来。他们小心地去试探老狼的鼻息，才发现它已经断气了。

智慧菩提

两个牧童用自己的聪明才智，终于战胜了凶狠的狼。我们在对付强大的敌人时，也应该动脑筋，想办法，运用智慧，才能获得成功。

树林与篝火

冬天，天气格外寒冷，一群回家的路人走累了，他们在树林边找了一块干净的地方，又拾了一些干柴生起篝火，围坐在一起休息。

没多久，过路人休息够了就离开了。他们走的时候，残留着一堆篝火，这时木柴已经燃尽，火苗即将熄灭。

眼看末日来临，篝火便打起了树林的主意。篝火跟树林搭讪："我说树林啊，你的命运可真是悲惨！瞧你，浑身光秃秃的，连一片树叶也没有，你一定很冷吧。"

树林回答："唉，积雪都把我整个覆盖住了，我想长叶子也没有办法啊！”

篝火接着说道：“这有什么难的！只要你愿意与我成为朋友，我就会帮助你。我比太阳还厉害，在冬天能发出比太阳更强的光和热，人们在冬天都离不开我。有我在的地方，冰雪就休想长时间停留。你看，太阳整天发出阳光，可是一天过去了，冰雪依然无恙。但只要冰雪稍稍靠近我的身边，就会顷刻间融化消亡。如果你想在隆冬时节变得像夏天那样苍翠，那么你只需要在树林间给我留一席之地就可以了。”

树林一听，觉得篝火说得不无道理，于是不假思索地同意了。火苗蹿进了树林里，火苗变成了火舌，势头越来越猛。不一会儿，熊熊烈焰席卷了整个树林，滚滚黑烟直冲天空，最后只剩下一些烧焦的树桩留在那里。

树林在弥留之际后悔地说道：“我真该好好分辨篝火所说的话，不该轻易地相信篝火的谎言啊！”

智慧菩提

树林禁不住篝火的劝说，和篝火做了朋友，结果却被朋友毁了自己。这给我们的教训是，我们在选择朋友时务必慎重，不少人是将自己的私利隐藏在友谊的面具之下的，和这样的人交朋友，最终只会坑害自己。

鸩鸟和毒蛇

鸩鸟和毒蛇都是带有剧毒的动物。鸩鸟生活在岭南一带，比老鹰略大，羽毛大多是紫色的，腹部和翅膀尖则是绿色的。岭南多蛇，鸩鸟就以这些阴冷可憎的动物为食。

在所有的蛇类中，鸩鸟最喜欢捕食毒蛇；在所有的毒蛇中，鸩鸟最喜欢捕食耳蝮；在所有的耳蝮中，鸩鸟最喜欢吃蝮头。

有一次，鸩鸟捕捉到一条毒蛇，用爪子紧紧地抓着，扑打着翅膀，准备把它啄起来吃掉。毒蛇急中生智，对鸩鸟说："喂，别吃我，快别吃我！人

们最厌恶的就是有毒的东西，你身上带有剧毒，都是因为吃了我们毒蛇才染上的。我的毒是与生俱来的，没办法除去。可你不是，你只要不吃我，就不会染上毒了，人们就不会厌恶你了！”

鸩鸟冷笑了几声，开口说道：“你这狡猾的毒蛇，少在这里花言巧语，我不会相信你的鬼话的！”

说着，鸩鸟把毒蛇抓得更紧了，接着说道：“你说得不错，我的确有毒，但是人们所厌恶的只是你，并不是我。你的毒牙里带有剧毒，专门用毒牙去咬人，置人于死地。你是主动去咬人，人们自然痛恨你。而我跟你不一样，我不会主动伤害人，只是有极少数心术不正的人用我的羽毛去做些图谋不轨的事。但这并不是我的意志能决定的事，也不是我的过错。可是你要清楚，我是你的天敌，我帮助人们消灭你，也就是帮人们除害，所以我是人们的好朋友。你才是真正的害人精，今天我绝不会放过你的！”

话音未落，鸩鸟就猛地啄了下去，一下子戳中了毒蛇的头。毒蛇还没来得及说一句话，就一命呜呼了。

智慧菩提

鸩鸟和毒蛇都是有毒的动物，毒蛇死有余辜，鸩鸟却深得人们的喜爱，这是因为它们一个是用毒来害人，一个是为了帮助人才会有毒。我们看待事物，不能简单地从表面上判断，而应深入分析其本质，才能做出正确的判断。

神龟的智慧

在古代，人们把龟当成健康长寿的象征，还认为它具有预知未来的灵性。每当举行重大活动之前，巫师都要灼烧龟甲，然后根据龟甲上爆裂的纹路来占卜吉凶。所以，人们称龟为“神龟”或“灵龟”。

中国人崇拜龟，在古代帝王的皇宫、宅院和陵墓里，都有石雕或铜铸的神龟，用来象征国运长久。在民间，人们把龟当作健康长寿、聪明智慧的象征。

有一天，有只神龟被一个打鱼人捉到了，于是神龟托梦给宋国国王宋元君。

宋元君在睡梦中看见一个人披头散发、探头探脑地在侧门窥视，并对他说：“我住在一个名叫宰路的深潭里。我替清江水神出使到河伯那里去，路上被一个叫余且的渔夫捉住了。”

宋元君早上醒来，想起夜间的梦，好生奇怪，于是叫人占卜这个梦。占卜的人说：“这是一只神龟给大王托的梦。”

于是宋元君对左右说：“你们去查一查这附近的河边有没

有一个叫余且的渔夫。”

左右查找后，回来禀报宋元君：“确有一个叫余且的渔夫。”于是宋元君令手下人传余且前来朝见。

第二天，余且来见宋元君。宋元君问他：“你昨天捉到了什么东西吗？”

余且回答说：“我用渔网捕到了一只大白龟，龟的背围足有五尺长哩。”

宋元君听了，命令余且将白龟献上。余且赶忙回家将捉到的白龟献给了宋元君。

宋元君得到这只神龟后，几次想杀掉它，但又想把它养起来，心中总是犹豫不决，最后只好请占卜的人来做决断。占卜的结果是：“杀掉这只龟，拿它做占卜用，这是吉利的。”

宋元君便命人将白龟杀了，剖空它的肠肚，用龟壳进行占卜，总共占卜了七十二次，竟然次次都灵验。

后来，孔子对这件事深有感慨地说：“这只神龟有本事托梦给宋元君，却没能逃脱余且的渔网；它的智慧能达到七十二次占卜没有一次不灵验的境地，却不能避免自己被开肠剖肚的灾祸。这样看来，再聪明也有受局限的地方，也有智慧照应不到的事情。”

智慧菩提

一个人的聪明才智总是有限的，所以我们切不可骄傲大意，否则就可能陷入危险的境地。

田忌赛马

战国时期，齐国的大将田忌很喜欢赛马。有一次，田忌和齐威王约定，要进行一场比赛。他们商量好，把各自的马分成上、中、下三等，比赛的时候要上马对上马，中马对中马，下马对下马。

然而，由于齐威王每个等级的马都比田忌的马强得多，所以比了好几次，田忌都输了。

田忌十分扫兴。这天，比赛还没有结束，田忌就垂头丧气地离开了赛马场。这时，田忌看到了他的好朋友孙膑。

孙膑招呼田忌过来，拍着他的肩膀说："我刚才看了比赛，齐威王的马比你的马快不了多少呀。"

还没等孙膑说完，田忌就瞪了他一眼，说道："想不到你也来挖苦我！"

孙膑说："我不是挖苦你。我是想请你再与齐威王比一次，这一次我有办法能让你一定可以赢他。"

田忌疑惑地看着孙膑问道："你是说另换几匹马来？"

孙膑摇摇头说："一匹马也不需要更换。"

田忌毫无信心地说："那还不是照样得输！"

孙膑胸有成竹地说："你就按照我的安排办吧。"

齐威王正在得意扬扬地夸耀自己的马的时候，看见孙膑陪着田忌迎面走来，便讥讽地说："莫非你还不服气？"

田忌说："当然不服气，咱们再比一次！"说着，"哗啦"一声，把一大堆银钱倒在桌上，作为他下的赌注。

齐威王一看，心里暗暗好笑。于是他吩咐手下，把前几次赢得的钱全部抬来，另外又加了一千两黄金，不屑地说："那就开始吧！"

一声锣响，比赛开始了。

孙膑先以田忌的下等马对齐威王的上等马，第一局输了。齐威王站起来说：“想不到赫赫有名的孙膑先生，竟然想出这样拙劣的对策。”

孙膑没有理他。

接着进行第二场比赛。孙膑拿田忌的上等马对齐威王的中等马，获胜了一局。齐威王心中有些着急了。

第三局比赛，孙膑拿田忌的中等马对齐威王的下等马，又胜了一局。

这下，齐威王目瞪口呆了。比赛的结果是三局两胜，当然是田忌赢了齐威王。

智慧菩提

同样的马，调换一下比赛的出场顺序，就得到转败为胜的结果。我们无论做什么事，都要认真调查研究，分析实际情况，多动脑筋，周密筹划，才能取得成功。

狐狸与樵夫

“嗖、嗖”，一位樵夫坐在屋子里，突然看到两支箭从窗外飞过，接着，他又看见一只漂亮的棕红色的狐狸慌慌张张地从林子里蹿出来，一直跑到他的面前。

狐狸喘着粗气对樵夫说：“好心人，救救我吧！我被猎人追赶，再也跑不动了。求求你，把我藏起来吧。”

樵夫觉得狐狸很可怜，就让它躲进了自己的茅屋里。

不一会儿，猎人骑着马，气势汹汹地追了过来。他找不到狐狸的踪影，于是问樵夫：“你刚

才看到一只狐狸从这里跑过去了吗？”

樵夫装成若无其事的样子说：“我一直坐在这里，连狐狸的影子都没有见过。”

猎人叹了口气，惋惜地说：“唉，又让它逃走了。我追踪这只狐狸很久了，它的皮毛很漂亮，肯定能卖个好价钱！”说完，他就准备离开。

樵夫一听狐狸皮值很多钱，不禁动了心。他想告诉猎人狐狸就在自己的茅屋里，又怕狐狸听见溜走，只好一个劲儿地朝猎人打手势，示意猎人进屋去抓狐狸。

猎人没有注意到樵夫的手势，唉声叹气地离开了。躲在屋里的狐狸却将樵夫的手势看得一清二楚。等猎人走后，狐狸从屋里出来，连招呼都没打就走了。

樵夫气坏了，指着狐狸骂道：“你真是忘恩负义，我救了你的命，你却连谢谢都不说一声就走了，真不该救你！”

狐狸回过头来，轻蔑地笑了笑，说：“如果你前面说的话和你后来做的手势是一致的，你才值得我感谢。”

说完，狐狸头也不回地离开了。

智慧菩提

说的话和做的事要一致，不能心口不一。樵夫本来是要救狐狸的，可是在听到猎人说狐狸皮很值钱后便动了歪心思。口中说的是一套，心中想的和手上做的又是另外一套，这样的人是不值得尊重的。

龙王与青蛙

传说东海龙王住在海底深处，是海洋世界的大王，海中所有的动物都是它的臣民。它能够呼风唤雨，广降甘霖，一举一动都会给世间带来很大影响，正因为如此，陆地上的百姓虽不是龙王的臣民，但也对龙王顶礼膜拜，祈求风调雨顺。

一天，龙王出外巡游，在海滨遇到了一只青蛙。龙王和青蛙相互问候以后，便友好地攀谈起来。

青蛙问龙王："尊敬的龙王，您是水族中的大王，请问您居住的宫殿是什么样的呀？"

龙王骄傲地说："我住的宫殿，里面珠光宝气、金碧辉煌，是用珊瑚和珍珠建造的。"

接着，龙王又问青蛙："那么，你又住在什么地方？那里又是什么样子的呢？"

青蛙回答说："我住的地方不是什么宫殿，就在山间小溪边，虽不像您的宫殿那样富丽堂皇，但那里有绿色的苔藓和碧绿的青草，还有清澈的泉水和洁白的山石，简直美丽极啦！"

说着，青蛙高兴起来，便问龙王："龙王，您高兴和发怒的时候是什么样的呢？"

龙王回答说："我高兴的时候，就给人间适时地降下滋润万物的雨水，使万物茁壮成长，五谷丰登；我发怒的时候，就降下暴雨，让大水淹没农田，使农民颗粒无收。"

说完，龙王又问青蛙："那么，你在高兴的时候是什么样子的，发怒的时候又是怎样的呢？"

青蛙回答说："我哪能跟龙王您比呢，我高兴了，就在风清月明的夜晚亮出我的歌喉，一个劲地'呱呱'鸣叫，唱上一阵；我要是发怒了，就睁大眼睛，鼓胀起我的肚子，表示我的气愤，如此而已。"

智慧菩提

其实，世上万物之间的差别是很大的，有多大能力就干多大的事情，发挥多大的作用，因此没必要强求一个标准、一种模式，还是根据各自力所能及的实际情况做事为好。

两 匹 马

从前，有两个好朋友，一起去赶集。他们骑着马并排走在路上，一个骑着一匹国马，另一个骑的是一匹骏马。

这两个人虽是好朋友，可他们的马却没有那么和气。这两匹马的性格大不相同，国马温顺，骏马暴躁，在一起赶路的时间长了，免不了有些磕磕碰碰。

走着走着，也不知究竟是为什么，骏马突然在国马的脖颈上咬了一口，国马顿时鲜血直流。

国马虽然疼得跳了起来，但并没有扑上去和骏马厮打，只是盯着骏马看了一会儿，委屈地低低嘶鸣了几声，然后一如既往地驮着主人默默赶路。

赶集回来后，两位好朋友告别，各自回家了。说来奇怪，骏马也不知是怎么了，整天惊恐不安，不管主人怎么哄它、打它，用尽了各种办法，它既不吃东西，也不喝水，成天站在马厩里，两腿发抖，像是很恐惧的样子。

骏马的主人实在是搞不懂自己的马为什么会这样，便去请教国马的主人："我的那匹骏马也不知怎么了，自从上次赶集回来后，它就不肯吃东西。无论是哄它还是用鞭子抽它，它就是不吃。你遇到过这样的情况吗？"

国马的主人也弄不清为什么，他想了想，说："会不会是骏马为自己的行为感到惭愧和后悔了？这样吧，我带国马去看看它，也许它们和好了，骏马就会吃东西。"

于是，国马的主人牵着国马去看骏马。国马不计前嫌，一见到骏马，就迎上去嗅来嗅去，一副亲密的样子。骏马见国马一点怨恨的意思都没有，也用鼻子嗅着国马，表示欢迎，两匹马开始一块儿有滋有味地吃起草来。

两匹马的主人也为他们的马和好如初而高兴。

智慧菩提

国马被咬了一口，却非常宽宏大量，一点都不记仇，并用自己的宽容感动了骏马。而骏马知道自己做错了事也毫不纵容自己，懂得羞愧和悔改。马尚且能这样，我们做人更要这样：宽以待人，知错就改。

骄傲的蚂蚁

蚂蚁是地球上最常见的昆虫，也是数量最多的昆虫之一，同时还是世界上抗御自然灾害能力最强的生物。它们的寿命很长，最长可以存活十几年或几十年。

从前，有只蚂蚁力大无比，从来都没有像它那样的大力士，它甚至能举起两颗硕大的麦粒！而且这只蚂蚁还极其英勇——不论在哪里，它只要一看见蠕虫便发起进攻，甚至敢于单独向蜘蛛挑战。因此，它在蚂蚁界的名声很大，几乎每只蚂蚁都称赞它。

可是赞扬的话听多了，这只蚂蚁渐渐骄傲起来，而且它还认为这些赞美的话全都是符合实际、理所当然的，没有半点的夸张，也是自己应该得到的。

终于，它被这些赞美的话冲昏了头脑，竟想到城里去炫耀，想在那里显示一番自己的力量。

一天，这只蚂蚁得意扬扬地爬上农夫的干草车，风风光光地来到城里。可是，它的傲气在城里却遭到了莫大的打击！

它原本以为赶集的人会争先恐后地向它围过来，跟在蚂蚁王国一样，它会受到热烈欢迎和赞美。可是，集市上的人都在各干各的事，根本不知道它的存在。

为了引起大家的注意，它一会儿拖走一片树叶，一会儿举起一颗麦粒，一会儿趴下，一会儿又立起，努力地表演着，想引起人们的注意。可这一切都是徒劳，依然没有一个人注意到它的存在。

最后，它精疲力竭，躺了下来，心里失望极了。这时，它看见一只大狗正趴在它主人的车旁边，便对它大发牢骚："难道你们城里人全都不明事理，没长眼睛吗？我忙活了整整一个钟头谁也没看见。要知道在我们蚂蚁王国，我可是大名鼎鼎的大力士啊！"

那只狗连看都没看它一眼就说："你在你们蚂蚁王国中是大名鼎鼎的，可在动物王国中，你的力量可能是最小的吧。"

这只蚂蚁听后，连忙羞愧地跟着农夫的马车灰溜溜地回到了家中。

智慧菩提

蚂蚁不知道天高地厚，自以为已经名扬天下，殊不知它再厉害，也只是一只蚂蚁而已。在现实生活中，有些自作聪明的人就如这只小蚂蚁一样自以为是，却不知"天外有天，人外有人"。

鳖与主人

有一个人捉到了一只鳖，非常高兴地把它带回家，想着可以美美地吃上一顿了。可是，他又不想背上杀害生灵的罪名，于是就想了一个办法。

这个人将锅里盛满了水，用大火将水烧得滚开，又在锅上横着放了一根细细的竹棍，然后对鳖说："亲爱的鳖呀，听说你爬行的本领很高，我倒想看看你的本领。如果你能为我表演一次，从这根竹棍上爬过去，我就把你放回到河里去！"

可怜的鳖看了看锅里烧得滚烫的水，心想：如果在细竹

棍上爬的时候，一不留神就会掉进锅里，那样准没命了。这个人真坏呀，说是想看我表演，爬过去就放了我，实际上是个圈套啊！

最后，这只可怜的鳖心想横竖都是一死，还不如搏一搏，说不定还真能爬过去死里逃生哩。于是，鳖答应从开水锅上爬过去。

鳖鼓起勇气，集中精力，战战兢兢、小心翼翼地开始从细竹棍的一端爬过去。

主人这时双眼一眨都不眨地看着它。

鳖咬紧牙关，一步步小心地爬着，没想到，它竟然真的爬过去了！当它爬到细竹棍的那一边时，几乎都要晕过去了，再也动弹不得。

主人看到这一幕也惊呆了，没有想到鳖竟能从九死一生中解脱出来，真不愧是鳖，爬行的本领真是高！

然而，主人并不甘心，他还是想吃鳖肉。于是他改口对鳖说："不错，你真有本事，非常精彩！请你再表演一次，我还想再欣赏一遍。只要这次能爬过去，我一定放了你！"

鳖十分愤怒地说："你要想吃我，就明说好了，何必这么煞费苦心地折腾我呢！"

智慧菩提

鳖在生死的最后关头，仍然不放弃一丝的希望，用自己的勇气和坚持战胜了困难，虽然没有得到主人的释放，但这种不轻言放弃的精神是值得赞颂的。

无辜的雁奴

大雁又称野鹅，它们有很强的长距离飞行能力，是出色的空中旅行家。大雁是群体性鸟类，它们热情十足，在飞行时，不断发出鸣叫声鼓励同伴。

在长途旅行中，雁群的队伍组织得十分严密，它们常常排成人字形或一字形的雁阵。

雁奴是雁群中个头最小、性情最机敏的一种雁。每到晚上群雁夜宿的时候，总有一只雁奴彻夜不眠，负责执行警戒任务。只要听到一点人的声音，雁奴便立刻鸣叫起来，紧接着群雁的惊叫声便会连成一片，互相催促着尽快逃跑，否则就可能被捕捉住。也正是因为有雁奴的及时报警，常常使捕雁的人一无所获。

后来，捕雁的人经过仔细观察，发现了雁奴的奥秘，也逐渐掌握了群雁的夜间生活习惯，并根据雁奴过于敏感的天性设计了一个搅乱群雁生活规律的巧妙圈套。

他们摸清了雁群的具体栖息地后，悄悄地在周围布下了大网，又在网的旁边挖了一些洞穴，并在洞外放了一些干草。当天黑下来的时候，他们便带着绳子，躲在洞中过夜。

在天亮之前，他们把洞穴外面的柴草点燃，雁奴一见到火光，立即飞过去把火扑灭。

群雁被雁奴扑火发出的响声惊醒了，但睁开眼一看，周围没有什么动静，于是又安心地去睡觉了。

捕雁的人一连点了三次火，每一次都被雁奴扑灭，然而群雁也被雁奴惊醒了三次。因为每一次都只是有惊无险，大雁们很是恼火，它们责怪雁奴大惊小怪，轮番用嘴去啄它，用翅膀去击打它。出完了气，群雁又安心地睡觉了。

过了一会儿，捕雁的人又点燃了火光。这一次，雁奴吸取了教训，它也害怕众雁再打它、啄它，因此没有发出报警的鸣叫声。

捕雁的人见雁群寂然无声，迅速张开大网向群雁栖息的地方猛扑过去。网到之处，没有一只大雁能够幸免。

智慧菩提

在一件关系大家共同利益的事情上，应该做到疑人不用、用人不疑。在对一个重要的问题作决策时，只有经过认真细致的调查研究，才能做到万无一失。

骡子和铃铛

一个制作非常精巧、响声清脆的铃铛，系在一头高大健壮的骡子的脖子上。骡子也十分开心自己配有这么好的铃铛，它每走动一步，铃铛便发出“叮叮当当”的响声，比鸟儿唱歌还悦耳动听。

一天，骡子挣脱缰绳，撞开篱笆，跑进了菜园，看见一畦畦鲜嫩可口的白菜、韭菜，非常高兴，低头啃个不停。随着它不停地啃食青菜，铃铛也“叮叮当当”地响个不停。菜园的主人听到铃铛响声，一个箭步冲出房门，拿起竹竿奔进

菜园，看见骡子在偷吃自己的菜，就一边狠狠地抽打骡子的屁股，一边斥责道："混账东西，竟敢跑到我的菜园来偷吃菜，要不是听到铃声，菜地就被你糟蹋完了。看你下次还敢不敢闯进我的菜园……"

骡子疼得直叫唤，飞快地跑出了菜园，"叮叮当当"的铃铛声，伴着骡子远远地到了山脚下。这时，骡子开始有点恨铃铛了，心想：要不是你不停地响，我怎么会被发现呢！

过了些日子，骡子拉着一车货，跑了一天的路，在傍晚时返回了村里。"叮叮当当"一阵清脆的铃铛声，引得乡亲们竖起大拇指夸奖道："嗬，好一头结实的骡子，拉着这么多货物跑了一整天的路，还那么精神抖擞！听，配上这清脆悦耳的铃铛声，多有气魄！"铃铛听了这番话，响得更加清脆动听了，像是说："是啊，骡子真是了不起！"

听了这些话，骡子满心欢喜，不禁有些骄傲了。可是一抬头，它看到了菜园，不禁感到一阵阵隐痛，于是责问铃铛："你发出的是同一个声音，为什么一时出卖我，一时又吹捧我？"

铃铛笑着说："你和我都要对自己的言行负责。你犯错误时，我发出警告，为的是挽救你，让你悬崖勒马；当你做好事时，我理所当然要赞扬你，为的是激励你取得更大的成绩啊！"

智慧菩提

每个人在一生中都有可能犯错误或做出成绩。在犯错时，我们要时刻自我反省或虚心接受别人善意的批评；而在取得成绩时，我们同样需要自我鼓励和得到别人的肯定。

胡桃的阴谋

有一天，一只乌鸦叼了一个胡桃，飞到一座高大的钟楼顶上，它用爪子抓住胡桃，用喙去啄它。

可是，一不小心，乌鸦把胡桃推下去了。那胡桃顺着屋檐滚啊滚，掉落在一道墙壁的缝隙里。乌鸦飞到墙边，想用嘴把胡桃啄出来。可是不管怎么啄，胡桃就是出不来。过了好久，乌鸦失去了耐心，决定放弃它，扇扇翅膀飞走了。

于是，就有了下面的故事。

“钟楼啊，雄伟的钟楼，”胡桃知道它已不必再害怕乌鸦的利嘴了，就向钟楼哀求道，“请你可怜可怜我吧。上天是如此优待你，把你造得这样高大坚实，还给你装上这些声音如此美妙的大钟，你是上天的宠儿啊。我不期待这样美好的命运，只求你能够给我一点点，哪怕一点点同情之心。”

钟楼听了胡桃的哀求，的确有些不忍心，于是问道：“我应该怎么做才好呢？”

胡桃说：“其实很简单。我本来该落在我老爸的枝丫下面的，而且要在那肥沃的泥土里休息，还要盖上黄叶。所以，我只求你，千万别抛弃我。当我被凶恶的乌鸦抓住，躺在它可怕的爪子下时，我曾发誓：‘如果我能逃出来，我要在小洞里结束我的生命。’看来，是上天接受了我的请求，让我到您这里来。就请你实现我这个小小的心愿吧。”

大钟听见了胡桃的哀求，就对钟楼说：“小心啊，这个胡桃可不是个省油的灯，等到它在你的墙身上生根发芽后，你的生命就岌岌可危了！”它警告钟楼要小心提防，因为胡桃是危险的。

钟楼听了大钟的警告后，犹豫了一下，可是转念一想：一个小小的胡桃能对我这大墙怎么着，又觉得胡桃很可怜，于是大发慈悲，决定收留它，让它待在那里。

过了不久，胡桃核裂开了，不久它发芽了，就把根伸进石头的缝隙。接着根又从砖石间穿过，枝丫也从小洞里探出头来，树枝渐渐长大了，变得很粗壮，一直伸到钟楼顶上。昔日高大坚固的钟楼却一天天被胡桃的枝丫破坏着，地基也开始慢慢动摇了，钟楼变得摇摇欲坠。

钟楼此刻想起之前大钟对它的警告，可是为时已晚。

智慧菩提

钟楼帮助了胡桃，结果却害了自己。同情心有时是美德，有时却也是毒药。当你决定帮助别人时，要认清这种帮助是否会伤害到你自身，适当的自我保护是有必要的。

王戎识李

王戎，字浚冲，琅琊临沂人，出身魏晋豪门琅琊王氏，是魏幽州刺史王雄的孙子，凉州刺史王浑的儿子。王戎是“竹林七贤”中年龄最小的一位，也是七人中世俗之心最盛的一位。

王戎小的时候聪明伶俐，喜欢动脑筋，凡事都先思考好了再动手去做。

有一天，王戎和小伙伴们一起出去玩。大家打打闹闹的，不知不觉就来到了村外的路边。

一个眼尖的孩子忽然发现了什么，指着不远处说：“喂，你们看，那边好像是一棵李子树，上面还结着好多果子呢！”

大家顺着他手指的方向跑过去一看，呀，果然是一棵茂盛的李子树，上面还结满了熟透的李子，树枝都被压弯了，一个个李子鲜红鲜红的，十分诱人。小孩子们一个个口水都快流出来了。

领头的大孩子招呼了一声：“喂，快爬上树去摘李子吃啊，还等什么呀！”

大家欢呼着挽起袖子和裤腿，争先恐后地往树上爬，摘了李子用衣襟兜住。

可是，王戎却仍旧站在那里没动，转动着那双水灵灵的大眼睛，好像在思考着什么问题。

小伙伴们都觉得很奇怪，大声地问他："王戎，你还呆在那里干什么？这么多李子，快点过来一起摘呀！"

王戎这才开口说道："你们不觉得有点奇怪吗？这棵李子树就长在路边，果子都熟透了，来往路过的人很多，却没有人去摘，到现在果子还挂满枝头。依我看，这棵李树上结的果子一定是苦的，是不能吃的。"

小伙伴们半信半疑地拿起刚摘的李子尝了尝，马上就都"呸呸"地吐了出来，这李子果真又苦又涩，根本不能吃。于是大家都对王戎佩服得五体投地。

智慧菩提

我们在面对诱惑的时候，千万不要盲目地相信似乎唾手可得的利益，而应该多长几个心眼，冷静地思考，才能做出正确的选择。要记住：天上是不会掉馅饼的，你看到的馅饼很可能就是陷阱。

巧退珍珠

一天早上，当铺里来了一个中年人，他拿着一颗又大又亮的珍珠要典当。掌柜粗略地检查了一番，便给了这个中年人一百两银子。

中年人接过钱，二话没说便匆匆离开了。

伙计王二见那人不讲价，走得又匆忙，建议掌柜再仔细检查一下。于是掌柜找来行家帮忙鉴定，果然不出所料，珍珠是用琉璃做的。

这下可亏大了，一百两银子啊！掌柜十分着急，心中暗想："如果把它混在真的珍珠里面卖掉的话，被人发现了，那当铺以后的生意就难做了；可如果要自己承受这个损失，还真是个不小的数目啊。这可怎么办才好呢？"

店里伙计们都认为骗子肯定不会回来了。掌柜急得走来走去的，毫无头绪。这时，王二说："别着急，我有办法让他自己送上门来。"他走到掌柜的身边，悄悄地将他的计谋说了一遍。掌柜听后，连连摆手说不行，可也想不出更好的办法，最后才勉强地点了点头。

第二天，当铺邀请全城的同行聚会。当大家正在高谈阔论的时候，王二端过来一个匣子，指着里面的珍珠说："各位师傅，我家掌柜由于一时大意，收了一颗假珍珠，你们以后可要引以为鉴，千万别上当！既然是假的，留它何用？"说完，他把假珍珠狠狠地摔碎了。

这件事很快就传遍了全城。

过了几天，那个当珍珠的人果然来赎珠了。掌柜正在心里埋怨王二摔了珍珠时，王二笑眯眯地拿出一个盒子，里面装的正是那人的"珍珠"。

那人顿时傻眼了，只得乖乖地按规定连本带利拿出了一百二十两银子赎回了自己的"珍珠"。

原来，王二摔碎的"珍珠"是他叫人仿制的，而骗子的假珍珠还原封不动地保留着。

智慧菩提

骗子想用假珍珠骗钱，没想到反倒搭上了二十两银子。伙计王二分析了骗子想占便宜的心理，运用智慧，巧妙地退掉了假珍珠。我们在生活当中也要做一个有心人，凡事要多加思考，防止上当受骗哟！

释鹿得人

有一次，鲁国国君孟孙带着随从到山里去打猎，大臣秦西巴跟随在他的左右。

孟孙特别高兴，因为他刚到山上便捕捉了一只小鹿。小鹿长得小巧玲珑，还有一双水汪汪的大眼睛，很是可爱。于是，孟孙让秦西巴先把小鹿送回宫中。

秦西巴在回宫途中，一直听到有哀号的声音，而小鹿也十分凄惨

地应和着。秦西巴明白了，这是一对母子，母鹿一直跟着呢。他实在于心不忍，便把小鹿放了。那母鹿一下子冲到小鹿身边，飞快地带着小鹿跑进树林里，一眨眼工夫就不见了。

孟孙打猎归来，远远地看见秦西巴跪在宫门前，不知是出了什么事，上前一问才知道秦西巴私自放走了小鹿。孟孙顿时火冒三丈，打到猎物的好心情全没了，一气之下他便将秦西巴赶出了王宫。

又过了一年，孟孙的儿子到了念书的年龄，他要为儿子找一位老师。许多人都向孟孙推荐老师，可孟孙一个都没看上。

正当孟孙闷闷不乐的时候，他突然想起了一年前被自己赶出宫的秦西巴，心中顿时豁然开朗。孟孙立即命人去把秦西巴请回宫来，并拜他为太子的老师。

左右大臣对孟孙的做法很不理解，他们问道："秦西巴当年自作主张，放走了大王钟爱的小鹿。他是有罪之人，您现在反而请他回来做太子的老师，这似乎不太合适吧？"

孟孙笑了笑说："秦西巴不但学问好，而且有一颗仁慈之心。你们想想，他对一只小鹿都怀有怜悯之心，宁可自己获罪也不愿伤害它们的母子之情。现在请他做太子的老师，这难道不是最合适的吗？"

智慧菩提

秦西巴把小鹿放走，国君一时大怒，将他赶出了王宫。可秦西巴的这颗仁慈之心最终被国君理解了，国君不计前嫌而重新起用了秦西巴，这一点对我们是大有启发的。

滥竽充数

战国时，齐国的国君齐宣王爱好音乐，尤其喜欢听吹竽，他的乐队有三百名吹竽的乐师。

齐宣王喜欢热闹，爱讲排场，总想显示国君的威严，因此总是叫这三百名乐师合奏给他听。

有个南郭先生听说了齐宣王喜欢听合奏，觉得有机可乘，就跑到齐宣王那里吹嘘说："大王啊，我是个有名的乐师，听过我吹竽的人无不深受感动，就是鸟兽听了也会翩翩起舞，花草听了也会合着节拍颤动。我愿为尊敬的大王献技。"

齐宣王听了非常高兴，不用考试，很痛快地让他加入到那支三百人的吹竽队伍中。

这以后，南郭先生就随那三百人一块儿合奏给齐宣王听，和大家一样拿着优厚的薪水和丰厚的赏赐，心里得意极了。

其实南郭先生撒了个弥天大谎，他根本就不会吹竽。每逢演奏的时候，南郭先生只是捧着竽混在队伍中，人家摇晃身体他也跟着摇晃身体，人家摆头他也跟着摆头，脸上装出一副动

情忘我的样子，看上去和其他人没有什么不同，还真瞧不出什么破绽来。南郭先生就这样混过了一天又一天，不劳而获地白拿俸禄。

好景不长，过了几年，爱听合奏的齐宣王死了，他的儿子齐愍王继承了王位。

齐愍王也爱听吹竽，可是他和齐宣王不一样，他喜欢听独奏。他认为三百人一块儿吹实在太吵了，不如独奏来得悠扬动听。于是齐愍王发布了一道命令，要这三百名乐师好好练习，他要听他们一个个单独吹奏。

乐师们接到命令后都积极练习，想一展身手，只有那个对吹竽一窍不通的南郭先生急得像热锅上的蚂蚁，惶惶不可终日。他觉得再也混不下去了，只得连夜收拾行李逃走了。

智慧菩提

南郭先生是一个混饭吃的典型，不学习，不劳动，靠欺骗过日子。这样的人虽然能蒙混一时，但迟早要露出马脚。人应该用诚实的劳动换取相应的报酬，虽然每个人的能力有大有小，但只要是尽了最大的努力，就会受到尊敬。

子贡与农夫

有一次，大学问家孔子带着他的几名学生外出讲学、游历，路途漫长，一路上十分辛苦。这一天，孔子一行人来到一个村庄，于是他们停下来，在一片树荫下稍作休息，顺便吃点干粮，喝点水。

当孔子师徒吃过东西、休息好后准备继续赶路时，发现马不见了。几个人连忙在附近寻找，不一会儿，他们远远地看见一个农夫正指着地里被践踏过的庄稼和他们的马在那里大骂。

孔子他们这才知道马偷吃了农夫的庄稼，于是想要去把马要回来。孔子问学生们："你们谁愿意去把马要回来呢？"

一个叫子贡的学生自告奋勇前去要马。

子贡是孔子最得意的学生之一，能言善辩。他来到农夫跟前，凭着不凡的口才，企图说服那个农夫把马还给他们。可是，他说话文绉绉，满口之乎者也，将大道理讲了一串又一串，可农夫一点也没听进去，就是不还马。子贡碰了一鼻子灰，只好灰溜溜地回来了。

这时，有一位刚刚跟随孔子不久的学生，论学识和才干他可远不如子贡，他对孔子说："老师，请让我去试试看。"

于是他来到农夫面前，笑着对农夫说："你并不是在遥远的东海种地，我们也不是在遥远的西海耕田，其实我们彼此隔得很近。正因为相邻，我们的马才会跑到你的庄稼地里吃了你的庄稼。既然我们挨着这么近，没准儿哪天你的牛也会窜到我们的田里来吃我们的庄稼呢，你说是不是？我们不是故意的，应该彼此谅解才是啊！"

旁边的几个农夫也附和着说："是呀是呀，这位先生说得对，牲畜总有犯错的时候，谁也保不准它们哪天就窜到谁家田地里去了。"

农夫听了这番话，觉得很在理，刚才的愤怒也渐渐平息下来了。农夫不仅没有责怪孔子的马吃了自己的庄稼，还向他们道歉说不应该扣下他们的马，很痛快地把马还给了孔子。

一旁的农夫们都对那位学生说道："你太会讲话了，哪像刚才那个人，说话那么不中听，谁还愿意把马还给他！"

智慧菩提

说话做事都要看对象、分场合，随机应变，灵活处理，因为对不同的人物和场合，处理问题的方式需要不一样。

挥斧如风

有一次，著名的道家学派的思想家庄子在给一个朋友送葬的时候，路过惠施（战国时一位有名的哲学家，庄子的好朋友）的墓地，伤感之情油然而生。

为了缅怀这位曲高和寡、不同凡响的朋友，他回过头去给同行的人讲了一个故事。

楚国都城郢地有一位泥水匠，有一次他在自己的鼻尖上涂抹了一层薄薄的白灰，然后请自己的朋友，一位姓石的木匠用斧子将鼻尖上的白灰砍下来。石木匠点头答应了，只见他毫不犹豫地抡起斧头，一阵风似的向泥水匠挥去，一眨眼工夫就削掉了泥水匠鼻尖上的白灰。

石木匠挥斧，看起来十分随意，却丝毫没有伤着泥水匠的鼻子。泥水匠呢，面对挥来的斧子连眼都不眨一下，稳稳当当地蹲在那里，面不改色心不跳，泰然自若。

倒是在一旁观看的人们，受了不小的惊吓，并为泥水匠捏了一把冷汗。

后来，这件事被宋国的宋元君知道了。宋元君十分佩服这位石木匠的高超技艺，便派人把他请进王宫里。

宋元君对石木匠说：“我很佩服你的高超技艺，你能不能再做一次给我看看？”

石木匠摇了摇头说：“小人的确曾经用斧头为朋友砍削过鼻尖上的白灰。但是现在做不到了，因为我的这位好朋友已经去世了，我再也找不到像他那样跟我配合默契的人了。”

庄子讲完了故事，十分伤感地看着惠施的坟墓，长叹了一口气，然后自言自语地说：“自从惠施先生去世以后，我也失去了与我配合默契的人了，我再也找不到一位与我进行辩论的高人了！”

智慧菩提

一个人如果不注意从周围的人和事中吸取营养，他的智慧和技巧是难以得到发挥和施展的。

朝三暮四

战国时，宋国有一个狙公，十分喜爱猕猴。为了观赏这种似人非人、富有灵性的动物，他专门喂养了一群猕猴。狙公与猕猴相处时间久了，可以从猕猴的一举一动中看出它们的喜怒哀乐，而猕猴也能从狙公的表情、语音和行为举止中领会他的意图。

虽然狙公自己省吃俭用，把省下来的钱拿来买食物给猕猴吃，但猕猴的数量实在太多了，这对本来就不富裕的狙公来说，长期的食物供给实在是一个大难题。

猕猴不像猪、羊、鸡、犬，吃不饱时仅仅只是哼哼叫叫，或者外出自由觅食。对于猕猴，如果不提供足够的好吃的食物，它们会像一群顽皮的孩子，经常弄出一些恶作剧来表达自己的不满。总之，想让它们安安分分是不容易做到的。

无法让猕猴吃饱，又不能让它们瞎闹，狙公只好想办法安抚它们。狙公家所在的村子旁边有一棵高大的橡树，每到夏天橡树长出密密麻麻的树叶，树底下成为一片绿荫，成了人们休息、纳凉的好地方。一到秋天，橡树上结满了橡子，在食物不足的情况下，用橡子给猕猴解馋充饥是个好办法。

于是狙公对猕猴说：“今后你们每天饭后，另外再吃一些橡子。你们每天早上吃三粒，晚上吃四粒，这样够不够？”

毕竟人与动物间沟通还是存在着一些困难的。猕猴们只听懂了狙公前面说的一个“三”字，一个个立起身子，对着狙公叫喊发怒。它们嫌狙公给的橡子太少了。

狙公见猕猴一个个吵闹得厉害，不肯接受这一方案，就换了一种方式说道：“既然你们嫌我给的橡子太少，那就改成每天早上吃四粒，晚上吃三粒，这样总够了吧？”

猕猴一看早上给的橡子数增加了，马上就平息了怒气，眨着眼睛，挠着腮帮，露出高兴的神情。

智慧菩提

一群辨不清“朝三暮四”和“暮三朝四”孰多孰少的愚笨又可爱的猕猴，恰似那些没有头脑、只会盲目计较的人。我们应该认识到，在复杂的客观世界面前，看问题必须摒除实同形异的假象的诱惑。

曾子杀猪

春秋时期，有一天，鲁国人曾子的妻子要去赶集，孩子哭着要和母亲一块儿去。母亲怎么哄都哄不住，于是骗他说：“乖孩子，待在家里等娘，你不是爱吃红烧肉和炖排骨吗？只要你乖乖在家里不到处乱跑，我回来后就杀了猪做给你吃。”孩子信以为真，便不再哭闹了，一边欢天喜地地跑回家，一边喊着：“有肉吃了，有肉吃了。”

孩子一整天都待在家里等妈妈回来，村里的小伙伴来找他玩，他也不去。他靠在墙根下，一边晒太阳一边想着红烧肉和炖排骨的味道，心里美滋滋的。

到了傍晚，孩子远远地看见妈妈回来了，高兴极了，三步并作两步地跑上前去，嘴里喊着：“娘，娘快杀猪，快杀猪，我要吃红烧肉和炖排骨。” 曾子的妻子却不以为然地说：“一头猪顶咱家好几个月的口粮呢，怎么能说杀就杀呢？”孩子哇的一声就哭了，说：“娘骗人，娘骗人。”

曾子闻声而来，知道了事情的原委以后，二话不说，转身就回到屋子里，拿着菜刀出来了。妻子吓坏了，因为曾子一向对孩子要求非常严格，以为他要教训孩子，连忙把孩子搂在怀里。哪知曾子却径直奔向猪圈，一副要杀猪的阵势。

妻子有些紧张地问："你拿着菜刀跑到猪圈里干啥？""杀猪。"曾子不假思索地回答。妻子听了扑哧一声笑了，大声说："还没到过年过节的时候，杀什么猪呀。你知道一头猪值多少钱吗？"

曾子严肃地说："你不是答应过孩子要杀猪给他吃的，既然答应了，就应该做到。"妻子说："我只不过是哄哄小孩子，何必当真呢？"曾子说："在小孩子面前是不能撒谎的。他们年幼无知，父母的言传身教对孩子影响非常大，如果我们现在说一些欺骗他的话，等于是肯定了欺骗这种行为，甚至是教他今后去欺骗别人。虽然做母亲的一时能哄得过孩子，但是过后他知道受骗了，就不会再相信母亲的话。这样一来，你就很难再教育好自己的孩子了。"

曾子的妻子觉得丈夫的话很有道理，不禁为自己的行为感到愧疚。她心悦诚服地帮助曾子杀猪去毛、剔骨切肉，没过多久她就为儿子做好了一顿丰盛的晚餐。

智慧菩提

曾子用言行告诉人们，为了做好一件事，哪怕对孩子，也应言而有信，诚实无欺。所有做父母的人，都应该像曾子夫妇那样讲究诚信，用自己的行动做出表率，去影响自己的子女乃至整个社会。

南辕北辙

战国后期，一度称雄天下的魏国国力渐衰，可是国君魏安厘王仍想出兵攻打赵国。谋臣季梁本已奉命出使邻邦，听到这个消息，心中十分焦急，便立即半途折回，风尘仆仆赶来求见安厘王，劝阻他伐赵。

季梁为了打动魏安厘王，给他讲了一个南辕北辙的故事。

有一个人要从魏国到楚国去，他带上很多盘缠，雇了上好的车马，请了驾车技术精湛的车夫，就上路了。楚国在魏国的南面，可这个人却让车夫赶着马车一直向北走去。

刚上路不久，遇上一位朋友，朋友问他："你要去哪里啊？"

他大声回答说："我要去楚国！"

朋友告诉他说："到楚国去应往南走，你这是在往北走，方向不对啊。"

那人满不在乎地说："没关系，我的马快着呢，能日行千里。"

朋友着急地拉住他的马车，阻止他说："方向错了，你的马再快，也到不了楚国呀！"

那人依然毫不醒悟地说："不要紧，我带的路费多着呢！"

朋友又劝他说："可是你走的方向正好相反，你路费再多也只能是白花呀！"

那个一心只想着要到楚国去的人有些不耐烦地说："不怕的，我的车夫驾车的技术高着呢！"

无奈之下，朋友只好松开了拉住车把的手，眼睁睁看着朋友走了。

说到这儿，季梁把话锋一转："而今，大王要成就霸业，一举一动都要取信于天下，方能树立权威。如果仗着自己国家大、兵力强，动不动就攻打邻国，这恰恰就像那个要去南方的人反而往北走一样，只能离成就霸业的目标越来越远！"

智慧菩提

无论做什么事，都要首先看准方向，才能充分发挥自己的有利条件；如果方向错了，那么有利条件只会起到相反的作用。

鲁人酿酒

相传很久以前，鲁国人还不会酿酒。他们听说中山国的人不仅很会酿酒，而且酿出的酒味道醇厚、酒香浓郁，于是就专门派人去中山国讨教酿酒的方法。

中山国的人说："这是我们的祖传秘方，不可以随便向外人泄露。"

一位鲁国人见中山国人不肯传授酿酒技术，心想："酿酒有那么难吗？我自有办法酿出好酒来。"

有一天，这位鲁国人到一个中山国的朋友家里去喝酒。当大家喝得十分酣畅、酒意正浓时，他趁人不注意悄悄溜进了厨房，偷偷地拿走了中山国人家里酿酒的酒糟。

回到家后，这位鲁国人自己酿了酒，又将偷回来的酒糟泡在酒里，心想："这酒泡过之后，肯定与中山国的人酿的酒一样好喝了。"

过了些日子，他觉得酒已经泡得差不多了，就拿出来请邻居们品尝。邻居们喝过之后，觉得和原来鲁国的酒的味道的确

不同了，似乎有点儿像中山国人酿的酒。

于是，大家交口称赞："你真厉害，居然能自己悟出中山国人酿酒的技术，真是了不起！"

这位鲁国人听了，心里很得意。

从这以后，这位鲁国人逢人就说："中山国人以为不传授酿酒秘方，别人就酿不出好酒了吗？我现在不是酿出了同样香醇可口的美酒吗？他们要是尝了我酿的酒，就知道天外有天了。"

中山国的人并没有因为他挑衅的话语真的来品尝鲁国人酿的酒，更谈不上争辩了。这位鲁国人为了显示一下自己酿酒的技术，决定去请那位中山国的朋友到家里来做客，想在朋友面前炫耀一番。

那位朋友如约前来做客。

这位鲁国人十分兴奋，他向中山国朋友夸耀，自己如何如何有本事，酿出的酒如何如何好喝。最后，他还捧出一坛酒请这位朋友品尝。

想不到这位朋友喝了酒后咂咂嘴说："这酒分明像我家酒糟的味道，哪里是什么好酒的香味啊！"

智慧菩提

假的东西终究就是假的，好东西是不用吹嘘的，所谓"好酒不怕巷子深"就是这个道理。

不辨真伪

有一位叫申屠敦的渔民，以打渔捞虾和采集珍珠为生。有一天，他潜到很深的河底打捞到了一只鼎，鼎的周身涂着金色的漆，上边雕刻着一条腾飞的龙。从斑驳的鼎身可以看出，这是一件远古时候留下的文物。

申屠敦把鼎拿回家，正巧被邻居鲁生看见了。鲁生左看右看，爱不释手，于是决定自己仿制一只。

鲁生请铜匠按照古鼎的样子仿制了一只，用药水泡过之后，埋在后院的地下。过了两年，鲁生把鼎挖出来，经过侵蚀的鼎与申屠敦从水中捞出来的那只鼎难辨真假。

朝廷里有一位官员，很喜欢收集古董文物，鲁生听说后心想："这可是个发迹的好机会，我不妨将这个仿制的鼎献给他，说不定他会给我谋个官做，那荣华富贵就全有了。"

鲁生决定把鼎献给那位权贵，他来到那人府上，卑躬屈膝地说："听说大人喜欢文物，我把这件祖上传下来的古董献给大人，略表心意。"

那位权贵大喜，看鲁生送这么贵重的古董给他，就给鲁生封了官，还赏了许多银子给他，鲁生如愿以偿。

一天，那位权贵在家里做寿，请了不少宾朋来做客。席间，他将鼎拿出来展示，大家看了，禁不住大加赞赏，都说是一件稀世之宝。

申屠敦刚巧在这个大官家里打工，他到大厅里送酒，正好看到了那只仿制的鼎。他说道："大人，我家里也有一只很相似的鼎，但不知大人能否认出哪一只是真的，哪一只是仿制的？"

那位权贵和厅堂上的众位贵族根本没把一个做粗活的平民百姓放在眼里，便说道："那把你家的鼎拿来看看好了。"

申屠敦从家里取来鼎放在厅堂中，所有的人看都不看一眼，不屑一顾地说："这怎么可能是真的呢，一定是假的。"

申屠敦摇摇头，叹息着捧着鼎回家了。

智慧菩提

因为那位些权贵根本就不懂得分辨真伪，不懂装懂，同时也因为他们以貌取人，认为平民家百姓根本不可能有真的鼎。我们可不能做这种真假不分、以貌取人的人哟！

惊弓之鸟

战国时，魏国有一位著名的射箭手，名叫更羸，他有百步穿杨、百发百中的本领。魏王非常欣赏他，也很重用他。

有一天，更羸陪伴魏王在后花园喝酒，他抬头看见从东方远处徐徐飞来一只大雁。

更羸就对魏王说："启奏大王，臣不用箭，只须拉响弓弦，就可以让天上的飞鸟跌落下来。"

魏王听了非常惊奇，摇摇头说："你在开玩笑吧！你的射箭本领虽然高超，但不用箭怎么能射下大雁呢？寡人不信。"

更羸一本正经地说："在大王面前说假话，是要犯欺君之罪

的，我哪敢拿自己的性命开玩笑啊！”

魏王还是不相信，什么也没有说。

不一会儿，那只大雁从远处飞近了，更羸摆好姿势，拉满弓。等大雁刚好飞至头顶上空时，更羸猛地松开弓弦，只听见一声凄厉的叫声后，大雁在空中无力地扑打了几下，便一头栽落下来。

魏王惊奇得不敢相信眼前发生的事是真的，不禁叫道：“哎呀，爱卿的箭术已经高超到这种地步了吗？即便是后羿再生也自叹不如啊！爱卿真是古今第一人。”

更羸放下弓说：“不是臣箭术高超，而是这只大雁有隐伤，听见弦音便惊落下来了。”

魏王更奇怪了，连忙问道：“大雁在天上飞，你是怎么知道它有隐伤的呢？”

更羸回答道：“这只大雁飞得很慢，而且叫声悲哀。飞得慢，是因为它体内有伤；鸣声悲，是因为它长时间离群独飞。这只大雁因旧伤未愈而惊魂不定，一听见凌厉的弓弦声便以为有箭向它射来而要高飞逃走，谁知猛一扇动翅膀致使旧创迸裂，所以就跌落下来了。”

智慧菩提

自己闯了祸犯了错，一定要勇敢地面对，敢于承认错误而改正错误，否则，即使不被别人发现，自己也会变成“惊弓之鸟”的。

空中楼阁

从前有一个富人，他小的时候很愚蠢，又不愿意刻苦读书。可是，他又自以为是有见识的人，懂得很多道理，因此骄傲得很，常常干出一些让人哭笑不得的事来。

有一次，他到另一个富人家里去做客，见到人家的府第是一座三层的楼房，高大壮观，看上去很是阔气不说，站在三层楼上，还能看见远方美丽的景色，真是妙极了。

他心里十分羡慕，心想："要是我也有一幢这样的三层楼房，那该多好啊！我也可以站在我的三层楼上，一边喝茶，一边眺望远方的景色，那该是多么惬意的事！"

回到家里，他就打算盖楼房，钱自然是不愁的。于是，他马上叫人请来泥瓦匠，吩咐道："给我建一座三层楼房，越快越好！"

泥瓦匠们立刻动工，打地基、和黏泥、垒砖头，开始修建三层的楼房。

那位富人天天跑到工地上去看建房的进展。头几天，地基打好了，又过了几天，垒起了几层砖，再过几天，砖又垒高了一点。又过了几天，第一层建好了。

富人想楼房都快想疯了，做梦都想着他的三层楼房，看见都已经过了这么多天，他的楼房还没影子，心里十分着急。

实在等得不耐烦了，他就跑到工地去问泥瓦匠："你们这是建造什么房子啊，怎么一点也不像我要的楼房呢？"

泥瓦匠回答道："这不是照您的吩咐在建一座三层的楼房吗？这就是三层中的第一层呀。"

富人又问："这么说，你们还要修第二层喽？"

泥瓦匠很奇怪地回答："当然了，有什么问题吗？"

富人暴跳如雷，勃然大怒道："你们这些蠢东西，我要的是第三层，叫你们修的也是第三层，第一层、第二层我都有，还修它做什么？你们只建第三层就行了！"

智慧菩提

这个富人真是可笑，没有第一、二层楼房，哪里来第三层呢？做事情要踏踏实实，打好基础，否则我们的理想就好像这个有钱人的空中楼阁一样，永远是虚幻的东西。

穷和尚和富和尚

很久以前，在四川一个偏远的大山里有一座寺庙，香火一直不旺。寺庙里住着一个穷和尚和一个富和尚。当时，南海是佛教圣地，全国的和尚都把去南海朝圣当作一生的追求。

有一天，穷和尚对富和尚说："我想去南海朝圣。"富和尚简直不敢相信自己的耳朵，问道："你想去哪里？"

"我想去南海朝圣。"穷和尚很认真地重复了一遍。富和尚听了哈哈大笑，心想："你穷得叮当响，怎么去得了南海？"

便问他："从这里到南海有好几千里呢，你打算怎么去呢？"

穷和尚说："带一个水瓶和一个饭钵就可以了。"富和尚听了哈哈大笑，说："我几年前就打算去南海了，但是凭我的钱财和条件到现在还没能办到。你只有一个破水瓶、一个破碗就能到南海吗？真是异想天开！"

穷和尚没再说什么，第二天就出发了。

富和尚在他的屋里，检查了准备好的一个大药箱，又看看包裹里的几套衣服，自言自语地说："明天我就找人造船，然后就沿江而下，我得做好充分准备再出发。"

第二天下雨了，富和尚看着天说："看来，还得再计划计划，雨雪的天气怎么出行呢？唉，等天晴了再说吧。"

去南海的路确实不会一帆风顺，甚至比想象的还要艰辛。但是穷和尚早有心理准备，一路上他经常忍饥挨饿，路宿荒野，有时会遇到野兽的袭击，有时还冒着风雨大雪前行。历经千辛万苦，甚至几次病倒、饿晕，但是他始终没有放弃。

一年过去了，穷和尚终于到了南海，研习了很多佛经和学问。两年后，他回到寺庙，成了远近闻名的得道高僧。而富和尚还在那里计划着如何出发去南海……

智慧菩提

同一个愿望，穷和尚实现了，富和尚却没能实现。因为富和尚的计划都在口头上，根本就没有行动，结果一事无成。心动不如行动，必须付诸行动，克服困难，坚持不懈，才能获得成功，不致遗憾终生。

象牙筷子

商纣王是商朝最后一位君王，他贪图享乐，残暴昏庸。他耗费大量人力物力和财力，在都城朝歌修建离宫别苑，供自己游乐享受，又想出种种残酷的刑罚，任意杀害反对他的人，残暴至极。

一天，商纣王请工匠用象牙为他制作筷子。他的叔父箕子得知以后，感到忧心忡忡。

箕子认为，如果使用了昂贵稀有的象牙做筷子，与之相配套的就再也不会是用土烧制成的陶制杯盘碗盏了，而必然会换成犀牛角、美玉等打磨出来的精美器皿；

用了玉石盘碗这类用具，就一定不会再去吃大豆一类的普通食物，而是要千方百计地享受牦牛、虎、豹之类的山珍海味了；在享受了精美的食物之后，自然就会去追求绫罗绸缎的衣着，粗布麻布肯定要被抛弃了；而享有了最好的衣食后，低矮阴暗的茅屋肯定是一刻也住不下去，取而代之的将是富丽堂皇的宫殿。如果这样，只追求享乐，那么最后必定是悲惨的结局。想到这些，箕子心里一直忐忑不安，总有一种不祥的预感。

于是，他劝纣王说："请陛下不要一味地追求奢靡的生活，要行善道，施仁政，正朝纲，这样天下的百姓才会心甘情愿地臣服于您的统治。"

可是纣王哪里听得进箕子的话，他恼羞成怒，把箕子囚禁起来。其他贵族和大臣听说后，都不敢再提此事了。

果然不出箕子所料，仅仅只过了五年光景，商纣王就到了穷奢极欲、荒淫无耻的地步。在他的王宫内，挂满了各种各样的兽肉，厨房里有专门用来烤肉的铜格；后花园里酿酒剩下的酒糟堆得像座小山，而盛放美酒的酒池竟大得可以划船。

商纣王的腐败行径，不仅使老百姓饱受苦难，而且使国家日益衰落，最后商朝被周武王所灭。

智慧菩提

箕子能从使用象牙筷子的小事推断出商纣王必然亡国的命运，深刻地说明了"千里之堤，溃于蚁穴"的道理。如果对小的贪欲不能进行有效的遏制，任其发展，最终必然会酿成大的灾难，造成大的罪恶。

苦乐均衡

战国时期，周国有一位姓尹的富裕人家，他们家掌管着很大的生意。尹家的当家人非常工于心计，做生意很有一套。这样，尹家的生意越做越大，家境也越来越殷实。

主人发大财，仆人们可只有干活的份儿，没有片刻的轻松。从早到晚，他们总是有干不完的活儿，整天疲惫不堪。

有一位老仆人，由于工作太忙太累，加上年老体弱，常常是强打精神支撑着，到了晚上累得浑身酸痛，倒头便睡。

老仆人白天辛苦劳动，身心疲惫，晚上睡梦中都是想着自己不再给人家做仆人了，而是拥有许多财产，许多的奴仆在为自己干活。

有一次，老人还梦见自己当上了国王，举国上下都听他的使唤。他身着华贵的服饰，吃着山珍海味，享不尽的荣华富贵，如同神仙一般。

老仆人每次都是在美梦中被唤醒，又被催着去干活。每当老人累得打不起精神的时候，别人就来安慰他。他自己却说：

“放心，我想得开，虽然白天干活累些，但是每天晚上睡觉却能做好梦，也算是享受了。”

主人却正好与仆人相反，他每天白天虽然享受着富贵的生活，但他整天工于心计，总想着如何发大财，有操不完的心。因此，他的心情始终很烦躁，晚上总是难以入睡，而且还经常做噩梦。

每天夜里，主人一闭上眼睛就梦见自己破产了，万贯家产顷刻间化为乌有，他不得不到别人家去做仆人。而他做仆人总是什么事情都做不好，不是挨打，就是挨骂，生活得很痛苦。因此，他常常在梦中发出痛苦的呻吟，而且时常从梦中惊醒。

长此以往，他不堪忍受，就去求朋友指点。他的朋友告诉他：“人生在世就是这样，穷富各有各的苦恼和快乐，苦乐兼得。”

朋友的话点悟了他，他不再为家产的事煞费苦心，对仆人们也不再那么苛刻了，让他们吃好休息好。

渐渐的，他的心境也变得好起来，可以吃得香睡得好，再也没有做过噩梦了。

智慧菩提

穷人有自己的苦恼和快乐，富人也有自己的快乐和苦恼，只有放开心胸，才能做一个积极而又快乐的人！

邯郸学步

战国时期，燕国有个叫寿陵的地方，这里的人走路的时候脚八字朝外，摇摆蹒跚，姿势十分难看。

当地有个年轻人，从小就生活在这里。等他长大后，他觉得走路的姿势实在是太难看了，所以就想学习一些标准的走路姿势。

听说赵国邯郸人走路的姿态很好看，于是他就想去邯郸学习走路。年轻人风尘仆仆地来到了赵国的都城邯郸。

在邯郸，只见繁华的大街上，果然每个人走起路来，不紧不慢，仪态大方，一抬手一投足，都显示出高贵的风度。

年轻人自惭形秽，越发觉得自己走路的姿势太难看了。于是他连忙跟着路上的行人，模仿他们走路的样子。人家迈左脚，他就跟着迈左脚；人家迈右脚，他也跟着迈右脚。可是一连学了好几天，他怎么也学不会，而且好像越走越别扭，越走越难看。

年轻人心想："一定是因为自己的恶习太深了，如果不彻底抛弃自己的老步法，肯定学不好新姿势。”

于是，这位小伙子决心从头学起，每迈出一步都要仔细推敲下一步的动作，一摆手、一扭腰都要认真地计算尺寸。

他学习得很刻苦，都到了废寝忘食的地步。在来到邯郸三个多月的时间里，他每天都在不停地跟着邯郸人练习，但尽管如此，却始终没能学会邯郸人走路的姿势，反而忘记自己原来是如何走路的了。

年轻人最后灰心丧气了，他觉得看样子是学不会邯郸人走路了，就打算回家乡去。可当，他要回燕国的时候，感到手足无措，不知道该先迈哪条腿，无奈之下只好爬着回去了。

智慧菩提

年轻人学步不成，反而忘了自己原来是如何走路的，这真是可笑极了。勤于向别人学习是值得肯定的，但是，一定要从自己的实际出发，取人之长，补己之短。若一味地模仿，不仅学不到本事，反而会丢掉自己原有的东西。

定伯捉鬼

从前，有一个南阳人名叫宋定伯，他年轻的时候血气方刚，十分勇敢，什么都不怕。

有一天夜里，宋定伯赶路时在半路上遇到了一个鬼。宋定伯问道："你是谁呀？"鬼回答道："我是鬼。你又是谁呢？"

宋定伯听了微微一惊，但他很快就镇定下来，欺骗鬼说："这么巧，我也是鬼呀！"鬼问宋定伯："哦，我们都是鬼，你要到哪里去？"

宋定伯回答说："我要到宛市去。"鬼说："正好，我也要去那儿，咱们可以结伴同行。"

宋定伯和鬼一起走了好几里地，他心里一直暗暗盘算着如何摆脱鬼。不知过了多久，鬼突然说："我们好像走得太快了一点，不如我们轮流背着对方走吧。"

宋定伯答应了。鬼先背宋定伯，走了很远，鬼问道："你怎么这么重呢？你好像不是鬼吧？"宋定伯回答说："我刚刚死，所以还很重。"

宋定伯接着背鬼，也走了很远。鬼非常轻，差不多没有重量。就这样他们互相背了三次。

这时，宋定伯故意问鬼："我刚刚死，是个新鬼，所以有许多事情不懂，还得向你请教一下。"鬼说："有什么不明白的尽管说吧。"

宋定伯问："鬼怕些什么呢？"鬼说："鬼被人重重摔到地上会变成羊，如果再被人吐上唾沫就变不回来了。"宋定伯听了，心里有了主意。

宋定伯和鬼来到一条小河边，宋定伯就让鬼先过河。

鬼渡河时的声音很小，几乎听不见。宋定伯过河时搅得河水哗哗直响。

鬼听到了，不禁起了疑心，问宋定伯："你过河怎么会发出这么大的声音呢？"宋定伯不慌不忙地说："我不是说过，我刚死不久嘛，所以还不太熟悉要怎么渡河。"

快到宛市了，轮到宋定伯背鬼。他把鬼顶在头上，用力抓住。鬼动弹不得，大叫起来。宋定伯只管往前走，一到宛市，就猛地把鬼摔在地上，这时，鬼变成了一头羊。宋定伯连忙朝它吐了口唾沫，鬼再也变不回去了。

宋定伯把羊卖了，得了一千五百文钱，高高兴兴地回家去了。

智慧菩提

宋定伯靠着机智和勇敢，终于战胜了鬼。我们遇到困难的时候，首先是不要害怕，然后仔细分析，摸清规律，按规律办事，不怕克服不了困难。

老虎与小孩

从前，在四川省的忠县、万县和云阳一带，经常有老虎出没。老虎出来伤人，总是先抖出它的威风，把人吓得瘫倒在地，这时老虎再来收拾他，也就成了十分轻松的事了。

有一天，一个妇女带着两个小孩到河边洗衣服。她让两个孩子在沙滩上玩耍，自己则去河边洗衣服。

两个孩子在沙滩上堆沙塔，做游戏，咿咿呀呀地欢笑着，玩得十分高兴。

突然，一只老虎从沙滩那边的山上冲了下来，正在洗衣服的妇女见状大惊失色，吓得慌不择路，跳进水里躲了起来，连衣服漂走了也顾不上。

她浮在水中，只留两个鼻孔在外出气，浑身直打哆嗦。突

然她想起自己的孩子还在岸上，一时不知道要怎么办才好。

再看那两个小孩，他们依然在沙滩上全神贯注地玩得起劲，全然不知道身边发生了什么事情，更没注意到被称为兽中之王的老虎正朝他们冲过来。

说来也怪，凶猛的老虎见两个小孩旁若无人，根本就无视它的到来，反倒有些吃惊。因为它见惯了的场面是自己所到之处，一切飞禽走兽和人都是闻风丧胆、四处逃窜。眼前这两个小孩是何物？竟如此满不在乎，根本没把它放在眼里。

老虎站在那里盯着两个小孩有好一会儿了，可小孩子们并没有看它一眼，还是继续玩他们的游戏。接着，老虎又用头去碰他们，两个小孩只是很随意地用手拨开虎头，一点儿害怕的表现也没有。

老虎原来很凶猛的劲头顿时全消了，不一会儿，它只得很泄气地走开了。

智慧菩提

面对危险或貌似强大的敌人时，你越是害怕，越可能会招来灾祸；如果你表现得很镇定，说不定会转危为安。这两个小孩正是因为初生牛犊不怕虎，才保全了自己。

乌鸦喝水

一说到乌鸦，大家可能会觉得它是一种不吉利的象征。可是在唐代以前，乌鸦在中国民俗文化中是象征吉祥和预言未来的神鸟。

“乌鸦反哺，羔羊跪乳”也是儒家以自然界的动物形象来教化人们“孝”和“礼”的一贯说法，因此乌鸦的“孝鸟”形象也传承了几千年。

乌鸦还是一种十分聪明的鸟类呢！读了下面这个故事，你就会了解了。

有一年夏天，天气特别炎热，很多天没下过雨了。火热的太阳烤着大地，小河、池塘的水都干了，人们只好从很深的水井里打水来喝。

一只乌鸦口渴了，可到处都找不到水喝。它想起人们常到井边打水，于是就向井边飞去。

正好，一口井边放着一只大瓦罐，里面还有半罐水。乌鸦很高兴，它稳稳站在水罐的罐口，心想可以痛痛快快喝水了。

可是水罐太深，而水又太浅，乌鸦伸长了脖子，还是够不着水。它焦急得不得了，这可怎么办才好呢？

乌鸦心想：如果把水罐撞倒，不就可以喝到水了。可是瓦罐太重，它撞了好几次，瓦罐都一动不动。

眼前就有水，可就是喝不着，乌鸦气极了。它用爪子抓起一块石子，飞起来，对准水罐扔了下去，想把它砸破。谁知石子不偏不倚，“扑通”一声，落进了水罐里。

这一情景，一下子启发了乌鸦。聪明的乌鸦灵机一动，心想：我可有办法喝到水了！如果我把小石头一块一块衔来，再扔到水罐里，让水位升高，不就能喝到水了吗？

乌鸦连忙用嘴衔起一块小石子，再用爪子抓起一块，把两块石子都扔进了水罐里，水面升高了一点，可是还远远不够。

乌鸦没泄气，它一次又一次地把小石子衔来，投进水罐，罐里的水面也一点一点地慢慢向上升……

乌鸦终于可以喝到水了。

乌鸦站在水罐口，痛痛快快地喝个够，好舒服呀！它觉得从来没喝过这么甜的水，这么解渴的水，因为这水是它动脑筋、想办法才喝到的呀！

智慧菩提

当我们遇到困难和麻烦的时候，要善于冷静地观察和思考，想办法来解决问题。只要努力，就会成功。

楚人学齐语

春秋时期，宋国大夫戴不胜见宋王不勤于朝政，不知道该怎样劝说他才好。戴不胜知道孟子很有见识，很佩服他，也很想向孟子请教。

有一次，孟子来宋国游历，戴不胜恭恭敬敬地接待了孟子。他向孟子请教说："我知道您是一位学识渊博的人，您能否告诉我，如何才能劝说一位国君把自己的全部精力用来管理

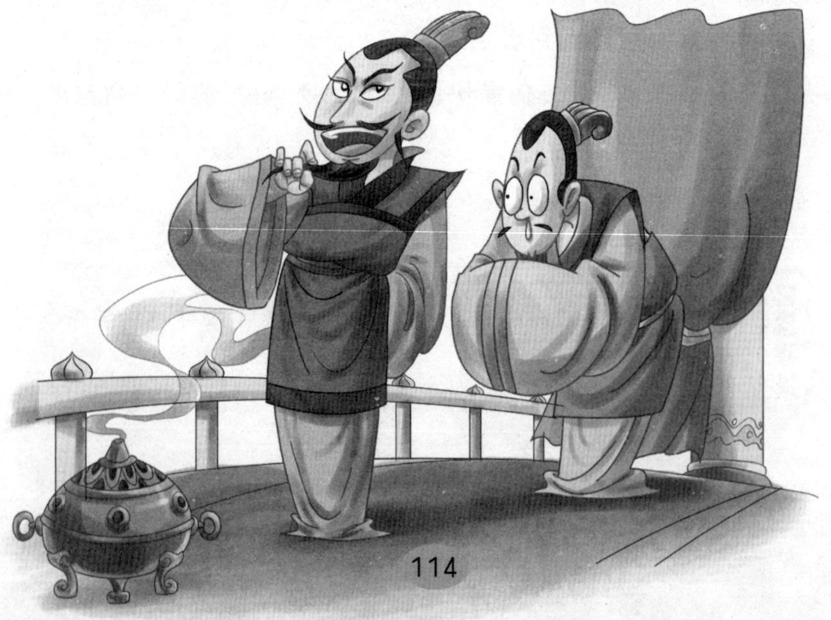

自己的国家，多为国家和百姓办些好事呢？”

孟子想了一会儿，微笑着不紧不慢地说道：“那我来先问您一个问题，如果有位楚国大夫很想让自己的儿子学说齐国话，您看是请齐国人教他好呢，还是请楚国人教他好呢？”

戴不胜笑着回答说：“那当然是请齐国人教他好啊！”

孟子笑了笑，接着说：“那么，如果请来的那个齐国人很耐心很认真地教他说齐国话，但他周围的人都觉得楚国人没必要学齐国话，于是整天来干扰他，让他难以安静地学习，在这种情况下，即使是用鞭子来抽打他，他也难以学会。但是，如果让他来到齐国，并且住在齐国都城最有名、最繁华的街巷里，让他在那里学讲齐国话。几年以后，他自然而然就学会了齐国话，而且可以讲得很流利。到那时，再要他讲楚国话，我想即使用鞭子天天抽打他，恐怕也不行了吧。”

听了孟子的一席话，戴不胜终于明白过来：在宋国，国王身边的大夫少有好人，在太多的谗言欺骗和影响下，宋国的国君是不可能勤于朝政的，只可能是个昏庸无道的君王。

智慧菩提

青少年一定要善交朋友，交了好朋友可以互相促进，互相学习，共同进步；交了坏朋友，很可能沾染上不良习气，甚至走上犯罪的道路。

吹竹管的猎人

楚国有一个猎人，他很擅长吹奏竹管乐器。他可以用一支竹管吹出许多种野兽的叫声，声音惟妙惟肖，完全可以以假乱真。

猎人很得意自己的这一技之长，因为动物们听到同伴的叫声便会聚集而来，他一次就能轻而易举地捕捉到许多猎物。同时，他还可以利用野兽之间相互害怕的情况，用竹管的声音吓退野兽，从而防范凶猛野兽的攻击。

有一天，这位猎人带着竹管和弓箭等捕猎工具进了山林。为了能捕捉到鹿，他设置好了捕捉的机关，然后拿出竹管，吹出鹿叫的声音。

大群的鹿听到了同伴的叫声，蹦着跳着来到猎人身边。猎人不费吹灰之力，就捕杀了很多鹿。

很轻易就捕获了这么多的猎物，猎人非常开心，哼起歌来。

正当他高兴地清点战利品时，不料远远地看到一只豹子向这边跑来。猎人吓坏了，心想：我怎么没有想到豹子是最喜欢吃鹿的呢？一定是我学鹿的叫声引来了凶狠的豹子。

猎人情急之下一把抓起竹管，吹起了老虎的叫声。豹子听到了老虎的叫声，吓得掉过头快速地溜走了。

猎人看到这个法子这么灵验，心里很高兴，放下竹管准备收拾东西回家。正在这时，几只老虎晃晃悠悠地向这里走来，它们听到虎叫声，还以为是同伴在召唤它们呢。

猎人看到几只老虎向他走来，吓得脸色苍白。他好不容易镇定下来，马上想到老虎怕熊，于是他急忙拿起竹管，吹起熊的叫声。

熊的叫声在林子里回荡，老虎们不敢久留，立即调转方向，向林子深处走去。

猎人总算松了口气，准备先坐下来平静一下急促的心跳。然而，他还没坐稳，一只熊出现在他的面前。熊像一面墙一样拦住了他，可怜的猎人还没来得及喊出声就被熊吃掉了。

智慧菩提

我们在看到自己长处的同时，还要想到自己的短处，这样才能使自己立于不败之地。

谁偷了金钗

古时候，有一个西域的老爷，名叫木八剌。有一天，他和妻子正在吃饭。婢女端上来一盘鸡肉，木八剌的妻子取下头上的小金钗从盘子里穿起一块鸡肉，正要吃时，门外有客人求见。木八剌起身把客人迎进来，他妻子也赶紧放下金钗，起身去为客人沏茶。

过了一会儿，客人走了，夫妻俩又回到餐桌前吃饭，但发现串着肉块的金钗不见了。

当时，除了木八剌夫妻俩外，只有一个婢女进进出出侍候他们，于是木八剌夫妻俩一口咬定是婢女偷了金钗。他们逼婢女跪下，说："赶快把金钗交出来！"

婢女哭着说："奴婢确实没有偷金钗。我一直忙着帮夫人给客人沏茶，根本就没有时间去偷金钗。"

木八剌的妻子看婢女不肯承认，便拿来棍棒拷打婢女，一边打一边说："今天我们家里进进出出的就只有你和我们夫妻俩，如果金钗不是你偷的，还会是谁偷的？"

可怜的小婢女苦苦哀求，就是不承认自己偷了金钗，木八剌夫妇根本不相信她的话。

然而，无论如何拷问，小婢女始终坚持自己是清白的。最后，婢女竟被木八剌夫妇活活拷打致死。可金钗还是没有找到，它仿佛消失了一般。

一年过去了，有一天，木八剌请工匠修理房屋。工匠在房顶上清理瓦沟时，忽然听到“咣当”一声，有一件东西掉落到地上，发出金属撞击的响声。

木八剌把东西捡起来一看，原来是她妻子一年前丢失的那支小金钗，同时与金钗一同落下来的还有一块鸡骨头。

木八剌连忙把妻子叫来，夫妻俩一下子就明白了是怎么回事，想必是猫偷吃了那块鸡肉，把小金钗也一同叼到房顶上去了。当时谁也没有看到猫把鸡肉叼走了，以至于小婢女最后含冤而死，实在可怜。

木八剌夫妻终于明白小婢女是清白的。同时，他们也为小婢女的死深感愧疚和不安，可惜后悔也无济于事了。

智慧菩提

世上的事情都是错综复杂的，不经过调查研究，只看表面现象就主观地下结论，是会坏事的。

寒号鸟

传说有一种小鸟，叫寒号鸟，与其他的鸟不同，它长着四只脚和两只光秃秃的肉翅膀，但它不会像别的鸟那样自如地飞行。寒号鸟的前后肢之间长有宽大多毛的飞膜，耳基部有一束黑色长毛，背部的毛是棕黄色的，夹杂黑色长毛。

寒号鸟栖息在山岩峭壁的岩洞或裂缝中，多用细草等做窝，以侧柏的叶子和果实为食物。它们白天藏在巢里，黄昏或夜间外出活动，可由高处向低处滑翔。

夏天的时候，寒号鸟全身长满了绚丽多彩的羽毛，看起来非常美丽。每当这时，寒号鸟总会骄傲无比，它觉得自己是天底下最漂亮的鸟，连凤凰也不如它。于是它整天摇晃着羽毛，招摇过市，还洋洋得意地唱着："凤凰不如我！凤凰不如我！"

夏天过去，秋天来到了，森林里的鸟儿们都开始为过冬做准备。它们有的开始结伴往南飞，准备在南方过冬；有的整天辛勤忙碌，贮存食物，修理窝巢。只有寒号鸟，它既没有飞到南方去的本领，又不愿辛勤劳动，仍然是整日游荡，还在一个劲儿地到处炫耀自己身上漂亮的羽毛。

冬天终于来了，森林中大雪纷飞，天气寒冷。鸟儿们都飞回自己温暖的窝巢里。这时，寒号鸟身上漂亮的羽毛都落光了。夜间，它只好躲在岩石缝里，冻得浑身发抖，不停地号叫："好冷啊，好冷啊，等到天亮了赶紧造个窝吧！"

等到天亮以后，太阳出来了，温暖的阳光一照，暖洋洋的。寒号鸟又忘记了夜晚的寒冷，它又不停地唱着："我不冷了，我不冷了，太阳下面好暖和！太阳下面好暖和！"

寒号鸟就这样一天天地混着，过一天是一天，一直也没造过窝。在一个天寒地冻的夜晚，它终于冻死在岩石缝里了。

智慧菩提

寒号鸟只顾眼前的安逸和享乐，却没有为过冬做好打算，最后冻死在岩石缝里。我们可不能只顾眼前，得过且过，不做长远打算，不辛勤劳动去创造生活，最终不会有好的结果。

井底之蛙

从前，有一只青蛙，它长年住在一口枯井里，只看得到头顶井口那一片天空，从来没有到外面的世界去过。所以，它当然就不知道外面的世界有多么广阔。不过这对它来说也没有什么关系，因为它对自己生活的小天地感到十分满意，也就不需要什么更广阔的世界了。不仅如此，它一有机会，还要向别人吹嘘一番它的小天地。

有一天，青蛙吃饱了，蹲在井里正闲得无聊，忽然看见一只大海龟爬到井口来。

青蛙赶紧扯开嗓门喊了起来："喂，海龟兄弟，你一个人散步，多么无聊啊，不如来我家玩玩啊！"

海龟听到青蛙的喊声，爬了过来。

面对新来的客人，青蛙的老毛病又犯了。他立刻打开了话匣子，滔滔不绝道："欢迎欢迎啊，今天让您开开眼界，参观一下我的家，您看，就是这里。说它是神仙住的宫殿也不为过吧，我想你大概还从未见过这样宽敞的住所吧？"

海龟探头往井里瞅瞅，不禁有些失望。在它看来，那只是一口普通的枯井而已。井里光线很暗，只能隐隐约约看见浅浅的井底积了一汪长满绿苔的泥水，似乎还闻到了一股难闻的臭味。

海龟皱了皱眉头，赶紧缩回了脑袋。

青蛙正得意呢，根本没有注意到海龟的表情，它挺着大肚子继续吹嘘："住在这儿，真是舒服极了！傍晚的时候，可以自由地在井底仰望天空；夜深了，可以钻到井壁的小洞里美美地睡上一觉；泡在水里，让水浸着两腋，托住面颊，还可以快乐地游泳；跳到泥里，让泥盖没脚背，埋住四只脚，可以随意地打滚。有时候会飞来一些小虫啊蚊子啊，可以随时美美地饱餐一顿。所以说，这简直就是神仙过的日子啊。那些跟头虫、螃蟹、蝌蚪的住处，哪一个能比得上我这里呀！"

青蛙唾沫星四溅，越说越得意："瞧，这一坑水，这一口井，都属于我一个人所有，我想咋样就咋样，真是惬意极了。

海龟兄弟，你不想进来参观参观吗？”

海龟听了，感到盛情难却，便慢慢爬向井口，可是左腿还没能全部伸进去，右腿就被井栏卡住了。

海龟慢慢地退了回来，对青蛙说道：“你的井口太小了，我根本进不去。你听说过大海没有？”

青蛙听了，摇了摇头，心想：大海？那是什么地方？我怎么从来没有听说过？

海龟见青蛙一脸的困惑，一言不发，便说道：“你不知道大海吗？那我就来告诉你吧。大海是最广阔的水域，水天茫茫，一眼望不到尽头。用千里不能形容它的辽阔，用万丈不能表明它的深度。传说四千多年以前，大禹做国君的时候，十年里有九年闹水灾，海水也没有加深一毫；三千多年以前，商汤统治的年代，十年里有九年闹旱灾，海水也不见减少一滴。大海是这样大，以至时间的长短、旱涝的变化都不能使它的水量发生明显的变化。青蛙兄弟，我就生活在大海里。你看，比起你这一眼枯井、一坑浅水来，哪个更开阔，哪个乐趣更大呢？”

青蛙听傻了，鼓着眼睛，半天说不出一句话来。

智慧菩提

井底之蛙见识短浅却又盲目自大，令人发笑。我们千万不要因一己之见，便洋洋自得，不要因一时之功，便沾沾自喜。

语文阅读经典丛书·第九辑

杨家将

〔明〕熊大木　著

文　质　改编

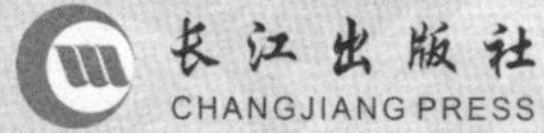

长江出版社
CHANGJIANG PRESS

图书在版编目（CIP）数据

语文阅读经典丛书.第九辑 / 文质改编.
—武汉：长江出版社，2021.4
ISBN 978-7-5492-7643-1

Ⅰ.①语… Ⅱ.①文… Ⅲ.①世界文学－作品综合集
Ⅳ.①I11

中国版本图书馆 CIP 数据核字（2021）第 068986 号

语文阅读经典丛书.第九辑 文质 改编

责任编辑:江水
出版发行:长江出版社
地　　址:武汉市解放大道 1863 号　**邮　　编**:430010
网　　址:http://www.cjpress.com.cn
电　　话:(027)82926557(总编室)
(027)82926806(市场营销部)
经　　销:各地新华书店
印　　刷:湖北嘉仑文化发展有限公司
规　　格:880mm × 1230mm　1/32　20 印张　400 千字
版　　次:2021 年 4 月第 1 版　2021 年 4 月第 1 次印刷
ISBN 978-7-5492-7643-1
定　　价:124.00 元(共五册)

MULU

目录

第一章　一代猛将呼延赞

公元960年，北周大将赵匡胤在陈桥驿黄袍加身，发动兵变，建立了宋朝。宋朝大军所向披靡，连续平定各镇。北汉国主刘钧见形势危急，急召大臣们商议对策。

谏议大夫呼延廷为百姓安危考虑，提出向宋朝纳贡议和，不知竟逆了刘钧的意。枢密副使欧阳昉素与呼延廷不合，于是抓住机会大进谗言，差点让呼延廷落下斩首重罪。在一干忠臣的劝言下，呼延廷保住了性命，但不得不告老还乡。

欧阳昉一心置呼延廷于死地，在呼延廷带着一家老小回乡途中，他派人伪装成土匪，杀害了呼延廷一家。当时，呼延廷的偏室刘氏正带着幼子如厕，躲过了一劫。刘氏悲痛欲绝之际，幸得当地土匪头目马忠收留，母子二人才有了落脚之处。

光阴似箭，七年一晃而过，呼延廷的小儿子已经长大，马忠给他改了个名字叫马赞。马赞生得面如铁色，目光如炬，众人都说他像极了唐代名将尉迟敬德。在马忠的培养下，马赞长到十四五岁时，已能骑马射箭，精通武艺。

有一天，马赞跟着马忠外出办事，路上遇见一个脚夫扛着一块大石碑走过。马忠上前一看，只见石碑上写着“上柱国欧阳昉”几个字，顿时脸色一变。

马忠觉得时机已经成熟，便和刘氏商量，将马赞的身世告诉他。马赞听完母亲的讲述，悲愤得晕了过去，好一会儿才缓过来。正在这时，贺兰山寨主耿忠来访。马忠得知耿忠是要去向欧阳昉献宝马，于是将欧阳昉的恶行以及马赞的身世告诉了他。耿忠听罢，怒从中来，恨不得立即杀了那欧阳昉。二人一合计，最后决定让马赞带着乌龙马，伪装成马夫前去给欧阳昉送马，寻找机会杀了他为父报仇。

马赞将宝马送到后，拒绝了欧阳昉赏的官职，主动要求留在府中照看宝马。欧阳昉不明真相，二话不说就答应了。就这样，马赞顺利地留在了欧阳昉府中。

一晃到了九月九日欧阳昉的生辰，府上大摆筵宴。欧阳昉一番畅饮后酩酊大醉，只留下马赞一个人在书院伺候。马赞抓住机会，终于手刃欧阳昉，为父报了仇。马赞恨意难平，又连杀了欧阳昉一家老小，收罗了府中的金银财宝后逃回家去。

马忠知道马赞血洗欧阳府必将引来灾祸，于是让马赞收拾行装往贺兰山去投奔耿忠、耿亮二位叔叔。

马赞改回生父姓氏，辞别马忠和母亲，匆忙上路了。到了那里，呼延赞跟耿忠、耿亮二人详细讲述了报仇经过。耿忠、耿亮大为赞赏，留他在寨中当三寨主。

在山上待了一段日子后，呼延赞提议去劫掠北汉富饶之地绛州。绛州有武艺高强的张公瑾把守，很难攻破，但呼延赞信心十足，带着三千人马上路了。

呼延赞气势汹汹而来，张公瑾亲自出城应战。二人拼杀一番后，张公瑾佯装败退，将呼延赞引入了埋伏圈，直杀得他的人马死伤过半。呼延赞吃了败仗，无脸面回贺兰山，便骑着乌龙马沿小路逃走了。

谁知，呼延赞败逃途中又被太行山寨主马坤手下的喽啰拿住，要将他绑去绛州向张公瑾邀功。经过第八寨新建寨地盘时，素与马坤不合的新建寨老寨主李建忠劫了囚车，救出了呼延赞。

新建寨的现任寨主柳雄玉早就听说了呼延赞的英勇事迹，热情地将他奉为上宾。三人相谈甚欢，正觥筹交错间，长期欺压新

建寨的六寨主罗清又来讨要赁土钱了。呼延赞主动请战，不费吹灰之力就拿下了罗清。罗清的部下急忙跑去请第五寨大王张吉解救罗清。张吉领兵来挑战，可他根本不是呼延赞的对手，不仅赔上了性命，连山寨也被呼延赞劫掠一空。

两寨的败兵无奈，只好向太行山的马坤求救。马坤听说罗清、张吉被杀，怒不可遏，当即派长子马华率五百精兵向新建寨杀来。

呼延赞披挂上阵，不几个回合便活捉了马华。马坤得到消息后，又派次子马荣率兵来救援。呼延赞略施小计，又将马荣打成重伤。马荣落败而归，向马坤详述呼延赞勇猛难敌，马坤听后不免心生忧愁。

马坤有个女儿，人称金头娘，性格泼辣，武艺超群。她见父亲愁容满面，便主动请命去救大哥。马坤只好答允了她。

金头娘来到寨前，和呼延赞正面交锋。一连打了几十个回合也不分胜负。金头娘企图施计活捉呼延赞，但被呼延赞看出端倪，没能得逞。

双方胶着之际，马忠和刘氏来到马坤寨中拜访。马坤与马忠经过一番交谈，问题便迎刃而解。马坤得知呼延赞的身世后，不禁对他另眼相待，甚至提出要将小女许配给他。

呼延赞和金头娘，一个英勇，一个泼辣，双方都很满意。很快，他们就成亲了。

呼延赞着急回新建寨，成亲次日就拜别了马坤。呼延赞回来见过李建忠和柳雄玉二人，详细禀报遇到父母以及与金头娘成亲之事。李建忠大喜，当即令人放了马华。

呼延赞邀李建忠和柳雄玉二人一同前往太行山马坤寨中，众豪杰冰释前嫌，结为异姓兄弟。

正当众人酒至半酣时，探子忽然来报："山下有五千多军马来到。"呼延赞以为有人前来打劫，欲点齐人马下山迎敌。马坤连忙拦住他，说："让我去会会是何人敢前来闹事，说不定是一场误会。"即引二百人下山探视。

来人是大辽耶律皇帝殿前名将韩延寿。原来，耶律皇帝驾崩，韩延寿正是来请马坤回大辽，辅佐新主萧太后的。马坤本因与耶律皇帝不合才隐入太行山，现更换新主，马坤也想重回大辽为国效力。于是马坤回寨稍作安排，留下二千余人给呼延赞和金头娘继续驻留太行山，自己则带了儿子及五千人马随韩延寿奔赴幽州。

第二章　巧斡旋杨业退兵

开宝九年（公元 976 年）三月，听闻北汉朝廷文武不睦，早就有征伐之心的宋太祖更决意发兵攻打北汉。宋太祖调集十万精兵，命枢密使潘仁美为监军，以大将高怀德为先锋，浩浩荡荡往北汉而去。

消息传入晋阳，北汉国主刘继元大惊失色，急召文武大臣商议。赵遂自愿领命，率军抗敌。刘继元允奏，即以赵遂为行军都部署，刘雄、黄俊为正副先锋，点兵五万，迎战宋军。

双方在潞州遭遇，宋军气势汹汹，汉军无力招架，损兵折将，死伤无数，退回泽州。

刘继元接到消息，大惊不已，忙与文武大臣商议。大臣丁贵见刘继元愁闷，便进言召山后杨令公杨业发兵救援。刘继元当即命郑添寿为使臣，带着金银珠宝，去山后请杨令公出兵。

杨业读罢诏书，与众人商议说："前两年北周侵犯我北汉，我们父子大胜周军，声威大震。现在宋军来犯，汉主再次下诏，我们应该出兵相救啊。"于是命长子杨延平留守应州，自己则与王贵率兵，即日奔赴晋阳见刘继元。

刘继元设宴款待杨令公，又赠杨令公黄金酒杯，君臣尽欢而散。待到杨令公出兵前夕，刘继元更是允诺，若打退宋军，则以重爵赏赐杨令公。杨令公拜谢君恩，率精兵前往泽州。

宋军中听闻杨业率军前来增援，迅即报与宋太祖，宋太祖对左右说道："朕往年随周世宗征伐北汉，均未得胜。如今汉兵又有援军，不如退军以避其锐。"潘仁美上奏道："杨家之兵虽然雄勇，但与赵遂的汉军统属不一。臣与诸将可以奇兵制胜，陛下不必有所挂虑。"宋太祖听他这么一说，信心倍增，于是下令即刻出兵。

第二天天刚亮，战鼓就响罢三遍。两军对决，杨业亲自上阵，英勇无比，直杀得宋军大溃。高怀德见前两阵均已溃败，急率一万大军上前迎敌。而泽州赵遂听说杨令公救兵已到，立刻下令打开城门一起迎战。

再说那杨业直杀入宋军阵中，与高怀德交战，两人战有

五十余回合，不分胜败。杨业体力渐渐不支，准备撤回，高怀德紧追不舍。杨延昭见父亲受困，连忙从旁边杀过来，把高怀德击倒在马下，幸得其弟高怀亮拼死力战，才捡回性命。王贵率杨家军与宋军好一阵厮杀，宋兵死伤无数，遭受大挫。

高怀德回到军营报与潘仁美，说杨业英勇无敌，连斩宋军两员大将。潘仁美不敢再战，准备回朝与宋太祖商议退兵事宜。

宋太祖听潘仁美奏报军情后，也有退兵之意。大将杨光美却提议与杨业讲和，以解后顾之忧。宋太祖于是命杨光美前去汉营讲和。

杨光美到达泽州，与杨业说明议和之意。不料杨业大笑道："你们削平其他国家时，想到过议和吗？"

杨光美面有怒色，厉声道："我大宋皇帝英明神武，必承大统。倘使我大宋要征服各国，必当势如破竹，向我大宋俯首称臣的不可胜数。现今我大宋收复北汉也是指日可待，只是大宋皇帝宅心仁厚，不忍因战乱使生灵涂炭。再者将军您是名望之人，我皇敬重将军的英名，不忍相伤。你想想我大宋诸多谋臣勇将均拥兵未动，若知道北汉未能收复，必定发兵前来，到那时，只怕小小一个晋阳将被踏为平地！将军您再英勇善战恐怕也寡不敌众吧？"

杨业听了杨光美的一番话，无话可说。王贵见杨业不说话，试问道："的确机会难得，将军您看是否商议一下。倘使我们激怒宋人，对北汉也不利。"杨业沉思片刻后，同意退兵。

杨光美在这边刚谈完，又来到北汉军营见赵遂。赵遂听说

宋朝有议和之意，正求之不得。于是，两军各自退兵。

宋军退军行至太行山驻扎。呼延赞听闻宋军河东之战失利，便与李建忠商议，与其等朝廷招安，不如主动请命，作为先锋攻打北汉，一来可立功，二来也可报与北汉的切齿之仇。李建忠应允。

呼延赞带领五千人马下山拦住宋军，向宋军索要三千衣甲、三千弓弩作为军需，他日大宋征讨北汉，就将这支军队作为先锋。

潘仁美之子潘昭亮见呼延赞如此狂妄，不免怒道："中原英雄无数，何以稀罕你一介草寇？你趁早退开，不然休怪我刀剑无眼了。"呼延赞根本不将他放在眼里，怒喝一声："你若赢了我，我便放你车马过去。"

呼延赞挺枪跃马，只两个回合就将潘昭亮刺死。潘仁美的女婿杨延汉上前与呼延赞交锋，几个回合下来却反被呼延赞擒住。潘仁美听闻儿子被呼延赞所杀，悲愤交加。

这时，宋军大将党进请命带兵平缴贼寇，党进与呼延赞交战，却也被生擒。高怀德听此消息，大惊失色，前来迎战呼延赞，二人斗上五十余回合，不分胜负。宋太祖听闻有此猛将，不免惊诧，随即下令应允呼延赞的要求，并封李建忠为保康军团练使，呼延赞为团练副使。

宋太祖回京途中不幸染病，回朝后便一病不起。等到冬十月，病情加重，太祖胞弟晋王赵光义入宫服侍，宋太祖向他安排后事道："朕看你有君王之相，他日必为太平天子。我儿德昭个性懦弱，你还要好生对待。另外还有三件事，朕怕是做不到了，你替我去做吧。第一，河东北汉是必取之地，你一定要记住；第二，太行山寨的呼延赞应当加以重用；第三，杨业父子朕非常欣赏，想召他们为将。北汉名将赵遂也是英勇之才，你可先从他那里打通关节，一步步诱降他。杨家父子图的是中原繁华富贵，你在金水河边造一座大宅子送给他们，应该没有问题。另外，朕曾在五台山许过愿，但因战争纷乱，一直没去还愿。待朝中安定下来，还请你替朕去还愿，感谢菩萨庇佑我大宋河山。”太祖交代完后事，当天就驾崩了，时年五十岁，在位十七年。

晋王赵光义即位，即宋太宗。太宗即位之后，尤其注意将帅的调配。他派遣高琼为使臣，赴太行山召集李建忠等人入朝。李建忠、呼延赞已期盼良久，但是寨中不可无人坐镇，二人一合计，决定由呼延赞赴京面圣，李建忠留守山寨。

宋太宗见到呼延赞，十分赏识，赐给他京城府第。呼延赞深受感动，忠君之心更加深固。

但是潘仁美对呼延赞有杀子之恨，于是便从中作梗，向太宗推荐赐给呼延赞的宅院龙猛寨是一座破败不堪的老宅，分拨给他的一千精兵实则是些残兵老将。呼延赞顿时气不打一处来，调集人马要立刻离京回太行山寨，金头娘好一番劝慰才打消他这一念头。安顿下来以后，呼延赞每日到教场操练，随时准备出征。

过了几天，潘仁美差人去请呼延赞来潘府，其实是设下了一个圈套，想给他一个下马威。潘仁美谎称先皇定下过规矩，但凡山贼招安，一定要先受一百杀威棒的刑罚。呼延赞尚未反应过来，就被潘仁美手下制伏，一百杀威棒打完，呼延赞早已皮开肉绽。回到龙猛寨，金头娘问明缘由，依旧安慰他道：“既然是先帝法令，本应承受，你就忍耐一下吧。”说完，端上一杯暖酒给他，呼延赞一饮而尽。酒刚入口，呼延赞大喊一声，便倒在了地上。

金头娘大惊失色，仓皇不知所措。呼延赞此时已无鼻息，金头娘以为他已送命，于是大哭起来。

这时，一个老军士上前来说道：“将军应是受了淬了毒的大杖毒打，毒汁渗入肌肉。而这种毒遇热酒才会发作，将军刚才喝了酒，正好引发了毒性。我这里有道人赠与的神药，保管将军一服便醒。”金头娘立即请老军士给呼延赞喂药。说来也神，药一入口，呼延赞就醒了过来。

呼延赞重谢老军士，那老军不收酬金，告诉呼延赞这是潘仁美存心陷害，劝他立即离开汴京，以免遭杀身之祸。呼延赞听了这番劝告，怒火中烧。但潘仁美在汴京势力雄厚，呼延赞思量凭己之力不可抵抗，于是收拾行装，第二天一早便往回赶了。

呼延赞回到太行山不久，耿忠、耿亮兄弟也来了。二人得知呼延赞遭潘贼陷害，怒不可遏，当即请求李建忠调借两千人马去围攻怀州城，以挟怀州知府上奏朝廷，为呼延赞申冤。

这一招果然奏效，很快，奏章就送到汴京。太宗看过奏折，龙颜大怒，令右枢密杨光美查办此事。潘仁美不知所措，忙请杨光美帮忙向太宗求情。

杨光美为救潘仁美，禀呈太宗时，故意说查实呼延赞回太行山并不是潘仁美的过错。潘仁美也辩解道："呼延赞是来到京城后，不习惯京城生活才回去的，并不是我驱逐的。我愿意再次传诏请他入朝，让他在圣上面前当面与我对质。"太宗允奏，下诏潘仁美赴太行山请呼延赞再次入朝。

潘仁美来到太行山，呼延赞怒气未平，想就此杀了潘仁美以解羞辱之恨。李建忠连忙拦住他，劝他以大局为重，千万不可为逞一时威风而失去立功机会，还落一个私逃的罪名。呼延赞听从李建忠的劝告，稍平静后，与李建忠一起出寨迎接潘仁美。

潘仁美读完诏书，李建忠将他请入寨中。二人一番谦恭之辞后，李建忠替呼延赞答应了入朝之请。第二天，呼延赞便带着家室再次进京去了。

第三章 杨令公归降太宗

刘继元在晋阳听闻宋太宗继位，又将在太行山占山为王的李建忠和呼延赞招安为大将，不免担忧起来。他命人在晋阳城内修筑高墙深沟，做好应战准备。

宋太宗对攻打北汉信心十足，为了彻底打败北汉，他决定御驾亲征。几天之后，大军出征事宜部署完毕，潘仁美为北路都招讨使，高怀德为正先锋，呼延赞为副先锋，八王任监军，统领十万大军。太宗行事缜密，临行前将朝中之事托付给太子少保赵普处理，又命大将郭进驻守太原石岭关，以阻断燕蓟支援北汉的必经之路。

只一天工夫，宋朝大军就开进怀州。在这里，宋军还意外收编了由耿氏兄弟、李建忠、柳雄玉和金头娘带领的一支精兵。

宋军一路所向披靡，先是击退有万夫不当之勇的铁枪邵遂，攻下天井关，接着又攻下泽州。宋军夺取泽州后，在泽州扎营休整了一宿，第二天一早就向接天关进发。

接天关具有地理优势，只要能坚守城内，宋军便难以攻破，等到宋军粮草皆空，就能大败宋军。接天关守将陆亮方与副将王文以攻守之策应战，令呼延赞接连受挫。强取不行，呼延赞选择智取，他颇费了一番波折活捉了接天关真正的智星王文，才攻下接天关。

绛州守将张公瑾听说宋军连战连胜，已攻取接天关，更是坐立难安，无计可施。张公瑾手下谋士刘炳劝他向宋军投降，以免黎民百姓遭受战乱之苦。张公瑾无可奈何，只好听从建议，遂派刘炳前去投降。

宋太宗亲征以来，北汉辖地接连失陷，北汉国主刘继元只好向大辽乞援。大辽的萧太后深知北汉与大辽是唇齿相依的关系，北汉亡则大辽危，于是下令南府宰相耶律沙带二万精兵前去援助北汉。

大辽将援助北汉的消息很快传到宋营，宋太宗下令务必先击退辽兵，再攻破晋阳。呼延赞、郭进等带领宋军与辽军大将耶律沙和监军大辽冀王敌烈带领的辽军在横山涧展开一场恶战，结果辽兵大败，宋军士气高涨。太宗趁将士们士气高昂，又下令大军直取晋阳。

晋阳城中，刘继元已是六神无主。大臣们则分成两派，一派支持投降归顺，一派坚持背水一战。刘继元不甘心投降宋朝，便听从中尉宋齐丘的建议，请杨令公出兵相救。

杨令公收到诏书，便将应州留给亲信王贵把守，亲自率领七个儿子，带着三万精兵急赴晋阳援救。

宋军听说杨令公出兵来救，警觉起来，潘仁美便召集诸将商议。众人惧怕杨令公威名，都不敢做先锋，这时，呼延赞请战道："小将早听说杨家父子天下无敌，不如先让我率军去冲杀一阵，看看他们究竟如何。"潘仁美依其言，令他率八千人马前去迎战。

杨业率领杨家军来到卧龙坡下扎营，哨骑传报宋军于十里外阻住去路，杨五郎做先锋领五千精兵前去迎战。

杨延德与呼延赞大战四十余回合仍难分胜负，二人还想决个高低，无奈战马已经疲惫不堪，只好各自收兵回营。杨业听说宋军中有如此厉害的猛将，决定第二天亲自去会会呼延赞。

当夜，七郎杨延嗣想建首功，于是暗自带兵三千偷偷出了营寨，准备给宋军一个措手不及。不料宋军早有防范，杨七郎的人马反遭重创。杨令公大怒，要将七郎按军法处置，亏得众人力劝才保住七郎的性命。

随后，杨令公命部下按兵不动，休养数日后再伺机而战。宋军主帅潘仁美听说杨家将来到，便撤围晋阳的大军迎战杨家军。两军南北对垒扎营，一连据守十数日，各不出兵。潘仁美派人前去打探北兵动静，回报说："杨家军马，严整兵器，欲与我军大战。"潘仁美听罢，即刻下令诸将分营出战。高怀德为左翼，呼延赞为右翼，郭进为前后救应，分派完毕，众将各自整军备战。

第二天天刚亮，鼓罢三通，宋军阵中潘仁美首先出马，左边高怀德，右边呼延赞，三匹马一字排开。对面阵中杨业也亲自率兵出战，只见他金盔银铠，白马红袍，左边有五郎杨延朗，右边有六郎杨延昭，父子将兵，威风凛凛。潘仁美在门旗下暗暗称奇，问阵中谁愿意出马捉拿杨业。话音未落，呼延赞挺枪而出，朝杨业刺去。杨延朗上前截住呼延赞厮杀起来，两人战到七十回合仍不分胜负。忽然宋军阵中鸣金收兵，宋军众将疑惑地回到营中才知，原来是太宗有意招抚杨家诸将。

这天晚上，八王来到宋太宗营中，见太宗满面愁容，便说道："陛下应该是在为如何招降杨家父子发愁吧？"

太宗惊问道："莫非你有妙计？"八王献计说："刘继元心胸狭窄，早已怀疑杨家父子与我朝勾结。现在只要派人前往北汉施行反间计，保管杨家父子归降。"

太宗大喜，说："此计虽妙，但不知派谁前去合适。"八

王回道："杨光美定可担此大任。"太宗便派杨光美前往北汉施行反间计。

杨光美带着黄金千两、锦缎千匹以及各种珍宝，趁夜来到汉主宠臣赵遂府中。赵遂是个唯利是图的小人，而且他一直担心杨业立功后会抢了自己的风头，所以对杨业恨之入骨。现在，他见到这么多黄金珠宝，又听闻可以一举除掉心头之患，不免喜不自胜，毫不犹豫地答应了帮杨光美实施反间计。

很快，赵遂便让手下四处散布谣言，说杨业收受了宋人的金银财宝，欲密谋造反，待大功告成，便与宋朝同分江山。他又秘密通知宋军不要交战，只要等待十天半月，一定成功。

于是，宋军积极配合赵遂，下令各军坚守阵地，不出兵也不理睬杨家军的叫战。

刘继元见两方对峙，均按兵不动，担心杨业又要与宋军议和，于是每天都派人催促杨业出兵。杨业奉旨派军士天天出去讨战，可宋军就是闭门不应战，他也无计可施。

这时，赵遂故意到刘继元面前火上浇油地说杨业收受了宋朝好处，打算率众投降。刘继元大惊道："国舅怎么知道此事？"

赵遂说："此事臣早已知晓，宋军上次攻打泽州，杨业与宋朝议和，那时已然背叛北汉。这次国家急需用人之际，臣未敢及时上奏。如今杨家军拖延不战，恐与宋军又有联合之计。现如今反情已露，流言四起，百姓惶惶，并非只有臣一人知道。"刘继元经赵遂一番话语引导，对杨业的议和之意确信无疑。

刘继元于是与赵遂想出了一个铲除杨业的计策。第二天，刘继元以讨论国事为由召杨业进宫，然后趁杨业毫无防备将其拿下，在朝堂之上要以叛国通敌罪将他论处。丁贵冒死进言才使杨业免遭一死。

刘继元命杨业将功赎罪，即刻出兵攻打宋军，若打不退宋军则按罪论处。

杨令公回到营中，将当日在朝中的种种情形讲了一遍。七个儿子都很愤慨，心里都萌生了归宋之意。

宋太宗听说刘继元要杀杨业，一边下令拒不应战，一边与大臣们商议招降杨业之计。杨光美自愿请命前往汉营充当说客，太宗欣然允奏。

杨业正内心焦急，忽报宋军使臣杨光美来见。杨业问杨光美来此何事，杨光美说："我特意来劝将军归顺大宋的。"

杨业大怒，命令左右将杨光美推出去斩首。七郎杨延嗣连忙说道："父亲暂且息怒，让他把话说完，再斩也不迟。"

杨光美毫无惧色，大声说道："将军出兵救援北汉，本想尽忠报国，却

遭刘继元猜忌。太宗宽厚仁爱，诸国敬仰，只有北汉还未攻下，但也不会长久。况且圣上对将军仰慕已久，将军不如弃暗投明，归顺大宋，望将军三思。”杨业听后，沉默了很久才说："我暂且饶你不死，你回去让你们皇上速派勇将应战吧！”

杨光美不慌不忙地退出帐外，故意拂袖将一封密信抖落到地上。左右拾到后交给了五郎杨延德，他拆开一看，却见是一张府宅建筑图，有无佞宅、梳妆楼、歇马亭、圣旨坊等等，上书“接待杨家父子之所”。杨延德和杨延嗣看得欣喜不已。四郎杨延辉说："先不要对外泄露这封信，看汉主势头如何，如果不善待我们父子，我们就归顺大宋。”众人将密信藏起来，没让杨令公知道。

数日之后，宋军仍不出兵应战。刘继元见杨业毫无动静，就派人前来督战。这时军中粮草将尽，朝中又不接应，杨业进退两难，只好下令人马退回应州。宋军趁机散布谣言，说北汉国君已经派人前往大辽求救，征讨杨家父子抗旨私逃之罪。杨业回到家中，坐立不安，不知如何是好。夫人佘太君和家中儿女们都劝他归顺宋朝，为明君建功立业。杨业考虑了整整一夜，决定归顺大宋。

于是杨业差部将张文潜到宋军中，告知愿意归降。宋太宗十分高兴，马上召集文臣武将商议诏纳之事。随后，太宗派遣文臣牛思进和武将呼延赞二人带着厚礼前去应州拜见杨业，宣读诏书。第二天，杨业便调集本部人马，收拾家什装箱，往宋军大营而来。

第四章　宋太宗御驾征辽

宋太宗听牛思进和呼延赞回奏，得知杨业已带家小和军马来到，立即令八王率众臣在白马驿等候。不一会儿，就见前面旌旗蔽日，尘土飞扬，杨家军往驿站奔来。杨业听说宋朝的大臣们都在白马驿前面迎候，连忙下马参拜。随后，八王安排酒宴款待杨业及其部将。

第二天，八王和杨业一起来到宋军大营，拜见宋太宗。太宗盛情接待了杨家父子，并授以边镇团练使之职，等到班师回京以后再另行封赏。杨业受命而退，率领本部人马驻守城南。太宗见时机已经成熟，遂下令急攻北汉。

而这边，刘继元得知应州杨业归顺了宋朝，吓得魂飞魄散，寝食难安。宋齐丘、丁贵等率兵据守城门，宋军连攻数日不下。潘仁美率兵强行攻城，丁贵等人顽强抵抗，但无奈宋兵人数太多，丁贵等人抵挡不住，于是奏请汉主向辽国求援。刘继元允奏，连夜派人前往辽国求救。

宋太宗见晋原久攻不下，不免着急。二月初三这天，太宗

亲临军前督战。高怀德、呼延赞分别从各城门攻击，顷刻间城墙尽毁，双方军士死伤无数。太宗下手谕令汉主出来投降，北汉军士不肯接宋主圣谕，与宋军南北对阵，继续抵抗。宋军改变策略，集中兵力急攻北门，这才一举攻下北汉。

太平兴国四年（公元 979 年），宋军平定北汉之后，宋太宗准备班师回朝。潘仁美提议乘胜进兵辽国，太宗得胜心切，马上同意了。次日，太宗便带领诸将和杨家将征讨辽国。

不久，宋军抵达易州，潘仁美派人下战书到城内。易州守将是辽国刺史刘宇，他见宋军兵临城下，自知无法抵抗，只好开城投降，迎接宋太宗到府中驻扎，同时上缴粮草马匹无数。太宗封刘宇官职如旧，并下令乘势进取涿州。涿州守将是辽国判官刘厚德，他得知宋军拿下易州，为图富贵，也出城投降。

消息传到幽州，萧太后急忙召集文武群臣商议对策。左丞相萧天佑推举耶律奚底、耶律沙两位大将率兵出征。萧太后应允，急命耶律休哥为监军，耶律奚底、耶律沙为正副先锋，统领五万精兵出城迎战。耶律休哥等人得令率兵出城，辽军南、北营寨旗鼓相接，兵势强大。

宋军的哨兵探知大辽出兵的消息，连忙报入潘仁美军中，潘仁美立即召集众将商议。呼延赞欲建首功，说道："小将请求先战，灭灭辽兵的威风。"潘仁美应允，拨给他八千精兵。高怀德接着说："小将愿前去相助，共建功勋。"潘仁美又拨给他八千精兵。呼延赞和高怀德领命退下。

第二天，鼓罢三通，宋、辽大军南北对阵，在幽州城下摆开阵势。辽军大将耶律奚底全身披挂，跃马当先，宋军大将呼延赞横枪勒马，立在门旗之下。两军各自呐喊助威，二将大战数回合，难分胜负。这时，辽将耶律沙飞奔出阵，与耶律奚底一起对战呼延赞。呼延赞使出浑身解数，二人联手竟拿他无可奈何。高怀德观战已久，见场上二敌一，恐呼延赞体力不及，便一马当先，舞枪抵住耶律沙交锋。就这样，四人杀成一团，南北两军箭弩交射，从早晨一直战到中午，胜败未决，双方都有伤亡。呼延赞见一时难以取胜，大声喊道："马已疲乏，明日再战。"于是各自鸣锣收兵回营。

高怀德与呼延赞回到营中，对潘仁美汇报说辽将英勇善战，双方难决胜负。潘仁美又如此上奏宋太宗。太宗征辽心切，说道："朕明日亲临战场指挥，与辽军决一雌雄。"八王虽力劝，但太宗坚持亲自督军，众人只好做好准备。

第二天，宋太宗亲自到战场督战。辽军统帅耶律休哥听说宋军倾营杀出，要与辽军一决胜负，便说道："大将耶律学古正好驻守在宋军后方的燕地，令他出兵从后方包抄宋军，则此战必胜。"于是遣人前去通知耶律学古，自己则带领诸将去迎战宋军。

两军摆开阵势，宋军前锋呼延赞打头阵，辽营中耶律沙横刀杀出。两人正打得难解难分，忽然辽将耶律奚底跃马挥斧，从旁杀出，高怀德连忙拍马上前挡住。四将鏖战的时候，忽然宋军阵后传来阵阵炮响，辽将耶律学古带领部下如排山倒海般杀来。宋军一时不知道哪里来的兵马，自乱阵脚，溃败四散。

耶律休哥在将台上见宋军阵脚已乱，便派出一支精锐部队，直冲宋军阵地，朝宋太宗杀来。

宋太宗急忙调遣诸将护驾。潘仁美第一个赶来，却遇上耶律休哥，两人只交战一个回合，潘仁美便被打落马下，幸而被郭进救出。这时其他宋军将领也赶来救驾，太宗单骑冲出重围，往汾坝狂奔而去。辽将兀环奴和兀里奚在后面紧追不舍。

杨业见状，连忙命人速去救驾。杨六郎快马加鞭赶上去，喝道："辽蛮慢走！"兀环奴大怒，抡刀便砍，杨六郎举枪相迎。只两个回合，兀环奴就被六郎当胸一枪刺落马下，杨六郎奋力将辽兵杀退。太宗退到坝上，坐骑已被乱箭所伤，卧倒在地，一时不知如何是好。杨六郎欲将马让给太宗，自己步战杀出，太宗恐杨六郎无马难胜敌，便推辞不肯。正在僵持间，杨七郎策马赶来，将马让给太宗骑上。两兄弟护着太宗杀出重围，又被兀里奚率兵拦住。杨六郎趁其不备，将兀里奚一枪刺死。绕过西营，三人又被辽兵弓弩挡住去路，恰好这时杨业、高怀德、呼延赞等大将也突围赶到，众人合力救出太宗，

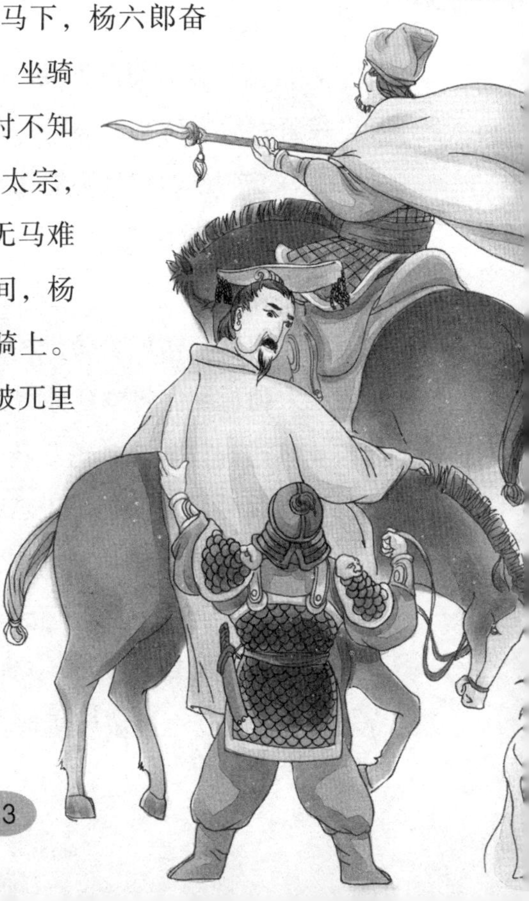

直奔定州而去。

潘仁美收拾残兵，只见尸横遍野，血流成河，宋军损失八九万人马，损失辎重不计其数，易州和涿州等地又被辽国夺了回去。耶律休哥见大获全胜，便撤军回幽州了。

征辽遭遇大败，宋太宗不久就班师回朝了。回到汴京之后，太宗降旨重赏有功将士以鼓舞士气，封杨业为代州刺史兼兵马元帅，他的几个儿子也都被封为代州团练使，赐居金水河边的无佞府。群臣对此议论纷纷，觉得杨业并未立大功，不应赏赐过重。杨业自己也觉得不妥，上表请求辞去长子以下各人职务，太宗允奏。

再说耶律休哥得胜回朝，野心大增，成为萧太后倚重的大臣。在萧太后宴请文武群臣的时候，耶律休哥进言要趁宋朝君臣喘息未定，率领精兵直捣汴京。萧太后便降下圣旨，封韩匡嗣为监军，耶律休哥为救应，耶律沙为先锋，率领十万精兵再次讨伐宋朝。

时值九月，寒风袭袭，落叶纷纷，辽军马不停蹄地向遂城进发。宋朝遂城守将刘廷翰得知辽军来犯，与部下商议对策。副将崔彦进提议假降计诱骗敌军进城，再一举歼灭。另一副将李汉琼也献计主动向辽军进献粮饷，获得辽军信任。

韩匡嗣果然中计，下令辽军进城。处事谨慎的耶律休哥担心宋军使诈，再三劝阻，但无济于事。

刘廷翰见韩匡嗣中计，立即命令崔彦进率领一万人马秘密守在东门，等辽军进城后便杀入辽军营中；又派李汉琼领一万

步兵埋伏在西门，等放下闸桥时乘势杀出；自己则率主力秘密出南门，负责救援接应。

韩匡嗣率领辽军陷入宋军的埋伏之中，被打得落花流水，只好率残部逃回幽州再作商议。

萧太后听说辽军大败，兵折将损，怒不可遏，将韩匡嗣贬黜为民，又任命耶律休哥为主帅，耶律斜轸为监军，再次统领十万精兵，前来报仇。

遂城守将刘廷翰得知辽军再次发兵来袭的消息，一面坚守城池，一面派人急报朝廷，请求派兵救援。宋太宗接到消息，与众大臣商议道："遂城是幽燕两地的咽喉，遂城若失，则泽、潞二州亦不可守。谁愿领兵前去抵抗？"杨光美向太宗推荐杨业，太宗允奏，立即授杨业为幽州兵马使，率五万大军前去救援遂城。杨业领命，令长子杨延平监领余军，自己则率五郎杨延德、六郎杨延昭日夜兼程赶往遂城。

杨业率领宋军刚在平原旷野处摆开阵势，便见前面旌旗蔽日，尘土漫天。杨业出阵观察，只见一员大将，唇青面黑，耳大眼圆，原来是辽国大将耶律沙率军冲上阵来。耶律沙横刀跨马，大声喊道："前面宋将是谁？快快报上名来！"杨业笑道："不知天高地厚的逆贼，居然敢到边境挑衅，你今日死到临头，还敢问别人姓名？"耶律沙大怒，转身问军中谁先出马。话未说完，骑将刘黑达应声而出，纵马舞刀，直取杨业。杨业正想应战，五郎杨延德一骑飞出，抡起大斧截住刘黑达。两人战了几个回合，杨五郎操起利斧，回马当面一劈，刘黑达落马而亡。

辽将耶律胜纵马提刀赶来报仇，六郎杨延昭挺枪迎战，两人杀作一团。杨六郎奋力一枪刺去，耶律胜翻鞍落马，当场血溅尘埃。

杨业见两个儿子取胜，带领宋军冲入辽军阵中。耶律沙舞刀力战，抵挡不住，落荒而逃。杨业一人一骑，左冲右突，如入无人之境，辽兵大乱，死伤无数。

驻守遂城的刘廷翰连忙开了西门接应，与杨业合兵追击，杀得辽军血流成河，收缴辎重衣甲不计其数。

杨业大获全胜，令部下驻守在遂城以南。杨业与诸将商议，决定乘胜追击。而耶律斜轸率领残余兵马逃到瓦桥关，下令诸将按兵不动，坚守关口。宋军几次想攻击，但无奈关上箭石交加，实在难以靠近，一连攻打数十日都不能成功。

这天，杨业亲自带领数十个随从出关观察地形。只见瓦桥关左边都是草冈，猜想应是辽军屯粮之地，而右边通黑水，辽兵都靠岸扎营。如此看了一遍，杨业心中已有妙计，回营与刘廷翰商议用火攻之计，烧毁辽军粮仓。刘廷翰亦有此意，二人不谋而合，亦不多言，各自回营行动。

杨业命五郎杨延德带领五千步兵，换上民夫衣裳，趁黑夜从小路秘密潜入到瓦桥关左侧辽军囤粮之地，等到两军一交战，便放火烧辽军粮仓；又命六郎杨延昭带领五千骑兵，趁黄昏直渡黑水，引辽军渡河迎战，再将兵马撤回；然后吩咐刘廷翰和崔彦进率领兵马接应杨六郎。杨业自己带领中军，在高处观望。

黄昏时分，杨六郎引兵从下游直趋黑水。刚过一半，耶律高便带辽兵杀来，杨六郎依计指挥兵马转身回走。耶律高紧追到南岸，与杨六郎激烈交锋。杨六郎边战边走，忽然岸边号炮齐鸣，箭矢如雨，刘廷翰领兵前来接应，将耶律高团团围住。辽兵与宋军交战渐渐激烈，杨五郎此时已偷过樵路，听到前面金鼓之声不绝，知道两军已经交战，便令部下点起火把，点燃了辽军的粮草。由于夜风骤起，火势迸发，越烧越猛，一时红光满天。耶律高见关后起火，知道中计，急忙原路杀回，不料被刘廷翰斩落水中。耶律沙见大事不妙，正打算逃跑，却被杨六郎截住厮杀，杨五郎也从右路向瓦桥关杀来，辽军大败。耶律休哥和耶律斜轸见无法守住瓦桥关，便弃关突围，逃向蓟州。宋军成功夺取了瓦桥关。

边疆战事暂时平息，宋朝上下一片清明之象。老丞相赵普见朝廷已渐成气候，且朝中英雄辈出，便向宋太宗提出告老还乡之请。赵普辞官后，朝中官员重新调整，宋琪、李昉被提为知平章事，李穆、吕蒙生和李至被提为参知政事，张齐贤、王沔同为佥署枢密院事，寇准为枢密直学士。

公元 984 元，宋太宗改年号为雍熙元年。

第五章　杨家郊阳折大将

不久之后，辽国萧太后命耶律休哥为监军，耶律沙为先锋，率十万精兵，从朔州、云州等地进兵攻袭宋朝。

消息传到汴京，宋太宗便派曹彬为幽州道行营前马步军水陆都部署，以潘仁美为招讨使，呼延赞、高怀德等为副将，率领十五万人马，前去征讨。曹彬等人领命，分路出发，潘仁美、杨业、高怀德率兵三万向寰州开进，曹彬、呼延赞向新城进发。

宋军所向披靡，一路陆续攻下新城、飞狐岭和灵丘。捷报传到京城，太宗大喜，并派人传旨令曹彬等人在灵丘等候潘仁美，再一同进兵涿州。不久潘仁美率大军来到灵丘，与曹彬会合，两军径直向涿州进发。

与此同时，耶律休哥等人率领军马驻扎在云州，听说宋军将要进兵涿州，立刻下令大军快速前进，到涿州城南距宋营五里处安营扎寨。耶律休哥派耶律沙率两万骑兵驻扎在城南，固守阵地，等到宋军稍有松懈的时候，再乘势袭击宋军；又派华胜率一万步兵驻扎到灵丘的险要之地，在树林里设下埋伏，断

绝宋军的粮道。耶律休哥分遣下去后，每天夜里命令轻骑兵到宋营袭击其老弱残兵，白天以精锐之师显其声势。

曹彬督促诸将在城下挑战，可辽军就是按兵不动。见辽军兵强马壮，宋军也不敢贸然进攻。过了数十天，宋军营中粮草接应不上，曹彬连忙派人前去打探，才知粮草都被辽军截去了。曹彬大惊，与潘仁美等人商议决定，先撤退到雄州，待粮草备足后再议进取。同时，他们又派人紧急上奏朝廷，请求援助粮草。谁知，宋太宗伐辽心切，对大军撤退至雄州一事大为光火。他传旨过去，大军必须继续前进。曹彬迫不得已，只能下令军士各自携带粮草沿白河沟继续前行。

耶律休哥得知宋军将抵近涿州，立即派人通知耶律沙乘宋军疲惫袭击宋军，又派耶律呐领一万士兵埋伏在树林两边，自己则和耶律奚底率精兵到岐沟关出战。

将近中午，宋军走了一天一夜，已是人困马乏。正在这时，却见耶律休哥军马一字排开，气势壮观。高怀德首先出阵，大声骂道："辽贼速降，饶你一死！"耶律奚底二话不说，纵马舞斧，直取高怀德。两人战到第五个回合，耶律奚底突然勒马逃走，高怀德纵马追击。曹彬趁势指挥中军前进，却被耶律休哥带兵拦住，两军交锋，辽军故意将宋军引入关口。

快到关口时，忽然树林里传来阵阵炮响，耶律呐领兵冲过来，将宋军冲成两截。曹彬惊恐不已，勒马便逃，却被辽兵射中坐骑。危急之际，呼延赞冲过来救起曹彬，奋力杀出重围，回到阵营。这时前面喊杀声四起，呼延赞又跃马返回救援。

耶律沙领兵抄入潘仁美阵营，将潘仁美团团围住。高怀亮拼死保护潘仁美，但身单力薄，眼看就要抵挡不住，恰好呼延赞赶到，这才将潘仁美救出。高怀亮单枪匹马与耶律沙对战，后面接应军马迟迟不到，终被耶律沙一刀砍死。高怀德冲破重围来救弟弟，却被耶律休哥带兵追杀。奋战中高怀德身负重伤，手下军士死伤殆尽，又见耶律呐领兵赶到，形势危急，没有退路，高怀德心想：我身为宋朝大将，一定不能死在辽贼手上，遂在马上自刎而死。

高氏兄弟阵亡之后，耶律休哥会合所有兵马，乘胜追击宋军。呼延赞保护着曹彬、潘仁美等人逃到马河时，听说高怀德兄弟二人战死阵中，悲伤不已。突然听到后面号炮连天，知道是耶律休哥领兵杀来，宋军不敢停留，连夜渡河逃窜。辽军追来，没来得及渡河的宋军士兵被杀死、溺死者不计其数，岐沟关下，尸横遍野，积如山丘，惨不忍睹。

耶律休哥见宋军已渡河而去，于是收兵回营。曹彬率残兵退回新城，清点将士，损失六万余人，于是立即上表请罪。宋太宗召曹彬班师回朝，曹彬领旨，命副将米信镇守新城，自己率剩余人马撤回汴京。

回到京城后，宋太宗见军中大将折损，军士损伤无数，需要休养生息一段时间才能再度征讨辽国，于是将众将重新安排了一番：呼延赞驻守定州，田重进驻守灵丘，防御辽军再次侵犯。而曹彬因这次出师无功而返一直闷闷不乐，不久便主动请求辞去兵权，到房州任刺史，闭门读书去了。

过了一段时间，宋太宗在朝中突然想起先皇遗愿，决定赴五台山祈神还愿。寇准等大臣力劝不住，只好挑选精兵强将，护送太宗前往五台山。杨业长子杨延平被推举为护驾大将军，带领两万禁军护送太宗。

时值初秋，凉风习习，落叶萧萧，雁鸣阵阵。宋太宗的车驾离开汴京，往五台山进发。

到达五台山的第二天，完成祈神还愿诸事后，宋太宗在寺外散步慢行，只见五台山前控幽州，后接太原，屹然耸立在宋、辽两国交界处，一时兴起，便有意去探玩一番。众人遂随太宗离开五台山移驾幽州。

到达邠阳时，忽见前面旌旗蔽日，尘土漫天。哨兵传报前有辽军拦路。护驾大将军杨延平主动上前刺探军情，只见辽将是一位面如黑铁、眼若寒星的猛将，使一柄大杆刀，跨一匹赤鬃马，有一人当道、万夫莫开之势，此人便是辽军中的猛将耶律奇。二人叫战几句后便战作一团，交战了数十回合，耶律奇体力渐微，便调转马头回营，宋军乘势追赶。辽军大乱，自相践踏，死伤无数。杨延平回见太宗，上奏杀败辽军一事，太宗大悦，车驾遂驻扎在邠阳。

耶律奇收拾残兵回到幽州，奏报萧太后说宋朝皇帝已到邠阳城。萧太后有意趁机伐宋，众大臣争相领兵前往。萧太后派天庆王耶律尚与马令公韩延寿领骑军一万前去迎战。

耶律尚领兵来到邠阳城下，把邠阳城围得水泄不通。宋太宗车驾被困在邠阳城，暗自悔恨，急命杨延平出兵退敌。杨延平上奏道："辽军刚到，势力强盛，如果现在与他们交锋，未必能战胜。等过几天，辽军气势减弱一些后再出兵吧。"太宗准奏。耶律尚见宋军没有动静，便亲自指挥骑兵在城下发起进攻，顿时喊杀声震天，城内宋朝官员无不震惊。

潘仁美提议请杨令公前来救驾。杨延平请命冲出重围去代州请父亲来救驾，太宗允奏。杨延平披挂上马，杀出东门，直奔代州向杨业求救。杨业接到谕旨，父子八人即刻领着代州官兵直奔邠阳而来。

耶律尚命部下放杨业父子进城，想来个瓮中捉鳖。杨业率兵飞奔到邠阳城附近，得到辽军突然撤兵的消息，猜想敌人定有阴谋，但救驾紧急，还是决定先带兵入城，等见到太宗后再设法突围。杨业刚刚进城，辽军便长驱而来，将邠阳城又紧紧围了起来。杨业还来不及与太宗商议突围计划，便准备迎战。

第二天，杨业率部下登上城楼观望敌军阵势，见辽军八面分布齐备，兵强马壮，叹息道："城被围得这么紧密，我父子即使能杀得出去，也难保众文臣毫发无伤。纵使是诸葛亮再世，恐怕也无计可施了。"杨业正忧愁之际，突然想到汉朝纪信救高祖离荥阳时所施之计，于是决定效仿之以救出被困的太宗。但要施此计策，必须有一个忠心爱国的臣子肯牺牲才可。杨延平听父亲说完，立刻说自己愿以死尽忠。杨业见杨延平面无惧色，正气凛然，便无顾虑。

等到第三天天亮后，杨业父子俩拜见宋太宗，说出了自己的计策。太宗虽不忍心杨延平白白牺牲，但也无他计，只好忍痛答应了。杨延平立刻与太宗交换衣服，然后由杨业与六郎、七郎护驾，带太宗从东门逃离。杨延平假扮太宗，在二郎、三郎、四郎、五郎的护拥下从西门出去给辽军送上“降书”。

辽国天庆王收到宋朝皇帝的“降书”，又见宋朝皇帝在西门竖起“降旗”，便率领众将高喊道：“既然宋朝天子决定投降，就请你们出来相见，我们绝不加害你们性命。”杨延平听到后令左右揭开御车的罗幔，只见天庆王坐在马上，目中无人，不由得大怒道：“不杀此贼，如何能雪耻！”当即拈弓搭箭，朝天庆王射去。只听到一声惨叫，天庆王应声而亡。这时杨延平来到车驾外，厉声喝道：“我是杨延平，有不怕死的只管放马过来。”

见此情景，辽军一片哗然，韩延寿立刻命令辽兵一齐围上来捉拿杨延平。混战中，杨延平被韩延寿一枪刺中，二郎、三郎相继战死在辽军屠刀之下，四郎寡不敌众，力尽被擒。

第六章　杨业战死李陵碑

混战中，五郎杨延德拼死冲出重围后，只见宋军将士尸横遍野，顿感心灰意冷，便到五台山出家做了和尚。

辽军在西门与宋军厮杀到黄昏，这才知道杨业和六郎、七郎保护着宋太宗及文武百官早已从东门杀出重围，逃出很远了。韩延寿等人收兵回到幽州，上奏萧太后："宋帝用诈降之计，逃出东门，但我军杀了三员宋将，又生擒一将，可以说大获全胜而归。"

萧太后闻奏，十分满意，赞叹道："这一仗胜过杨家将帅，宋人一定对我大辽之师闻风丧胆，以后再去征讨也不迟。"说完命令手下将俘获的杨四郎押来，亲自审问。

杨四郎面对萧太后毫无惧色，厉声应道："我今日一时失误，才遭你等所擒，要杀就杀，何必多问。"萧太后大怒，令军校将他推出斩首。杨四郎慨然说道："大丈夫怎会怕死？"说罢，昂首而出。

萧太后本是爱惜将才之人，见杨四郎一表人才，气节高尚，

有意将他招纳为己所用。于是，萧太后与萧天佐商议将他招为琼娥公主的驸马，让他转而效忠大辽，萧天佐对此深表赞同。萧太后就命他前去说服杨四郎。萧天佐将萧太后的意思告诉给了杨四郎，力劝他为辽国效力。

杨四郎灵机一动，决定将计就计，以图长远，便化名为木易，留在大辽做了驸马。

宋太宗回到汴京，听说杨延平射死天庆王后遭辽军围攻，已经全军覆没，不禁泪流满面。之后，太宗与群臣商议，准备嘉赏杨家。潘仁美怕杨业得到的赏赐太多，官位高过自己，赶紧上奏道："如今边境多事，杨家父子都是忠勤之将，请圣上派杨将军去镇守边关，使辽军不敢入侵。"宋太宗听他所言甚是，便封杨业为雄州防御史，前去镇守边关。

辽军在郃阳大胜宋军后，耶律休哥又向萧太后上奏，要求乘势进兵中原。萧太后就派萧挞懒与大将韩延寿、耶律斜轸领兵两万，从瓜州南下，到胡燕原安营扎寨。

消息传到汴京，宋太宗命潘仁美为招讨使，率军前去御敌。潘仁美得旨后，又向太宗请奏召杨业父子充当此番征辽的

先锋。太宗允奏了。杨业得旨，即日率杨家军出发，入汴京朝见太宗。太宗对杨业大加赏赐，并封他为行营都统先锋，率兵征辽。

佘太君担心杨业此去会遭潘仁美毒手，于是亲自朝见太宗，请呼延赞做监军一同出征，以保全令公安危。太宗应允。

潘仁美率领大军离开京城后，一直向瓜州方向进发，来到黄龙隘后，分东西两营扎下营寨。呼延赞负责东营，潘仁美负责西营。潘仁美与副将刘君其、贺国舅、秦昭庆、米教练四人议事，直言不讳自己对杨业的谋害之心。米教练提议趁辽兵催战，而杨业还没有到，正好借口宋军没有前锋，命呼延赞去应付辽兵，等到呼延赞出战后，故意不出兵接应，令呼延赞落到辽兵手中。潘仁美听后大喜，心想倘若此计成功，等到呼延赞不在营中，想要加害杨业便易如反掌了。

第二天，辽军果然摆开阵势前来挑战。潘仁美依米教练之计，施激将法令呼延赞出兵迎战。呼延赞披挂上马，率兵扬旗鼓噪而出，正好遇上辽军将领萧挞懒。呼延赞与萧挞懒交战八十余回合，不分胜负。萧挞懒体力不济，回马便走，呼延赞策马紧追，突然辽兵从四面聚来，呼延赞回头见潘仁美迟迟不发兵支援，担心再追会遭辽兵埋伏，于是勒马回到林中，却被耶律斜轸军马截住。

呼延赞前后受敌，正在危急之际，正东方忽然旌旗蔽日，鼓声震天，杨业率兵赶到。杨业策马提刀大声喝道：“辽将休想逃走！”萧挞懒部下贺云纵马迎敌，没战几个回合，就被杨

业手起刀落，斩落马下。辽兵见状开始四下逃散，杨业杀入包围圈，救出呼延赞。六郎杨延昭挺身力战，奋力断后，保护呼延赞回营。呼延赞感激道：“今天多亏了杨将军，不然我就没命了。”于是令杨业驻扎在自己的东营。

潘仁美听说杨业率军前来并救出了呼延赞，知道计策落空，怒不可遏。刘君其忙上前献计说：“杨业违令来迟，招讨使如果将他军法处置，杀之有名。”话没说完，杨业来营中参见。潘仁美一见杨业就沉下脸来，说：“军情如此紧急，你为什么姗姗来迟？”杨业解释说：“圣上命我回雄州调集军马，于十三日起程，今日赶到，并没有误期。”潘仁美一心想置杨业于死地，根本不听杨业解释，迫不及待地命部下将杨业拖出去斩首示众。

此时，早有人报知呼延赞。呼延赞及时赶到，救下杨业，还将潘仁美公报私仇的奸诈之心揭露无遗。潘仁美被骂得哑口无言，心中对杨业的嫉恨之心更加厉害了。

潘仁美怎会善罢甘休，他故意派呼延赞回汴京催粮，寻找机会再次加害杨业。呼延赞临走时，再三嘱咐杨业一定要按兵不动，等他回来后再议出兵。杨业答应后，呼延赞才领五千轻骑往汴京而去。

呼延赞一走，潘仁美立即与众将商议出战。米教练说：“招讨使可以主动发战书给辽军，约定交战时间，方便我们设计。”于是潘仁美差人向辽军下了战书。

萧挞懒接到战书，召集众将商议道：“早听说宋朝潘仁美与杨业不合，潘仁美倒不足惧，只是那杨业父子骁勇无比，实难对付，我们正好利用他们的矛盾来除掉这个劲敌。离这里不远有个叫陈家谷的山谷，地势险要，只要我们事先在那里设下埋伏，等宋军进入，就将他们团团包围，瓮中捉鳖，一定能大获全胜。”随后，萧挞懒便派耶律斜轸带七千骑兵前往陈家谷。萧挞懒又叫来耶律奚底，吩咐道：“你领兵一万，明日出阵与宋军交战，再佯装势弱，引兵后退，将宋军引入陈家谷。杨家父子深谙兵法，记住一定不能露出破绽。”分派完毕，萧挞懒又派一队骑军前去宋营刺探动静。

潘仁美收回战书，便下令杨业为先锋出战迎敌。杨业以多种理由想拖延开战，但潘仁美坚持开战。杨业知道再争下去也无济于事，只好说道：“辽军这次出战定有准备，如果他们在平坦之地列阵挑战，可以不必提防，只是陈家谷山势险峻，恐怕会有埋伏。明日作战时招讨使一定要带兵接应，否则全军难保。”潘仁美说：“将军只管出战，我自会带兵前来接应。”

杨业走后，副将贺怀浦进言道：“招讨使，既然杨先锋要求接应，明日我愿带兵前往陈家谷接应。”潘仁美却说道：“正愁找不到机会，这次我偏不发兵接应，看他怎么办？”贺怀浦早就看不惯潘仁美公报私仇陷害忠良的做派了，忍无可忍道：“招讨使怎可完全不顾国家安危，公报私仇呢？”可潘仁美根本不予理睬，径直回营中去了。

贺怀浦无计可施，便来找杨业商议明日如何应战。杨业对贺怀浦感激不尽。二人商议好明日分为左右两翼，相互救应。

第二天黎明，杨业父子三人和贺怀浦刚在狼牙村摆好阵势，辽兵就漫山遍野蜂拥而来。辽将耶律奚底横斧出马，立于阵前，厉声喝道："宋将速降，免动干戈，不然的话，让你们死无葬身之地！"杨业怒骂道："逆贼蛮夷，死到临头，还敢胡言乱语。"说完舞刀跃马，直取耶律奚底。耶律奚底横斧迎战，二人只战了几个回合，耶律奚底就佯败回逃，杨业纵马追赶。杨延昭、贺怀浦催动后军，乘势杀来，辽军弃戈而逃。

耶律奚底见杨业追来，故意边战边退。杨业见前面是平原，料想不会有伏兵，便尽力追击。将近陈家谷口，萧挞懒在山坡上放起号炮，耶律斜轸的伏兵从四周围拢而来。杨业心想谷口定有宋兵来接应，可回头一看，身后不见一兵一卒，惊讶之余立刻转马杀回，却被耶律斜轸截在谷口。刹那间，辽兵万箭齐发，宋军死伤者不计其数。杨延昭、杨延嗣想冲入阵中解救杨业，但矢石交下，二人完全不得进入。

贺怀浦想从山坡东面冲进去，不料被耶律奚底截住，战不到两个回合就被耶律奚底一斧劈于马下，部下全都命丧辽兵箭下。杨延昭见形势危急，忙对七弟杨延嗣说："我冲进去救父亲，你杀出去到招讨使处求救兵。"说完，他奋力杀进重围，一直杀入谷口，正好遇到辽将陈天寿，两人才战一个回合，杨延昭就将陈天寿刺落马下。

杨六郎杀散围兵，冲入谷中，正遇父亲杨业。杨业见了，大声叫道："辽兵众多，你快走吧，不然我们两人都要被擒！"杨延昭毫无惧色道："孩儿冲开一条血路，救父亲出去。"说完举枪血战。

这时萧挞懒从旁边杀了过来，又将他父子两人隔断。杨延昭见父亲又被重重包围，还想杀进去营救，无奈身边的手下都已战死，只得奔向南路，等待救兵。

此时杨业已经与辽军激战多时，浑身伤痕累累，鲜血染红了战袍。他登高而望，发现四周都是辽兵，不禁长叹一声道："我本想立功报国，哪想到竟落到如此地步？"杨业看看部下只剩一百多人，便向众人说："你们快快沿山路撤回，来日再报效宋主。"众人都说："我们跟随将军同生共死，决不投降！"

众人簇拥着杨业走出胡原，突然看见前面有一座石碑，上面刻有"李陵碑"三个字。杨业感慨万千："汉朝李陵不忠于国，我怎么能像他那样屈膝投降？"说完又转向众人，说道："我不能再保护你们了，这里就是我报效宋主的地方，你们各自想办法谋生路吧。"说完抛掉金盔，撞碑而死。四周的辽兵围上来，杨业的部下死战不降，最后全军覆没。辽兵割下杨业的首级，得意扬扬地带回营中请赏。萧挞懒见到杨业首级，于是下令收兵回营。

第七章　杨六郎怒告御状

却说杨延嗣与杨延昭分别后，便快马加鞭奔回瓜州行营，向潘仁美求救兵。潘仁美却不紧不慢地说："你父亲不是号称无敌将军吗，怎么才刚刚交战，就要讨救兵？我这里兵马都有其他要事，派不出去！"杨七郎没想到身为元帅的潘仁美竟说出这么无耻的话来，顿时气得七窍生烟，厉声质问道："我父子为国抗敌，难道招讨使公私不分，见死不救，眼见宋军战败吗？"潘仁美令左右将他推出帐外处死，并抛尸黄河。

潘仁美回到营中，探马来报说："辽军将杨业围困在陈家谷，杨业撞碑而死。现在辽军割下杨业的首级，直奔西营来了。"潘仁美知道辽兵众多，自己很难力敌，于是下令连夜逃回汴京。辽军乘势追杀，直杀得宋军丢盔弃甲，伤亡惨重。萧挞懒大获全胜，派人向萧太后报捷，并屯兵在蔚州。

却说杨延昭部下陈林、柴敢在混战中逃匿在芦林中，等辽兵撤退后，二人沿着黄河岸边疾奔，忽见上游漂来一具尸体，上前一看，竟然是万箭穿身的杨七郎，顿时失声痛哭。泣声未止，听到岸上传来马蹄声，两人正准备躲避，一看却是六郎杨延昭。三人感伤不已，一起将七郎尸首捞起，在岸上埋了。杨延昭对陈林、柴敢二人说："你们先回去，我再回陈家谷中探听父亲的消息。如果父亲还活着，我就连夜回汴京讨救兵；如果父亲遭遇不测，我一定要为父亲报仇。"三人洒泪而别。

杨延昭孤身一人沿着小路回到陈家谷，只见山谷里宋军兵士尸体堆积如山，痛心不已。杨六郎又向前走到李陵碑前，看到一将横倒在地，头已经被割去，走近仔细一看，却发现此人身上的腰带正是父亲常系的那条，不由得抱尸痛哭："孩儿不孝，孩儿来迟了！"杨延昭哭着用佩剑掘开沙土，将父亲埋葬在李陵碑下，并且用一支断箭在上面做好记号。

杨六郎正要离开，突然被辽将张黑嗒带兵拦住。杨六郎虽英勇，可是寡不敌众。正在危急时刻，从山后杀出一将，手持大斧，将张黑嗒劈落马下，杀散了辽兵。来人是五郎杨延德，兄弟相见，抱头痛哭，杨五郎将六郎带到五台山。

杨六郎把父亲和七郎惨死的情况告诉了哥哥。杨五郎悲愤地说："深仇大恨，不能不报！"杨六郎说："哥哥放心，小弟一定要在皇上面前为父亲和七弟申冤，讨回公道。"当晚杨六郎在五台山住了一宿，第二天一早便辞别五郎，赶往汴京。

宋军大败，杨业战死的消息传到汴京，宋太宗对群臣说："杨家父子精忠报国，现在为国捐躯，朕十分痛心。"八王上前奏道："呼延赞将军回京催办粮草时，曾对臣提起过潘仁美屡次算计杨将军，要置他于死地。陛下应该认真追查此事，给

杨家一个交代！”太宗准奏，下令调查。

潘仁美生怕奸计暴露，马上派人沿路追查杨六郎的踪迹，要抢先一步杀他灭口。

杨六郎一路赶往汴京，半路被陈林、柴敢部下引到山寨，陈、柴二人遂将潘仁美到处追杀他的事告诉了他。杨六郎幸得二人帮助才躲过潘仁美爪牙的追捕，之后，他沿着陈、柴二人所指的一条小路秘密赶往汴京。

再说辽国这边，萧太后得到萧挞懒的捷报后，决意要进攻中原。萧太后有一个心腹名叫王钦，本来是朔州人，自幼入宫侍候萧太后，十分机灵，深得萧太后的重用。

这天，王钦向萧太后秘密上奏道：“中原地广，谋臣勇将不计其数。我们只获得区区一场胜仗，怎么能够取得天下呢？臣有一计，不消一年时间，就可使中原全归陛下。”萧太后追问是何妙计。王钦回答道：“臣愿装扮成南方人，找机会混入宋朝朝廷中，暗中搜集情报，如此里应外合，中原还不是陛下的囊中之物？”萧太后大喜，说道：“如果此事成功，一定封给你中原重镇。”萧太后遂与群臣商议，大家一致认为王钦之计可行。萧太后便令王钦动身前往中原。

且说杨六郎来到雄州，天气异常炎热，于是来到绿芜亭，靠在栏杆上休息。刚坐下一会儿，远远看见一个儒生模样的人朝这里走来。这人将近亭中，杨六郎上前打了个招呼：“先生从哪里来？”来人答道：“在下朔州人氏，姓王名钦，字招吉。如今准备去中原求取功名，正巧遇见阁下，敢问尊姓大名？”

杨六郎见此人温文尔雅，便将胸中冤屈之事全盘托出。王钦听罢，故意装作愤愤不平状，说道：“你们父子如此忠义却被人谋害，为何不到御前申诉冤屈呢？”杨六郎说：“我是想赴京申冤，只是不知如何写御状，因此迟疑未决。”王钦说：“此事不难，既然你有如此冤屈，我一定尽我所学为你写御状。”杨六郎听罢，盛情邀请王钦到驿馆去，备下酒席款待他。

席间，王钦将写好的状子递给杨六郎过目，果然是言辞恳切，悲痛婉转。杨六郎看后，大喜道：“有了这份状子，大仇一定能报了。”杨六郎急于赶路，遂与王钦约好在汴京相会，先一步赶往京城。

潘仁美听说没有截住杨六郎，决定先发制人，上了一道奏章，称杨家父子邀功贪战，贻误国事，而

且如今杨延昭还潜逃在外。

杨六郎回到京城，拦了七王元侃的车驾，递上了申冤状。七王看过状子，对杨家之事不甚在意，倒是对拟写此状的人很是欣赏，有重用之意。他向杨六郎打听了王钦居所，便将申冤之事推掉了，只建议杨延昭奔赴朝门击鼓上告。

杨延昭将状子呈交到宋太宗手中。太宗手执两份状子，难以定夺，于是将案子交给参知政事傅鼎臣审理。

傅鼎臣领旨，立刻将潘仁美、刘君其、贺国舅、米教练一干人等拘押起来审问。

潘仁美的夫人知道傅鼎臣是个贪财之人，便令使女送去黄金一百两、玉带一条。傅鼎臣见钱眼开，立马允诺潘夫人大可放心。

八王早就知道傅鼎臣贪财，偷偷派人在傅鼎臣家监视他的一举一动。潘府的使女刚刚进入傅府，来人就去报告了八王。八王随即带着金锏来到傅府，将傅鼎臣人赃并获。

八王立刻觐见宋太宗，奏知此事。太宗吃惊不已，当即下旨将傅鼎臣罢去官职，贬为庶民，又命忠诚公正的西台御史李济审理此案。李济不畏强权，秉公执法。潘仁美、刘君其等一干人在李济的威严之下将自己的罪行一一坦承。

李济据实将供词上奏宋太宗，太宗怒不可遏，悲从中来，最终，听从八王意见，将潘仁美贬为庶民，其他人发配边疆。太宗感念杨业父子一门忠臣，派人从郑州召回杨延昭，并对杨家赐予重赏。

第八章　杨家将晋阳斗武

至道三年（公元 997 年），宋太宗驾崩，七王元侃在福宁殿即位，这就是宋真宗。

宋真宗当上皇帝后，封生母李氏为皇太后，王钦为东厅枢密使，谢金吾为枢密副使，八王进爵为诚意王，文武百官各有升职。后来，朝中大臣宋琪、吕蒙正、张齐贤等相继告老还乡，真宗就将朝中大事交给枢密使王钦管理。

王钦在七王尚未登上太子之位时，曾设计想加害八王，一来帮七王除去一个强劲的争储对手，二来使他们兄弟相残，对大辽也是有利的。

八王当时躲过一劫，但涉及此事的一名银匠逃出来后向八王告了王钦的状。人证物证俱在，于是八王命车驾入朝。当时，王钦正与真宗在便殿议事，八王走上前去，奏道："臣在午门接得一纸冤状，状告王枢密使谋害胡银匠。臣已经受理，特来将此事奏知陛下。"

宋真宗听了大惊，说道："王钦一直在朕左右，哪里会有此事？王兄不要听信奸人之言。”八王笑道：“王钦谋杀胡银匠，一定是因为臣的缘故。臣以忠心对待陛下，陛下何苦疑心，听信谗言而致骨肉相残？如果不是太祖皇帝有灵，社稷怎么会交与先帝，又传位给你呢？臣如果想当皇帝,也不必等到今天。”

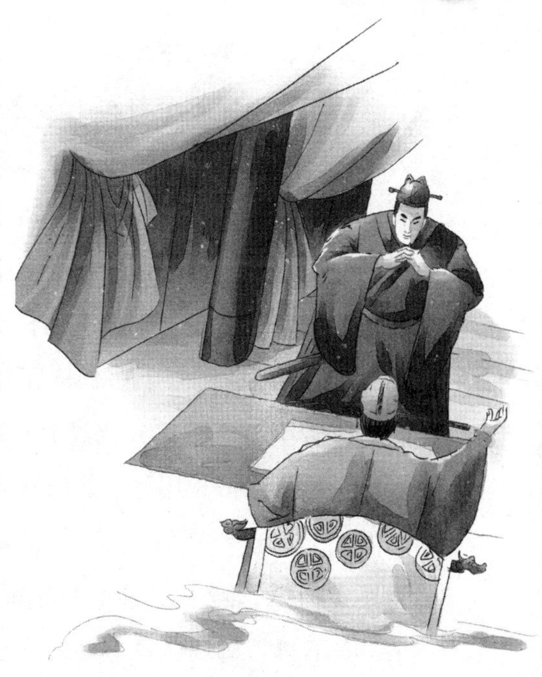

王钦吓得连忙跪倒在真宗面前求饶，称八王诬告自己。八王听王钦这么一说，怒不可遏，抽出金锏便向王钦迎面打去。王钦躲避不及，顿时血流满面。八王正要追赶上去，真宗连忙走下台阶劝道：“看在朕的面子上，饶他一次吧。”八王这才止步，指着王钦骂道：“今天有圣上为你求情，暂且饶你一命。如果再敢作恶，我一定杀了你！”说完愤然离去。

王钦回到枢密府后，越想越恨，于是决定报复。他写了一封密信，派心腹连夜送到幽州交给萧太后。信中写道：“宋朝太宗驾崩，新君刚刚即位，朝中无人，国中无将，若趁机进兵中原，则中原唾手可得。”

萧太后看过王钦的信后，便召集群臣商议。萧天佑说：“耶律休哥现屯兵云州，屡屡请求举兵伐宋。现在宋朝遇丧，正好乘其不备，一举拿下中原。”

话音刚落，卷帘将军土金秀上奏道：“宋朝向来善于运用人才，何况驻守边境的还有很多骁勇善战的将领。王钦所言未必属实，如果我们举兵南下，也未必能赢。臣倒有一计，能使宋朝交出山后九州之地，献给陛下掌管，且不需要大动干戈。”萧太后忙问道：“爱卿有何妙计，但说无妨。”

土金秀说：“陛下可派人下书告知宋朝，臣与麻哩招吉、麻哩庆吉率五千骑兵到北汉界，约宋人比武。臣的箭法天下无双，麻哩招吉擅长用枪，麻哩庆吉擅长用刀。宋朝接书，必定会派武艺出众者来与臣等比试。如果他们能战胜我们，说明宋朝还有力量，陛下就再迟几年征伐；如果他们不是臣等的对手，陛下只管御驾亲征，直捣汴京，宋朝江山自当唾手可得。”萧太后闻奏大悦，立刻修书一封，派使臣送往汴京。

宋真宗看后，立即与群臣商议。寇准上奏道：“看萧太后的来书，言词傲慢，好像有邀请陛下观兵的意思。料想辽国来将不过是比试刀剑而已，堂堂大宋王朝，怎么会没有高手？圣上只需下道圣旨，选拔文武良将，前去会猎即可。”

宋真宗说：“先辈猛将，现在多已老迈，只有杨延昭可以重用，只是不知他是否愿意出征。先帝曾派人到郑州寻他，可至今仍无消息。”寇准奏道：“陛下不如再派使者到郑州寻访。”

宋真宗准奏，遂派使者拿着圣旨，前往郑州寻访杨延昭。郑州太守见了圣旨，对使者说：“先帝曾派人将他赦取回朝去了。”

使者回来奏知真宗，真宗很是纳闷。八王上奏道：“臣去一

趟无佞府查探虚实如何？”真宗说：“事关重大，皇兄要用心查探。”

八王领旨，立即出朝，来到无佞府，拜见了佘太君和柴郡主，询问杨六郎的消息。佘太君说：“六郎被发配到郑州，至今尚未回来。殿下今日寻访，老身实在不知道他的下落。”

八王说：“新主即位的时候，就有敕文召他回朝，六郎为什么不回来为国出力呢？”柴郡主说：“请八王再等几天，待臣妾派人去郑州找到六郎，让他来见殿下。”

八王会意，便辞了佘太君，回朝奏知真宗。真宗听了，很是焦急。这时，边臣来报：“辽军在晋阳屠戮军民，乞求陛下早日定夺。”真宗只好又与群臣商议，让禁军教练使贾能任亲军使，带领一万骑兵，与寇准一同赴晋阳会猎。

佘太君得知贾能与寇准动身的消息，心急如焚，马上召来杨六郎，说：“贾教练不是辽将的对手。国家新立，国威不扬，看来我儿只得赴难。”杨六郎说：“母亲就是不说，孩儿也早有此意，只是需要有人相助才好。”话音未落，杨八娘、杨九妹进来说：“我二人愿陪哥哥前去。”

杨六郎嫌二人是女流，有所不愿，但二人坚持女扮男装，辅佐六哥，杨六郎只好同意了。杨六郎当日便拜别母亲，带二位妹妹同赴晋阳而去。

再说辽将土金秀在北汉地界立起大营，一天到晚劫掠边民，饮酒作乐。这天，忽报宋兵将到，便与麻哩招吉等人商议道：“我看宋朝如今没了杨家父子，其他人都没有什么可怕的。比试的时候，各位只要用心尽力，一定能不负太后厚望。”麻哩招吉信誓旦旦地说："在下一定尽平生所学，全胜宋人而归。"

第二天，两军在平川旷野中各自将所率骑兵安置整齐。辽将土金秀全身披挂，立在门旗之下，左边是麻哩招吉，右边则是麻哩庆吉，三匹马一字排开。宋军阵中寇准先出阵前，贾能全副戎装立在阵后。

寇准质问道："你们主上在幽州自从做了君主以后，为什么屡屡侵犯我国边境，扰我百姓？"土金秀答道："我主听说宋帝新立，想同新王在晋阳会猎，商议休战息兵之盟，宋君为什么不亲自来呢？"

寇准厉声道："今新天子即位，皇风大振，天下万民无不仰服，治理国家尚且不暇，哪有闲工夫与你们这群辽蛮会猎？"土金秀顿时语塞。

这时，麻哩招吉挺枪跃马，跑到阵前叫道："宋将中如果有勇士的话，只管出马比试，废话少说！"话没说完，贾能应声而出，舞枪纵骑，从寇准背后绕出阵来，喝道："辽蛮休得狂妄，让我来和你比试比试。"

当下，两军阵中金鼓齐鸣。麻哩招吉与贾能斗了几十个回合，不分胜负。麻哩招吉枪法精熟，越战越勇，贾能渐渐有些惧怯。麻哩招吉心中暗自高兴，使诈装输逃往本阵。贾能求胜心切，拍马追击，还没到辽军辕门，就被麻哩招吉回马一枪，刺落马下。辽军见状，士气大振，宋军营中一阵慌乱。

麻哩招吉想趁机冲入宋阵，却见宋军中冲出一位女将，正是杨八娘。杨八娘跳上一匹青骢马，出阵便与麻哩招吉交锋。

战了没几个回合，杨八娘抛出一条红绳，将麻哩招吉绊在马下。宋军一拥而上，活捉了麻哩招吉。

寇准大喜，忙问："出阵的女将是谁？"只见杨八娘款款下马，施礼答道："我乃杨令公的长女八娘。"寇准赞叹道："将门之女，果然非同凡响！"

土金秀见麻哩招吉战败，勃然大怒，正要亲自出马，麻哩庆吉早骑马冲出，抡刀而来。宋军中牙将赵彦舞刀迎战。两人战了几个回合，赵彦明显不是对手，回马要走，麻哩庆吉紧追不舍，直逼中军。这时，宋军阵中又冲出一名少年女将，正是杨九妹。只见她舞刀跃马，拦住麻哩庆吉。两人战了二十余回合，但见杨九妹挥起杆刀，大喝一声，将麻哩庆吉劈落马下。杨九妹斩了麻哩庆吉，下马来见寇准，告知姓名。寇准庆幸道："杨家还有你们这些女英雄，实在是朝廷之福呀！"

此时，辽将土金秀早已怒发冲冠，跨马出阵叫道："谁敢再来与我比箭？"宋骑将杨文虎出阵喝道："我来与你比试！"

土金秀跃马拈弓搭箭，瞄准靶心连射三箭，都中红心，观者无不惊叹。杨文虎也跃马射箭，连放三箭，却只有一箭射中红心。

土金秀说："你输我两箭，应该把被你们捉去的辽将还回来。"杨文虎说："箭法虽然输给你，但你敢来斗武吗？"土金秀怒道："待我斩了你这小子，给麻哩庆吉报仇。"说着，操起方天戟便冲上阵来，杨文虎舞斧相迎。没战几个回合，杨文虎左臂被戟所伤，负伤跑马而回。土金秀吼声如雷，紧追不舍。

宋军阵中，杨六郎早已按捺不住，只见他提枪上马，迎住土金秀厮杀起来。土金秀见敌不过对方，回马叫道："宋将且慢斗武，可敢与我比箭。"杨六郎按住枪笑道："你的箭法有什么厉害，敢在两军阵前口出狂言？"即令左右取过硬弓，一连三箭皆中红心，众人无不称赞。杨六郎说："你不要说射箭，试试看你能拉开这张弓吗？"众军士将弓传给土金秀。土金秀怒目圆睁，使出浑身力气，弓弦却不动分毫。土金秀扔下弓弩，感叹道："将军能拉开这样的硬弓，真是神人啊！"

宋军连胜辽将，声威大震，辽兵垂头丧气，准备退兵。寇准来到阵前说道："今天捉了你们的大将，暂且还你。你们回去后转告萧太后，不要再妄想侵犯我朝。如若不然，天兵一到，定叫你等片甲不留！"说完，下令将麻哩招吉放回北营。土金秀羞愧得无地自容，灰溜溜地回幽州去了。

寇准将杨六郎召入军中，大加赞赏，说："今日如果不是你杨家兄妹助阵，我等定会被辽人所辱。将军即刻随我入朝，面奏圣上，以封公职。"杨六郎拜谢，寇准下令拔营回汴京。

第九章　杨六郎收三猛将

回到汴京，寇准将杨家兄妹勇退辽兵的事奏报宋真宗。真宗闻奏十分欣喜，下召宣杨延昭上殿。真宗对杨家一番赞许后，决定封杨延昭为高州节度使。不想杨六郎却以杨家父子曾有败兵之罪推辞，并请求真宗赐封他为佳山寨巡检。真宗准奏，命令东厅枢密王钦拨三千军马给杨六郎，带去佳山寨镇守。

王钦领命后，故意挑了一些老弱残兵交给杨六郎。杨六郎见这一批人马没有一点英勇之气，知道这是王钦故意为之，大怒道："镇守佳山寨，责任重大，朝廷为什么给我这些没用的人马？"

这时，军中有个叫岳胜的见杨六郎目中无人，就走到军前叫道："将军敢与我比试一番吗？"这个岳胜是武举人出身，但却生得皮肤白皙、嘴唇红润，模样看起来更像一介书生。他使一柄大刀，有万夫不当之勇，军中都叫他"花刀岳胜"。

杨六郎听他口出狂言，也想教训他一番，便说："好，我倒要看看你有何本事。我先与你斗武，然后再赛刀。"说完便提枪跃马，出辕门等候，岳胜纵马提刀迎战。两人战了七十余回合，不分胜负。杨六郎心中顿生爱意，暗道："此人刀法精熟，勇力过人，真是好将才。"

岳胜也佩服杨六郎的武功和为人，在杨六郎的劝说下，愿意归顺杨家军，为国效力。有了岳胜这个得力部将，杨六郎喜不自胜。当日，他回无佞府辞别了家人，第二天便率军离开汴京，往佳山寨进发。

佳山寨有一土匪，名叫孟良，人人惧怕。杨六郎早就听过他的名号，很想见识一番，更有收入麾下之意。

这天，岳胜在山寨周边游玩，不知不觉来到孟良的地盘。正巧孟良不在，他的手下在洞里赌博。岳胜带着短刀进入洞中，一连砍死了十多个喽啰，然后蘸血在洞壁上写了几行字："寨前列枪刀，洞口布旗帜，杀了你家人，便是杨六使。"

孟良受此大辱，第二天就怒气冲冲跑来报仇。杨六郎本想动之以情，晓之以理，说服他归顺，但他反倒辱骂起杨家来。杨六郎大怒，挺枪直取孟良，几十个回合就擒住了他。见孟良不服，杨六郎决定放了他，让他做足准备再来一战。

孟良走后，杨六郎吩咐岳胜领两千骑兵埋伏在佳山山南谷

口，等孟良进入谷中，马上杀出截住，断了他的后路。杨六郎又唤过五名精兵，让他们扮成樵夫到山顶上砍柴，等孟良来问路就将他引入圈套。

第二天，孟良又来了。一切如杨六郎所料，孟良被引入山谷，四周都是杨家军。孟良只好进入山谷，沿小路逃走，突然抬头见山顶上有四五个樵夫在砍柴，便大声问道："此处还有什么出口吗？"樵夫们说山岩上有条小路可以出去。孟良恳求道："你们如果救我出去，我愿意以重金答谢。"

樵夫们故意面露难色，说道："我们想救将军，但怕您不愿意。"孟良逃生心切，说道："我只求一条生路，什么条件都愿意。"樵夫们这才答应了，他们从山顶垂下一根麻绳，说："我们把麻绳丢下来，将军系在腰上，我们拉你上来。"孟良只顾逃命，没多考虑，就把麻绳系在腰间。樵夫们一起用力拉起绳子，将孟良吊到半空中时，忽然停住不拉了。

孟良中计被擒，气急败坏，对杨六郎高声叫道："你用诡计暗算我，算什么好汉？要杀就杀，但我决不心服。除非你和我大战一场，在战场上捉住我，我才投降。"杨六郎笑着说："好，我索性再放你一次！下回看我怎么在地上抓到你。"

放了孟良后，杨六郎与岳胜回到寨中商议。杨六郎估计孟良被连擒两次，一定不敢再公然叫战，有可能会在晚上偷袭佳山营寨，便令军士在帐前挖一个五六尺深的坑，上面用浮木铺好，又布置军士埋伏在营帐四周。

当天夜里，杨六郎故意独自坐在营帐中，秉烛夜读。将近二更时分，孟良果然率领手下人马悄悄来到佳山寨。其手下潜入营寨查探动静，见众军士均各自安歇了，便回来报告孟良。孟良大喜，让手下等在帐外，自己独自一人潜至中军帐前，挑开帐幔一看，杨六郎独自一人正伏在桌上睡觉。孟良大喜，手提大斧，冲上前去，大喝一声："六郎看斧！"不料斧头还没有落下，孟良人已经掉入坑中。埋伏在帐外的军士一齐上前，将他绑住。孟良手下两千多人也统统被佳山寨军士围住，一个也没有逃脱。

众军士押来孟良，杨六郎亲自为他松绑，说道："这次我又是用计捉住了你，我放你回去，你再召集人马来战吧。"孟良惭愧地说："我虽是山贼，但也知道守信用。杨将军果然是神人在世，我孟良输得心服口服，愿为将军效劳。"杨六郎听罢大喜。

第二天，孟良回山寨召集手下十六位头目及众小喽啰归顺了杨六郎。杨六郎吩咐就在寨中摆设宴席，犒劳军士，与岳

胜、孟良等人畅饮。

孟良归顺后，又向杨六郎推荐了一员猛将，也是他的好兄弟，叫作焦赞。此人生得面如赤土，眼若铜铃，四肢青筋凸起，浑身长满肌肉。他使一柄浑铁锤，有万夫莫近之勇。

杨六郎连收三员大将，信心倍增。他派人报告朝廷，请求加封部下，以安军心。宋真宗准奏，封杨延昭为镇抚三关都指挥使，岳胜、孟良、焦赞等共十八员大将为指挥副使。

杨六郎雄心大振，又派人招回陈林、柴敢二人，佳山寨将才云集，兵强马壮，并在关上拉起了杨家的旗号。辽兵非常畏惧，不敢轻易来犯，边境日渐安宁。

到了中秋佳节，杨六郎在寨中与众将饮酒赏月。酒喝至一半，杨六郎在席上对岳胜等人感慨道：“我父子八人，自从归顺大宋以后，便与辽国结下深仇大恨。我父亲在瓜州之战中丧身胡原谷，我将父亲的骸骨草草埋在李陵碑下。这些年来，我一直想派人取回父亲骸骨，葬入祖坟，以尽孝道，可是始终找不到合适的人。一想到这里，我心里就怏怏不乐，不知什么时候才能了却此愿。”岳胜劝道：“将军的愿望是人之常情，只是眼下辽军当道，四下都是贼兵，难以了却心愿，须等待时机再作打算！”杨六郎不禁潸然泪下，于是撤席各自散去。

孟良听了杨六郎席上所言，暗自思忖：“我蒙将军三次不杀之恩，今日将军需要出力，但在座的没有一个人敢当此任。我不如今夜悄悄离开营寨，秘密前往胡原谷，取得杨老将军骸骨而归，以报将军之恩。”心意已决，孟良避开众人耳目，径自往胡原谷而去。

孟良当晚打扮成一个樵夫，独自来到胡原谷寻找杨令公的骸骨。可是到了李陵碑前，却怎么也找不到骸骨的下落。后经打听才知，一月之前，幽州萧太后已经命人把杨令公的骸骨迁葬到幽州城外的红羊洞去了。于是，孟良又扮成辽国人，日夜兼程，赶到了幽州。

孟良打听到八月二十四日是萧太后的生日，按惯例应当献鲜鱼朝贺。于是，他杀了一名渔夫，乔装成渔夫进了城。

孟良来到幽州城郊的红羊洞，原来这是一片野外荒地，四处杂草丛生。孟良找了半天，才看见一个土墩，上面插着一块木牌，木牌上写着“令公冢”几个字。孟良等到天黑，偷偷掘开土墩，见下面有一个石匣，于是立刻解开包袱，开匣取出骸骨，小心翼翼地放进包裹里。

孟良跑回驿馆，将骸骨藏好，却没有急着回去。原来，他得知萧太后近日得了一匹骕骦宝马，便有意偷走此马。孟良先想办法用麻药药倒那匹马，然后又假扮兽医医好了宝马。孟良声称宝马血脉里的毒性还没有散尽，他需将马带回燕州慢慢调养。萧太后深信不疑，于是将马交给了孟良。孟良大摇大摆骑上马，回到驿馆中取出杨令公骸骨，连夜逃往佳山寨。

杨六郎见孟良不辞而别，非常焦急，现在见孟良回了，大喜过望，急忙追问孟良前往幽州所为何事。孟良讲了事情的经过，杨六郎听后大受感动，拜谢孟良道："承蒙大恩，为我取回父亲骸骨，我马上告诉母亲，然后将父亲骸骨葬入祖坟，并将骕骦宝马送回汴京，献给圣上。"

宋真宗得此良马，非常高兴，立即派遣使臣带着锦缎布匹、牛羊美酒，前往佳山寨重赏杨六郎等将官。

话说宋真宗正为得一骕骦宝马而高兴，却有近臣奏知，辽邦萧太后因宝马被盗而大怒，辽军重兵驻扎澶州，成为边疆之患。真宗与众臣商议退敌之事，八王力荐杨六郎，真宗允奏，遂下旨。

杨六郎将圣上送来的锦缎布匹和牛羊美酒全都分给部下，又召集诸将商议退敌之事："眼下辽兵屯集澶州，成为边患，朝廷敕令我们御敌。你们定当尽心尽

力。”孟良接话道：“这次边患是我惹来的，我应当率兵迎敌。”杨六郎说：“萧天佑是北辽名将，胜之不易，你领兵先行，我率众随后接应。”杨六郎又唤过岳胜说：“你率一千骑兵出关，等辽兵战久力乏，乘机冲进阵中杀敌。”杨六郎分派完毕，自领两千人马，随后接应。

飞骑报入辽军帐中，萧天佑与耶律第商议道：“太后命我带兵来追贼人，现在已进入关中，查出来是贼人孟良所为。明天他来叫阵，你们应当竭尽全力夺回骏马，太后必有重赏。”耶律第说：“主帅不必担心，凭我众人之力，定能立功而回。”

第二天，辽军在平川旷野中摆开阵势。宋军摇旗呐喊，有备而来。只见孟良全身披挂，提着铁斧立在阵前大声叫道：“辽贼还不退去，定是想来送死！”萧天佑大怒，骂道：“盗马之贼，还敢来叫阵？”当即举枪直奔孟良。

孟良舞斧相迎，两边军士呐喊助威，两人战了三十余回合，不分胜负。辽将耶律第连忙提刀纵骑，冲出来助战。

忽听得山后一阵鼓响，岳胜带兵杀出。萧天佑力敌孟良，岳胜截住耶律第，四人战得不可开交。又战了几个回合，萧天佑勒住马假装逃走，孟良紧追不舍，抡斧向萧天佑劈来。萧天佑忽然身上闪起阵阵金光，斧不能伤其身，孟良大惊，拨转马头就跑。辽军回身杀来，宋军大败，四散逃走。岳胜部下先溃，甩掉辽兵，与孟良一直奔到关下。萧天佑见前面杀气冲天，知道有伏兵，于是收兵回营。

第十章　杨家兄妹破辽兵

萧天佑回到营帐，立即召集部下商议：“孟良、岳胜是两员猛将，部下都是山寨强徒，能争善斗，下次交锋我们当以智取胜。离这儿三十里有个双龙谷，两边山势险峻，只有一条小路可通雁岭，岭下便是幽州之地。先得有一员大将带步兵埋伏在那儿，等我设计将宋军引入山谷中，然后包围起来，不出半个月，宋军都得饿死在谷中。”

耶律第附和道：“此计绝妙，小将愿往。”萧天佑应允，当即就拨给他两千步兵。萧天佑又召来黄威显，说：“你率一千骑军，在雁岭下多插些旗帜。等敌军进入山谷中，就截断他们的退路。”黄威显领计去了。

萧天佑刚刚分派完，前方来报宋将又来阵前挑战。萧天佑披挂上马，率辽军摆下阵势迎战。

宋军阵中岳胜一马当先，挥舞大刀大声叫道：“辽将快快退去，免伤和气，不然将自取灭亡。”萧天佑大怒，挺枪直奔岳胜。两人没战几个回合，孟良、焦赞从左右冲出，截住辽将厮杀。萧天佑一人力战宋军数将，便假装不敌而逃走。杨六郎从旁边追上去，挺枪便刺，但见萧天佑身上金光迸起，枪不能入，杨六郎惊骇不已。这时，岳胜、孟良等率宋军追杀，被萧天佑诱到双龙谷口。

杨六郎见这里山势险峻，连忙停住马说道："且慢追赶，里面可能有埋伏。"孟良此刻正杀得酣畅，听到杨六郎说不再追赶，信誓旦旦地说道："这里的地形我非常熟悉，我们可以从一条秘密小路去追擒萧天佑。"杨六郎听罢，觉得可行，便率领众军士进入谷中。奇的是，谷中却不见辽军一兵一卒，杨六郎知道肯定中了埋伏，便立即喝令道："敌人设下埋伏，赶快撤退。"然而这时撤退已经来不及了。辽军伏兵蜂拥而起，顿时山谷中金鼓齐鸣，喊声震天，耶律第率辽兵将宋军重重围住。孟良、岳胜等人虽拼死应战，但无奈山上箭石齐下，宋军根本无法靠近，霎时间，宋军伤亡惨重。

杨六郎与众将士被困在山谷中，无计可施。这时焦赞说道："小将愿率兵杀出一条血路，救将军出去。"杨六郎说："辽兵众多，

怎能抵挡？不如等待机会，倒有可能脱险。”岳胜说：“寨中兄弟不知道我们被困，肯定不会前来救援。我们粮草殆尽，辽军乘势杀入，岂不是坐以待毙？不如趁现在人马还强健，可以依照焦赞所说行事。”

杨六郎其实已另有想法，此处离五台山不远，如果有人能够出去向杨五郎求救，请他带人马内外夹攻，定能够转败为胜。杨六郎说出这个想法，孟良便自告奋勇要求前去。杨六郎嘱咐再三，让孟良上路了。

不到一日，孟良便来到五台山，见到杨五郎。但是，孟良自报家门后，杨五郎却回绝道：“我已是出家之人，怎能再去厮杀？你还是火速回京城，向朝廷求救吧！”孟良连忙上前说道：“回京城路途遥远，又不知朝廷能几时出兵。希望师父念及手足之情，前去救六郎性命。”

杨五郎沉吟了半晌，说道：“可是我的战马死了，一般的马根本不能用，只有八王的千里风和万里云我才能骑。”

孟良无奈，只好辞别杨五郎火速赶往汴京，向八王说明缘由，请求借马。谁知八王拒绝道：“别的要求我都可以答应，只是这两匹马是我的宝贝，我是不会借给别人的。”

孟良借马未得，又跑去无佞府请求佘太君帮助。杨九妹自告奋勇要前去营救六哥，佘太君应允。杨九妹随即上路。

孟良对八王不借马一事耿耿于怀。当晚，他故意在八王府放了一把火，趁乱偷走了万里云。快天亮时，正好遇上提前上路的杨九妹，杨九妹救兄心切，与孟良商议一番后，便先赶往三关查探军情，让孟良一人再去五台山求杨五郎。

孟良飞奔到五台山，将万里云名马献给杨五郎。杨五郎见状，甚为感动，当即点齐寺院中头陀五六百人，扯起杨家军的旗号，离开五台山，赶去双龙谷搭救杨六郎。一行人来到三关与杨九妹会合。杨九妹欲立即闯入谷中营救杨六郎，杨五郎行事谨慎，要先派人去打探虚实再布兵作战。众人皆认同杨五郎的提议，于是在三关按兵不动。

消息传到辽兵军中，萧天佑召集众将商议道："杨五郎英勇无敌，只有用计谋让其自退，不然难以取胜。"耶律第问道："元帅有何妙策？"萧天佑说："今天军中捉到一人，长相酷似杨六郎。如果将其头颅悬挂在高杆上，同时放言说昨天杨六郎已经被我们斩首，其部下也一并被杀尽。杨五郎见了，定会退兵。"众将都称此计绝妙，萧天佑于是依计安排下去。

哨兵报入关中，杨五郎得知消息后大惊，马上让杨九妹出关辨认首级，同时令人前往辽营通知辽军主帅："如果真是杨六郎首级，宋军立刻退兵。"

萧天佑得知消息，忙令部下将首级挂出辕门，以便对方来人辨认。杨九妹来到关下，抬头一看，只见那首级面貌酷似杨六郎，忍不住号啕大哭，遥指着辽兵怒骂道："杀兄之仇，一定要报！"

杨九妹回马进入关中，将消息告知杨五郎。杨五郎悲从中来，很是懊悔。孟良却说道："五将军，此事实在可疑。当日小人离开双龙谷时，六将军部下还有不少人马。如果将军被杀，

难道没有一个人逃脱？此事万万不可轻信。”听了孟良一番话，杨五郎心中略感宽慰，吩咐孟良马上前往双龙谷打探消息。

孟良刚走，杨九妹也想到附近查访此事真假。杨五郎说：“你此去一定要乔装一番，千万不能被敌人识破。”杨九妹说：“我自有办法。”当下辞别杨五郎，扮作猎人来到天马山。天马山上路径繁杂，杨九妹转入林中，看到一群辽兵跟来，急忙绕到后面，闪进一座小茅庵。

正巧庵主迎面走来，见了杨九妹不由一惊，问道：“你是什么人？来庵中做什么？”杨九妹说：“实不相瞒，我是杨令公之女杨九妹，我六哥现被辽军所困，今来查访虚实，不小心走错了路，被辽兵追逼，特来请庵主相救。”庵主听说是杨家之女，顿生几分敬慕和爱怜，说道：“这里是辽邦地界，你怎么能随便进入呢？快卸去弓箭，取道服穿上。”

杨九妹得庵主相救，才没有被前来盘查的辽兵识穿。杨九妹听从庵主建议，在庵中暂住下来。且说盘查过杨九妹的辽兵回去后，便向大辽丞相张华报告说山中庵里有一才俊武功了得。张华正想招募一批英勇良将，听他们一说，大喜道：“有这样的人才，还不快快请来。”兵士立即折回庵里去请杨九妹。

杨九妹与辽兵来到幽州，进了丞相府，参见张华。张华问道：“壮士是哪里人？须先报姓名，才能录用。”杨九妹回答说：“我是太原人氏，姓胡名元。幼年曾考武举，但屡试不中，因此弃家居庵修行。昨天蒙丞相相召，遂前来赴命。”

张华听他言辞流利，长相出众，心里十分喜欢，立即命人收拾一间房子，让他先去安歇。张华退到后堂，与夫人商议要将胡元招为爱女月英之婿，夫人也正有此意。张华立刻派人将此意转告胡元。

杨九妹听了，先是一惊，但马上镇静下来，说道："这是好事，蒙丞相厚爱。但现在宋兵在境，干戈不断，我想用生平所学，先建立一些微薄之功，然后再与小姐成亲。"张华听了辽兵回报，心中更加喜欢胡元。第二天，他上朝奏知萧太后说："臣招募了一个壮士，此人英俊威武，一心要为陛下立功。乞求太后授他官职，定能打退宋军。"萧太后欣然准奏，下令封胡元为幽州团练使，并拨兵马五千，让他前去相助萧天佑。

杨九妹得旨，领兵辞别张丞相，径直到澶州与萧天佑会合，随即屯扎在西营。此时正好遇上杨五郎前来挑战，杨九妹披挂上马，冲到阵前，叫道："宋将速退，小心受死。"

杨五郎一看来将竟是杨九妹，惊问道："妹妹怎么在此领军相争？"杨九妹赶紧对杨五郎使一眼色，小声说道："五哥诈败，我自有办法。"杨五郎会意，挥舞大斧便战，战了几个回合，佯败而走。杨九妹追出数里才收兵回营。

哨马报入萧天佑军中："新收将领胡元，大胜宋军一仗。"萧天佑大喜，立即派人将胡元请入帐中，共商破敌之策。不巧营中辽兵正好有当日见过杨九妹去看杨六郎首级的，便悄悄对萧天佑说："此人前日曾查看过杨六郎首级，元帅须小心提防。"

萧天佑大惊，立即命辽兵拿下胡元。杨九妹不知何故，质问道："我有杀退宋军之功，元帅为何拿我？"萧天佑说："你

是宋朝杨家之将，以为我不知道，还敢骗我！”不由分说，就将杨九妹关入囚车，派人押回幽州，向萧太后奏明真情。

萧太后闻奏，急宣张丞相询问。张华奏道：“臣也是受他蒙骗。不如先将他关进牢里，等擒得杨家将来，一同斩首。”萧太后准奏，下令将杨九妹关进狱中。

杨五郎得知杨九妹被困在幽州狱中，心急如焚，忙与众将商议说：“如今杨六郎尚且安全，我们先将杨九妹从辽人手中救出来要紧。我已想好一计，一定能救出九妹。辽国与西夏相邻，且两国交好，如果我们扮成西夏人马，前去相助萧太后，再寻机会营救九妹，一定能成功。”众人认为此计可行，于是杨五郎扯起西夏旗号，率军假装支援幽州，并派人报知萧太后。萧太后闻报，喜不自胜，忙让侍臣宣西夏国统兵主帅入见。

杨五郎领命，随侍臣拜见萧太后，说：“西夏国王见太后与宋军交战，胜负未决，特遣臣率兵前来助战。”萧太后听后非常高兴，立即设宴招待，并举杯敬酒，还赏赐了杨五郎许多东西。

杨五郎当即谢恩，并请求明日就出师，以助辽军破宋。萧太后却说：“路途疲乏，将军休整几日再出师不迟。”杨五郎谢宴而出，在城南扎营，决定乘辽军不备，当夜杀入皇城。

再说杨九妹在狱中结识了当狱官的宋人章奴。章奴待九妹很好，几次要放九妹走，只是都没成功。这一天，杨九妹对章奴说：“蒙你照顾之恩，胡元永不相忘。若今日能脱难，等你回到宋朝，一定重重酬谢。”章奴说：“我早有归宋之意，只是无人提携。如果将军肯带小官同去，今夜即可越狱。”杨九妹点头同意。

将近黄昏时分，城南响起数声炮响，杨五郎领着数百名头陀杀入城中，随后骑兵一拥而入，四下人马鼎沸。早有近臣报入宫中：西夏国的军马反了！萧太后大惊失色，连忙下令紧闭内城城门。杨五郎杀入狱中营救杨九妹，正遇杨九妹从狱中杀出。这突如其来的变故使辽兵惊慌失措，各自只顾逃命，哪一个还有心去抵抗。宋军士气大增，杀死辽兵不计其数。

杨五郎与杨九妹左冲右闯，大闹幽州城，放火焚烧南门，回马又杀奔澶州。萧天佑不知军士从何而来，部下一片大乱。耶律第抢先骑马冲出，却被杨五郎一斧劈落马下。陈林、柴敢率兵夹攻，萧天佑一看这架势不敢恋战，弃营逃走。

杨五郎飞骑直追，萧天佑回马力战。两人斗了二十余回合，杨五郎挥起大斧当面劈下，只见萧天佑身上金光闪起，利斧竟不能伤他。杨五郎这才想起师父说过，辽邦萧天佑铜身铁骨，刀斧不入。好在师父曾教给他降龙咒一篇，特嘱咐交锋时念诵。想到这里，杨五郎立刻念诵神咒，一时间狂风大作，飞沙走石，半空中降下金甲神人，手执降魔杵大叫："逆妖莫跑，饶你不受万刀之苦。"

萧天佑应声落马，杨五郎一斧砍去，响声之处火光满地，不见了萧天佑。刹那间，天地清明，夜明如昼。

杨五郎一马当先，率兵杀入辽营，直奔双龙谷而去。孟良听到外面金鼓响声不断，知道是杨五郎救兵已到，于是领着众人当先杀出，正好遇上辽将黄威显，一斧便将其砍下马来。杨六郎趁势杀出，与杨五郎兵马会合一处，杀得辽兵四散奔逃，尸积如山。四更时分，杨五郎收军回到佳山寨安营扎寨。

次日天明，众人才一一相见。杨六郎对五兄、九妹舍身相救感激不尽。

杨九妹难过地说："多亏狱官章奴帮我，可惜他却被乱兵所杀，大恩再也难报。"杨五郎询问杨九妹被囚的经过，九妹将庵主相救，以及潜入辽邦的经过一一道出。杨五郎感慨道："深山之中竟有如此好人，一定要送些锦缎布匹前往庵中答谢。"

这时，杨六郎回到山寨，大设宴席，犒赏诸将。席散之后，杨五郎让九妹仍旧回府侍奉母亲，又嘱咐杨六郎用心守关，自己则返回五台山。杨六郎派人将宝马万里云送回汴京还给八王，并写了一封书信向他道歉。

八王看了杨六郎的信，笑着对来人说："当时我不愿借马，不是吝啬，只是想试试孟良的本事。现在仗打赢了，马也无恙，再好不过。有这样的英雄好汉，真是国家之福啊！"

第十一章　焦赞怒杀谢金吾

却说宋真宗得到“杨郡马大胜辽兵”的捷报后，非常欣喜，立即派使臣前往佳山寨送去锦缎、美酒，犒劳杨六郎。

枢密使王钦见杨六郎神威不亚于杨业，一心想除掉杨家。杨家住的无佞府和天波楼乃先帝所赐，文武百官经过，都要下马回避，以示对先帝的尊重。王钦想了个法子，他唆使驸马谢金吾故意去天波楼挑衅，趁机拆掉天波楼，以灭杨家威风。

谢金吾为表功绩，急不可耐地行动起来。第二天一早，他故意带着一支队伍，敲锣打鼓地从天波楼前经过。佘太君听到外面吵闹，令下人出府查看，下人回来报告说是谢金吾骑马鼓乐而过。佘太君大怒道：“满朝文武大臣经过我杨家，都得下马回避。谢金吾是什么人，敢来造次！”说完，命人备好车马，手持龙头拐杖，入朝朝见宋真宗。

宋真宗亲自下阶迎接，问道：“太君来朝，有何事要奏？”佘太君答道：“令公蒙先帝厚恩，特赐无佞府和天波楼，无论哪位文武大臣经过，都要下马回避，这是对皇上的尊重！今天谢金吾不仅不下马，还鼓乐而过，这分明是轻慢陛下，欺侮老身！”

宋真宗听罢，宣谢金吾上殿，责骂道：“你为何违反先帝的遗旨？现在太君告你轻侮朝廷，你该当何罪？”

谢金吾早已想好说辞，只见他面无愧色，不紧不慢地回答道：“臣不敢轻慢国法！容臣解释。前天陛下颁敕命犒赏杨延昭，臣领旨传敕，经过天波楼，也要下马而过，这样岂不是圣命受到轻亵？臣等以为天波楼位居南北交通要道，遇到朝贺之日，文武百官都要经过天波楼，在那里下马，结果众人只知有杨家英雄，而不知有圣上，这实在不妥。为了让朝廷和圣上得到尊重，我正准备与众臣联合上奏请求陛下拆了天波楼。”

宋真宗听了沉吟不语，王钦趁机落井下石：“驸马说得很有道理，拆了天波楼更方便行事，请陛下考虑。”真宗想了想说：“你们先退下，容朕与众大臣商量后再作决定。”佘太君只好闷闷不乐地回去了。

私下里，王钦又多次在宋真宗面前煽风点火，最终

真宗决定命谢金吾去监督拆毁天波楼。敕令既下，王钦、谢金吾二人高兴不已。消息传到杨府，佘太君深感痛心，连忙差杨九妹前往佳山寨找杨六郎商议。

不到一日，杨九妹就赶到三关。她迫不及待地把皇上下旨拆毁天波楼的事告诉了杨六郎。杨六郎听后忧愤万分，想立即回去阻止，但又不能擅离职守。杨九妹见六郎左右为难，说道："事情紧急，六哥不要再犹豫，跟我速速回去，等事情一解决就赶回营寨，不会有问题的。"

杨六郎听罢，只好交代好岳胜后偷偷回了汴京。谁知那焦赞从未去过汴京，很想去见识见识，于是守在半路，求杨六郎带他一起去汴京。

焦赞初来乍到，觉得什么都新鲜，便瞒着杨六郎从后门溜了出去，在汴京城四处游玩。不知不觉，他来到驸马谢金吾的府邸门口。

焦赞知道谢金吾和杨家作对，顿时怒从心头起，恶向胆边生，闪进谢府后门，大开杀戒。焦赞先杀了厨房的一个使女，然后提着人头，大步走到堂上，一扬手就将人头向谢金吾掷去。

谢金吾大吃一惊，满脸是血，大喊道："快来人啊，有贼！"焦赞大步踏进去大声骂道："你这个奸贼，今日你可认得焦赞吗？"说完上前揪住谢金吾的衣领，一刀砍下谢金吾首级。歌女、乐工见状，纷纷四下逃窜。焦赞杀得兴起，闯入房内，不分老幼，见人就杀，将谢金吾一家老小尽数杀死。

焦赞杀了谢金吾全家后，正好让王钦抓到了杨六郎的把柄。

他马上向宋真宗奏报，捉拿杨六郎和焦赞。

此时，杨六郎正在府中与佘太君商议天波楼之事，忽然下人来报：“焦赞昨晚翻墙入府，杀死谢金吾一家一十三口，现在朝廷派禁军前来捉人。”杨六郎大惊道：“这狂奴坏了我的大事！”话音刚落，禁军已经拥进来，不由分说捆了杨六郎。

焦赞一介莽夫，岂容坐以待毙，于是一通拼杀，想要逃回佳山寨去。

此事实属重大，杨六郎幸得八王力保，才保住性命，被判流放。王钦秘密让人将杨六郎和焦赞发配到险恶的边远地方。恰好掌刑官黄玉平时与王钦要好，便依王钦所说，以私离三关之罪将杨六郎发配到汝州做工三年，每年监造官酒两百坛；焦赞有把守边境之功，免其死罪，发往邓州充军。

王钦探知杨六郎已经到达汝州，便想除掉他，于是派人请黄玉来府中，共商谋害六郎之计。黄玉说：“此事不难，如今圣上非常重视买卖税利，杨六郎现在负责监造官酒，税利最大。

枢密使可上奏一本，奏杨六郎有私卖之罪，圣上一定会将他处以死刑。”王钦听后大喜，连说“此计甚妙”，当即准备好酒好菜，与黄玉对席而饮。

第二天，王钦果然上朝奏本，说道：“杨六郎蔑视国法，到汝州不到一个月，便违反卖酒禁令，私卖获利，作为逃跑之用。望陛下及早将他正法，以免后患。”

宋真宗闻奏，大怒道：“他令部下杀害谢金吾，朕念他守关有功，免他死罪。他却又在配所私卖官酒，简直罪不可赦！”盛怒之下，令呼延赞拿着圣旨到汝州取杨六郎首级回来。

圣旨一下，众臣愕然。八王力奏道：“杨六郎乃忠君之臣，怎么会做出这种事呢？陛下万万不可偏听一面之词而错杀英雄呀！”宋真宗反问道：“杨六郎让部下杀害朕的爱臣谢金吾一家，罪不当诛吗？”八王语塞，不知如何作答。

所幸，奉命传旨的是呼延赞。呼延赞对杨家心有敬意，自不会轻易令杨六郎丧命。呼延赞当日便带着圣旨来到汝州，见到太守张济，向他细述了皇上要斩杨六郎的原因。张济惊道：“杨将军刚来汝州，安分守已，哪有这种事？圣上为何要轻信

谗言诛杀豪杰呢？”呼延赞说：“这是权臣王钦在故意陷害，圣上一时发怒，八王力保也不允。今众臣商议，要求太守如此行事。”呼延赞随后将找一个与杨六郎相像之人取其首级替代的计策告诉了张济。

张济立刻命狱官伍荣来商议，伍荣说：“牢中有个叫蔡权的，已定死罪，不久就要处斩。他的面貌与杨将军极像，如取他的首级献上，圣上必信无疑。”张济便叫伍荣从牢中提出蔡权，众人一看，果然与杨六郎面貌十分相像，于是吩咐伍荣多赏酒菜给蔡权享用。当夜，伍荣趁蔡权酩酊大醉时取了他的首级。呼延赞带着蔡权首级连夜回京复旨。张太守又唤来杨六郎，让他打扮成普通百姓，悄悄离开汝州城，回到无佞府。

呼延赞单骑回到汴京，正值宋真宗上朝，他立马献上“六郎”首级。真宗亲自验看，证实无疑。在朝的群臣看见无不扼腕痛惜。

八王担心被人识破，连忙上前奏道：“既然杨延昭已经服罪被诛，乞求陛下将他的首级送回无佞府，让他的家人埋葬，也表陛下不忘功臣之意。”宋真宗准奏，让禁军将首级领去，送回无佞府。

这时，杨六郎尚在路上，佘太君和府里的人都以为杨六郎真的被杀了，全家上下忍着悲痛埋葬了杨六郎。不久，杨六郎暗暗回府，佘太君将他藏进后花园的地窖里。

杨六郎被杀的消息传到佳山寨，众人失了信心，也四散归去。焦赞在邓州听说杨六郎被杀的消息，也越狱逃走了。

第十二章 六郎魏州救真宗

王钦见杨六郎已死，欣喜若狂，认为消灭宋朝的时机已经成熟。于是他写了一封密信，差心腹送给萧太后，让萧太后立即出兵讨伐宋朝，他在朝中暗中配合。

萧太后看了王钦的密信，非常高兴，立即召诸臣传看这封信，商议出兵之策。

萧太后采纳了大将军师盖的建议，在晋帝陵寝所在，也就是辽宋边境的魏州铜台，整修园林，开凿玉池，种植奇花异草。并故意在民间散布消息说铜台天降祥瑞，池水变酒，树叶藏浆。不久，这特异之事便传到中原。萧太后又发密函给王钦，让他极尽哄骗之能事，游说宋真宗亲自到铜台观赏美景。

果然，宋真宗听信了王钦所言，完全不顾及群臣反对，坚持要亲临魏州赏看祥瑞之景。宋真宗降旨下来，令呼延赞为保驾大将军，光州节度使王全节、郑州节度使李明为皇驾的前后随从。呼延赞等人领命，只得准备起行。

不久，宋真宗便到了魏州。可是，当他们来到铜台一看，

却见根本不像传说中说的有琼浆玉液。众人恍然大悟，这是辽人使诈，正要准备离开，可是已经来不及了，辽军已经派出精兵趁机将宋真宗紧紧困住。

宋军在城内被困，无计可施。宋真宗依八王建议，派人秘密潜回汴京搬救兵前来救驾。然而辽军根本不给宋军部署的时间，已经在城外叫起阵来。宋军见辽军兵力、气势都远胜于自己，一个个都流露出惧色。宋军对辽军的叫战也不予理会，就这样挨过了一晚。

第二天，呼延赞与节度使王全节分前后出战对阵辽将土金秀。交战中，呼延赞被辽兵捉住，宋军大败，死伤无数。宋真宗闻听战报，忧愤不已。

辽军将呼延赞押送回幽州。萧天佐、土金秀、耶律庆分三路继续攻击宋军，魏州城内人心惶惶。八王伺机说道：“辽军向来只惧怕杨家将帅。陛下可选军中勇士，假装成杨六郎在城上调兵遣将。辽人不辨真假，见到杨六郎前来救驾，一定不战自退。”

宋真宗依计吩咐下去。第二天，宋军在城上扯起杨家旗号。辽兵见到旗号，立即报入军中，辽将土金秀亲自率人察看，果然看见杨六郎、岳胜、孟良、焦赞等众英雄在城上行走。消息在辽兵中传开，辽营顿时溃散。王全节与李明见辽兵急于奔命，带兵出城追击，辽兵死伤无数。

王钦得知宋军战胜，强压着满腔怒火不好发作。他找机会秘密派人报告辽将此为宋军之计。萧天佐叹道：“假的杨六郎就让人如此惧怕，如果是真的，我军恐怕不战而败。”接着又率众军士围城而来，攻城更加猛烈。

城中宋朝守军见辽军来势汹汹，马上奏知宋真宗。真宗无奈地说：“此计已被辽人识破，还有何计可退辽兵？”八王回答说：“如今没有杨家将，臣也无能为力。”

辽军一连围困宋军二十余日，城中粮草告急。宋真宗亲自登上城楼，见辽军围绕城外，水泄不通，心中懊丧不已。八王见时机成熟，便说：“如今陛下要脱此难，除了杨六郎，恐怕再无他人可办到。”宋真宗说：“杨六郎已经死了，说这些有什么用呢？”八王说：“陛下可发赦书，在全国寻找杨六郎，或有可能找到。”

宋真宗写下赦旨，命王全节前往汝州寻找杨六郎。王全节从汝州找到无佞府，但佘太君不知朝廷意图，怕贸然交出杨六郎会横生枝节，便回绝了王全节。

宋真宗听王全节讲述了事情经过，心中追悔莫及。八王请命亲自前往无佞府请杨六郎。第二天，八王携带圣旨来到无佞府，见到佘太君，说明来意。佘太君于是令杨六郎出来拜见八王。八王与杨六郎叙旧一番后，将

宋真宗被困魏州，城内危在旦夕的情况详细告诉了杨六郎。杨六郎本就是忠君之将，听说宋真宗有难，二话不说便答应前往救驾。二人救驾心切，不敢耽误，当下便商议分头行动，八王去朝中调拨人马，杨六郎去各处召集佳山寨人马，等人马齐整后一起去魏州救援。

杨六郎点集兵将，旗上大书“杨六郎魏州救驾”七字，一声炮响，大军浩浩荡荡离开太行山，直向魏州进发。

大军将近澶州界时，八王也率兵四万前来会合。杨六郎说道：“此次出兵，不只是救驾，还要一举剿灭辽军，平定幽州。”八王赞同杨六郎之言，下令驻扎在澶州城中。

杨六郎吩咐岳胜说：“圣上被围已久，现在我命你充当前锋，先杀它一阵，杀杀辽军的威风。”岳胜领命而去。

杨六郎又唤来孟良和焦赞说道：“你们二人带刘超、张盖、陈林、柴敢等众部兵将两万，分左右两翼攻入辽兵中军，我引后军随后接应，必获全胜。”孟良等人也领兵而去。杨六郎分派完毕，又对八王说：“臣与殿下率精兵作接应，诸将必能成功。”八王说：“郡马智勇双全，必能

平定大乱，军中之事听凭郡马调遣。”

第二天，岳胜领兵正一路前行，忽然北边尘土飞扬，只见一路人马拥着囚车来到。岳胜舞刀冲开阵势，辽将刘珂抵挡不住，弃囚车而逃。宋军夺了一辆囚车，送到杨六郎军中，但见车内不是别人，正是保驾大将军呼延赞。杨六郎连忙劈开囚车，救出呼延将军。杨六郎将呼延将军遇救之事报与八王，并下令诸将昼夜兼程赶往魏州救驾。

此时，宋真宗正在魏州与众大臣等待救援的消息，无奈音讯不通。城中粮草已尽，兵士只得宰马而食。辽军趁机加紧攻城，眼见宋朝君臣危在旦夕。

刘珂回去见了萧天佐，报告说宋朝救兵来了，劫去了呼延赞。萧天佐大惊，立即派哨兵前去打探是哪一路救兵。哨兵回报说：“旗上大书杨家旗号，来势非常凶猛。”萧天佐忙下令各营整顿兵马，准备迎战。

分派未定，只见前队岳胜的兵马浩浩荡荡、漫山遍野而来。辽将耶律庆列阵先战。岳胜大骂道：“天兵已到，蛮贼还不逃命，难道是想自取灭亡？”耶律庆怒道：“宋朝君臣已经困死多半，你们莫非前来陪葬！”岳胜不再答话，拍马舞刀，直冲入辽军阵中，耶律庆忙举枪相迎。两马相交，战了数个回合，辽军包围上来，孟良和焦赞见机分左右两翼攻入。

辽将麻哩喇虎举方天戟绕出助战，正迎着孟良，两人迅即交锋，陈林、柴敢率精兵趁机又从旁杀进。一时间，宋、辽两军混战，喊声震天。这一战，宋军直杀得辽军尸横遍野，血流

成河。萧天佐与土金秀率领残部狼狈不堪，连夜撤回幽州。宋军夺了辽军营寨，掠得牛马辎重无数。

八王单骑先进入魏州城中，见了宋真宗称贺道："托陛下洪福，已取得杨六郎救兵来到，杀得辽军大败而去。"真宗说："朕能脱此难，全赖卿之功劳。"遂召杨六郎进见，叹道："这次能逃过一难，全是爱卿的功劳。以前误犯的罪错，都不再追究，救驾大功，另外重赏。"

杨六郎奏道："现在机会难得，趁陛下车驾在此，威风百倍，臣愿率部直捣幽州，取辽国地图进献，从此永息边患。此乃千载难逢之盛举，望陛下准臣所奏。"但真宗说道："卿所言甚好。但车驾出来时间长了，兵马疲惫，不如回朝再议。"杨六郎只好退出回到军营。

第二天，宋真宗命杨光美率兵留守魏州，其余各营班师回京。君臣回到汴京以后，真宗在朝上奖赏魏州之行的诸位大臣，并特召杨六郎到殿前亲自慰问。真宗加封杨六郎为三关都巡节度使，旨敕一道，斩伐自由。杨六郎拜受完毕，真宗设宴犒赏救驾将士，君臣尽欢而散。

杨六郎回到无佞府，向母亲辞别，儿子杨宗保吵着要跟到三关去。杨宗保这时才十三岁，杨六郎说他年纪太小，三关又是苦寒之地，就没有带他去。

杨六郎与岳胜、孟良等人率军马又回到佳山寨。杨六郎带领将士们修整营栅，筑造天隘，又分遣岳胜等人为十二团练，各领所部整天操练兵马。佳山寨终于又恢复了往日的生机。

第十三章　吕军师布南天阵

辽国丞相韩延寿向萧太后提议，张榜招募能人勇将，以此重振大辽军威。萧太后允奏，命文臣当即起草榜文张贴。

却说蓬莱山的钟离、吕洞宾两位仙人，有一天在三岛洞里炼丹、下棋，谈起人间的形势时，钟离说："南朝龙祖与北辽龙母相斗，杀气冲天，算来还有两年凶逆，只是可怜百姓受苦。"吕洞宾问："既然师父会算气数，那您说最后是龙母得胜，还是龙祖得胜呢？"钟离说："当然是龙祖战胜。龙祖应天运而生，做万民之主，如今虽然遭到龙母打扰，但不久就会将龙母灭掉。"吕洞宾又问："师父能不能收了龙母，让生灵免遭荼毒？"钟离却答道："大千世界，自有人定，不能随意改变。我们只管潜心修行，不要管这些闲事。"

吕洞宾心想："我偏要去试试我的神通。师父既然说龙祖厉害，我就去助龙母战胜龙祖。"于是他叫来碧萝山上的椿木精，交给他三卷六甲兵书。兵书的上卷观察天文，中卷变化藏机，下卷尽是阴文、迷魂、妖道之事。吕洞宾要椿木精用下卷兵书帮辽国助战，仔细吩咐了一番之后，便让他下凡去揭萧太后的榜文。

椿木精化名椿岩，来到凡间，去幽州城揭了榜文。守榜军士见他生得面如黑铁，眼如金珠，身长一丈有余，相貌十分奇异，不同于凡人，便径直带他去见萧太后。萧太后与群臣商议后，封他为团营都总使，在朝中听候调用。

这时宋真宗为了一雪魏州被围之耻，召集群臣商量进兵辽国的计策。光州节度使王全节上前奏道："如果在中原进兵，取胜有些难度。请皇上下旨让臣带一路人马连同澶州、雄州、山后三路人马同时进兵，即使北辽有雄勇之将，也抵挡不住。"真宗准奏，遂命王全节为南北招讨使，李明为副使，领兵五万去讨伐辽国，另有澶州、雄州、山后三路兵马接应。王全节领旨，当日就领兵离开汴京，往幽州进发。几天之后，宋朝大军来到九龙谷安营扎寨。

消息传到幽州，萧太后大惊，连忙问群臣："谁可领兵退敌？"椿岩随即向萧太后推荐自己的师父吕客（吕洞宾）。

萧太后召见了吕客，见他长相清秀，举止奇异，心想此人一定有奇才，于

是问道："你是来应募求官的吗？"吕客答道："我听说陛下要与宋朝抗衡，特来助大辽一臂之力，并非为求官而来。"

萧太后又问："你要多少人马才能退敌呢？"吕客说："宋朝将士，能征善战者极多，大辽必须靠阵图和他们相斗。依我看，幽州兵马根本不够调遣，陛下必须借五国兵马退敌。"萧太后于是请吕客详述计策。

吕客说道："陛下可以修书一封，派使臣到辽西鲜卑国见国王耶律庆，送上金帛表示诚意，再向他借精兵五万，他一定不会推辞；再派使臣带着诰旨前往森罗国，赏赐国王孟天能，令他发兵五万相助；再命一个使臣去黑水国，让他们助兵五万，并对国王许诺这次征战成功之后，割西羌一带给他作为酬谢，黑水国王一定很乐意接受；再差使臣赴西夏国拜见国王黄柯环，只要动之以情、晓之以理，说明其中利害关系，便可借得五万精兵；最后再派一个亲臣去长沙国，向国王萧霍王借兵五万。如果能借来五国的兵马，凭我平生所学，排下南天七十二阵，宋朝君臣必定束手就擒。"萧太后听了大悦，当即封吕客为辅国军师和北都内外兵马正使。

随后，萧太后派了五个使臣，带着厚礼分五路去借五国兵马。使臣领旨分头行动，五国收到赏赐敕旨后，都很乐意借五万兵马。鲜卑国王派黑鞑令公马荣为帅，森罗国王派亢金龙太子为帅，黑水国王派铁头黑太岁为帅，西夏国王派公主黄琼女为帅，长沙国王派驸马苏何庆与公主萧霸贞为帅，各领精兵五万，陆续赶来幽州听候调遣。

同时，萧太后又下旨召回驻守云州的耶律休哥和驻守蔚州的萧挞懒，集合全国兵马，命韩延寿为监军，统率二十五万精兵，加上五国兵马共五十万大军，随吕军师出征。辽朝大军浩浩荡荡，没几天就来到了九龙谷，在宋军大营对面的平川旷野中扎下营寨。

那吕军师取出一张阵图，吩咐中营五千骑兵在离九龙谷一里开外的地方筑起七十二座将台，每个将台都由五千士兵防守，又设立五座高坛，按青、黄、赤、白、黑五色立五面旗帜，里面开建七十二路甬道，首尾相通。

骑兵领命前去按照阵图建筑，没过几天，将台和五坛就建好了。吕军师亲自去巡视了一番，选好黄道吉日开战。

三通鼓罢，五国军马整齐排列在阵前。吕军师先令鲜卑国黑鞑令公马荣率部下在九龙谷正南摆出铁门金锁阵，分一万军士手执长枪，排成铁门，把守将台七座；又分一万军士手执铁箭，排成铁闩，把守将台七座；再分一万军士手执利剑，排成

金锁，把守将台七座。

吕军师又令黑水国铁头黑太岁率部下在九龙谷左侧排成青龙阵，分一万军士手执黑旗，排成龙须，把守将台七座；又分一万军士分成四队，各执宝剑，排成四个龙爪，把守将台七座；再分一万军士手执金枪，排成龙鳞的形状，把守将台七座。

吕军师又令长沙国驸马苏何庆率部下在九龙谷右侧排成白虎阵，分一万军士手执宝剑，排成虎牙，把守将台七座；又分一万军士手执短枪，排成虎爪，把守将台七座；再令耶律休哥屯兵一万，把守前面六座将台，排成朱雀阵；耶律奚底屯兵一万，把守后面六座将台，排成玄武阵，两阵围绕左右呈犄角状。

吕军师再令森罗国亢金龙太子率部下守正中一座将台，排出阵势，扮成玉皇大帝坐镇通明殿。再围绕中台分军士一万，分别穿着青、黄、赤、白、黑色衣服，排成四斗星君；另外二十八名军士披头散发围绕在中台前后，排成二十八宿；又令土金牛扮成玄帝，土金秀手执黑旗排成龟蛇形状，把守二门之北。

吕军师又令西夏国公主黄琼女率女兵手执宝剑，排成太阴星；萧挞懒率兵身穿红袍，排成太阳星；单阳公主率五千军士身穿五色袈裟，排成迷魂阵，并在阵中夹杂五百僧人，扮作迷魂长老。

吕军师再令耶律呐选五千健僧，手执弥陀珠，排成西天雷音寺诸佛；五百和尚分列左右，排成铁罗汉，总居七十二天门之首，摆成吞敌之势。

阵势排定后，吕军师令椿岩和韩延寿督战，每阵都以红旗

为迎战暗号。七十二阵变幻奇异，日则凄风冷雨，夜则万物皆迷，令人惧怕不已。

第二天，椿岩见师父的七十二阵列已经排好，就对韩延寿说："如今宋军在对面扎营，可派人去下战书，看他们怎么出兵。"韩延寿同意，便派骑兵向王全节下战书。王全节将战书批回。王全节与李明登高观望辽军阵图，完全看不明白。回营后，王全节凭着记忆画出了辽军阵图。事关重大，王全节不敢擅自做主，便带着辽军阵图回汴京奏报宋真宗。

宋真宗看了大惊，连忙将图样传给文武百官看，却没有一个人认得。寇准说："臣看此阵图，里面千变万化，除非去三关召来杨六郎，其他将帅恐怕没人认识这个阵图。"真宗允奏，遂下旨派使臣到三关去召杨六郎。

杨六郎得旨，立即率领岳胜、孟良等二十二位指挥使，统领三军，离开佳山寨赶往汴京。

几天之后，杨六郎回到汴京，将军马驻扎在城外，自己入朝来见宋真宗。真宗对他说道："如今因为北征的将士将要进攻辽人排下的阵势，但文武官员都不认识这个阵图。朕知道你精通兵法、熟谙阵图，想让你看看这是什么阵势？"

杨六郎接过阵图仔细看了一遍，说："臣看此阵图，一定是有高人传授，不然辽邦是没有人能排出此阵势的。臣想亲自去前方看看，再作分析。"宋真宗准奏。

杨六郎到达九龙谷，王全节才如释重负。他连忙摆酒设宴，迎接杨六郎。

第二天，杨六郎下令出兵。岳胜、孟良等人披挂上马，擂鼓三通，宋军鼓噪而进。辽军中韩延寿也领兵列于阵前。杨六郎端坐在马上，大声喊道："辽兵不要急着出战，我先来看看阵势。"韩延寿认出是杨六郎，心想此人是将门出身，一定深谙阵法，于是立即下令各营依红旗指挥，随时准备变阵。辽军得令，只听一声巨响，兵阵犹如山岳之势，坚不可摧。

杨六郎在马上观看了很久，对诸将说道："阵势我也曾排过几次，但这个阵势我倒真没见过。说是八门金锁阵，又多了六十四门；说是迷魂阵，却有玉皇殿。这么复杂，怎么去破？还是回去再商议吧。"岳胜等人于是收兵回营，辽军也不追赶。

杨六郎回到军中，与王全节商议道："这个阵势果然十分奇异，我也从没有见过，不如派人速去奏明朝廷，请皇上御驾亲征，再作计议。"王全节便派人到汴京奏明宋真宗。

宋真宗于是令寇准监国，安排大将军呼延赞保驾，八王为监军，各边防帅臣均随征听候调遣。次日，真宗亲率大军向九龙谷进发。

辽军听说宋真宗御驾亲临，韩延寿与椿岩商议了一番，于是上奏，请萧太后御驾亲自监战。萧太后也想通过此行实现夺取中原的大计，便允奏，即日就离开幽州往九龙谷而来。

第二天天刚亮，三通鼓罢，正南方宋真宗车驾拥出，诸将士整齐地排列在前后。对面萧太后也亲自率军出列，远远地就看到黄幡下宋真宗端坐在御马上观阵。萧太后跨着紫骅骝，立在褐罗旗下高声喊道："你宋朝一统天下，还不满足，屡次图谋我山后九郡，今天我就来与你决一雌雄。你如果有本事破了这个阵，山后九郡都归宋朝；如果破不了，我可要和你平分天下！”宋真宗厉声喝道：“你这蛮夷之地，就是送给我也没有什么用处。再说，你这个阵又有什么难破的！”说完，宋真宗抽身回营，萧太后也退了回去。

宋真宗回到帐中，召集众将领商议道：“朕看这个阵势变化多端，卿等又不认得阵法，怎么才能破阵呢？”杨六郎上奏道：“臣的父亲在世的时候曾经说过，三卷六甲兵书中下卷最难懂，都是些阴文妖道之术，这个阵图想必就出自下卷。臣的母亲或许知道，陛下不如召她来问问。”宋真宗大喜，马上派呼延显带着诏书连夜赶去无佞府，请佘太君前来九龙谷。

佘太君看到皇上的诏书，款待了呼延显以后，详细询问辽军布阵的情况。呼延显一一作答，还说了前日皇上与萧太后对阵，双方言辞激烈，剑拔弩张，希望佘太君能尽快动身。佘太君答应次日启程，于是呼延显告辞而去。

第二天一早，佘太君便整点行装，吩咐柴郡主具体事宜，并特意叮嘱此事不要让孙子杨宗保知道，然后便与呼延显往幽州赶来。杨宗保打猎回来，不见佘太君，便询问道：“太君呢？”柴郡主骗他说太君去宫中与宋娘娘商议要事。杨宗保不信，非要亲自去看，走到北门，守门军校告诉他太君一早跟皇上特使到九龙宫御营去了。杨宗保一路追赶过去，不想半路居然迷路了，胡乱穿进了一片荒芜之地。

杨宗保正慌乱之际，却看见一座像庙宇一般的大房子。杨宗保拴好马上去敲门，应门者领着他进入殿中，只见一贵妇端坐其中，两边随从甚众，仪仗整齐。妇人问杨宗保是什么人，从哪里来。杨宗保一五一十地回答了一遍。妇人笑着说：“佘太君虽然到军中看阵，可她哪里认得这个阵呢？”妇人留杨宗保吃饭，他正饥肠辘辘，准备大吃一顿，却看到只有七个桃子和五个馒头。

吃完饭，妇人取出一本兵书交给杨宗保，说：“我在这里四百年了，从来没有人来过，今天你来了，是我们的缘分。你将这本书的下卷读熟，里面有破阵的方法。以后，你可以去辅佐宋朝皇帝，打败辽邦，拜将封侯，也不枉是杨家的子孙。”杨宗保接过兵书，谢了妇人，妇人让随从指给他大路的方向。

杨宗保在马上惊疑不定，等出了深山，上了大路，询问山民，才知道这山里以前有座擎天圣母庙，早已荒废多时了。杨宗保觉得很惊奇，看看兵书还

在怀里，非常兴奋，就拿出兵书在马上读了起来。

再说佘太君随呼延显到御营中拜见宋真宗，了解了大致情况。第二天，佘太君带着杨六郎和众将登上将台观看辽军阵势，只见此阵刀光剑影，杀气腾腾，红旗动处，变化无穷。佘太君仔细看了好久，又取出兵书对照，却不知道在哪一条中。下了将台，佘太君对杨六郎说："这个阵别说我不懂，就是你父亲在世，也未必见过。"

众人正在忧虑时，忽报杨宗保来到。杨六郎生气地说："军营之中，他来干什么？"话音未落，杨宗保已经进了营帐。看到父亲怒气未消，他问道："父亲莫非正在为敌阵一事烦恼？"杨六郎怒道："你别在这里胡闹，快点回家去，免得挨一顿揍。"杨宗保笑着说："我回去可以，不过谁来破阵呢？"

佘太君听他这么说，把他拉到身边问道："难道你果真认得此阵？"杨宗保说："孙儿认识相当多的阵图，只要去看看，就可见分晓。"佘太君就让岳胜、孟良保护着杨宗保登上将台看阵。杨宗保仔细看了好久，回头对岳胜说："这个阵排得很巧，只可惜没排全，破起来并不难。"岳胜、孟良大惊道："御驾前将帅云集，没有一个人认识这个阵，小将军怎么知道的呢？"杨宗保说："等回到军营中再细细说给你们听吧。"

众人下了将台，回到营中，岳胜向杨六郎汇报说："小将军深谙阵法，说这个阵很容易破。"杨六郎笑笑说："别听他胡说。"杨宗保见父亲不相信他，就去跟太君细说此阵的可破之处。佘太君说："你既然说能破这个阵，那你先说说这个阵叫

什么名字吧。”杨宗保说：“这个阵名叫‘七十二座天门阵’。此阵从九龙谷正北布起，一直接到西南方向，内有七十二座将台，每台都有名将把守，筑有甬道，路路相通。除了靠右侧黑旗之下的迷魂阵有点难破之外，其他阵势都有不全之处：中台玉皇殿前缺少七七四十九盏天灯，青龙阵下少了黄河九曲水，白虎阵上少了两面虎眼金锣、两张虎耳黄旗，玄武阵上少了两面珍珠日月皂罗旗。这几处等孙儿依法调遣，破阵就像秋风扫落叶一般。”佘太君大惊，连忙问道：“你是从哪里学来的本领？”杨宗保就将偶得天书的事说了。杨六郎在一旁听了，庆幸地说：“这真是我朝的洪福啊！”

第二天，杨六郎奏明宋真宗，说出辽邦所布阵名以及布阵图不周全的地方。真宗大悦道：“既然卿能识破这个阵，那你看应该什么时候进兵呢？”杨六郎说：“待臣与犬子宗保商议好了之后再进兵。”真宗允奏。杨六郎回到军中，唤来杨宗保商议破阵的吉日，并下令让众将听候调遣。

不料王钦却将杨宗保识破阵图不全的消息连夜派人告知了辽军。辽军及时增补，不日便全无遗漏。

杨六郎与杨宗保选好了破阵的吉日，杨六郎分遣众将士听从杨宗保的指挥，又将此事奏明宋真宗。真宗闻奏，下令各营齐头并进。杨宗保又带着岳胜等人登上将台观阵，却看见辽军的天门阵已布置周全，无路可入。杨宗保不禁大叫一声，跌落台下。岳胜大惊，连忙将他扶入帐中，并报知杨六郎。

杨六郎忙命侍从将杨宗保救醒，问他缘故。杨宗保说：“不

知谁泄露了军机，现在辽人已经将阵势添补周全，除非神仙下凡才能破阵。”杨六郎听罢，当即昏了过去。佘太君见状，不甚悲痛，众将也都惊慌失措。大敌当前，主将病倒。宋军中顿时乱成一锅粥。宋真宗更是寝食难安。八王建议出榜招募名医来救杨六郎，众人也无更好的办法，真宗只好允奏下榜。

榜文刚挂出去的第二天，军校来报说有一个老翁揭了榜文。宋真宗派人宣老翁进入御营，问道：“你是哪里人？”老翁答道：“我居住在蓬莱，姓钟名汉，人称钟道士。贫道听说杨将军因为辽邦的阵图而生了病，特意赶来为他救治，并助他破阵。”真宗见钟道士仪表不俗，心想此人定是个博学之士，便令他为杨六郎治病。

钟道士看过杨六郎后，说道：“要想治好杨将军的病，只需两味药物，一是龙母头上发，一是龙公项下须。龙须不用找，陛下就有，龙母头上发必须向北国萧太后去讨。”宋真宗一听，生气道：“萧太后是朕的仇人，哪能讨得了？如果有其他药物可以代替，哪怕是出重金买也在所不惜。”可钟道士却说只有此物才能入药。八王见状，奏道：“杨六郎部下都是能干之人，陛下下道圣旨，或许有人能胜任此事。”真宗依其言，令钟道士先退下，接着下旨令杨六郎部下前去辽邦取药。

佘太君听说此事，就与岳胜商议：“听说四郎改名木易，做了萧太后的驸马。如果有人前去悄悄地通知他，肯定能将这东西要来。”岳胜说：“孟良做事情最牢靠，可以派他去。”佘太君就叫来孟良，仔细吩咐一番，让他火速前往辽国。

第十四章　宗保大破天门阵

孟良领命后，不日就和焦赞一起来到幽州城。孟良装扮成辽国人去驸马府见了杨四郎，说明来由。在杨四郎的帮助下，孟良顺利拿到龙母发。他又按钟道士所说，填了萧太后御花园的琉璃井，接着又到马厩骗来一匹白骥马。孟良骑上白骥马来到教场，试跑一番，然后趁机逃离幽州而去。等辽兵发觉宝马被盗时，孟良已经跑出五十里开外了。

有了龙母发，杨六郎很快恢复如初。宋真宗听说钟道士医好了杨六郎，十分高兴，宣他入帐中问他需要什么赏赐。钟道士表示既不要赏赐，也不要官职，只愿辅佐陛下破辽国天门阵。真宗大喜，封钟道士为辅国扶运正军师，除御营以下将帅，都听从他的调遣。

杨六郎让杨宗保拜钟道士为师，与钟道士一起破阵。钟道士说："要想破阵，还要请这几个人来：令呼延显去太行山，请来金头娘；差焦赞前往无佞府，召来杨八娘、杨九妹和柴郡主；再令岳胜到汾州口外洪都庄上，调回老将王贵；令孟良上五台山，召来杨五郎。"呼延显等人各领命而去。

孟良快马加鞭来到五台山，见到杨五郎，告知要破天门阵，请他下山相助。杨五郎说："辽国有两条逆龙，当年在澶州救六弟时，我曾降伏了一龙，另一条逆龙萧天佐仍在，只有穆柯寨后门左边的那根降龙木可伏其人。你如果能求得此木，给我当斧柄，则可成事，否则去也无益。"孟良说："既然师父一定要用此木，我这就去求木。"杨五郎说："你去索取此物，我在这里整装等候。"

孟良辞了杨五郎，径直往穆柯寨而去。一路上他就听人念叨，说穆柯寨女寨主穆桂英乃是定天王穆羽的女儿，小名穆金花，勇力过人，箭术精妙，又有三口飞刀，百发百中。孟良来到山下，正好遇到穆桂英出山打猎，射中一只鸟，落在孟良面前。孟良拾起鸟，藏在身上。刚走了几步，几个喽啰赶来，嘴里叫着："快快把鸟还给我们，还可饶你一死！"孟良听了停

住脚步，怪他们言语无礼，不肯将鸟交出来。喽啰们赶上来，围着孟良就抢，却被孟良打得四散而逃。

喽啰们回去报告穆桂英，穆桂英带人追了上来。孟良听到后面的马蹄声，知道是寨主追来，取出利刃，站着等她过来。孟良见穆桂英靠近，举刀便砍过去。二人好一番厮杀，连斗了四十余回合，孟良渐渐抵挡不住，退后一步想逃，却被穆桂英的部下守住了路口。孟良进退两难，只好将鸟还给他们。但喽啰们拿到鸟仍不放孟良过穆柯寨，非让他留下买路钱不可。孟良寻思有要事要办，便脱下金盔当作买路钱，这才脱了身。

孟良回到军中见了杨六郎，把这一路的经过详细述说了一遍。杨宗保在一旁听了，自告奋勇，愿去穆柯寨走一趟。

杨宗保带着孟良，率兵二千，来到穆柯寨外挑战。穆桂英听说有人率兵马前来挑战，迎了出来。杨宗保说："听说你的山寨上有两根降龙木，请你借左边一根给我，等我破了敌阵，自当重谢。"穆桂英笑着说："降龙木确实是有的，你要是能赢了我手中的刀，两根都拿去也无妨。"杨宗保大怒，挺枪直奔穆桂英。两人战到三十余回合，穆桂英故意卖个破绽，拍马就走，杨宗保追了上去。转过山坳，突然一支箭飞来，杨宗保的马立刻倒下，穆桂英回马杀来，将杨宗保活捉过去。孟良随后救应，寨上箭石齐发，不能近前，孟良只好领兵在山下扎营。

穆桂英将杨宗保捉回寨中，杨宗保毫不畏惧，表现出的英雄豪气令穆桂英心生爱慕。穆桂英心腹把她的心思告诉了杨宗保，杨宗保听后沉思了半天，心想："要是不答应，别说取降龙木，恐怕连性命也难保；要是答应了，后面的事就好办了。”杨宗保虽然觉得拿儿女大事作交换有违杨家忠良正义之道，但大敌当前，非出此下策不可了。杨宗保于是答应下来。穆桂英大喜，赶紧命人给杨宗保松绑，并设宴款待。正在这时，孟良带宋军攻打山寨营救杨宗保。孟良进到寨中，见一派祥和气氛，大吃一惊，问明缘由，转而贺喜杨宗保。二人就此告别穆桂英，回营复命。

杨宗保回到营中，拜见杨六郎，将在穆柯寨被抓，又与寨主穆桂英成亲之事详细述说了一番。杨六郎听罢大怒，说道：“大难当前，你居然有心思去招亲，你可知你贻误军情，当受军法处置。”说完便令人将杨宗保拖下去斩首。众人力劝之下，杨六郎才答应暂且收押杨宗保，待到破阵之后再作处置。

杨宗保被囚禁起来，心里仍惦念着降龙木。孟良来看他时，他将心事告诉孟良，说穆桂英是女中豪杰，军中正需要这样的人才，请孟良前去见她，一来讨降龙木，二来请她来军中相助。

孟良来到穆柯寨，说了杨宗保的意图。不料穆桂英大怒道："我不会离开我的山寨，赶快回去叫你们小将军过来，要不然，休怪我杀入军中去捉拿他。"孟良愕然，再劝了几句，穆桂英完全不听。孟良吃了闭门羹，心里满是怨气。傍晚时分，他偷偷跑到寨后放了一把火，霎时烈焰冲天，满谷通红。穆柯寨众人都赶去救火，孟良趁机砍下两根降龙木，火速带到五台山去了。

穆桂英率众人扑灭大火，已是天亮。经过一夜的焚烧，山寨已是满目疮痍，穆桂英看着被烧毁的山寨，顿时怒气填胸。穆桂英猜到大火是孟良所放，所以气冲冲地整点人马要杀去宋营报仇。部将们劝说她就此投奔朝廷，一来夫妻团圆，二来为朝廷立功。穆桂英思虑片刻，觉得有理，便扯起穆柯寨金字旗号，率部下直奔宋营去了。

杨六郎在军中听说穆柯寨人马来到宋营，怒火顿生，说道："她勾引宗保，以致贻误军情，现在还敢来魅惑宗保不成！"说完，便率领五千军兵前去阻挡穆桂英。杨六郎见到穆桂英，劈头盖脸骂了她一通。穆桂英非等闲之辈，哪受得了如此对待，她提刀上去，直杀向杨六郎。杨六郎举枪交战，二人交战数个回合，不分胜负。穆桂英佯败回走，杨六郎追了上去，却被一支冷箭射伤左臂，穆桂英捉住杨六郎带回穆柯寨。

刚走到一半，穆柯寨人马与杨五郎和孟良在山坡后面相遇。孟良见被俘之人是元帅，大惊不已，叫道："元帅怎会被捉了？"穆桂英这才知道自己所擒之人正是杨宗保的父亲，立

刻命人给杨六郎松了绑，下马相拜。误会消除，众人一起回宋营去了。

杨五郎和杨六郎一起回到军中，杨六郎下令放出杨宗保。穆桂英拜见佘太君。佘太君见她英姿飒爽，非常高兴，下令摆设酒席，给众人接风。酒至半酣，军士进来报告说岳胜、呼延显已从各处调来了军马，杨六郎大喜。王贵、金头娘、杨八娘、杨九妹等人都到帐中与杨六郎相见。

第二天，杨六郎上奏宋真宗："臣已调来各处军马听候调遣，现在特来请皇上下圣旨破阵。"真宗说："卿虽然将各处军马调齐，仍须谨慎行事，万万不能使敌人得志而挫伤我军锐气。"杨六郎领命退出，与杨宗保商议进兵之事。杨宗保说："师父昨天说眼下不利出兵，需要再等几天。孩儿打算先率兵前去打探一下情况，回来再定破敌之计。"

次日，杨宗保亲自率兵来到阵前。辽军主帅韩延寿出来迎战，见杨宗保坐骑正是萧太后丢失的白骥马，大喝一声："乳臭匹夫，别想逃走！"那声音如空中霹雳，直震得人心惊肉跳。杨宗保听罢，竟然翻身落马。宋军中顿时骚乱起来，众人救起杨宗保匆匆回到营中。辽军得势，也收兵回营了。

众将士将杨宗保扶进帐中坐定，钟道士给他吃了一粒药丸，他才慢慢苏醒过来。

杨六郎听说杨宗保被辽将一句话吓得跌落马下，以为宗保胆小怯战，正要责骂，钟道士道破天机。原来杨宗保不能抵抗是因为他尚不满十八岁，不可领兵御敌。钟道士建议杨六郎向宋真宗请奏授予杨宗保重任，并赐他两岁，凑足十八岁。杨六郎依言上奏。真宗退兵心切，听杨六郎这么一说，也不多想就同意了。经过隆重的仪式，杨宗保不仅受封元帅，还接受了皇上及众臣赐予的两周岁，刚好凑足十八岁，成为壮年之士。

第二天，杨宗保按师父钟道士的建议派焦赞去辽营打探军情，自己则在营中与众人商讨破阵之计。

焦赞拿着部下江海仿造的萧太后圣旨，一路畅通无阻，经过铁门金锁阵，见番帅马荣威风凛凛，站在将台上方，部下严守阵中，看不出一丝破绽。焦赞再去到青龙阵，只见阵内错综复杂，变幻无常，还有金鼓声萦绕耳旁，令人心生畏惧。焦赞不敢多滞留，匆匆走过苏何庆把守的白虎阵、黄琼女把守的太阳阵，从另一条路逃回了宋军营中。

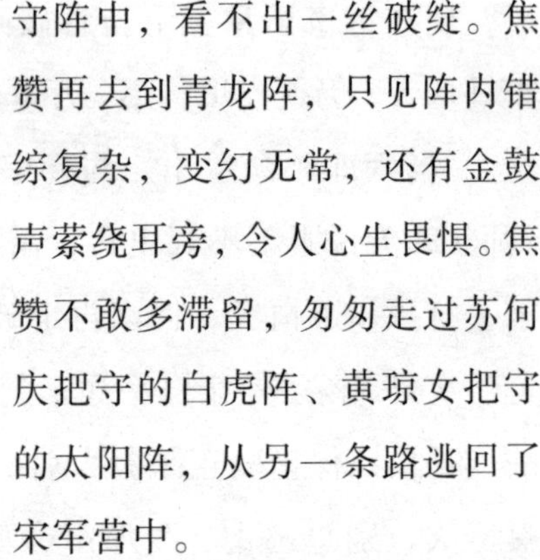

焦赞回营后将所见一一回报给杨宗保，更提到太阳阵妖气逼人，尤其难攻。杨宗保请钟道士前来商议，钟道士说：“我夜观星象，太阳阵似有反变，可先攻此阵，再依次破其他阵。”杨宗保仍有疑虑，但见钟道士

成竹在胸，便不再多虑，听从钟道士的建议，派金头娘带精兵两万从第九座天门攻入，又派杨八娘领一万骑兵与她接应。

金头娘来到阵前，先将太阳阵主将黄琼女骂了一通："你堂堂公主之躯，居然不知羞耻，在这里赤身露体，真是有辱国威！"黄琼女听后不仅没有发怒，反而自觉羞愧地勒马回到阵了。金头娘见状，也不恋战，与杨八娘合兵回营去了。

黄琼女回到帐中，心想："我千里迢迢赶来，却受此耻辱，以后如何面对西夏子民呢？"想到这里，黄琼女已有所动摇。她忽又记起幼年时，邓公曾做媒将自己许给杨令公第六子，只是后来邓令公故去，便无人提及此事，此时宋营守将杨六郎便是自己的未婚夫，与其在辽营受辱，不如投奔宋营，助他破辽。于是，黄琼女写了一封降书，命人送到了金头娘那里。

金头娘收到降书，交给佘太君处理。佘太君看罢，和杨六郎说道："黄氏有意归降，你若拒绝，她一定会觉得受到羞辱，到时再转回去协助辽军对付你，岂不是给自己树了一个劲敌吗？不如就此答应了，大宋也多了一位战将。"杨六郎听后觉得佘太君所言有理，便写了一封信，派人送到黄琼女手中，约定明日黄昏里应外合，攻打辽营。

就这样，宋军不费吹灰之力便破一阵，还得一良将，顿时军心大振。杨宗保与钟道士商议往后破阵计划，决定三天后趁甲子日再举兵破阵。

杨宗保向钟道士请教破阵方法，钟道士指着辽军阵图说道："铁门金锁阵正是其咽喉之地，若先攻破此阵，破后面的几个阵就如同破竹了。”杨宗保点头道：“辽军摆阵虽严密，但只要用对将领，一定能大获全胜。铁门金锁阵派穆桂英率军攻打，紧接着派柴郡主带兵破青龙阵。柴郡主有孕在身，孕气正好能冲破阵内邪气。”

杨宗保与师父商议完，奏请杨六郎派柴郡主出战。杨六郎担心郡主有所闪失，有些犹豫。杨宗保连忙说道：“师父说一定不会有事，元帅若不放心，孩儿派孟良一同出战，协助母亲。”杨六郎这才点头同意。杨宗保即下号令，将破计之策以密函方式交给穆桂英和柴郡主。二位主将领命，各率精兵三万，浩浩荡荡地直冲辽营而去。

柴郡主过于劳累，动了胎气，提前生下孩子。铁头黑太岁见状正要去捉拿郡主，恰在这时，穆桂英率兵接应来了。只几个回合，穆桂英便将铁头太岁斩于阵中，青龙阵也被破了。众人救起柴郡主，带着新生婴孩回宋营去了。佘太君见了婴孩，非常高兴，给他取名杨文广，并吩咐奶妈好生看养。

连破两阵后，宋军士气大振，接着又破了白虎阵。待到准备破玉皇殿时，杨宗保将佘太君、杨八娘和杨九妹请入帐中，说道："这一回，要劳驾奶奶和二位姑姑了。"佘太君说道："这是为国家安危而战，我们不敢推辞。孙儿尽管分遣。"杨宗保说道："玉皇殿阵内有一梨山老母，婆婆进入阵内，要先捉拿此人。只要梨山老母被擒，其他人就容易对付了。"佘太君领命，率杨八娘和杨九妹前去准备。杨宗保又召来王贵，吩咐他率兵从正殿攻入，接应佘太君。杨宗保分遣完毕，只等明日交锋。

第二天，佘太君率领部下，扬旗噪鼓，杀入玉皇殿中。椿岩立即摆动红旗号令辽军迎战。森罗国董夫人所扮的梨山老母接到号令便迎了上来。等到宋军进到阵内，忽然金鼓齐鸣，董夫人手下部将一齐冲出，将佘太君、杨八娘和杨九妹团团包围。王贵欲冲进阵中救援佘太君，却被辽邦主帅韩延寿一箭穿心射死，部下骑兵也被辽军杀了一半。

消息传到宋军营中，杨宗保大惊失色，丧失一员大将，杨宗保更是悲愤不已。杨宗保连忙命穆桂英带五千精兵前去接应佘太君，又命姐姐杨七姐率五千步兵抄到殿前，毁掉殿前红灯笼，令辽军失去变动之力。

穆桂英杀入殿中，见董夫人正与杨八娘厮杀，于是拈弓搭箭，将董夫人射落马下。这时，杨七姐也破了红灯，绕到通明殿前与众人会合。韩延寿见宋军大胜，不战而退，宋军夺得王贵尸首回营。宋真宗嘉赏王贵家人，诸将大受鼓舞。

接着，杨宗保依钟道士之计，陆续攻破辽军其他各阵，杀死辽兵四十余万，大获全胜。

第十五章　王钦进献反间计

话说王钦到中原已十八年，急切想要为萧太后建功立业。但见杨家再次崛起，不禁有些焦急。于是，他向宋真宗请命，亲自前往辽国取头像文书，趁机回到辽国。

王钦向萧太后进言道："当今宋朝良将都被派到边关去了，朝中只有十大文臣。太后可以回复宋朝皇帝，就说王钦官职太低，有辱声威，宋朝应该派十大朝臣到九龙飞虎谷，接纳山后九州地图。等那十大朝臣一来，就把他们扣押起来，要挟宋朝皇帝平分天下。宋朝皇帝一向以大臣为重，肯定会答应的，那时太后再趁机进兵，必能成功。"萧太后认为此计可行，就写了书表让王钦带回汴京。

回到京城，王钦朝见宋真宗奏道："臣领命去辽国传旨，萧太后当即同意交纳九州地图，但说此事重大，臣职卑位轻难当此任，要请十大朝臣在九龙飞虎谷接纳，特令臣回来禀报。"真宗闻奏十分高兴，当即下令让十大朝臣准备起行。

寇准、柴玉、李御史、赵监军等朝官得旨后，都来八王府中商议。寇准说："这是奸人之计，此去必凶多吉少。"柴玉说："圣旨既下，怎可推辞？"

八王见众人心有疑虑，便说道："各位不用担心，此行要经过三关寨，到时见了杨郡马，借些兵马护送，保管无事。"寇准等众人听罢此言，这才安心准备去了。

八王带着众大臣来到三关寨，杨六郎亲自出关迎接。随后，杨六郎派孟良、岳胜、焦赞、陈林、柴敢等二十多人，扮作随从护送一干大臣前往九龙飞虎谷。

宋臣出朝的消息传入辽国，萧太后派耶律学古为行营总管，率精兵一万前往九龙飞虎谷等候。等到双方会面，辽军便露出真面目，将十大朝臣死死围困在了深谷里。

萧太后与群臣商议，想要趁着困住宋臣之际，亲自出征讨伐宋朝。驸马木易闻言，立即主动请缨。萧太后听了十分高兴，遂下令封木易为保驾先锋，率领女真、西夏、沙陀、黑水四国共十万兵马前行，木易领命而出。次日，萧太后车驾离开幽州，大军浩浩荡荡往九龙飞虎谷进发。

木易安营扎寨后，在帐中寻思："八王和众位大臣被困在谷中，辽国兵马又如此强盛，即使有救兵来，他们如何能突围？假如粮草用尽，就更难脱险了。"想到这里，他心里顿生一计，于是写了一封信，绑在箭头上，射进谷中。

这支箭恰好被孟良拾到，拿给八王看。八王看了信后十分欢喜，对寇准说："这封信是杨延朗将军所写，信上说山后有粮草二十车相赠。辽军现在由杨延朗领兵，定保我们无事。"

寇准说："既然山后有粮草，应当派人前去探视。"孟良提出愿意前往。

孟良随即辞别八王，装扮成辽国人出了山谷，不料没走多远就被辽军巡逻兵士发现，孟良寡不敌众，被辽兵捉去木易帐中。木易见到孟良，大吃一惊，故意大声呵斥道："我命你回幽州向公主回报紧急要事，怎么反被抓到这里来了？"孟良先是一愣，但马上明白过来，回答道："天色昏暗，小人走错路了，这才被抓。"木易假装怒道："赶紧上路，快去快回。"左右连忙把孟良放了。

孟良出了辽营，暗自庆幸遇上杨将军，这才保住一命。转念一想，如果前去三关调兵，必须先申奏朝廷，恐怕日久误事，不如去五台山请杨禅师来救援，胜算更大。想到这里他立即拔腿直奔五台山而去。

孟良先请了杨五郎，接着又马不停蹄地去请杨六郎。杨六郎让他快去汴京报告朝廷。宋真宗闻讯，即命老将呼延赞为监军，杨宗保为先锋，点兵五万启程。杨宗保领命而出，到无佞府向佘太君辞行，佘太君又命杨八娘、杨九妹同行相助。

宋朝大军长驱直入，很快就到了谷口，救出了十大朝臣。萧太后则在亲信的保护下，仓皇逃回幽州去了。

却说北汉庄令公有一个女儿，是九月九日出生的，号称重阳女，自小勇力过人，精通武艺，从小许配给了杨六郎，只因兵荒马乱，这才耽搁了亲事。她听说十大朝臣被困，就要举兵来救援，寻找杨六郎。不料杨六郎已杀退辽军，只剩下幽州城尚未攻下。重阳女心想这是个立功见夫君的好机会，便派人报知杨六郎。杨六郎记起往事，忙命岳胜前去迎接。重阳女来到帐中与杨六郎相见，二人互诉往事，情意绵绵。重阳女想为杨家建功立业，便提出要混入辽营与宋军里应外合，一举夺下幽州城。杨六郎喜不自胜，当即答应，分给她一万人马，再故意让岳胜、孟良败于她手下，使重阳女顺利进入幽州地界。

重阳女来到城下，高叫开城。守城军士报入城中："有一女将，杀开南阵，前来救应。"萧太后闻报，立即与文武大臣登上城楼观望，见一队人马正在追杀宋军，旗上写着"河东重阳女"，连忙令耶律学古开城门迎接。

重阳女进城见了萧太后，说自己早想为北汉报仇，如今宋朝气焰嚣张，实在是看不下去了，就带了精兵前来接应辽国，灭宋朝威风。萧太后听了大喜，随即下令设宴款待。酒至半酣，重阳女说："宋军现在围城紧急，我愿率部下擒之，可初建微功。"萧太后准奏，于是重阳女谢宴

退出。

木易得知此事，暗想："重阳女曾经许配给六弟为妻，怎么会来助阵辽国呢？其中肯定有蹊跷。"等重阳女退出后，木易向萧太后请兵助重阳女讨伐宋朝。萧太后听了很是高兴，命木易与重阳女同行。

木易趁机将自己的身份来龙去脉告知诉重阳女，二人决定联手。木易说："萧太后手下勇将还有很多，必须先将他们除去，然后才能进兵。明天出兵，可以令上万户、下万户、乐义、乐信等人领兵先战，你率兵跟随。等斩了这四人，再引宋兵乘势杀入，幽州城唾手可得。"

第二天，木易依计下令。一声炮响，上万户率兵扬旗而出，正遇岳胜。岳胜举刀相迎，没战到两个回合，下万户、乐义、乐信从旁边杀出。岳胜抵挡不住，拍马退走。辽军乘势而出，重阳女率部下紧随其后，突然大喝一声："辽将慢走！"手起刀落便将乐信斩落马下。乐义大惊，还没来得及反应，也被岳胜回马斩为两段。这时孟良、焦赞率兵赶来，上万户被孟良杀了，下万户则被乱马踩死。重阳女当先杀入城里，宋军随后跟进。幽州城内一片混乱，萧太后万般无奈，只得自缢而亡。

杨四郎回到宫中，向琼娥公主坦承了身份，公主愕然。木易又劝公主随他回宋朝，公主见如今国破家亡，又不舍与木易分离，便同意了。这时，耶律学古正好进宫，杨四郎乘其不意一刀将他斩了。耶律休哥见宋军已经进城，便化装成僧人从后门逃走了。大辽各郡见幽州已破，全都望风归降。

第十六章　宋真宗大封功臣

宋军占据幽州城后，八王在萧太后宫中宴请诸将，犒劳将士。杨延朗在筵席上请求八王厚葬萧太后。八王深赞杨四郎品德高尚，下令以王礼埋葬萧太后。过了几天，宋军浩浩荡荡地班师回京了。

宋真宗派文武大臣出城相迎，汴京城内一片欢腾。次日早朝，真宗听过战报，龙颜大悦，颁旨嘉赏众臣。

杨六郎带着四郎回无佞府见佘太君。杨四郎见了母亲，悲喜交加，母子二人互道相思之苦，其他人皆感动涕流。杨延朗叫琼娥公主前来拜见。佘太君见了十分喜欢，说："真是千里姻缘，这个女子和我儿十分般配。"当即摆下酒席庆贺，欢饮而散。杨五郎则领众僧回五台山去了。

再说王钦见辽国已败，害怕事情败露难以逃脱，就扮成一个云游道人，连夜逃出汴京。

宋真宗得知消息后，大怒道："我待他不薄，不料此贼竟敢如此大胆，屡次起心谋反。"当即命杨宗保率兵去追。

杨宗保得令，立刻率兵追出北门，一路问讯，直追到黄河边上。王钦比他先到渡口，看到艄公连声叫道："你马上渡我过河，我定会重金相谢。"艄公摆船靠岸，王钦慌忙跳上船，艄公举棹而行。

才离岸不久，忽然狂风大作，将船吹回岸边，如此一连三次渡不过去。艄公说："必须等风停了才能过去。"王钦无奈，只好藏在船舱里。

这时杨宗保追到，厉声问艄公道："看到一个道士过去吗？"艄公没有回答。王钦低声在船舱里说："你就说我已经过去很久，我将倾囊相谢。"艄公问："你是什么人？"王钦一报自己的姓名，艄公大怒道："你这个奸贼，今天落到我手中，休想逃！"说罢就把船撑近岸边，报告杨宗保。杨宗保让士兵上船捉了王钦，带回京城。

宋真宗见到王钦，对他恨之入骨。八王建议真宗设宴筵请外国使臣，共观王钦大刑，真宗允奏。王钦忍受不住酷刑，很快便气绝而亡。真宗命人将他抛尸荒野，以警示奸臣。

不久，大将呼延赞中风而逝，宋真宗不胜悲伤，下令厚葬，谥忠国公。

天禧元年（公元 1017 年）二月，宋真宗与八王商议封赏讨伐辽国将领之事。八王十分赞同真宗论功行赏。真宗又问到对辽国俘虏的安置问题，八王回答道："早在大军从幽州班师回京前，寇学士就提过留兵镇守之事。臣认为两国风俗各不相同，派兵驻守怕反引争端，便没有留兵。如今辽人已臣服于我大宋，陛下不如放辽国太子及朝臣重回辽邦，以后让他们年年进贡便可。如此边境也会安宁。"真宗允奏，下令放辽国俘虏回幽州。

第二天，宋真宗宣杨六郎等人进殿领旨，接受封典。封旨如下：

封杨六郎为代州节度使兼南北都招讨，杨宗保为阶州节度使兼京城内外都巡抚，杨四郎为泰州镇抚节度副使，岳胜为蓟州团练使，孟良为瀛州团练使，焦赞为莫州团练使，其余众将各加封官职，镇守一方；杨家女将也各有封赏，杨八娘为金花上将军，杨九妹为银花上将军，穆桂英等十四员女将都封为诰命副将军。

且说杨六郎听说当年孟良从红羊洞盗回的父亲骸骨是假的，真的还在威望台，便令孟良再去辽邦取回骸骨。焦赞一心想报答杨六郎，觉得这是个好机会，于是自作主张先孟良一步来到威望台取骸骨。

孟良和焦赞前后脚到了那里，黑暗中，孟良将焦赞当作辽人杀死了。孟良亲手杀死了焦赞，非常懊恼，于是将骸骨包裹好，交给一个老军士送回汴京交给杨六郎，自己则在焦赞的尸体旁以死谢罪了。杨六郎得知二人死讯，大病不起，不久也去世了。

第十七章　杨宗保挂帅遭困

却说西夏达达国王李穆，听闻宋朝已经攻取幽州，便派大将殷奇领兵进攻雄州。

两军交战，宋军根本不是西夏军的对手。雄州守卫丘谦写了告急文书，派人火速送往汴京求救。

宋真宗得报，大惊失色，急忙召集文武大臣商议。大臣柴玉推举杨宗保带兵抗敌。真宗允奏，遂下令封杨宗保为征西招讨使，呼延显、呼延达为副使，大将周福、刘闵为先锋，发兵五万，前去击退西夏兵马。

这时正是十二月，北风呼啸，天寒地冻。宋军浩浩荡荡直抵焦河口，在离雄州十五里的地方扎下营寨。

殷奇得到消息，吩咐部下说："宋朝援兵，旗帜上写着'杨宗保'，久闻此人是杨六郎长子，文武双全，当年破天门阵，都是由他调遣。现在他领兵前来，你们不可轻敌。如果能战胜杨宗保，中原就不难攻取了。"

西夏副先锋汪文、汪虎说道："区区乳臭未干的毛头小将，不用元帅出阵，我们二人保管杀得他片甲不留。”殷奇便拨了两万精兵给他们。

第二天，汪文在平川旷野中摆开阵势挑战，远远看到宋军云集而来。杨宗保在马上厉声问道：“你我两国以边境为界，各自安宁，如今为何侵犯我大宋，杀害生灵？”汪虎笑道：“雄州本来就是西夏土地，被你们侵占，现在只是物归原主。”

杨宗保大怒，对左右说：“谁先出马？”呼延显应声请战，挺枪跃马，直取汪虎，汪虎舞刀迎战。两人鏖战三十个回合，汪文举枪来助战，呼延达挥斧从旁边杀出，汪虎招架不住，拨马便走。呼延显紧紧追赶，杨宗保率军跟进，汪文逃走，西夏兵死伤无数。丘谦在城上望见西夏战败，连忙打开东门接应，杨宗

保于是收兵进城。

殷奇正要亲自率兵迎战，束天神阻拦道："元帅只管稳坐军中，看小将去击退敌军。"殷奇应允。

这束天神会施展妖术，只要他一念神咒，就会狂风大作，飞沙走石。宋军在这样的情况下，根本无力招架，杨宗保接连派出大将应战，都一一溃败。最后，辽军设下个埋伏，将年轻气盛的杨宗保引入金山笼中。

将近傍晚时分，忽听一声炮响，番军伏兵倾巢而出，将金山笼山谷堵了个严实。杨宗保听后军报来消息，想到刚才未听邓文劝告，后悔不已。

杨宗保试图硬闯出去，呼延显、邓文率兵与笼口番兵拼杀，山顶番兵箭石齐下，宋军死伤无数，也没杀出路来。前方探路兵卒回报前方也是绝路，杨宗保听后，忧心忡忡。

邓文说道："番兵坚守谷口，我军纵使有羽翼也难逃脱，只好忍耐，再慢慢想脱身之计。"

杨宗保说道："我军因不熟地理而被围困，雄州军马恐怕也难保了。"

邓文说道："丘谦一定会坚守雄州，元帅不必担忧。只是我们被困笼中，粮草缺乏，又没有救兵，恐怕很难持久作战。"

众人言说除非有人能出得谷去，往汴京求救兵方可解困。刘青毛遂自荐，愿意前往。原来，刘青会潜形之术，他趁黄昏时分，变作一条青犬，跑出番营来。刘青出了金山笼，见日已西沉，番兵正在野地聚食，于是心生一计，取出火石，引燃了

番兵的粮草囤。

番兵纷纷赶去救火，刘青则趁乱偷了一匹快马，连夜赶往汴京去了。

刘青几天后便到了汴京，将情况报知枢密院。第二天早朝，枢密院大臣将边关杨宗保大军被困的消息上奏给宋真宗。

宋真宗闻奏大惊，忙宣刘青入殿将边关情形问了个清楚。真宗与群臣商议对策，柴玉上奏道：“沿边帅将，需要看守本境，不得调遣。陛下必须下发榜文，招募诸将中有武勇智谋超群者率大军前往。”真宗无他计，只好依其计发榜。

刘青又到无佞府将情况报告给佘太君。佘太君大惊，忙问圣上如何安排，刘青将出榜募才的事说了一遍。

佘太君着急地说道：“如今大军被困，度日如年，若临时招募，不知道要等到什么时候，只怕宗保等不到救援了。”言罢痛哭起来。

这时，穆桂英、杨八娘、杨九妹等人听说，都出堂询问因由。佘太君止住痛哭，将刘青所述再说了一遍。穆桂英、杨八娘、杨九妹以及杨家众女都争着要去救杨宗保。佘太君这才转悲为喜，吩咐众人各去准备。

第十八章　杨门女将平西夏

却说杨家三代都是英雄，杨家堂内无一弱将。除杨八娘、杨九妹和穆桂英外，堂前其他女将，个个也是武艺卓绝之人：杨延平之妻周夫人，智谋过人；黄琼女、重阳女善使双刀；杨延嗣之妻杜夫人更是天上麓星降世，又受过九华仙人秘法，会藏兵接刃之术，武艺出众，使三口飞刀，百发百中，杨府中人人尊重；杨延德妻子马赛英，善使九股链索；杨延定之妻耿金花好用大刀；杨延辉之妻董月娥能百步穿杨；杨延定妾室邹兰秀枪法卓绝；杨延平妾室孟四娘善调兵遣将；杨六郎两女杨七姐、杨秋菊都是武艺高绝之人；杨延朗妻子琼娥公主自幼习武，也是一名良将。

佘太君入朝拜见宋真宗，上奏道："臣妾媳妇孙女等，听说宗保被困，都要率兵去救，为朝廷建功，请陛下恩准。"真宗正愁无人应征，眼下听说杨门女将自愿前往，喜不自胜，当下允奏。真宗封杨延平之妻周夫人为上将军，率领精兵五万，前往救援杨宗保。

周夫人等领命，也不耽误，率领大军即刻赶往雄州。行军数日，已临近雄州，刘青指着前方营寨说道：“那便是森罗、黑水二国营寨，夫人请在此屯营，商议进兵之计。”周夫人观望敌军阵营，见果然是雄兵大阵，便听从刘青建议下令安营扎寨。周夫人将大军分作三路，重阳女、杨九妹、杨七姐、黄琼女、单阳公主五人率兵二万屯兵左侧，杨八娘、杜夫人、马赛英、耿金花四人率二万精兵屯右侧，自己则与穆桂英、董月娥、邹兰秀、孟四娘率兵一万屯中壁，并吩咐众人，交锋时务必互相救应。众人得令分别下去了。

西夏三太子听说宋军援兵已到，便与殷奇商议道：“若救兵晚十天救应，笼内宋军自当溃破，雄州城唾手可得。”殷奇听说宋军援兵全是女将，根本不将宋军放在眼里，信誓旦旦地说：“宋军全是女将主兵，如今分三营安扎。我们可分兵前后，令森罗国和黑水国的孟辛和白圣将先战，观其动静，然后定计破兵便成。”三太子应允，当即发帖文报知森罗国元帅孟辛等人。孟辛得令，立即整点兵马等待号令。

第二天天亮后，两军在平坦旷野摆开了阵势。宋军左营杨九妹、杨七姐首先出战，孟辛迎战。杨九妹与他交战了几个回合，孟辛佯败回走，杨九妹紧追上去。森罗国的百花公主这时从旁边冲出，截住杨九妹打斗起来。杨九妹只几个回合便将百花公主打退，乘胜追上去。百花公主见杨九妹逼近，忙取出流星锤朝杨九妹放去，一锤正中杨九妹坐骑。杨九妹被掀翻在地，百花公主正要一刀砍下，杨七姐从后放出一箭射中百花公主左臂。百花公主翻落马下，宋军立即拥上去捉住了她。孟辛见百花公主被擒，奋力来救，被刘青率兵阻挡回去。森罗兵大败，孟辛只得灰溜溜地回营去了。

杨九妹和杨七姐等回到营中，周夫人下令暂时囚禁百花公主，等候回军发落。正在这时，又报黑水国军在营外叫战。周夫人派重阳女为主将，穆桂英为副将，率领一万精兵前去迎战。

重阳女与穆桂英率兵来到阵前，对阵的是黑水国大将白圣将。白圣将挺枪纵马，直冲宋军阵中，重阳女举双刀奋勇来敌，两马相交，喊声大振。战了几个回合，白圣将招架不住，拨马便走。孟辛见状，怒道："捉住此人，为我妹妹报仇。"说罢便舞锤拍马，从中间冲入。穆桂英见状挽弓朝孟辛射去，孟辛应声而倒。重阳女奋力追赶，终将白圣将砍落马下。宋军乘势杀出，黑水兵被杀死一半，其余的丢盔弃甲，各自逃回本国去了。

三太子听说森罗、黑水两国人马均败给宋军，大惊失色，忙派束天神领兵出战。

束天神来到阵中，与二郎杨延定之妻耿金花交战数回合，不分胜负。束天神跑到后阵，念起咒语，忽然狂风四起，天昏地暗。宋军不明所以，阵脚大乱，西夏兵乘机截杀，宋军大败。

耿夫人回营将束天神施妖法大败宋军的详细情况报给周夫人及众人。杜夫人听后，怒道："施妖法祸害世人，天理难容，让我去擒拿此贼。"穆桂英也请命同行，周夫人一一应允，派了一万精兵，着令出战。

杜夫人与穆桂英来到阵前，见束天神耀武扬威，好不气愤。杜夫人挺枪杀去，束天神舞刀相迎，二人交战了几个回合，束天神故技重演。杜夫人说："你的妖法只能吓唬别人，还敢在我面前卖弄？"立即念动九华真人传授的秘诀，顿时天朗气清，束天神的妖法失灵了。宋军乘势如潮而进，束天神正想逃跑，穆桂英抛起飞刀，将他一刀毙命。

败军回去报告三太子束天神被杀，三太子大惊失色道："精通法术、如此善战之将也被宋军所杀，当下还有谁可上阵？"殷奇说："太子别慌，我军还有五万人马未动，明天我保着殿下，跟宋军决一死战！"三太子于是下令部将，明日倾巢而出。

消息传到宋军营中，周夫人召集众女将商议道："胜败在此一举。我先令刘青潜入金山笼通知杨宗保，约定明天里应外合，确保成功。"刘青应命而去。

周夫人唤过黄琼女说："你领一万步兵与敌兵交战，将敌人引到雄州城下，我另有兵马接应。"黄琼女领命而去。

周夫人又唤过董月娥说："你引五千骑兵与邹兰秀埋伏在

城坳两旁，等信炮一响，乘势杀出。”董月娥与邹兰秀也领兵而去。周夫人又唤过马赛英说：“你引五千轻骑，各带引火工具，等两军交兵之际，去烧西夏营寨。”马赛英奉命而行。周夫人再令杜夫人率后军接应各处。

第二天，三通鼓罢，宋军出动，黄琼女勒马阵前索战。西夏殷奇一马当先，手执利斧大声叫道：“宋将快快退去，还能保命，若来硬战，定杀你个片甲不留！”黄琼女怒道：“你们已快被我宋朝大军消灭干净,还敢在此口出狂言,真是笑话！”遂纵马舞刀杀来，殷奇举斧相迎。

当下两阵金鼓齐鸣，喊声大振，几个回合一过，黄琼女就假装抵挡不住，往城门边逃去，殷奇领兵追来。将近城壕时，只听一声炮响，埋伏在两旁的董月娥、邹兰秀带兵杀出，刹那间万箭齐发，西夏军瞬时溃败。

殷奇见形势不利，连忙领兵回营。穆桂英带兵从中杀入，冲散西夏军阵势。三太子带领的兵马前后没法救应，乱成了一团。马赛英率轻骑绕到西夏大营的后面，放起烈火。正值东风骤起，霎时火光冲天，满营火起。三太子吓得魂飞魄散，只知道纵马逃命。

殷奇见形势突变，连忙使出妖法，只见四周涌起黑雾，一群猛兽冲入阵中，尽是豺狼虎豹，宋军人人畏惧，各自回马逃命。杜夫人见状念动真言，霎时火焰翻腾，将猛兽烧得四分五裂，西夏兵丢盔弃甲而逃。殷奇拼死力战，想杀出重围逃命，不料杨秋菊一箭射来，正中他的左眼，落马而死。

这时，杨宗保在金山笼看到火光四起，当即领兵杀出。呼延显奋勇争先，正遇江蛟，只交战一个回合，就将他刺于马下。穆桂英、黄琼女二人引兵掩杀到金山脚下，与杨宗保合兵一处，乘势追赶，直杀得西夏兵尸横遍野，血流成河。

宋军大获全胜，大将中仅呼延达先前被番兵捉住杀死。周夫人收军重新屯扎到雄州城外。众将到雄州府内相会。杨宗保下拜说："不是婶娘们等齐心克敌，宗保恐怕就没命了。"杨宗保谢罢，又向周夫人提议道："如今机会难得，西夏兵败如山倒，我们倘若趁机攻入西夏连州城，一定能夺得城池。"

周夫人点头道："将在外，君命有所不受。攻入连州也是利于宋朝的事，只要得胜，陛下定不会怪罪。"于是下令整顿兵马，向连州进发。

这个时候，三太子已从小路仓皇逃回连州，奏知李穆："殷元帅、東天神以及森罗、黑水两国援兵都已被杨门女将剿灭，此刻宋朝大军正冲连州而来，恐怕不用两天便可到了。"李穆听罢，大惊失色，悔恨当初没听柯丞相劝谏。正在这时，哨兵报宋军已将连州城包围，李穆惊恐不已，忙命人坚守城池，又召来文武群臣商议退兵计策。众臣个个愁容满面，无一人敢担此重任带兵迎敌。

李穆长女金花公主毛遂自荐，称愿领兵前往。金花公主自幼习武，也懂带兵遣将之事。李穆见无更合适的人选，便允奏，命金花公主带二万精兵，从西门出战。

却说金花公主来到城外，正遇上宋军女将杨九妹。二人言语两句，便举刀拼杀起来。斗了数十回合，杨九妹渐渐体力不支，金花公主得势。眼见杨九妹就要输了，杨七姐连忙射出一箭，金花公主应弦而落，西夏军马顿时溃败。败军将公主战死的消息报到西夏宫中，李穆闻讯无比悲痛，寝食难安。

第二天，宋军猛烈攻城。西夏武将张荣向李穆奏道："主公不用忧虑，我西夏城内尚有四万精兵，且粮草充沛。而宋军虽军威势盛，但远离汴京，粮草补给不及时。臣愿领兵出城迎战，若能退去宋军最好；若不能，我们便闭城坚守，等到宋军粮草告急，自当退去。"李穆听后，甚觉有理，便允奏，命张荣出战。

张荣是羌族人，特别有勇力，使一柄大杆刀，上阵如飞，军中号称"铁臂将"。当下他领了主命，率兵两万出城迎战。宋军阵中单阳公主一马当先，大叫道："西夏蛮夷怎么还不献城投降？"张荣也不答话，舞刀纵骑相迎。两马相交，没战几个回合，张荣故意装作招架不住，绕城而退。单阳公主尽力追赶。张荣见她追近，转身一刀劈下，单阳公主眼快，侧身躲过，却跌落马下。杜夫人见状，连忙抛出飞刀，张荣被击中左肋毙命。番兵见主帅战死，顿时溃散。宋军趁机砍杀，番兵死伤无数，乞降之声响成一片。

李穆在城中听闻张荣战死，顿觉无望，准备自尽。丞相柯自仙劝道："听说宋朝皇帝宽仁大度，投降的君主都被封了爵位。如今宋军锐不可当，主上不如纳降归朝罢了。"李穆沉吟良久，说道："宋朝一统天下，看来是顺应天意。就依你投降吧！"柯自仙便领命安排去了。

周夫人接到李穆派使臣送来的归降文书，便召杨宗保等来商议。杨宗保尚有犹豫，邓文进言道："西夏乃荒远之地，元帅应该允许他们归降，以彰显圣上怀柔之德。"周夫人依其言，批回来书，让使臣回奏李穆，准他投降。

第二天，李穆亲自率领文武大臣，打开城门迎接宋朝将士。杨宗保率先进入城中，见西夏君臣拜倒在路旁。杨宗保敬重李穆是一国之主，连忙将他扶起，与他并肩进入宫中。

李穆立在台阶下请罪，杨宗保说："我们大宋天子仁慈宽厚，如今既然允许你归降，只要你不再怀有二心，仍然可以镇守西夏国土。"李穆连忙拜谢，说愿意年年纳贡，朝奉天朝，不敢再反叛。

接着，周夫人率十二员女将和其他将士来到宫中，李穆一一拜见，并下令在宫中大设筵席款待宋朝将士。众将依次而坐，宫中鼓乐齐鸣，酒席上热闹非凡，众人尽欢而饮。当晚杨宗保便在城里安营，周夫人等人屯扎在城外。

宋朝大军在连州驻扎了几天，杨宗保见边境安宁，便与众将商议班师。众将士得令，于是准备起行。

李穆送了杨宗保两条真犀带和许多奇珍异宝，杨宗保将这些珍宝一一登记在册，带往汴京进献圣上。战场上擒获的西夏及两国将领都送还各国，只将百花公主一人押回中原。

一切安排妥当后，大军离开连州，西夏君臣送出十里之外而别。班师将士分成前后两队回京，军威大振，四海钦服。

几天后，宋朝大军已经离汴京不远。朝中君臣得到捷报，宋真宗忙令柴玉带领一班文臣出城迎接。

次日，杨宗保入朝见宋真宗。真宗说道："卿为朕远涉风尘，大功告成，实为不易啊！"杨宗保拜奏道："臣托陛下洪福得以平定西夏，现在献上属州十四，县二百，户口一万八千，租赋四百石，奇珍异宝三十余车。"

宋真宗龙颜大悦，下旨论功行赏，加封杨宗保为上柱国大将军，呼延显等将封为典禁节度使等职，周夫人封忠国副将军，穆桂英及众女将都加封为诰命将军，并命有司于内庭设宴，犒赏征西将士。当日，君臣尽欢而散。

第二天，杨宗保谢恩后，回到无佞府见佘太君。佘太君不胜欢喜，又见百花公主人才出众，与杨文广年龄相仿，便做主将公主许配给了杨文广。杨文广时年十五岁，在佘太君的教导下，杨文广后来也成为一代名将，领兵伐南，立功受封。

从此以后，四海安宁，宋朝自此进入太平盛世。

语文阅读经典丛书·第九辑

岳飞传

〔清〕钱　彩　著

文　质　改编

长江出版社
CHANGJIANG PRESS

图书在版编目（CIP）数据

语文阅读经典丛书.第九辑 / 文质改编.
—武汉：长江出版社，2021.4
ISBN 978-7-5492-7643-1

Ⅰ.①语… Ⅱ.①文… Ⅲ.①世界文学－作品综合集
Ⅳ.①I11

中国版本图书馆 CIP 数据核字（2021）第 068986 号

语文阅读经典丛书.第九辑　　文质　改编

责任编辑:江水
出版发行:长江出版社
地　　址:武汉市解放大道 1863 号　　**邮　　编**:430010
网　　址:http://www.cjpress.com.cn
电　　话:(027)82926557(总编室)
(027)82926806(市场营销部)
经　　销:各地新华书店
印　　刷:湖北嘉仑文化发展有限公司
规　　格:880mm × 1230mm　1/32　20 印张　400 千字
版　　次:2021 年 4 月第 1 版　2021 年 4 月第 1 次印刷
ISBN 978-7-5492-7643-1
定　　价:124.00 元(共五册)

MULU

目录

第一章　岳飞出世遇洪水

宋徽宗崇宁二年，一个婴儿降生在河南省相州汤阴县一户岳姓人家。孩子的父亲姓岳名和，是当地的富户。岳和为人忠厚，重义气，深得乡人爱戴。其妻姚氏多年无子，在四十岁这一年才生下头胎，而且是个男孩，岳和自然喜出望外。这天，岳家张灯结彩，热闹非凡，亲朋好友奔走相告，纷纷前来道贺，岳和随即命人设宴款待。一位道人登门，见孩子相貌英武，便

给其取名岳飞，字鹏举，取“前程万里，远举高飞”之意。

三天后，小岳飞做三朝，岳家庄座无虚席。小岳飞突然啼哭不止，怎么都哄不好。有人指点，让其母姚氏抱着他坐进一个大花缸里。说也奇怪，刚坐进去，小岳飞就不哭了。就在这时，忽然一声地崩山裂的巨响，接着，呼救声、房屋坍塌声由远及近。岳和大叫一声：“糟了，是洪水，黄河堤坝决口了！”人们还没来得及反应，洪水就吞没了整个村庄。

小岳飞和母亲坐在缸里，随着洪水漂到了河北内黄县一个叫作麒麟村的地方。这个麒麟村里住着一位员外，名叫王明，他与妻子何氏都已五十开外了。王员外夫妇为人乐善好施，是当地有名的“活菩萨”。王员外收留了岳飞母子俩，后来又帮他们在村子里安顿下来。

岳、王两家相处得格外融洽。第二年，何氏也生下一个儿子，取名王贵。

光阴似箭，日月如梭，转眼间小岳飞就七岁了。王贵也已六岁，王员外见他已到上学的年龄，便请了一位先生在家里教他读书写字。村中和王贵一起读书的还有两个孩子：张显和汤怀，他们分别是王员外的好友张达、汤文仲之子。王贵、张显、汤怀三人都是富家子弟，他们不但不好好读书，还终日在学堂里惹是生非，闹得鸡犬不宁。教他们的先生已七十多岁了，不仅老眼昏花，而且耳朵也不好使，所以，他常常成为这三个顽童捉弄的对象。

一天，张员外和汤员外结伴来拜访王员外，闲谈过程中，三人谈起自家儿子的劣行，都是既气愤又无奈。这时，仆人进

来禀告道："外面有一位名叫周侗的陕西客人前来拜访。"

这周侗可不是一般的人物，据说曾拜少林派武师谭正芳为师，得少林武术真传，精通多门武艺，尤其在枪法上更是达到炉火纯青的境地，人称"枪神"。后来他在军中担任教官，又在东京御拳馆任教头。只因他主张抗辽抗金，在朝中屡受主和派打压，一直郁郁不得志。

王员外见周侗孑然一身，又无亲无故，便有意将他留下来教那三个顽童读书。周侗听后，当即决定留下来。三位员外听了，喜出望外，连忙行礼拜谢。

再说岳飞就住在王家学堂隔壁，先生在学堂里教学，他听得真真切切。所以，每天只要那边一上课，岳飞便搬过家中的凳子，站在上面，趴在墙头上偷听周侗讲课。周侗讲的每一个字，每一句话，他都牢记在心。

有一天，周侗要出外访友，便留给学生三个题目，让他们自己做。岳飞十分好奇，很想知道周侗究竟给他们出了什么题目，等周侗出门走后，他便溜了进来。王贵、汤怀、张显三人此时正抓耳挠腮，不知如何下笔，见岳飞闯了进来，他们就像抓住了救命稻草，都围上来叫岳飞帮忙代写。岳飞不答应，他们把岳飞反锁在学堂里，然后跑得没了踪影。

岳飞没法出去，在屋里闲着也没事可做，无聊之下就把三人的文章都写好了。搁下笔之后，岳飞来到先生的座位上，见桌上有一篇先生的文章，便拿起来看。岳飞见周侗的文章字字珠玑，心里感叹道："我若是能成为先生的学生，日后何愁不能功成名就？"于是，他提笔在墙上写了几句诗："投笔由来羡虎头，须教谈笑觅封侯。胸中浩气凌霄汉，腰下青萍射斗牛。英雄自合调羹鼎，云龙风虎自相投。功名未遂男儿志，一在时人笑敝裘。"写完，他又在后面题上"七龄幼童岳飞偶题"几个字。

岳飞刚放下笔，便听到门外传来一阵仓促的脚步声，接着大门被打开了，王贵、张显、汤怀三人慌慌张张地冲了进来。王贵跑

在最前面，他朝岳飞大声叫道："你快走，先生回来了！"岳飞听了心中一紧，撒腿就奔出了学堂。不一会儿，周侗踱着方步进来了。他拿起孩子们的卷子仔细查看后，发现每张卷子字迹相同，再看内容，语句连贯通畅，而且文笔巧妙，不像是出自这三人之手，他不由得感到奇怪。他又看到墙上的诗句以及落款"七龄幼童岳飞偶题"，心想：这小小孩童，能有如此远见，真是孺子可教。便命王贵去把岳飞找来。

周侗见岳飞虽自幼丧父，却天资聪颖，勤奋好学，便有心收他做义子。第二天，周侗请岳母到王员外家来见面，提出想收岳飞为义子，不必更名改姓，并强调他自己只想将平生本事倾囊相授予他而已。岳母欣然答应。

从此，岳飞与王贵、张显、汤怀三人朝夕相处，一同学艺，并结为异姓兄弟。

春去秋来，寒暑相易，转眼岳飞已经十三岁了。周侗将十八般武艺悉数传授给了他们兄弟四人。岳飞勤学苦练，武艺精熟，特别是在箭术上大有成就，已经达到了左右开弓、箭无虚发的程度。

一日，师徒五人到沥泉山看望志明长老。这志明长老是周侗的老友，当他得知岳飞从小熟读兵法，就送给岳飞一杆沥泉枪和一册兵书，兵书中有一套枪法和一些行军布阵的妙计。在周侗的悉心指导下，岳飞刻苦研习，技艺大有长进。其后周侗又将枪法传授给汤怀和张显，将刀法传给王贵。从此，弟兄四人双日学文，单日习武，在空场上引弓射箭，舞刀弄枪，互相切磋武艺，四人武艺进步神速。

第二章　随堂考内黄显威

这天，麒麟村的里长来到王员外府上，见周侗和三个员外在院前散步，便走上前说："县里要考武童，我已将岳飞、王贵、张显和汤怀的名字报上去了。请先生转告他们四人，好让他们早些打点好行装，准备本月十五的考试。"

周侗回到学堂，立马把这一喜讯告知四个弟子，并吩咐他们早些备好弓马行装。大家听了，都欢天喜地地回去准备了，只有岳飞一人因无钱置办衣物，待在原地发愣。周侗见状，知其有难处，便回家打开箱笼，取出一件半旧的素白长袍和一条红鸾带来递给岳飞，还给了他一大块红锦，叫他拿回家做件坎肩和扎袖，最后又把自已心爱的战马借给他。岳飞接过衣服，向恩师道谢后高高兴兴地回家去了。

考试那天，周侗师徒五人一早便来到了内黄县校场，县官李春也已到演武厅里坐定。校场内人头攒动，热闹非凡。

考试第一项是比射箭，还未上场的岳飞、王贵、张显、汤怀在一旁摩拳擦掌，跃跃欲试。周侗吩咐王贵、汤怀、张显道："待会儿点到麒麟村的武童，你们三人先去。若有人问'岳

飞为何没来'，你们便答'随后即到'。"

点名到麒麟村的武童时，张显、王贵、汤怀三人答应着，一齐走到李春面前。李春见少了岳飞，果然问："岳飞为何没来？"

王贵抢先回答："他随后便到。"

李春说："那你们先考弓箭吧。"接着叫他们三个瞄准，可是张显、汤怀和王贵三人要求将箭垛放到更远的地方。摆好箭垛后，三人才开始开弓准备。

三人下阶站定，抖擞精神，弯弓搭箭，三箭齐发，只听见"嗖嗖嗖"三声箭响，三支箭齐中靶心。四周立刻响起一片欢呼和喝彩之声。李春看呆了，待回过神来，连忙问："你们三人的技艺是谁传授的？"

汤怀忙上前答道："家师是关西人，姓周名侗。"

李春一听说是周侗的弟子，十分高兴，忙起身说："原来令师就是周老先生。他是

本县的好友，快请他上来一叙吧。”

汤怀说：“家师就在下边的茶棚内。”

李春立即派了一员校尉，同汤怀三人一起去茶棚，请周侗上来相见。很快，周侗带着岳飞来到演武厅，李春忙下厅相迎，两人拱手互致问候，岳飞也过来行礼。

李春见岳飞相貌堂堂，体格强健，心里已有了几分喜欢，便道：“令徒武艺不错，令郎一定更好，无须再看了。”

周侗连忙摆手：“为国选才要公正严明，也要大家口服心服才是，怎么可以草草了事！”岳飞胸有成竹地走下台阶，立定身，拈住弓，搭好箭，瞄准二百四十步远的箭垛。“啪啪啪”九箭连发，支支中的，惹得下边围观者掌声雷动，喝彩声不绝于耳。各乡镇的武童看得目瞪口呆，连李春也忍不住起身为岳飞叫好。

校尉将箭垛拿到李春跟前。李春一看，九支箭全都射进同一个孔，整整齐齐地攒在箭垛上。如此高超的箭法，真是难得一见，令人叹为观止。李春见岳飞武艺高强，越看越中意，拉住周侗想将自己十五岁的女儿许配给岳飞。周侗点头赞同，让岳飞拜过岳父后，就带着岳飞回到茶棚，同众弟子一起出城回村。

第二天中午，李春派了一个书吏，把女儿的庚帖送到岳家，岳飞将庚帖交给母亲。岳母见儿子订了一门这么好的亲事，十分欢喜，便小心翼翼将庚帖收好，珍藏起来。

当日，周侗又带了岳飞去谢亲。李春见岳飞无马，于是带他到马场选马。马场内一匹雪白兔头马无人能驯服，岳飞飞身上马，勒住踢腾跳跃的烈性白马，不一会儿工夫就将马儿驯服了。李春遂将这匹白马送给了岳飞。

第三章　降牛皋草冈斗智

话说周侗父子二人飞身上马，一前一后出了县城，直跑到麒麟村口才下马进村。由于一路上快马加鞭疾驰，周侗早已累得满头大汗，回到书房，脱了外衣，喘息才稍定。他坐了一会儿，忽然觉得胸闷腹胀，立马就病倒了。

周侗连忙看医问诊，但都无济于事，哪知没几日工夫，病情急转直下。

这日，周侗知道自己大限将至，就叫来岳飞、王贵等兄弟四人以及王员外等人过来嘱托后事。他将自己的箱笼物件都赠给了岳飞，并叮嘱岳飞兄弟四人要齐心协力，有朝一日收回疆土，为国效劳。四人含泪应承。嘱托完毕，周侗就闭上了眼，与世长辞了。岳飞趴在床前，号啕大哭。

安葬了周侗后，岳飞在墓边搭了个芦棚，独自住在那里守墓。每逢初一和十五，岳飞都要买点酒肉，先引弓三发以明志，然后将祭肉埋在墓侧，洒酒于地，失声痛哭。

时光飞逝，转眼就到了第二年的清明时节。这天，众员外带着儿子们来给周侗上坟，他们都劝岳飞早日回家侍养老母，可岳飞不听。于是汤怀、张显兄弟几个就把岳飞住的芦棚拆了个精光。岳飞无可奈何，哭拜一番后只得随大家回去。

半路上，兄弟四人因好久未见，十分亲热，想一路踏踏青，员外们就雇了轿子先回家了。大伙正在兴头上，忽然发现草丛中躲着二十几个带着包袱和雨具的人，一问才知他们是要到内黄县去，只因听说乱草岗前有强盗，所以躲避在草丛里。

岳飞见那些人不像撒谎，便给他们指了一条去内黄县的大路，那些人谢过后就高高兴兴地走了。而岳飞一行热血兄弟绝不容强盗横行，二话不说就直奔向乱草岗。

刚转到山后，众兄弟就看见一个黑脸大汉正拦住一伙商人不放。岳飞独自走到那黑脸大汉前面，叫道：“我才是大商人，钱财和货物都在后头跟着。放了他们，我给你十倍的钱。”

黑脸大汉一听说有更多好处，再看岳飞单枪匹马，于是立刻动心，大手一挥，放走了那些商人，转过头来就向岳飞要买路钱。岳飞道：“要买路钱可以，不过得先问问我的拳头！”

黑脸大汉一听大怒，举锏就朝岳飞面门上打来。岳飞身手敏捷，闪身躲过去了。那黑脸大汉见扑了个空，心里焦急，一阵乱打。岳飞虚晃一下，引他上钩，又突然飞起一脚，正踢中他的左肋骨。黑脸大汉立时跌倒在地，痛得不住地号叫。

这时，王贵、汤怀、张显等人从一旁走出来，正好看到这一幕，都拍手叫好。黑脸大汉一听，脸都气成了猪肝色，觉得自己无颜苟活，一骨碌爬起来拔出宝剑就要自刎。

幸亏岳飞眼疾手快，跑过去拦腰抱住他，还给了他一个台阶下。黑脸大汉惭愧不已，扔下宝剑，连忙问岳飞的姓名。

岳飞叫兄弟们过来，互通姓名。那黑脸大汉一听他们都是周侗的徒弟，喜不自胜，连忙上前见礼。原来这黑脸大汉和周侗是旧识，他连忙问周侗近况，众人便将实情告诉了他。黑大汉听后顿时神色黯然。他本名牛皋，陕西人，从小酷爱耍刀弄棒，父亲死后，他带着母亲千里迢迢来到河北，所带盘缠全用完了，这才产生了邪念。

岳飞喜欢牛皋直爽的性格，便邀他到家中居住。牛皋本不知何去何从，见岳飞热情相邀，便欣然应允，于是带着母亲一齐往麒麟村走去。到家后，岳飞进屋跟母亲说明缘由，将牛皋母子接到家中。从此，两家合成一家，相处融洽，其乐融融。次日，岳飞带牛皋拜见王员外。王员外见牛皋朴实、直爽，心中甚是喜欢，并摆筵席为牛皋母子接风，叫他们五人结拜为异姓兄弟。从此，岳飞开始传授牛皋武艺，偶尔也会抽空教他一些文墨。在岳飞的带领下，兄弟五人每日在一起切磋研习，无论是文才还是武艺都大有长进。

第四章　考武举获得赏识

一天，岳飞兄弟五人正在打麦场上切磋武艺，村中一位里长前来传达相州节度使刘光世发下的公文，要上次小考通过的武童到相州参加考试，录取以后，再到东京参加大考。

岳飞等人听到这个消息，十分兴奋，立即去找王员外商量。可王员外对此事很是不屑，说道："这不过是那群奸党卖官鬻爵、搜刮民脂民膏的一种手段罢了，你们不去也罢！"

原来，当时北宋政治黑暗，当朝皇帝宋徽宗赵佶不仅沉溺于声色犬马，不理朝政，而且宠信蔡京、童贯、王黼等奸臣，导致国库空虚，民不聊生。

可岳飞听完王员外这席话后，却不敢苟同，他义正辞严道："我朝边疆年年受到侵扰，朝廷军备废弛，只知用岁币来求得一时苟安，战争必将一触即发。现如今，国家正是用人之际，而我等空有一身本事，却不为国效力，于心何安？"

王员外被岳飞的爱国热忱深深地震撼了，便不再阻拦。

岳飞随即进城拜见岳父李春，请求他将牛皋的名字加入，一同附册送考。李春对岳飞非常信任，毫不犹豫地答应下来，

并当即修书一封，让岳飞交给自己在汤阴县的好友，时任汤阴县知县的徐仁，托他照应。

第二天，兄弟五人一早便在王员外庄上会齐了，各自拜别父母后，就出庄上马直奔汤阴县城。弟兄们一路上，白天加紧赶路，晚上住店休息，不知不觉就来到了汤阴县。

岳飞重回故乡，想起自己这十几年来漂泊的生活和亡故的父亲，不禁泪湿满巾。正午时分，他们来到汤阴县城南，见一个客店的招牌上写着“江振子安寓客商”几个大字，便进去住下。

岳飞觉得当务之急是去拜会知县徐仁，但又怕徐仁已经退衙，正踌躇不决时，一直在一旁关注他们的店主江振子说道：“现在去正好，老爷总要到点了才退衙的，此时还尚早哩！”

原来这徐仁是个两袖清风、爱民如子的好官，这里的百姓都很爱戴他，朝廷几次征调他，都被当地老百姓给挽留了下来，如今已是他在汤阳县任职的第九个年头了。岳飞等人听了，很是钦佩，他们谢了店主，立即往县衙赶去。

岳飞等人到达县衙，向门役求见徐仁。门役听他们道明来意后，遂指引他们进了衙门。见到知县徐仁，岳飞递上李春的书信。徐仁认真地将信从头到尾看了一遍，回头仔细打量，又见他们个个身材魁梧、英气逼人，他非常高兴，吩咐道：“贤侄们请先回客店，都院大人的中军洪先那里，我会请人打招呼的，明天你们只管赴辕门候考便是。”

第二天，岳飞等人齐至辕门，求见中军洪先。洪先以为又是阔公子送钱来了，乐得眉开眼笑，他迎了出来，开口即问：“你们可有礼金送来？”

岳飞等人没料到这中军如此贪财，可他们身上一时也没带什么值钱财物，但又怕得罪了他，难进考场，便回道："我等无知，不知道这里的规矩，所以不曾带来，礼金改日再补上可否？"

洪先见他们身上无钱，只当是托词，立刻板起面孔说："大老爷我今日不考弓马，你们三日后再来。"

兄弟五人闷闷不乐地上马回旅店，刚走到半路，看见徐仁的轿子正迎面而来，他们连忙下马迎候。

徐仁也在轿子里看见了他们，忙吩咐停轿，探身出来问："我正要去见洪中军，托他照应各位，不料贤侄们回得这么快，不知考得怎样了？"

兄弟五人将洪先索要礼金、阻拦考试的事说了一遍。徐仁一听，非常生气，说道："太胡闹了，难道非要通过他这个中军才能考试不成？贤侄们只管跟我走！"

五人紧随徐仁到了节度使辕门。徐仁叫五人在外等候，独自一人先去见都院大人刘光世。

来到大堂，徐仁拱手道："下官拜见刘大人，随下官前来的还有五名来自内黄县的拔尖武童，他们现在就在大人门外候着，请大人给他们一次应考的机会。"

刘光世闻言，忙传令让他们进来。五人在阶下行过礼，刘光世见他们个个英气逼人、气宇轩昂，心中好生喜欢。这时，中军洪先突然到来，他见五个愣头小子齐刷刷站在节度使面前，忙上厅禀道："都院大人，下官今日已测试过这五人的弓马，十分平常，我叫他们回去温习，下次再来。岂知他们又来

烦扰都院大人？”

徐仁忙上前禀道：“洪中军因未得礼金，故此撒谎阻拦。武试三年才举行一次，机会难得，望都院成全！”

洪先抵赖，一口咬定岳飞等人武艺平平：“他们武艺拙劣，是我亲眼所见，怎么说我撒谎？如不信，可敢让我一试？”

刘光世见他们各执一词，一时难辨真伪，他本来也想见识岳飞等人的武艺，便指定岳飞与洪先当场比试一番。

二人领命，在阶下立好。洪先使一柄三股托天叉，比武刚开始，他就恶狠狠地向岳飞扑来。岳飞取过沥泉枪，眼疾手快，挡住了洪先的三股托天叉。那洪先有心置人于死地，只见他挥舞着托天叉左冲右突，招招致命。岳飞也非等闲之辈，敏捷地一一躲过，忽见洪先又挥叉直冲向他的面门，便迅速将头一低，侧身躲过，拖枪便走。洪先以为他想逃，乘势便追。不料岳飞突然转身，掉过枪杆向洪先肩窝上一点，洪先躲闪不及，被这突如其来的一招击中，摔了个四仰八叉，厅上厅下顿时一片喝彩之声。

刘光世见状，心中早已明了，便对洪先怒道："你这样的本事，哪还有资格做中军？来人，将此人给我赶出辕门，永不录用。"

洪先羞愧难当，掩面离去。

刘光世接着又测试岳飞等五人的弓箭。岳飞当场开弓三百斤，射中二百四十步外的箭垛。其他四人的箭法虽稍差些，却也不赖。

刘光世甚爱岳飞的好武艺，便问道："你祖籍何处？"

岳飞回答道："武生祖籍汤阴县孝悌里永和乡，因遭洪灾，家产尽数淹没，幸蒙恩公王员外收养，暂住在内黄县。又得仙逝恩师周侗教诲，学了些武功。如今学有所长，晚生只求早日赶考，博得功名，好重还故里。"

刘光世听他言毕，一面忙叫书吏编造书册，送岳飞等人赴京赶考，一面叫徐仁查明岳家祖留地基，以便拨款建屋，好让岳飞日后回乡居住。

不久，岳飞和李春之女成亲，然后就带着一家人以及王贵、张显、汤怀三家回汤阴县居住了。

不知不觉，赴京会考的时候到了。岳飞约来四位兄弟，商量去东京赶考，四人摩拳擦掌，嚷着要一同上京。

这天，岳飞带着四人向知县徐仁辞行，徐仁又带他们拜见都院刘光世。刘都院随即修书向东京的老将军宗泽举荐岳飞等人。岳飞对二位大人感恩不尽。

第五章　喜赴京拜会宗泽

第二天一早，岳飞等人告别了家人，就向汴京而去。快到京城时，岳飞怕牛皋鲁莽，便事先和他约法三章：“这次进京，一不许单独外出；二要尽量少饮酒；三除非考试所需，不可随身携带兵器。”牛皋听了大惑不解：“难道京城的人都是吃人的吗？”

岳飞道：“你有所不知，京城和我们那小县城可不一样，在这里，那些三公九卿、王孙公子比比皆是，若是不小心得罪了他们，就得吃不完兜着走了。”

王贵打趣道：“我们进了城都不开口，闭嘴还不行吗？”汤怀却道：“大哥说的是，我们遇事多忍忍也就得了。”

五人在马上说说笑笑，不知不觉间就进了汴京南薰门。

岳飞准备先在客店安顿下来，择日再到留守衙门去见宗泽。

这个宗泽可是个朝中重臣，官拜护国大元帅，留守汴京，他上马管军，下马管民，手握大权。那天，他正好到朝中办事，中午时分才回来。

岳飞一行到了留守衙门，站在衙门外等候。没多久，只见宗泽乘着大轿，被众军校簇拥着，朝留守府徐徐走来。

宗泽先前已收到刘光世一封书信，信中盛赞岳飞文武双全，是难得的栋梁之才，要宗泽一定提拔。他进了衙门就传令旗牌官："如果有汤阴县的岳飞求见，立即带他进来。"

岳飞怕穿白衣不礼貌，便临时向张显借了件锦袍穿上，吩咐兄弟们在门外等候，独自一个人进了辕门。

旗牌官将他领到大堂上，岳飞递上刘光世的亲笔信。宗泽看了信，又见他是一副富家公子打扮，便怀疑刘光世受了贿赂，立即拍案大喝："大胆岳飞！老实交代，这封书信你到底花了多少钱财买来的？如有半句假话，夹棍伺候！"

岳飞先是一惊，但心里毕竟坦然，便从容不迫地说了事情的原委。宗泽听了，将信将疑，要当场考察岳飞的武艺。岳飞跟着宗泽来到箭厅，他一连试了几张弓都嫌太软。于是宗泽叫人取出他的三百斤神臂弓，将箭垛放在二百步开外。岳飞拉开弓，连发了几支箭，支支都射在靶心上。宗泽见状，颔首微笑。

只见岳飞放下弓，拿起一柄点钢枪，里勾外挑，变化莫测。宗泽看了暗暗喝彩。接着，宗泽又亲自口试行军布阵的策略，岳飞对答如流：“交战布阵，不可墨守成规。战场有广狭、险易之分。用兵最重要的在于出奇制胜……”

宗泽见他句句在理，连声赞叹说：“你的确是国家的栋梁啊，文武双全，不错！”

宗泽与岳飞谈论了半晌，忽然皱起了眉头，对岳飞说：“可惜呀，贤侄这次来得真不是时候。”岳飞一听，不明就里，忙询问原因。

原来滇南南宁州有个藩王叫柴桂，因他是柴世宗嫡系子孙，被封为小梁王。小梁王听说朝廷今年重开武举，就想夺取状元名号，以树立威信。今年考武举的四个主考官，一个是丞相张邦昌，一个是兵部大堂王铎，一个是右军都督张俊，另一个就是宗泽。这小梁王备了四份厚礼送给四大主考官，其他三位主考官都收了礼物，只有宗泽将礼物退了回去。

宗泽感叹道：“论本事，老夫断定你定得状元，但如今可能会费些周折。本该留下你促膝长谈，但怕招来闲言碎语。你先回去，日后校场再做打算。”岳飞只好悻悻地回到旅店。

兄弟们见他愁眉不展，连忙问其缘故，岳飞怕兄弟们担忧，只把宗泽看他演武的事说了，对于小梁王的事却只字未提。

第二天，店主江振子摆酒席替大家接风。大家猜拳行酒令，好不热闹，独有岳飞显得心事重重，他没喝上几杯，便靠着桌沿睡着了。汤怀、张显见岳飞睡着了，也倒身睡下了。王贵多喝了几杯，已经半醉，没多久也打起鼾来。

第六章　比武艺枪挑梁王

考试那天，岳飞他们特意起了个大早。但到达校场时，里面已经是人山人海，岳飞领大家选了一个比较僻静的地方等候。天色渐明，各地的好汉也都陆续到齐。张邦昌、王铎、张俊、宗泽四位主考官一齐到演武厅就座。

张邦昌收了梁王的礼物，想故意为难岳飞，便道："听说宗大人的门生岳飞此次也前来应试，请先题他上榜吧！"

宗泽没料到岳飞仅去过一次留守衙门，就被张邦昌知道了，心里没防备，一时竟找不出理由来反驳他，只好说道："我们为朝廷选材，应该秉公处理，既然你对我有所怀疑，那我们可先对天盟誓，表明心迹，然后再考。"说罢，他叫左右摆好香案，焚香立誓道："皇天在上，我宗泽如存一点欺君枉法、贪财误国之念，愿死于刀剑之下。"

张邦昌见宗泽立了誓，也不得不在香案前立誓道："信官张邦昌，如果欺君枉法，受贿遗贤，今生就在番邦为猪狗，死于刀下。"

宗泽是个厚道人，也不介意他立誓的轻重，但想到他们三

个主考官一心想将状元送给梁王，便命旗牌官唤出梁王柴桂上厅，先考考他。

柴桂上前，只作了个揖就站在一边听令。宗泽正色责备说：“你虽然是个藩王，但既然来参加考试，便是举子，哪有举子不跪拜主考官的道理？”

柴桂心虚，只得低头跪下行礼。

宗泽教诲柴桂，张邦昌却以为宗泽是有意为难，便把岳飞叫上来泄愤。岳飞在张邦昌面前跪下，张邦昌喝问道：“岳飞，你有何本事，要来参加科考，争夺状元？”

岳飞答道：“今年几千举子，强中自有强中手，而状元只有一个，我不过是力争而已。”

岳飞的回答让张邦昌一时哑口无言，没想到自己偷鸡不成反而蚀了一把米。但他立马想到柴桂的文笔较好，于是就命两人先考文字：岳飞使枪作枪论，柴桂使刀作刀论。

柴桂受了宗泽一顿训斥，早已昏头昏脑，下笔写“刀”字，却写成了“力”字，心里一急，又涂描了几笔，结果刀不成刀，力不成力，文章也作得煞是艰难。

不多时，就见岳飞搁下笔，不慌不忙上前交卷，柴桂也只得硬着头皮交了卷。

张邦昌先将柴桂的卷子看了看，略一皱眉，便将其笼在袖管里。接着他又拿起岳飞的卷子一看，不由得吃了一惊，没料到岳飞有这么好的文笔。但他故意把卷子往地上一扔，喝道：“这样的文字，也来考状元，来人哪！快将此人轰出去！”

宗泽知道张邦昌有意刁难，急忙喝止，叫人把岳飞的考卷递上来，自己亲自察看。岳飞拾起卷子交给宗泽。宗泽展开细看，但见字字珠玑，他深知是张邦昌从中作梗，便故意说：“岳飞，你难道不知道苏秦献《万言书》、温庭筠代作《南花赋》的典故吗？”

苏秦上《万言书》遭秦相商鞅忌妒，温庭筠作《南花赋》被晋丞相桓文毒死，都是历史上有名的妒才忌能的故事。张邦昌明知宗泽暗骂的是他，但由于心虚，也只敢怒不敢言。于是，张邦昌命岳飞和柴桂比试弓箭，打算到时再给他难堪。

比试射箭开始前，张邦昌故意叫其亲随将箭垛摆到二百四十步处，并叫岳飞先射。岳飞开弓搭箭，连射九箭，竟全从一个孔眼而出。张邦昌见他箭法出众，心中一惊，于是慌忙命人拿走箭垛，又叫他俩骑马比武。

柴桂整鞍上马，手提金背大砍刀，先到校场站定。岳飞也提枪上马，到了校场中央。梁王低声道：“岳飞，你若肯诈败，我重重赏你，若不依从，小心丢了小命。”

岳飞也低声回道：“千岁是堂堂藩王，竟口出此言，岂不上负皇上求贤之意，下阻英雄报国之心？岳飞恕难从命！”

柴桂见岳飞如此执着，不禁大怒，挥刀狠狠地朝岳飞的头顶砍来。岳飞奋力用枪一隔，架开了刀。柴桂旋即又一刀拦腰砍来，岳飞眼疾手快，只见他使了个“鹞子大翻身”招架住。梁王见刀刀落空，久战未果，忽然收刀回马，转到演武厅对张邦昌说：“岳飞武艺平常，只知躲闪，怎能上阵交锋？”

岳飞也上前禀告：“我并非武艺不精，只因梁王与我有尊卑之别。而武场上刀枪并举，我若失手伤了梁王，岂不是犯下大罪？求考官做主，允许我二人立下生死文书，我才敢交手。”

张邦昌暗想，岳飞肯定不敢伤梁王，状元迟早还是梁王的，就劝梁王和他立下生死文书。柴桂骑虎难下，只得在生死书上签字画押，和岳飞交换后就将其交给张邦昌收藏。

岳飞也走下厅演武，把梁王的生死文书交给汤怀等人，并悄悄嘱咐他：“贤弟，我若被杀了，你帮我收尸；可若我赢了，梁王的家将必会出来帮忙，到时一定要替我阻拦。”

与此同时，柴桂也到了他的帐房，他吩咐家将道：“我若赢了，自然无事；若是岳飞赢了，只管将他乱刀砍死。”

两人交代完毕，重新回到校场。起初岳飞一让再让，并不出招，柴桂以为他胆怯，更加肆无忌惮。岳飞忍无可忍，叫道：“梁王，你好不知轻重！休怪在下冒犯！”说完，他举枪

架开梁王劈面砍来的一刀，直刺梁王心窝。梁王“扑通”一声落下马来，顿时一命呜呼。

校场内立马响起雷鸣般的喝彩声，左右巡场官和护卫兵丁面面相觑。岳飞神色不变，跳下马，把枪插在地上，等候裁决。

巡场官飞奔上来报告：小梁王被岳飞刺死了。张邦昌听了，大惊失色，喝令速将岳飞绑下。刀斧手立即将岳飞绑到演武厅前。柴桂的家将们听说主人被刺死，拿起兵器就要替柴桂报仇。但汤怀、牛皋等人早已摆开阵势，拦住了他们。

张邦昌一心要替柴桂报仇，不顾先前立有生死文书，传令要斩岳飞。宗泽喝道：“若杀了他，不但众举子不服，你我也都会有性命之忧，还是奏请皇上裁夺吧。”

张邦昌喝道：“岳飞目无尊卑，人人得而诛之，斩！”

牛皋听说要斩岳飞，大声喊道：“天下哪个英雄不想得功名？再说我大哥事先已与梁王立下生死文书，不但不能做状元，反要被斩首，是何道理？我们不服！不如先杀了这昏庸考官，再去与皇帝老儿算账！”说完，他双锏一摆，只听“轰”的一声，中央大旗应声倒下。

众举子听牛皋这一喊，也齐声为岳飞打抱不平。

一时间校场内喊杀声一片，吓得张邦昌手足无措，连忙向宗泽求助。宗泽建议先放了岳飞，解决眼前危难才是上策。张邦昌无奈，只得叫人给岳飞松绑。岳飞拿了兵器上马就走，牛皋引众兄弟随后赶上。王贵在外面看得真切，挥刀砍开校场大门，五人一齐逃出。校场里的举子见状，也都一哄而散。

岳飞逃出校场，和大家回到旅店，收拾行李上马回乡。

第七章　守忠义岳母刺字

且说太行山的寨主金刀王善得知梁王被岳飞挑死，皇上把宗泽削职归农，趁机率兵进犯汴京，欲夺取宋室江山。宋徽宗无奈，只得启用宗泽抗敌。宗泽只有五千兵马，见贼兵人多势众，便单枪匹马独闯贼营，直取王善。

却说岳飞等人正在昭丰镇上，听说太行山的强盗来抢京城，官兵被重重围住，料想定是宗泽领兵，于是连忙带领张显、汤怀杀入敌阵，救出了宗泽。王贵、牛皋也杀入王善的大营，擒贼先擒王，斩杀了王善。贼兵群龙无首，官兵士气大振，大败贼兵。

岳飞兄弟五人辞别宗泽回汤阴县，在红罗山遇山贼拦路。强盗首领施全听说来人正是枪挑小梁王的岳飞，于是率领手下兄弟赵云、周青、梁兴、吉青与岳飞相见，结拜为兄弟。

岳飞率兄弟四人及施全兄弟五人回到汤阴县后，众兄弟终日习文练武，日子过得还算快活。

不料那年汤阴县流行瘟疫，王员外、汤员外和张员外夫妇都相继离世。真是祸不单行，第二年汤阴县又闹旱荒，米价飞涨，饿殍遍野。牛皋、王贵、张显等一伙兄弟生活陷入困境，无奈之下，他们仗着有些武艺，便到太行山做了强盗。牛母屡劝牛皋不止，活活气死了。唯有岳飞一人在家务农，苦守清贫。这一年岳飞二十三岁了，自娶妻以来，生养了几个子女，长子岳云也七岁了。岳母姚氏和妻子李氏克勤克俭，一家老小倒也过得平安。

一天，岳飞正在武场练枪，王贵、牛皋、施全等人来了，想拉他入伙。岳飞严词拒绝，还力劝他们不要再取不义之财。众兄弟不听，岳飞一气之下，用枪在地上画了一条断纹，说道："为兄今日与你们画地断义，各位请珍重。"王贵等人无奈，只得骑马回太行山去了。

众兄弟走后，岳飞十分难过，再也无心练枪，遂回到房中闷坐。他想起自从汴京回到家乡，家乡受灾不说，而国家也正遭受劫难，他接连听说汴京陷落于金人之手，徽、钦二帝被俘，张邦昌做了傀儡皇帝等消息，兄弟们此时却弃国家而不顾，他难过之时，又不觉为多难的国家和百姓忧急。如今康王赵构已在南京即位，各地勤王兵马正往南京聚集，不知何日才能发兵北上，收复失地。

他正想得入神之际，忽然外面传来叩门声。岳飞打开门，见门外站着个陌生人，双方见了礼，岳飞问道："兄台有何见教？"

那人也不回答，径直走到中堂，把一个沉重的包裹放下，垂头便拜道："小弟于工，湖南人士，今年二十二岁。因久慕岳兄大名，特来投奔，想学些武艺。如果兄长不嫌弃，情愿结为兄弟，留在岳家庄，以便朝夕讨教，不知岳兄意下如何？"

岳飞喜欢他的直爽，遂与他结为兄弟。结拜完毕，于工取出二百两白银交给岳飞作为日后的伙食费，岳飞推辞不过，只好拿进去交给了母亲。

岳飞出来后，于工又向岳飞要了个大盘子，取出十个马蹄金、几十粒大珍珠、一件猩红色的战袍、一条羊脂玉玲珑带，全摆放在盘子里，然后又从胸前取出一封信，叫岳飞接旨。

岳飞对眼前的一幕不敢相信，心想：朝廷下旨，为何不派汤阴县的县主徐仁来呢？这圣旨肯定来路不明。于是他问道："贤弟，这圣旨是从何而来？说明了，我才能接。"

那人这才说出实情："不瞒大哥，小弟并非于工，而是洞庭湖义军领袖杨幺的军师王佐。因为朝廷信任奸邪，劳民伤财，致使人心离散。目前徽、钦二帝又被俘，天下无主，我主公应天命、顺人意，有志收复中原，以安百姓。当下，主公的大业正缺勇将，而主公久慕大哥文武全才，所以，特派小弟来请大哥前去洞庭湖襄助大业，共享富贵。"

岳飞听了大吃一惊，回应道："原来如此。如今国难当头，我岳飞怎么能弃国家于不顾呢？"

王佐劝道："古人云：'天下非一人之天下，唯有德者居之。'当今二帝都是昏君，现又沦为金军兀术的俘虏，此等无能之主，怎配拥有大哥这等良将呢？"

岳飞答道："贤弟，你不用再说了。我岳飞生是宋朝人，死是宋朝鬼。你纵有陆贾、萧何那样的口才，也难动摇我的忠心。贤弟既然与朝廷为敌，住在敝庄，恐怕有些不方便。你快将礼物收好，去向你家主人复命。"

王佐见岳飞说得慷慨激昂，无可奈何，只得把礼物重新包好。岳飞又进内堂请母亲拿出刚才所收之银包，一并交还给王佐。王佐见状，好一番推却，但最终没能说服岳飞，只好收下银子，拜别岳飞后，悄悄出了门。

岳飞随后来到母亲房中，将刚才王佐劝降一事向母亲详细说明。岳母听后深锁眉头，良久，她才吩咐岳飞："你去中堂摆好香案，等我出来，自有道理。"

岳飞答应，取了香烛，走到中堂，搬过一张桌子放在中间，又取来一副烛台、一个香炉，摆放端正后，再去请母亲出来。岳母叫岳飞拜过天地祖宗和周侗灵位，然后命他跪下，吩咐李氏取过笔墨和绣花针，要亲手在他背上刺字。

岳母说道："娘见你不受叛贼的诱惑，不贪浊富，甘守清贫，非常高兴。但怕我百年后，又有一些无耻之徒来诱惑你，怕你会一时失了志气，做出不忠不义之事来。今天，我祝告天地祖宗，要在你背上刺下'精忠报国'四个字，愿你始终做个忠臣。娘死之后，若听到大家说我教子有方，我也能含笑于九泉了。"

岳飞听了，便脱下上衣，跪在地上。岳母先取笔在岳飞正脊上写下"精忠报国"四个字，然后拿过绣花针，在他背上一针一针地刺。每刺一下，岳母就会心疼地流下泪来，边刺边问："我儿痛吗？"

岳飞咬着牙，只回答不痛。岳母刺完字，又将醋墨涂在上面，确保这些字迹永远不会褪去。一切完毕后，岳飞站起来，穿好衣服，叩谢母亲的训诫之恩后，便回房安歇。

第八章　应帝诏连胜金兵

又过了几日，汤阴县主徐仁捧着真圣旨来到岳飞家。岳飞开门一看，见是徐仁，忙请他进了中堂。

徐仁一进中堂便叫道：“汤阴县岳飞接旨。”

岳飞惊疑不定，以为徐仁也被贼人蒙蔽，躬身说道：“请大人先讲清，这是何人之旨？说明了岳飞才敢接。”

徐仁说道：“你还不知么？九殿下已从金营逃回，在金陵即位了。这是大宋新主高宗天子的旨意。”

岳飞欣喜异常，连忙跪下接旨。他终于等到杀敌报国的这一天了，内心的激动可想而知。

徐仁叮嘱岳飞要连夜准备，次日动身，然后便回县里准备粮草去了。第二天，岳飞辞别老母妻儿，怀着满腔的报国热情，直奔金陵而去。

岳飞跟徐仁到了京城，在午门外候旨，宋高宗立即召见了他。高宗见岳飞颇有大将风范，十分满意，当即封他为总制，分配在大元帅张所营前效命，又将自己亲手画的阿骨打的五位王子粘罕、喇罕、答罕、兀术、泽利的画像取出来，一幅一幅给岳飞过目，要他记住敌人的模样，战场上切勿放过。

张所见了岳飞，也十分喜欢，次日即叫他往校场挑选人马。岳飞得令，到校场挑选了八百名精壮兵士。张所遂命岳飞率这八百人为第一队先行，然后再令山东节度使刘豫带领本部兵马，作为第二队接应。

次日，岳飞跟随张所入朝辞驾，忽听得巡城指挥来报，说有强盗来抢仪凤门，口口声声要岳飞出阵。高宗连忙命岳飞前去擒贼。

岳飞领旨出城，带领八百将士赶来仪凤门。却见迎面那群人手中拿的都是些锄头、铁耙、木棍、面刀等家什，乱哄哄地闹成一片，阵前一个骑马的大汉手里挥舞着狼牙棒。岳飞定睛一看，原来是自己的结拜兄弟吉青。

原来吉青无心在太行山做贼寇，听说岳飞被高宗召到京城，特来投奔。岳飞得知实情后故装糊涂，立马叫军士把吉青绑了，一起去见高宗。

吉青见了高宗，大声叫嚷自己是岳飞的义弟，是为国效力

而来的。高宗见他虽然粗鲁，倒也朴实可爱，心想朝廷正在用人之际，不如留下他立功赎罪，于是传令封吉青为副都统，在岳飞营前效力。吉青遂将带来的兄弟遣散回家，自己跟随岳飞北上迎敌。

再说那大金四太子兀术在河间府听说康王赵构已在南京称帝，正聚集兵马抗御金军，顿时大怒，立即派元帅金牙忽、银牙忽各领五千精兵作为先锋打头阵，又请哥哥粘罕、元帅铜先文郎领兵十万，杀往南京。高宗听说兀术率金兵大举南侵，吓得立即迁都江宁府。

岳飞率军来到八盘山，见山势曲折险要，易守难攻，便吩咐左右在这儿扎好营寨。这时探子来报，说金兵的先锋部队已相距不远。岳飞连忙命吉青前去引诱金兵入山。吉青领命，带领五十个将士前去迎敌。岳飞自己亲率将士准备好强弓硬弩，埋伏在大山两边。

金牙忽、银牙忽也在八盘山不远处扎了营，见宋军大营里仅几十人前来挑战，二人哈哈大笑。吉青大怒，冲进金营，见了金牙忽，抡起狼牙棒便打。金牙忽举起大斧招架，银牙忽见状，也来助战。战不到三个回合，吉青便虚晃一棒，回马就跑。金牙忽、银牙忽不知是计，率军便追。

吉青催马进了八盘山，金兵紧紧尾随其后。眼看金兵大半人马进了谷口，岳飞连忙指挥两边埋伏的军士一齐放箭，一下将金兵截成两段，使其首尾不能相顾。

金牙忽见中了埋伏，正要转身逃走，忽然听见一声大喝："金贼哪里走，岳飞在此已等候多时！"

说着，岳飞挥动沥泉枪，纵马冲了过来。银牙忽正要去帮忙，却被吉青转身拦住。这时宋军将士极力呐喊，山谷里的回声就像雷鸣一样，似乎有千军万马。金牙忽心中一慌，手中的刀略微松了松，被岳飞一枪刺中心窝，翻身落马。银牙忽见了大吃一惊，略一分神，也被吉青一棒打碎了天灵盖。宋军八百将士随即一同上阵，金兵大败而逃。

这一仗，宋军以少胜多，斩杀金兵三千多人，并夺取了不少旗鼓、马匹、兵器等物资。岳飞命吉青把这些东西都解送到二队刘豫营寨，然后转送大营去报功，自己则率领人马继续追剿逃窜的金兵残部。

可那刘豫见岳飞首次出战就立了战功，顿时心生妒意，便想将这首功记在自己的头上。于是，他写好文书，谎称自己击败金军，派手下送往大营请赏。

宋军元帅张所见到刘豫的报功文书，开始很是欢喜，但又转念一想：先行的岳飞没有战报，后队的刘豫怎么会先有战功呢？倘若这刘豫真的冒功领到赏，传出去岂不要令天下英雄失望！以后还有谁敢为朝廷效力呢？

中军胡先看出张所的心思，走到他身边，悄悄地说道："刘豫此次报功，令人生疑，小官愿扮作兽医，前往打探消息。"张所觉得有理，立即派他前去查看。

黄昏时分，假扮成兽医的胡先混过了刘豫的营寨，一路来到青龙山。胡先爬上一棵大树一看，只见岳飞军队正在山下扎营布阵。而就在他们的不远处，漫山遍野尽是金兵，胡先不由得倒吸了一口冷气。

第九章　会粘罕险捉贼首

却说岳飞领兵继续北上，到达青龙山详察地形之后，竟发现此山比八盘山更为险要。左边山陡路狭，只有一条夹山道直通山后大路；右边是一个山涧水口，水势汹涌。于是岳飞吩咐将士们在此安营扎寨。

岳飞一边察看地形，一边命吉青火速去大营中取来口袋四百个、火药一百担、挠钩二百杆以及火箭火炮等物料备用。他准备在这儿布下天罗地网，一举歼灭金兵。

岳飞收到口袋、火药、挠钩等物品后，一边安排装设水陆机关，一边吩咐吉青道："你率领二百人马，埋伏在大山后，擒拿企图逃走的金兵。如果遇到一个面如黄土、骑着黄骠马、使流星锤的金军将领，就是粘罕，一定不能放过他。如果放走了他，必定以军法处置。"吉青领命而去。岳飞则带了二百名士兵，在山顶摇旗呐喊，专诱金兵前来。

再说粘罕带了十万大军浩浩荡荡地向南京进发，路上遇到前队战败的金兵来报："宋军有个岳南蛮和一个吉南蛮很是厉害，他们不仅让我们的五千兵马损失了大半，还杀了金牙忽和银牙忽两位元帅。”

粘罕听了大怒，急忙催促兵马快速前进。刚来到青龙山下，便有探军来报：“前面山上有宋兵扎营。”由于天色已晚，粘罕下令安营扎寨，准备第二天一早再去抢占山头。

岳飞在山上看见粘罕的大军扎营休息，便想趁他们远途疲乏，引诱他们进山，杀他个措手不及。这时却苦于接应的二队宋军刘豫部还没有到达，张所元帅的大部队还离得太远。岳飞想了想，便叫兵士们守住山头，他一个人单枪匹马冲下山，直奔金军大营杀去。那些金兵跑了一天的路，早已疲惫不堪，哪经得起如猛虎下山一般的岳飞横挑竖刺，一个个还没明白是怎么回事，就直接成了枪下之鬼，而那些腿脚快的则直奔粘罕的牛皮帐报告去了。

粘罕自领兵打仗以来，从没有遇过对手，见岳飞居然敢单骑闯营，顿时火上心头，提起流星锤，率领众将一拥而上，将岳飞团团围住。

岳飞根本不把他们放在眼里，越战越勇，枪挑剑砍，杀得金兵尸横遍地，血流成河，简直把粘罕激得快要发狂了。岳飞见粘罕已经被彻底激怒了，心里暗喜，他两腿一夹，策马狂奔，将金兵远远抛在身后。

粘罕紧追岳飞，却始终赶不上，怒火中烧，于是对众将怒吼道：“连单单一个南蛮都拿不住，还怎么能踏平中原？今天一定要把这青龙山踏平了，方泄我心头之恨！”于是他立马下令平章、元帅等众将领各率人马拔营，带领十万大军立刻抢占青龙山。

眼看金兵的大半人马已进入了铺着枯草的前山，忽然听到一声炮响，原来是两边埋伏的宋军火箭火炮一齐射出，落在枯草上，引爆了火药。霎时间，烈焰腾空，烟雾迷漫，烧得那些金兵四处溃逃，死伤一大片。

小部分幸存的金兵拼命保护粘罕从小路逃走。他们奔逃一阵后，忽见前面有条三尺来深的山涧挡住了去路，粘罕连忙下令撤到小涧边。

那些从大火里逃出来的金兵此时都已是缺眉少须、口干舌燥了，大家得令后，便争先恐后地往涧边奔抢，顷刻间就站满了山涧。埋伏在山涧上的宋兵见了，立刻搬开阻塞水流的沙袋。山涧里的金兵忽听见一声巨响，循声望去，只见那半空犹如塌下来一条天河。那水直往下冲来，只一瞬间，金兵人随水

滚，马逐波流，只有少数躲得快的金兵向谷口逃生而去。

铜先文郎勉强收集了一些残兵，保护着粘罕寻找退路，到了谷口，只见一座山峰又挡住去路。前无去路，后有追兵，粘罕急得大叫："我等性命不保了！"

这时，一个平章看见前方靠左边有一条小路，立即报告粘罕。粘罕慌不择路，也不管小道通不通，就率领将士赶紧往夹山道冲去。埋伏在夹山道的宋军见他们来了，搬起石头就往下砸，把那些残兵败将打得手折脚断、头开脑裂。不一会儿，夹山道里便尸横遍野。

粘罕因有铜先文郎的舍命保护，才躲过了此劫。他们逃出夹山道后，却见前面是一条宽敞的大路。这时已是五更时分，天色昏黑，粘罕见四下空旷无人，不觉仰天大笑。铜先文郎忙问其缘故。

粘罕得意地说："那岳南蛮到底是不会用兵之人，他若在此处埋伏一队人马，我们便插翅也难飞了……"话没说完，只听见一声炮响，大路对面突然出现许多火把。火光中，一员大将手舞狼牙棒，高声叫道："吉青在此，蛮敌快快下马受死！"

粘罕想不到岳飞竟布置得如此严密，大惊失色，对铜先文郎说道："岳南蛮果然厉害，难道今天我等必死无疑？"说完，眼泪都流下来了。

铜先文郎思索片刻，对粘罕说道："臣愿与主公换了衣甲战马，吉南蛮在捉拿臣时，主公便可乘机脱逃。"

粘罕听后感叹道："真难为你一片忠心！"说完，便急忙和铜先文郎互换了衣甲、战马和兵器。

第十章　冒领功刘豫降金

可那吉青只记住了粘罕的穿戴和兵器，并不认得粘罕本人。他在火光中看见铜先文郎那身打扮，以为便是粘罕，对准铜先文郎举棒就打。铜先文郎提起流星锤招架，战不到几个回合，就被吉青生擒了。

旁边的粘罕见吉青把铜先文郎当作自己抓走，慌忙带领残兵，趁乱拼命杀出重围，夺路逃走。吉青追赶了一程，觉得粘罕已被生擒，那些残兵不追也罢，于是他随便杀了些金兵便返回来，拿了铜先文郎回去报功。

吉青押解着铜先文郎前来交令，岳飞一看，拍案大喝："把吉青绑出去砍了！"

吉青大声叫冤，岳飞道："你中了粘罕的'金蝉脱壳'之计了！"又问铜先文郎："你是何人，竟敢假冒粘罕？"

铜先文郎听了一惊，心中暗想这岳飞果然厉害，于是说了实话："我是金国大元帅铜先文郎，请岳将军从宽发落。"

吉青听了，这才明白自己捉了个假粘罕，连忙向岳飞认罪。岳飞念他是初犯，就松了他的绑，叫他押解铜先文郎去

大营报功。

吉青押解囚车经过刘豫营前时，请刘豫查点放行。刘豫心想：金兵一向厉害，大宋无人能敌，这岳飞只用了八百兵士，竟大胜金兵十万人马，不如再把这次功劳记在我头上。主意已定，他便假意对吉青说："吉将军，你们这次功劳确实不小。但你若去大营报功，来去往返费时不说，恐金兵再来，无人抵挡。报功的事，我差人代你去就可以了。你带些猪羊牛和酒水，先回去犒赏三军吧。"吉青不知是计，便谢了刘豫，带着犒赏品就折回去了。

吉青走后，刘豫吩咐旗牌官将已写好的冒功文书送往大营，并一再嘱咐他要随机应答。冒功文书刚到不久，张所便从胡先口中得知了真实情况。张所见刘豫再次冒功，拍案大怒，立即召集所有部将议事，说道："朝廷正在用人之际，刘豫不仅不全力杀敌，还两次冒功领赏，本帅想拿他斩首示众，哪位愿去捉拿刘豫？"这时中军胡先从元帅背后走出，指出如此做法不妥，他主张先稳住刘豫，可派人去传他来大营，只说要他来议事，不要打草惊蛇。

两淮节度使曹荣是刘豫的儿女亲家，也是个自私自利的家伙，听说张所要捉拿刘豫，悄悄派了心腹去给刘豫报信。

刘豫得到消息，大惊失色。打发走报信人后，他思索再三，觉得唯有投靠大金方能保住性命，遂来到后营，将铜先文郎放出，请到大营坐下。刘豫向铜先文郎坦白说，宋朝气数已尽，自己早有降金打算。铜先文郎见他愿放了自己，自然立即承诺在金主面前保举他。

第十一章　害忠良假传圣旨

刘豫一见谈判成功，马上召集部下，威胁利诱众兵将与他一起降金。但刘豫的一番话并未打动部下，大家吵嚷着散去了，他们有的急奔张所大营报告，有的解甲回乡去了。

刘豫只好带上剩下的几名亲随家将，立即跟随铜先文郎，绕过岳飞的前营，抄小路向金军大营逃去。

张所得知刘豫投敌卖国，勃然大怒，安排各节度使坚守黄河一线，自己带着兵马直奔汴梁。自从宋军南退、金兵北撤以后，汴梁便只有曹太后和少数臣子留守。张邦昌听说张所率领大军来取汴梁，非常恐慌。他来到分宫楼面见曹太后，骗取了

传国玉玺，连夜逃出汴梁，到建康投奔高宗去了。

张所领兵到了汴梁，守城兵士打开城门，汴梁的百姓都夹道欢迎。张所进宫去见曹太后，听说张邦昌骗取传国玉玺后不知去向，立即辞别了太后，派将士把守城门，并差人四处打听张邦昌的下落。

张邦昌到了建康，高宗见他送来了传国玉玺，心中甚是高兴，就封他为右丞相。张邦昌想取得高宗信任，再掌大权，极尽谄媚之能，想讨好高宗，可高宗对他却是时冷时热。

一天，张邦昌坐在家中，正绞尽脑汁想着如何骗得高宗信任，恰好侍女荷香送茶进来。他见荷香颇有姿色，猛然想出一条计策来。他想先认荷香为干女儿，然后将她送进宫去，以迷惑高宗荒淫酒色，不理朝政，如此一来，宋朝基业不日便将拱手让人。

主意已定，第二天，张邦昌把荷香精心打扮了一番，将她送到行宫。赵构一见荷香，果然十分喜欢。张邦昌趁机奏请岳飞回朝，提升他为元帅。赵构一时高兴，立即应允。

太师李纲得知张邦昌要召岳飞回朝，怕他陷害岳飞，就派手下亲信张保投奔岳飞帐下，借机保护他。

张邦昌领旨后，并不立即办理。过了几天，张邦昌上朝奏道："因金兵犯界，岳飞不肯应诏。"

赵构整日和荷香厮混，无暇政事，听说岳飞不来，也不在意。张邦昌见此计不灵，又生一计，他假拟了一道诏书召岳飞来建康见驾。

此时岳飞正据守在黄河岸边，他一接到诏书，立刻把营中

事务交给吉青，带着张保赶往建康。

半路上，岳飞和张保二人遇上一位绿林好汉王横，各自亮明身份后，王横十分敬佩岳飞乃英雄豪杰，于是当即投靠岳飞，三人结伴同行。

当日黄昏，岳飞三人刚赶到建康城门口，却遇见了张邦昌。张邦昌拉住岳飞，假装亲热，要带岳飞一起去朝见高宗。

到了宫外，岳飞叫张保、王横在宫门外等候，自己跟着张邦昌进了宫。到了分宫楼前，张邦昌说："岳将军在此等候，我去上奏天子。"

岳飞不知是计，一个人留在了分宫楼前。

张邦昌出了分宫楼，派小内监通知同党内监和荷香。荷香此时正陪着皇上饮酒作乐，听说岳飞已在分宫楼前，就撒娇说要去宫外赏月。赵构已有几分醉意，但经不住荷香的娇嗔，连忙吩咐左右摆驾分宫楼。

岳飞在分宫楼前等了许久，仍不见张邦昌的人影，他正等得心焦，只见远处来了一排宫灯。

岳飞定睛一看，果然是高宗来了，连忙上前，匍匐倒地，拜道："岳飞接驾。"内监却突然故意喊道："有刺客！"两旁内监立即上前把岳飞捉住。

赵构不明就里，拉了荷香就急急跑回宫去。高宗回到后宫，见后面无人追来，才稍觉安心，忙问内监刺客是何人。内监说是岳飞。荷香乘机说："前次宣他进京，他违旨不来；今日无故进京，径入深宫，肯定是图谋行刺。圣上该将他问斩，以正国法！"

赵构当时有四五分醉意，听罢此言，不假思索便传旨要将岳飞斩首。宫官领旨，立即将岳飞绑出午门。

张保、王横见了，忙问岳飞：“岳爷，这是怎么回事？”岳飞也大惑不解道：“我也不知情。”

张保见事情紧急，叫王横守住岳飞，尽量拖住宫官，自己提了铁棍闯出栅门。兵马司此时正在午门外巡夜，猛见午门里闯出一个人来，连忙叫手下拿住。众人急忙来追，可哪里追得上！

张保跑到李纲的太师府前，来不及叫门，一棍子就打了进去。张保在太师府出入惯了，认得路径，知道李纲在书房安歇，一脚把书房门踢开，一直走进里边，揭开帐子，拉起太师，背了就走。

李纲被张保背起飞跑，颠得他头晕眼花。赶到午门，张保放下李纲。李纲见岳飞被绑着跪在地下，猛然清醒，连忙问道：“这是怎么回事？速将详情道来。”

岳飞回道：“我奉诏前来，被那张邦昌带至分宫楼下候旨。后来天子驾到，我莫名其妙就被当成了刺客。还望太师能替我做主，洗刷冤情。”

李纲听他说完，便叫宫官刀下留人，立即带着张保赶往东华门，想鸣钟撞鼓，替岳飞申冤。

张邦昌得知李纲要到高宗那儿替岳飞喊冤，怕自己的奸计暴露，于是，他派人偷偷地在东华门放了一块钉板，想置李纲于死地。

李纲和张保赶到了东华门，慌忙中李纲不提防，果然一脚

踏在钉板上，痛得他大叫一声，倒在地上。张保见了，忙去鸣钟击鼓，大声叫道："太师爷滚钉板了！"许多大臣听见了，连忙前来相救。

值夜班的内监见状，忙进宫来通报高宗："众大臣齐集午门。李太师滚钉板了，危在旦夕。请圣上立即升殿。"

荷香劝道："半夜三更，圣上还是歇着吧，明早上殿也不迟啊。"高宗此时酒醒了大半，听说李纲踏了钉板，知道不坐朝不行，就甩开荷香，走出宫来。

高宗来到殿前，见李纲满身血迹，立即宣太医来调治。李纲却伏在殿阶上奏道："岳飞是武官，臣听说他私自入京，谋刺皇上，此事必定有隐情，应先将其入狱。待臣病好了，审讯岳飞，查明此事，再问罪不迟啊，皇上！"

赵构听后略加思索，便准了李纲的奏禀，传旨将岳飞关入大牢候审。众大臣护送李纲上轿回府，张保和王横也牵着马跟随在轿后。

李纲回到太师府后，忙请刑部大堂沙丙来见，说道："岳飞必有冤情，可替他上一道本章，说他有病，饮食方面万望周全。待我病愈，自会处置。"沙丙领命而去。

次日高宗看了奏本，果然准了。

为了尽快还回岳飞清白，李纲心生一计，他写了一张冤单名录，说明张邦昌陷害岳飞的经过，叫人刻成印版，复印几千张，最后让张保和王横两人分头去张贴。一时大街小巷贴满了张邦昌陷害岳飞的冤单，全城的老百姓都围着观看，人人唾骂奸臣张邦昌残害忠良。

第十二章　太行兄弟闹京城

张邦昌残害忠良的消息很快就传到了太行山。太行山寨的领头大哥是牛皋，其次是施全、周青、王贵、张显、汤怀等七人，他们都是岳飞的结拜兄弟。那一天正好是牛皋的寿辰，大家正聚在寿堂内闲聊。

晌午时分，汤怀独自走出寿堂闲逛。山寨里请来了个戏

班，准备为牛皋祝寿。汤怀经过戏房门口时，却听见里面有人说张邦昌陷害岳飞一事，他大吃一惊，急忙走进去问道："是谁陷害岳飞？"

戏子们连忙把那张冤单拿出来给汤怀看。汤怀接过冤单，看了看，转身就跑进寿堂大声喊道："牛兄弟，不好了，岳大哥被人陷害了。"

汤怀便将冤单一一念给大家听。牛皋听了，暴跳如雷，生日也不过了，立即聚集八万人马，杀奔京城。

太行山寨的八万人马一路上无人拦阻，直达建康，在离凤台门前五里的地方安营扎寨。

凤台门的守城官见了，慌忙奏报高宗。高宗听了，大惊失色，忙问道："谁愿意去退贼兵？"

后军都督张俊主动请缨，带了三千人马出得城来，在凤台门外摆开阵势。

张俊哪是牛皋等人的对手，很快就败下阵来，逃回到午门下马，上殿向皇上奏道："那些强盗都是岳飞的朋友，臣请先斩了岳飞，以绝后患。"

高宗拿不定主意。李纲连忙上前奏道："臣等保举岳飞退敌，先保住朝廷的安全要紧。"

张邦昌害怕自己的奸计被揭穿，也赶忙抢上前奏道："都督张俊说这伙强盗是岳飞的朋友，派岳飞前去退贼，岂不是中了他们的奸计？"

李纲、宗泽一同上前奏道："臣等情愿保举岳飞，如有差池，可将臣等满门斩首。"

赵构准奏，下旨宣岳飞上殿。岳飞刚进到殿堂，李纲就喝道：“岳飞，圣上命你守着黄河。你竟敢擅自进宫，行刺皇上！你还有什么话要讲？”

岳飞说：“罪将是奉旨进宫，圣旨现在还供在军营中。罪将赶到京城时，在城外见到了张丞相，是张丞相领罪将进来的。丞相叫罪将在分宫楼下候旨，他自己进去奏请皇上，可许久也不见他出来。适值圣驾降临，罪将自然跪迎，不曾想惊扰圣上，求圣上明察。”

众大臣听岳飞如此一说，都要求查明真相。

高宗传当日的值殿官吴明、方茂上殿对质。吴明答道：“那晚有一个内监手执灯笼，灯笼上写着‘右丞相张’，并见丞相引着一个人进了宫。非臣失职，只因丞相时常进宫，向无禁忌，所以才未禀报皇上。”

赵构闻奏，这才明白都是张邦昌蓄意要陷害岳飞，大怒之下，限张邦昌四个时辰内离开京城，虽免了死罪，但削职贬为平民。

高宗又加封岳飞为副元帅，牛皋等人为副统制，义军将士尽数收编，并命他们跟随岳飞回到黄河沿岸去抵御金兵。众人谢恩而退。

第二天，岳飞等九人率领本部人马，连同朝廷拨来的十万兵士和大量粮草，浩浩荡荡地开往黄河北岸。

再说金国四太子兀术领兵三十万来到黄河口，见黄河波涛汹涌，水流湍急，心中不禁忧闷：“这黄河水势如此厉害，南蛮又在河口摆着大炮，叫我等如何过得去？”

第十三章 败兀术犒赏三军

叛臣刘豫听说兀术到了黄河岸边犯了难，便来到黄河南岸，找到镇守黄河的宋军将领曹荣，劝他一起投奔金国。曹荣本是个贪慕虚荣之人，见有利可图，便答应道："要去，明晚我就将黄河献出，作为给大金国的见面礼。"

刘豫辞别曹荣，回到兀术处说了曹荣愿意献出黄河的事。兀术听了大喜，便和军师哈迷蚩连夜传令，准备明日渡河。

次日午后，刘豫引着兀术率领三十万金兵，果然顺利地渡过了黄河。金兵来到黄河南岸，曹荣在岸上迎接，兀术当即封他为赵王，叫他仍旧在黄河岸边料理船只。

曹荣的手下听说他降了金人，气愤得各自散去了。

话说岳飞进京前，一再嘱咐吉青："小心把守黄河，不要喝酒。"这天，吉青忘了岳飞的嘱咐，喝得大醉。在他迷迷糊糊之时，忽然军士来报，兀术已经率领金兵渡过黄河。

吉青大怒，醉眼蒙眬中提着狼牙棒出了军营，路上正好碰见兀术。两下交锋，吉青不是兀术的对手，只听见"刷"的一声，吉青被兀术砍下头盔，险些丧命，吓得他回马就走。兀术

紧紧追赶，一连转了几个弯，却不见了吉青。兀术见天色昏黑，自己孤身一人，怕中了埋伏，只得拨马回营。

这时，岳飞已率领十万大军从建康赶来。到了爱华山，他见山势险要，便准备重施旧计，在那里埋伏人马，引诱金兵进山。安排妥当后，岳飞回营休息，恰逢吉青败阵逃到爱华山。岳飞知道黄河失守，必定是吉青醉酒误事，便命他将功折罪，把兀术引到爱华山。

吉青单枪匹马出了军营，在大路上正好遇上了兀术和他的前军。吉青上前大骂兀术，兀术大怒，抡斧就砍。吉青举棒相迎。两人战不到几个回合，吉青败走，边走边骂。兀术一路穷追不舍，不知不觉到了爱华山，而吉青却转眼不见了人影。

兀术进了谷口，定睛一看，只见那山中间开阔，四面小山

环抱，没有出路。兀术大吃一惊，正要掉转马头，忽然听见一声炮响，四面呐喊声顿起，十万宋军团团围住金兵。这时，传来一声大叫："休要放走了兀术！" 吓得兀术魂不附体。

不一会儿，兀术见山上帅旗飘扬。岳飞身跨白龙马，手执沥泉枪，膀阔腰圆，威风凛凛。旁边的众人都杀气腾腾。

兀术心里害怕，又不能退走，只好硬着头皮迎战岳飞。大敌当前，双方谁也不敢略微疏忽，两人枪来斧挡，斧去枪迎，正是棋逢对手，各逞英雄。

哈迷蚩飞马回报大营，半路上恰好遇着金国大太子粘罕、二太子喇罕、三太子答罕和五太子泽利率领大军一齐赶往爱华山助战。岳飞原本叫牛皋、王贵埋伏在北山，把抛石车一辆一辆地摆在山上，拦住敌人去路，以防兀术逃走。可牛皋这时远远看见金兵援军杀来，便和王贵商量出战。他推开抛石车，率先冲出山去。

再说岳飞和兀术大战了七八十个回合，兀术渐渐有些招架不住，被岳飞一枪刺伤肩膀。他大叫一声，掉转马头往谷口逃去。因为牛皋、王贵此时已下山迎战去了，没有了阻挡，兀术径直逃走了。岳飞追到谷口，不见了牛皋、王贵。查明情况后，急忙传令，叫各路伏兵一齐下山接应，自己则率领十万大军奋勇杀入敌阵，杀得金兵人仰马翻，死伤无数。

金兵一败涂地，往西北败逃。金兵前奔，宋军后追，一直追到二三十里外的一个山谷。只见这山谷两边是两座高山紧紧相对，左边麒麟山，右边狮子山。麒麟山的占山大王张国祥是梁山好汉张清之子，狮子山的占山大王董芳是梁山好汉董平之子。两人各聚集了两三千人，各自占山为王。听说金兵正经过两山交界处，张国祥、董芳立刻在两面山口设下埋伏。

金兵刚到山口，张国祥、董芳便领军杀出。前有强敌，后有追兵，金兵吓得七魂少了六魄，拼命夺路而逃。牛皋、王贵等人追到山口，张国祥和董芳误以为是金将，截住不放。牛皋、王贵等人也不由分说，上前就打。几个人打得难解难分，反倒把金兵放走了。

岳飞赶来，张国祥和董芳才知道打错了，一齐下马，投到岳飞营中。兀术逃到黄河岸边，恰好碰到守在河口的刘豫、曹荣，连忙找他们要了条船渡河。不料突然刮起一阵狂风，战船一时靠不了岸。眼看宋军就要追来，这时，芦苇里忽然划出一只小船。兀术不容多想，急忙牵马上船。

原来那船主是梁山好汉阮小二之子阮良，他是专等在这里捉拿兀术的。等船到了河心，阮良立马钻进了水里，托着船底，直往南岸送去。兀术大惊失色，向北岸大声求救。哈迷蚩见状，急忙命金兵驾着小船赶来。阮良一见有船来救，赶快把小船扳翻。兀术落水，被阮良连人带斧抱住向南岸游来。

阮良泅水将到南岸，兀术乘其不备，从他双臂中挣脱。阮良急忙去追，不料金兵的小船赶到，救走了兀术，并乱箭射来。阮良无法近前，只得返回南岸。

阮良上岸参见了岳飞，并通报了姓名。岳飞见金兵虽已渡河，但今天的战功也确是不俗，于是便叫人马就在黄河岸边扎营，杀猪宰羊，犒赏三军，并迎接张国祥、董芳、阮良三位英雄好汉的加入。

第十四章　急得诏南征北战

岳飞命令众将士积聚粮草，准备北渡黄河，直杀到黄龙府，迎回徽、钦二帝。不料，朝廷传旨，加封岳飞为五省大元帅，到太湖征讨杨虎，择日起程。

太湖本是鱼米之乡、富饶之地，但由于这些年官府不断增加苛捐杂税，沿岸的百姓已经穷困得无法生存了，便推举渔民杨虎为首领，花普芳为元帅，在太湖东山占山建寨为王，抵抗官府的军队。

岳飞在爱华山接到讨伐杨虎的圣旨后，便命牛皋、王贵、汤怀、张显四人领兵先行。牛皋、王贵等将领令，率领将士到了平江府后，就兵分四路在太湖边安下营寨，沿湖巡哨，以防杨虎来劫营。

那天正是中秋节，牛皋见月色明朗有趣，便叫水手把船摇进湖心去巡哨。

到了湖心，牛皋碰到了杨虎派来巡湖的一艘三道篷的大战船，他自不量力，下令水手们驾小船向那艘战船冲去。那战船顺风顺水，迎着牛皋的小船就撞了过来，正碰上牛皋的船头。

牛皋喝了些酒，站不稳，“扑通”一声就掉到水里去了。那战船上的首领正是花普方，他马上命人下到湖里捞起牛皋，用绳索将其捆住，押往山寨。

几天后，岳飞带领大军赶到太湖，听说牛皋被杨虎抓走了，急忙派汤怀到太湖中的东山上下战书，劝说杨虎若释放牛皋，归降朝廷，可免于此战。

汤怀见了杨虎，说明来意，杨虎看过战书，随即批上“准于五日后交兵”。

这太湖里有渔民耿明初、耿明达两兄弟，都有一身武艺和水性。兄弟俩原来在太湖以打鱼为生，和那杨虎也有些交情。二人早就有投军抗金的想法，听说岳飞部将汤怀进山了，就在太湖上等候。

两人迎着汤怀，说明了心意。汤怀十分高兴，就带着二人

回营去见岳飞。

岳飞摆好筵席欢迎耿氏兄弟，并与之结为兄弟。耿氏兄弟对岳飞说道："那杨虎水性极好，陆上的武艺却有限。他有四队兵船十分厉害。第一队叫'炮火船'，船的四面架着炮火，交战时若一齐放火，很难招架；第二队叫'弩楼船'，船头和船尾都有水车，四围有竹篱护着，船速极快，船四围竖着弩楼，弩楼是生牛皮做的，可以挡箭防身，军士在弩楼后放箭执刀，官兵都不能抵挡；第三队叫'水鬼船'，船上水手水性极好，能在水下潜伏七天七夜，交战时可将敌方船底凿破；第四队是杨虎的帅船，不足为虑。"

了解了敌方的虚实并做了相应的准备后，岳飞心生一计，对耿氏兄弟说道："你兄弟二人去诈降，等杨虎出来交战时，再乘机放出牛皋，烧了杨虎山寨。"

到了第六天，双方在太湖上摆开阵势决战。杨虎坐着大战船，亲率"炮火船""弩楼船"和"水鬼船"迎战，只留下耿氏兄弟留守山寨。

杨虎上了帅船就下令放炮，众官兵立刻躲进小船，将竹排放倒。结果那些炮火都落在竹排上，滑到水里去了。

杨虎见炮不响，又派出"弩楼船"，一声令下，万弩齐发。王贵将事先准备好的草船一齐放出，那"弩楼船"还没靠近宋军，船上的水车早被水草塞住，动弹不得。王贵见时机成熟，便率领众军士乘着小艇猛冲过去，跳上"弩楼船"，逢人就砍，勇不可当。

"水鬼船"的水手见状，连忙下水，想潜伏到宋军的大船下偷袭，可没想到宋军大船的船底早已装有刀剑，只等着他们上钩。就这样，水手们有的被割伤，有的被斩杀，伤亡惨重，湖水表面一片血红。

岳飞见胜利在望，在船头高声叫道："杨将军，你的巢穴已被我占了，不如早早归降！"最后，岳飞生擒了杨虎，带着战利品一路凯歌回营。

由于杨虎态度强硬，一直劝降不得，岳飞只得又请了杨虎的母亲来劝降，杨虎这才归顺。

见太湖已平，岳飞就带领众将领到建康去见宋高宗。高宗传旨：封杨虎、花普方、张国祥、董芳、阮良、耿明初、耿明达七人为统制，随后又命岳飞到鄱阳湖去征讨以余化龙为首的另一路起义军。

余化龙武艺高强，只因痛恨官府欺压良民，才招兵买马，占领鄱阳湖，抵抗官军。但他十分敬重岳飞，等岳飞大军一到，便立马归降了，岳飞遂又与余化龙结为兄弟。

如今各路英豪齐聚一堂，岳飞非常高兴，大摆筵席，众将各有升赏。正值热闹之时，忽有探马来报："兀术的元帅斩着摩利之带着十万兵马攻打藕塘关，驸马张从龙带兵五万攻打汜水关，形势十分危急。"

岳飞听探马报完，连忙派牛皋带领五千人马，作为前队先锋，连夜去救汜水关；又派余化龙、杨虎领兵五千，作为第二队救应。

三人领命，早早地向汜水关进发。接着，岳飞点齐本部兵马，率领三军前往汜水关作为后续部队。

第十五章　牛皋醉酒破番兵

牛皋率军到了汜水关，探马来报，说关口已被金兵抢去了。他心中焦急，便吩咐兵士们立即去抢回关口。

大军到了关下，牛皋冲在最前面。众人齐声呐喊，声震三里，非常威武。金兵立即上关报告，张从龙率领金兵出关迎战。两人互通了姓名，各举兵器，打了起来。

张从龙的那两柄紫金锤来势很猛，牛皋见抵挡不住，于是当机立断，立即掉转马头，命令将士们放箭。众军士乱箭齐发，呐喊声声。

张从龙见乱箭射来，无法硬闯，只得收兵回关。张从龙收兵后，牛皋就命令众军士在路旁安营扎寨，可他的内心却不平静了，他怎么都觉得自己今天吃了败仗，毕竟自己和张从龙的单打独斗处于下风。他心里开始埋怨开了："都是杨虎这家伙，以前我每次出兵都打胜仗，自从被他的贼船撞倒在水中淹了那一回之后，我每次一出兵就打败仗。"他越想越气，居然在营帐里骂骂咧咧地埋怨起杨虎来了。

第二天，杨虎和余化龙的第二队人马也来到了关前，见牛皋把营寨扎在路旁，知道他又吃了败仗。两人来到营前，正好听见牛皋在骂杨虎，两人不好进去，就悄悄离开了营寨。

杨虎和余化龙商量：一齐去抢回汜水关，并将功劳送给牛皋，让他好平了这口怨气。于是两人来到关前叫阵，张从龙率领金兵开关迎战。余化龙一出马，便挺枪刺去，张从龙举锤就打。枪来锤去，两人大战了二十个回合，仍旧不分胜负。余化龙见张从龙武艺高强，回马便走，张从龙拍马追来。余化龙冷不防回身发了一支暗镖，正中张从龙的心口。张从龙翻身落马，成了镖下冤魂。

金兵见主将已死，便四散逃走了。余化龙和杨虎二人乘胜追击，夺回了汜水关，当晚就在关内安营扎寨。

第二天一早，余化龙、杨虎到关下来见牛皋，牛皋还在营帐内发脾气。余化龙上前拜道："将军请息怒，我二人今日来是特意向将军献上一份大礼的。汜水关已被我二人夺回，请将军笑纳破城之功，这其中的原因，一则愿将军往后能交好运，二则为他日小将杨虎的不敬略表歉意。"

牛皋听了，心中也颇为不安，一时不肯接受。

这时，岳飞率大军到了关前。牛皋忙把岳飞迎进帐内，将自己兵败，余化龙、杨虎二人抢关成功的事照实跟岳飞说了。岳飞也没有追究他的过错，对他说道："既然如此，你速速率领本部人马去救藕塘关，将功补过。"牛皋领命，随即起身，往藕塘关进发。

牛皋带着人马到了藕塘关，守关的总兵金节出城迎接。牛皋到了衙门大堂，只见处处挂红，十分抢眼。金节摆了一桌酒

席招待牛皋。牛皋说："所幸你这酒席请的是我，要是元帅，你可就有罪了。"金节忙问："这是何故？"

牛皋回答道："元帅每次用餐前都要面向北方哭泣，十分感伤二帝缺衣少食。他认为，做臣子的即使是吃豆腐之类的素菜，也属过分。他只是在被我们几兄弟极劝之时，才会偶尔开些荤。他若见你准备这么丰盛的酒席，岂能不怪罪于你？"

金节听了，连声称是。可牛皋不管那些，他见酒杯过小，就大声差人取出大碗，一连喝了二十多碗酒，还一个劲地叫人再添。金节见牛皋已有八九分醉意了，怕耽误了军情，便劝牛皋少喝，可牛皋根本不听。

正喝着，一名士兵进来向金节小声报告："金兵来犯关了。"金节悄悄吩咐那人传令，各城门加派兵马把守。

牛皋迷迷糊糊地听金节在低声说话，就问道："金爷，你鬼头鬼脑的，不是待客之道，有什么事，但说无妨。"

金节说："我见将军醉了，所以没

说，金兵来抢关了。”

牛皋大笑，叫道：“快取酒来，喝了好去杀金兵。常言道：‘吃了十分酒，方有十分力气。’”

金节无奈，只得又取了一坛陈酒来。牛皋捧起来，眨眼工夫就喝了半坛。喝完后，他立起身，踉踉跄跄地上马出城去了。

金节见牛皋好酒贪杯，又狂妄自大，便没有随行，而是站在城楼上观战。金兵元帅见关内出来一员武将，还一副醉态，根本没把他放在眼里。

牛皋本来已经醉了，嘴里却还嚷着叫人拿酒来。手下无奈，只得把那半坛酒递给他。他一仰脖，喝了个精光，但经风一吹，“哇”地吐出一大口污物，恰巧喷在一个金将的脸上。

牛皋吐了那一下，倒清醒了一些，他睁开眼一看，见前面有一个金将正在抹脸。此时他立马认清了眼前的形势，于公，他想为国杀敌，收复失地；于私，他想立下功劳，为自己扫一扫晦气。于是牛皋假装酒醉，趁金将不注意，冲上前举锏就打，一下把那金将的天灵盖打碎了。牛皋下马，取下那金将的人头，趁着酒劲儿，旋即又上马招呼众将士冲入金营，杀得金兵死伤无数，四散奔逃。牛皋乘胜率兵追击逃窜的金兵，追了二十余里，夺取了许多马匹和粮草，这才勒马回关。

金节在关上遥见牛皋凯旋，不由得由轻视转为敬服，他赶忙下关迎接牛皋进城，并赞道：“将军真神勇！”牛皋却说道：“若再吃一坛酒，准保能把金兵杀得一个不留。”

金节点头大笑，将他迎回衙门。因爱他勇猛，金节打算把胞妹许配给他，适逢岳飞率大军赶来，正好成全了这一桩美事。

第十六章　闯敌营吉青遇险

却说那投降金人的刘豫在山东残害百姓，无恶不作。他的次子刘猊仗着父亲的势力，强占民田，奸淫妇女，为非作歹，十分遭人痛恨。

岳飞一直想除掉刘豫。七月十五那天，牛皋和吉青抬了果盒到山上去祭祖，不免多喝了几杯。牛皋一时尿急，于是就到山坡边去小解，却忽然看见山下草叶乱动，里面有一个人影。他迅速系好裤子，一把将那人拎了出来，绑了送到岳飞大帐。

岳飞一见那人的服色行径，便知是金国奸细，表面上却故意装醉，叫人快给他松绑，接着就对那人骂道："张保，我差你到山东去,你怎么躲在山中？为何把书信也丢了？若误了我的大事，你该当何罪？"那人吓得唯唯诺诺，小心地应付着。岳飞便再写了一封书信，用蜡丸油纸包了，绑在那人的裹腿上，说："这次如若有误，定然斩首。"

那人得命，慌忙走了。牛皋不明就里，忙问其缘故。岳飞说："我本想去山东讨伐刘豫，又怕金兵趁机来犯藕塘关，所以才借了那个奸细来行反间计，故意把他认作张保。"牛皋听

了恍然大悟，众人齐夸岳飞足智多谋。

岳飞果真神机妙算，那个人确实是兀术帐下的一个参谋，名叫忽耳迷。兀术派他到藕塘关来探听岳飞消息的。

忽耳迷出了宋军大营，连夜逃回河间府。兀术见他神色匆匆，忙问缘故，忽耳迷将自己被牛皋擒拿，岳飞大醉错把他认成张保并叫他去山东送信等事和盘托出。兀术取来书信一看，原来是刘豫暗约岳飞领兵夺取山东的回书。兀术大怒，立即派人到山东抄斩了刘豫全家，只有其子刘猊在郊外打猎，听到风声，逃过了此劫。

兀术杀了刘豫后，便令王兄粘罕带兵南下，去攻打藕塘关，粘罕率军在藕塘关外十里处扎营。岳飞得报，立即布置好人马，准备出兵迎战。

因两次与岳飞交手都失利了，于是粘罕下令在帐前掘下一

个陷阱，两边伏下挠钩手。他还选出一个面貌很像自己的金兵坐在帐中看书，以迷惑敌军。

却说吉青一心想一雪前耻，未经岳飞同意就单人独骑跑到粘罕营前，冲了进去。金兵抵挡不住，纷纷叫嚷："南蛮来踹营了！"吉青杀到大帐中央，见那里坐着一个人，面如黄土，头插雉尾，身穿紫色战袍。他略一打量，这不就是粘罕嘛！他欣喜异常，连忙拍马上前。可刚跑几步，忽然"扑通"一声，他连人带马跌入陷坑。两边军士立即放下挠钩，把吉青抓了起来，推进后营。

粘罕见来人不是岳飞，便派两名元帅将吉青押上囚车，连同兵器马匹，一齐送往兀术处。

金兵押着吉青出了藕塘关，在路上恰好被张立看见。这张立是河间府节度使张叔夜的长子，一直在外避难。他听说岳飞在藕塘关，特前来投奔。张立见金兵押送的是一员宋将，提起铁棍就打，一眨眼工夫就打翻了六七十个金兵。

金兵见大势已去，丢下囚车，往北边溃散而去。吉青在囚车内将这一幕看得真切，他挣脱牢笼后，只见停止厮杀的张立衣衫褴褛，也不上前去打招呼，直接挥舞着狼牙棒往北去追击金兵了。张立见了，心想：这人真可恨，我救了他一命，他却连姓名都不问一声就走了。

吉青跟在金兵后面追得正紧，忽然迎面杀出一队人马来。原来此处是猿鹤山，此山上的四位寨主诸葛英、公孙郎、刘国绅、陈君佑听说金兵会由此经过，就带领四千人马，想前来夺些军械粮草，却见一个青脸蓬头的大将从对面奔来，他们误认为吉青是金将，截住就打。张立这时恰好从后面赶了过来，立马上前帮助吉青。吉青得了张立的帮助，如虎添翼，六个人杀得天昏地暗。

再说岳飞听闻吉青独闯金营一夜未归，便亲自率领全营二十多员战将，分头去踹金营，搭救吉青。

众人杀到金营，岳飞见金兵分成左右两股，让出中间的大路，心知有诈，立马传令众将士分四路撤出，从后营包抄。宋军在金营中横冲直撞，金兵抵挡不住，纷纷后退，结果全都跌入自己挖的陷阱中。

粘罕带着众元帅分兵两路迎敌，但哪里抵挡得住！不多时，金营中已是尸横遍地。粘罕与众元帅见败局已定，就各自夺路逃走。金兵逃到猿鹤山下，看见前有猛将，后有追兵，只得抛下战马，舍弃大路，奔往山间的小道。

岳飞带兵追到猿鹤山下，见同吉青打斗的那四个好汉个个本领高强，而那助战的破衣大汉也十分骁勇。心中正欢喜间，诸葛英等人也注意到岳飞的旗号，连忙停下打斗，前来拜见。岳飞劝道："朝廷正在用人之际，你们何不共扶社稷？"四人早有归降之心，闻言立即收拾人马，投入岳飞营中。

当岳飞得知张立是张叔夜之子后，连他一同收入帐下。岳飞新收了五员大将，于是在藕塘关设宴庆祝。这时传来圣旨，叫岳飞去汝南征讨叛将曹成、曹亮。于是岳飞命牛皋带领人马先去攻打汝南的茶陵关，汤怀、孟邦杰负责押运全军粮草，谢昆负责前去催粮接应。安排妥当，岳飞又命金节守好藕塘关，然后带领三军，出关起行。

第十七章　栖梧山招降元庆

牛皋兵至茶陵关不久，便到关前讨战。关里闯出来一员大将，满脸乌黑，见到牛皋提棍就打。牛皋举锏招架，战不到十几个回合，牛皋有些招架不住，回马便走。那守关大将本欲紧追，这时，只听得宋军阵中传出雷鸣般的呐喊声，接着，就见漫天的箭矢纷纷射来。守关大将只得撤军，闭守城门。

第二天，岳飞率大军回到本部大营。牛皋将那员大将的情形禀告岳飞，张立在一旁听了，说道："牛将军所说的那员大将，好像是我兄弟，待我去会会他。"

于是张立领兵出营，在关前讨战。关内那员大将很快应战。张立定眼一看，果然是他的兄弟张用，就假意喝道："我奉了岳元帅的命令，前来捉拿你们这群草寇。你最好赶快投降，省得爷动手！"

张用也早就认出了张立，他故意提棍打来，张立举棍招架，两人假战了三四个回合，张立伪装落荒而逃。张用随后赶来，赶到一僻静处，兄弟二人停下手，分别诉说别后经历。原来和张立失散后，张用无处栖身，就投奔了曹成，现任茶陵关总兵。兄弟俩商议好，明天由张用在两军阵前献关。

第二天，张立又到关前讨战，虚战了三个回合，张用佯败，便指挥关内三军归顺了朝廷。岳飞得了茶陵关，保奏张立、张用兄弟为统制后，他又紧锣密鼓地一面差人催运粮草，一面准备进兵栖梧山。

且说谢昆催粮要途经九宫山，山上有一群绿林好汉，为首的叫董先，手下有四员大将：陶进、贾俊、王信、王义。那天，董先听说岳飞的粮草恰好从自己山下经过，于是提前带领人马，扎营在半山腰等候。谢昆的粮草刚到九宫山，便被董先截住，谢昆见对方人多势众，自知不是对手，一面故意求饶，拖住时间，一面派人向大营求救。

岳飞听说粮草被截，立即派了施全前去救应。施全在途中遇到了前来投奔岳飞的已故元帅张所的儿子张宪。施全得知张宪身份后就将他收下，带他同往九宫山去救粮草。

施全和张宪见了谢昆后，三人密谋第二天的行动。次日，张宪一马当先，来到九宫山下叫战。董先见他是一个衣着光鲜的少年，并不把他放在眼里。张宪大怒，摆了摆手上的虎头枪，就朝董先打来。“刷刷刷”一连几枪，杀得董先手忙脚乱，招架不住，只得败回山去。

过了一会儿，董先又领了陶进等人杀下山来。陶进等人曾是张所帐下的部将，见是旧主的公子，忙上前跪拜，并劝说董先同张宪一起投奔到岳飞营中。

董先原本就无心为贼，不多时，他便被众人说服。他整顿兵马后，就会同谢昆、施全，一齐往茶陵关奔来。岳飞见又添了六员大将，欣喜异常，决定即刻发动大军，攻取栖梧山。

栖梧山是汝南一个险要关口，守关大将何元庆武艺十分高强，岳飞决定亲自到关前讨战。何元庆闻报，披挂下山。岳飞见他身披金锁甲，手提大银锤，威风凛凛，动了爱才之心，力劝他弃暗投明。可何元庆就是不听，手提两柄溜银锤就来战岳飞。岳飞举枪来迎，两人棋逢对手，激战了一整天，也分不出胜负。两人见天色已晚，这才各自鸣金收兵。

岳飞回到营中，对众将道：“此乃我们两军首次交手，却未定输赢，何元庆今晚必定会前来劫寨。汤怀你带人在大门口掘一个陷阱，用浮土盖住，张显、孟邦杰率兵埋伏在两旁，牛皋、董先带兵埋伏在中途，截住他的退路。”众将听令。

当天晚上，何元庆果然来劫寨。他见宋军营中灯火昏暗，寂然无声，当即一声呐喊，冲入营中。忽然营里传出一声炮响，三军一齐杀出。何元庆没有防备，连人带马一起被逼入陷阱。他的部下想转身逃走，却被董先、牛皋的伏兵拦住，只得全都投降了。

岳飞吩咐左右给何元庆松了绑，再次劝他归降。何元庆不服，于是岳飞把他的马匹和双锤交还给他，令他回去整顿兵马，择日再战。

次日，岳飞叫来张用，询问栖梧山的地形。张用说："栖梧山的后山有条路，我们可以沿此上去，只是途中有条溪水，虽不深，但若仅走山路，却路狭难走。"

岳飞听后，叫张用、张显、陶进等人领兵三千率先出发，并带一些沙袋、烟火上路，到二更时分就可用沙袋填住溪水，埋伏在栖梧山后。刚分拨完毕，何元庆已在阵前叫战。岳飞上马迎战，何元庆提锤就打。岳飞右挑左刺，一杆枪要得如同蛟舞龙飞；何元庆前挡后架，两柄锤舞得一派银光。两人又杀了个天昏地暗，还是不见输赢。到了晚上，岳飞故意激他道："将军若辛苦，可以先回去养足精神，明日再战。"

何元庆哪里肯服，怒道："岳飞，你不要夸口。我与你战个三天三夜也可！"两人遂吩咐将士点起火把灯笼，三军呐喊，鼓声震天，一场别有新意的夜战就这样开始了。

战到三更，栖梧山忽然火光四起，喊声阵阵。岳飞跳出圈外，叫道："何将军，快回去救火！"何元庆回头一看，果然满山通红，大吃一惊，立马回身去救。

半路上，何元庆遇到了正往山下冲的众守寨部下，经问才得知是茶陵关的张用放火烧了山寨。何元庆恨得咬牙切齿，可山寨此时已成灰烬，无处安身，他只得带着零星兵马，到汝南

去向曹成、曹亮求救。

何元庆率领人马来到白龙江边，见江水滔滔，无船可渡，后面宋兵的喊杀声却越来越近。正在此时，两只渔船从芦苇丛中转出来。何元庆把渔船招过来，丢了马匹，把那两柄锤同放在一只渔船上，自己则坐了另一只渔船，准备渡河。

渔夫撑竿离岸，到了河心，只见载锤的那船却朝宋军划去。何元庆忙问缘故，渔夫这才亮明身份说道："我本是岳飞将军的手下耿明达，此次是奉命前来捉拿你的。"说完，耿明达翻身跳进江里，将何元庆连人带船掀翻，继而把他擒住。

岳飞见了何元庆，连忙吩咐给他松绑，仍然要放他回去，叫他择日再来决战。众将不服，岳飞说："昔日诸葛亮七擒孟获，孟获最后乖乖就范，南方才得以平定。今天，我也要何元庆心悦诚服地来归降于我。"

话说这次何元庆离开岳营到了江口，见无路可走，又羞又恼，暗想："就算今日渡江投向曹成，也不见得他日能成为岳飞的对手，真个无路可走，不如现在自尽一了百了。"他正要拔剑自刎之时，汤怀、牛皋奉命及时赶到，还送来酒饭和船只。

何元庆见了，感动得涕泪横流，扔下剑就同汤怀、牛皋一起来见岳飞，跪拜道："罪将该死，蒙元帅两次不杀之恩，今愿投降！"

岳飞大喜，连忙上前扶起何元庆。而后，岳飞带着他率领三军，回茶陵关扎营。

几日后，朝廷下旨，让岳飞带兵到洞庭湖征讨杨幺，镇压农民起义。岳飞不敢怠慢，立即率军向湖南进发。

第十八章　失京都高宗落难

不到一日，大军到了湖南潭州，岳飞一面传令安顿营盘，一面差人打听杨幺的消息。兀术听说岳飞已驻兵潭州，便与军师哈迷蚩商量："岳南蛮已远在潭州，我军正好去抢建康。"

听闻兀术率二十万大军杀奔建康而来，沿途的节度使、州县官吏皆望风而逃。兀术大军一路畅通无阻，直达长江边。

这天，高宗正在宫中与荷香饮酒作乐，只见一个大臣慌慌张张地赶进宫来，叫道："皇上，不好了！杜充献了长江，他儿子杜吉在仪凤门迎金兵进城了。皇上快逃啊！"

高宗一听，大惊失色，也顾不上荷香，立即换了便装，由李纲、王渊、赵鼎、沙丙、田思忠、都宽六大臣簇拥着，一同从通济门逃出。

建康失守，高宗逃往潭州的消息传到了岳飞那里。岳飞听了大吃一惊，急得他拔出剑来就要自刎，却被张宪、施全及时拦腰抱住。岳飞哭道："君辱臣死，圣上蒙尘，为臣者怎能忍辱偷生？"

诸葛英劝道："元帅莫伤怀，找到圣上是当务之急，不如请公孙郎前来卜一卦，看圣上逃到哪里，我们好去护驾。"岳飞拭干眼泪，连忙派牛皋和潭州总兵率领五千人马到牛头山查探，其他的人分头到各处打听。

牛皋得令，立即起兵，率军到达牛头山下，却恰逢大雨。牛皋在山下搭起帐篷，准备等雨停了再往山上去。这时兵士来报，说前面发现金兵营帐。牛皋心想：公孙郎果然神算，金兵既在附近，高宗肯定离此不远。于是请潭州总兵带路，从荷叶岭绕道上山。

高宗君臣躲在牛头山上的灵官庙里，此时正冻得瑟瑟发抖，忽然听到外面一阵喧闹。李纲从门缝里往外一瞧，见是牛皋，高兴得大喊道："牛将军，圣上在此，快来救驾！"牛皋在殿前下马，进殿见了高宗，叩头请安，并将随身带的干粮献上，然后吩咐三军守住上山要路，又派人速回潭州报告岳飞。

山下的粘罕也很快得知山上有宋兵把守，立即派人前往临安报知兀术。

岳飞得知高宗在牛头山灵官庙，快马加鞭赶去见驾。君臣相见，抱头痛哭。接着，高宗又将沿途所受的苦楚细细诉说了一遍。高宗因一路受了惊吓，又湿衣裹身，染上了风寒。

岳飞将高宗移驾到附近的玉虚宫，找了件干净衣服给高宗换上，安排他在观内静养调治。

观里的一位老道士得知高宗染上风寒，出来说道："梁山泊神医安道全正在观内，可请他来调治。"岳飞听了十分高兴，连忙亲自去将安道全请来。经过诊治，高宗病情好转。

高宗感念岳飞的忠心，效法当年汉高祖筑台拜将的先例，在灵官殿搭台，拜岳飞为"武昌开国公少保统属文武兵部尚书都督大元帅"，统管各路勤王兵马。

第十九章　挑滑车高宠丧命

第二天，岳飞召集众将士说："三军未到，粮草先行。目前双方交兵之际，粮草要紧。现在山下已被金兵围住，谁敢冒险突围去相州催粮？"话音未绝，牛皋抢着说："末将敢去！"

岳飞便将令箭和文书交给他，令他四日内到相州去取粮草。牛皋勇猛无敌，只身闯过金营，急奔相州。在相州顺利取得粮草后，他又星夜兼程往牛头山赶去。

途中，牛皋与郑怀、张奎、高宠三人不打不相识，又为岳飞收得三员猛将。

此时，牛头山已被金兵重重围住，形势非常不利。为了保护高宗，岳飞决定与金兵决一死战，于是派了牛皋去下战书。

牛皋来到金营，要兀术下座见礼，兀术不肯。牛皋说："我上奉天子圣旨，下奉元帅将令，特来下战书。古人有云：上邦卿相，即是下国诸侯；上邦士子，乃是下国大夫。我堂堂中原天子使臣，礼该宾主相见，怎么肯屈膝？"

兀术回道："照你这么说，倒是我不懂礼数了。本王看你是条好汉，姑且下来与你见礼。"

牛皋这才递上战书，兀术看罢，在后面批上“三日后决战”。牛皋得了战书，回营复命。

开战那日，岳飞调拨诸将紧守各个要塞，并设下檑木炮石，又派高宠掌管三军大旗，留守后方。交代完毕，岳飞上马提枪，带着张保、王横来到阵前。

兀术出阵叫道：“岳飞，如今山东、山西、湖南、江西都归我大金所有。你兵不满十万，还被我困在这牛头山上，粮草早晚会断绝。不如献出康王，归顺大金，我封你为王，如何？”

岳飞喝道：“兀术，你将二帝囚于沙漠，又追天子到湖南。我兵马虽少但人人勇猛，不杀你誓不回师！”说完催马上前，举枪便刺。

兀术大怒，提起金雀斧，两人大战起来。

正在他们激战时，只听见牛头山方向呐喊声震天，岳飞猛然回头望去，只见那金兵密密麻麻地向牛头山拥去，幸好被岳飞事先安排的各路将领挡住。但岳飞还是挂念高宗，恐怕惊了圣驾，于是他勾开兀术的金雀斧，虚晃一枪，掉转马头就往山上奔去。

张奎见岳飞回山，立即鸣金收兵。

高宠在山上看得清清楚楚，心想：元帅与兀术交战，没几个回合便急急回山，必定是那兀术武艺高强，待我下山去会会他！他把大旗交给张奎，上马抡枪，从小路冲下山来。

兀术此时正往山上冲，迎面却遭高宠劈面一枪刺来。兀术赶紧提斧招架，谁知竟招架不住，只得把头一低。这一低头，正好被高宠挑落了头盔，直吓得他魂不附体，回马就走。高宠

在后面紧追不舍，直冲入金营。

高宠进了金营，拿着那杆碗口粗的长枪，连挑带打，把金兵杀得人仰马翻，死者不计其数。高宠进东营，出西营，如入无人之境，杀得金兵叫苦连天，哭声震地。

高宠冲出金营正要回山，忽见西南角还有一座金营，便拍马抡枪冲了上去。

金兵慌忙报知哈铁龙，哈铁龙吩咐左右将铁滑车推出去。众金兵得令，一片声响，铁滑车被推了出来。高宠不知那是何物，上前只管用枪一挑，将一辆铁滑车挑过头去。后面一辆接着一辆，高宠一口气连挑了十一辆。到了第十二辆，高宠又是一枪，谁知他的坐骑竟口吐鲜血，瞬间瘫软下去，也把高宠掀翻在地，高宠被铁滑车砸死……

哈铁龙带了高宠的尸首来见兀术，连兀术也忍不住感叹："这个南蛮连挑十一辆铁滑车，楚霸王重生也不过如此，实在厉害！"随后一面吩咐哈铁龙整顿铁滑车，一面叫人在军营门口立一个高竿，将高宠的尸首吊起来示众。

牛皋看到高宠的尸首，悲叫一声，翻身跌下马来。金兵见了，正要上前捉拿，幸好张宪等八将赶到，将金兵杀退。张保将不省人事的牛皋和高宠的尸首驮在马上，众将紧随其后。金兵在后穷追不舍，何元庆、余化龙只得回马杀退金兵。

宋军那边正沉浸在悲痛中，金兵这边却在营帐内密谋进攻牛头山，哈迷蚩献计趁此机会立马派兵捉拿岳飞的家眷。兀术听了大喜，随即派元帅薛礼花豹领兵五千，从牛头山起身，暗渡黄河，日夜兼程，直奔汤阴县而去。

第二十章　岳云从军建首功

再说岳飞自奉旨出征抗金以来，岳母和妻儿一直在家靠纺纱织布勤俭度日，她们与乡里人家和睦相处，处处受人尊敬。此时，其长子岳云已经十三岁，出落得一表人才，而且练得一身好武艺，一心想效仿父亲杀敌报国。

薛礼花豹带领的五千金兵来到岳家庄时，正是秋收时节。小小年纪的岳云勇猛无比，带着一百多人，打得这支金兵毫无

招架之力，在刘光世的援助下，彻底消灭了金兵。

消灭金兵后，刘光世和岳云一同回到岳家庄，见过岳母。刘光世极力夸赞岳云年少英勇，岳母听了也十分高兴。

此时，岳云趁机提出要到牛头山从军，去帮助父亲抗金杀敌。岳母敷衍道："再等几日，我叫人陪你一同前往。"岳云回到书房，怕祖母反悔，便留了一封书信，悄悄出门，往牛头山赶去。

却说宋高宗住在牛头山的玉虚宫里，每天水酒素菜，甚是清苦。这天，高宗又见是满桌的素菜，可当天又值中秋佳节，高宗想起这几年被金兵追得四处漂泊，不由得流下了眼泪。

侍立一旁的李纲深知皇上心思，便劝道："陛下还算幸运，只是苦了二帝，现如今还被关在金国的枯井中，连自由也没有。"

一说起二帝，宋高宗便忍不住放声大哭。李纲劝不住，便建议他出去踏月散心。高宗这才收了泪，和李纲骑马离宫。

宋高宗和李纲刚到灵官殿，陶进、诸葛英等将领怕高宗被金兵抓住，便上前来拦驾。高宗不听，执意要去。

几人争执不下，正好被出营刺探虚实的兀术及军师哈迷蚩听到。兀术细细一听，辨出是宋高宗的声音，便叫哈迷蚩立即回去搬兵，自己则冲上去，大叫道："王儿休走！"

高宗和李纲听了，连忙转马便跑，兀术在后面紧追不舍。诸葛英等将领看见，急忙挡住兀术。

岳飞听说兀术追赶高宗，立刻叫人备马。不料张宪见情况紧急，顾不上细看，错骑了岳飞的战马便先去救驾了。

诸葛英这边此时正愁招架不住，却见张宪一马冲来，照着兀术的脸就是一枪。

兀术叫了声不好，把头顺势一偏，枪尖正好挑在耳朵上，顿时血流如注。兀术忙掉转马头，败下山去。

那天牛皋正在祭奠高宠，睡倒在高宠坟前，蒙眬中听见山下一阵喊杀之声，他慌忙上马提锏，杀进了金营。

兀术逃回大营，刚受了枪伤，心里正烦恼，当听说牛皋也来闯营，气得他提斧就出了营帐。兀术见到牛皋，举斧就向他砍去。

牛皋勾开兀术的斧头，举锏迎击。兀术躲避不及，被打中肩膀，只好负伤回营。众金将及时截住了牛皋，渐渐地，牛皋杀得两臂酸麻，汗如雨下。

再说岳云来到牛头山，见连绵数十里全是金军营寨，便拍马摇锤，独自冲了进去。金兵急忙报告兀术。

兀术连吃了两回败仗，心里正窝着火，见这次居然来了个乳臭未干的小子闯营，便提斧上马，狠狠地朝岳云砍去。

岳云左手架斧，右手举锤，照着兀术面门就是一锤。兀术见岳云来势凶猛，向后一退，那锤狠狠地砸在兀术肚皮上。兀术疼痛难忍，几乎落马，他不敢恋战，拍马逃走。

岳云也不追赶，对着拥上来的金兵左冲右突，如入无人之境，打得金营里尸积如山，血流成川。

岳云杀到前面，见牛皋被金兵团团围住，便举锤迎上。牛皋此时已打得头昏脑涨，以为又来了一个金将，举锏便打。岳云急忙叫道："牛叔父，休要动手，我是侄儿岳云！"牛皋这才停手，和岳云一起杀退金兵，回牛头山去见岳飞。

兀术一夜连吃了三回败仗，又被岳云斩杀了许多兵将，但苦于营中无勇将可以与宋军对阵，只得吩咐手下收拾尸首，重整营帐。

岳飞听说牛皋私自下山，正要责问，见牛皋得胜而归，便不再言语。又听说儿子岳云只身来投军，便叫他进来问话。岳飞责问道："你不在家中用功读书，到这里来干什么？"

岳云便将杀敌保庄、留信私奔牛头山等事详细讲了一遍。岳飞见儿子年纪虽小却机智勇敢，十分欢喜，立即安排他在后营安歇。

第二天，岳飞派岳云到金门镇总兵傅光那里去下文书，要傅光尽快调集人马来共破金营。岳云得令，骑马出营。

第二十一章 牛头山大破金兵

在去金门镇的路上，岳云寻思：去金门镇绕路会耽搁时间，不如从金将粘罕营中杀出去直奔主路。主意已定，岳云便催马到了粘罕营前，手舞双锤杀了进去。

粘罕闻报，提着生铜棍，腰系流星锤，上马迎战。粘罕举起流星锤，一锤打去。岳云左手举锤挡住，右手同时发锤，正中粘罕左肩。粘罕大叫一声不好，负痛而逃。岳云也不追赶，杀出金营直奔金门镇。

不到一天时间，岳云便到了金门镇傅光的总兵衙内。岳云在内堂见过傅光，递上文书。傅光看了，回书答应立即到各处调兵遣将，前来护驾。岳云取了回书，起身告辞。

粘罕受伤回营后，十分气恼，这时，刚好他的二儿子完颜金弹子从大都赶来。这金弹子善使两柄铁锤，有万夫不当之勇，见父亲被宋将所伤，忙急着来到阵前讨战。宋军营里牛皋、余化龙、董先、何元庆、张宪先后与其交手，皆力竭而退。岳飞无奈，下令高挂免战牌。

岳云从金门镇回来，听说那金弹子无人能敌，便拍马下

山，与金弹子交战。二人一个银锤摆动，一个铁锤舞起，战了四十多个回合，仍不分胜负。战到第八十个回合时，岳云渐渐招架不住。牛皋一见急了，大喝一声。金弹子稍一分神，被岳云一锤击中肩膀，翻身落马。岳云赶上去，取其首级。粘罕、兀术得知噩耗，悲痛万分，一时无心再战。

岳飞下令将金弹子的首级挂在营前。不久，元帅韩世忠派其子韩彦直来牛头山送信，碰到粘罕阻拦。韩彦直虽然只有十六岁，但武艺高强，勇不可当。他与粘罕战了几个回合，大喝一声，把他挑落马下。兀术闻报，悲痛不已。宋军营内军心大振。

这时，护驾大军已在牛头山下聚集完毕，岳飞向宋高宗奏报，请高宗做好下山准备。一切准备妥当后，岳飞一声号令，数十尊大炮齐发，顿时轰天炮响。

四面扎营的总兵、节度使听到炮响，

纷纷从外面包围金兵。

牛头山上，岳飞传令何元庆、余化龙、张显、岳云、牛皋等人为先锋，带领众将士杀向金营，岳飞率领大队人马随后杀入。兀术此时也召集各位王子、元帅，准备与宋军决一死战。

开战后，众宋将越战越勇，金兵渐渐抵挡不住，只得突出重围，往北逃走。宋朝各路勤王兵马乘势冲杀，顿时，喊杀声、兵器碰撞声和战鼓声交织在一起，场面甚是壮观。

宋高宗和众文武大臣在岳飞的保护下，毫发无损地来到外围。岳飞辞别高宗，带了张保、王横等人，率部众向北继续追杀金兵。

兀术一路往北逃，来到汉阳江口，忽然听见前面探路的金兵纷纷叫苦。兀术忙上前查看，只见波涛滚滚的长江挡住了去路，江面上一只小船也没有。无奈之下，兀术仰天大叫道："天亡我也！我自进入中原以来，从未如此失败过。如今前有大江，后有追兵，这如何是好？"

正在这危急时刻，哈迷蚩用手一指："狼主不要惊慌！快看，那是我们的船！"兀术定睛一看，那船上果然挂着金兵旗号。兀术、军师等人依次上船，可船少人多，后面的金兵纷纷被挤落水中。

兀术见追兵已近，只得下令开船。岳飞很快率军追到江口，那些没有上船的金军将士死的死，降的降。兀术在船上目睹这一切，掩面流泪，心如刀割。

这一仗，宋军大获全胜，兀术的六十多万金兵只逃走了一万多人。

第二十二章　排众议高宗迁都

岳飞击溃了金兵，黄河两岸渐渐恢复了安定。宋高宗怕金兵再次进犯建康，暗地里准备将国都迁往临安。

一天，临安节度使苗傅、总兵刘正彦派遣官员送来奏本，说临安宫殿已经完工了，请宋高宗准备起驾迁都。高宗传旨立即整备车驾，择日迁都。文武百官听到这个消息，议论纷纷，莫衷一是。

李纲听说宋高宗要迁都临安，连忙进宫上奏道：“自古中兴之主，都崛起于西北，故以关中建都为上策。现在以建康为都虽然只是中策，但还可以号召四方，以图恢复中原故土。如果把都城迁往临安，不免有惧敌退避之嫌，这是下下之策啊！请陛下三思！”

宋高宗听完非常不悦，辩解道：“建康自从被兀术占领过后，已经残破不堪，百姓迁的迁，逃的逃，现如今只剩下一座空城了，我们怎么守得住？而临安南通闽广，北近江淮，物产丰富，足以休兵养马。等到兵精粮足，我们再恢复中原，岂不更好？”

李纲见高宗主意已定，心灰意冷，便提出告老还乡。高宗本是个昏庸之主，巴不得他早点离开，立即准奏。

岳飞听说迁都之事后，也慌忙同众将入朝劝阻。岳飞劝道：“兀术刚被打败，陛下应该坚守旧都，选将挑兵，扼守住要害之地，怎可为求一时之安，迁都临安，导致民心尽失呢？况且临安地处偏僻，实在不是建都良地。苗傅、刘正彦二人为人又十分奸诈，陛下千万不要受了他们的蛊惑！”

宋高宗却还是不以为然地说道：“金兵南下，连年征战，导致生灵涂炭，将士离心。现在兀术大败，逃回北方，我们正好可以遣使议和，休养生息，再图恢复。”

岳飞无奈，只得说道：“陛下既然主意已定，现在天下也基本安定，臣离家太久，老母还抱病在床，请赐臣还乡，以尽孝道。”宋高宗准奏。

众将领也纷纷提出要回家乡看望亲人或祭扫祖先，高宗也一一准奏。后来，高宗听信了奸臣的话，怕韩世忠也来阻拦，便传旨韩世忠，留守润州，不必来京城了。

一切布置妥当，宋高宗选了个吉日，率领宫眷百官向临安进发，沿途车马络绎不绝。

不到一天，宋高宗就到了临安，苗傅、刘正彦二人连忙把他迎入新造的宫殿。高宗见临安宫殿建造得十分精巧，满心欢喜，传旨改年号为绍兴元年，苗傅、刘正彦二人因建造宫殿有功，分别被封为左、右都督。

再说兀术率领残兵败将逃回到金国黄龙府，见了父王完颜阿骨打，立即下跪请罪。

完颜阿骨打听说长子粘罕战死中原，王孙金弹子阵亡，六七十万人马几乎损失殆尽，勃然大怒，立马命人要将兀术推出去斩了。

文武大臣们纷纷替兀术求情，完颜阿骨打念他攻打中原不易，遂下令将其松绑，责令他重新招兵买马，以图再次南下，夺取宋朝江山。

第二十三章　返中原秦桧叛国

兀术回国后，念念不忘中原之耻。

一天，兀术招来哈迷蚩问道：“我初入中原时，势如破竹，大败宋军。为何有了这岳飞以后，我便屡战屡败，几乎全师尽丧呢？”哈迷蚩回答道：“狼主以前得胜，是因为有宋朝奸臣做内应。现在您将张邦昌这帮降臣奸细都给杀了，谁还敢再投靠我大金呢？”

兀术觉得言之有理，便问道：“如今到哪里去找这样的奸臣呢？”哈迷蚩早就看出秦桧是个大奸臣，于是向兀术提议派人去把他找来，对他略施恩惠，然后让他回宋朝做奸细，以图夺取大宋江山。

却说那秦桧夫妻二人，自从被掳到金国以后，同来的那些大臣全都宁死不屈，独有秦桧再三哀求，极尽谄媚，才保住性命，后被完颜阿骨打赶到贺兰山边的草营内服侍看马的金兵。后来看马的金兵死了，秦桧夫妇又流落到了山下，住在一顶破牛皮帐子里，每天靠妻子王氏给那些金兵们缝补洗浆，勉强糊口度日。

这天，兀术坐在府中闷闷不乐，便带领着一群金兵，到贺兰山打围取乐。在回府的路上，兀术远远望见一个南方装束的妇人慌慌张张地躲到林子里去了。

兀术觉得奇怪，连忙派人往林子里去搜查。不一会儿，金兵带来一个妇人。

兀术见那妇人神色可疑，便下令带回府中审问。回到府中，妇人跪下说："奴家王氏，丈夫秦桧曾是宋朝状元，后来跟随二帝来到金国。现如今随夫在贺兰山附近艰难度日。方才奴家刚要往树林中去拾些枯枝当柴火，不知狼主到来，若有冒犯之处，敬请宽恕！"

兀术听说秦桧是她丈夫，大喜道："我久闻你丈夫博学多才，正要请他做参谋。来人，速速备马去请！"

金兵来到贺兰山下，见秦桧正在破牛皮帐外拾柴做饭，便告诉他兀术有请。秦桧知道兀术向来不喜欢自己，听说他有请，心中虽疑惑，但又不敢多问，只得随金兵来见兀术。

秦桧见了兀术立即叩头请安，兀术请他上座，秦桧不敢。兀术说道："我一直仰慕你的才华，因一向带兵在外，没机会与你相见一叙。今天相见，也算缘分，我这里正好缺一个参谋，你夫妻俩以后就住到我府中，也方便我以后朝夕请教。"

秦桧听后不禁大喜，立马拜谢，夫妇俩当夜便在兀术府中住下了。

兀术常派人给他们送些新衣服，每天还供应好酒好饭，照顾得十分周全。秦桧夫妇每天享受这些优待，十分感激，早把宋朝忘得干干净净了。

不知不觉，已过了一年有余。有一天，兀术问秦桧夫妇：“你们想回家乡么？”秦桧却回答道：“承蒙狼主厚爱，感恩不尽，哪里还想回家？”

兀术又说道：“古人说：‘树高千丈，叶落归根。’人也难免有思乡之情。如果你们思念家乡，我可以派人送你们回去。”

秦桧见兀术执意要送自己回去，凭他的小聪明，大致猜透了兀术的心思，便改口道：“如果能回去拜一拜祖坟，必当感激不尽。只是我夫妻二人在外漂泊已久，怕是难以入境。”

兀术连忙说道：“那有何难！你马上去五国城，讨了赵佶父子的亲笔诏书来，好混过中原关口。”于是秦桧立即起行。

秦桧来到五国城，参拜徽、钦二帝后便说：“臣秦桧即将回国，求二帝赐臣诏书一封，也好做个凭证。”

二帝立马答应了，宋钦宗亲自写了诏书，并叫秦桧回国后，务必设法来接他们回去。

秦桧拿了诏书回到兀术王府，兀术大摆筵席为秦桧夫妇饯行。第二天，兀术又带领文武官员一路随行，并事先安排三十里一营，五十里一寨，以供他们安歇，秦桧夫妇不胜感激。

在离潞州不远的地方，兀术再次在帐中摆酒送别。席上，兀术话中有话地说："先生回到中原，可不要忘了本王呀！"秦桧赶紧回答说："如果有机会，即使是宋室江山，我也会拱手送给王爷。"

兀术追问道："你若真有此心，何不对天发誓？"秦桧立即跪下说："上有皇天，下有后土，我秦桧若是忘了王爷的恩德，不能把宋朝天下送与王爷，甘愿患背疽而死！"

兀术听此誓言大喜，连忙将他扶起，说道："以后若有要紧事情，叫人来通知一声，我一定设法照应。我们就在此地告别吧！"

秦桧夫妇这才拜别兀术，上马往潞州去了。

秦桧夫妇手执二帝诏书，一路畅通无阻，没几日便到了临安，至午门候旨。宋高宗听说秦桧夫妇执有二帝诏书，立即宣他们进金銮殿。

宋高宗接了诏书，降旨道："卿家从外邦回朝，还带来二帝的消息，真是可喜可贺。况且卿家在外保护二帝多年，患难之中忠心却不改，朕现在就封你为礼部尚书，封你夫人王氏为二品夫人。"

绍兴四年，秦桧进礼部衙门走马上任，凭他的谄媚本事，很快成为宋高宗的心腹，并于绍兴十一年游说宋高宗和金国签订了不平等和约。宋朝因此换来了一段短暂的和平。

第二十四章　岳飞义服杨再兴

宋高宗赵构本来就是个贪图享受的皇帝，在秦桧的怂恿下，每天在宫中寻欢作乐。那些奸臣佞相们一个个也乐得一同享受，而沉重的贡赋则直接被转嫁到平民百姓身上，弄得百姓怨声载道。

朝廷的黑暗、腐败引起了人们的不满，一些有志之士纷纷聚众起义。其中，老令公杨继业的后人杨再兴实力最为雄厚，他聚集几千人，占据了山东九龙山。官兵几次征讨，都被杨再兴打得大败而归。

兵部上了几道告急奏折，急得高宗寝食难安，便问众大臣有什么良策。太师赵鼎奏道："诸寇猖狂，唯有起用岳飞。"

宋高宗道："先前也曾差官去召他来京受职，他的手下牛皋、吉青等人却将圣旨扯碎，还把差官给打了回来。如果再去召他，他若仍不肯奉诏，怎么办呢？"

大臣们一时也别无良策，宋高宗只好宣布退朝。高宗回到后宫一直苦着脸，魏娘娘得知后便说道："臣妾愿绣一对龙凤旌旗，中间再绣'精忠报国'四字。圣上派人赐给岳飞，或许

他肯前来。”高宗依允。

魏娘娘很快就绣好了旌旗，宋高宗派人带了圣旨和旌旗，日夜兼程赶往汤阴县。

却说岳飞回到乡里，一家团聚，享受着天伦之乐。不久岳母病故，岳飞非常悲痛，一直在家守孝。

一天，钦差来到岳府传下圣旨，岳飞接了圣旨和龙凤旌旗，立即约集众兄弟商议。

牛皋不肯应召，岳飞劝道：“我们平定内乱，打退金兵，恢复中原，一则是为了让百姓免遭苦难，二则是为了显祖扬名！大丈夫在世，当建功立业才是呀！”众兄弟见他说得有理，各自散去准备行装。

岳飞等人到了临安，宋高宗命他官复原职，带兵十万速到山东去剿灭杨再兴。岳飞谢恩出朝，命牛皋率兵三千为先锋，又命岳云押运粮草紧随其后。两人领命而去。

牛皋率军一路上穿州过府来到山东九龙山脚下。牛皋命众军士一齐呐喊，杨再兴随即率众手下向山下冲去。当得知对方是牛皋后，杨再兴轻蔑地说：“手下败将，你难道不记得我们曾交过手？还是让岳飞来会我吧！”

牛皋听了大怒，提锏便打，杨再兴抡枪招架，两人大战了十二三个回合。牛皋战他不过，只好撤军。杨再兴也不追赶，回山去了。

牛皋回来后传令三军，在离九龙山不远的地方扎营，等候岳飞的大军到来。不到一天，岳飞的大军到达。牛皋将败阵的事说了，岳飞听后不但不加指责，还笑道：“你哪是他的对手，等我明日亲自出马吧。”

第二天，岳飞上阵前吩咐众将道：“这个杨再兴是一员虎将，我有心收降他。无论胜败，贤弟们都不要上前，违者依军法处置。”说完岳飞出了大营，来到九龙山下讨战。

岳飞劝杨再兴道：“将军是将门之后，武艺超群，如今失身绿林，岂不玷污了祖宗之名？将军何不归顺朝廷，助我扫平金邦，名垂青史？”

杨再兴听后，仰天大笑，说道：“岳飞，我杨再兴也不愿看见国破家亡，无奈当今皇帝信任奸邪，不听忠言，将锦绣江山都快断送了！你辅佐他，只怕将来死无葬身之地呀！”

岳飞一再劝说，但杨再兴始终不为所动。岳飞最后说道：“不如我和将军各把兵将退后，你我一对一，各显身手，如何？”

杨再兴点头同意，立即命令手下暂回山寨，岳飞也令众将后退。岳飞和杨再兴各自催动战马，双枪并举，大战了三百余回合，仍不分胜负。看看天色已晚，两人约定明日再战。

第二天，岳飞带领众将又到阵前，杨再兴早已在那儿等候。两个人一碰面，便立即拨开战马，抡枪交战。打得正激烈之时，岳云恰好押解粮草回到营中交差。

牛皋见岳云来了，便说道：“贤侄，你来得正好，快上去帮你父亲拿了这强盗，也好早点完事！”岳云便把马催到阵前，大声叫道：“爹爹稍歇，等我来拿这逆贼。”

杨再兴把枪一收，喝了一声：“岳飞，你军令不严，还做什么元帅！”说完拨马回山去了。岳飞遭到羞辱，气冲冲地收兵回营了。

岳飞回到帐中坐定，喝道：“把这个逆子绑出去砍了！”众将连忙一齐跪下求情，岳飞这才收回成命，喝道：“死罪可免，活罪难饶，给我重打四十军棍！”军士只得把岳云捆了。

打到第二十棍，牛皋看不过去，心想：明明是我鼓动岳云助战的，要罚也应该罚我才是。于是，牛皋就上前求情：“牛皋愿代侄儿挨剩下的二十棍！”

岳飞闻言，这才叫军士停刑，吩咐张保：“你将岳云背到山前，对杨再兴说：‘公子运粮初到，不知有军令在先，所以冒犯了将军。本要斩首，因众将求情，打了二十大棍，现特将其送来验伤请罪！’”张保领令，背着岳云向九龙山走去。

张保背着岳云到了九龙山前，说明来意后，杨再兴说道：“既然这样，也就罢了，我敬重岳飞是个明理之人。你回去，说我约他明日再来会战。”张保答应一声，背了岳云回营。

杨再兴回到寨中，暗暗佩服岳飞军纪严明。

当晚，岳飞也在想着收服杨再兴的计策。他想：单用言语劝说，恐难将杨再兴说服，可是，杨家枪十分厉害，怎样才能将其破解呢？想了很久，他忽然想出一招“撒手锏”来，决定明日试试。

第二天，岳飞来到阵前，杨再兴也领兵下山。岳飞又劝道：“将军，你家世代忠良，我们还是同心协力共同抗金吧！”

杨再兴回答说：“还是等你赢了我手中的枪再说吧。”于是两人举枪交战，大战数十回合，岳飞佯装不支战败，拨马逃走。杨再兴大声笑道：“你今日为何本事如此不济？”说完随后纵马赶来。

岳飞见杨再兴离得近了，猛然回转马来，左手持枪便刺，杨再兴忙举枪架住。不提防岳飞右手取出银锏，只见一道银光闪过，杨再兴的背部被银锏打中，跌下马来。

岳飞慌忙跳下马，双手扶起杨再兴，诚恳地说道：“将军请起，得罪了！可起来上马再战。”战败的杨再兴敬重岳飞的报国忠心，更佩服他的武艺高强，便跪在地上说道：“元帅，小将情愿归降。”

岳飞执住杨再兴的手高兴地说：“将军如不嫌弃，我们可结为兄弟，共同抗金保国。”杨再兴欣然应允。

不久，杨再兴说服湖南的罗延庆也归顺了岳飞，一起为国效力。

且说兀术回金国后招兵买马，重振军威，时机成熟后便兴兵二百万，气势汹汹地再犯中原。没多久，兀术就率领大军到

了汴京朱仙镇。

赵构看到紧急奏折，立刻召集百官，商量对策。此时，秦桧献策说："可调岳飞北上抗金。"

岳飞接过圣旨，心中盘算着如何去救朱仙镇，正好遇到杨再兴进营缴令。岳飞吩咐道："金兵二百万又犯中原，现已到了朱仙镇。贤弟领兵五千，为第一队先锋去抵挡金兵。"

杨再兴领令出营，带兵五千，飞速赶往朱仙镇。随后，岳飞又命岳云为第二队，何元庆为第三队，严成方为第四队，余化龙为第五队，罗延庆为第六队，伍尚志为第七队，各将分别率军三千，火速赶往朱仙镇。当天，岳飞还向韩世忠等元帅发出紧急文书，通知他们到朱仙镇聚集。第二天，岳飞亲领三十万大军向朱仙镇进发，又派牛皋到各处催粮。

那时正值十一月的寒冬天气，汴京一带乌云密布，大雪飘扬，万里江山，如同粉壁。杨再兴率第一队人马冒着风雪前行，一连走了两天两夜，才来到离朱仙镇不远的一个地方。

在这里，杨再兴碰见许多逃难的老百姓，他们扶老携幼，场景十分凄凉。老百姓听说岳家军来抗金了，纷纷松了一口气。他们有的开始放慢脚步，有的甚至准备先在原地休息，再作打算。

杨再兴率领部下继续往前行，刚翻过一个山头，便见漫山遍野的金兵迎面而来。杨再兴回转身，见自己的五千人马由于日夜兼程，早已疲惫不堪，心想：敌众我寡暂且不说，我军单在精力方面就处于下风，如果打起来，恐怕一时难以抵挡。这样想着，他便传令三军，就地扎营休息。而他自己则拍马摇

枪，单枪匹马冲向敌阵去打探虚实。

兀术将自己的人马分为十二队，每队五万人，实际上只有六十万人马，可他们对外称有二百万，不过是为了虚张声势而已。金兵虽多，大多却被岳家军吓破了胆，只有金兵里的四员先锋很是狂妄，他们是雪里花南、雪里花北、雪里花东、雪里花西，四人是同胞兄弟，据说有万夫不当之勇。

杨再兴冲下山去，迎面撞上了金兵第一队先锋雪里花南。杨再兴拍马摇枪，直取雪里花南。雪里花南一路未遇敌手，十分狂傲，见一个宋将冲来，也举起铁门栓打来。刚一交手，雪里花南只觉两臂沉重，随之铁门栓被挑了出去。杨再兴再回枪一挑，将雪里花南挑下马来。

金兵见主帅已死，立即四散逃去。杨再兴哪里肯放过，追上去一阵猛杀。逃得快的金兵急忙报告第二队先锋雪里花北。

雪里花北见杨再兴骁勇无比，是个劲敌，便悄悄躲到树林背后，暗地里飞起一叉，朝杨再兴刺过来。杨再兴反应灵敏，急中生智，抖动缰绳，银鬃马往前一跃，雪里花北一叉刺在柳树上。杨再兴勒转马头，狠狠一枪刺过来，将来不及退避的雪里花北刺死。

这时第三队先锋雪里花东已经赶到，但他的刀尚未举起，就被杨再兴一枪挑中颈部，翻身落马。杨再兴又左挑右刺，杀得那些金兵抱头鼠窜。

第四队先锋雪里花西闻报，飞马上来接战，还不到一个回合，也被杨再兴挑于马下！

只一会儿的工夫，杨再兴就把四员金国大将统统送到阎罗

殿去了。金兵不知道来了多少像杨再兴这样的宋朝勇将，全都慌作一团，自相践踏，死伤不计其数。

饶幸逃得性命的金兵一路向北方逃去。杨再兴在后面紧紧追赶，见金兵向北逃走，心想：我抄近路截住他们，杀他个片甲不留。谁知刚走不远，便有一条河挡住了去路。这条河名叫小商河，河水虽不深，却满是淤泥衰草。况且，大雪过后，河道全被大雪遮盖了，根本看不清楚路况。

那些金兵熟悉地形，知道前边有座小商桥，所以都往前面的小桥逃去。杨再兴不知底细，又追敌心切，只管催马往前。只听见“扑通”一声，杨再兴连人带马跌进了小商河。

那些金兵金将在桥上看得清清楚楚，于是万箭齐发。可惜杨再兴一员猛将，就此阵亡。兀术见杨再兴已死，传令回营。

第二十五章　假降金王佐断臂

不久，宋高宗命新科状元张九成到五国城去问候徽、钦二帝，此行艰险万分。岳飞心知高宗派一个文臣穿过金营前往五国城必是秦桧的奸计，为张九成的安危考虑，便派汤怀护送张九成。

汤怀护送张九成到金营后，兀术企图活捉汤怀，逼他叛宋投金。汤怀宁死不从，在金兵的重重包围下自刎而死。

兀术有个义子叫陆文龙，他原是宋朝名将陆登之子。兀术初次进犯中原的时候，潞安州守将陆登坚守城池，抵抗到最后，夫妻双双自杀殉国。其子陆文龙当时尚小，

兀术敬重陆登是个忠臣，将他的儿子收为义子，带回到金国抚养。现如今，十六岁的陆文龙在金国学得一身好武艺，但完全不知道自己的身世。他听说兀术进攻中原受阻，就带了奶娘，径直奔到朱仙镇来助战。

陆文龙一来就带领金兵过了小商桥，至宋军营前讨战。陆文龙勇猛无敌，一连斩杀了宋军两员大将。岳飞听说二将阵亡，忍不住落泪。随后，岳飞又派岳云、张宪、严成方、何元庆轮番上阵，想以车轮战拖垮陆文龙。但四人出战各战了几十个回合，仍不分胜负。兀术见宋将实行车轮战，怕陆文龙吃亏，就急忙下令鸣金收兵。陆文龙这才领兵回营。

第二天，陆文龙又来讨战。岳飞先命岳云、张宪等四人出马，又命余化龙一同去压阵。岳云上前，抡锤就打，陆文龙举枪相迎。两人锤来枪去，枪去锤来，战了三十来个回合后，严成方又来接战。兀术恐怕陆文龙有闪失，亲自带领众元帅、平章出营观战。天色将晚，宋营五将见还是拿不下陆文龙，便大喝一声，一齐上前，兀术也立马率领其他金将一齐出马。

这场混战一直打到天黑，两边才各自鸣金收兵。岳飞见陆文龙无人能敌，心中闷闷不乐，吩咐左右挂出免战牌。为想出一个破敌之策，岳飞在营帐中几乎是一夜未曾合眼。

这晚，宋军中还有一位将军也是思前想后睡不着觉，他就是原洞庭湖的义军首领王佐。王佐在军营中自斟自饮，心想：我自归顺以来，还没有立过尺寸之功，这次是立功的绝佳时机，我若把握住了，上可报君恩，下也可分元帅之忧。

王佐想了又想，猛然记起春秋时有个“要离断臂刺庆忌”

的故事：“我何不也断了手臂，诈降混进金营去，乘机刺死兀术、陆文龙父子，如此一来，也算大功一件。”主意已定，他又连喝了十来碗酒，借着酒劲，他从腰间拔出剑来，“霍”的一下，将自己的右臂砍了下来。

王佐随后去见岳飞，将自己断臂诈降、谋刺兀术父子的打算和盘托出。岳飞不许他冒险，含泪扶起王佐，命他立即回营医治。可王佐态度坚决，表示如果岳飞不答应，便即刻自刎以表明心迹。岳飞无奈，只得含泪应允。

王佐辞别岳飞，连夜赶往金营，到达金营时已是天明。

兀术听说有宋将来降，不禁大喜，立即传令接见。王佐进帐跪下，兀术见他面色焦黄，血染衣襟，便问缘故。王佐说道：“我本是洞庭湖义军首领杨幺的手下东圣侯王佐，现如今只是岳飞帐下的一员副将。昨晚，岳飞聚集众将议事，我进了一言：‘如今中原残破，二帝蒙尘，康王却信任奸臣，这都是天意。现今二百万金兵陈兵朱仙镇，如同泰山压卵，我军肯定难以取胜。不如派人讲和，或许可以保全。’不料岳飞不仅不听我的好言相劝，反而说我是有心卖国，遂下令砍下了我的右臂，并派我到金营来报信。说他明日就要来擒拿狼主，直捣黄龙，踏平金国。我若不来，就要再断一臂。因此，我今日特来投奔狼主。”说罢，王佐放声大哭，又将袖子里的断臂露出来给兀术看。

兀术见他断臂处血肉模糊，大骂道：“这岳南蛮好残暴！竟对一进言良将如此狠心，实在可恶！”接着，他对王佐说道：“你为我断了右臂，我就封你做‘苦人儿’吧。军中各营

听令，以后‘苦人儿’可以随处走动，违令者斩！”王佐听了大喜，连忙谢恩。

一天，王佐来到陆文龙的营前，遇到陆文龙的奶娘，从她口中得知陆文龙的身世，吃惊不已。接着，王佐又趁机将身世之谜说与陆文龙听。陆文龙听了，泪如雨下，拔出剑来，立刻要冲出去杀了兀术，为父母报仇，幸好王佐及时拦住了他。

在陆文龙的协助下，王佐很快又说服曹荣之子曹宁归降大宋。这曹宁原本和陆文龙一样，不知自己乃大宋子民，了解身世后，悲愤交加。为了表示诚意，他甚至与投靠了金国的父亲曹荣兵戎相见。然而刀剑无眼，曹宁在战场上失手将父亲一枪挑死了，他自己也自刎而死。

次日，完木陀赤、完木陀泽二人领兵来宋营讨战。岳飞立即分拨五千人马，命董先率陶进、贾俊等四将出战。

第二十六章　岳飞大破连环马

话说宋军中五将领命，一齐来到阵前，当听到完木陀赤出言不逊时，董先率先出手，与完木陀赤交起手来。两人大战不过五六个回合，完木陀泽看见完木陀赤打不过董先，拿起手中的浑铁镋，飞马来助战。陶进等四人见了，也举起大刀一齐上前。七个人跑开战马，犹如走马灯一般，团团旋转着厮杀！这两员金将怎敌得过五位宋将，最后只得掉转马头往回撤。

快到金营时，完木陀赤边走边叫道：“宋将不要追赶了，我有宝贝在这儿！”董先叫道：“随你什么宝贝，老爷们也不怕！”说完，拍马直奔而来。

当董先等人紧随完木陀赤和完木陀泽二人来到金军营前，只听见一声号炮响，又见两员金将往左右分开，从金营里立即冲出三千人马来。

那些马身上都披着盔甲，马头上用铁钩铁环连锁着，每三十匹站成一排。马上的士兵都穿着生牛皮盔甲，脸上也戴着牛皮做成的面具，只露出两只眼睛来。几十排弓弩，几十排长枪，共一百排，一齐冲出来，把宋军团团围住。这正是威力无比的“连环甲马”阵。三千金兵枪挑箭射，不到一个时辰，五员宋军大将及随行的五千人马，几乎尽丧命于阵内。仅剩下几个宋兵侥幸带伤逃回宋营。

岳飞闻报，大吃一惊，忙问：“敌人使的什么奸计？”逃回的宋兵将“连环甲马”的事细细叙述了一遍。岳飞听了，大惊失色，悲痛地说道：“苦哉，苦哉！早知道金兵使的是此阵，我就不会那么鲁莽派兵。早年呼延灼曾用此阵法，只有徐宁传下的‘钩连枪’可以破解。可怜五位将军白白地送了性命，真叫人痛心！”

岳飞说完便让人准备好祭礼，亲自出营，带领众将遥望金营，哭奠了一番。

众人回营后，岳飞教他们破解之法，命孟邦杰、张显各带兵三千去练“钩连枪”，张立、张用各带兵三千去练“藤牌”。

兀术见“连环甲马”阵大败宋军，非常高兴，但他还嫌战事推进太慢，便对军师说：“此战旷日持久，如何是好？”

军师哈迷蚩献上一计：“狼主可派一员将官暗渡夹江，直取临安。岳南蛮如果知道了，必然回兵去救。到时，我们再派大军断其后路，使他首尾不能相顾，这样就可将他捉住了。”

兀术听了大喜，命鹘眼郎君领兵五千，悄悄地抄小路往临安进发。鹘眼郎君带领人马刚离开朱仙镇，就遇见了押送粮草的三千宋军。这押粮官都统制叫王俊，是秦桧门下的走狗，很会溜须拍马，深得秦桧的宠信，因此秦桧特派他带领三千人马来监督军粮。

王俊一路耀武扬威地走来，不料在这里碰上了金兵。鹘眼郎君提刀出马，大声喝道：“何处军兵，快快把粮草送过来，就饶你们的狗命！”王俊回道：“我是大宋天子驾前都统制王俊，你是何人？”

鹘眼郎君说道：“我是大金国四太子帐前元帅鹘眼郎君，特意到临安去擒你们那南蛮皇帝，今天就先拿你来开刀。”说罢，他一刀砍来，王俊只得举刀相迎。两人战不到七八个回合，王俊就被打得落荒而逃。

鹘眼郎君紧追不舍。正在危急时刻，前面忽然出现了一支宋军，领队的将领正是牛皋。王俊赶紧向牛皋求救。

牛皋见一个金将在追一名宋将，便纵马上前，拦住鹘眼郎君的去路。两人战了二十个回合，鹘眼郎君就被牛皋一锏打中肩膀，跌落在地。牛皋取了他的首级，杀散了金兵，这才转过身来问王俊的来历。

王俊说道：“小将王俊官居都统制，承蒙秦丞相推荐，要

押粮到朱仙镇。偏偏遇着这金贼，杀不过他。今日幸得将军相救，他日必当重谢！”

牛皋心想：早知是你这狗头，我就不救了！嘴里却说：“俺是岳元帅麾下统制牛皋，奉令催运粮草，这才往回赶。王将军既然押粮往朱仙镇去，我的粮草也烦你一并带去，见了元帅，就说牛皋去别处催粮了。”王俊立马答应。

牛皋将鹘眼郎君的首级也交给他，并一再嘱咐他要护好粮草，拱了拱手，就带领人马离开了。

王俊别了牛皋，把粮草押到朱仙镇，见过岳飞，呈上鹘眼郎君的首级，说道：“卑职在路上，遇见牛皋被一金将追赶。那金将声称要暗渡夹江，去抢临安。卑职见状，立马上前救了牛皋，这才带了粮草及那金将的首级上报元帅。”

岳飞明知他在说谎，也不挑明，先记了他一功，令他下营发放粮草。

兀术见鹘眼郎君的首级高挂在宋军营前，知道计划又落空了，只得叫完木陀赤兄弟随时准备“连环甲马”迎战。

第二天，孟邦杰等人已将“钩连枪”和“藤牌”练熟了，回营缴令。岳飞便命他们去破兀术的“连环甲马”，又命岳云、严成方、张宪、何元庆等人，带了五千人马，在后面接应。

孟邦杰、张显等四将到金营前讨战，完木陀赤兄弟上阵迎战。互相通报了姓名之后，完木陀泽和张立两人拍马抡枪，战了几个回合，完木陀泽诈败回营。

张显等四将领兵追来，突然一声炮响，三千“连环甲马”团团包围上来。张立吩咐三军用“藤牌”将四周团团遮住，弓矢不能射，枪弩不能进，结果宋军毫发无伤。完木陀赤兄弟见了十分惊慌。这时，孟邦杰、张显带领人马从后面袭来，用“钩连枪”去勾马腿，一连勾倒数骑摆阵的马，剩下的都自相践踏起来。金兵阵营中正乱成一团，又听得一声炮响，岳云、张宪从左边杀入，何元庆、严成方又从右边杀进。这一仗，金军的“连环甲马”全军覆没，宋军大获全胜。

兀术本来盼望着完木陀赤兄弟的“连环甲马”能大获全胜，不料却被岳飞的“藤牌”和“钩连枪”打败了，急得他失声痛哭。军师哈迷蚩安慰道：“狼主不要悲伤，还有‘铁浮陀’可以对付南蛮。”兀术心想，也只能靠这宝贝了。

再说牛皋回营缴令，问岳飞：“末将前次救了王俊，嘱托王俊将金将鹘眼郎君的首级及粮草带回了营中，是否收到？”岳飞回道：“收是收了，可是说法怕有出入。”

牛皋得知详情后十分生气，质问王俊为何冒领他的功劳。谁知，王俊竟厚颜无耻地说道：“人可不能没有良心，小将救了你的性命，你怎么反来夺我的功劳？”牛皋大怒，正欲与王俊争辩，忽闻营外传来一阵喧哗之声。

岳飞出营一看，原来营门前集聚着数百名士兵要求退伍还乡。岳飞大吃一惊，觉得其中必定有隐情，便叫了一个士兵进来问话。

被召的士兵进来行礼，岳飞问道：“现在大敌当前，全仗你们替国家出力，怎么反说要退伍还乡？”士兵答道：“近日来所发的粮米，一斗只有七八升，我们连饭都吃不饱，还怎么替国家出力？”

岳飞责问监管钱粮发放的王俊。王俊狡辩道："钱粮虽是卑职管，却都是吏员钱自明经手发放，卑职并不知情。"岳飞喝道："速传钱自明来！"

不一会儿，钱自明进帐，岳飞喝问克扣军粮之事。钱自明招供说是王俊的主意。

岳飞大怒，将钱自明推出去斩了，回头又责令王俊把军粮赔补上来，再重新发放。众士兵听了，叩头谢恩而去。王俊只得将克扣下的粮草照数赔补了。

事毕后，岳飞喝道："王俊！你先是冒功邀赏，后又克扣军粮，本应斩首！只因你是奉旨而来，就饶你死罪，但仍须捆打四十军棍，遣回临安，听凭秦丞相处置。"遂吩咐左右将王俊拖下去，打了四十军棍，连夜押解到临安。

第二十七章　破金龙旗开得胜

兀术被岳飞破了“连环甲马”，整天闷闷不乐，忽然听见金兵来报：“从黄龙府运来的‘铁浮陀’在外候令。”

原来这“铁浮陀”是一种威力很大的火炮。兀术听了大喜，连忙传令下去：“先推到一边，黄昏时再推到宋军营前。”

接着兀术便一面派人准备火药，一面暗中清点人马，准备天黑后开炮轰击宋营。

陆文龙在一旁听见，急忙回营跟王佐商量。王佐听后，大吃一惊，说道：“必须要赶快送信回去，叫宋军做好准备。”

陆文龙道：“莫急，待天黑后，我会射封箭书去通知岳元帅，今晚即同将军一起归宋，如何？”王佐听后大喜。

看看天色将晚，陆文龙悄悄走近宋营，大叫一声：“宋军听着，我这儿有封机密箭书，你们赶快交给岳元帅！”说完，“嗖”的一箭射去，随即转马回营。

宋军营里的军士取下箭书，交给岳飞。岳飞拆开一看，吃了一惊，急忙吩咐岳云、张宪领着兵马去埋伏，又急令诸将分头通知各位元帅，将营帐旗帜全部留在原地，所有人马一齐退

往凤凰山中躲藏起来。

到二更时分，兀术传下号令，将“铁浮陀”一齐推到宋军营前，轰天大炮顿时向宋军营中打来。霎时间，只见宋军营里烟火腾空，炮弹所到之处，片瓦无存。

宋军这边，众位元帅在凤凰山上看见这般光景，互相举手庆贺道：“若不是陆文龙一封箭书，宋军营的人马岂不要被烧成炭灰？也亏了王佐啊！自断一条臂膀，却挽救了宋军六七十万人马的性命！”

金兵见宋军营中已经成了一片灰烬，以为宋军早已全军覆没，便把“铁浮陀”留在原地，然后欢欢喜喜回营向兀术报功去了。

埋伏在半路的岳云、张宪见金兵全部回了营，便趁着夜色黑暗，领着军士把火炮的火门都钉死，又令军士一齐动手，将“铁浮陀”全部推入小商河中，再转马回凤凰山缴令。于是，岳飞命三军回到原处，重新扎好营盘。

当晚，陆文龙和奶娘悄悄地跟随王佐出营，投奔了宋军。宋营将士都来感谢王佐和陆文龙的救命之恩。

陆文龙对岳飞说道：“小侄不孝，错认仇人为父！若不是王恩公说明，我怎么会这么早认祖归宗！”岳飞对他勉励了一番，一面吩咐送陆文龙到后帐居住，拨二十名家将服侍，一面派人送奶娘回到陆文龙的家乡居住。

兀术在营前见“铁浮陀”大炮打得宋营一片漆黑，大喜过望，回到帐中大摆酒席庆祝。兀术正喝得高兴，金兵进帐来报：“‘苦人儿’和殿下带了奶娘投奔宋军去了。”兀术闻报，

勃然大怒，大叫道：“真是养虎为患！”

兀术正在恼恨，又有金兵来报：“宋军营内旗幡依然鲜明。”兀术不信，连忙到营前查看，宋军营中果然旗帜鲜明，枪刀密布。

兀术传令重整“铁浮陀”，今晚再炮轰宋营。金兵遍寻“铁浮陀”，才发现“铁浮陀”已全被推进小商河里了。

兀术气得暴跳如雷，恨恨地说道：“那岳南蛮着实厉害，竟能使王佐舍身断臂，来施苦肉计！接着又害得曹宁父子身亡，如今又说动陆文龙归宋。现在连‘铁浮陀’也全都被他毁了，实在可恨！”

这时，军师哈迷蚩又献上新练成的“金龙绞尾阵”，即“金龙阵”，这个阵威力惊人。兀术大喜，调拨了全部兵将，由哈迷蚩率领，金兵按图摆阵，先行操练起来。

兀术又派人将一封箭书射进宋军营中，叫岳飞停战一个月，约期破阵。岳飞收到箭书，一面通知全营将士加强防守，一面思考如何打探有关金兵新阵的消息。

过了十余天，岳飞趁着天黑，悄悄带了张保出营，来到凤凰山边的茂林深处，爬上一棵大树偷看金营。岳飞见金营里灯火通明，中央将台上旗帜挥动，十来万人马摆成两条“长龙”，头并头，尾搭尾，首尾照应。整个金营，人喧马嘶，好不热闹。但岳飞他们见一时半会儿也看不出个所以然来，索性下树回营了。

一个月很快便过去了，金营里哈迷蚩的新阵操练得已是炉火纯青。兀术立即派人到宋营下战书。

岳飞约定来日决战，然后立刻请各位元帅到大营中商量破阵策略。大家最后决定，岳飞和张宪带领人马从左边杀入，韩世忠和刘琦领兵从右边冲入，剩下的岳云、严成方等人从中间进入，一举破阵。

第二天黎明，只听见宋营里三声轰天炮响，四位元帅和十二员猛将率领众军士一齐冲进“金龙阵”。兀术在将台上急令放炮，只见左右营阵脚一步步拉开，缓缓向中间包围过来。

这时，岳飞已从左边杀入金营，举起沥泉枪一阵乱挑。张保抡动镔铁棒，王横舞着熟铜棍，一边护着岳飞，一边指挥着将士向前冲杀。后边牛皋、吉青和施全等众将跟着杀入阵来。右边韩世忠手舞长枪，率领着韩尚德和韩彦直等众将也一齐杀了进来。

金营将台上接着又传出一声号炮，“金龙阵”阵形顿时大变，从四面八方一层层包围过来。原来那“金龙阵”是两条“长龙”演化出来的，首尾各有照应，犹如两把剪刀的四股一样，一层一层围拢来。宋军将士杀了一层，另一层立马又拥上来，全是金兵金将，杀不尽，也冲不出。

四位元帅和众将领正在阵中杀得天昏地暗，阵外忽然来了三个少年。他们一个是善使银锤的金门镇的先行官狄雷，一个是岳飞手下统制官孟邦杰的小舅子、善使錾金枪的樊成，另一个是岳云的结拜兄弟、手执青龙偃月刀的关铃。他们听说兀术摆下大阵和岳飞在朱仙镇决战，都觉得此乃立功的好时机，便分别赶过来帮忙。

三员小将在阵外相遇，很快他们就找到切入点，从阵形的外围杀了进去，他们锤打枪挑刀砍，杀得金兵纷纷溃退，全阵立即错乱开来。

兀术正在将台上观看军师指挥布阵，见阵形忽然错乱，急呼号令，却依然镇不住局面。正在奇怪，这时金兵来报，说阵中来了三个小南蛮，勇不可当。

兀术急忙提斧下台，跨马迎上来。兀术见关铃年纪虽小，但身手不凡，便劝降了一番，被关铃一口啐了回去。兀术大怒，抡动金雀斧，当头砍来。关铃当即举起青龙偃月刀，拨开斧，劈面向兀术砍来。两人战了十余个回合，不分胜负。

这可恼了狄雷、樊成二人，他们一齐上前助战。兀术杀得两肩酸麻，浑身流汗，可仍敌不过这三个初生牛犊，遂拨马败走，但又怕冲散阵势，便绕阵而走。因为兀术在前，众金兵不

好阻挡，可那三员小将只顾追赶兀术，想抄近路，却还是将那“金龙阵”冲得七零八落。

四位元帅见金兵阵脚已乱，便指挥众将领四处截杀。霎时间，岳云银锤摆动，严成方金锤使开，何元庆铁锤飞舞，狄雷双锤并举，他们锤起锤落，一会儿便将中央将台踏为平地。

这一场恶战，宋军将金兵的“金龙阵”打得落花流水，金兵大败。

兀术眼见形势不利，急忙带领残兵一口气逃奔了二十余里，以为追兵渐渐远了，不料前队败兵忽然大声喊叫，向后溃退而来。原来是刘琦的人马早已抄小路到达这里，将树木砍断，堆在路中间，阻住了去路。

金兵正无奈之时，忽又听见一声梆子响，两边埋伏的弓弩手拈弓搭箭，一时间，箭如飞蝗一般从右边直射过来。兀术急忙传令转往左边小路上逃走，走了一二十里，前军又发出惊喊。兀术忙查问原因，金兵来报：“前面是金牛岭，山高崖陡，大军难以行进。”

兀术上前一看，果然危险，正待另寻出路，又听见后边追兵喊声震耳，他只好下令：“拼死上山，违令者斩！”

兀术身先士卒，率先上了山崖。金兵们只得硬着头皮，追随过岭。由于人多路狭，山势险峻，一路上，失足落马的金兵不计其数，最后登上山的却只有五千人马。

追兵很快就已经追上，一阵猛杀之下，没有爬上山的金兵无路逃生，有的直接做了刀下鬼，有的干脆做了俘虏。

第二十八章　送密信金牌催将

兀术站在山岭上见自己的兵士死的死、降的降，伤心不已，觉得没有脸面回去面见老狼主，遂想要拔剑自刎。

哈迷蚩见状，赶紧将兀术双手紧紧握住，苦苦劝道："狼主，胜败乃兵家常事，不如暂且回国，整顿人马后，再杀进中原，为时也不晚啊！"兀术听罢，只得拭干眼泪，收起了宝剑。

这时，哈迷蚩又向兀术献计，说秦桧在宋朝廷已经身居相位，可以让秦桧找机会陷害岳飞，除掉心头大患。兀术这才平息怒气，当即取过笔砚，写了一封信，外用黄蜡包裹，做成一个蜡丸，递给哈迷蚩，并叮嘱他进入中原后，一定要小心。哈迷蚩遂将蜡丸藏好，辞别了兀术，扮成客商的模样，悄悄地往临安而去。

却说秦桧善于逢迎，深得宋高宗宠信，在朝中一手遮天，他的得意之情自不必说。

哈迷蚩换装潜入临安后，听说秦桧与夫人王氏正在西湖上游玩，就直接来到西湖边上。秦桧的游船此时就泊在西湖的苏堤边，夫妇二人正在船上对坐饮酒，赏玩景致。哈迷蚩见了，

就走过去，故意高声叫道："卖蜡丸，卖蜡丸！"

王氏无意中往岸上看了一眼，见是哈迷蚩，赶忙低声告诉秦桧。秦桧忙吩咐家人将那卖蜡丸的叫到船上来。家人领命，将人领到船上。

秦桧故意问道："你的蜡丸可医得了我的心病？"哈迷蚩回答道："我这蜡丸专治心病，早治会更佳。"说完便将蜡丸递上。秦桧会意，便赏了他十两银子，哈迷蚩谢赏而去。

秦桧回到府中，将蜡丸剖开来，见里面藏的是兀术的亲笔书信。信中写道："秦桧负盟，以致我军大败。现命你设法谋害岳飞，等我大金得了宋朝天下，与你平分疆土……"

秦桧看完，赶紧与王氏密谋商议。王氏说道："相公官居宰辅，执掌群僚，这些小事有何难办？如今之计，不如拖欠粮草，先召岳飞回朱仙镇养马，然后设计害他父子，岂不更好？"秦桧听了，连连点头。

再说岳飞自从在金牛岭打了胜仗，便在山下养精蓄锐，但仍从各处紧急调集粮草，准备趁兀术溃败之际，直捣黄龙府，迎回二帝。

一天，四位元帅正在猜测粮草久候不至的原因，忽听有圣旨到，居然是朝廷命岳飞班师，暂回朱仙镇养马，等秋天粮足了，再讨论发兵北伐之事。

钦差走后，元帅们面面相觑。韩世忠尤其激动，气愤地说道："现在成功在即，皇上不仅不发粮草，反而召岳元帅回朱仙镇！这必定是奸臣的诡计，岳元帅千万不可轻易回师。"

岳飞无可奈何地说道："君命难违。切不可因一时贪功，而逆了旨意。”

刘琦劝道：“‘将在外，君命有所不受’。岳元帅不如一面加紧催办粮草，一面发兵直抵黄龙府，迎回二帝，那时再将功折罪，岂不更好？”

岳飞叹了一口气，说道：“众位元帅有所不知，我因枪挑小梁王，逃命归乡。后洞庭湖义军首领杨幺就曾派了王佐来邀我，被我当面拒绝。我母亲怕我将来会一时失足，就在我背上刺了‘精忠报国’四个大字，故而我一生只图尽忠于皇上和朝廷，哪管他奸臣弄权！”

岳飞遂传令拔寨起营，全军浩浩荡荡地回到朱仙镇，依旧扎下十三座营帐，每天操练兵士，只等秋收后再进军北伐。

岳飞虽不听众人劝告，心里却明白自己此次怕是凶多吉少。为不连累更多的无辜之人，他便命岳云与张宪先回家乡，

又修书一封，推荐张宪到濠梁做总兵。

岳飞正准备给王横安排去处，但他誓死要留下来跟随岳飞，岳飞只得作罢。

众人正在闲聊之际，圣旨又到了。朝廷命岳飞在朱仙镇屯田养马，众元帅各归本营，等粮草筹足了再听候调遣。

三日后，各路人马拔寨回营，岳飞又令终日操兵练武的军士适当耕种些稻麦，一边务农，一边等待王命，随时准备出师北伐。

腊尽春残，又是夏秋时候。一天，岳飞正闲坐在帐中研读《孙子兵法》，忽闻圣旨到。原来宋金已议和，朝廷要召岳飞回京加封官职。

送走钦差，岳飞回到营中，对众将士说道："圣上命我进京，但奸臣在朝，此去怕是凶多吉少。我若有不测，众兄弟要戮力同心，为国雪耻，迎二帝还朝，岳飞虽死也无憾啊！"

岳飞正在做进京的准备，不料一连接到十二道金牌催促他动身。岳飞无奈，立即将帅印交给施全和牛皋，自己带着王横和四员家将即刻动身，前往临安。

众统制到大营外跪送岳飞，岳飞好言抚慰了一番，上马起行。朱仙镇的百姓一路扶老携幼，众口同声地挽留岳飞，顿时哭声震天。

岳飞对乡亲们说："圣上连发十二道金牌召我，我怎敢违抗君命！我不久便会回来，等扫清金兵，一定让大家过上安定的日子。"

百姓们听此一言，只得让开一条道路，洒泪送别。

第二十九章　遭陷害忠良入狱

话说岳飞和乡亲们挥泪告别后，带着王横和四名家将离了朱仙镇，向临安而去。走了几天，他们来到瓜洲，渡过长江，经过京口，又走了两三天，来到平江。

这时，岳飞忽然看见对面来了一队人马，为首的是冯忠和冯孝。其实，他们二人是奉了秦桧的密令来拘拿岳飞的。冯忠当即宣旨："岳飞官封显职，却不思报国，反而按兵不动，克扣军粮，甚至纵兵抢夺，实在有负皇恩。特派冯忠、冯孝二人将其立即押解到京城，候旨定夺。"

王横听了，气得环眼圆睁，双眉倒竖，喝道："俺随元帅征战多年，别的功劳不说，只朱仙镇上二百万金兵就被我们杀得片甲不留，如此大功不仅不赏，怎么反要受罚？哪个敢动手，先吃我一棍！"

岳飞连忙喝住王横，欲自刎以表心迹，四个家将慌忙一齐上前抱住了岳飞。王横见了失声痛哭，冯忠趁机提起腰刀来砍王横。王横正要反抗，又被岳飞喝住，结果被众校尉乱刀砍死。

岳飞泪涕横流，抱住王横的尸体请求冯忠给一口棺木来装

殓。冯忠不耐烦地让地方官将王横埋葬了。接着，他一面暗暗将秦桧的文书传递给各地方官府，禁止往来船只盘诘，以免走漏风声；一面将岳飞押上囚车，押送到临安的大理寺狱中监禁起来。

第二天，秦桧再传一道假圣旨，命令大理寺正卿周三畏办理此案。周三畏接了圣旨，立即提审岳飞，问道："岳飞，你官居要职，不发兵北伐，以报国恩，反而按兵不动，坐观成败，还克扣军粮，你还有何话可说？"

岳飞回答道："按兵不动之说纯属诬陷。犯官已打败金兵百余万，即将要北伐，不料忽然接到圣旨，将犯官召回朱仙镇养马。如今却被监禁起来，犯官也实在不知大人口中所说罪名的缘由啊！此事有韩世忠、张信、刘琦等元帅可以作证。"

周三畏又问："你手下的军官王俊说你克扣了他的军粮。你作何解释？"

岳飞回答道："朱仙镇上共有三十余万人马，为何独独只克扣了王俊一人的军粮，望大人详查！"

周三畏听了，内心开始不安，心想："这桩事明明是秦桧这奸贼设计陷害岳飞的，难道我要与他同流合污？"于是停止了审问，仍将岳飞送回狱中。

周三畏回到家中，仰天叹息："得宠思辱，居安思危。岳飞功勋卓著，居然会受到奸臣的陷害。我虽有心相助，但我不过是一个大理寺正卿，根本斗不过秦桧这个权臣奸相，自保都难说，更何况能救岳飞。可我若冤枉岳飞，不仅良心不安，也会遭千载唾骂。不如弃了官职，隐姓埋名吧。"拿定了主意后，周三畏暗中收拾好行囊，到了五更，便带了家眷及几个心腹，逃出了临安。

第二天一早，秦桧听说周三畏挂冠而走，气急败坏，立即派人缉拿周三畏，随后又派人去请万俟卨和罗汝楫二人。

那万俟卨本是杭州府一个通判，罗汝楫是个同知，但这二人都是秦桧的走狗。两人听说是秦桧有请，连忙坐轿来到秦桧的相府。

秦桧将周三畏挂冠逃走的事说了一遍，悄悄吩咐他们："老夫保举二位代任此职，继续审理此案，但你们必须严刑酷拷，让他招供。如果你们结果了他的性命，还另有重赏。"二人谢恩拜别。

第二天，秦桧将万俟卨升为大理寺正卿，罗汝楫升做大理寺丞，二人即刻上任。

过了一天，万俟卨、罗汝楫二人来到狱中审问岳飞。万俟卨厉声喝问道："岳飞，你快快将按兵不动、私通外敌的事老实招来！"

岳飞大怒，说道："通敌卖国此等可耻罪名，怎么能随便栽赃于我？"

万俟卨见岳飞不肯承认，气急败坏，大声叫道："左右先给我打四十大板！"

手下众人一声吆喝，重重地打了岳飞四十大板。岳飞顿时被打得皮开肉绽，但他始终咬紧牙关，一声不吭。

见岳飞不招，二贼又命人用檀木夹夹岳飞的手指，夹得岳飞指骨碎裂。不仅如此，这二贼还命人用杖狠打。但任由二贼

怎么挖空心思折磨，岳飞就是不肯招认。

二贼没有办法，到了天黑，只得命狱卒先将岳飞收监，等明天再审。

万俟卨和罗汝楫私下里商量了一番，又想出了一些叫作“披麻问”“剥皮拷”等新的酷刑来折磨岳飞。于是，二贼派人连夜将麻皮揉得粉碎，把鱼胶熬得烂熟。

第二天审问时，万俟卨喝问道：“岳飞，本官再给你一次机会，将你按兵不动、意图谋反的事快快招来，免得再受皮肉之苦！”

岳飞不卑不亢地说道：“我一生立志恢复中原，以雪靖康之耻。先前在朱仙镇与韩世忠、刘琦几位元帅打败二百多万金兵，只待进兵燕山，直捣黄龙府，不想圣上连用十二道金牌召我回来，我哪曾按兵不动？而意图谋反之事更是无稽之谈！我岳飞一片忠心，天地可鉴！”

万俟卨和罗汝楫二贼见岳飞还是不肯妥协，便喝令左右脱掉岳飞的衣服，在他身上敷上一层鱼胶，又粘上一层麻皮。一会儿工夫，岳飞身上已经粘上好几处麻皮，二贼再次问道："岳飞，你招不招？"

岳飞怒喝道："你们这群畜生，难道让我屈打成招，你们才肯罢休？"

二贼听了大怒，吩咐左右："给我扯！"左右众人得令，把岳飞身上麻皮一扯，连皮带肉撕下来一大块。岳飞大叫一声，顿时晕了过去。左右手下连忙用水把岳飞喷醒，准备再次逼供。

岳飞刚醒过来，万俟卨又叫道："岳飞，你若再不招，休怪我叫左右再扯。"

岳飞大声叫道："就算是死，又有何惧！我死了也就罢了，希望岳云、张宪不要坏了我一世忠名才好！"

万俟卨、罗汝楫听见这话，不禁一惊，直吓得汗流浃背。因为他们知道这岳飞确是个铮铮汉子，要将他屈打成招怕是行不通的。但又怕将岳飞害死后，岳云和张宪会前来报复，于是他们想出一条毒计来。

二贼立马又换上另一副嘴脸，他们请岳飞坐下，哄骗道："下官知道元帅功勋卓著，本想上奏本保留元帅，无奈现在朝廷由秦丞相掌权。方才元帅提到公子及贵部下张宪，何不修书一封，请他们一起来告御状？"

岳飞听了，不禁怒睁双眼，喝道："好歹毒的小人！你们是怕我死后，岳云和张宪来找你们的麻烦，所以想斩草除根

吧？告诉你们，休想！”

万俟卨和罗汝楫二贼见岳飞识破了他们的诡计，只好愤愤地去找秦桧商量对策。

二贼到了秦桧府中，秦桧见他们还没有杀掉岳飞，大怒不止。万俟卨辩解道：“丞相有所不知，小官倘若打死了岳飞，他儿子岳云、部将张宪有万夫不当之勇，如果他们领兵造反，不要说我们，就连朝廷也难保！为此下官想了一计，何不伪造一封家书，把岳云、张宪全骗到京城来，到时候咱们再一齐谋害，岂不更好？”

秦桧听了大喜，忙叫了个善于临摹的门客照着岳飞的笔迹，给岳云写了封家书，大意是：“为父奉旨已回临安，并面奏大功，圣上十分高兴。你同张宪速到京城，听候加封官职，不可迟误。”

秦桧见了，非常高兴，派了家丁徐宁连夜赶往汤阴县。很快，岳云、张宪就赶到了京城，可他们还来不及面见宋高宗，就被人抓进了监狱，二人此时方知中了奸臣的诡计。

此后，秦桧每天命令万俟卨、罗汝楫用严刑拷打岳飞、岳云和张宪三人。两个月过去了，岳飞等三人始终不肯招认那些被栽赃的罪行。秦桧为此闷闷不乐。

第三十章　风波亭岳飞遇害

腊月二十九日这天，秦桧同夫人王氏在府中东窗下烤火饮酒，忽然有家将送来一封密信。秦桧拆开一看，原来是心腹家将徐宁从外地寄来的一张民间传单。一个叫刘允升的百姓，得知岳飞父子被监禁了，就悄悄写了很多份岳飞父子受屈经过的传单，并挨门逐户地分发，准备约定日子呈上万民书请愿，要替岳飞申冤。

秦桧看了，双眉紧锁，十分愁闷。王氏忙问原因，秦桧便将传单递给王氏，说："自从我因假传圣旨将岳飞父子投入监狱，民间都说他受了冤屈，想要呈上万民书。倘若这事传入宫中，岂是儿戏！如果放了他们，又怕违背四太子之命，因此疑虑不决。"

王氏看了看传单，立即投入香炉中，用火钳在灰上写下七个字："缚虎容易纵虎难。"秦桧看了，点了点头，把字迹抹平了。正在这时，万俟卨派人送来黄柑给秦桧解酒。秦桧收了，吩咐丫鬟剖来下酒。王氏道："不要剖坏了！这个黄柑，就是杀岳飞的刽子手！"秦桧问："这话怎么说？"王氏说：

“将这柑子掏空了，写一张小纸条藏在里边，叫人转送给万俟卨，叫他今夜在风波亭结果了岳飞三人！这桩事不就完结了吗？”秦桧听完顿悟，立即叫人去办。

大理寺狱官倪完是个忠厚正直的人，私下里，他对岳飞三人十分照顾。这一天是除夕夜，倪完特地准备了一桌酒菜，亲自送到岳飞牢房内。岳飞谢了，倪完便在旁边坐下相陪。他们一边喝酒，一边闲谈，忽然觉得寒气逼人。倪完起身一看，原来窗外飘起了鹅毛大雪。岳飞想起自己一心尽忠报国，却遭此牢狱之灾，心中不免顿觉凄苦，便叫倪完取过纸笔来，修书一封，递给倪完道：“恩公，如果我死了，请恩公前往朱仙镇，那里有我的好友施全、牛皋护着帅印，还有一班弟兄们。他们个个都是英雄好汉，如果他们得知我的死讯，必定会做出不忠不义的事来。恩公将此书送去，一来会救了朝廷，二来也成全了我岳飞的名节！”

倪完接过书信藏好，也感伤道：“如果元帅有什么三长两短，小官也不贪恋这点俸禄，带了家眷回乡去。元帅放心，小官家离朱仙镇不远，一定将书信送去！”

约莫二更之后，一个狱卒轻轻地走过来，对倪完耳语了几句。倪完听完，脸色大变。岳飞忙问：“发生了什么事，这么惊慌？”倪完知道瞒不过，只得跪下说圣旨下来了，叫岳飞父子到风波亭接旨。岳云、张宪知道大限已到，不甘心就这样受死，但被岳飞喝住。狱卒上来将他三人捆了，押往风波亭。三人在那里惨遭杀害，时年岳飞三十九岁，岳云二十三岁。

岳飞、岳云、张宪三人死后，牛皋谨遵岳飞遗命，率兵誓死抵抗金兵，总算保住了南宋的半壁江山。而奸臣秦桧陷害忠良，遭万民唾骂，整日疑神疑鬼，终于在不久后暴病身亡。

岳飞死后二十年，即绍兴三十二年六月，主张抗金的宋孝宗即位。为了顺应民心，孝宗接受了太学生程宏图“昭雪岳飞之罪”的奏请，七月便颁诏，为岳飞平反。

隆兴二年，朝廷赐建智果院力褒忠衍福寺，即今天岳王庙的前身。宋孝宗还下令寻找岳飞的遗体，按王礼迁葬于西湖边的栖霞岭下。在岳飞的坟旁，人们还用铁铸成秦桧夫妇的跪像，让他们永世跪在岳飞的旁边，接受后人的唾骂。南宋嘉泰四年，朝廷追赠岳飞为鄂国公，加封武穆王，赐谥号“忠武”，配享太庙。

语文阅读经典丛书·第九辑

隋唐演义

〔清〕褚人获 著

文 质 改编

长江出版社
CHANGJIANG PRESS

图书在版编目（CIP）数据

语文阅读经典丛书.第九辑 / 文质改编.
—武汉：长江出版社，2021.4
ISBN 978-7-5492-7643-1

Ⅰ.①语… Ⅱ.①文… Ⅲ.①世界文学－作品综合集
Ⅳ.①I11

中国版本图书馆 CIP 数据核字（2021）第 068986 号

语文阅读经典丛书.第九辑　　文质 改编

责任编辑：江水
出版发行：长江出版社
地　　址：武汉市解放大道 1863 号　　**邮　　编**：430010
网　　址：http://www.cjpress.com.cn
电　　话：(027)82926557(总编室)
(027)82926806(市场营销部)
经　　销：各地新华书店
印　　刷：湖北嘉仑文化发展有限公司
规　　格：880mm × 1230mm　1/32　20 印张　400 千字
版　　次：2021 年 4 月第 1 版　2021 年 4 月第 1 次印刷
ISBN 978-7-5492-7643-1
定　　价：124.00 元(共五册)

MULU

第一回　隋文帝兴兵灭陈

东晋灭亡之后，中国进入南北朝时期。南朝先后经历了四个朝代：宋、齐、梁、陈。北朝最初只有北魏一国，后来北魏分裂为东魏和西魏。没过多久，东魏权臣高洋废掉东魏皇帝建立了北齐，西魏权臣宇文泰之子宇文觉也废掉西魏皇帝建立了北周，北方形成了周、齐对立的局面。最终北周灭掉北齐，重新统一了中国北方。

话说北周有一员大将，名叫杨忠，曾跟随宇文泰南征北战，屡建战功，因此被封为隋公。杨忠病亡后，其子杨坚承袭了他的爵位。杨坚的女儿是当朝皇帝周宣帝的皇后，周宣帝昏庸荒淫，不理国政，杨坚趁机掌握了实权。周宣帝去世后，周静帝即位。没过两年，杨坚废了周静帝，自立为帝，改国号为隋，年号为开皇。杨坚就是隋文帝。

杨坚登基之后，立独孤氏为皇后、长子杨勇为太子，封次子杨广为晋王、叔父杨林为靠山王。朝廷里，文有李德林、高颎、苏威，武有杨素、李渊、贺若弼、韩擒虎，国家日益强盛。

此时天下大半江山已尽属隋朝，只有江南的陈朝还未被攻取。

一日，杨坚找来文武大臣，共商灭陈大计。晋王杨广主动请战，请求隋文帝让他带兵南下灭陈。原来这杨广自从哥哥杨勇被立为太子后，一直愤愤不平，想借此机会建立功勋，掌握兵权，图谋取代杨勇的太子之位。杨坚听闻后大喜，马上任杨广为兵马大元帅，杨素为行军兵马副元帅，高颎为元帅府长史，李渊为元帅府司马，韩擒虎、贺若弼为先锋，率领二十万大军，南下讨伐陈朝。

陈朝皇帝陈后主终日沉迷于酒色，不理国政。隋军一路过关斩将，很快就杀到陈后主的宫殿外。陈后主慌忙带着宠爱的张贵妃和孔贵嫔躲入一口枯井中。韩擒虎带人杀入宫中，四处搜寻陈后主，最终把他和两位宠妃从枯井中找了出来。

杨广听说陈后主的两位宠妃美貌无比，便想据为己有，命人将两位美人送到自己的元帅府去。

元帅府长史高颎和司马李渊得知此事，十分着急。

高颎对李渊说："晋王身为元帅，应以国家大事为重，却如此迷恋女色，此事传了出去，岂不有损我大隋军威？"

李渊回道："是啊，高大人，张、孔二人狐媚惑君，导致国家灭亡，真是红颜祸水！不如杀了二人，以绝晋王邪念。"

于是李渊命人将两个美人斩首。杨广得知此事后，十分恼怒，却又不便发作，从此对李渊怀恨在心。

灭了陈朝后，晋王班师回朝。隋文帝大喜，加封晋王为太尉，杨素为越国公，高颎为齐国公，李渊为唐国公。灭陈之后，晋王杨广的名望和权势越来越大，他经常和自己的心腹宇文述、张衡等人在一起密谋，商量如何夺取东宫太子之位。

太子杨勇是一个宽厚直爽的人，没有什么心机，不会讨隋文帝和独孤皇后的喜欢，所以文帝和皇后渐渐对杨勇产生了不满。杨广得知父皇和母后不喜欢太子杨勇，认为有机可乘，他知道父皇十分惧怕独孤皇后，就竭力讨好母后。

杨广收敛自己好色、奢靡的本性，装作专情、节俭的样子。杨坚与独孤皇后每次驾临杨广的府第，杨广便将美姬都藏匿起来，只留下年老貌丑的妇人来伺候。他还把自己房间里的屏帐都改成朴素的幔帐，扯断琴瑟的丝弦。杨坚与独孤皇后看后，觉得杨广不好声色，从此更加宠爱杨广。

同时，杨广不惜花费重金，派宇文述收买朝中的重臣和宫里的宦官，让他们在隋文帝和独孤皇后面前不断地诽谤太子，称赞自己。久而久之，隋文帝竟相信了这些谗言，将太子杨勇废为庶人，立晋王杨广为太子。

第二回　李渊避祸离京都

隋文帝把太子杨勇废为庶人，满朝大臣大多接受了杨广的贿赂，没人为太子说话。只有唐国公李渊仗义执言，替太子求情。隋文帝便只把杨勇贬到外地，还给了他五品的俸禄。杨广得知此事后，对李渊的嫌恶又增加了一分。

杨广的心腹谋士张衡献计说："皇上近来做了一个怪梦，梦见洪水淹了都城，于是就疑心有个姓氏中带'水'的人会祸害国家。朝中老将李浑的儿子李洪，就因为名字中的那个'洪'字暗合皇上的梦境，被皇上赐死。那李渊的名字中也带有'水'字旁。我们完全可以借助此事，散布流言，使皇上怀疑李渊。这样李渊就难逃杀身之祸了。"

杨广点头称赞，张衡便四处散布谣言。很快，大街小巷里都有小孩子在唱"李子结果夺天下，杨主虚花没根基"和"杨氏灭，李氏兴"等童谣。后来，这些童谣渐渐传到了隋文帝耳中，他听了心中十分不快。杨广趁机向隋文帝上奏道："父皇，童谣虽不可全信，也不可不信。为了大隋江山永固，

儿臣请父皇下令杀尽天下所有李姓之人。”

丞相高颎急忙阻拦，认为乱杀无辜只会使人心动摇。他恳请皇上三思，说要是皇上真的觉得李姓之人会乱大隋，凡是姓李的人以后一概不予重用也就是了。隋文帝听后考虑再三，点头应允。

于是，朝廷上下凡是姓李的官员纷纷自动请辞。唐国公李渊也以养病为由，提出辞呈，恳求皇上让他返回故乡太原。隋文帝念在李渊一向忠心耿耿，就答应了他的请求，并封李渊为太原留守。

太子杨广听到李渊辞任的消息后，因没有除掉李渊而感到遗憾，其谋士宇文述献上一计，想杀光李渊全家。宇文述计划让他的儿子宇文化及率领东宫侍卫装扮成强盗，埋伏在险要之地，等李渊一家经过时直接结果他全家性命。杨广听了，拍掌叫好，当下和宇文述又谋划了一番，然后分头准备去了。

李渊被封为太原留守后，害怕夜长梦多，回到府中赶紧命人收拾东西，准备马上赶回太原。一切准备停当后，李渊带领家将及族弟李道宗、儿子李建成，护卫着即将临盆的夫人窦氏等一干女眷的车辇，向太原出发了。

这天正午时分，李渊一行人来到临潼山楂树冈地界，被一伙强盗挡住了去路。那帮人正是杨广的东宫侍卫，受杨广指派，扮成强盗来截杀李渊一家。看到李渊一行出现，一群人上前将他们团团围住。李渊虽说有些武艺，怎奈这些强盗个个凶悍无比，再加上强盗人多势众，李渊一行人少，不一会儿李渊就被杀得只有招架之功，没有还手之力。眼看李渊就快抵挡不住，突然传来一声大喝："强盗休得无礼，我来也！"

李渊抬头一看，只见一条大汉舞动两根铜锏，骑着一匹黄骠马，旋风般地从树林中冲了下来。那大汉到了强盗跟前，两根铜锏一摆，眨眼之间就有好几个强盗被打下马来。李渊一看有人帮忙，顿时精神倍增。那群强盗一看势头不对，慌忙扔了刀枪，四处逃散。

李渊再回头时，却见救了自己的大汉已骑马走了。他急忙拍马追过去，朝那人喊道："壮士留步，你救我全家，李渊感激不尽！还请报上姓名，我日后必定报答！"那大汉被追得急了，回答了一个"琼"字，又伸出手来摆了摆，然后打马离开了。李渊心想："这壮士定是名叫琼五。"于是在心中默记了几遍恩人的名字，然后回身寻找家人去了。

其实，救了李渊的好汉并不叫琼五，而是姓秦名琼，字叔宝。这秦琼的祖父是北齐的领军大将秦旭，父亲是北齐武卫大

将军秦彝，母亲宁氏。秦琼出生后，他的祖父秦旭说："现在齐国南面有陈朝，西面是周国，这两国经常和我们发生战争，我们祖孙三代一定要共保齐国太平。"所以，他给秦琼取了个小名，叫作太平郎。

近日，秦琼、樊虎奉命分头押解一批犯人去充军，樊虎前往泽州，秦琼前往潞州，两地都在山西境内，可以同路出发。他们恰巧在半路遇见了被围困的李渊。

秦琼走后，李渊带着家人继续赶路。走不多远，突然看见远处尘土飞扬，一匹马飞奔而来，李渊暗想："不好，难道是那伙强盗又杀回来了？"于是他张弓搭箭，一箭射去，只见那人应声而倒，从马上栽落下来。

没过一会儿，从远处赶来几个农夫。他们见到李渊，哭道："我家主人因何事触犯了老爷，老爷要将他射死？"

李渊一听，明白自己误杀了人，赶紧对众人说道："本官是太原留守李渊，刚才我误会你家主人是强盗，所以射了他一箭。不知你家主人姓甚名谁，是哪里人？家中还有亲人吗？"

众人道："我家主人是潞州二贤庄的庄主，姓单名道，字雄忠。家中还有个二员外，姓单名通，字雄信。你杀了我家主人，二爷自会找你算账。"

李渊道："人死不能复生。我这有些银两，你们拿回去好好将主人安葬。等我回乡安顿好后，一定前来吊丧。"农夫们听了，坚决不肯收李渊的银两，自行买棺收敛了主人的尸体，回二贤庄去了。

第三回　永福寺唐公招婿

李渊一行人继续赶路。这天，他们来到一处叫永福寺的地方，由于夫人窦氏提前分娩，一行人便暂时在此住下了。

一天，李渊被永福寺内一副对联吸引，感叹作此对联的人博学多才。寺庙的住持五空和尚告诉李渊写此对联的是个年轻后生，名叫柴绍，李渊心生爱意，有意将女儿许配给他。于是住持便牵线搭桥，带柴绍与李渊相见，二人相谈甚欢。

柴绍告辞李渊后，回到书斋中继续读书。正在他专心读书之时，只听房门“吱”的一声开了，进来了一个膀大腰圆的妇人。

柴绍站起身来，问道：“你是什么人？来此有什么事？”

那妇人答道：“我是李家小姐的保姆，听说我家老爷想

招公子为婿，但是我家小姐曾经发誓，一定要嫁一个能文能武、足智多谋的男子，所以特地派我前来告知公子，如果公子真的有心，就请今晚定更时分到寺庙菜园那边去。小姐准备摆一个阵，向公子请教一番。”原来李小姐想试探柴绍的武艺和才学。

柴绍听了，一口应允下来。

当晚，柴绍按时来到约定的地点，只见那里有一二十个女子，手持单刀，早已摆开了阵势。柴绍一看，知道这阵名为“五花阵”。

这时，一名女子说道：“公子要是能进得此阵，走得出去，才能显出公子的本事。”

柴绍闻言，忙把衣襟束起，提起宝剑杀入阵中。其实，凭柴绍的本领，立破此阵不在话下，只是他不愿轻易伤了这些女子，所以才被束缚住了手脚。

经过一番较量，柴绍终将这群女子打败，大破五花阵。正当他转身准备回去时，只听见“嗖”的一声，有个东西正中他的头巾。柴绍连忙取下来一看，原来是一支花翎箭，箭上系着一个小绣球。

第二天，柴绍还在睡觉，就听见敲门声，开门一看，原来是永福寺住持五空。他对柴绍说：“李老爷今天要我前来与公子商量挑选良辰吉日，与李小姐成亲。”原来李小姐已经相中柴绍，昨晚那绣球正是李小姐所赠。

随后，柴绍随同李渊一起回到太原，与李小姐成了亲。

第四回　二贤庄秦琼卖马

再说那天秦琼救了李渊之后，一路快马加鞭，追上了同行的樊虎。他俩在客栈住了一夜，第二天就各自押着犯人上路了。

秦琼押着犯人来到潞州，找了个客栈住下。第二天，他把犯人押往衙门，投了文书。潞州知府蔡建德到太原祝贺太原留守李渊到任去了，不在衙门，秦琼无法拿到回批，只好回到客栈住下，等他返回。

秦琼与樊虎出发时，银子全放在樊虎那里，那天他和樊虎分别时却忘了从樊虎那里拿银子。秦琼在客栈吃住了几天，店小二来催结账，他才想起这事，好在身上还有母亲交代买绸缎的十两银子，这才解了围。但是，十两银子不几天就花完了，而批文却一直拿不到，这可愁死秦琼了。

客栈的老板王小二生怕秦琼跑了，像盯贼一样，整天追着他结账。秦琼落魄至极，最后还被赶到柴房去睡觉。幸亏那王小二的妻子是个善良女子，给他送了些饭菜充饥，才不至于饿肚子。

秦琼没有办法，决定当了身上的两根铜锏换些银子，还清王小二的房费饭钱，剩下的做盘缠路费先回乡去。

但是，秦琼到了当铺，却被告知这铜锏只能当废铜卖。

秦琼道："这可是我的兵器，怎么能当废铜卖呢？"

掌柜说："你拿得动它，它才是兵器。我们又拿不动，只能把它熔了做其他的东西，不是废铜是什么？"

秦琼无语对答，只得依从。只见掌柜拿来大秤一称，说："两根铜锏共是一百三十斤，总共值五两银子。"秦琼听了，心中叫苦，想想还是算了吧。他将一对铜锏又插回腰间，头也不回地走了。

回到客栈，那王小二见秦琼垂头丧气地回来了，知道他没有弄到银子，沉下脸来对秦琼说道："我看秦爷这马倒是匹好马，说不定能换些银子。"秦琼闻言，便问马市在什么地方，几时开市。王小二告诉他在西门大街，五更开市。

秦琼决定明天一早就赶去马市。这一夜，他心里难过，哪里还能睡得着。他起身到马槽去看自己的马，只见那黄骠马早已饿得肚大毛长。秦琼见宝马饿成如此模样，心痛万分，却又

不好发作，只能唉声叹气。

好不容易挨到五更时分，秦琼来到马槽牵出马来，到了西门大街。马市早已开了，只见买卖马匹的人络绎不绝。可是秦琼这黄骠马骨瘦如柴，半天也没一个人来打听。秦琼只得将马牵出马市，对着黄骠马说道："马儿啊马儿，想当初你随我捉捕盗贼时是何等精壮，怎料如今竟会落得如此光景！"

这时，一个老汉挑着两捆青草从秦琼身边经过，那黄骠马饿得急了，见到青草便扑上去吃了起来。那挑担的老汉吃了一惊，跌倒在地，秦琼赶紧上前搀扶。那老汉倒也没有摔伤，拍拍身上的尘土站了起来，看着那黄骠马，问道："你这马牵着不骑，是要拿来卖吗？"

秦琼道："正是要卖，只是还没有寻到好主顾。"

老汉道："这马倒是匹好马，只是瘦了些。"

秦琼听老者如此说，知道遇到了识马之人，便说道："老人家既然知道这是匹好马，可有意买下此马？"

老汉笑道："我哪有钱买你的马！不过从这里出西门走十五里地有户庄园，那里有个员外，名叫单雄信，他向来喜欢结交豪杰，常买好马送给朋友。"

听到这里，秦琼心里暗自后悔道："早在齐州时就听说潞州二贤庄的单雄信是个喜欢结交英雄豪杰的人，我来到此地，怎竟忘了去拜访他！如今我落得这样狼狈，又怎好意思再去拜访他？可如果不去，我这马儿也没人买。也罢，我还是走一遭吧。"打定主意，秦琼就往二贤庄去了。

单雄信听说有人来卖马，便起身来到庄外。秦琼站在远处，暗自打量这单二员外。只见他身高一丈，穿戴讲究，再看看自己，衣衫破旧，穷困潦倒，不禁暗自惭愧。那单雄信只是一心打量着那匹黄骠马——这马从蹄子到鬃毛有八尺高，全身黄毛，细如金丝，没有半点杂色。他又用力往马的腰上一按，他是个孔武有力的人，可经他一按，那马却丝毫不动。

单雄信看完马，来到秦琼跟前，问道：“是你要卖这马吗？”

秦琼回答道：“我不是马贩子，这马是我的脚力。要不是没有了盘缠，我也不会将它卖掉。”

单雄信道：“既然如此，你开个价吧。”

秦琼道：“只要五十两，够回去的路费就可以了。”

单雄信道：“按说这马卖个五十两也不算贵，只是它瘦得

太厉害，我还得用些细料将它养好，不然这马就废了。这样吧，我给你三十两银子，你看如何？”

秦琼只得答应，便跟着单雄信进庄里取银子。

进了庄园，单雄信随口问道：“这位兄弟是何方人氏？”

秦琼回答道：“在下是山东齐州人。”

单雄信听到“齐州”二字，忙请秦琼坐下，问道：“我听说齐州有个好汉，姓秦名琼字叔宝，不知你认识他吗？”

秦琼不好说自己就是，于是就说：“他和在下在同一个衙门里做事。”

单雄信叫道：“哎呀，原来是秦兄的同袍，真是失敬失敬。你回到齐州，请代我向秦兄问候，日后我定当登门拜访。”说完，他取出三十两银子给了秦琼，又另外赠送给秦琼三两银子和两匹绸缎。秦琼拿了银子和绸缎出来，将一两银子送给老汉作为答谢，便回客栈去。

回去的途中，秦琼在一家酒店遇见好友王伯当，好好交谈了一番，将近日的窘迫一一道出。二人分别后，秦琼回到客栈，结了账，拿回批文，取了双锏和行李，连夜向家里赶去。

王伯当告别秦琼后，连忙向二贤庄而去，赶到时已是黄昏。单雄信见是王伯当，连忙命人端茶摆酒。

交谈间，王伯当将秦琼卖马一事和盘托出。单雄信听了，懊悔不已，说道：“原来他就是秦琼啊，怪我一时疏忽大意，竟然当面错过！我们现在就去拜望他吧。”

王伯当道：“不忙，他此时正住在王小二的店里，现在天

色不早了，还是明早再去找他吧。”

第二天天一亮，单雄信就和王伯当一起赶到王小二的客栈里。到了客栈，他们才知秦琼已经走了。王小二得知单雄信是秦琼的朋友，十分害怕，说道：“秦爷说有要紧的事，昨夜就起程，连夜赶回山东去了。小人请他天明再走，无奈秦爷说事情紧急，执意要走。”

听到这里，单雄信和王伯当赶紧上马，准备去追秦琼。正在这时，忽然家丁骑马赶到，慌慌张张地对单雄信说：“二爷，不好了！大爷在去长安的路上，被唐国公李渊无故发箭射死，棺木已经送到庄上来了。”

单雄信听了，放声大哭，对王伯当说道：“伯当兄，小弟不能去追叔宝兄了。你若到了山东，见到秦琼，请代小弟向他谢罪。”说完就飞马返回二贤庄。

第五回　六友相聚顺义村

再说秦琼离开王小二的客栈后，连夜赶路，疲乏过度，走到半路就病倒在一座道观门前。这道观叫作东岳观，观主叫魏征。魏征见秦琼不像等闲之辈，于是收留他在道观养病。

过了几天，单雄信来到东岳观为亡兄超度，终于与秦琼相遇。于是单雄信就接秦琼到二贤庄去养病。

秦琼在二贤庄住到第二年正月，期间樊虎寻过来，向他传递了家中情况。当时，单雄信担心秦琼尚未恢复，留他再住一段时间，只让樊虎回去报平安。但是现在，秦琼看到别人家都阖家欢聚，不免惦念起母亲来，于是便向单雄信辞别。单雄信多番挽留不住，只好答应了。

当晚，单雄信摆下宴席，并为秦琼准备了盘缠。单雄信叫人牵来秦琼的黄骠马，那马在单雄信的庄上养了几个月，早已是膘肥体壮，单雄信还找人专门为马定做了一副黄金鞍镫。

第二天一早，秦琼辞别单雄信，骑上黄骠马朝山东赶去。这天傍晚，秦琼牵着马进了一家客栈。谁知这一进去，却为秦

琼招来了一场大祸。

原来，单雄信怕秦琼路上的盘缠不够用，悄悄在他的包袱里塞了许多雪花银，秦琼下马拿包袱住店时才发觉。店主见秦琼随身带着这么多钱财，误以为他是强盗，便报了官。官府派人来捉，秦琼以为遇见了强盗，奋起反抗，结果失手打死了一个官差。就这样，秦琼被当作强盗给抓了起来，并被没收了所有的行李。在审问时，秦琼害怕连累单雄信，便没有说出银子是哪里来的，于是知府命人将他押在牢中。

单雄信得知此事后，连忙花重金买通了官府，请求从轻发落秦琼。最后官府的批文下来了，里面说："秦琼并非强盗，只是酒后误伤人命，现发配到河北幽州燕山罗艺元帅帐下当兵，即日起程。"

押解秦琼的差官一个叫金甲，一个叫童环，都是单雄信的好朋友。二人押着秦琼走了没多远，就见单雄信在路边等候。一行人进了一家酒店，酒足饭饱后，单雄信拿出一封信交给秦琼，说："在临近幽州的地方，有个顺义村，村里有我的朋友，名叫张公瑾。兄长如果有事的话，可以去找他，他见信后定会帮助你。元帅府的尉迟南、尉迟北也是我的朋友，你见了张公瑾后，他必会带你去见这二人。"秦琼连声道谢，二人洒泪而别。

几个月后，秦琼三人来到顺义村。找了一家客栈住下后，秦琼问店主："这里可有个叫张公瑾的？"店主回答道："他是帅府旗牌官。"

正说着，突然外面街上鼓乐齐鸣，三人便问店主这是何故。店主说："罗元帅选拔了一个右领军，叫史大奈。按照元帅府规矩，新官到任必须打三个月的擂台，若有人赢了他，那官职就给打赢他的好汉做；若没有人打赢他，他便可稳得官位。明天是最后一天，若还没有人打败他的话，那么右领军就是他的了。你们问的张公瑾，天天都在擂台边守着，如果要见他，明天到擂台附近的灵官庙前去寻找。"

第二天，秦琼三人来到擂台前。只见那史大奈说："台下众人，今日就是打擂的最后一天了。如果没人敢来与我交手，这领军的职位就是我的了。"

金甲和童环见史大奈如此嚣张，很是不服。童环忍不住气，跳上擂台，怒目圆睁，要与史大奈较量一番。史大奈见来人脚下空虚，知道他没什么真本事，便故意站在那里不动，要童环上前打他。童环一纵身，用双脚去踹史大奈，史大奈却使了一招"织女穿梭"，转到童环的后面，抓住他的衣带，将他从擂台上摔了下来。童环跌得灰头土脸，半天爬不起来。

秦琼见童环吃了亏，忍耐不住，跳上擂台，直奔史大奈，双方你来我往，斗在一处。几十个回合以后，史大奈只有招架之功，毫无还手之力。

在台下围观的张公瑾的手下白显道见史大奈快顶不住了，连忙去禀报。张公瑾赶到擂台前，只见史大奈在拼命招架，眼看就要输了。这时，一人指着金甲和童环对张公瑾说："他们和打擂的人是一起的，您去问问他们，就知道那人的来头。"当张公瑾得知打擂的就是齐州的秦琼，他们还带着单雄信写给

自己的书信时，立刻喊道："叔宝兄，请住手，君子有成人之美！史兄，快停手，不要再打了！"二人听到喊声，双双收住拳头。张公瑾拉着童环，白显道拉着金甲，四人笑着走到台上。

张公瑾对着台下叫道："众位，都散了吧！刚才不是打擂比试，而是旧友互相切磋。"秦琼将信交给张公瑾，他看完信，当下领着一行人去了中军府。中军府的尉迟南、尉迟北等人出来迎接。张公瑾拿出信并说明原委后，大伙双眉紧锁，说："我们久仰叔宝兄的大名，又是单二哥的朋友，我们岂有不帮之理。只是罗元帅早就定下规矩：凡是发配来的犯人，要先打一百杀威棍。那棍子重，一百棍下来，让叔宝兄如何吃得消！如今单二哥将叔宝兄托给你我关照，这事如何才好呢？"

正当众人面面相觑时，李公旦说："有办法了，元帅最讨厌的是得瘟病的人，若犯人有此病，一般都不会挨打。到时叔宝兄只要装病就可以了，然后我们帮着说话，自然可以免受皮肉之苦。"众人听了，一致称好。

第六回　幽州城姑侄相认

第二天，幽州府罗艺元帅升堂，秦琼听从张公瑾、尉迟南和尉迟北等人的意见，装作生病的样子。那秦琼脸上的颜色天生就发黄，如今说自己病了，罗元帅一看，也就信了。再加上张公瑾在堂上说犯人得的是瘟病，罗元帅连忙让人把秦琼带了下去，免了他的一百杀威棍，随即退了堂。

罗元帅下堂后，无意间拿起文书，看到上面有“山东齐州秦琼”几个字，顿时一愣。他办完公事，赶紧来到内室，问夫人秦氏：“夫人，你可还有什么亲人在世吗？”

罗夫人闻听此言，勾起了心中往事，说道：“我原有一个哥哥叫秦彝，早年镇守齐州，当年杨林攻打齐州，我哥哥战死。那时嫂嫂宁氏生了一个儿子叫太平郎，城破后他们母子便不知去向，我也不知道如今他们是生是死。”罗元帅便把刚刚公堂上的事情说给夫人听。

罗夫人听了，十分激动，说道：“老爷，你把那人叫到后堂询问一下，我在屏风后听听，看他是不是我的侄儿。”

此时尉迟南正在家中摆酒为秦琼庆贺，忽听罗元帅又要带秦琼去听审，大家都替他捏了一把汗。

秦琼被人领着来到元帅府的后堂，在罗元帅面前跪下。罗元帅问道：“秦琼，你果真是山东齐州人么？”秦琼不知祸福，只好如实禀报：“回元帅，小人确实是山东齐州人氏。”

罗元帅又道：“且慢，既然你是齐州人氏，在齐州当官差，为何又在潞州伤人，被发配到本帅帐下？”秦琼不敢隐瞒，将他的遭遇原原本本地说了一遍。

罗元帅接着问道：“我再问你，当年北齐有个武卫将军秦彝，你知道么？”秦琼听到父亲的名讳，不禁垂泪道：“武卫将军就是小人的父亲。”

罗元帅听后，立即站起身来，又问道：“你真的是武卫将军秦彝的儿子？”还没等秦琼开口回答，屏风后的罗夫人已急着问道：“你说你的父亲是武卫将军，你的母亲姓什么？”秦琼答道：“家母宁氏。”

罗夫人又问道：“你有乳名么？”秦琼答道：“小人的乳名叫太平郎，是祖父取的。”

罗夫人听到这里，再也忍不住了，喊了一声：“太平郎，我的儿呀！”便走出屏风，抱着秦琼一个劲儿地哭。罗元帅在旁解释道：“秦琼，她就是你的姑姑，我是你的姑父呀！”

秦琼这才明白过来，连忙上前相认。罗元帅立即叫人来服侍秦琼沐浴更衣，又连忙备酒为他接风，同时赶紧派人叫来儿子罗成拜见表哥。

第七回　秦琼校场斩伍魁

秦琼和罗元帅一家相认后，罗元帅帮他从潞州衙门要回一对铜锏，有意提拔他当领军。

但是，这一提议却遭到了一个人的反对，这个人就是伍魁，是皇上派来的先锋将军。隋文帝派他来幽州元帅府，也有让他监视罗元帅的意思，所以他平日十分骄横，连罗元帅也不放在眼里。

伍魁大声嚷道："我不服，谁不知道秦琼是元帅的内侄！我看这秦琼武艺平常，不过如此。如果他有真本事，挡得住我这把刀，不要说让他当领军，就是把我的先锋印让给他，我也心甘情愿。"

罗元帅闻言，颜面上有些挂不住，大声喝道："大胆伍魁！本帅今日为国选材，哪有什么私心。你若是不服，我现在就命你和秦琼比武，一决胜负！"

伍魁当即顶盔贯甲，骑马提刀来战秦琼。只见他满腔怒火，策马举刀，哇呀乱叫："军犯秦琼，还不快快来受死！"

秦琼抖擞精神，也不示弱，喊道：“伍魁休得无礼，只管放马过来！”说罢便拍马迎面冲了过去。

伍魁双手挥舞大刀，劈面砍来，秦琼以双锏相架。双方打了十几个回合，秦琼越战越勇，突然将双锏朝下猛砸。伍魁急忙举起大刀往上一架，只听得一声巨响，伍魁被震得双臂酸麻，面无血色，只好虚晃一刀，拨马就要跑。

秦琼趁机挥动双锏打去，正中伍魁前胸，伍魁立刻仰面跌下鞍桥。

伍魁人跌到马下，战靴却被卡在马镫中，那匹马受了惊吓，拖着伍魁跑出几十丈远。伍魁的头碰到了一块石头上，顿时脑浆迸溅，死于非命。

罗元帅知道伍魁是皇上派来此地的监军，心里暗自叫苦不迭。

过了一会儿，罗元帅开口说道：“军中比武，死伤难免。伍先锋意外身亡，实在让人惋惜。来人，将伍先锋的尸首抬下去，用上等棺木盛殓厚葬。”

伍魁的弟弟伍亮跳了出来，大声喊道：

“反了！反了！一个配军囚犯竟敢杀害朝廷大将！元帅为什么不将秦琼处斩？难道是想造反不成？”

罗元帅怒喝道：“大胆匹夫！伍魁是被马掩死的，大家有目共睹。况且是他自己要和秦琼比武，此事和秦琼无关。你身为将官，在这里胡闹咆哮，乱我军心，该当何罪？”立即吩咐军政官，将伍亮除名，赶出了军营。

伍亮被赶出军营，心中气愤难忍，想道：“秦琼杀了我哥哥，实在可恶，那罗艺老儿分明是故意偏袒他。我不如去投靠沙陀国，说服沙陀可汗兴兵攻打幽州，为哥哥报仇。”想到这里，伍亮打马往沙陀国去了。

罗元帅回到帅府，面带愁容。秦琼打死了伍魁，伍亮被赶出军营之事若是被皇上知道，那可如何是好？

罗元帅正在犯愁时，忽然有军士进来禀报：“报告元帅，那伍亮被逐出军营后，竟投奔沙陀国去了。”

罗元帅听了，心中大喜，长出了一口气，说道：“这伍亮投奔敌国，就是反贼了。”

罗元帅立刻写了奏书，上报朝廷，说伍魁与伍亮通敌已久，蓄意反叛，伍魁已死，伍亮逃脱，投奔沙陀国去了。

隋文帝接到罗艺的奏书，也挑不出什么毛病，无可奈何，此事最后不了了之。

第八回　柴绍佛寺遇恩公

两年后，秦琼辞别姑父姑母，回到家乡，在姑父的门生山东节度使唐璧门下做了个旗牌官。

过了三个月，唐璧令秦琼护送一批贵重礼物到长安给越国公杨素祝寿。秦琼知道这是绝佳的立功机会，感恩戴德地接令，回家安顿好母亲和妻子后，带着两名兵士出发了。

秦琼一行三人，一路上晓行夜宿，往京城长安赶去。他们经过华阴县少华山地界时，却被一群强盗拦住了去路。

为首的强盗叫齐国远，和另一个头领李如珪在少华山占了山头，专门抢劫过往的商人。前几日，秦琼的好友王伯当从这里路过时也被二人拦住，两人打不过王伯当，知道他是个英雄豪杰，便和他交了朋友，把他留在山寨中。

秦琼和齐国远打斗起来，这齐国远自然不是秦琼的对手，便逃回山寨求救。

不一会儿，李如珪和王伯当一齐下山来会秦琼，结果，一场打斗变成了好汉相聚。

王伯当为他们三人做了介绍，于是众人一同上了少华山，把酒畅饮。

秦琼把他此行的目的说与众人听了，王伯当一听秦琼要去长安，就想同他一起前往。齐国远和李如珪二人听了，也心动不已，要求一同前去。

秦琼不愿扫了众人的兴，于是就答应了。第二天，王伯当三人带了二十来个喽啰，和秦琼一起下山奔长安而去。

秦琼等一行二十几人离开少华山，途中跋山涉水，很快就要到达长安了。

暮色苍茫中，他们远远看见前方有一座寺庙。秦琼心想：这齐、李二人到了京城，只住个两三天倒也无妨，若是日子住长了，免不了会闯祸，不如先到寺庙借宿几天再说。想到这里，秦琼说道："三位贤弟，长安城热闹繁华，来往商客很多，我们现在进城，不见得能找到合适的客栈。况且京城不同外地，有许多规矩，我们难免会感到拘束。前面有座寺庙，这一带人烟稀少，我们可以在此练练马，射射箭。不如先到寺庙住下，等快到灯节的时候，我们再进城，你们看怎么样？"王伯当立刻表示赞成，齐、李二人也不反对。

说话之间，一行人已来到寺庙门前。四人命令手下人看住马匹行囊，自己整理好行装后，便进寺去寻找住持。

四人沿着寺庙的小路来到寺庙里面，只见寺庙正在翻修。那大殿前有一把座椅，上面张着黄罗伞，伞下坐着一位紫衣少年，少年身后站着五六个家仆，都很有规矩。

秦琼见那少年身上系着两块虎头令牌，便知道他是现任的官员，于是将其他三人拦住，说道："众位不要上前了，那黄伞底下坐着的少年就是修庙的施主，看来是个官员。现在你我上前，也不知道应不应该给他见礼，我们还是绕开他走吧。"王伯当闻言，说道："兄长说得极是。"

四人绕开那紫衣少年去东角门找住持，却看见东角门旁边建起了一座新楼，楼牌上用金字书写着三个大字："报德祠"。四人好奇，便走进殿中，却看见大殿正中塑有一尊雕像。

只见那雕像戴着一顶毡帽，身穿着皂布衫，腰间系着熟皮腰带，提着两根金装锏锏，蹬着麂皮战靴。雕像前面还有一块红牌，上面写着六个金字："恩公琼五生位"，旁边还有一行小字："太原李渊奉祀"。

秦琼一看便立刻明白了，这是唐国公李渊为了报答自己当年对他们一家的救命之恩，为他建立的生祠。其余三人也都在看这雕像，那齐国远不认得字，便问王伯当："伯当兄，这座是韦驮天尊吗？"

王伯当笑道："刚才在山门口的那一座才是韦驮天尊，这是个生位，说明此人还在世。想必是唐国公受了此人的恩惠，却又找不到他，所以才为他塑雕像，立生位。"

那两人一听到这话，便齐刷刷地用眼睛看了看秦琼，又扭过脸来，看着那雕像。

齐国远说道："这人好像是秦大哥。"王伯当也说道："兄长当年押解犯人的时候，就是这身打扮。"

秦琼急忙摆摆手道：“贤弟小点声，这就是我。”接着低声将当年救李渊的经过讲给王伯当他们听了。

四个人正在说话，早有人将他们的话听进耳内，跑去报告给紫衣少年。那紫衣少年不是别人，正是当年唐国公李渊在永福寺内招的女婿柴绍。

柴绍听说方才进来的四人当中有岳父的恩人，便赶紧来到报德祠内，向四人深深地鞠了一躬，问道：“哪位是我岳父的恩人？”

四人赶忙还礼，王伯当指着秦琼说道：“这位兄长就是当年救李大人的人，他姓秦名琼字叔宝，李大人在匆忙之中记错了他的名字。如果你不信，可到山门外去查看，他的那对锏锏就放在那里。”

柴绍打量着秦琼，只见其相貌果然与雕塑一般无二，便赶紧行大礼参拜。

接着，柴绍一边殷勤地招待众人，一边派人去太原向李渊禀报找到恩公的消息。

秦琼等人在寺庙中一直住到了正月十四，然后起程前往长安，去给越国公杨素送礼。

柴绍怕秦琼送完礼后直接回去了，于是提出也要跟着众人一起进京。就这样，一行五人离开寺庙，直奔长安城而去。

第九回　五英雄夜闹长安

正月十五是越国公杨素的寿辰,全国上下的官员都赶来送礼。秦琼带着礼物早早来到越国公府中，坐在偏厅等候，却与在此负责为越国公接待到访官员的李靖一见如故。

诸事安排完毕后，秦琼便和李靖来到酒家喝酒。喝了一会儿后，李靖问："叔宝兄来京城，可有同伴一起跟来吗？"秦琼回答道："还有四个朋友一起前来，说是要看元宵灯节。"

李靖闻言，皱着眉头说道："不瞒兄长，小弟日前夜观天象,算出长安今日会有刀兵之灾。我劝兄长赶快和朋友一起离开长安，免得生出祸端。"秦琼见李靖说得真真切切，不像是开玩笑的样子，慌忙起身向李靖告辞，赶往下榻的客栈。

此时齐国远等人正守在门口专等秦琼回来,好一起去逛京城。谁知秦琼一踏进客栈，便让众人收拾东西赶紧离开京城。齐国远等人齐声说道："我们好不容易来一趟，在城里转一下又如何？反正事情已经办完了。"

秦琼听了，不好违了众人的心意，只好说道："既然大家都想进城看看，那我们就一起去吧。不过，我有个朋友说今天长安城有刀兵之灾，大家要小心了。”众人便一起向热闹的地方走去。

走了一会儿，五人忽然听到人群中一阵喧闹。只见一个老妇人正匍匐在地，放声大哭，围观的人都同情地摇头叹息。原来这妇人带着她十八岁的女儿琬儿出来看灯，太子宠臣宇文述的小儿子宇文惠及见琬儿有几分姿色，就命手下

的恶奴抢走了琬儿。这妇人和琬儿大喊救命，人们都知道那宇文惠及是长安城里有名的恶霸，没人敢上前阻拦。

秦琼等五人听了，个个气得哇哇直叫，便要惩治一下作恶多端的宇文惠及。于是五人在大街上四处寻找那恶棍。

突然，前面来了一群家将，每人手持着一根短棍，趾高气扬地吆喝着要两旁的人让路。那群人中间，有一个穿着华丽服饰的公子哥儿坐在马上。

五位豪杰得知是宇文惠及来了，便装作要把式卖艺的，不一会儿就吸引了不少人前来围观。等宇文惠及的马来到跟前，秦琼冷不防一纵身，跳到宇文惠及身边，举起锏来劈头就是一下。宇文惠及还没弄清是怎么回事，就被打得脑浆迸溅，一命呜呼了。众家将见宇文惠及被打死，当即举起棍棒，向秦琼扑来。秦琼舞动双锏，一连打翻了几个。

这时，王伯当、柴绍、李如珪、齐国远也冲过来帮忙。柴绍趁机引火烧着了一个灯棚，顿时火光冲天，老百姓吓得四处乱跑。秦琼等人趁乱向城门跑去。

宇文惠及的侄子宇文成都正在城内四处巡视，得知叔叔被人打死，大吃一惊，急忙下令关闭城门，带着大队人马赶来抓人。五位英雄舞动兵器，边战边退，一直退到了城门边。

再说五人手下的兵丁和喽啰见百姓纷纷跑出城门，一打听才知道城内出事了。这时，只见秦琼等五人向城门杀来，守城门的兵士正准备关城门，那几十个人一齐呐喊，上前把守门的兵士砍倒在地。五位英雄赶紧出了城，带着众人飞奔而去。

第十回 杨广篡位诛重臣

秦琼等人大闹长安后就迅速离开了,长安城内被众英雄大闹了一场,已是一片狼藉。

仁寿四年七月,隋文帝病重,卧床不起。这天,杨广进宫探病,调戏了文帝宠爱的陈夫人。病中的隋文帝得知此事后,十分生气,立即与身边的亲信大臣商量,要召回被贬到外地的杨勇,废黜杨广的太子之位。杨广得知消息后一不做,二不休,先假传圣旨,逼死了杨勇,然后又让心腹张衡杀了隋文帝,并在发丧前掌控了军权。

一切安排妥当后,杨广要朝中重臣伍建章为自己写一道即位诏书。伍建章却说皇上死得不明不白,不肯写。杨广大怒,吩咐左右把伍建章推出宫门斩首。伍建章死后,杨广和宇文述等人假造了一道隋文帝的遗诏,即了帝位。杨广就是隋炀帝。

杨广当上皇帝之后,为防自己弑父篡位的事情败露,便杀了伍建章全家。伍家只有一个叫伍保的马夫侥幸逃出,他赶紧到南阳去向伍建章的儿子伍云召报信。

这天，伍云召外出打猎，来到半山腰。突然，树林中蹿出两只老虎，直扑向不远处的一位壮汉。那壮汉身材魁梧，虎背熊腰，眼见两只老虎扑来，毫无惧色，只见他用双手将两只老虎抓住举起来，然后朝左手抓的老虎猛踢一脚，那老虎哀鸣一声，登时气绝身亡。那壮汉扔了左手里的老虎，腾出手来，朝右手里的那只老虎连打几拳，那只老虎也一命呜呼了。

伍云召看到这番情景，心中佩服不已。他向来喜欢结交英雄豪杰，于是赶紧催马上前打招呼。二人互道姓名，原来那壮汉名叫雄阔海，伍云召提出想结拜为兄弟，雄阔海见伍云召一片诚意，便答应了。

雄阔海告辞后不久，伍保就慌慌张张地报信来了。伍云召得知家中出了变故，一时悲愤交加，气得晕了过去。伍云召醒来后，当即召集手下众将，说道：“各位将军，现在情势危急，朝廷派大将军韩擒虎来捉我，我不愿连累诸位及南阳的百姓，准备独自逃生，不知各位意下如何？”谁知，伍云召手下一众大将力劝伍云召造反报仇。伍云召深受感动，于是安排兵将把守关口，在南阳城中储存粮草，以为长久之计。

再说杨广派出六十万大军，由韩擒虎率领，向南阳进发。韩擒虎和伍建章交情甚深，不愿与伍云召正面交锋，所以沿途故意拖延行程，想让伍云召有时间脱逃。

韩擒虎的大军到达麒麟关后，与在此等候多时的伍云召手下大将司马超对阵。韩擒虎暗示司马超通知伍云召逃命，但司马超莽撞自负，偏要硬碰硬，结果死在韩擒虎手下。

攻取了麒麟关后，韩擒虎统帅大军继续向南阳挺进。伍云召得知司马超战死的消息，非常悲愤，传令手下众将加紧备战，欲与隋军大战一场。

再说韩擒虎到达南阳城外，就地安营扎寨，然后派众将一一前去挑战伍云召。伍云召武艺了得，前去挑战的众将全都败阵而归。韩擒虎见手下众将无人能敌伍云召，只得亲自出战。

韩擒虎力劝伍云召束手就擒，他愿向皇上求情，以求赦免。伍云召听了，说道："我父亲效忠先帝几十年，不料那杨广弑父篡位，害死我父亲，将我伍家满门抄斩，我若降了那昏君，将来有何面目去见死去的父亲。伯父和我父亲交情甚深，却这般糊涂，竟然为那昏君效命。"

韩擒虎听了大怒，举刀向伍云召砍来。伍云召念在他是长辈，起初连连相让，最后被逼不过，也挺枪向韩擒虎刺来。双方大战了十多个回合，韩擒虎抵挡不住，掉转马头就跑。伍云召穷追不舍，隋军众将一齐杀出，保着韩擒虎退回营寨。

几天后，无敌大将军宇文成都率军赶来助阵。但是，宇文成都首次与伍云召过招就受了伤，不得不退兵。伍云召也不追赶，回到南阳城内，吩咐众将紧闭四门，安排檑木炮石，备足粮草，准备坚守城池。

又过了几日，隋将尚师徒和新文礼也率军赶来助战。韩擒虎邀请宇文成都、尚师徒和新文礼一起商议，决定先将南阳城团团围住，然后四面同时进攻，一举拿下南阳城。于是四人兵分四路，尚师徒围住南门，新文礼围住北门，宇文成都围住西门，韩擒虎围住东门。部署已毕，隋兵开始攻城，伍云召率军上城杀敌，怎奈隋兵越来越多，大军如潮水般涌来，南阳城很快被攻破了。

伍云召的夫人不愿拖累丈夫，投井自杀了。伍云召只得将儿子伍登交给一个好心的樵夫收养，随后独自一人杀出重围，直奔寿阳而去。

第十一回　尤俊达结识咬金

隋军攻克南阳的消息传到长安，隋炀帝大喜，封韩擒虎为平南王，宇文成都为平南侯，其余将士也各有封赏。隋炀帝还传旨大赦天下，所有犯人，只要犯的不是谋反大罪，全部赦免。赦免令一出，哪知放出一个“大虫”来。

原来在山东齐州历城县有个斑鸠镇，镇上有个名叫程咬金的大汉。此人长得五大三粗，性情蛮横，脾气暴躁，镇上的人都怕他。他没有什么谋生的手艺，于是干起了贩卖私盐的勾当。有一次，程咬金在贩卖私盐时遭遇巡捕官的捉拿，他打伤了巡捕官，被捉进牢里关押起来。这次正好遇到隋炀帝大赦天下，程咬金也在大赦之列，所以被放了出来。

回到家中，程咬金看到母亲过得十分清苦，心头一酸，几乎要流下泪来。程母见儿子回来，便说道：“儿啊，你既然回来了，就不要再干那犯法的勾当。你去砍些竹子回来，待我做几个柴耙，你拿去卖了换钱吧。”程咬金是个孝子，听了母亲的话，连声答应，出门去找竹子。他来到竹行，找老板要竹子。竹行老板见是程咬金，说道：“程大爷，您要多少竹子，尽管自己拿去。”于是程咬金径直来到河边，左右两肩各扛着一排毛竹，飞也似的走了。竹行老板眼巴巴地看着他扛走了三十根毛竹，不敢作声。

程咬金回到家里，对母亲说毛竹是朋友送给他的。程母听了喜出望外，连夜动手用毛竹做了十几个柴耙。第二天清晨，程母叫程咬金把柴耙拿到镇上去卖。街上的人见了程咬金，都躲得远远的，哪敢来买他的东西。整整一个上午，程咬金连一个柴耙也没卖出去，肚子反倒饿得咕咕直叫。

程咬金实在饿得不行了，便背起柴耙，走进一家小酒店，要了十斤酒和五斤牛肉，饱饱地吃了一顿。酒足饭饱后，程咬金抹了抹嘴巴，拿起柴耙就走。店主是个老汉，赶紧上前扯住他，向他要酒菜钱。程咬金说道：“我今日忘了带银子，明天再来给你。”

老汉一把扯住程咬金，不肯放手，结果把程咬金的衣服扯破了一块。程咬金大怒，一掌将老汉推倒在地。那老汉急了，大声喊道："来人啊，抓强盗啊！"咬金听了大怒，抬起一脚，将店里的桌子踢翻，在店里一通乱砸。老汉吓得逃上阁楼，大喊救命。

这时店里店外围满了人，忽然有个大汉跨进店门，对程咬金说道："这位好汉，何必跟这店家一般见识。看在我的面子上，不要再动手，有什么事只管跟我说。"程咬金说道："既然你愿意替这老儿出头，那我的衣服就由你来赔。"

那大汉拉住程咬金，说道："衣服是小事，请仁兄到敝庄去做客，我们交个朋友如何？"说完，吩咐家丁给了店家几两银子，然后对程咬金说："走吧！"程咬金说："好，去就去，难道怕你不成。"

说罢，二人便出了店门，来到了那大汉所住的武南庄。原来那大汉名叫尤俊达，是做珠宝生意的。他对程咬金说："今天我见仁兄英武豪爽，不如我们以后就合伙做珠宝生意，不知仁兄意下如何？"

程咬金一听，马上站起身来说："我只是个卖柴耙的，哪有本钱贩卖珠宝。我可做不了这个，告辞了！"

尤俊达笑着说："且慢，听我说，小弟并不是要你出钱，而是要你出力。我贩卖的是珠宝，一路上需要人保护。你跟着我保护珠宝，赚钱后咱俩平分，你看怎么样？"程咬金想了想，说道："好是好，只是我家中老娘没人照顾。"

尤俊达马上说道："这有何难，把伯母接到我庄上住就是了。"第二天，他就让程咬金去把母亲接过来，安置在自己的

庄子里。

过了几天，尤俊达问程咬金："请问兄长平时惯用什么兵器？"程咬金摊开双手说："兵器？我没用过什么兵器。只会用板斧瞎舞。"尤俊达听后，便吩咐家丁拿来一柄六十四斤重的八卦宣花斧，说道："不如我教兄长一套斧法，也好日后能上阵杀敌。"

不料程咬金生性愚笨，学了后面就忘了前面，一天下来，竟连一招也没学会。程咬金不耐烦地将大斧一扔，直嚷肚子饿了。尤俊达只好说："好吧，先吃饭睡觉，明天再学。"

程咬金酒足饭饱，躺在院中的长凳上睡着了。迷迷糊糊之中，他梦见来了个鹤发童颜的老者。只见那老者持斧在手，一招招使来，使出了六十四路斧法。程咬金看得兴起，就跟着学了起来。正在内房休息的尤俊达突然听到院子里传来响声，便跑出来察看。只见月光下，程咬金正在舞弄板斧，招式奇妙，精深莫测。看到精彩处，尤俊达不由得大声喝彩道："好！"这一声喊，惊醒了程咬金。醒来后，他只记住了其中的三路斧法，其余的则忘了个精光。不过这三斧头已是十分了得，一般人难以抵挡。

尤俊达又惊又喜，忙向程咬金询问详情。程咬金如实相告，两人都感到十分惊奇。

尤俊达说："咬金兄，在下想与你结拜为兄弟，不知你意下如何？"程咬金说："我也正有此意。"二人当下便焚香磕头，结拜为兄弟，从此二人的情谊更加深厚。

第十二回　查案成十三太保

其实，尤俊达明着以贩卖珠宝为业，实则是长叶林的强盗首领。近日，尤俊达得知靠山王杨林派人押送十六万两皇银去长安祝贺隋炀帝登基。他想打劫这批银子，又怕自己人手不够，于是找程咬金入伙。程咬金答应过他娘绝不做违法的勾当，本想拒绝，但耐不住尤俊达软磨硬泡，于是答应就做这一回。

这一天，二人带了几十个喽啰在长叶林附近埋伏下来。等了一会儿，只见前方旗帜飘动，一队人马迎面而来。程咬金催动铁脚枣骝马，舞动八卦宣花斧，冲上前去，大喝道："呔，此山是我开，此树是我栽。要想打此过，留下买路财！"

押送皇银的是杨林的两个义子，一个是大太保罗芳，一个是二太保薛亮。罗芳跃马上前喝道："哪来的蟊贼草寇，竟然敢抢劫皇杠。靠山王的银子你也敢抢，我看你是活得不耐烦了！"

程咬金不吃这一套，大喝道："什么靠山王不靠山王的，在这里我就是靠山王，小子，你接招吧！"说罢，抡起宣花斧便朝罗芳砍来。罗芳举枪一挡，只听"咔嚓"一声，长枪断成了两截。罗芳大惊，回马就走。

薛亮见状，举刀催马赶来助阵，也被程咬金一斧头震得双手虎口流血，勒马逃走了。二人手下的兵丁们见到这番情景，吓得四下溃散。

尤俊达赶紧叫人把装银子的车子推到自己的庄子里，把十六万两银子埋在了花园的地窖里。

靠山王杨林得知皇银被劫，勃然大怒，马上派人去齐州府，要齐州知府一百天内把两个强盗捉拿归案。

齐州知府接到命令后，立即叫来手下的捕快都头樊虎和连明，限他们两个月之内破案。樊虎带领手下寻查了很久，但毫无线索，樊虎便向知府推荐请秦琼来破案。

知府无奈，只得向节度使唐璧借来旗牌官秦琼，请他帮助破案。秦琼本不愿领这个差事，无奈唐璧有令，不敢不从。秦

琼来到齐州府衙报到，知府命他半个月之内破案。

第二天，秦琼就骑上黄骠马，四处去寻找线索。他先来到少华山，找王伯当等人打听。

王伯当告诉他：“长叶林一向是尤俊达的地盘，近年来他说他洗手不干了。不过，那一带他的势力最大，我看八成是他带人干的，叔宝兄可以去那里看看。”秦琼觉得王伯当说得有理，便告辞众人，赶往武南庄。

秦琼一到尤俊达的庄门外，就听到钟鼓之声，显然这里是在作法事。他抬头一看榜文，原来这里从六月二十一日起就开始诵经念佛了。

秦琼见此情况，觉得尤俊达没有作案的时间，所以连门都没进，便掉转马头往登州去了。

原来，靠山王杨林就在登州，此时离齐州知府限定的破案日期越来越近了，秦琼仍未查到被劫皇银的线索，便想找靠山王说一下情，让他宽限破案期限。

杨林见了秦琼，见他身材高大、器宇轩昂，于是详细询问秦琼的身世。秦琼一一回答，唯独隐瞒了父亲的身份。原来这杨林是秦琼的仇人，当年正是杨林带兵攻入齐州，杀了秦琼的父亲秦彝。

这杨林虽然位高权重，却膝下无子，所以收了十二个义子。他看到秦琼威武的模样，很是喜欢，就想收他为义子。

杨林问秦琼：“你会使什么兵器？”秦琼回答道：“小人十八般兵器，略知一二。”

杨林马上吩咐手下取来一副盔甲，说："这副盔甲是当年我攻破齐州，从守将秦彝的身上取得的，另外还从他那里得了一支虎头金枪。既然你十八般武艺都会，那就使一套枪法我看看吧。"

秦琼听了一阵心酸，他强忍住悲伤，谢过杨林，把盔甲穿戴起来。秦琼接过虎头枪，看到枪柄上有"武卫将军秦彝"的字样，心中更是悲伤。他强忍泪水，当即施展出在幽州学到的罗家枪法，赢得王府上下一片喝彩。

杨林越看越喜欢，表示想收秦琼做义子。秦琼本想拒绝，可是转念一想："这正是接近杨林的大好机会，不如先答应他，以后再找机会报仇。"

于是秦琼答应了杨林。杨林大喜，当场收秦琼做了十三太保。秦琼请杨林宽限捉拿盗贼的日期，杨林心中高兴，马上就答应了。

第十三回　众英雄大反山东

话说九月二十三日是秦琼母亲的寿辰，一众好友纷纷前来祝寿。这些人中，有二贤庄的单雄信，少华山的王伯当、齐国远、李如珪，幽州的罗成，还有秦琼的好友张公瑾、史大奈等人。武南庄的尤俊达也接到了单雄信的通知，于是和程咬金一同前往齐州。

这天，秦琼在齐州府东门外贾润甫开的贾柳楼摆宴为母亲祝寿。这些前来贺寿的人中，多数是相熟的，有些则是还没见过面的朋友，秦琼一一拜谢。

酒席间，有人提到秦琼正在追查劫皇银一事，大家都附和着大骂盗贼。程咬金听了，跳起来大声叫道："各位不要骂，劫皇银的事是我和尤俊达干的，我这就和叔宝兄一起去投案！"

秦琼一听大惊，连忙说道："兄长万万不可胡言，这话若传了出去如何得了。"

程咬金正色大声说道："那靠山王平日里搜刮民脂民膏，把得来的银子送给无道昏君，这些全是不义之财。好汉做事

好汉当，我不能连累叔宝兄和各位英雄豪杰，就请叔宝兄把我抓去见官吧。”

秦琼听罢，并未多言，只是从怀里掏出捕批牌票放到灯火上烧了，然后说：“好了，此事到此为止。大家喝了寿酒，各自回去吧，有什么事情由我一人担当。”程咬金、尤俊达以及在场的豪杰见了，都从心底对秦琼钦佩不已。

和魏征一起来的徐茂公素来胸怀大志，足智多谋，见状后便向大家提议道：“今日众英雄难得一聚，为何不乘着这个机会歃血为盟，大家结成兄弟？”众人听了，一致赞成。于是徐茂公、魏征、秦琼、单雄信、柴绍、罗成、鲁明星、鲁明月等一行三十九人，朗读盟约，歃血为盟，结为兄弟。

不久，杨林又重新筹集了十六万两白银，再次送往长安。这次他怕再出差错，于是亲自护送。

这天，杨林一行人来到了黄土冈。说来也巧，程咬金和秦琼等人分别后，和尤俊达一起回武南庄，正巧路过黄土冈。一不做，二不休，二人又上前劫银，但是这一次可没有那么幸运了，程咬金哪里是杨林的对手。结果，二人双双被擒。

众英雄得知此事，一商议，认为当今昏君当道，不如救出程咬金、尤俊达后，趁此机会造反。说干就干，大家联起手来，不日便救出了程咬金、尤俊达二人。

第二天，官府派人进行全城大搜查，捉拿反贼。官兵搜到贾柳楼时，搜出了众英雄结盟的盟单，于是上呈唐璧。唐璧发现里面有秦琼的名字，知道秦琼是杨林的义子，不敢自作主

张，急忙写了一道书信，连同盟单一起送给杨林。

杨林令差旗牌官尚义召秦琼过来问话。秦琼曾经救过尚义，对他有恩。尚义知道大事不妙，急忙去见秦琼，劝他赶快逃走。他说："恩公放心，我这里有一支出关的令箭，我这就带你出潼关。"秦琼感激不尽，立刻带着虎头金枪和金装锏锏，骑上黄骠马，跟随尚义直奔潼关而去。

再说靠山王杨林久等不见秦琼前来，便派人去催，这才得知秦琼和尚义两个人都跑了。于是他怒气冲冲地取了囚龙棒，亲自上马去追。快到潼关时，杨林追上了秦琼和尚义。秦琼对尚义说："你快先去骗开关门，我来抵挡一阵。"然后他拍马回转，挡在杨林前面。

杨林见到秦琼，说道："孩儿，你这是要到哪里去？莫非你真的和那些强盗是一伙的？"

秦琼说道："老贼，实话跟你说吧，我就是当年齐国武卫将军秦彝的儿子。今日我要为父报仇，你还不快来受死！"

听了这话，杨林这才恍然大悟，他拿着囚龙棒，催马朝秦琼冲过来。杨林举起囚龙棒向秦琼砸了下去，秦琼使出浑身的劲儿用锏一架，才勉强挡开。眼看抵挡不住，秦琼拨转马头，转身就跑。杨林哪肯放过他，在后面紧追不舍。

再说尚义这边，他飞快地赶到了潼关，见到守关将领魏文通，出示令箭，骗开了城门。没过多久，秦琼也骑着马赶到了，两人便一齐出了关。杨林在后追赶，到了潼关，知道魏文通放走了秦琼，把他大骂了一顿，然后令他速去追赶秦琼。

第十四回　程咬金瓦岗称王

魏文通接到杨林的命令，立即提刀上马，前去追赶秦琼。魏文通将秦琼逼到了一条干涸的小河旁，以为活捉秦琼十拿九稳时，冷不防对岸一箭射来，正中他的左手。原来是王伯当奉徐茂公之命前来接应秦琼，他见秦琼遇险，便急忙出手搭救。魏文通受了伤，不敢停留，赶紧跳上马，转头向潼关跑去。

王伯当将秦琼救上岸来，一同驱马前往金堤关，去见徐茂公、魏征等兄弟。秦琼和王伯当到达金堤关时，看见程咬金正和一个人厮杀。原来，自从众人反了山东后，徐茂公决定攻占地势险要的瓦岗寨作为大本营，这金堤关正是前往瓦岗寨的必经之路。众好汉到了金堤关下，守将华公义挡住了众人的去路。程咬金大怒，提着宣花斧来战华公义。

程咬金与华公义战在一起，两人斗了三十多个回合，难分胜负。眼见程咬金渐渐落于下风，秦琼急忙上前助战。他先是虚晃一枪，然后回马便走。华公义不知是计，纵马追了过来，秦琼听到后面有人追来，猛地回手一锏，正打中华公义的脑袋，华公义当时就一命呜呼。守将已死，华公义带来的兵士转身就往关内跑。众好汉乘势追杀过去，很快就占了金堤关。

几天以后，瓦岗寨也被顺利地攻下。众好汉因为有了立足之地，个个高兴不已，于是大摆酒宴庆功。正在饮宴间，忽闻后厅传来一声震天动地的巨响。众人循声来到后厅，只见地上裂开了一个大洞。大家上前一看，只见那大洞黑黝黝的，完全看不见里面有什么。徐茂公说："此洞里面必有玄机，我们须找个人下去察看一番。"可是大家你看看我，我看看你，谁也不说话。徐茂公想了个抓阄儿的方法，他在三十六个纸团上写着"不去"，只有一个上面写着"去"，然后让众人抓阄，抓到"去"字的那个人就下洞去察看。

众人打开手里的纸团，只有程咬金的纸团上写着个“去”字。于是大家拿来一个大筐，让程咬金坐在里面，然后慢慢放了下去。筐上还挂着个铃铛，是让程咬金发信号用的。

程咬金降落到洞底，洞里漆黑一片，他壮着胆子，摸黑朝洞内走去。转过两个弯，忽见前面出现两点亮光，程咬金提着斧头对着那两点亮光砍了过去。只听见“哐啷”一响，两扇石门被他劈开了。程咬金慢慢走进去，一座大殿出现在眼前。程咬金进了大殿，看见殿中摆着一张桌子，桌上放着一顶冲天翅的金幞头、一件杏黄龙袍、一条碧玉腰带和一双无忧履。程咬金将桌上那冲天翅的金幞头和杏黄龙袍都穿戴起来，再系上碧玉腰带，换上无忧履，提了斧头转身就往回走。他刚刚走出石门，那两扇门就自动合上了。程咬金吓了一跳，赶紧走到大筐边，拉动铃铛。洞外的人听见铃声响，赶紧把他拉了上来。

程咬金上来后，众人见他一副帝王打扮，都惊讶不已。程咬金信口胡诌起来：“我在那洞里碰到了一个神仙，他说我是做皇帝的命，于是就送了我这套衣服，让我穿上……”

徐茂公听了暗想：“弟兄们大反山东，攻城拔寨，一起反抗隋朝，总得有个头儿才行！那程咬金虽然是胡诌，我何不假戏真做。”于是他说道：“看来是老天要让程咬金做皇帝，我们应该顺应天意，让他做皇帝。”大家听了，纷纷表示同意。

程咬金认为自己这个皇帝是混来的，所以自称为“混世魔王”。他封徐茂公为左丞相兼护国军师，魏征为右丞相，秦琼为大元帅，其他人通通被封为将军。

第十五回　瓦岗军初定基业

众英雄正把酒言欢之时，忽闻探子来报，说瓦岗寨的四面已被隋朝大军包围：东面是山东节度使唐璧，领兵十万；南面是临阳关守将尚师徒，领兵十万；北面是红泥关守将新文礼，领兵五万；靠山王杨林也领兵十万，正向西面赶来。

徐茂公先是智退尚师徒，然后又授计秦琼去对付唐璧。

唐璧见了秦琼，说道："秦琼，本帅从前待你不薄，你为何要谋反？如今靠山王要我捉你回去，你若是知趣，就自己绑了，跟我回去吧。"

秦琼劝道："大帅先听我一言，当今昏君无道，弑父杀兄，朝中奸臣当道，致使民不聊生，大帅又何必为那昏君卖命？如今天下大乱，正是英雄豪杰有所作为的时候，大帅为何不割据一方，而要在这里听命于那靠山王呢？"

其实唐璧早有此意，如今秦琼这番话正好说到了他的心坎上。唐璧回到营中，扯下大隋旗帜，自封为济南王，随后率军离开瓦岗寨回山东去了。

杨林得知唐璧自立为王的消息，怒不可遏，亲自率兵追赶，要生擒唐璧。秦琼得知后，立即带领瓦岗兵马下山追杀，杨林不得不转过头来迎战秦琼。

杨林精心摆下了一个“一字长蛇阵”。秦琼为了破阵，从幽州请来表哥罗成。罗成使出罗家枪法，和杨林大战二十多个回合，程咬金趁机带领瓦岗军从四周杀来。

杨林一分神，结果被罗成一枪刺中了左臂，疼得他大叫一声，拨马就走。隋军一看杨林败走，顿时阵势大乱，溃不成军，瓦岗寨义军大获全胜。

杨林兵败后，收拾本部残兵回登州去了。隋炀帝得知杨林兵败，立即派长平王邱瑞领十五万精兵，再次攻打瓦岗寨。同时，他还让宇文化及的次子宇文成龙随同作战。

这宇文成龙本领不大，但傲气不小，自荐当了先锋。徐茂公得知此事后，设了一个连环计，斩杀了宇文成龙，还逼得邱瑞归顺了瓦岗义军。

得知邱瑞投降了瓦岗义军后，隋炀帝暴跳如雷。丞相宇文化及提议派山马关守将裴仁基父子前去征讨瓦岗军，隋炀帝随即传旨召裴仁基父子进京。

裴仁基接旨后，带领三个儿子裴元绍、裴元福和裴元庆入宫见驾。见到隋炀帝后，父子四人跪下行礼道："臣山马关守将裴仁基携子朝觐，愿皇上万岁，万岁，万万岁。"此时隋炀帝正和国丈张大宾专心下棋，根本不理会他们，父子四人就这样跪了一个多时辰，竟无人过问。

裴仁基的小儿子裴元庆跪得有点累了，于是不耐烦地站起来。他不敢冒犯皇上，就随手将下棋的国丈张大宾抓起，举过了头顶。

隋炀帝见裴元庆小小年纪，武功、力气却如此了得，随即封裴仁基为元帅、裴元庆为先锋，令父子四人领兵去讨伐瓦岗寨。隋炀帝又封张大宾为行兵都指挥，随军同行。众人赶紧谢恩。

次日，张大宾率领十万大军，向瓦岗寨进发。没过多久，他们到达了金堤关，在附近安营扎寨。张大宾叫来裴元庆，对

他说："我要你今日攻下金堤关，否则就将你军法处置。"

裴元庆知道这张大宾是在公报私仇，也不说话，拿起两柄铁锤，策马来到城下挑战。

裴元庆勇猛过人，很快就攻下了金堤关，后来接连又打退了单雄信和秦琼。见众好汉接连打了败仗，程咬金只好亲自出征。

程咬金一上阵，就有一夫当关万夫莫开之势。裴仁基担心裴元庆有所闪失，急忙下令鸣金收兵。张大宾见状大怒，下令绑了裴氏父子三人。

裴元庆听见鸣金收兵，于是冲破重围，收兵回营。谁知刚到营前，就看见父亲和两个兄长被军士捆绑着推了出来，不禁大怒道："呔！大胆，还不赶快把他们放了！"军士们知道裴元庆的厉害，赶紧为父子三人松了绑。

裴元庆说："爹爹，当今皇上昏庸无道，奸臣当道，我父子早晚要死在奸臣的手里。既然如此，不如我们反了，归顺了瓦岗寨吧。"

裴仁基一想，确实如此，于是回营抓了国丈张大宾，来到瓦岗寨前投降。

这时，程咬金正打算收兵回瓦岗寨，忽闻裴元庆在后面高喊道："大王，臣等父子四人抓了国丈张大宾，前来请降。"

程咬金听了，又惊又喜，随即命令绞死了张大宾，把裴仁基父子迎上了山。

第十六回　李元霸初显威风

自从瓦岗军接连打败官军后，各地英雄好汉纷纷效仿，他们攻城拔地，自立为王。一时间群雄并起，天下出了十八路反王。再说那隋炀帝，只顾着在全国各地建造行宫，以方便自己四处游玩。

这一日，太原留守李渊也接到圣旨，要他在太原建造晋阳宫，工期只有三个月。李渊令人全速赶工，终于在规定的期限内完成了任务。

李渊如今已有四个儿子——长子李建成是个花花公子，贪财好色；二子李世民，在永福寺出生，自小德才兼备，喜欢结交天下豪杰；三子李元吉是个心胸狭隘之徒；四子李元霸天生力大无穷，看起来一副瘦弱的样子，却能将两柄八百斤的铁锤耍得轻松自如，他骑着宝马“万里云”，更是如虎添翼。

三个月后，隋炀帝在萧皇后和部分妃嫔、宠臣的陪同下来到太原府。隋炀帝走入新造的晋阳宫，觉得甚是满意，随即问李渊道：“爱卿有几个儿子啊？”李渊回答道：“臣有四子。”

并让四个儿子前来见驾。

李元霸拜见了隋炀帝后，得知隋炀帝身边站着的那员大将就是号称“无敌大将军”的宇文成都时，不禁“嘿嘿”地笑出声来，说道：“就你这副模样，也敢自称无敌大将军？”

宇文成都没想到这个小毛孩竟然敢取笑自己，顿时怒火中烧，但碍于隋炀帝在身旁，不好明着发火，于是说道：“小子，你好大的口气！敢和我比试比试么？”说着，就往晋阳宫门口走去。

晋阳宫门口立有一对石狮，每只都重达三千斤。宇文成都来到一只石狮旁，凝神运气，一手叉在腰上，一手握住石狮的一条腿，大喝一声，竟把那石狮慢慢举了起来。宇文成都的脸色也渐渐变红，额头渗出汗珠来。只见他单手举着石狮，在大殿上走了一圈，然后将石狮放回原处。

宇文成都看着李元霸，不屑地说道：“小子，你服气了吗？你也来举举看吧，让大家见识一下你的本事。”李元霸也不答话，走到石

狮前，一手抓住一只石狮，大喝一声“起”，那两只石狮被他一起举了起来。李元霸举着石狮，在大殿中来回走了十几圈，然后又放回原处。只见他面不改色，气不长出。

宇文成都见了，顿时脸红得跟猪肝似的。他心想：“这李元霸确实有些力气，但他毕竟年龄还小，想必武艺还没学精。等会儿我和他比试身手，定叫他死无全尸。”想到这里，他大声对李元霸说：“只有些蛮力也算不上是真英雄。你若真有本事，就同我上校场去比试比试。”

李元霸笑着说：“比试就比试，难道怕你不成？”隋炀帝见这二人较起真来，也来了兴致，便带着文武百官来到校场看二人比武。

宇文成都使的是一杆镏金镋，李元霸使的是他惯用的一对铁锤。只见宇文成都圆睁怒目，拍马冲到李元霸跟前，举起镏金镋猛砸过去。李元霸不慌不忙，顺势用铁锤将镋往上一架，就听见“哐当”一声，镏金镋被打在一边，宇文成都

的虎口被震得发麻。

李元霸说："你打了我一下，现在该我打你了。"说完，抡起双锤向宇文成都砸去。宇文成都慌忙把镏金镋往上一举，接住了双锤。李元霸这一锤打得宇文成都的马倒退了几步，宇文成都觉得胸中一口热血直逼他的喉头，他强忍住，这口血才没有喷出来。

宇文成都见势不妙，赶紧调转马头，转身要跑。李元霸拍马赶来，一把抓住他的后背，把他从马上提了下来。

宇文化及见了，生怕伤了宇文成都，赶紧叫停了双方。李元霸听了便把宇文成都往空中一抛，摔得他狼狈不堪。

隋炀帝见李元霸如此勇猛，心中甚是喜欢，当即便封他为赵王，命他和李渊一起镇守太原。

不久，隋炀帝前往扬州去看琼花。曹州的宋义王孟海公得知后，便给其他十七路反王写信，约在四明山相聚，捉拿昏君。众反王接到信后，纷纷响应。隋炀帝在四明山被众反王包围，宇文成都招架不住，于是让隋炀帝急召李元霸前来救驾。

李元霸接旨后便准备出发前去四明山。临行前，李渊交代切不可伤了恩公秦琼，并派柴绍与他同行。柴绍提前见了秦琼，命他与众将士都在背上插上小黄旗，这样李元霸便知道他们是恩人朋友，自然不会伤害。秦琼吩咐众人一一照做，只有裴元庆不听，结果挨了李元霸一锤。

四明山一战，除了瓦岗义军，其他十七路反王的人马被李元霸杀得血流成河。众反王元气大伤，只好带领人马各自返回。

第十七回　金墉城李密称王

程咬金做了三年混世魔王后，再也不愿意继续做了。一时间大家都束手无策，没了主意。这时，徐茂公掐指一算，说道："如今有个人将从瓦岗山下经过，他才是真正的皇帝，我们赶快去救他。"众人随他下了山，果然见一队兵士押着一辆囚车过来了，囚车里装的正是李密。李密原是隋朝大臣，因为多看了萧皇后两眼，就被隋炀帝治了罪。

李密糊里糊涂地从阶下囚变成了山寨王，也算因祸得福。他做了皇帝后，定国号为西魏，封魏征为丞相，徐茂公为军师，还封了五虎大将：飞虎将军秦琼、猛虎将军邱瑞、雄虎将军王伯当、螭虎将军程咬金、烈虎将军单雄信。其余各位英雄被封为七骠八猛十二骑将军。李密觉得"瓦岗寨"这个名字太俗气，于是改名为"金墉城"。

等一切都安定下来后，李密便命飞虎将军秦琼领兵二十万，向临阳关进发，扩大西魏的地盘。秦琼领命后，带领大军来到临阳关下安营扎寨。

临阳关守将尚师徒见瓦岗军来到，便提着提炉枪，骑着名马“呼雷豹”冲出城门。尚师徒第一天出战，就生擒了程咬金。邱瑞出面劝尚师徒投降瓦岗军，尚师徒毫不理会，还对邱瑞破口大骂。双方催马交战，八九个回合后，尚师徒见打不过邱瑞，便伸手在“呼雷豹”的脖子上扯了一根黄毛。顿时，“呼雷豹”口吐黑烟，邱瑞的马受到惊吓，跌倒在地，尚师徒上前一枪将邱瑞刺死。

秦琼见尚师徒的宝马厉害，回到营中，对王伯当说：“尚师徒的宝马太厉害了，得想办法把他的马弄过来。”二人商量一番后，定下了计策。

第二天，秦琼到城下挑战，用激将法骗尚师徒下马步战，王伯当则趁机骑走了“呼雷豹”。尚师徒气得目瞪口呆，回去后立刻写信给红泥关守将新文礼，请他前来助自己一臂之力。

红泥关守将新文礼收到好友尚师徒的求助信后，立刻率兵赶往临阳关。到达临阳关后，他稍歇了片刻便跨上马出关到秦琼营前挑战。裴元庆首先应战，不想中了地雷火炮的埋伏，可惜这位少年英雄葬身火海。

众英雄得知裴元庆中计惨死，个个满腔怒火，纷纷上马，来战新文礼。新文礼、尚师徒双双战死在临阳关下。

秦琼大军士气高涨，接着攻下了红泥关，然后向东岭关进发。东岭关守将是杨义臣，他有五个儿子：杨龙、杨虎、杨豹、杨熊和杨彪，这五人个个武艺高强。杨家父子在城门口摆了个铜旗阵：二十万精兵重重包围，正中竖了一个由八根巨木合成的高达十丈的旗杆，旗杆顶部是一个大方斗，二十四名神箭手守在上面待命，这就是所谓的“铜旗”。守旗大将名叫东方伯，黄脸红须，善使大刀，勇猛异常。

杨义臣见瓦岗大军到来，怕自己抵挡不住，就写信给幽州的罗元帅，请他前来助阵。罗艺想到幽州乃兵家重镇，自己身为主帅，不能轻易离开，便令儿子罗成去助杨义臣一臂之力。

罗成自然不会伤害秦琼，他到东岭关前，先到了瓦岗军的大营，和众人定好了破阵计划，然后才来到东岭关。

杨义臣见罗成来了，大喜过望，下令为罗成摆酒接风。第二天，瓦岗军准备停当，一起向铜旗阵冲去。站在将台上的罗成眼见瓦岗兵马冲入阵中，随即下令：方斗中的弓箭手不许放箭，他要亲自活捉瓦岗众将。

秦琼一进到阵内便被杨龙、杨虎拦住，他用锏架开杨龙的钢刀，然后一枪刺死了他。杨虎见状不妙，想策马回营，却被

秦琼赶上，一枪刺在背上，跌下马死了。

秦琼策马来到铜旗下，拿出金装铜锏，朝那铜旗用力地连砸两下，但铜旗只是有些摇晃，却并未倒塌。于是秦琼用尽平生之力又猛砸了一锏，只听得一声巨响，铜旗终于被打倒了，大方斗上的二十四名神箭手当场毙命。

东方伯等人见秦琼打倒了铜旗，纷纷赶过来，将秦琼团团围住。罗成见情况紧急，也顾不得许多，提枪上马，冲到秦琼跟前。东方伯等人以为他是前来助阵的，都没有防备。罗成手起一枪刺死了东方伯，随后又斩杀了杨豹和杨彪。隋军顿时一片大乱，四处溃逃。

杨义臣眼看大势已去，拔剑自刎而死。杨熊策马正准备逃走，早被王伯当看见，他挽弓搭箭，一箭射死了杨熊。最后，二十万隋兵全部投降。徐茂公、秦琼率军占领了东岭关。罗成本是父亲派来助阵的，可他连杀了东岭关几员大将，害怕回去后父亲责备，就留了下来。李密大喜，马上下旨封罗成为猛虎大将军。

第十八回 扬州城反王比武

不久，太原留守李渊也自立为唐王，并立长子李建成为世子，封李靖为护国军师，封袁天罡、李淳风为左右军师，一干武将各有封赏。整编三军之后，李渊命李元霸为先锋，率兵攻打长安。

李元霸率唐军所向披靡，很快就攻下了长安。唐王李渊随后进入长安城，众人皆提议李渊称帝。但李渊觉得称帝时机还不成熟，决定还是先拥立杨广的孙子代王杨侑为帝。杨侑当时只有十岁，根本不懂政事，所以大权还是掌握在李渊手中。

另一边，夏明王窦建德令元帅刘黑闼和先锋苏定方率兵侵犯幽州，罗艺元帅力战而亡。罗夫人强忍悲痛，火化了丈夫的尸体，将骨灰收拾好，带着家将罗春等人连夜逃出幽州，前往金墉城投奔罗成去了。罗成得知父亲死讯，悲痛万分，发誓要报仇雪恨。

靠山王杨林得知李渊造反称王，并且夺下了长安，眼看着大半个隋朝天下已被各路反王占领，不由得忧心忡忡。一日，

杨林来到扬州，面见隋炀帝，二人想出了一条阴毒的计策：下旨让天下十八路反王同到扬州比武，谁夺得状元，就任命他为众反王的头儿，统领天下兵马，还可以领朝廷的俸禄，同时暗中预先在比武的校场埋下地雷火炮，并命一员大将守住校场大门。如此这般，料这些反王插翅也难逃了。

消息传到各路反王和其他小股义军头领的耳中，众人一心想着要当武状元，统领天下兵马，哪里想到这其中的玄机。于是，各路反王从各地接踵而至。

天昌关守将伍天锡看透了杨林的诡计，为了不让各路反王前去送死，故意设下关卡，声称跟他打过三个回合方可过关。几路反王出马来战伍天锡，结果都大败而回。

没过多久，李元霸也率兵来到天昌关前。李元霸先派开路将军梁师泰出战，没想到仅三个回合，便被伍天锡杀了。李元霸大怒，只见他策马上前，大喊一声：

“本王来也！”

伍天锡见了李元霸，知道他是在四明山打败十八路反王的厉害人物，连忙说：“末将不敢拦住千岁去路，这就开关请千岁过去。”

李元霸大喝道：“你好大的胆子，居然敢打死本王的开路将军，今日本王非取你性命不可！”说完，抡起铁锤就向伍天锡砸了下来。

伍天锡知道李元霸天生神力，哪敢相迎，掉转马头便逃。李元霸拍马赶上，伸手将伍天锡从马上提了起来，然后往地下使劲一摔，把伍天锡摔死。那几路反王见此情景，个个吓得魂不附体。

李元霸正准备进天昌关，突然，唐王李渊的差官赶来，说是突厥兴兵侵犯长安，命李元霸火速返回长安。李元霸无奈，只得辞别众人，赶回去救援长安。

这边，扬州比武如期举行。众英雄正在校场上各展武艺的时候，忽闻从演武厅背后传出三声炮响，这是杨林命人点燃地雷火炮的信号。

但是杨林的诡计早已被徐茂公识破，徐茂公令人悄悄潜入后场把竹筒内的火药线用水浇湿了，所以校场内的地雷火炮并没有被引爆。

众反王见势不妙，纷纷上马向城门飞奔而去。霎时间又是一声炮响，守城的隋军放下了城门上的千斤闸。

众反王眼看就要被困在城中，正在这危急之际，突然有一

人骑马从城外冲了过来，来人正是白御王高谈圣的元帅雄阔海。他见情势危急，没有任何犹豫，立刻跳下马来，冲到城门洞底下，用双手托住了千斤闸，大声招呼道："诸位英雄，我来托着这千斤闸，大家快快出城！"各路人马迅速拥向城外。

眼见众人都安全冲出了城外，早就体力不支的雄阔海稍微松了一下劲，只听得一声巨响，那千斤闸落了下来，硬生生把雄阔海给压死了。

逃脱的各位英雄惊魂未定，大家回头一看，都不禁流下了热泪。

众反王逃离了扬州，一路狂奔，来到龙鳞山前。众人正准备在此稍事休息，只听得一声炮响，一队人马杀出，原来靠山王杨林和他新收的义子殷岳早已在此设下埋伏。杨林挥舞囚龙棒，挡住了众人的去路。

罗成一见，马上挺枪催马，上前迎战。打了三个回合，罗成便勒转马头，转身便逃。杨林哪里知道这乃是罗成的佯败之计，赶紧拍马追来。眼看就要赶上了，罗成突然转身，一枪朝杨林刺来，正好刺中杨林的咽喉。

杨林跌下马背，顿时一命呜呼。殷岳大怒，举起狼牙棒，催马向罗成冲来。秦琼见了，拍马上前，挡住了殷岳。三十多个回合以后，秦琼一锏打在殷岳的头上，殷岳翻身落马，气绝身亡。

此刻，众反王的兵马早已把伏兵杀退，于是众人分头返回各自的地盘去了。

第十九回　李元霸强夺玉玺

隋炀帝听到靠山王杨林战死的消息，知道大势已去，索性就弃朝政不顾，抓紧时间享乐。他终日与萧皇后和众妃子们饮酒作乐，全然不理朝中大臣们的苦心劝谏。

宇文化及眼见隋朝的气数已尽，天下大乱，便想杀了隋炀帝

取而代之。于是，他派儿子宇文成都深夜领兵入宫，杀了隋炀帝。而后宇文化及登基，改国号为大许，并册封宇文成都为武安王，弟弟宇文智及为左丞相，宇文士及为右丞相。

隋炀帝被杀的消息传到长安城内，文官武将纷纷劝李渊自己做皇帝。李渊推辞了一番，然后宣布登基称帝，定国号为唐，改年号为武德，李渊就是唐高祖。李渊封世子李建成为殷王，立为太子，次子李世民为秦王，三子李元吉为齐王，四子李元霸为赵王。又封马三保为开国公，殷开山为定国公，长孙无忌为楚国公。其余文武百官，各有封赏。

李渊登基后，立刻派李元霸带兵三千杀向扬州，攻打宇文化及，目的就是要夺取隋朝的传国玉玺。

宇文化及得知李渊派兵攻打自己，连忙命宇文成都带人前往潼关，挡住李渊的大军。

西魏王李密得知宇文化及杀了隋炀帝，也自立为皇帝，随即邀请各路反王汇集甘泉关，商议联手征讨宇文化及。各路反王得到通知后，纷纷起程，赶到甘泉关。

宇文化及得知十八路反王正向扬州杀来，赶紧命兄弟宇文士及留守扬州，自己则带了隋炀帝的萧皇后和几个宠妃，连夜逃跑，去投奔宇文成都。

没多久，十八路反王的大军就抵达扬州城下。宇文士及知道抵挡不住，便打开城门投降了。众反王得知宇文化及逃出了扬州，立刻率军紧紧追赶。

再说宇文成都领着十万大军来到潼关紫金山下，当他发现唐军的领军大将是李元霸时，顿时吓得双腿发软。

两军既已相遇，逃跑已经来不及了，无奈之下，宇文成都硬着头皮，举起镏金镋，上前来战李元霸。李元霸挥动铁锤，把宇文成都的镏金镋撞到一边。

十几个回合后，李元霸一锤砸向宇文成都，宇文成都把头一低，李元霸趁势伸手抓住他的腰带，将其提过马来，望空中一抛。不等宇文成都落地，李元霸又接住他的双脚，把他撕成了两半。宇文成都手下十万兵马看见主将惨死，当即四处溃散。李元霸带兵继续南下，去抢夺传国玉玺。

再说宇文化及离开扬州后，一路奔逃，后面各路反王紧追不舍。宇文化及为了逃命，一路上把金银财宝全都扔了。眼见追兵越来越近，他又抛下了萧皇后和几个宠妃，甚至连传国玉玺也扔掉了，独自往潼关方向狂奔，但最终还是死在了窦建德的刀下。

萧皇后被窦建德俘获，传国玉玺则被李密得到。李密听说萧皇后被窦建德俘虏了，便送给窦建德大量财物，把萧皇后换了过来。

徐茂公、秦琼等人见李密如此贪恋女色，心中十分不满，萌生了另投明主的念头。

不久，李元霸追来，逼迫各路反王交出传国玉玺，还写下了降表。李元霸得了传国玉玺，收下降表，率兵往潼关而去。众反王见李元霸走了，也都灰溜溜地回去了。

李元霸快到潼关时，正好遇见前来接应的柴绍，于是二人

并马而行。忽然，天空乌云密布，电闪雷鸣。

李元霸见此情形，暴躁不已，用锤指着天，大声喝道："老天爷！你竟敢在我的头顶上打雷？看我不将你打扁！"说完，他把一柄铁锤往空中一扔。

谁料铁锤被抛到空中后，落下来正好砸在李元霸的头上。李元霸翻身落下马来，顿时气绝身亡。

各路反王得到李元霸已死的消息后，欣喜不已。洛阳王王世充觉得机会来了，立即起兵十万，杀向牢口关。牢口关守将张方慌忙写了告急奏章，快马送往长安。

唐高祖李渊问道："众爱卿，谁敢去杀退来犯之敌？"秦王李世民站了出来，说道："儿臣愿领兵前去退敌。"

第二天，李世民率领马三保、殷开山等战将，率军十万，来到牢口关，出城和王世充对阵。

李世民对王世充大声喝道："你为什么兴兵犯我疆界？"王世充说道："你兄弟李元霸实在是欺人太甚，孤家兴师征讨，就是要灭了你们李家！"

李世民背后的殷开山听了勃然大怒，提着大斧打马冲了出来。王世充手下大将程洪上前举刀抵住，双方大战二十多个回合，不分胜负。

李世民和马三保等众将突然一齐杀出，王世充抵挡不住，节节败退。李世民率军紧紧追赶，一直杀到洛阳城下。王世充退入城中，闭门不出。李世民下令在城外安营扎寨，将洛阳城团团围住。

第二十回　瓦岗英雄归大唐

这天晚上，月光明亮，李世民、殷开山和马三保三人骑马出营观赏月色。三人不知不觉误入金墉城，遇到正在巡城的秦琼和程咬金，被他们捉住了。

程咬金、秦琼二人把李世民押到金墉城内。李密把对李元霸的一腔怒火全都撒在李世民身上，下令将李世民推出去砍头。徐茂公见此情形，急忙阻拦道："且慢，主公，那李渊拥有雄兵几十万、猛将上千员，如果我们杀了李世民，李渊一定会率军前来报仇，到时候我们两败俱伤，可就让别人捡了便宜啊！"李密犹豫良久，这才决定将李世民暂且押入南牢。

宋义王孟海公得知李元霸死后，决定讨伐李渊。要讨伐李渊，得先经过西魏的地盘，于是孟海公亲率十万大军，直奔金堤关，扎下营盘，到关前挑战。金堤关守将贾润甫、柳周臣出关迎敌，被孟海公打败，赶紧连夜派人赶往金墉城告急。李密看了告急奏章，亲自带领五虎大将前来支援。

第二天，罗成出马迎战，孟海公催马向前，和罗成战作一团。罗成一枪刺中孟海公的左肩，孟海公落荒而逃，五虎大将一齐冲杀过去，势不可当。孟海公带着残兵败将逃回曹州。李密得到几万降兵，还有不计其数的马匹和粮草。

回到金墉城后，李密心中甚是得意，便下旨施行大赦，无论重犯轻犯，一律释放出狱，却唯独不放李世民。

徐茂公接到诏书，赶忙去和魏征商量。徐茂公说："李密荒淫好色，越来越暴虐昏庸，李世民英武宽厚，将来必成大业。不如我们今天设法救他出去，日后也好有个退路。"

二人一拍即合，于是来到南牢，见到李世民，向他说明了事情原委，然后把他放了。徐茂公对李世民说："我们放了你，在金墉城肯定待不住了。以后我们投奔大唐，希望你能收留我们。"李世民感激不尽，连声答应，然后跨上马飞奔而去。

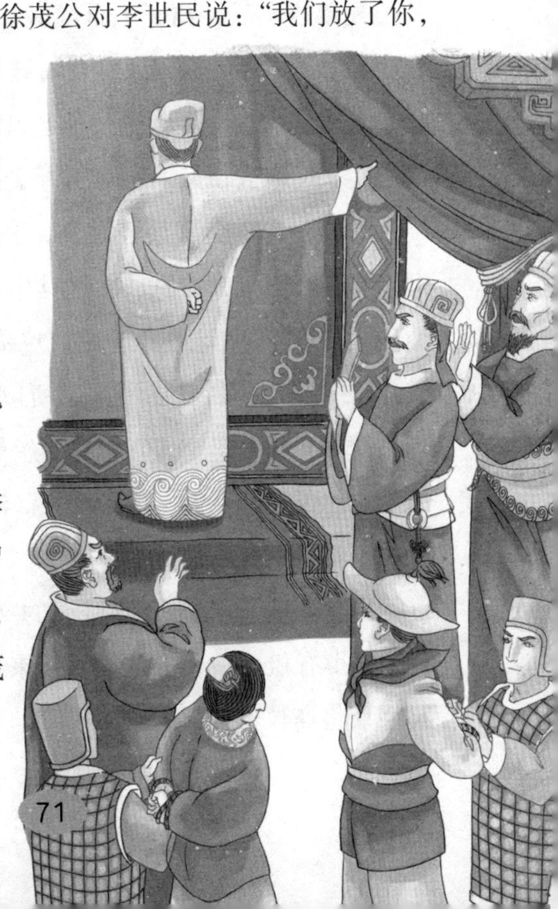

李密得知李世民被放出狱，便令护卫将徐茂公、魏征二人赶出了金墉城。

得知徐茂公和魏征被李密赶出金墉城，秦琼、罗成、程咬金赶紧来见李密，请求李密收回成命，把徐茂公和魏征召回来。

谁知劝说不成，反到激怒了李密。李密让军士把三人绑了，推出去斩首。

满朝文武全都跪了下来，说道："望主公息怒。这三人曾屡建奇功，请主公免其死罪。"李密知道这三人在瓦岗山影响颇大，于是说道："既然各位卿家力保，那就免了他们的死罪。来人，将他们削去官职，永不再用！退朝。"说完，李密转身就走了。

这时候，秦母、程母已相继去世，只有罗成的母亲还健在。于是三人各自回家，收拾细软，准备车辆，带着家眷，和其他兄弟告别后，离开了金墉城。

自从秦琼等三人走后，金墉城里的众英雄看到李密昏庸荒淫、专横暴虐，个个心里发凉。没过多久，辞官的辞官，逃走的逃走，朝中大臣几乎去了大半，连烈虎将军单雄信也走了。

这样一来，李密兵势大衰，手下只有王伯当、张公瑾、贾润甫、柳周臣等几位武将。这其中要数王伯当武艺最高，李密怕他也走了，就刻意亲近他，拉拢他。王伯当是个讲义气的人，他觉得李密待自己不薄，所以忠心耿耿地为李密效命。

这天黄昏，李密正在宫中，忽然听到城外传来接连不断的喊杀声。正在惊疑时，探子来报，洛阳王王世充发兵来偷袭金墉城，现已攻到了城下。

原来王世充得知金墉城内的文官武将大都散去，实力大减，觉得有机可乘，于是率兵前来偷袭。李密大惊失色，赶紧召来众将商议退敌之计。

经过反复商议，王伯当说道："如今之计，只能放弃此处，暂时投奔他人，等待时机，以图东山再起。就目前形势来看，最好是去投靠李渊。"

李密忧心忡忡地说："我和李世民结下过怨仇，只怕他不会放过我。"王伯当说："李渊仁爱豁达，李世民宅心仁厚，主公放心，他不会为难你的。"

正在商量时，军士又来禀报，说西城已被王世充的兵马攻破。王伯当见情况紧急，催李密上马，他和张公瑾、贾润甫、柳周臣一起，连家属也丢下了，保护着李密飞马奔向长安。

李密一行到达长安，唐高祖李渊对秦王李世民说："李密无路可走，想来归附我们。我打算把他杀了，替你报仇，你看如何啊？"李世民却说："李密危难之际来投奔我们，儿臣以为还是接纳他为好。我们对他以德报怨，此事传扬开去，天下归心，岂不是更好？"

李渊采纳了李世民的建议，不但没有杀李密，还封他为邢国公，并把公主下嫁给他。王伯当、张公瑾、贾润甫和柳周臣等人也被李渊封为廷尉。

李密虽然娶了公主，却总觉得还是以前当西魏王时更威风些。他处心积虑，寻找机会自立为王。

不久，传来山西发生动乱的消息。李密心中大喜，回到府中对公主说："夫人，请你去宫中为我说情，让我带兵平定山西，等我带领人马平定山西后，我就自立为王，封你为王后。"公主一听，怒骂道："你这狼心狗肺的东西，竟然图谋反叛，

真是罪不可赦！”

李密怕公主去向唐高祖告发自己，立即拔出宝剑，大吼道：“你这贱人，胆敢对我无礼，看我不杀了你！”说完挥剑刺死了公主。李密急忙召来王伯当商议对策，王伯当见事已至此，知道李渊不会轻饶李密，于是保护着他策马奔出东门，逃离长安。

唐高祖李渊听说公主被李密杀了，怒不可遏，命李世民率兵前去捉拿李密。王伯当和李密在艮宫山断密涧被唐军团团围住。李世民命人放箭射死李密，王伯当为保护李密，伏在李密身上，最后和李密一起被乱箭射死。李世民下令将王伯当的尸体安葬在艮宫山，将李密的头颅斩下，挂在午门示众。

没过多久，徐茂公和魏征也来到长安归附了大唐。唐高祖李渊知道他们曾在金墉城救过李世民，对他们进行了封赏。以前的瓦岗寨的兄弟们得知后，也纷纷前来投奔大唐。

第二十一回　尉迟恭力夺三关

话说在山西朔州麻衣县，有一位靠打铁为生的好汉，此人复姓尉迟，名恭，字敬德。尉迟恭长得十分魁梧，身高一丈，腰阔十围，黑色脸膛，虎眼浓眉，善使一对雌雄竹节鞭和一杆丈八蛇矛。

有一天，尉迟恭听说秦王李世民在太原招兵，就前往应募。谁料在太原招兵的不是秦王，而是太子李建成和齐王李元吉。

尉迟恭被招入军中，当了个火头军，管九个人的伙食。谁知尉迟恭饭量太大，一个人就吃了九个人的饭量。太子李建成知道后，将尉迟恭重打四十大板，赶出了军营。

尉迟恭被赶出军营后，四处流浪，正巧赶上定阳王刘武周的元帅宋金刚招选先锋武将。尉迟恭带了盔甲枪鞭，写了投军状，来到宋金刚的元帅府。

宋金刚命他展示一下武艺，发现他果然勇猛，便任命他为先锋，率军去攻打雁门关。

来到雁门关前，尉迟恭上前叫阵。雁门关的守将王天化出城迎战，结果被尉迟恭一矛刺死。尉迟恭手下兵士一拥而上，夺取了雁门关。

尉迟恭马不停蹄，又领兵杀向偏台关。偏台关的守将金日虎出城迎战，也被尉迟恭一鞭打死，尉迟恭又占了偏台关。接着，他又向白壁关杀去。

唐高祖李渊急忙令李建成和李元吉率领二十万大军前去白壁关增援。唐军刚刚到达白壁关，正好碰上尉迟恭的大军。尉迟恭一人鞭打枪挑，打得唐军十几员大将落荒而逃。尉迟恭杀退了李建成和李元吉，趁势拿下了白壁关。

拿下白壁关后，尉迟恭领着麾下军士，连夜攻破了唐军的八座营寨。李建成和李元吉被杀得丢盔弃甲，最后丢下麾下将士，往长安逃去。

李建成和李元吉回来后，向唐高祖上奏，说敌将尉迟恭着实勇猛，无人可敌，所以才被他连夺三关，破了八寨，杀死上将数十员。李渊和文武百官听了，都暗暗吃惊不已。

徐茂公站出来上奏道："尉迟恭如此勇猛，恐怕只有秦王去才收服得了。"唐高祖听了，立刻准奏，下令让秦王李世民带兵征讨尉迟恭。

秦王李世民奉唐高祖之命，带领兵马向白璧关进发。军师徐茂公也跟随一起出征，二人边走边商议退敌之策。李世民有意让徐茂公请秦琼、罗成和程咬金来助战。

且说秦琼、罗成和程咬金从瓦岗寨出来后投奔了王世充，单雄信也投到王世充麾下，还娶了王世充的妹妹。

于是徐茂公找到秦琼、罗成和程咬金三人，说明了来由。秦琼说道："既然是秦王专门派你来请我们，我们本当前去效力。可是罗成表弟现在病倒在床，不能行动，我们怎么能抛下他走呢？"

罗成听了，连忙说："秦王宽宏大量，为人仁厚，是个可以投靠的人，你不要为了我而失去建功立业的大好机会。你们两个快快去吧。"

秦琼、程咬金二人走后，单雄信勃然大怒，气呼呼地提着金顶枣阳槊，来找罗成算账。

罗成闻讯趁单雄信快进屋时，故意大声斥骂道："秦叔宝、程咬金，你们这两个不讲义气的家伙。我都病成这样了，你们竟然抛下我，投奔李世民去了！唉，这让我怎么向单二哥交代啊！"

单雄信在门口听得清楚，认为错怪了罗成，急忙扔了枣阳槊，快步走进去对罗成说道："罗兄弟，你只管安心养病。等你病好了，我上殿去保奏你，大王必有重用。"

不多日，罗成的病好了，单雄信果然在洛阳王王世充面前保奏他。于是王世充封罗成为"一字并肩王"。

第二十二回　言商道咬金劫粮

徐茂公、秦琼和程咬金离开洛阳后，快马加鞭，一起向白璧关赶去。他们来到李世民的大帐，李世民一看到秦琼，很是高兴，连连感谢他当年的救父大恩。但当他看到程咬金后，立即沉下脸来，喝道：“把程咬金绑出去砍了！”

程咬金一听吓坏了，慌忙说：“秦王千岁，我原本不敢来的，都是这个徐茂公拍了胸脯，说包我没事，我这才来的啊。”李世民听了，几乎忍不住要笑出声来。

徐茂公和秦琼赶紧上前为程咬金求情。李世民本来就不想杀程咬金，只

是想吓唬他一下而已，见二人求情，于是便顺水推舟，答应让程咬金立功赎罪。

再说那宋金刚见秦王李世民亲自率领唐军来攻打白璧关，知道唐军一时半会儿不会退去，于是命尉迟恭前往介休城押运粮草，以备长久应战。

尉迟恭来到了介休城，从守将张士贵那里领得一万担粮草，然后押着满载粮草的车辆返回白璧关，不料刚来到言商道就遇见了程咬金。程咬金说道：“我奉秦王之命来接收你的粮草，你快快留下粮草，逃命去吧！”

尉迟恭气坏了，催马向程咬金杀来。程咬金对着尉迟恭连砍了三斧头，然后打马就走。尉迟恭见了，马上追了过去。

尉迟恭一走，程咬金手下的兵士们趁机抢走了粮草。程咬金见手下已经得手，便把斧头一收，掉转马头疾驰而去，边跑边大声叫道：“多谢你赠送粮草，大爷不奉陪了，告辞。”

尉迟恭这才发现中计，气得大叫大骂，催马追赶，可哪里还找得到程咬金的踪影。尉迟恭无奈，只得再回到介休城，请

求张士贵再发一万担粮草。

程咬金抢得粮草，回到大营交账。徐茂公对他说："很好，如今你已立了一大功！你赶快再去老地方埋伏，将尉迟恭的另一万担粮草再劫来。"于是，程咬金如法炮制，果然又得到了一万担粮草。

尉迟恭无奈之下，只得第三次前往介休城要粮草。这一次，尉迟恭吸取前两次被劫的教训，为防止粮车再次被唐军劫走，便用铁链将所有的粮车都锁在一起。他还派人禀报元帅宋金刚，请他领兵到中途来接应。一切安排妥当，尉迟恭这才押着粮草从介休城出发。

徐茂公得到这个消息，命秦琼带兵伏击宋金刚接应的队伍。宋金刚哪里是秦琼的对手，三个回合下来，便被秦琼一枪刺于马下。秦琼随即率兵夺取了白壁关，打开城门，把李世民的大军迎进了城。

攻下白壁关后，秦琼带人突袭偏台关和雁门关，两关的守将猝不及防，弃关而逃，唐军一夜之间又收复了三关。

尉迟恭押解着仅剩的五千担粮草，第三次来到言商道上。那程咬金依旧在老地方等着他。尉迟恭第三次见到程咬金，真是又气又恼，挥舞着丈八蛇矛，直奔过来，恨不得一口吞了程咬金。

程咬金打马就跑，他手下的将士一齐往粮车上抛撒干柴，放火焚烧。这些车辆出发之前已用铁链锁在一起，一时之间无法打开。不一会儿，五千担粮草就被烧得精光。

定阳王刘武周得知白璧、偏台、雁门三关得而复失，元帅宋金刚战死，介休城被围，便担心尉迟恭孤城难守，所以亲自率兵前来接应。

徐茂公得知刘武周的兵部尚书刘文静早有归顺大唐之心，便给他写了封信派人送去。刘文静拆开一看，原来是徐茂公要他按计取刘武周的头颅，立功归降大唐。

刘文静看出定阳王刘武周难成帝业，早有归唐之心，因此便答应照计行事。

刘武周死后，尉迟恭假意答应归顺秦王李世民，不过他提出了三个要求：第一，秦王和程咬金要从他的竹节钢鞭下钻过；第二，要将其主公刘武周厚葬；第三，秦王要给刘武周披麻戴孝，还要程咬金拿着哭丧棒，跪拜刘武周的亡灵。

李世民坦然应允，并回头招呼程咬金一起去钻尉迟恭的竹节钢鞭。尉迟恭在马上高举着竹节钢鞭，等着二人来钻。程咬金心里发毛，无奈秦王有令，只得策马过去钻鞭。尉迟恭恨不得一鞭将他打死，可又一想，假如打死了程咬金，李世民肯定不会过来了，那样就不能为主公报仇了。

程咬金靠近尉迟恭身边时，冷不防用双手托住钢鞭，大喊道："主公快钻！"李世民催马向前，飞也似的冲了过去。

程咬金见李世民过去了，放开尉迟恭的手，也策马跑了过去，两个人都从钢鞭下钻过了。另外两个条件，李世民也照办不误。如此一来，尉迟恭终于心悦诚服，投降了李世民。李世民在军营里摆下盛宴，为尉迟恭接风洗尘。

第二十三回　离洛阳罗成归唐

秦王李世民消灭了刘武周的消息传来，唐高祖李渊大喜，马上命令李世民率军攻取洛阳。

这一天，李世民问徐茂公："当年的金墉城五虎大将，还有罗成、单雄信二人，他们正在洛阳城内。你可有什么计策让他们归降我大唐？"徐茂公回答道："主公，那罗成是秦琼的表弟，要他归顺不难。只是这单雄信，他和皇上有旧仇，而且娶了洛阳王的妹妹，绝不会归顺我大唐。"

李世民十分诧异，连忙问道："父皇和单雄信有什么旧仇？"徐茂公便将临潼山楂树冈误伤一事告诉了李世民。李世民沉吟半晌，说道："我们先去洛阳吧，到了洛阳再说。"

于是大军立刻起程，没几日便到达洛阳城外，安营扎寨。刚归降的大将尉迟恭为了立头功，主动请战。王世充听说李世民前来攻打洛阳，赶紧派单雄信出马迎敌。二人见面，通报了姓名后，单雄信举起金顶枣阳槊朝尉迟恭打来，不料被尉迟恭用丈八蛇矛一架，震得他两臂酸麻。单雄信知道对方是个厉害

人物，赶紧拨转马头，回城去了。

尉迟恭赶到城下，继续叫骂了一阵，见无人出战，便转身凯旋归营。第二天，尉迟恭又到城下叫阵，王世充命罗成出战。尉迟恭见罗成出了城，抢先挺着丈八蛇矛向他刺来。罗成用枪架开长矛，朝尉迟恭连刺三四枪，杀得尉迟恭连连招架，手忙脚乱。尉迟恭赶紧掉转马头，转身就跑。

单雄信在城头上看得清楚，立即下了城墙，骑上战马，带领三千铁骑，乘胜追杀了一阵，然后才返回城中。尉迟恭败给了罗成，回营后对李世民说："那罗家枪法果真名不虚传，我不是罗成的对手。"

程咬金在一旁说道："若我出马，不但能赢他，还能让他前来归降。"尉迟恭和程咬金交过手，知道他武艺平常，于是故意说："那明日你出战时，我到军前为你助威，看你如何取胜。"

第二天，程咬金来到阵前，对罗成说道：“今天给我点面子，让我小胜一回吧！”罗成微笑着点了点头。二人故意大战了二十多个回合，罗成转头催马便走。程咬金假装追赶，直到罗成进了城，才得意地策马而回。

罗成一进城，单雄信就迎上来，说道：“兄弟，那程咬金有几斤几两，你我都清楚。你怎么会败给他呢？莫非你有意与唐军交好，想投降他们？”罗成说：“单二哥，此言差矣！今日程咬金求我，让他小胜一次，挣点面子。我念及往日情分，假败了一仗。明日我定将他擒住，你放心好了。”

罗成回到府中，唉声叹气。罗母见了，说道：“我听说秦王李世民礼贤下士，有帝王的气度，你表哥和许多朋友都在那边辅佐他。有机会你还是归顺大唐吧。”罗成听了母亲的话，下定了归顺大唐的决心。

第二天，罗成装备整齐，正要出城迎战，单雄信叮嘱他不可再败于程咬金。罗成点头答应，策马来到阵前。程咬金见罗成来了，赶紧上前迎战，两人打了几个回合，程咬金虚晃一斧，落荒而逃，罗成紧追过去。在后面掠阵助威的尉迟恭不明就里，担心程咬金吃亏，急忙赶去相助。

罗成和程咬金跑到二十里之外，二人勒马并肩聊起天来。罗成对程咬金说：“等我将母亲、妻子都送到城外，一定归降大唐。”二人聊了一会儿，怕时间太长引起单雄信的怀疑，罗成便先行离开了。在回城的途中，罗成看见尉迟恭骑着马迎面赶来，他正愁耽搁了这么长的时间，回去没法向单雄信解释，

看见尉迟恭来了，立刻一枪向他刺去。

尉迟恭知道罗成的厉害，打了几个回合后转身就跑，结果被罗成赶上来，一枪刺中了大腿。尉迟恭疼得大叫一声：“哎哟！”勒转马头就逃。幸好罗成想到不久就要归顺大唐，将来大家都是一殿之臣，所以没有下重手。尉迟恭带伤回营后，看见程咬金正在那里眉飞色舞地向秦王禀告：“主公，末将今日费尽了口舌，终于劝得罗成答应归顺我大唐了。”

罗成回到洛阳城，对单雄信说他打败了程咬金，正在追赶，却被尉迟恭拦住了。那尉迟恭已经被他刺伤，几天之内上不了阵了。单雄信听了大喜，连忙吩咐为罗成庆功。

当晚，罗成悄悄把母亲、妻子送出城外，天亮后便独自一人来向单雄信告辞：“单二哥，家母说思念家乡，命小弟送他回幽州，待小弟将母亲安顿好以后，再来洛阳助你。”

单雄信听了大吃一惊，说道：“罗成兄弟，目前李世民兵临城下，城中正是用人之际，你怎么能走呢？莫非你要去投降李世民不成？”罗成说：“小弟并非去投降唐朝，而是母命难违，要回故乡一次。”

单雄信见留他不住，于是吩咐备酒为罗成送行。罗成饮了酒，拜别而去。

罗成护着家人走了一段路后，秦琼、程咬金带人赶来，把罗成一家迎进了唐营。秦王李世民一见罗成进了唐营，赶紧离座前来迎接，然后吩咐摆宴席为罗成接风。以前瓦岗寨的兄弟见罗成来了，纷纷前来叙旧。

第二十四回 尉迟恭单鞭救主

罗成归降后的第二天正是端阳佳节，李世民和徐茂公一起出门观赏风景。他们来到一座花园，只见里面奇花异卉，不计其数，中间还有座假山，十分精巧。原来，这正是王世充在洛阳城郊建造的御果园。

李世民和徐茂公登上假山，向洛阳城那边眺望。二人在假山上对着洛阳城指指点点，早被洛阳城上守城的士兵发现，他们立刻报告了正在城上巡逻的单雄信。单雄信上了城头一看，果然发现御果园的假山上站着两个人，一个身穿道袍，另一个头戴金冠，身穿大红蟒袍，正是秦王李世民。单雄信提着金顶枣阳槊，上了马，命人悄悄打开城门，然后往御果园冲去。

来到御果园，单雄信冲着二人大喝一声："李世民，爷爷来取你的项上人头啦！"李世民和徐茂公正在那里说话，突然看见单雄信骑马冲来，顿时大惊失色。

徐茂公忙说："主公快跑！"两人匆忙下了假山。单雄信策马赶到，举起枣阳槊，对着李世民就打，李世民急忙躲到假

山背后。徐茂公上前一把扯住单雄信的袍袖，说道："单二哥，念在咱们在贾柳店的结义之情，放过秦王吧。"

单雄信说道："若是我不念旧情，早就将你砍为两段了！好吧，你我各为其主，今日我便和你割袍断义！"说完，他拔出佩剑，割断袍袖，向李世民追去。

徐茂公只得策马飞奔出了园门，直奔大营报信去了。还没到大营，徐茂公就看见了正在澄清涧旁洗马的尉迟恭。此时，尉迟恭卸了马鞍，脱下了乌金盔、乌金甲以及贴身衣物，正在涧中洗得高兴，忽然听到徐茂公惊慌失措地大喊道："主公有难，将军速去救驾呀！"尉迟恭抬头望去，见徐茂公指着御果园的方向。

尉迟恭一刻也不敢迟疑，立刻从水中跳起，光着上半身，抓起竹节钢鞭，飞身跨上马，向御果园赶去。此刻，李世民被单雄信紧紧追赶，正往一株大梅树下躲闪。单雄信拿起枣阳槊想打李世民，槊却被树枝缠住，等他把槊扯出来后，李世民已从花园门逃了出去。

单雄信继续追赶，正好遇上赶来救驾的尉迟恭。单雄信见到尉迟恭，举槊就砸，尉迟恭忙用钢鞭架住。徐茂公趁机迎了秦王，二人一起奔回大营去了。单雄信哪里是尉迟恭的对手，才十来个回合，单雄信一槊打去，尉迟恭伸手牢牢抓住，另一只手挥鞭向单雄信打去。单雄信只得丢下枣阳槊，空手逃走了。尉迟恭一手举起竹节钢鞭，一手拿着金顶枣阳槊，紧紧追赶。

再说秦琼、罗成和程咬金正在东游西转，来到澄清涧旁，忽然看见单雄信被尉迟恭追赶着跑过来，样子十分狼狈，三个人便一同上前拦住二人。程咬金喊道："尉迟恭，快住手，单二哥是我们的朋友，可不要伤害他！"尉迟恭一听，不再追赶，单雄信也停了下来。

程咬金又说道："尉迟恭，赶快把枣阳槊还给单二哥。"尉迟恭气呼呼地把金顶枣阳槊往地上一插，立刻入地数尺。

程咬金招呼道："单二哥，你拔了枣阳槊回营去吧。"单雄信气呼呼地过来拔槊，不料，他用尽全身的力气，竟然拔不出来。尉迟恭上前轻松地拔起枣阳槊，向单雄信一抛。单雄信接住槊，满面羞惭地回马走了。

单雄信没精打采地返回洛阳，闷坐在府中。王世充前来探望，两人商量如何杀退唐军，一番商议后两人决定多请外援共破唐军。

于是，王世充立即派人四处送信，去请曹州宋义王孟海公、相州白御王高谈圣、明州夏明王窦建德和楚州南阳王朱灿前来相助。

第二十五回　程咬金连斩三将

秦王李世民化险为夷，大大小小的将领都赶来看望。李世民对大家说道："今日若不是有尉迟恭，孤家性命难保。"随即吩咐摆酒设宴，和众将领一起痛饮。

夏明王窦建德收到王世充的信后，立即带领五万大军，以及苏定方、梁廷方、杜明方、蔡建方四员大将，直奔洛阳，救援王世充。

王世充和单雄信听说窦建德率军到来，赶紧出城迎接。随后把他们迎进城中设宴款待，共同商议对付唐军的办法。

第二天，苏定方、梁廷方、杜明方、蔡建方四员大将跟随窦建德一同出城，到阵前挑战。

唐军阵中大将秦琼催马上前迎战。窦建德对身边的四员大将说："谁替孤家把他抓来！"苏定方、梁廷方、杜明方、蔡建方四将一齐上前，将秦琼团团围住。

秦琼力敌四将，毫无惧色。窦建德见四人不能取胜，也提刀冲过来助阵。双方打了三十多个回合，秦琼大吼一声，一枪

把杜明方刺下马来。窦建德急忙举刀向秦琼砍来，秦琼用枪把刀拦开，然后取出金装锏锏，一锏向窦建德打去，正中窦建德的肩膀，疼得他回马就走。

蔡建方见秦琼打伤了窦建德，急忙舞动铁锤，向秦琼砸来。秦琼用铜锏挡开铁锤，反手就是一枪，正中蔡建方的咽喉，蔡建方落马而亡。苏定方、梁廷方见势不妙，赶紧保护着窦建德逃回到洛阳城中。

单雄信见窦建德战败，又气又急。第二天，他带着史仁、薛化和符大用三员大将，到阵前挑战。

唐军阵中，程咬金提起宣花斧，一跃上了马，来到阵前，亲热地说道："单二哥，好久不见，一向可好？"

单雄信回答道："你去叫那忘恩负义的秦琼、罗成出来，我要和他们做个了断。"

程咬金故意说："单二哥，他们二人自觉有愧于你，不好

意思出来见你。"

单雄信怒道："那你来又是做什么？"

"我好久没见单二哥，心中甚是挂念，所以趁此机会出来与二哥聊一会儿！"程咬金认真地说。

"打仗又不是儿戏，哪有在战场上聊天的。"

"既然如此，那就请二哥先动手吧！"

"你既然叫我二哥，我怎好先对你动手！"

"二哥既然不愿意动手，我就更不敢动手了。"程咬金的口气听起来坚决得很。

单雄信听他这么一说，更不好意思和他动手了。可他手下的三员大将史仁、薛化、符大用等不及了，飞马直向程咬金冲了过来。

程咬金见了，大叫一声，举起宣花斧，一斧便将史仁砍下马来，然后反手又是一斧，砍死了薛化。

符大用见程咬金连杀二将，顿时胆战心惊，掉转马头就想逃走，但还是被程咬金赶上，一斧也将他砍落马下。

单雄信见一连折了三员大将，赶紧回马便走。程咬金既没有和单雄信打起来，又连砍了对方三员大将，感到十分得意，兴高采烈地返回唐营去了。

第二十六回　孟海公失妻悔战

再说曹州的宋义王孟海公收到王世充的信后，也领兵五万前来洛阳助战。和他一同前来的还有他的三位夫人，这三位夫人个个都是精通武艺的女将。大夫人马赛飞善用二十四把柳叶飞刀，黑夫人善使双刀和流星锤，白夫人的武器是一杆梨花枪，这黑夫人和白夫人还是一对姐妹。

第二天，王世充、窦建德和孟海公一齐升帐。王世充望着众将问道："哪位将军前去挑战？"黑夫人说道："末将愿往。"说完，她手执双刀，上马出营，来到两军阵前。

唐军营中，程咬金带兵出来迎战，抬头一看，只见一员女将头戴珠凤冠，身穿皂缎团花战袍，骑着一匹黑马，舞动双刀，真是英姿飒爽。双方打了二十多个回合，黑夫人假装不敌，回马就走。程咬金随后赶来，黑夫人突然转身，放出流星锤，正中程咬金的右臂，他疼得急忙逃回军营里去了。

程咬金逃回营中，对尉迟恭说："黑炭团，外面有个和你一样黑的女人，你把她抓来当媳妇吧。"唐军众将听了，都笑

了起来。尉迟恭回应道："去就去。"说完上马出营迎战。

尉迟恭来到阵前，果然看见一员女将，便说道："这位女将，我看你还是归顺大唐，和我结为一对黑夫妻吧。"黑夫人气得破口大骂。二人交起手来，不一会儿，黑夫人故技重施，又转身就跑，然后发出流星锤。哪知尉迟恭早有提防，一闪身躲过流星锤，然后顺势将黑夫人捉回了大营。

李世民见黑夫人是一员女将，而且武艺高强，有意撮合她与尉迟恭成亲。程咬金说道："既然秦王有此意，我去说媒。"

程咬金找到黑夫人，对她说："尉迟恭是我们主公秦王的爱将，主公命我来说媒，我看你和那黑炭团挺般配的，你就嫁给他吧！"他正说得起劲，不料黑夫人伸手就是一巴掌，打得他眼冒金星。程咬金哇哇大叫道："哎哟！你怎么打起媒人来了！"

黑夫人虽然打了程咬金，但是她知道今天要是不答应，惹恼了众人，恐怕难以全身而退。过了一会儿，李世民亲自来劝黑夫人归顺大唐，嫁给尉迟恭。黑夫人思来想去，最后终于答应了。

得知黑夫人被尉迟恭擒住了，白夫人很是焦急，来到阵前，点名要尉迟恭出战。程咬金笑着对尉迟恭说道："那女子恐怕是看中你了，点名要你去呢！"

尉迟恭提矛上马，出了营门，来到阵前。白夫人见了尉迟恭，挺着梨花枪就向他刺来，尉迟恭闪身躲过。十几个回合后，白夫人也被尉迟恭活捉了回去。在黑夫人的劝说下，白夫人也答应嫁给尉迟恭。

孟海公看到两位夫人都被尉迟恭抓去了，恼恨异常。大夫人马赛飞劝说道："大王不必发怒，待我前去活捉了尉迟恭，把他千刀万剐！"

说完，马赛飞骑了一匹桃花马，拿着一柄绣鸾刀，肩上系了一个朱红竹筒，里面藏着二十四把柳叶飞刀，前来唐军大营挑战，还是点名要尉迟恭出马。尉迟恭正准备出去，罗成说道："这两日都是你立功，待我出去会会她吧。"说完，提枪上马，出营迎战去了。

二人交手的时候，罗成看到马赛飞肩上系了一个朱红竹筒，知道里面装着飞刀，于是一枪接一枪，枪枪不断，根本不给马赛飞投掷飞刀的机会。马赛飞哪里抵挡得住罗家枪呢！她稍一慌神，就被罗成伸手提过马去，生擒回营。

马赛飞被罗成捉回唐营，宁死不降，秦王便命人将她推出去斩了。黑、白二夫人见了，急忙上前为她求情。秦王见她们求情，于是下令将马赛飞放了。

马赛飞经此一战，顿感尘世间的纷扰，心中起了厌世之情，竟然看破红尘，潜入深山潜心学道去了。孟海公得知后，心中后悔不已。

王世充见孟海公的三位夫人都被唐军抓了去，心中烦恼不已。正在此时，有人来报：相州白御王高谈圣和楚州南阳王朱灿已领兵抵达。王世充、窦建德、孟海公三人赶紧出营迎接。

次日，五人一同升帐，其余将领分列两旁。王世充问道："不知各位有何退敌妙策？"白御王高谈圣说："我有一员猛

将，名叫盖世雄，善用飞钹，定能打败李世民的手下众将。”

王世充一听，不由得大喜，忙让盖世雄前去挑战。只见这盖世雄一身和尚装束，手执禅杖，步行来到唐军大营前叫阵。

徐茂公听说有个和尚来挑战，便知那人是盖世雄，他不但本领高强，而且练就二十四片飞钹，能发飞钹伤人。秦琼说道：“待我去会会他。”徐茂公再三叮嘱说：“叔宝兄，一定要小心啊。”

秦琼出了营帐，提枪上马，来到营前，举枪就朝盖世雄刺去。盖世雄挥舞着禅杖迎战，双方打了二十多个回合，盖世雄抛出一片飞钹，那飞钹急如流星，秦琼闪避不及，被打中脊背，负痛逃回唐营。

紧接着，唐营中有二十多员大将出马迎战盖世雄，都被飞钹打伤。这飞钹上面淬有剧毒，如七天之内没有解药，伤者就会毒发身亡。李世民无奈，只得挂出免战牌。

盖世雄回洛阳城禀明五位大王，众人皆喜形于色。单雄信说：“我们可趁此机会夜袭唐营，定能大获全胜。”五位大王觉得有理，传令三军，准备前去劫营。

唐军大营里秦王李世民和徐茂公正在发愁，忽然有人进来禀报，说李靖求见。秦王赶紧将李靖迎入大营，原来李靖听说了众将中毒的事，特来送解药。

秦琼等二十多员大将服下解药后，毒全都解了，众人赶紧拜谢救命恩人。李靖又道：“洛阳城内见营中大将负伤，今夜必将倾巢来袭，一定要早做准备。”

到了夜里三更时分，王世充等五人带领一万人马，悄悄奔向唐营。他们冲进营内，发现竟然是一座空营，众人明白中计了。正准备后退，忽听一声炮响，唐军从四面八方杀来，将他们团团围住。众人措手不及，被打得四处逃散。

五位大王仓皇逃至御果园前，回头一看，自己的人马只剩下十分之一。

这时，秦琼挥舞长枪，拦住了五位大王。因为天色太黑，秦琼和五位大王战在一起，盖世雄不敢用飞钹，害怕不小心误伤了五位大王。五位大王哪里是秦琼的对手，于是带领所剩无几的残兵，一路败逃。

秦琼正在追赶，忽然发现单雄信冲到了面前，举起金顶枣阳槊朝他打来。“原来是单二哥，小弟怎敢回手！”说着，秦琼兜转马头，回到了唐营。五位大王这才松了口气，逃回了城里。而在唐军大营里，众将正在缴令记功，唯独不见了程咬金。

再说盖世雄一路败逃，和五位大王失散，他逃了一夜，感到筋疲力尽。这时，他看到前面有座小庙，于是决定进去休息一会儿，再继续赶路。

盖世雄走进庙门，正好看到一块干净的拜板，于是以禅杖作枕头，侧身躺下小憩。盖世雄哪里知道，程咬金早已奉了李靖之命来到庙里，躲在佛像后。

程咬金听到盖世雄鼾声如雷，睡得像死猪一般，于是蹑手蹑脚来到他跟前，举起宣花斧，一斧头砍下盖世雄的头颅，提着回唐营报功去了。

第二十七回　单雄信独闯唐营

五位大王回到洛阳城中，正在商议下一步的打算，突然有人来报，盖世雄的首级被挂在唐军营前示众。五位大王听了，面面相觑，一个个相对无言。单雄信明白大势已去，五位大王无力回天。

单雄信回到驸马府，和青英公主相见，吩咐摆下酒菜。青英公主说："驸马莫非是打了胜仗，所以摆酒庆贺？"

单雄信长叹一声，说道："唉，公主啊，唐军兵强将勇，把五位大王的人马杀得七零八落。如今五位大王束手无策，眼看孤城难保，所以我回来和公主饮一杯离别酒，只怕明天就不能再和公主相见了。"

公主吃惊地说："驸马，万一敌军真的入城，我情愿一死，决不忍辱偷生！"

单雄信站起身来，问道："公主，你果真是这样想的吗？"

公主说道："对，若是你死了，我活着还有什么意思！"

单雄信仰天长叹，声泪俱下，说道："可怜我单雄信英雄一世，竟然连自己的妻子也保护不了！公主，我受你哥哥大恩，决心以死相报，现在要去独闯唐军大营了。大丈夫战死疆场，死得其所！”说罢，单雄信转身就往外走。青英公主上前扯住单雄信的衣袖，放声痛哭。单雄信咬咬牙，推倒公主，头也不回地走了。

单雄信手执金顶枣阳槊，上马出了洛阳城，他看着远处的唐军大营，心中暗道：“瓦岗山的众位兄弟，我们之间的恩怨要做个了结了！”他快马加鞭来到唐军营前，一摆枣阳槊，大声喝道：“避我者生，挡我者死！”说完冲进东营。守营军士见他来势凶猛，不由得直往两边闪避。单雄信像疯了一般，舞动着枣阳槊乱打。

军士飞也似的跑进大帐禀报：“单雄信单枪匹马，独闯营寨来了！”没过多久，军士又来禀报说：“单雄信四处乱冲，已经杀了不少兵将，此刻正朝中营来了。”

单雄信在唐军营中如入无人之境，四处冲杀。因为各营的将官大都是他的旧友，所以都不愿意上前和他拼杀。秦王一心要收服他，下令不准众将伤他，单雄信一路毫无阻碍，一直杀到了李世民的中军大帐前。军士刚进来禀报，众人便听见单雄信在帐外大吼道：“李世民，我单雄信来取你的性命了！”

徐茂公对秦王说：“主公爱才心切，不忍伤单雄信的性命，若真的让他闯进大帐，主公在军中的威信可就荡然无存了！不如先派一员大将把他生擒了，然后再劝他归降。”李世民觉得有理，于是问道：“哪位将军愿去将那单雄信生擒？”

瓦岗山的众英雄都不愿意出战，尉迟恭说道：“末将愿往！”说完，提矛带鞭，出了营帐。单雄信看见尉迟恭向他冲过来，举起枣阳槊朝他便刺。二人你来我往打了十多个回合，尉迟恭用长矛将枣阳槊挡开，然后一把抓住单雄信提下马来，抛在地上。兵士们赶紧拥上去，将他五花大绑，押进了秦王的大帐。

单雄信毫无惧色，对着李世民破口大骂。李世民也不介意，满面赔笑，并亲自来替他松绑。绑绳刚被解开，单雄信突然伸手，抽出李世民的佩剑，劈头便砍，两边的将士慌忙前来救驾。众人一拥而上，抓住了单雄信，再次把他牢牢地捆绑起来，押至李世民面前。李世民依旧耐心劝说道：“当年父皇射死令兄，实属误会。今日孤家诚心给单兄行一个全礼，咱们化干戈为玉帛，如何？”

说罢，秦王竟然真的跪了下去。单雄信不为所动，斩钉截铁地说：“洛阳王待我恩重如山，青英公主对我情深似海。要我降唐，除非太阳打西边出来，你就断了这个念头吧！我只求一死！”说完，两眼紧闭，不再开口。

李世民无可奈何，只得下令将单雄信推出营门斩首。瓦岗山的众兄弟见了，无不掉下眼泪。

王世充得知驸马单雄信独闯唐军大营被擒，丢了性命，心中悲恸万分。夏明王窦建德见状，劝道：“兄弟，如今的形势，洛阳城已难保全，你还是带领兵马，随我回明州去吧。现在形势危急，如果再拖延，恐怕都走不了啦！”其他三位大王也附和道：“夏明王说得极是。现如今形势紧急，我们还是赶紧走吧。”王世充还在迟疑，又有军士进来禀报：“大事不好，唐军已经杀过来了！”众人大惊失色，急忙上马出营。

五位大王冲出来后才发现营盘已乱作一团，到处都是唐军。王世充挥刀拦住张公瑾，窦建德迎战史大奈，高谈圣挡住南延平，孟海公大战北延道，朱灿舞刀来战金甲、童环，王世充的大将史万玉、史万宝兜转马头，拼死阻拦樊虎、连明。王世充见势不妙，大喊道：“众位兄弟，我们还是往明州去吧。”窦建德一马当先，其他四人紧随其后，冲破包围圈，往明州方向逃去。唐军一路追杀，跑在最后的史万玉、史万宝二人相继中箭，落马身亡。五位大王全都逃散，李世民率军进入洛阳城，安抚城内惊慌失措的百姓。

再说王世充等五人领着手下的残兵败将，逃向明州方向，好不容易到了金锁山，心想这下总算安全了。忽然一声炮响，一队人马拦住了去路。众人一看，吓得魂飞魄散，原来是罗成

来了。窦建德强作镇静，说道："各位兄弟，只要我们过了这金锁山，保住了性命，以后还可东山再起！"

众人都觉有理，于是打起精神，一起围住罗成厮杀。罗成虽被围在了中间，却毫不畏惧，他抬手一枪，刺中孟海公的大腿，孟海公跌落马下，被兵士们活捉。窦建德急忙冲过去救孟海公，结果一不小心，马失前蹄，从马背上摔下来，被唐军抓住。剩下的三人见此情形，不敢再战，转身便逃。罗成策马向前，一枪将高谈圣右肩刺中，挑下马来。朱灿心中慌乱，也被刺落马下，被唐军活捉。王世充孤掌难鸣，最终也被擒住。明州窦建德的领兵元帅刘黑闼得知窦建德被捉，于是自立为王，封苏定方为元帅，接管了明州。

罗成大获全胜，押着五位大王返回洛阳。李世民喜上眉梢，为他摆宴庆功。徐茂公建议将五人用囚车押回长安，请皇上亲自处置，李世民表示赞同，命秦琼将五人押往长安。秦琼临走时，徐茂公交给他一个锦囊，命他半路拆开，按计行事。途中在驿站投宿，秦琼拆开了锦囊。原来，徐茂公知道李渊心慈手软，恐怕到了长安后，不会把五人斩首，如此一来，一定后患无穷。因此，徐茂公命秦琼在馆驿中放火烧死五人。

当天晚上，秦琼按照计谋，吩咐军士准备好干柴，把驿站纵火点燃。不一会儿，整个驿站便烈焰冲天，五位大王葬身火海。秦琼回到洛阳后，向徐茂公缴了令。两人一起去见秦王，说是途中馆驿着火，五人全被烧死。李世民虽知道事情有些蹊跷，不过这五人死了，毕竟是去了心头大患，就没有追究此事。

第二十八回 大殿封官起风波

秦王李世民灭了五位反王，准备班师回朝，众将士一个个喜气洋洋。

程咬金逢人便说："我立了许多功劳，即使不封王，起码也要当个国公！"尉迟恭也说道："是呀，我归降大唐，又打了这么多胜仗，也少不了封赏。"

徐茂公正色说道："你们只晓得立了功劳，却不知道要大祸临头了。程兄曾把秦王抓进金墉城，尉迟兄也曾夜追秦王，你们都差点儿要了秦王的命。万一皇上追究起来，只怕你们性命难保！"二人听了，再也不敢自夸功劳了。

这一天，秦王率领众人回到长安。秦王让众将在外候旨，自己上殿见驾。秦王启奏道："父皇，儿臣得胜回朝。此次出征，归顺的大将共有三十六员，且都立下了功勋。现在呈上归降册和功劳簿，请父皇按功劳加封。"

唐高祖李渊心花怒放，开始翻看归降册和功劳簿。对别人加封他都没意见，当看到尉迟恭的名字时，李渊不高兴地说：

“这尉迟恭就是日抢三关，夜夺八寨的那个人吗？来人啊，将他推出去斩首！”

秦王连忙劝说道：“父皇，此人杀不得。他如今已归顺了大唐，他归降后忠心耿耿，曾经赤身露体、单鞭匹马，打败了单雄信，在洛阳城外的御果园救了儿臣。还望父皇开恩，免罪封官。”

那太子李建成和齐王李元吉曾经吃了尉迟恭的大亏，如今见秦王得胜归来，心里又妒又恨。唐高祖正要准奏，封赏尉迟恭的时候，太子李建成和齐王李元吉连忙一同走出班列。李建成说道：“父皇，尉迟恭单鞭救世民，未必是真。儿臣听说，那单雄信武功高超，尉迟恭单鞭独马，又不穿衣甲，怎么可能取胜？”

李元吉接着说：“父皇，那尉迟恭曾杀我大唐将领无数，抢我三关，夺我八寨，怎么一下子就愿意归顺了呢？此等人留着，以后只怕会扰

乱江山。依儿臣之见，应立即把尉迟恭斩首才是。至于其他降将，也应尽快调出长安！”

李世民连忙说道：“父皇，御果园尉迟恭救儿臣，确有其事。父皇倘若不信，可以让他将当时的情形重演一遍。”

李建成一听，马上同意：“那好，就在御花园内试试吧。让尉迟恭到五里之外的御河中洗马，然后徐茂公去叫他。如果有差错，就说明尉迟恭根本没救过秦王，他有罪无功，那时就把他推出去斩首！”

李元吉也说道：“儿臣手下有一员大将，名叫王云，十分勇猛，可以扮作单雄信。”唐高祖准奏，决定第二天在御花园里试一试。

退朝后，李建成和李元吉在一起商量。二人见李世民收服了众多大将，担心将来会对他们不利，于是决定第二天先除去李世民。二人商定让王云假戏真做，然后就说王云失手杀死了李世民。

李建成有点担心，说道：“这样的话，事情闹大了，父皇必定追究。”李元吉说道：“王云杀了世民后，我们马上把王云杀掉，这样就死无对证了。”李建成觉得这样一来确实万无一失，便点头同意了。他们召来王云，要他明日假戏真做，杀死秦王李世民。

李建成对王云说道：“我是太子，日后做了皇帝，你就是开国功臣，我一定封你个大大的官职！”王云听了，答应照太子说的办。

第二十九回　御花园假戏真做

第二日清晨，尉迟恭便提鞭上马来到御河边，卸下盔甲衫袄和战马的鞍辔，只穿了一条裤衩，便下了河洗澡。他洗了个痛快之后，又将马儿洗了个干净。

再说这边，唐高祖已登上御花园内的万花楼，准备观看尉迟恭如何救秦王，太子李建成、齐王李元吉和文官武将皆立于两旁。

秦王李世民和徐茂公奉旨，一起去协同重现当日情景。

徐茂公轻声叮嘱秦王道："主公，今日要带着刀，披挂整齐，小心发生意外。"于是，李世民提刀上马，穿戴整齐，由徐茂公陪同，往御花园的假山那边而去。

这边，王云早已准备停当。这王云青面黄须，身高一丈，身材与单雄信相似。他手执大刀，浑身杀气腾腾。秦琼看了，心中暗暗吃惊，忙对王云说："那单雄信用的是枣阳槊，不是大刀，你应该用枣阳槊才是。"

王云怕引人怀疑，马上换了兵器，然后催马向假山那边跑去，点名大喊道：“李世民休走，单雄信来也！”

李世民听到喊声，回马就逃。王云赶过来，徐茂公一把扯住假单雄信的袍袖，喊道：“单二哥不要动手！”那王云恶狠狠地说了句：“走开！”然后马上拔出佩剑，割断袍袖，去追李世民。

徐茂公知道王云存心不良，立刻策马飞奔，离着御河还有半里路就高呼道：“尉迟恭快去救驾！”

尉迟恭早就等在那里，远远听见徐茂公的喊声，赶紧举鞭上马，朝御花园飞奔而来，大叫一声：“不准伤害我家主公！”

待尉迟恭靠近了，徐茂公轻声对他说：“那王云看来是真心想杀害主公，你去了要小心，千万不可手软啊！”

再说王云那边，他挥舞着枣阳槊，对秦王猛追猛打，朝李世民的要害处乱刺，毫不留情。

因为王云以前用的是大刀，换了枣阳槊后，使起来不太顺手，所以秦王还能招架一阵子。

李世民边打边说：“我们只是做做样子罢了，你怎么真打啊？”

王云低声喝道：“谁和你做样子，我今天来，就是要取你性命的！”

听了这话，李世民赶紧举刀拼命招架，又打了几个回合，眼看招架不住了，秦王打马就跑。

在万花楼上，唐高祖居高临下，眼前的情形看得真切。只见那王云拼命追杀李世民，似乎真的想要他的性命，心里很是生气，又为李世民担心。

就在此时，只见尉迟恭人不披甲、马不加鞍，单鞭独骑，前来救助秦王。只听他大喝一声：“不要伤害我家主公。”然后朝王云冲了过去。

王云听到尉迟恭的喊声，不得不放了李世民，转身举起枣阳槊，来迎战尉迟恭。王云哪里是尉迟恭的对手，只见尉迟恭用鞭往上一架，挡开了枣阳槊。等王云再次用槊打来时，尉迟恭用手一把抓住，然后用鞭朝王云的头上砸去，顿时打得王云脑浆迸溅，死于马下。随后，李世民、徐茂公和尉迟恭前来见驾。

这时，太子李建成说道：“父皇，本来大家只是演一场戏而已，尉迟恭却将王云打死了，他胆大妄为，擅杀朝廷大将，请父皇将他推出去斩首。”

李世民赶紧上前一步，说道：“父皇，王云刚才竟然真的要杀害儿臣。他刚才是如何追杀儿臣的，想必大家都看到了，请父皇明察。”

唐高祖心里明白，太子妒忌秦王功高，想加害秦王，但他又不便明言，于是说道：“如此看来，尉迟恭的功劳是真的。此事就此了结，都不要再说了。”说完便传旨摆驾回宫，这件事就这样不了了之了。

第三十回　秦王蒙冤入天牢

时光匆匆，转眼一年过去了。

一天，秦王李世民去后宫看望姐姐，经过彩霞宫的时候，听见里面有嬉笑的声音，便问宫人：“是皇上在里面吗？”那宫人说：“不是万岁爷，是太子与齐王。”李世民听了，悄悄往里一瞧，只见李建成、李元吉正与高祖的两个妃子在那里饮酒作乐，李建成抱着尹妃，李元吉搂住张妃。秦王见了，大吃一惊，心想：这事若是张扬出去，不仅父王无颜，就连建成、元吉兄弟二人也性命难保。思前想后，李世民解下了自己所佩的玉带，挂在宫门上，以此警示他们，随后便回府去了。

尹妃、张妃与太子和齐王道别出宫时，看见门上挂着一条玉带，认出是李世民日常佩戴之物。四人怕李世民将此事奏与高祖，就在一起商定了一条毒计，决定反咬秦王一口。

第二天一早，唐高祖正要去上朝，张、尹二妃哭喊着拦住了他，说是昨日秦王李世民趁皇上不在时，来后宫调戏她们，并以李世民的玉带为证。高祖听罢，勃然大怒，下旨将李世民

立即斩首。幸亏秦琼力保，高祖才刀下留人，暂时将他打入天牢，等候发落。李世民手下的众将，除了留下皇上的恩公秦琼外，其余的全都被革去官职。

秦琼见众兄弟都走了，也告假回山东祭祖。秦琼、罗成和程咬金一起回了山东，尉迟恭往麻衣县老家去了，徐茂公则扮作道人，躲在兵部尚书刘文静家中。尉迟恭对秦王忠心耿耿，把家眷送回家乡后，返回长安，扮作百姓，买通牢里的狱卒，进到天牢里探望李世民。尉迟恭进了牢房，看见李世民一身囚衣，头发凌乱，消瘦了很多，忍不住落泪道："主公蒙受不白之冤，我尉迟恭只要还有一口气在，定要为主公报此大仇！"

正在此时，忽然听到外面传来齐王李元吉的声音。李世民赶忙叫尉迟恭躲到帐幔后面。齐王进了牢房，斟了一杯酒，对李世民说："请哥哥满饮此杯，也好早上西天。"李世民说道："当初我没有向父皇告发你们，你们却如此对我。”说完，把头扭向一边，不肯去接那杯酒。齐王恶狠狠地对两个家将叫道：“抓住他，把酒往他嘴里灌！”

三个人正要动手，尉迟恭从帐幔后面跳了出来，大声喝道：“我看你们哪个敢动？”然后一把扯住齐王，挥拳就打。那两个家将认出尉迟恭，吓得丢下齐王逃走了。在尉迟恭的逼问下，齐王只得承认送来的酒中有毒，并亲手写了一份自供状。尉迟恭接了自供状，这才放齐王离开。齐王走后，尉迟恭把自供状交给李世民收好，然后出了天牢。

几天后，尉迟恭被齐王派来的人抓进了齐王府。太子和齐王逼他交出那张自供状，尉迟恭说道：“要自供状不难，到皇上面前我还给你们就是了。”二人勃然大怒，喝令用刑，把尉迟恭打得遍体鳞伤。

李世民得知尉迟恭被太子和齐王抓走的消息后，托人找到兵部尚书刘文静，对他说：“自供状在我手里，你想办法找到太子和齐王，用它把尉迟恭换出来吧。”

于是刘文静找到太子和齐王，对他们说：“尉迟恭的两位夫人正在到处寻找丈夫，还说要拿齐王的自供状去见皇上，请皇上申冤。”

太子和齐王听了，大惊失色。刘文静说：“这样吧，你们放了尉迟恭，我去找尉迟恭的两位夫人，索要自供状交给齐王，如何？”二人无奈，只得答应了。

刘文静从秦王那里拿到自供状，让二人先释放了尉迟恭，然后把自供状交给了他们。

第三十一回　秦王出狱寻旧将

再说夏明王窦建德被秦琼烧死后，他手下的众将推举元帅刘黑闼为王，称后汉王。刘黑闼率领十万大军，以苏定方为元帅，一路向长安杀来。

唐高祖闻报，大吃一惊。太子李建成和齐王李元吉生怕众臣保奏秦王李世民领兵，急忙表示愿统兵前去拒敌。李建成和李元吉领兵前往鱼鳞关迎战，被刘黑闼杀得大败而逃，败回紫金关。刘黑闼在后面紧追不舍，一直追到紫金关下，离城五里安营扎寨。李建成和李元吉知道难以退敌，便吩咐紫金关守将马伯良紧闭城门，他们回到长安，请求父皇派人增援。

再说秦琼等人回到山东后，听人说李世民一直没有被放出来，心中十分挂念。一番商量后，众人决定派罗成前去长安探望李世民，看看有没有办法解救秦王。

罗成来到长安，正巧碰到了大败而回的李建成和李元吉，从他们口中得知刘黑闼、苏定方率军杀到紫金关的消息。罗成一听到刘黑闼和苏定方的名字，勃然大怒，立刻向二人请求前往紫金关参战，结果在激战中不幸陷入淤泥河中，被乱箭射死。刘黑闼又回兵攻打紫金关。

得知罗成被射死，其家将罗春赶到淤泥河边，看到主人的惨状，放声大哭。他找附近的乡民帮忙，收拾了罗成的尸首，回山东去了。

李建成和李元吉见刘黑闼继续攻打紫金关，无计可施，再次返回长安求救。回到长安，二人启奏说："刘黑闼勇猛无敌，连罗成都战死了，紫金关形势危急，请父皇再派骁将前去救援。"唐高祖听了大吃一惊，忙问群臣有什么良策。众大臣都说只有把秦王从天牢中放出，让他寻访秦琼等将领，重整旗鼓，才可以杀退敌兵。高祖立刻下旨赦免了秦王，命他上殿见驾。

见了秦王，唐高祖说道："皇儿，如今刘黑闼领兵犯我大唐，我决定派你带领大军前去迎敌，你赶紧召回旧将，即刻出征！"秦王说道："儿臣理当即刻赶往山东，召回旧将，但只怕他们心灰意冷，不愿再为大唐出力。"

齐王李元吉说道："不是还有那个尉迟恭吗？赶紧把他叫来吧。"一提起尉迟恭，李世民就气不打一处来，怒道："当初你把尉迟恭抓起来严刑拷打，如今人家还肯来吗？"李元吉听了，哑口无言。

唐高祖说道："以前都是你们两个畜生心怀忌妒，诽谤世民，才会有今日的局面。朕降旨一道，命秦王把秦琼、尉迟恭和其他众将全都招抚回来，官复原职。皇儿，你赶快去办吧，军情紧急啊！"李世民接旨，回到秦王府，赶紧把还在长安的徐茂公找来，带领着五百兵丁，赶往山东去了。

几天后，二人来到秦琼家中。李世民让手下驻扎在僻静之处，两人换了便服，走进府中。在门口，二人遇见了程咬金，这才得知秦琼知道罗成惨死的消息后，生了重病，正在养病。听说罗成的灵堂设在后房，两人便要先去祭奠一番，徐茂公陪着李世民前去上香行礼。李世民一见罗成的灵位，顿时泪如雨下，哭得嗓音嘶哑。程咬金一见，也哭了起来。

他们的哭声引来了罗成的母亲和妻子。李世民含泪上前，再三抚慰。罗成的儿子罗通才三四岁，穿着孝服，走过来对李世民说："你害死了我爹爹，我要你偿命！"李世民对他说："是孤家害了你父亲，他对大唐一片忠心，孤家是不会忘记的。"李世民见他年幼懂事，便当场认为义子。

灵堂上的吵闹声惊动了卧病在床的秦琼，当他得知秦王李世民到来后，连忙起床出来拜见。李世民说了当前的危急情况，并说了皇上把所有人官复原职的事情。

秦琼听了，半晌无言。李世民又说道："天下纷乱，受苦的是老百姓，秦将军如果不出来帮助大唐，这天下百姓的苦日子不知道还要过到什么时候啊。"秦琼思虑良久，终于答应李世民带病复出。

第二天，秦琼、程咬金随着李世民和徐茂公一同上路。四人一路向人打听，终于找到了尉迟恭的家。还没等他们进门，早有人向尉迟恭报告说有一群朝廷官员打扮的人来找他。

尉迟恭心中暗想："多半是朝廷遇到了什么麻烦，派了些王公大臣来请我去效力。这一次，我无论如何都不会再为大唐效力了。"想到这里，他叫来黑、白二位夫人，如此这般嘱咐了一番，让她们把来人打发走。

不一会儿，秦王李世民等四人果然登门拜访。秦王说："如今刘黑闼犯我大唐，战况危急，我特来请尉迟将军前去助战。"黑夫人说："我家丈夫得了疯癫病，连人都认不得了，哪还能带兵打仗啊？"正说着，就见尉迟恭大呼小叫地跑了出来。只见他满脸油污，衣服扯成了一条条的。他见了秦王等四人，大喊道："你们是四海龙王吧？想来抢我的宝贝，没那么容易！"说着，不停地在地上打起滚来。

秦王见了，心里难受，只得向黑、白二位夫人告辞。出了尉迟恭家大门后，秦王愁眉不展，连声叹息。徐茂公微微一笑，说道："主公不要发愁，那尉迟恭只是装疯而已。我们只要派程咬金前去，就可让他自愿前来为秦王效力。"说着，徐茂公叫来程咬金，轻声吩咐一番，让他依计行事。

程咬金打扮成土匪，蒙着脸，提了把长枪，带领二百名兵丁假扮的小喽啰，围住了尉迟恭的家，大声嚷道：“尉迟恭听着，我是虬石山的南天大王，听说你的黑、白二位夫人长得如花似玉，特来迎娶她们上山，当我的压寨夫人。你要知趣的话，赶快把人给我送出来，不然我杀进你家中，鸡犬不留！”

尉迟恭骗走了秦王，十分得意，正在和二位夫人饮酒谈笑，听到外面的喊声，勃然大怒。他提鞭上马，出来喝道：“哪里来的强盗，竟敢如此无礼？”

程咬金见尉迟恭出来了，挥着长枪便朝他刺了过来。尉迟恭气坏了，举起钢鞭向程咬金打来。程咬金也不招架，回马就走，尉迟恭紧追过去。

追到一片树林里，突然闪出三个人，正是李世民、秦琼和徐茂公。他们一齐大笑道：“尉迟将军，你的病好得真快啊！”程咬金勒住战马，扯下蒙面巾，说：“我看你真是疯了，连我这个媒人也不认识了！”尉迟恭这才知道自己中了计。眼看装不下去了，他只好下马赔罪，把众人请到家里去接风。第二天，他带着二位夫人，随同秦王一行，向长安进发了。

回到长安后，李世民带众将拜见唐高祖。高祖说道：“皇儿，既然众位将军已回来了，你立刻前往校场，点齐兵马，带领众将去紫金关破敌立功。”

秦王领旨，带着秦琼、尉迟恭等人，率领十万大军，直奔紫金关而去。秦王的三十多员旧将散居在各地，听说秦王已被放出，秦琼回到秦王身边，纷纷前来紫金关投奔。

第三十二回　灭反王一统天下

再说紫金关外，这段时间以来，刘黑闼并未全力攻城。原来，他此刻正派人去约请四位大王前来，准备一举攻灭唐朝。这四位大王是南阳王朱登、济南王唐璧、上梁王沈法兴和寿州王李子通。

刘黑闼想等他们到来后，再与唐军决一胜负。没多久，四位大王就带领大军来到紫金关下，和刘黑闼会合。

济南王唐璧提枪上马，前来紫金关前挑战。秦琼出马迎战，他以前是唐璧的旗牌官，见了唐璧，躬身施礼道："小将甲胄在身，不能行大礼，请大王见谅。"

唐璧说道："秦琼，孤家以前待你不薄，你竟敢和孤家较量吗？"秦琼回答道："如今各为其主，不得不得罪了！末将念及旧情，让你三刀！"

唐璧听了大怒，举刀砍来。秦琼一连让了他三刀，然后一枪朝唐璧刺去。二人打了七八个回合，唐璧哪里打得过秦琼，他喊了一声："好厉害！"回马就走。

唐璧手下的元帅楚德赶紧拍马上前，喝道："休得无礼，楚德来也！"秦琼和他打了八九个回合，手起一枪，把他刺落马下，然后回营缴令。秦王见秦琼旗开得胜，十分高兴，马上命人摆酒庆功。

第二天，刘黑闼派苏定方上马出战。秦王李世民见苏定方仪表堂堂，动了爱才之心，便高声说道："刘黑闼兵微将寡，成不了什么大事，我看你还是归顺大唐吧。"苏定方听了，心中一动，随即大声喝到："休得胡言乱语，吃我一枪！"说着，跃马冲来，挺枪就刺。

李世民举刀招架了一阵，回马就跑，苏定方在后面紧追不舍。

唐军众将见了，一拥而上，把苏定方团团围住。秦王赶紧吩咐手下的将领，不可伤了苏定方的性命。苏定方听了秦王的话，感动不已，当即放下长枪，下马归顺。

秦琼打马上阵，南阳王朱登上前迎战。朱登一枪刺来，秦琼赶紧挺枪相迎。两人大战三十个回合，真是棋逢敌手，将遇良才，不分高下。

秦琼心想：此人武艺高强，若能说服他归顺大唐就好了。想到这里，他打马就走，朱登随后紧紧追来。来到一个僻静的地方，秦琼把马停住，回身说道："朱将军且慢，听我一言。那刘黑闼等人不过是乌合之众，草寇而已，迟早要被大唐剿灭，你何必帮他们呢？我大唐兵强马壮，你和他们一伙，能有什么好下场？我劝将军三思，早日归顺了大唐吧。"朱登觉得秦琼说得有理，便答应了。第二天，朱登领着人马来到秦王营中归降，秦王大喜。

寿州王李子通看到苏定方、朱登两人都归降了唐朝，不由得怒火中烧，举起托天叉冲出营来，尉迟恭上前迎住厮杀。上梁王沈法兴挥舞宝剑上阵，张公瑾、史大奈上前挡住。后汉王刘黑闼率领众将冲出，徐茂公命殷开山、马三保等上前敌住。顿时紫金关下到处人喊马嘶，烟尘滚滚，血肉横飞。

苏定方刚刚归降，急于立功，跃马冲进上梁王的阵中，长枪东挑西刺，十分勇猛。张公瑾和史大奈打得沈法兴手忙脚乱，苏定方拍马赶到，一枪把沈法兴挑落马下。

尉迟恭大战寿州王李子通，打了十多个回合，一枪刺中李子通的咽喉，李子通落马而死。

程咬金截住济南王唐壁厮杀，他一连两斧头劈去，唐壁招架不住，被他砍于马下，当场毙命。

刘黑闼见了，心中想道："留得青山在，不怕没柴烧，保命要紧。"他带领残兵败将，一路败退下去。不料朱登在半路把他拦住，举枪猛刺，正中刘黑闼的后背，刘黑闼跌下马背，倒地身亡。

至此，十八路反王降的降，死的死，大唐统一了天下。徐茂公见众将大获全胜，下令鸣金收兵，众将纷纷回营。秦王李世民为他们一一记功，摆酒庆贺。

第三十三回　敬德大闹升仙楼

秦王带领兵马回到长安，李世民带着徐茂公等三十七人上殿见驾。唐高祖当即下旨加封秦琼为护国并肩王、天下兵马都督大元帅，尉迟恭为鄂国公，徐茂公为英国公，程咬金为鲁国公，罗成被追封为越国公，魏征为兵部尚书，朱登为开国公，苏定方为锡国公。其余诸将皆有封赏。

分封完毕后，唐高祖还下了圣旨，命工部尚书立即建造一座麒麟阁，以表彰众位功臣。三个月后，麒麟阁建成了。麒麟阁有三层，高达十丈，乌木紫檀为柱，碧绿琉璃为瓦，窗户的边框上都雕龙画凤，看起来真是富丽堂皇。一时间麒麟阁成为长安最气派的楼阁，城内的百姓争相前来观赏。

几天后，唐高祖在麒麟阁设宴，宴请王公大臣和诸位功臣。宴席上，文官武将只同秦王说说笑笑，太子和齐王备受冷落。二人含怒而去，回到府中商议了一番，决定在麒麟阁对面另建一座高楼，而且要建得比麒麟阁更高大、更漂亮。

几个月后，太子和齐王的阁楼就建成了，他们给这座阁楼取名为升仙楼。他们常常带着家将去那里饮酒作乐，百姓们发现京城里又造了一座新阁楼，而且比麒麟阁还漂亮，就又全都挤到这边来观赏玩耍。

再说这天程咬金大摇大摆地来到麒麟阁，却看到这里冷冷清清，一打听才知道，人全跑到升仙楼去了。他吩咐传出话去，来看麒麟阁的，每人送两个肉包子。第二天，百姓们都来麒麟阁领肉包子，升仙楼里顿时空无一人。

太子和齐王知道后，派人放出消息说，凡是来升仙楼的，每人发四个肉包子。这样，人又全跑到升仙楼去了。程咬金心里恼火，吩咐每人送八个肉包子，太子和齐王立即下令：从明天起，凡是来升仙楼的，每人赏一钱银子。

程咬金暗想："我家里的钱哪里比得上这两个狗王的多啊。"思来想去，程咬金去找尉迟恭喝酒，商议对策。等尉迟恭喝得醉醺醺的，程咬金说："黑炭团，太子和齐王私造升仙楼，去那里玩的人都赏一钱银子，弄得老百姓都没心思干活了，每天只顾去领钱，把皇上给我们造的麒麟阁都给比下去了，你说该怎么办呢？"

尉迟恭听了，大怒道："真是岂有此理，这二人当年陷害秦王，我还没跟他们算账，他们还敢如此嚣张，我这就去拆了他们的升仙楼。"说完，他手执钢鞭，带领家将，直奔升仙楼。

程咬金心想："这黑炭团喝醉了，万一失手打死了太子和齐王，皇上追究起来可就麻烦了。"于是，他抢在尉迟恭前面来到升仙楼，说道："太子殿下、齐王殿下，你们私造升仙楼，

惹恼了尉迟恭，他来找你们算账啦！”

太子和齐王正在升仙楼上饮酒玩乐，忽然听到外面人声喧闹，推开窗户一看，只见尉迟恭带着人正朝升仙楼奔来。两人赶紧下楼，从后门溜走了。

尉迟恭冲上高楼，不见太子和齐王，一肚子的火没处发泄，对手下道：“把这座楼给我拆了！”众家将得令，一齐动手，没用多大工夫就把升仙楼拆成了一片废墟。

第三十四回　长安城秦王登基

太子和齐王得知升仙楼被尉迟恭拆毁了，火冒三丈。太子李建成说：“这尉迟恭仗着有秦王护着，公然欺负我们。等我明天奏明父皇，告他欺凌太子，目无圣上，把他碎尸万段！”

齐王赶紧说：“大哥，不行啊！这升仙楼是我们私造的，若是让父皇知道了，你我都有大麻烦。”

太子说：“难道这口气就这么咽下不成？三弟，你帮我想一条妙计，把那些人通通弄死。”李元吉想了半天，然后凑到李建成的耳边说出了自己的计策，李建成听了大喜。

第二天，太子和齐王上殿参见唐高祖，说道：“秦王麾下将士战功卓著，是大唐的栋梁。如今正是盛夏酷暑时节，请父皇颁赐香薷饮汤，为众将消暑，以表父皇对功臣的关爱。”

唐高祖听了，连声说：“还是你们想得周到，传旨，命太医院立刻配制香薷饮汤，颁赐秦王府的众将。”太医英盖史领旨后，立刻着手配制香薷饮汤。

太子和齐王命人把英盖史找来，对他说：“秦王府的那些

将官，经常欺侮孤家。今天皇上要赐给他们香薷饮汤，这件事情是由你办理的，孤家要你在香薷饮汤中下入慢性毒药，将他们全都毒死。将来孤家当了皇帝，就封你为并肩王，共享富贵！”英盖史听后，动了心，答应了太子他们。

英盖史配制好香薷饮汤后，唐高祖命人送到秦王府中，分赐众将。程咬金说道：“这是皇上御赐的，必定味道独特，大家多喝点。”秦王和众将各喝了一碗。程咬金和尉迟恭喝了两碗，觉得香甜可口，又连喝了十来碗。

过了一会儿，程咬金叫道：“哎呀，肚子好痛，我要去上厕所！”接着，尉迟恭也开始腹痛起来。到了傍晚时分，秦王以及秦王府的众将都开始腹痛腹泻。众人泻得头晕眼花，四肢无力。太子和齐王得到消息，知道药力发作，暗暗高兴。

正在秦王和众将危在旦夕时，李靖回到了长安。他拿出自己配制的灵丹给大家解了毒。徐茂公对秦王说：“这汤是皇上命太医英盖史配制的，此事必定和他有关！”几天后，程咬金和尉迟恭身体复原，他们把太医英盖史抓来，要他如实招认，否则就大刑伺候。英盖史心想：不招也是死，招也是死，招了少受点苦，不如招了吧。于是他把受太子指使，毒害秦王和秦王府众将的事说了。程咬金命他把事情经过写下来，画了押。

第二天上朝时，两人向唐高祖奏明此事，高祖勃然大怒，立即命人召太子和齐王前来和英盖史对质。太子一见英盖史，突然拔出宝剑，把他刺死。

唐高祖已经明白一切，想到自己的儿子竟然会水火不容，互相残杀，心中气闷，就此病倒了。

齐王对太子说："王兄，父皇如今卧病在床，你是太子，手握大权。我们不如带兵冲进秦王府，然后假传圣旨，把李世民和他手下众将通通杀掉。"李建成听了，点头赞成。

徐茂公得到消息，便劝秦王先下手为强。徐茂公说："秦王，如今事情紧迫，他们马上就要杀过来了，到时候您和手下众将就都活不成了，您不为自己想，也要为手下众将想一想啊！"秦王听了，这才下了决心。他马上下令召集众将，带领人马，向玄武门进发。此刻，太子李建成已经率领东宫的侍卫杀出，齐王李元吉也带着本府家将，准备去秦王府假传圣旨，诛杀李世民和众将领。

三路人马在玄武门前恰好相遇，尉迟恭催马上前，大声叫道："奸王，你们往哪里去？吃我一鞭！"说完，手持钢鞭向李建成打来，李建成赶紧回马就逃。尉迟恭挽弓搭箭，一箭射去，正中李建成后心。李建成跌下马，程咬金冲过去，一斧把他砍死。李元吉见太子死了，想要上来拼命，秦琼大吼一声，举起双锏，把他也打死了。

尉迟恭赶到宫中，对病中的唐高祖说："太子和齐王带兵作乱，已被秦王诛杀。怕惊吓了皇上，特派臣来奏明。"

唐高祖听了，流泪说道："建成、元吉无功于天下，妒忌世民，陷害忠良，他们死了，是罪有应得。"不久，唐高祖宣布传位给秦王李世民。李世民在显德殿登基，改年号为贞观元年。他就是历史上著名的唐太宗。